Americanul

Coperta: Cezar Giosan
Ilustraţia: Cezar Giosan
Credit foto ultima pagină: The Statue of Liberty-Ellis Island Foundation,
Inc., www.ellisisland.org

ISBN-10: 1438219857
EAN-13: 9781438219851

Cezar Giosan

Americanul

În memoria lui Dumitru (Mitu) Popescu Sr.,
a cărui viață a făcut posibil conținutul acestei cărți.

În memoria lui Dumitru (Micu) Popescu Jr.,
ale cărui povestiri au făcut posibilă ideea acestei cărți.

După un fapt real

PROLOG

În ziua în care Micu Popescu a aflat că este milionar - şi încă de câteva bune decenii, fără să aibă habar -, ajunsese în America, în vizită la fata lui, doar de o săptămână.

Parcă şi vremea era în ton cu bucuria neaşteptată pe care avea să o simtă în câteva ore. Soarele încălzea moale Manhattanul, strălucind limpede şi jucăuş. Era una dintre acele zile de toamnă new-yorkeză, curată şi ademenitoare, în care ideea de a munci capătă brusc un înţeles negativ, iar omul îşi dă seama că scopul vieţii lui ar trebui să fie nu trezirea dimineaţa devreme şi graba spre birou pentru cecul de supravieţuire de la sfârşitul lunii, ci hoinăreala nesfârşită prin acest oraş ispititor despre care se zice că „nu doarme niciodată".

Coco se sculase de dimineaţă şi, pregătindu-se să iasă la plimbare, se învârtea pe lângă tatăl ei, încercând parcă să-l ocrotească.

– Tăticule, azi mergem la Statuia Libertăţii şi pe Ellis Island, insula prin care au venit imigranţii în America! Poate-l găsim pe bunicul! îi spuse veselă, uitându-se în oglindă ca să vadă dacă nu cumva avea un obraz mai roşu de la fard, cum ştia că i se întâmpla adesea.

Micu o privi cu dragoste. Fata lui era aşa frumoasă! Nu putea spune cu cine din familie semăna. Brunetă, cu ochi negri şi pielea albă, catifelată, suplă, mereu surâzătoare, putea fi luată uşor drept actriţă de cinema, îşi spunea. Parcă trăgea spre partea lui, că şi taică-său fusese chipeş şi înnebunise femeile la vremea lui.

Îşi scutură un fir de praf de pe mânecă, apoi îşi netezi hainele care ascundeau o burtă proeminentă, purtată însă cu dezinvoltură. Aşa cum îi plăcea să iasă prin oraş, arăta impecabil: costum negru asortat cu o cămaşă albastră şi o cravată castanie, de o nuanţă care nu se găseşte repede pe străzile New Yorkului.

– Păi, Coco, dară n-ai zis tu aseară că mergem cu certificatele de acţionar de la bunică-tu să vedem dacă valorează ceva?

– Ba da, dar mai întâi ne ducem la Ellis Island, că se închide devreme, şi pe urmă ajungem şi acolo, că-i aproape, pe Broadway. Ne aşteaptă. Am vorbit cu ei de săptămâna trecută şi le-am spus la telefon toate numele companiilor de pe actele astea, ca să aibă timp să se uite.

– Du-mă unde zici tu, fata tatii, eu nu ştiu... spuse el, încercând să se ridice vioi de pe sofaua de piele alburie pe care dormise peste noapte, dar greutatea îi îngreună vizibil impulsul tineresc.

Fata alesese metroul 7, care, prin Queens, nu merge pe sub pământ, ci la suprafaţă, ca un balaur de metal scrâşnind asurzitor şi împroşcând cu scântei.

Era încă una dintre ocaziile de a-i arăta tatălui ei crâmpeie din frumusețile New Yorkului, pentru că drumul pe deasupra era mult mai bogat în imagini decât acela prin măruntaiele pământului.

La Queensboro Plaza, coborâră din metrou și urcară într-un autobuz - din nou cu intenție, ca să meargă în continuare pe la suprafață și să vadă din depărtare imaginea uluitoare a Manhattanului. Traversară peste East River, oprind chiar la marginea de jos a lui Upper East Side, unde, explică ea, locuiesc oameni atât de influenți încât chiar și cei ce lucrează pentru ei sunt, la rându-le, făuritori de istorie. Sub telefericul care duce spre Roosevelt Island schimbară din nou autobuzul și o luară spre sudul insulei, trecând prin Midtown, pe lângă Chrysler Building și Empire State Building, apoi prin East Village și, în jos, prin Lower East Side - locul unde, cu un secol în urmă, se strângeau imigranții în căutare de slujbe -, apoi prin aglomerația de neînchipuit din Chinatown, pentru a se opri, în sfârșit, după mai bine de o oră de mers, în Battery Park, ce se află chiar pe țărm și de unde se vede, în depărtare, ivită nefiresc din mijlocul apei, Statuia Libertății.

De acolo au luat un ferryboat care i-a dus până la statuie. N-au zăbovit decât câteva minute. Coada de două ore la care trebuiau să stea ca să o viziteze pe dinăuntru le punea la încercare răbdarea, așa că se hotărâră să plece cu o barcă spre Ellis Island.

Micu se așezase la proră, neluând seama la vântul care-i flutura părul cărunt. Privea profilul de sud al Manhattanului așa cum se vede de pe apă - o aglomerare încâlcită de clădiri vechi, maiestuoase și de blocuri ultramoderne, din oțel și sticlă, pe care mintea omenească nu și-o poate închipui în adevărata ei splendoare dacă nu o vede în realitate.

– Nu credeam că o țară poate ajunge la o asemenea dezvoltare fără să aibă orânduire socialistă! glumi, apoi se posomorî brusc. Doamne, Coco, e păcat să mori fără să vezi New-Yorkul... Fă-mi și mie o poză cu Manhattanul în spatele meu. Taica tot pe-aci o fi venit, tot asta o fi văzut prima dată...?

– O să căutam, tăticule, imediat cum ajungem pe Ellis Island. Am citit că jumătate dintre imigranții de la începutul secolului treceau pe aici, și arhivele încă se păstrează. Poate o s-avem noroc să găsim ceva, îl luă Coco grijulie de braț. Nu ți-e frig? Haide înăuntru, îl îndemnă, trăgându-l cu binișorul spre căldură.

Se apropiau de insulă cu viteză. Fata îi arătă o clădire lungă, cu înfățișarea unui palat regal, înaltă, cu ziduri din cărămidă roșie, ferestre mari și elegante și uși impunătoare. Era *Main Building** - locul unde, timp de jumătate de secol, popoosiseră valuri nenumărate de imigranți, ajunși pe Pământul Făgăduinței în căutarea fericirii.

– Poate pe-aici a trecut și bunicul!

Micu își șterse o lacrimă cu dosul mâinii, vizibil stânjenit de slăbiciunea lui. Nu se obișnuise cu ideea că o luase pe urma pașilor tatălui

---

* Clădirea principală (engl.)

său, la distanţă de aproape o sută de ani. Călătorea pentru prima dată într-o ţară străină - şi ajunsese nu oriunde, ci chiar în America, despre care taică-său îi povestise atâtea când era copil! Toată viaţa, cu excepţia anilor de studenţie de la Cluj, şi-o petrecuse în Cernădia, apoi la Novaci, la catedra de la liceu, predând istorie şi română la promoţii şi promoţii de copii, dintre care mulţi plecaseră peste mări şi ţări, în vreme ce el aflase despre cum se trăia în alte locuri doar din cărţi şi din istorisirile altora.

Coada la intrarea în Ellis Island Immigration Museum nu era nici pe departe de lungimea celei de la Statuia Libertăţii. În câteva minute intrară în Great Hall - un hol imens, locul unde, la începutul secolului trecut, cei ce soseau cu vaporul din Europa erau supuşi vizitelor medicale.

Se plimbară o oră pe culoare, privind tablourile şi citind inscripţiile de sub exponatele din vitrine. La câte drame fuseseră martori aceşti pereţi! Oameni cu destine întortocheate, fericite şi nefericite, intraseră pe uşile acelea, tremurând de emoţie până când li se punea ştampila care-i făcea, într-o clipă, rezidenţi ai celei mai râvnite ţări din lume! Invidie pe cei rămaşi în urmă, curiozitatea bolnavă de a le citi scrisorile trimise din America!

– Tăticule, când a venit aici bunicul şi când s-a născut? întrebă Coco, aşezându-se la un calculator instalat acolo special pentru vizitatorii ce doreau să dea de urma vreunui strămoş.

– Nu ştiu, tată... Dar dac-a făcut războiul pentru americani... înseamnă că înainte de el, nu? Undeva între 1900 şi 1920... Şi, dacă avea şapteşpe ani când a ajuns în America, s-a născut pe la sfârşitul secolului nouăsprezece. Nu ştiu exact anul... De ce, dăduşi de el...? întrebă Micu neîncrezător, pe un ton care spunea că s-ar fi mirat foarte tare dacă ar fi găsit într-un muzeu new-yorkez informaţii despre taică-său - un cioban din Cernădia, care plecase la începutul secolului trecut în America.

Ea nu-i răspunse, continuând să privească încordată monitorul, tipărind ceva neinteligibil pentru el şi trecând rapid de la o pagină la alta.

– Bunicul cu ce nume a intrat la vamă? îl întrebă în timp ce parcurgea nişte liste scrise mărunt cu numele călătorilor ce sosiseră acolo la începutul secolului trecut.

– Cu ce nume să intre, Coco? Cu-al lui, cre'că: Dumitru Popescu... Lui i se spunea Mitu...

Fata îşi trecea mecanic privirea de la monitor la taste şi de la taste la monitor, când încremeni brusc. Ochii rotunzi şi mari îi scânteiau de emoţie.

– Cred că... ăsta-i... Uite-l, tată, uite-l! Îl găsii! Uite-l aici! E numele lui! Dumitru Popescu din Cernădia, 1913! Uite ce scrie aici: Cernădia! izbucni în râs la gândul că sătucul de lângă Novaci era menţionat într-un document oficial american, apoi ochii i se umeziră de fericire: Îl găsirăm pe bunicul, tată! Îţi vine să crezi?!

Micu îşi puse ochelarii la ochi şi se apropie de calculator:

– Unde, mă? întrebă cu îndoială, neînţelegând cum e cu putinţă să găseşti o astfel de informaţie fără să răscoleşti arhivele cu hârţogăraie.

Coco puse degetul pe ecran în dreptul unui nume:

– Uite, asta-i o poză după lista de călători de atunci! „Manifest" se cheamă. Iar aici e numele lui, scrie Cernădia aici! Scrie Cernădia, tată! A venit cu douăzeci de dolari! Douăzeci de dolari avea la el!

– Măi, să fie, Coco... El e! Chiar că el e! E taica! murmură Micu emoționat. Ia zi, ce mai spune?

Ea îi înșiră repede traducerea - numele vaporului, adresa din America la care bunicul ei declarase că se duce în 1913, cu câți bani venise, de unde venise, cu cine călătorise, data la care ancorase în New York -, apoi mai apăsă de câteva ori cu mouse-ul și printă o imagine.

– Ăsta-i vaporul cu care-a venit aici, în Ellis Island. „La Savoie" se chema. A plecat din Franța. Putem să cumpărăm o poză cu el și s-o înrămăm. E douăzeci de dolari... spuse, ușor dezamăgită de prețul atât de piperat pentru ceea ce era, la urma urmei, doar o fotografie mare xeroxată.

– Cumpără trei, poți? Una pentru mine, una pentru tine și una pentru frate-tău. I-o duc eu lui când plec în California, săptămâna viitoare. Doamne, Coco... Bietul taica... Oare ce i-o fi trecut prin minte când a mers cu mătăhala asta de vas? Ce s-o fi gândit când a pus piciorul în New York? Că era doar un copil, avea șaptespe ani...

Mai parcurseră o dată cu de-amănuntul tot ce scria pe ecran, ca și cum ar fi vrut să învețe totul pe de rost, apoi stătură jumătate de ceas într-o cafenea, așteptând vaporașul care să-i ducă înapoi în Manhattan. Privind la vizitatorii veniți din toate colțurile lumii ce mișunau pe acolo și-și tot făceau poze, lui Micu îi trecură prin minte imagini din copilăria lui săracă, dar luminoasă: scaunul înalt din cunie pe care trebuia să se așeze ca să ajungă la masă, poveștile despre America pe care i le spunea taică-său, cufărul în care-și ținea lucrurile cu care se întorsese de peste ocean și în care mai cotrobăia el pe furiș, din când în când.

– Bine, mă Coco, mă, a trebuit să mă chemați pe mine-n vizită ca să mergem pân-aici și să-l căutam pe taica?! tresări, ca și cum s-ar fi trezit dintr-un somn iepuresc. Nu puteați să faceți asta de-acu' câțiva ani? Hai, tu ca tu, că nu ești de mult timp aici, da' Cristi? El e de zece ani, ce-a păzit tot timpul ăsta? Las' că-l iau eu la trei păzește când vorbesc azi la telefon cu el!

– Dar el nu v-a zis niciodată să plecați și voi în America? îl întrebă Coco, deși știa răspunsul.

– Măi, el nu ne-a spus niciodată să fugim, că-i era teamă. Ca să treci granița pe vremea comuniștilor era sinucidere curată. Te împușcau pe loc dacă te prindeau - sau te înecai în Dunăre. Și ținea prea tare la noi ca să ne-ndemne la asta. Însă l-am văzut nu știu de câte ori plângând după America! Da, se căia mult după ea... Mult. Ce să zic, nu s-a-mpăcat niciodată cu gândul că s-a întors în țară. Și cum să se-mpace?! Pe vremea comuniștilor, când a dus-o așa de rău, când singura lui distracție era vioara, nimic altceva nu era de făcut, cum să nu regrete?! Ș-apoi Gherla...

– Săracu' bunicu'...

Micu zâmbi și oftă.

– Ironia sorţii, c-aşa-i viaţa... A trebuit o generaţie de sacrificiu - a noastră - ca voi să plecaţi pe spezele voastre. Dar degeaba zici tu: curajul tău şi-al lui Cristi nu seamănă cu ce-a făcut el... Taica a dus-o greu, mă, şi-a pus viaţa în pericol. Voi aţi venit aici la cald, cu burse; nici tu, nici frate-tu n-aţi rezista la o călătorie peste ocean aşa cum se făceau ele pe atunci. Aţi muri la primul clopot... El a fost îndârjit. A avut putere mare. Ar fi putut ajunge cineva dacă...

– Păcat că l-a distrus băutura...

– Da, păcat, păcat mare c-a avut patima alcoolului. Săraca muma, cât a mai suferit lângă el din cauza asta!

– Dar, tată, n-am dus-o rău! Pe vremea aia trăiam mai bine decât toţi ăilalţi din Novaci, nu? De unde aveam noi dolari pe vremea lui Ceauşescu? Nu de la el?

– Păi, dolarii nu i-am primit pe vremea când trăia bătrânul, fată... Ăia au fost din pensia lu' Maria muma, Dumnezeu s-o ierte, după ce-a murit el. Maria, ca soţie de veteran de război american, a avut dreptul la pensie în dolari, cinci sute pe lună, enorm pe atunci, prin '60 -'70. Comuniştii, însă, nu ne-au dat decât un sfert din pensie în dolari, restul i-am primit în lei.

– Şi ce dacă, da' tot a fost ceva, nu? Cine-n România mai primea pensie în dolari pe vremea lui Ceauşescu?! Din cauza lu' bunicu' am putut să ne ducem în shopuri* şi să ne cumpăram ce ne poftea inima. Ţin minte şi-acum cum, toţi mă invidiau pentru blugii originali! Aveam Levi Strauss - pe vremea aia! Şi Tic-Tac, şi Pepsi! Şi cine a avut primul televizor color în Novaci, de veneau toţi vecinii la noi ca să vadă „Teleenciclopedia"? Şi cine-a avut prima maşina în Novaci, Skodiţa aia roşie?

– Da, Coco, nu zic... da' putea să facă mult mai multe, tată... Mult mai multe... Poate voi să realizaţi visul pe care el nu şi l-a împlinit niciodată, să ajungă bogat, deşi greu de crezut, cu tine chimistă şi Cristi matematician, că niciunul nu sunteţi pe afaceri... Şi nici hoţi nu sunteţi, ca ăştia de fură ţara... În fine... Cât se făcu ceasul? Nu întârziem cumva pentru certificatele alea?

Se îndreptară spre vaporaşul care făcea cursa între Ellis Island şi Manhattan. Micu îşi întoarse capul spre clădirea muzeului pe care, poate, n-avea s-o mai vadă niciodată, ca să rămână cu imaginea ei. „Pe-aici a trecut taica..." repetă, încă uimit că dăduseră de urma lui acolo.

Când coborâră la ţărm în Battery Park, o luară pe jos şi intrară pe la capătul sudic al Broadway-ului, apoi urcară până în dreptul Wall Street-ului. Acolo, Coco o porni pe nişte străduţe întortocheate şi pitoreşti, pline de lume şi de magazine cu fleacuri. După ce se învârtiră de câteva ori de jurul unor blocuri căutând adresa, intrară într-o clădire mare, din piatră

---

* Pe vremea României comuniste, shopurile erau magazine destinate în exclusivitate străinilor sau celor care deţineau legal valută, care îşi puteau cumpăra de acolo produse occidentale, în general mărunţişuri. De obicei se găseau la parterul hotelurilor mai mari din oraşele importante sau din staţiuni (n.a.).

masivă, unde, aflase ea nu de mult, se afla un birou de evaluare a documentelor vechi. De când tatăl ei venise în vizită, căutase tot timpul aşa ceva şi acum, că-i găsise, stabilise cu ei să treacă în după-amiaza aceea ca să le arate teancul de certificate de acţionar ale bunicului, pe care Micu le adusese din ţară.

    – Ce-ar fi, Coco, s-aflăm azi că suntem milionari...? murmură Micu când apăsară pe butonul interfonului, zâmbind din colţul gurii cu ironia blajină pe care o manifesta nu doar faţă de copiii lui, ci faţă de mai toată lumea.

    Fata îi aruncă o privire veselă, amintindu-şi de o reclamă de la loteria new-yorkeză - _You cannot live the dream if you don't play the game_* -, care o făcea să cumpere un bilet de un dolar de fiecare dată când o citea.

    Funcţionarul, un tânăr radios, roşu la faţă şi pistruiat, cu o burtă care o întrecea pe a lui Micu, îi aştepta - sau se prefăcea că-i aşteaptă.

    – _Great to meet you, guys, let's see, what's your story? What'd you got?_ [†]

    Coco puse dosarul pe birou.

    – _This is the stuff I told you about when we spoke over the phone, sir._ [‡]

    Funcţionarul luă o lupă şi le inspectă cu atenţie, metodic, fără să se grăbească, trecând încet de la una la alta şi aşezându-le apoi cu pioşenie pe masă, ca şi cum ar fi fost vorba de lucruri sfinte. Din când în când le arunca câte o privire exprimând un evident dispreţ pentru nişte oameni care, aflându-se în posesia unor documente istorice - de valoare sau nu -, le ţin mototolite sau aruncate cine ştie pe unde.

    – _Let's see..._ îşi drese vocea, luând din nou prima coală la analizat şi tipărind ceva la calculator. _This company went bankrupt during the Great Depression. This certificate is worthless. It's interesting just as a historical piece. You could put it on eBay and get a few hundred dollars for it, maybe._ [§]

    Deşi nu-şi făcuse speranţe, Coco se întoarse spre tatăl ei şi îi traduse:

    – Zise că-i doar o bucată de hârtie fără valoare... Câteva sute de dolari.

    – Aşa or fi toate, tată... răspunse Micu. Eu le-am adus mai mult că m-ai bătut tu la cap, dar bani fără muncă nu se poate, să ştii! Le înrămăm şi le punem pe pereţi în amintirea lui...

    Funcţionarul trecuse deja la următorul document şi-l studia cu atenţie.

    – _Same story here, guys. Sorry..._ [**]

---

* Nu poţi visa asta dacă nu joci şi tu. (engl.)
† Îmi pare bine să vă cunosc, ia să vedem... Ce-aţi adus? (engl.)
‡ Astea-s documentele de care am vorbit la telefon, domnule (n.a.).
§ Ia să vedem... Compania asta a dat faliment în timpul Marii Depresii. Certificatul nu valorează nimic. Doar ca piesă istorică e interesant - aţi putea să-l puneţi la licitaţie pe eBay şi să scoateţi poate câteva sute de dolari pe el. (engl.).
** Aceeaşi poveste şi cu asta. Îmi pare rău... (n.a.).

– Ei, măcar ne-am făcut datoria, tată. Oricum trebuia să ne interesăm, odată şi odată...

– Da, mă, numai să nu ne pierdem vremea prea mult p-acia! Că vreau să vizităm şi ... - cum îi ziseşi? - „Impaiăr Steit", aia de spuseşi că a rămas cea mai înaltă după prăbuşirea Gemenilor şi să nu se facă prea târziu.

– Dar avem...

– *Folks, this is another story!* îi întrerupse deodată funcţionarul, care, între timp, trecuse la alt certificat. *If I'm not mistaken, this was Penn Mills Corporation. This is a different ballgame! Seventy shares în 1928 worth three hundred dollars, they were bought out by Mama Steel in 1950, and then again by J&L, Inc. in 1997. Let's see. The value at the yesterday's market price would be exactly 536034 dollars.*[*]

Micu o privi pe Coco întrebător. Nu pricepea deloc engleza, însă văzuse că omul era emoţionat şi-şi dăduse seama că rostise nişte cifre mari.

– *How much?!*[†] întrebă ea, surprinsă şi neconvinsă că înţelesese bine ce auzise.

Funcţionarul îi repetă suma aproximativă:

– *Half a million, folks.*[‡]

– *Dollars?!*[§]

– *Yes, ma'am, dollars.*[**]

– Jumătate de milion, îngână ea... Tată, jumătate de milion! aproape că ţipă la el.

– Du-te, mă, d-acia... Cum să fie jumate de milion?! De ce, de dolari? Pfui... că doară n-o fi adevărat, că ne-a blagoslovit Dumnezeu! Pricepuşi bine ce zise ăsta? Or fi cenţi, nu dolari, mă fată!

– Eu aşa înţelesei, aşa spuse el, ce vrei? rosti ea, înfierbântată de emoţie.

Funcţionarul mai inspectase între timp două certificate, pe care le aşezase în teancul celor fără valoare.

– *Nothing here. Just historical documents. A few hundred dollars, maybe*[††], rosti şi trecu la următorul, o hârtie verzuie cu un colţ lipsă, pe care o pusese special deoparte de la prima tranşă. O analiză încruntat cu lupa, apoi tipări ceva la calculator, privind încordat ecranul. Peste câteva minute o luă din nou la studiat. O întoarse şi pe verso, inspectându-o îndeaproape şi pipăind-o, iar la urmă o aşeză cu grijă, apropiind o lampă puternică, ca s-o analizeze şi mai în amănunt.

---

[*] Oameni buni, asta e altceva! Dacă nu mă-nşel, asta e compania Penn Mills Corporation. Asta-i o altă poveste deja! Şaptezeci de acţiuni în 1928 valorând trei sute de dolari, au fost înghiţiţi de Mama Steel în 1950 apoi de J&L, Inc. în 1997. Ia să vedem. Valoarea de ieri de la închiderea bursei ar fi de fix 536 034 dolari. (engl.).
[†] Cât?! (engl.)
[‡] Jumătate de milion. (engl.)
[§] Dolari?! (engl.)
[**] Da, doamnă, dolari (engl.)
[††] Aici nimic. Doar documente istorice. Poate câteva sute de dolari. (engl.).

– *When you told me about this on the phone, I didn't believe you had stock in this firm. We might be onto something big here, folks. Really big. Wait for me for a minute. I'll be right back* *, le spuse şi dispăru cu hârtia după o uşă.

– Ce zise, tată? întrebă Micu.

– Nu ştiu, că s-ar putea să valoreze foarte mult... Stai să vedem.

– Cât să valoreze? Mă, poate ni-l fură şi rămânem fără el! Un' se duse ăsta?

– Cum să ni-l fure, tată? Aici nu-i ca-n România...

După câteva minute, funcţionarul se întoarse însoţit de un bărbat cu barbă şi ochelari de aur, cu alură de profesor universitar, care le zâmbi curtenitor şi le întinse mâna. De când era în businessul asta, îşi făcuse obiceiul să-i salute întotdeauna pe cei ce intrau săraci în biroul lui şi ieşeau după câteva minute bogaţi.

– *Folks, this is my boss. I had to run it by him, too, just to make sure. I looked into this certificate when you called last week and told me the name of the company. Now it is called Doox, Inc. - it's an international mining company. I have some fantastic news for you! If this piece is not fake, it is worth, at the yesterday's closing bell, more than twenty six million dollars. Whoever bought this, did it during the Great Depression, when the company was almost bankrupt and the stock was next to nothing. Phenomenal foresight, this unknown Warren Buffett*[†] *of yours! Congratulations, guys! You struck it rich today!* [‡] le rosti peste măsură de bucuros - întrucât făcea şi el din asta un comision gras.

Coco dădu să spună ceva, însă puterile o părăsiră deodată şi se lăsă moale pe scaun:

– Tată... douăzeci şi şase de milioane de dolari... îngăimă pierdută.

– Cât, tată? îşi apropie Micu urechea de ea. De câţiva ani buni avea probleme cu auzul, dar nu vrusese sub niciun chip să folosească aparatul pe care copiii i-l trimiseseră din America.

---

* Când mi-aţi spus la telefon că aveţi acţiuni în firma asta, nu v-am crezut. E posibil să avem ceva major aici, oameni buni. Mare de tot! Aşteptaţi-mă un minut. Mă întorc imediat (engl.).

† Warren Buffett (născut 1930), supranumit "oracolul din Omaha", investitor legendar, om de afaceri şi filantrop american. După revista „Forbes" (11 februarie 2008) este cel mai bogat om din lume, cu o avere estimată la 68 de miliarde de dolari. În 2006 a anunţat că îşi donează toată averea pentru scopuri caritabile, hotărând ca 83% din ea să fie folosită în acest scop de Bill & Melinda Gates Foundation (n.a.).

‡ Acesta este şeful meu. Am vrut să-l întreb şi pe el, ca să fiu sigur. Am căutat această companie săptămâna trecută, când m-aţi sunat. Acum se cheamă Doox, Inc. - e o companie internaţională de minerit. Am o veste fantastică pentru voi! Dacă documentul ăsta nu e fals, la valoarea de ieri a bursei, preţul lui ar fi un pic mai mult de douăzeci şi şase de milioane de dolari. Cine l-a cumpărat a făcut-o în timpul Marii Depresii, când compania era aproape falimentară, iar preţul acţiunilor ăstora era aproape zero. Inspiraţie fenomenală a acestui Warren Buffett necunoscut al vostru! Felicitări! Astăzi v-aţi îmbogăţit! (engl.).

– Douăzeci și șase de milioane, tată… Suntem bogați… rosti cu voce slabă, apoi vlaga îi reveni brusc și țâșni de pe scaun învigorată, îmbrățișându-l. Douăzeci și șase de milioane jumătate!

ÎNCEPUTUL

Capitolul 1

Era o dimineață albă de decembrie 1906 în Bercești, cătun din Cernădia, sat mic, sărăcăcios și însingurat, așezat la poalele Parângului, în nordul Olteniei. Cerul înghețat lumina aprins pășunile acoperite de nămeți albăstrui care păreau că nu se clintiseră de acolo de la începutul vremurilor. Un vânt tăcut și nemilos ardea fețele oamenilor care se strânseseră pe ulița mare ca să dea omătul deoparte și să facă loc căruțelor. Scrâșnetul fierului ruginit al lopeților și târnăcoapelor se auzea de departe în liniștea sticloasă, tulburată doar de ciorile răzlețe ce alunecau înfiorător pe deasupra crucii bisericii.

– Mă Mitule, adă-mi sticla cu vin, strigă Dumitru, unul dintre oamenii care trudeau la zăpadă, către un băiat de vreo zece ani, care arunca cu bulgări încercând să nimerească crengile cele mai înalte ale unui brad uitat de timp.

Copilul se repezi la o desagă și scoase o sticlă:

– Uite, tată. Să iau și eu o gură?

Bărbatul îi întinse sticla, iar copilul sorbi cu poftă.

– Îmi face bine la gâtlej, tată, e încă fierbinte de dimineață.

– Ți-arăt eu ție gâtlej acuma, afurisitule, vrei s-ajungi un bețivan? Treci la treabă mai repede, că pui joarda pe tine de nu mai știi pe un' să scoți cămașa! Numa' la bazaconii te gândești!

Copilul se încovoie din umeri și fugi să pună sticla înapoi de unde o luase, apoi se apucă să împingă o roabă cu lemne în josul uliței. Se opri de câteva ori să-și sufle în mâinile amorțite și își îndesă pumnii în buzunarele găurite ale cojocului, icnind cu năduf. „Fir-ar a dracu' de muncă și de iarnă!" își zise, îndoindu-și degetele de la picioare și încercând să vadă dacă și le mai simte.

– Mitușor, copil din flori, te pune tact-tu la treabă multă! îi strigă din spate un băietan de vreo doisprezece ani, țintindu-l cu un bulgăre în ceafă.

Copilul tresări brusc din răceala zăpezii ce i se prelingea pe sub minteanul de lână și se repezi la el să-l doboare. Se încăierară câteva minute, pe fața lui așternându-se o încrâncenare de soldat din linia întâi.

– O să te omor, Nistoraș! îi urlă în ureche, în timp ce era pus la pământ.

– Da? O să mă... omori? hohoti băiatul, trăgându-i o palmă și țintuindu-i mâinile cu genunchii. De ce, că nu ești a lu' taică-tu și că mumă-ta a fost o curvă de-o vorbește tot satul? Știi ce ești? Ești fecioru' curvei boierului, asta ești! Ești fecioru' lu' Popa!

Mitu se încordă să scape, dar greutatea adversarului era prea mare pentru forțele lui firave.

– Uită-te la mine, îi spuse atunci, oprindu-se pentru o clipă din trânteală. Când Nistoraș își întoarse spre el privirea, îl scuipă între ochi și primi în falcă un pumn greu, care aproape îl făcu să leșine.

Strigătul lui de durere îl ajunse pe Dumitru, care dădu fuga spre ei.

– Futu-vă muma-n cur de haiduci, vă ticnirăţi?! Nistoraş, scârnăvie, vezi că-ţi zbor fulgii dacă te mai legi de Mituşor! strigă, prefăcându-se că aleargă după el.

Băiatul dispăru iute într-o ogradă, pândind şi hlizindu-se pe după gard.

– Hai, copile, se întoarse Dumitru spre Mitu, las' că aşa-s oamenii, nu mai plânge şi tu, fii bărbat, nu muiere, ce naiba?! îl ridică din zăpadă, în timp ce copilul încerca să-şi stăvilească lacrimile.

– Da' de ce-mi zic toţi că nu eşti taică-miu? Tu eşti tata meu, nu? De ce vorbesc toţi? Toţi îşi bat joc de mine şi-mi zic că-s feciorul lu' boieru' Popa, nu al tău, şopti Mitu, cuibărindu-se la pieptul lui.

Dumitru îi luă capul în palme şi dădu să-i spună ceva, dar se opri şi-şi şterse fruntea cu dosul mânecii. Broboane de transpiraţie îi alunecară pe buzele crăpate de la ger.

– Al cui să fii, copile, dacă nu al meu? rosti într-un sfârşit, luându-l pe după umeri şi îndreptându-se încet înspre casă. Ascultă-mă pe mine, băiete, nu te uita la äilalţi, că-s răi, pizmaşi, mincinoşi, şi vor să te rănească. Nimenea nu te iubeşte mai mult decât ţiu eu la tine, Mituşoare, şopti în scârţâitul înfundat al paşilor.

Până acasă făcură o jumătate de oră, croindu-şi anevoie drum prin nămeţii care le ajungeau până la genunchi. Lui Mitu îi revenise roşeaţa în obraji după spaima cu Nistoraş şi acum alerga de colo-colo, încercând să găsească poteca cea mai bună. Dumitru îl urma, întârziind cu privirea asupra lui. „Dumnezeu mi-a dat copii buni, nădăjduiesc să am nepoţi mulţi şi strănepoţi zburdalnici cân' o fi să fie…".

Când erau aproape de poarta casei, Mitu se repezi înainte:

– Muică, ştii ce frumos e jos în sat? Brazii din curtea Nastasiei sunt ca-n poveştile pe care mi le ziceai tu când eram mititel! Mă pot duce să mă joc cu Ion a' lu' Maria? Hai, lasă-mă!

– Nu acuma, Mituşoare, hai să mâncaţi. Vă văzui venind şi vă şi pusei ceva pe masă.

– Lenuţo, stăi să-mi slobod cizmele, că tare frig mai îndurai azi, îi răspunse Dumitru, în timp ce se dezbrăca la intrare. Mitule, treci şi dă apă la animale, iute, nu sta! se întoarse spre băiat.

Copilul se uită la el cu împotrivire:

– Da' de ce nu le dă frate-miu? Ce, Gheorghiţă are două coarne?

– Băiete, trosni-ţi-ar fulgii, eu spun cine şi ce face în gospodăria asta! Eu spun ce munci face Gheorghiţă, ce face sor-ta, Gheorghiţa, şi ce munci faci tu! Ţ-am zis să faci asta, faci, dacă nu vrei să iei o bătaie soră cu moartea!

Mitu plecă la fântână, umplu o găleată cu apă şi o cără din greu în grajd, înjurând printre dinţi. „O să fug eu odată ş-odată de-aicea la capătul lumii şi-atunci or să vadă ei, când nu m-or mai avea!"

– Bea, afurisito! lovi cu putere în iapă, săltând înapoi când animalul necheză ameninţător. Luă apoi o lopată şi se apucă să rânească. Scuipă în scârbă de câteva ori şi înălţă lângă uşa grajdului o moviliţă de paie, noroi şi bălegar, pe care o adună apoi într-o roabă ruginită. „Da' cine pizda mă-sii-s io, să curăţ căcatul animalelor?!", oftă în vreme ce se opintea cu roaba spre grădină.

– Mitule, vii sau nu odată la masă?! auzi vocea răstită a lui Dumitru strigând de la geam.

– Viu acu', stăi doar niţel să răstorn roaba, nu pot să mă tai în două! De ce nu-i spui lui Gheorghiţă să care bălegaru'?

„Putoare ce eşti, îţi ia juma' de ceas să cureţi un nenorocit de grajd! O să te învăţ eu să nu mai dormi în papuci!" pufni taică-său.

– Vin' la mine, borac! Da' cin' crezi tu că-s eu să-ţi baţi joc?! Jigodie afurisită! Treci aicea acu'! strigă la băiat, în timp ce acesta venea spăsit scuturându-se de zăpadă.

Mitu ştia ce-l aşteaptă. Trecuse adesea prin asta, încercând să schimbe deznodământul, dar niciodată nu izbutise. De fiecare dată după o pedeapsă, îşi jurase să nu-i mai răspundă lui taică-său, însă mereu îl lua gura pe dinainte.

– Tată, nu mai fac, îţi jur, nu mai zic niciodată nimic, numa' nu mă bate, nu da în mine! îl imploră cu groaza de ce avea să vină aşternută pe faţă.

Dumitru se uită la el aspru.

– Apleacă-te peste masă, jigodie, să primeşti ce meriţi! mârâi la el, scoţându-şi încet cureaua de piele groasă de la nădragi.

– Lasă-l şi tu, Dumitre, nu vezi că-i amărât şi-nfrigurat? se puse Lenuţa între ei.

– Nu-mi spune tu mie, muiere, ce să fac cu plodul meu, c-o iei şi tu îndată! o îmbrânci el la o parte şi-l plezni o dată cu tărie.

Mitu ţipă sub muşcătura primei lovituri, care nu durea niciodată foarte tare, era doar o încercare. „De câte ori o să-mi dea acum? Data trecută mi-a dat de treişpe'", strânse din măsele şi pumni în aşteptarea restului.

Loviturile curs.ră regulat, urmate la fel de regulat de câte un icnet şi un urlet scurt. „Nu mai fac! Nu mai fac!"

– Treci şi mănânc-acu, afurisitule! sfârşi după un timp cât veacul Dumitru, trecându-şi înapoi cureaua prin găicile pantalonilor. Şi termină-te cu smiorcăitu' dacă nu vrei s-o-ncasezi înc-o dată!

– Tată, da' de ce trebe să loveşti aşa, dac-ai şti cum mă doare! se văită Mitu cu lacrimi pe faţă.

– Te doare pe mă-ta! La asta eşti bun, la smiorcăit nimenea nu te-ntrece! Data viitoare-am să te plesnesc cu joarda muiată, ascultă la mine ce-ţi zic! Băiete, vreau să scot om din tine: să te-nvăţ gospodărie şi cum să-ţi câştigi pâinea, că nimenea n-o să ţi-o dea pe degeaba când n-oi mai fi eu. Uită-te la Creţu, cum m-ajută la toate - duce vacile sus la păscut în zori, le-aduce noaptea, repară gardurile şi acoperişul casei. Când trebuie să aducem lemne de la munte, se scoală la patru dimineaţa, înaintea mea, iar eu trag de tine ca de o plăcintă să te urnesc din pat! De ce nu vrei să fii ca el, vrei să se-aleagă praful de tine?

Mitu îşi plecă ochii în pământ, înghiţind cu noduri jumările din strachină. „Ah, dac-aş putea să plec de aici! Ah, Doamne, dac-aş putea! Când o să mă fac mare o să fug din locul ăsta ca de tăciuni aprinşi!"

Seara, înainte de culcare, se cuibări lângă maică-sa.

– Lasă, Mituşor, nu te mai supăra şi tu, ştii că aşa-i taică-tu, iute la mânie, da-i bun la suflet şi te iubeşte ca pe ochii din cap, încercă să-l împace Lenuţa.

– Da' mumă, nu mai pot să-ndur! Mi-e frică să mă uit în ochii lui, mi-e frică că mă bate, mi-e frică de el! Auzi, azi iarăşi mă încăierai cu Nistoraş.

– Lasă-l în plata Domnului, că-i un netrebnic.

– Da' ce, mumă, are dreptate? Nu-s copilul lu' taica? De ce taica îl iubeşte mai mult pe Creţu decât pe mine? Cu ce-s mai rău eu ca ei?! Dac-aş fi feciorul lui, nu m-ar lovi aşa tare! Ştii ce tare mă bătu azi? Ştii?

– Culcă-te-acu', Mitule, scoate-ţi prostiile astea din cap, oftă ea, învelindu-l cu o pătură groasă de lână îngălbenită de vreme.

Capitolul 2

Casa în care locuia familia Popescu era foarte mică, din lemn. În patul larg din bucătărie, care începea la sobă şi se termina în peretele opus, stăteau, în ordinea înălţimii, Gheorghiţa, spusă şi Creaţa, singura lor fată, apoi Mitu şi, înspre geam, mama Lenuţa. Bucătăria dădea în altă cameră în care dormeau Dumitru, tatăl, cu Gheorghiţă, băiatul lor cel mare, poreclit şi Creţu. Copiii primiseră poreclele astea pentru că, spre deosebire de Mitu, semănau amândoi izbitor cu Dumitru: acelaşi păr cârlionţat, aceiaşi ochi, aceleaşi buze, parcă şi aceeaşi supuşenie în faţa cutumelor.

În spatele casei curgea un pârâiaş subţire - Boţota - printre pruni, meri şi corcoduşi, adunându-se în vale într-un heleşteu mic. Primăvara, clipocitul apei şi verdeaţa vie a ierbii dădeau impresia că Dumnezeu scăpase din greşeală o fărâmă de rai acolo, într-o lume prea chinuită şi mâncată de sărăcie pentru a-i mai simţi frumuseţea.

Lângă casă, puţin în dreapta, un grajd adăpostea iapa şi două vaci pe care Popeştii se trudeau să le ţină.

„Vitele şi-altceva nimic! Nimic!" spunea Dumitru când se străduia să-şi înveţe copiii de bine. „Animalele or să vă ţină-n viaţă. S-aveţi grijă de ele mai mult decât de voi!"

Zilele friguroase şi înzăpezite trecură greu, făcând loc, parcă în ciuda vrerii lor, razelor de lumină din ce în ce mai calde. Mitu îşi petrecu timpul până la venirea primăverii lângă căldura sobei sau prin curte, hârjonindu-se cu Gheorghiţă şi Gheorghiţa, aducând lemne de foc din şopru şi ajutându-l pe taică-său, fără mare tragere de inimă, la treburile gospodăreşti.

„Poate-oi trăi clipa să-l văd pe boracul ăsta însurat şi la casa lui...", îşi zicea Dumitru când îl vedea cum muncea în silă. „Poate-oi trăi asta...".

Într-o dimineaţă de duminică îl luă până la târg la Novaci ca să cumpere nişte sfoară şi o pereche de ghete[*] Se înţelesese cu un cioban ungurean de peste Gilort, din Novacii Streini[*] - Ivan - ca să plece a doua zi cu câteva sute de oi sus la munte lângă Rânca, şi avea nevoie de lucrurile astea.

După ce se învârtiră vreo oră şi mai zăbovinră o oră la crâşma din centru, o luară înapoi spre casă. Mitu se îmbogăţise cu o curea nouă şi o pălărie cu pană de fazan, ceea ce-l făcea să nu simtă mai deloc oboseala drumului de câţiva kilometri pe jos de la Novaci la Cernădia.

Ajunseseră în locul unde drumul principal se despărţea în drumeagul ce urca sus la Rânca şi cel ce ducea, peste pârâul Gilort, înspre satul lor, când trecu pe lângă ei o caleaşcă.

– Tată, da' cine-s oamenii ăia?

---

[*] Novacii Străini reprezintă aria din stânga râului Gilort, unde s-au localizat ungurenii, veniţi din Transilvania începând încă din secolul XVII din cauza represaliilor din urma răscoalelor ţărăneşti. Ocupaţia lor de bază era transhumanţa, păstorind oile în munţii Parângului şi Lotrului vara şi în câmpiile Dunării şi Banatului iarna (n.a.).

– Apoi ăştia-s chiaburi din neamu' lu' Sabin, băiete. Pe lângă ei, Popa boieru' îi un sărăntoc. Ăştia au munţi şi păşuni. Am auzit că au zeci de slugi şi-au fost chiar şi-n străinătate odată - departe, în America - şi-au văzut un automobil.

– Cum adică, automobil? căscă Mitu ochii a mirare.

– Adică un fel de caleaşcă cu motor care merge singură, fără cai, cu ulei sau gaz, nu ştiu să-ţi spui mai multe. Da' ia mai termină cu-ntrebările, că mă-nnebuneşti!

– Şi noi nu putem să ne cumpărăm şi noi unul?

– Mă, numa' bogaţii pot să-şi cumpere lucruri din astea, nu noi... îl repezi Dumitru posac.

Mitu se arcui de curiozitate şi se îndreptă înspre trăsură.

– Treci încoa', afurisitule, un' te duci?

– Vreau să-i văd mai de-aproape, taică, mă laşi?

– Ce să vezi mai de aproape, drac mic?

– Vreau să-i văd cum arată! Mă duc o ţâr pân' acolo... răspunse el, apropiindu-se de caleaşcă. Când ajunse în dreptul ei, nu se putu abţine şi se înălţă să se uite pe geam. Un chip de femeie în vârstă îi apăru atunci în faţă şi-l dojeni cu voce aspră:

– Ce vrei, pui de ţaran, la ce te uiţi?

Mitu îşi coborî privirea şi o roşeaţă puternică îi năpădi obrajii.

– Futu-ţi Dumnezeii mă-tii de copil, treci aici! Treci aici ţi-am zis! urlă Dumitru înfierbântat, alergând spre el şi apucându-l de ureche. Cin' te-a pus să te uiţi în ograda altuia, aşa te-am învăţat eu, nenorocitule?

– Da' ce făcui, tată? Nu făcui nimica!

– Hei, tu, ăla de-acolo, ia vino până la mine! îl strigă poruncitor femeia de după perdea.

– Hai, du-te, ce-aştepţi, să ţi se spună de două ori?! îl repezi din nou Dumitru.

Mitu se apropie sfios de caleaşcă, ştergându-şi lacrimile cu dosul mâinii.

– Uite-aici, ia o bomboană! îi spuse femeia şi-i întinse o bucată de ciocolată.

Copilul întinse mâna s-o ia, dar, când să o apuce, ea i-o aruncă înadins pe jos.

– Ia-o de-acolo! îi porunci cu glas ridicat, urmărindu-l cum se apleca s-o culeagă dintre pietre.

– Săru-mâna, doamnă, bogdaproste, răspunse el făcându-şi cruce şi, în clipa următoare, i-o aruncă în faţă şi o luă la goană peste podeţ.

– Măgarule, pui de ţaran nespălat, mi-ai murdărit trăsura, o să trimit să te bage la puşcărie! zbieră femeia în urma lui. O să te prind şi-o să te jupoi de viu!

Dumitru se luă după el mânios, îl ajunse şi-l apucă de mână, trăgându-l cu furie.

– Aşa te-am învăţat eu, dihanie? Să vezi ce te-aşteaptă acasă! O să te omor! Joarda muiată o să fie pe tine! Eu te-am făcut, eu te omor, jigodie nenorocită! îi răcni cu asemenea tărie încât îl făcu pe bietul copil să se gârbovească de groază.

Bătaia pe care o primi de data asta - cu un lemn lat şi subţire, special croit - fu mult mai păcătoasă decât cele de dinainte. Mitu rămase întins pe podea cu lacrimile şiroaie pe faţă, chircindu-se de durere. După ce zăcu jumătate de oră, începu să-şi plimbe degetele pe spate şi pe fund, ca să-şi dea seama unde îl durea cel mai tare.

„Jur pe viaţa mea c-o să strâng bani mulţi, cât să cumpăr toţi munţii ăştia şi să fiu cel mai bogat om de pe aici, de-or să vie toţi la mine să-mi ceară ajutor. Jur, jur că asta o să fac!", îşi spuse cu năduf, ridicându-se cu un icnet şi îndreptându-se spre o cutie mică de metal în care-şi ţinea economiile. Scoase banii, îi numără de câteva ori şi un sentiment crâncen de neputinţă îl năvăli: „Toţi gologanii ăştia nu-mi ajung nici de câteva pâini...".

Când maică-sa intră în odaie, izbucni din nou în plâns.

– Lasă şi tu, Mituşor, nu te mai necăji atâta, hai să te oblojesc o ţâră, încercă ea să-l aline, dezvelindu-l până la piele ca să-i vadă urmele de la lovituri. Înmuie o cârpă în apă rece ca să-i cureţe sângele ţâşnit prin pielea crăpată.

Mitu tresări de câteva ori la atingere, apoi se întoarse spre ea, bodogănind-o:

– Mumă, nu vezi cât de tare mă bate? Tu de ce nu-i zici nimic? De ce?!

– De la ce vă luarăţi de data asta?

– M-am uitat într-o caleaşcă să văd cine-i într-însa şi-a început să mă bată.

– Ce caleaşcă?

– Nu ştiu, a neamului Sabin, îmi spuse tata.

Maică-sa tresări:

– Cine era în trăsură?

– Apăi, o femeie care mi-a aruncat o ciocolată pe jos.

– Mituşor, să ţii capul plecat în faţa bogaţilor, ascult-o pe mama. Ei te pot îngropa dintr-un semn.

– Da' ce, ei nu-s tot oameni ca şi noi?!

– Dumnezeu are grijă de fiecare în parte şi-l pedepseşte pe măsură. Tu fii bun şi nu fă rău la nimenea şi El o să vadă asta. Hai la culcare acum.

A doua zi când se sculară - la patru dimineaţa - pe Mitu încă îl durea pielea plesnită de la bătaia pe care o primise. Se ridică îmbufnat şi se pregăti alene de plecare, privindu-l morocănos pe Gheorghiţă care era gata şi aştepta la poartă. Aveau drum lung de făcut pe jos până la Rânca: era vremea transhumanţei, când oile erau urcate sus la munte şi ţinute acolo până la începutul lui octombrie, când erau coborâte din nou la şes sau împărţite înapoi fiecăruia după număr şi fel.

Lenuța le așternu în grabă masa și apoi le puse merinde în traistele de cânepă groasă, urându-le drum bun și presărând cu sare în urma lor:

– Dumnezeu să fie cu voi și să vă-ntoarceți sănătoși, șopti după ei, privindu-i cum porneau în călătoria de câteva zile.

La marginea satului se mijea de ziuă când se întâlniră cu Ivan și cu încă doi inși, care îi așteptau cu o turmă de câteva sute de oi.

Porniră pe drumul ce ducea spre Păpușa. Mitu, în fine dezmeticit după trezitul cu noaptea în cap pe care îl ura, uită de bruftuluiala primită cu o zi înainte și începu să cânte, neluând aminte la ceilalți.

Vocea cristalină i se deslușea limpede în tăcerea netulburată decât de lătratul vreunui câine sau de dangătul clopotelor de la gâtul berbecilor. Cânta din toata inima, fără a se sfii de oamenii pe care nici nu-i știa prea bine.

– Mă omule, auzi cum glăsuie feciorul tău? se trase Ivan lângă Dumitru.

– Cântă și el, ce să facă, mai bine decât să plângă...

– Da' uite ce glas frumos are, Dumitre! Ar putea face lăutărie copilul ăsta al tău. De ce nu-l dai la Baia, la Corcoveanu, să-l învețe să cânte la acordion?

– Mă Ivane, tu-nnebuniși cu totul?! Apăi, ce să facă Mitușor al meu cu lăutăria? Să umble din poartă-n poartă pe la nunți și s-aștepte crăițarii altora? Să cerșească după gologani? Eu vreau să-l fac gospodar la casa lui, nu scripcaru' satului!

– Mă, da' uită-te la el, nu vezi? Mitu-i plăpând, nu-i croit pentru munca asta! Gheorghiță, fiu-tu ăl mare, ce vrednic e, e voinic și harnic, se vede c-o să aibă gospodărie ca nimeni altu' în sat, când o s-ajungă flăcău. Da' Mitu, dacă nu-i place munca cu animalele, trebuie să-l trimiți la școală sau altundeva.

– Da' de unde Dumnezeii mă-sii bani de școală?! Ce, eu am făcut școală? Ș-am muiere, și plozi, și gospodărie, ce-ți mai trebe școală?!

– Mă omule, nu vrusăi să te supăr, doar îți dădui un sfat... se apără Ivan, apoi continuă: dar dac-ar fi feciorul meu, să știi că l-aș da să învețe muzică de la Corcoveanu.

Dumitru încetini pasul ca să gândească. „Ce tot îmi zic mie alții ce să fac? Ce, eu le zic lor cum să-și crească boracii?", își încruntă sprânceana. Chipul i se schimonosise de mânie, așa cum i se schimonosea și când se pregătea să-l altoiască pe Mitu, iar zbârciturile i se adânciseră pe frunte. „Uite ce-ajunsei, să-mi spună o venitură de ungurean ce să fac, de parcă n-aș avea și eu cap! Pfui, 'tu-i anafura mă-sii!"

Capitolul 3

Tot drumul până la Rânca, Mitu nu se opri din cântat. La popasuri, când se aşezau să mănânce, mai îngâna câte ceva.

– Mă fecior, da' tare frumos mai glăsuieşti! se strângeau ciobanii pe lângă el. Da' doina asta o ştii? Da' pe asta? îl întreba câte unul, lălăind cântecul până când copilul îl învăţa.

În cele două zile cât a ţinut călătoria, învăţă cinci cântece noi, pe care nu obosea să le tot repete, colorându-le în fel şi chip cu vocea lui mlădioasă şi subţire. Până atunci nu cântase niciodată aşa mult; de obicei fredona câte o melodie prin curte, mai ales când ştia că nu era nimeni prin preajmă să-l audă, după care uita şi se lua cu joaca.

În ultima seară dinainte de despărţire, când se strânseră pentru odihnă, goliră câteva sticle de rachiu şi jeluiră împreună până când îi podidiră lacrimile:

Am noroc că ştiu cânta,
Că-mi astâmpăr inima.
Horile-s de stâmpărare
La omu cu supărare!

Dimineaţa se sculară, mahmuri după băuta de noaptea trecută, şi se despărţiră. Dumitru şi cu băieţii se întorceau în Cernădia, în vreme ce oierii îşi continuau drumul cu turmele peste munţi, urcând pe la pasul Urdele, peste Păpuşa, şi luând-o spre lacul Gâlcescu, unde aveau să stea pe coaste luni şi luni de zile.

În drum spre casă, lui Dumitru îi veni în minte ce-i spusese Ivan. „Oare ce s-o alege de Mitu...?!" se întreba posac, privind încruntat spre băiat.

Copilul, însă, nu avea habar de grijile lui taică-său: se lumina de bucurie când găsea câte o fragă, se întorcea uneori către Gheorghiţă ca să se agaţe de el sau se hârjonea cu câinele. Din când în când se oprea să-şi tragă răsuflarea şi atunci se aşeza lângă un copac, închidea ochii şi începea să zică un hăulit pe care-l învăţase de la Ivan:

Ia zi-i una baciului,
Alta mânzărarului,
Una miorarului,
Şi-alta berbecarului,
Încă una pentru câini,
Şi-alta pentru stăpâni,
Mai zi-i una dacă poţi,
Ca să-i săturăm pe toţi!

„Poate că oamenii ăştia au dreptate..." îşi zise Dumitru „Poate-o ajunge cântăreţ la biserică. Asta... da... ar fi un lucru bun..."

Când fură aproape de Cernădia, îl strigă tare:

– Mituşor, ia vin-încoace pân' la mine, mă, un' te duseşi?!

Copilul, care uitase de el şi o luase mult înainte tot făcându-şi de lucru cu câinele, se întoarse voios:

– Da, taică.

– Mă băiete, începu Dumitru, apoi la pământ şi la animale văd că nu ţi se dă inima. Şi m-am gândit, şi m-am tot gândit: o să te trimit la Baia de Fier la lăutar să te-nveţe un pic de meserie. Poa' s-o alege ceva de tine cu muzica asta a ta, că-i ciripăieşti de parc-ai avea pe dracu-n tine...

Gheorghiţă, băiatul cel mare, se îmbufnă atunci deodată. Pe el, taică-său nu-l trimisese niciodată să înveţe ceva, îl pusese mereu doar la munci! De ce? Ce, frate-său era mai cu moţ?! gândi posomorât.

– Taică, vorbeşti de-adevăratelea?! Chiar vrei să mă trimiţi la Corcoveanu? strigă Mitu copleşit de fericire şi începu să ţopăie din dreapta în stânga potecii, născocind pe loc câteva versuri şi o frântură de melodie:

Mă duc pân' la Corcoveanu
Să-nvăţ cântu' pân-la anu'
În nădragi să-mi intre banu'
Să nu mai am treabă cu lanu'
Hai noroc, noroc, noroc!
În al sufletului meu foc
Am să ţopăi tot în loc
Slab la muncă, iute-n joc!

– Bă, drac mic, îl mustră vesel Dumitru, hai că mă făcuşi să râd cu stihurile astea! De un' ţi-au venit în cap?! Un zâmbet larg îi lumina acum chipul, lucru rar la el, care nu se înveselea niciodată de la năzbâtiile copiilor lui.

– Şi cum o s-ajung acolo, tată? Cum ajung eu pân-la Baia?

– Sunt cinci kilometri, băiete, de la noi la Baia de Fier. Apoi, dacă vrei să-nveţi muzică, o să-i faci pe jos, că doară n-oi vrea să te car cu căruţa de colo-colo ca pe-un domnişor!

Mitu sări în sus de bucurie.

– De-abia aştept, tată, de-abia aştept! Eşti cel mai bun tată din lume! îl îmbrăţişă strâns.

Dumitru se posomorî. Ceea ce vrusese să facă din feciorul lui mai mic - un om la casa lui care să-şi poarte singur de grijă, cu simţul gospodăriei, aşa cum îl avea el - se ducea pe apa sâmbetei. „Gheorghiţă, fecior-miu ăl mare, e aşa de harnic şi statornic! Oare ăsta mic cui mă-sa-i seamănă?! Zici că-i boieraş! Dacă nu i-o plăcea muzica, n-o avea ce face şi s-o apuca de ceva meşteşugărie, c-altfel o să rămâie sărăntocul satului, că la mine acasă n-o să-l primesc să stea!"

Ajunşi în centru, Dumitru ocoli drumul pe la casa lui Cercescu - tatăl lui Nistoraş.

– Da' de ce tre' să mergem pe la ei? întrebă Mitu nemulţumit.

– Mi-a luat mai demult o bardă ca să-i facă un căruţ de lemn lu' Nistor ca să se dea pe râpă la vale... Şi-mi trebe înapoi.

– Eu nu vreau să viu acolo...

– Ce ţi-e, borac? Că doară nu ţi-o fi frică şi cu noi doi lângă tine!

Mitu se luă abătut după ei. Când ajunseră, spre uşurarea lui, nu-l văzu pe Nistor nicăieri. Dumitru deschise poarta şi păşi în curte, apoi se opri deodată şi înjură:

– Ah, 'tu-ţi muma mă-tii! strigă, ridicându-şi piciorul şi uitându-se atent la talpa cizmei. Călcase într-o baltă de ploaie veche de câteva zile şi se înţepase în ceva.

– Ce e, tată, ce făcui? întrebă Mitu speriat. Orice răbufnire a lui Dumitru îl înlemnea de spaimă.

– Îmi intră ceva în talpă, nu făcuşi nimica tu, băiete.

Mitu răscoli balta şi dădu peste o scândură cu nişte cuie groase ieşite în afară.

– Unul din ăştia-ţi intră, te doare rău?

Dumitru scutură din umeri şi bătu la uşa casei lui Cercescu. Termină repede: îşi luă barda înapoi şi se îndreptară spre casă. Mitu nu se mai ţinea în faţă, ca înainte, ci pe lângă frate-său, bucurându-se că nu avusese prilejul să dea ochii cu Nistor.

Când intrară în curte, Lenuţa le ieşi veselă în întâmpinare:

– Bine vă-ntorserăţi, haideţi să vă pui d-ale gurii. Că v-aştept de pe-nserate, unde zăbovirăţi atâta?

– Las', Lenuţo, că-s ostenit tare... Eu am să mă bag în pat. Mă dor toate oasele de la mers, îi răspunse Dumitru, scoţându-şi încet încălţările.

– Da' ce păţişi la picior? îl întrebă femeia văzându-i ciorapul de lână înroşit de sânge.

– Ei, mă lovii-ntr-un cui; şi uitai de asta, rosti bărbatul cu voce înceată, trântindu-se în pat şi dând din mână a nepăsare. Grea-i viaţa asta, atâta trudă şi sudoare pentru nimica... rosti şi aţipi pe loc, răpus de drum.

Când îşi scoase ciorapii a doua zi, văzu că o umflătură fierbinte se lăţise în jurul înţepăturii. Şi-o spală cu apă caldă şi cu săpun de casă şi şi-o bandajă cu bumbac, căznindu-se să calce cât mai uşor, ca să nu simtă usturimea.

În câteva zile îl apucă o febră uşoară cu ameţeli, dar îşi reveni sub oblojirea Lenuţei, care îi dădea necontenit ceaiuri şi ciorbe calde.

Peste două săptămâni, însă, căzu la pat arzând ca o plită încinsă. Aiura şi îşi dădea ochii peste cap, semne limpezi pentru oricine că Dumnezeu îl încerca.

– Auzi, muiere, dacă se întâmplă ceva cu mine, îi spuse Lenuţei într-o clipă de luciditate, vreau să-ţi zic ceva: dacă eu mor, dă-l pe Mituşor la Baia, la Corcoveanu, să-nveţe lăutărie. Jură-mi!

– Ducă-se pe pustie, ce spui tu aicea? Cum să mori?! se împotrivi Lenuța.

La scurt timp după asta lui Dumitru i se făcu atât de rău, că femeia se gândi să cheme preotul. Înghițea cu mare greutate și trupul îi era cuprins de spasme și zvârcoliri bruște. Fălcile i se încleștau, iar fața îi împietrea în grimase scurte și dese. Fierbințeala nu mai dădea înapoi, iar somnul îi era din ce în ce mai greu și mai lung.

„Dumnezeule, nu mi-l lua! Doamne Dumnezeule, cu ce ți-am greșit?! Ce-o să mă fac singură? O să mor și eu!", izbucni ea într-o dimineață, când încercă să-l trezească. El nu mai răspundea - nu mișca deloc, nici pleoapele nu-i mai zvâcneau, doar suflarea adâncă și hârjâită mai dovedea că era în viață.

Dumitru a murit peste o zi, la mijitul soarelui. Când ea le-a spus copiilor vestea, o liniște de piatră se așternu preț de câteva clipe. Moartea era un lucru încă nemaiîncercat de ei. O văzuseră de multe ori la alții - mai ales pe la înmormântări, unde se duceau la vânătoare de crăițari - însă nu o simțiseră niciodată atât de aproape. Într-un sfârșit, Gheorghiță și Gheorghița izbucniră în plâns. Mitu rămăsese înlemnit, fără să poată scoate un sunet. Apoi se duse afară și se așeză lângă pârâul din spatele casei, unde obișnuia să stea când era supărat. Gânduri răzlețe îi fugeau prin minte și privirea i se ațintea asupra unor mărunțișuri pe care nu le observase niciodată înainte, de parcă sufletul ar fi încercat să se apere, închizându-se într-o carapace și lăsând să intre înăuntru doar ceea ce era lipsit de însemnătate. „Uite gândacul ăla galben de sus așezat pe tulpina corcodușului, cum arată!"

Deodată se simți vinovat: „De ce nu-mi vine să plâng? Cum de nu-mi vine să plâng?!" Se forță să-i dea lacrimile, dar nu izbuti, de parcă i se golise sufletul. „Trebe s-o ajut pe muma!" îi fugi apoi prin minte și se îndreptă spre casă.

Înmormântarea a fost simplă și sărăcăcioasă, așa cum se făcea pe atunci. Dumitru a fost pus într-un coșciug încropit din scândurile din șopru și purtat într-o căruță de lemn învelită cu preșuri din casă. În urma ei, Lenuța bocea, sprijinindu-se de Gheorghiță ca să nu se prăbușească de inimă rea. Apoi veneau rudele și toată suflarea satului.

Mitu a mers până la cimitir de parcă n-ar fi fost vorba de taică-său. Se uita la hainele oamenilor, cu ochii țintă la petele de pe pantalonii unora sau la cămășile mototolite ale altora. Un dezgust ciudat îl cuprindea când, fără să vrea, își arunca privirea spre căruță și vedea fața învinețită a lui Dumitru.

– Mitușoare, să fii cuminte și s-ai grijă de muică-ta, că-i singură și amărâtă ș-acu' are nevoie de voi mai mult decât orice pe lume, îi spuseră câțiva la sfârșit, după pomană, în timp ce se răspândeau pe la casele lor. Dacă ai nevoie de ceva, de orice, vino pe la mine; tu ești ca și copilul meu.

Pe când se pregăteau să se îndrepte spre casă, îl zări Nistoraș, care părea că întârzia ca să mai pună mâna pe niște colaci. Încercă să-l ocolească, însă acesta se apropie iute de el:

– Dumnezeu vede şi ştie şi face dreptate întotdeauna..., îi spuse rânjind, apoi se îndepărtă zorit.

Mitu încercă să-şi oprească lacrimile, dar nu mai izbuti. Pentru prima dată în trei zile izbucni într-un plâns care-l zgâlţâi din rărunchi. Se ciuci lângă un gard şi continuă să hohotească multă vreme: „Tăticule, tăticule, iartă-mă dacă n-am fost aşa cum ai vrut tu! N-am vrut, n-am vrut, unde te-ai dus şi m-ai lăsat?!"

O stare ciudată îl învălui văzând de departe pânza neagră atârnată în poartă. Ograda, şoprul, casa, îi păreau altfel. Locul în care trăise până acum era străin şi pustiu, acoperit de o linişte stranie, în ciuda zgomotelor neîncetate ale animalelor şi plânsetelor întretăiate ale maică-sii.

„Când o să cresc, o să-l omor pe Nistoraş! Că din cauza lui s-a prăpădit taica! Din cauza căruciorului lui blestemat!" îşi făgădui când intră în casă şi văzu locul - acum gol - unde dormise Dumitru.

„O să-l omor!"

ARCUȘUL

Capitolul 4

La câteva luni de la moartea lui Dumitru, Mitu a început să uite. Viaţa îşi urma curgerea ei firească, în care întâmplările, bune sau rele, aduc omului bucurie sau tristeţe pentru răstimpuri mult mai scurte decât s-ar crede, iar el nu era altfel decât toata lumea.

Vizitele la Corcoveanu, poruncite de taică-său cu limbă de moarte, se transformau în ceva ce aducea a habotnicie. Făcute la început de două ori pe lună, cu trecerea anilor se înmulţiseră la câteva zile pe săptămână. Mergea pe jos de la Berceşti la Baia de Fier, vară sau iarnă, ploaie sau ninsoare, şi urma neabătut lecţiile. Dintre toate instrumentele la care cânta lăutarul cel mai bun al regiunii, Mitu se lipise nu de acordeon, cum îl îndemnaseră oamenii, ci de vioară. De când văzuse cutia de lemn lăcuit scoţând sunete subţiri care puteau fi transformate, în funcţie de apăsarea pe corzi, în note vesele sau triste, duioase sau aspre, prelungi sau scurte, clare sau difuze, purpurii, aurii sau transparente, inima i se oprise la ea.

– Mă copile, o să te doară vârfetele degetelor! Las-o mai moale! Nu te ambala mai mult decât te ţin curelele! îl prevenea câteodată Corcoveanu, îngrijorat ca nu cumva băiatul să-i strice vreun instrument din prea mult avânt.

Prima dată când a cântat în faţa unui grup mare de oameni a fost cu puţin înainte de a împlini şaisprezece ani. Dându-i de veste că la sfârşitul săptămânii avea să cânte la horă la Ţapa, la Novaci, Corcoveanu l-a întrebat dacă se simţea în stare să „debuteze" şi el.

– Chiar aşa 'nea Corcoveanu?! Apoi cum să nu fiu în stare?! i-a răspuns el încremenit de bucurie, pentru că, prin asta, se vedea intrat oficial în rândurile muzicanţilor.

În cele câteva zile care au urmat, gândul că avea să cânte în faţa a zeci de oameni - şi nu în Cernădia, ci chiar în comună! - l-a ţinut treaz până mult după miezul nopţii. Pe măsură ce se apropia sorocul, se înfricoşa tot mai tare. Teama că va uita un vers sau că va stâlci vreo notă era aşa de mare, încât minţile îi rătăceau numai la asta.

– Mi-e frică, maică... îi spunea Lenuţei. Dac-o să râdă lumea de mine?

– Cum să râdă, copile?! Înnebunişi de tot?! îl îmbărbăta ea. Apoi tu crezi că ei nu ştiu cum cânţi? S-a dus vorba din om în om că nimeni nu-i mai bun la arcuş ca tine!

– Păi tocma' d-asta! Dacă mă-ncurc, ce-o să mă fac? O să intru-n pământ de ruşine şi n-o să mai pot da cu ochii de lume!

– Apoi, Mitule, nu te ştiam aşa de fricos! Că zici că eşti muiere ş-alta nu! Crezi c-o să bage careva de seamă, după o sticlă de rachiu, c-ai greşit o ţâr' pe ici, pe colo?!

Când, într-un sfârşit, veni şi sâmbăta cu pricina, se ferchezui din vreme, pieptănându-şi cu migală părul şi scuturându-şi pentru a mia oară praful de pe pantaloni. Îşi pregătise hainele de cu seară, călcând şi apretând gulerul cămăşii şi lustruindu-şi la nesfârşit pantofii.

Pe la amiază o luă spre Novaci - agale, ca pentru a mai amâna puțin clipa când avea să fie dinaintea oamenilor -, repetând necontenit în minte cântecele. La Țapa ajunse dârdâind de emoție, ca și cum i-ar fi venit clipa de pe urmă. Corcoveanu îl mustră că întârziase, apoi îl împinse să urce pe mica scenă improvizată, punându-i în mână o vioară. De acolo de sus privi la oameni, dar nimeni nu-i dădea atenție. Rămase așa câteva clipe așteptând îndemnuri, când un țăran strigă vesel la el:

– Dă-i, Mitule, din strună! Repejor și cu spor, nu mai zăbovi cu gândul la muieri!

În clipa aceea, ca luată cu mâna, frica îi dispăru:

– Apoi n-ai dumitale grijă, c-așa oi face, nea Ioane! Tu numa' ține pasu-n loc! îi răspunse și trase o dată cu arcușul pe corzi, după care taraful începu să-i țină isonul.

Ca la un semn, lumea se încinse într-o horă, după care muzica se transformă într-o învârtită-n doi, ținând-o așa până când broboane de transpirație începură să le curgă oamenilor pe la tâmple.

Când luară o pauză ca să îmbuce și să bea și ei ceva, lui Mitu i se citea fericirea în ochi. Nu-i venea să creadă că nu se făcuse de râs! Se așeză voios pe un scaun și-și trase o sticlă de vin aproape. Avea acum timp să se uite primprejur și să vadă pe cine știa de acolo. Lângă el era un bărbat care i se păru cunoscut, dar nu-și putea aduce aminte de unde. Acesta se uită la el stăruitor, apoi se trase aproape și intră în vorbă:

– Al cui ești, trubadurule?

– A lu' Lenuța Popescu, văduva lu' Dumitru Popescu din Bercești. Mitu. Eu parcă te cunosc pe mata, da' nu știu repede de unde să te iau.

– Hai nu mai spune! Tu ești Mitușor? Pfui, că nu te mai recunoscui! Da, Mitu!... Da' ce-ai mai crescut! Te-ai făcut flăcău în toată firea! Apoi câți ani ai?

– O să fac șaișpe-n două luni.

– Doamne, cum mai trece timpul ăsta...! Azi ești mic, mâine ești mare! oftă omul filosofic, după care luă o sticlă de pe masă, o puse la gură și trase o dușcă adâncă. Acu' erai mic și te ițeai pe la garduri ș-acu' ești gata de-nsurătoare. Nu mă mai recunoști, hai? Știi cine-s eu?

Mitu dădu scurt din umeri, ca și cum ar fi spus că nu știa, dar nici nu-l interesa prea tare.

– Uitarea se pune pe noi, da. Tot așa cum... rosti acesta încâlcit.

Mitu se veseli în sinea lui - „ăsta-i beat turtă!" - și-l întrebă de unde se cunoșteau.

– Mă băiete, mă, că mă și-nărvezi! Da' uită-te bine la mine! Io-s Vasile, unchiu' lui Pistol, nu mă mai ții minte? Deh, am plecat de mult din sat și ochii care nu se văd se uită... Acuma ce venii cu treburi și dădui și pe la horă când aflai că se face. N-am mai fost pe-aici de ani și ani de zile. Eu stau în Petroșani.

– Unchiu' lui Pistol?! Apoi da, neică, cum nu, acu' îmi amintesc! Da' el de ce nu veni?

Vasile se apropie atunci şi mai tare şi i se destăinui secretos:

– Ar fi venit, săracu', da' vrea musai să strângă ceva gologani şi rămase să mai muncească câte ceva.

– Da, neică, da' să nu vină la horă pentru asta?! Sâmbăta? 'Poi ce, munceşte el sâmbăta după-masa?

Vasile îi şopti la ureche:

– Mă, el vrea să strângă mulţi bani şi să plece d-acia. Da' jură că nu spui la nimenea!

– Să plece? Unde să plece?!

– Vrea să plece în America cu vaporul la anu', puse degetul la buze. Mitu făcu ochii mari. „America?!"

– Dumneata vorbeşti serios?! Pistol chiar vrea să facă asta?! Şi mie nu mi-a zis nimic...

Ciudat, atunci îşi aminti de boieroaica ce strigase la el prin geamul trăsurii şi se mohorî. „Ah, ce fericiţi trebe să fie ăştia de pleacă şi fac gologani...".

– Să nu spui asta la nimenea, jură-mi! Ia zi, da' puseşi ochii pe vro mândră de p-aci? îl scoase Vasile din ale lui.

– Pe cin' să pui ochii, că nici n-avusei timp să mănânc! rosti el şi-şi plimbă privirea prin sală. Cine-i aia din colţ, de la masa din stânga?

– Apoi, nu ştiu nici eu, că-s plecat de mult, da' o şti Iosif, se întoarse Vasile spre un ţăran care se lupta îndârjit cu o sticlă de vin. Mă Iosife, a cui e fata aia?

Acesta se căzni să priceapă ce era întrebat, apoi, într-o străfulgerare scurtă de limpezire a minţii, le răspunse:

– Apoi aia-i ungureancă. Îi Mioara lu' Anton Munteanu din Novacii Streini. Mitule, hai să-ţi fac cunoştinţă cu ea. Are optşpe ani şi cată să se mărite.

Vasile ridică sprânceana:

– Copile, îi mai bătrână cu doi ani ca tine...

Mitu dădu din umeri a nepăsare: „Şi ce dacă?! Nu vede cât îi de rozie şi de frumoasă?"

Tot restul serii, în pauzele dintre cântări, îl petrecu cu ea. Se potriveau aşa de bine! Râdea la şoanele lui, roşea când îi spunea cât de frumoasă era, îl privea cu tâlc.

Când, spre seară, hora se termină, ieşiră împreună şi o luară nu spre centru, ci agale, pe valea Gilortului. Merseră o vreme aşa, tăcuţi şi sfioşi. Mitu era pentru prima dată atât de aproape de o fată. Se gândise de sute sau de mii de ori la asta, îşi făcuse planuri şi vorbise cu prietenii lui, dar nimic nu părea că-i era de vreo folosinţă acum. Îngăimă câteva lucruri oarecare şi repetă nişte întrebări fără înţeles, pentru a intra apoi în câte o tăcere stingheră.

– Mitule, toate fetele puseră ochii pe tine în seara asta! îi spuse Mioara, apucându-l deodată de mână. Ştii?

– Da? Să le fie de bine, pentru că eu avusei ochi doar pentru tine! îi răspunse el, mirându-se cum de ticluise pe loc aşa un răspuns.

Fata roşi şi îl sărută uşor pe obraz.

– Eşti cam sfios tu, aşa, cântătorule... Hai să ne-abatem niţel de la drum.

O luară prin pădurea de brazi şi se opriră într-un desiş întunecat. El o privi plin de dorinţă, apoi o cuprinse pe după mijloc şi o sărută nesigur. Fata zâmbi de stângăcia lui, îi întoarse sărutul cu patimă şi-l împinse uşor, făcându-i semn să se aşeze pe iarbă.

Când, după vreun ceas, se ridicară şi se îndreptară, înlănţuiţi, spre casă, un gând îi stăruia lui Mitu în minte: „Nu credeam să existe ceva mai frumos decât muzica... Ce-am făcut toţi anii ăştia?!"

Capitolul 5

În sâmbăta aceea se împliniseră șase ani de când murise Dumitru. În răstimpul ăsta, puștiul neastâmpărat, jucăuș și supărăcios ce fusese Mitu se transformase într-un flăcău mândru și ștrengar, cu o statură închegată, ce aminteau prea puțin de copilul slăbănog și sperios de odinioară.

Reușita pe care o avusese la hora la care cântase pentru prima dată în fața oamenilor îi ațâțase și mai mult dragostea de vioară. Dacă până atunci pusese mâna pe arcuș doar pentru plăcere, acum muzica îi dădea și mulțumirea că oamenii îl prețuiau pentru iscusința lui. Botez după botez, nuntă după nuntă, sărbătoare de sărbătoare, cânta cu taraful lui Corcoveanu până când degetele i se umflau și i se înroșeau de la frecatul și apăsatul pe coarde.

Vocea i se transformase - nu mai era subțire și limpede de copil, devenise mai groasă, puțin răgușită când urca, mai matură și mai sigură, făcându-i uneori pe țăranii care-l ascultau cum jelea doinele să se uite la el cu mirare și admirație.

– Zi-i, Mitule, că-i zici bine, că viața asta-i tare păcătoasă... spunea câte unul, prinzându-l pe după umeri și îmbiindu-l cu un pahar de țuică.

El dădea paharul peste cap și îl tot adăuga până când i se împleticeau picioarele, părând că se va prăbuși la pământ, însă forța sunetului era prea mare ca asta să-l abată: dimpotrivă, cânta mai cu foc - degetele nu greșeau nici măcar o frântură de semiton, de parcă muzica era ceva de dincolo de starea lui momentană, ghidându-i automat mișcările și vindecându-l pe loc de efectele băuturii.

După ce a cântat pe la nunți câteva luni de zile, Corcoveanu l-a pus șeful tarafului său - tânărul ucenic nu mai avea ce învăța de la el și putea de acum să împartă la alții -, iar asta l-a făcut, după nici un an de la prima apariție în fața unui public, unul dintre lăutarii cei mai cunoscuți ai regiunii.

Nu după multă vreme, ca să-l deosebească de numeroșii alți Dumitru sau Mitu din zonă, oamenii au început să-i zică Mitu Lăutăreciu.

Era prima lui poreclă.

Odată cu bruma de renume local, au început să vină și banii - nu mulți, dar mai mulți decât înainte. Pentru prima data în viață începu să câștige, din ciubucul pe care îl primea pe la petreceri, mai mult decât avea nevoie pentru a-și cumpăra cele neapărat necesare; cutia pe care toată copilăria nu fusese în stare să o umple cu mai mult de câțiva leuți deveni acum neîncăpătoare.

– Mă copile, cine-ar fi crezut c-o să faci gologani din asta? Taică-tu, Dumnezeu să-l ierte, a știut el ce-a știut pe patul de moarte! îi zicea maică-sa de fiecare dată când el mai lăsa niște bani în casă pentru trebuințele zilnice. Dar, Mitușoare, te roagă mama din suflet, nu mai bea, puiule, c-o să te distrugi dacă te-nveți la asta, ești băiat mare de-acuma și-ți dai seama de ce-i rău și ce-i bine!

– Las', mumă, că doar nu m-o da pe mine gata un kil de vin! Nu-ți mai tot fă griji pentru mine, un bărbat trebe să bea, nu? îi răspundea el vesel plecând la ale lui, fără să chibzuiască prea mult la îndemnurile ei.

Cum în lumea asta toate sunt înlănțuite, un câștig într-una ducând aproape întotdeauna la câștig în alta, și tot așa, succesul lăutăresc îl făcu din ce în ce mai prețuit în ochii femeilor din satele din jur. Cu Mioara, prima lui cucerire, petrecuse multe nopți lungi și pătimașe, pline de făgăduieli de dragoste veșnică, după care vizitele la ea s-au rărit din ce în ce mai mult, până când au încetat cu totul, pentru a fi înlocuite de vizite la o altă iubită, care și ea și-a pierdut din noutate și a fost înlocuită de o alta, apoi de o alta.

Mitu intrase în viață năvalnic, muzica dându-i un avantaj nesperat în fața flăcăilor de o seamă cu el, care luptau din răsputeri pentru a cuceri inima vreunei mândre focoase de prin partea locului. Începuse să fie chemat peste tot: la horele de duminică, ce țineau de la amiază până pe la șapte seara, la nunți și botezuri, sau la clăci și șezători, unde lumea venea la tors de lână sau cânepă, curățat de porumb și semințe de dovleac și se așternea apoi la joc până în zorii zilei.

Deși se bucura de lucrurile bune care i se întâmplau, un gând îl tot frământa: că, așa cum îi destăinuise Vasile la beție, nepotul lui plănuia să plece în America. De atunci, de-abia putuse să se stăpânească să nu-l iscodească pe Pistol și, văzând că acesta nu-i pomenea nimic despre asta când se întâlneau, se îndârjea tot mai tare. „Apoi ce mai fârtat, care ține așa secrete de mine...".

Prima dată când Pistol a admis că își făcea, într-adevăr, planuri să plece din țară, a fost la o nuntă. S-au întâlnit într-o pauză - Mitu tocmai terminase de cântat - și au început să pălăvrăgească. Pistol mai era cu cineva - unul Boncu, un vecin de peste câteva garduri, bărbat la vreo treizeci și ceva de ani, care plecase mai demult la Târgu Jiu să muncească.

– Că bine le mai zici, Lăutăreciule, îi ziseră ei când se așeză la masa lor ca să bea ceva.

– Eh... le zic și eu cum pot... Și voi? Ce mai faceți?

– Apoi, ce să facem... Ne uităm după muieri, că doară d-asta venirăm aicea, nu ca să te vedem pe tine!

– Da' la ce vă uitați voi după muieri, mă? Ele tre' să se uite după voi! râse Mitu.

– Nu. Că vrem să plecăm în America, eu și Boncu, spuse Pistol. Și să luăm și muieri cu noi... Când află că vrem să plecăm, toate-or să se uite la noi!

Mitu se prefăcu mirat:

– Tu vrei să pleci în America?! Adică voi? Și mie de ce nu mi-ai zis?

– Uite că-ți zic acu'! Da' tu oricum nu poți să vii cu noi, că tre' să ai optșpe ani împliniți.

El dădu din cap fără să spună ceva.

– Auzi, mă glăsuitorule, că tot veni vorba de muieri: tu care crezi că-i cea mai frumoasă femeie din Cernădia acu'? îl întrebă Boncu. De când plecase din Cernădia, acesta nu mai ştia care din copilele de odinioară înflorise şi ardea de nerăbdare să afle noutăţi.

– Din Cernădia? Apoi cea mai frumoasă-i Angelica lu' Morar, dar n-o văzui pe-aicea, răspunse el, însufleţit deodată.

– Angelica? Eu cred că a mai frumoasă-i Ana lu' Nistor, îşi dădu cu părerea Pistol.

Mitu ridică din sprâncene:

– Nistor? Nistor Cercescu?

– El, mă, el. Nistoraş!

– Nistoraş... murmură el încruntat.

– Da, mă, pe-Ana mi-o aduc aminte şi eu, e frumoasă foc! încuviinţă şi Boncu, visând cu ochii deschişi.

– Da? Nici nu m-am uitat vreodată la femeia aia, zise Mitu pe gânduri. Ştiţi voi, mari necazuri mi-a mai făcut Nistoraş ăsta când eram mici. Mă bătea de câte ori mă vedea şi multe-am mai pătimit din cauza lui, arde-l-ar focu'. N-am vorbit cu el de ani de zile... Nici n-o să vorbesc vrodată... bombăni posac.

– Ei, n-o să vorbeşti! se încruntă Pistol. Păi? La ce să ţii supărare? Atuncea erai mititel, da' acu' sigur te pizmuieşte cu lăutăria ta...

Mitu dădu din cap. „Să mă pizmuiască..." Goli restul de băutură şi îşi reluă locul fruntaş pe scenă. Discuţia cu Pistol şi Boncu îl întristase. Îşi propti vioara bine la gât şi, în ciupiturile ritmice ale celorlalţi lăutari, scârţâi nişte sunete prelungi şi sinistre care trecură prin aer ca nişte fiori, apoi se porni să cânte cu voce joasă, tremurată şi plângăreaţă, răspunzându-şi cu instrumentul după fiecare vers:

> *Gropare, deschide mormântu' afară ca să ies,*
> *La casa părintească o dată să mai merg,*
> *Să-mi văz părinţii şi fraţii,*
> *Logodnica iubită, ce zace azi în negru, cu inima zdrobită.*

> *Groparul, fiind cuprins de milă, mormântul mi-a deschis,*
> *Scheletul ies-afară plângând şi suspinând,*
> *Cu giulgiul să-mi acopăr rănile hidoase,*
> *Lăsaţi-mă să scutur ţărâna după oase.*

Câţiva ţărani îşi ridicară ochii spre el, apoi oftară, plecară privirile în pământ şi-şi umplură paharele cu ţuică. Ştiau ce urmează:

> *Ajunsei la a mea casă, ah, Doamne, ce-am văzut!*
> *Nevasta mea în negru, cu altu-n aşternut!*
> *Dormea pe mâna lui uitând de jurământ*
> *C-alăturea de mine ea va intra-n mormânt.*
> *Ajunsei la ai mei prieteni, ciocneau pahare rase*
> *De-asemenea şi fraţii pe mine mă uitase!*

Ajunsei la ai mei părinți, măicuța mă plângea
De-asemenea și tata pe mine mă jelea, măi.
La cimitir vin zilnic mulțime de femei
Dar n-am văzut niciuna să-și plângă soțul ei
Bărbații lor toți zac în gropniți de pământ
Femeile chiar astăzi sunt toate măritate...

– Așa-i, mă, 'tu-i mama mă-sii, muierile astea...! Așa-i, așa, c-adevărat le mai zice Lăutăreciu ăsta! aprobară unii la sfârșit, mișcați de vorbele cântecului.

După două învârtite aprinse, care-i făcură pe toți să gâfâie și să se șteargă cu mânecile, luă din nou o pauză și se îndreptă domol către masa lui Nistoraș. Ajuns în dreptul lui, se opri surprins, ca și când nu l-ar fi văzut acolo de la început.

– Hăi, Nistore, apoi pe-un-te-nvârți, mă, că nu te-am văzut de-amar de vreme?! Grea munca la joagăr?

– Uite și eu p-acia, scripcarule, îi răspunse acesta mirat - de la moartea lui Dumitru nu-și mai vorbiseră, trecând unul pe lângă altul ca niște necunoscuți când se întâlneau pe drum.

O tăcere stânjenitoare se lăsă între ei preț de câteva clipe. Nistor se uita în altă parte, ca să-i dea de înțeles că mai bine și-ar vedea de treburile lui.

Mitu continuă însă neabătut:

– Și ce mai faci?

– Iaca, muncesc... îi răspunse acesta în doi peri, ocolindu-i privirea. Da' tu?

– Iaca io cânt... Ano, se întoarse către nevasta lui, reușiră lăutarii mei să te înveselească nițel și să-ți alunge nourii din sufleţel?

Fata tresări și schiță un zâmbet stingherit. Cutreieraseră coclaurile împreună când erau mici, dar Mitu n-o mai băgase în seamă după ce se măritase cu Nistor și o ocolea când li se încrucișau drumurile prin sat. Ei i se întâmplase de câteva ori să-i umble gândurile după el, mai ales când îl vedea ce chipeș se făcuse. Și chiar se găsise uneori - lucru de neînțeles, întrucât era măritată, își zicea, prefăcându-se sieși uimită -, cu inima strânsă în piept când auzea că Mitu umbla ba cu una, ba cu alta, că le lua în felurite feluri, că le compunea cântece și le cumpăra cadouri, lucruri pe care Nistor al ei nu le făcea niciodată cu ea.

– Apoi știi meserie, Mitule... dădu din cap, cu prefăcută nepăsare.

Continuară să mai pălăvrăgească o vreme, mai mult din vârful buzelor. Nistoraș îl privea bănuitor, parcă presimțind că băiatul care-l dușmănise așa rău mai demult căuta o clipă prielnică să atace cu ceva, să se răzbune cumva.

Așteptă ca Mitu să plece, dar el nu se dădea dus de acolo, întrebând vrute și nevrute, de parcă ar fi vrut să se lipească de locul ăla pentru vecie.

Într-un sfârşit, nemaiputând să rabde după litrii de băutură pe care-i turnase în el, se ridică de la masă:

– Eu o să ies afară să trag o ţigare la aer şi să mă uşurez...

Mitu îl urmări cu privirea şi, după ce-l văzu ieşind pe uşă, se întoarse ţintă către Ana, care rămăsese singură la masă.

– Domniţă, arăţi ca o prinţesă din poveşti, că tare frumoasă şi mândră mai eşti! Mlădie ca spicul! Nistor ăst' al tău e tare norocos. Te ochii de la distanţă de când te văzui intrând pe uşă şi nu-mi putui dezlipi gândul de la tine. Ce-mi faci tu mie, c-o să cânt fals pe scenă din cauza ta, Ano!

Femeia roşi puternic, tresări şi-şi aranjă baticul. Bărbatul ei nici măcar când îi purtase sâmbetele nu-i vorbise aşa... Dimpotrivă, parcă se uitase la ea numai din pricina pământurilor pe care le adusese-n zestre...

Dădu să spună ceva, dar Mitu i-o luă înainte:

– Vreau să te mai văd, Ano. Te-am ocolit în ultima vreme, da' să ştii c-a fost din cauză că mă fâstâcesc prin preajma ta. Da' vreau să te mai văd... nu aşa, la horă, cu-atâţia oameni lângă noi, ci mai la doslâc, că tare frumoasă te găsesc...

Ea tresări din nou. Visase şi ea la asta, deşi de-abia-şi mărturisea ei înseşi aşa ceva.

– Vai de mine, da' eu-s femeie măritată, ce-ţi veni aşa deodată?! se împotrivi. Vezi că dacă te-aude cumva cineva şi află bărbatu-miu, prafu' s-alege de tine! se prefăcu atinsă.

Mitu continuă vajnic.

– Ano, poimâine, când bărbat-tu-i la munte, o să trec pe la tine la amiaz'. Dacă găsesc poarta ogrăzii deschisă larg, o să intru. Dac-o găsesc închisă, o să plec şi n-o să mai aduc vorba niciodată. Poimâine, când soarele-i deasupra capului, să nu uiţi!

Femeia îl privi înmărmurită - „oare n-o fi băgat careva de seamă ce vorbirăm?" se întrebă neliniştită -, iar el făcu stânga împrejur fără să-i mai aştepte răspunsul şi se îndreptă spre taraf ca să înceapă din nou o reprezentaţie, cântând, i se păru ei, parcă special pentru ea.

La sfârşit, Mitu îi aruncă o privire grăitoare, apoi se urcă în căruţă cu Boncu şi Pistol, pişcând vesel calul cu biciul.

– Mă, Ana asta cată la mine... se făli în faţa lor. O să trec pe la ea marţi la amiaz', când Nistor nu-i acasă... O să-mi lase poarta deschisă...

Pistol ridică din sprâncene a neîncredere. Îl ştia crai pe prietenul lui, dar asta nu putea fi adevărat!

– Stăi aşa, că nu pricep... Adică vrei tu să spui că marţi la doişpe te duci acolo, intri liniştit pe poarta ei făr' să strigi sau să baţi, ca şi cum ai fi la tine acasă, îţi faci treaba cu ea şi dup-aia pleci într-ale tale? Îţi dădu ea încuviinţarea la aşa ceva? pufni în râs.

– Ha! Ţi-e necaz! Da' ştiu eu ce ştiu! Eu ştiu femeia cân' vrea! Vrei să punem rămăşag? Tu, Boncule, vrei? se aprinse el. Haida, pe-o sticlă de rachiu! Dacă câştig, îmi daţi fiecare mie câte una...

– Băuşi cam mult, Mitule, şi-încă nu te săturaşi; acu' vrei două sticle deodată?! Auzi, bre, eu unul n-am auzit până acuma de nicio femeie măritată din Cernădia care să-şi înşale bărbatul. Îţi dai seama ce grozăvie-ar fi? S-ar lăsa cu moarte de om dacă s-ar întâmpla asta! prezise Pistol. O să trebuiască să fugi dacă se află. Să fugi departe, în America...

Boncu interveni şi el iute:

– Mie aşa mi se pare, ca Ana asta-i cuviincioasă... N-o ştiu bine, da' mie aşa-mi pare...

– Da, mă, da! se împotrivi Mitu. Apoi voi credeţi că o femeie măritată nu mai are dorinţă decât pentru bărbatul ei?! Nevoile trupului-s nevoile trupului, legămintele n-au nicio valoare... O să vedeţi voi peste două zile cine râde mai bine...

Când, în marţea care veni, văzu din depărtare poarta ogrăzii casei lui Nistoraş larg deschisă, Mitu se bucură că Pistol şi Boncu se înşelaseră, dar nu pentru că nu pierduse prinsoarea - ţuică avea şi el din destul, slavă Domnului -, ci pentru că îşi dădea seama că, deşi crud ca vârstă faţă de ei, judeca treburile astea mai bine. De la prima vorbă pe care o schimbase cu Ana fusese sigur că o putea cuceri, iar gândul că se va culca cu nevasta unui om pe care nu-l avea deloc la inimă îl întărâta şi-i dădea un sentiment de superioritate, făcându-l şi mai nerăbdător să-i treacă pragul şi s-o ţină în braţe.

Ce-l trăgea spre ea nu era o dorinţă înnebunitoare, cum fusese cu altele, ci o ambiţie care mocnea în el de ani mulţi: să-şi demonstreze sieşi că era mai puternic decât Nistor. „Reuşita unui bărbat se măsoară nu în avuţie, ci în muierile pe care le pune la pat!", îşi zicea adesea, mai ales de când începuse să aibă trecere la mândrele din sat şi-i vedea pe ceilalţi flăcăi cum îl pizmuiau pentru asta. Mai mult, credea el, cea mai mare biruinţă pe care un bărbat o putea avea asupra altui bărbat era nu să-l dărâme sub pumni grei, nu să-l înjosească din vorbe, nu să-l întreacă în bani şi pământuri, nu să-l ocolească ani de zile, ci să-i cucerească femeia.

Ceasurile petrecute cu Ana la prima lor întâlnire au fost pătimaşe. Femeia, constată el surprins, merita cu prisosinţă laudele lui Boncu şi ale lui Pistol.

– Mitule, bărbată-miu niciodată nu m-a luat aşa cum mă iei tu! Acuma nu mai am putere nici să fac muncile de seara..., şopti ea la sfârşit moleşită, privindu-l cum stătea gata de plecare în pragul uşii şi arătându-i părtaşă o muşcătură de pe gât şi nişte zgârieturi pe care i le lăsase pe braţe.

– O să mai trec pe la tine, îi spuse el. O să mai trec, să ştii...

Ea îşi plecă ochii. Era prima oară când îşi înşela bărbatul şi se gândi să-i spună că n-o să-l mai primească niciodată pe la ea, însă ceva o opri şi vorbele îi ieşiră din gură ca şi cum i-ar fi fost poruncite de altcineva.

– Te-aştept... Când s-o putea... poarta o să-ţi fie deschisă...

„Doamne, fă-o grea cu mine făr' să afle mârşavu' de Nistor niciodată..." îşi zise el chicotind în timp ce se îndepărta.

Capitolul 6

Întâlnirile lui Mitu cu Ana au continuat luni de zile, în cursul săptămânii, curmate de pauze sâmbetele şi duminicile când Nistor se mai întorcea de la munte. De obicei se întâlneau la ea acasă, pe la amiază, când oamenii erau la fân sau la muncă, sau seara pe furiş, după ce se înnopta. Nu petreceau mult împreună: după jumătate de oră el ieşea tiptil, mulţumit de sine şi făcându-şi planuri pentru data viitoare.

– Mitule, ce-o să se întâmple cu noi...? îl întreba ea câteodată la sfârşit, parcă temătoare să audă răspunsul. Ce?

De fiecare dată, el ocolea răspunsurile. De fapt, ar fi vrut ca Nistor să afle, asta aşa, ca răsplată pentru tot ce-i făcuse în copilărie. La urma urmei, ce fel de răzbunare e aia când cel pe care te răzbuni nu ştie de ea?! Şi, pe măsură ce vedea că lucrurile intraseră pe un făgaş oarecum firesc - întâlnirile cu Ana treceau, spre mirarea lui, parcă neobservate -, îşi închipuia din ce în ce mai des chipul nesuferit al duşmanului rămânând bleg la ştirea că îi încercase muierea - şi nu o dată, ci de zeci de ori.

Ana trăia cu frica în sân, întrebându-se cât o să mai treacă până când bărbatul ei o să afle. Văzuse că Mitu nu mai avea parcă grijă de cinstea ei ca înainte - se păzea din ce în ce mai puţin când venea la ea - şi se gândise de câteva ori să se oprească, dar ceva o împingea spre el de fiecare dată când se hotăra să pună capăt. Îi era dor de el. Tânjea după respiraţia lui întretăiată când făceau dragoste, după felul cum o trăgea de păr când o avea pe divanul din odaia mică. Şi groaza de ce avea să i se întâmple când o să fie prinsă era cu atât mai mare cu cât ştia că singură, cu mâna ei, şi le făcuse pe toate, pentru că ea, şi nimeni alta, lăsase atunci poarta deschisă.

Mitu şi-a înfrânat o vreme pornirea de a se făli în faţa lui Pistol - acesta ştia doar de prima lui vizită la Ana. Însă prea mult timp trecuse, iar dorinţa de a-şi împărtăşi şi altora victoria era din ce în ce mai aprinsă, aşa că, după ce i-a povestit totul, i-a spus şi lui Boncu, care, la rândul lui, a spus la alţii şi tot aşa, astfel că, până la urmă, au aflat mai toţi din sat afară de - după cum se întâmplă întotdeauna - însuşi Nistor.

Acesta îşi vedea de viaţa lui încrâncenată la joagăr, fără să-i treacă prin cap că jos în sat lumea îl bârfea că-i un prost care se speteşte la munte, în vreme ce muierea lui căuta la alţi bărbaţi. Până la urmă, a aflat şi el, dar nu de la vecini, nu de la prieteni, nu de la ceilalţi oameni, ci chiar de la Mitu.

În ziua aceea coborâse de pe Galbenu şi, pentru că se potrivise bine, se dusese la o clacă, lăsând-o pe Ana lui acasă la treburi. Mitu tocmai terminase de cântat şi se pregătea de încă un pahar de ţuică - al zecelea, poate - când l-a văzut la masă zâmbindu-i într-un fel aparte, care i-a amintit de sentimentul de neputinţă şi deznădejde pe care îl încercase demult, când îngenunchease lângă gardul bisericii după înmormântarea lui Dumitru. S-a ridicat de pe scaun şi s-a îndreptat spre el arţăgos:

– Nistoraş, ce faci, mă, apoi te-ai gândit să mai dai şi tu prin sat din cucuieţii munţilor? Un'e-i Ana?

Omul îl privi mirat:

– Păi, ce te-nteresează pe tine?! Rămasă acasă la munci, doară n-o s-o iau cu mine de fiece dată!

– Da... o lăsaşi să se distreze singură... râse Mitu batjocoritor. În lipsă de altceva mai bun...

– Tu vezi-ţi de treaba ta, auzi? C-acu' mă zvârl la tine ş-o să-ţi pară rău că te-ai născut! se sumuţă Nistor privindu-l mânios.

– Bă prostule, încornoratule, se schimonosi atunci Mitu la el, ştii cum joacă Ana asta a ta când eşti plecat la Rânca? Ca fulgeru' şi ca trăsnetu'!

Nistor se uită la el buimac, nevenindu-i să-şi creadă urechilor şi, după ce vorbele i se limpeziră în minte, se albi la faţă:

– Ce...ce...?! Ce vorbeşti tu aicea? Ce? hârâi uimit, îndreptându-se spre el. Îţi trag una de te omor, te spintec, nu te lega de muierea mea, că mă leg şi eu de mă-ta! Mă-ta, curva satului, toţi ştiu!

Mitu îl aşteptă să vină aproape, apoi îi râse în faţă:

– Nu poţi tu să te legi de muică-mea cum m-am legat eu de muieri-ta! îi spuse cu glas înalt ca să audă toţi, aproape împleticindu-se. Să vezi cum ţipă cân' o iau pe la spate: ah, ah, ah, ah, hooo! o maimuţări pe Ana, întorcându-se spre câţiva ţărani care îi priveau năuci. Şi, mă căcăciosule, aluniţa de pe coapsa ei dreaptă e pusă ca cu mâna acolo! rânji privindu-l fix în ochi. Ştia, chiar sub aburii grei ai alcoolului care-i întunecaseră de tot mintea, că ultimele vorbe erau ca nişte lovituri date drept în moalele capului.

Nistor se repezi la el şi-l apucă de guler:

– Spune-mi că nu-i adevărat, că te omor! Spune-mi! urlă, arătându-şi dinţii ca un câine turbat. Îi dădu una în gât şi vru să-l lovească cu o sticlă goală, dar nu-l nimeri. Apoi tăbărî pe el cărându-i pumni cu nemiluita, până când Mitu se prăbuşi horcăind la podea.

Din fericire, acum nu mai erau singuri, ca în copilărie, şi lumea îi desparţi repede. Pistol, care era şi el pe acolo, îl ridică de umeri, iar alţii îi ţinură calea lui Nistor, trăgându-i departe unul de altul. La sfârşit, Mitu tot mai găsi putere să strige:

– Foloseşte-ţi scula cum trebe, bă, că zice că habar n-ai! Ori oi fi şi tu muiere?! Cată-te-n pantaloni, că poate dai de altceva-n loc! Ana-i grea cu mine, mă, că tu n-ai fost în stare! şuieră cât îl ţinură bojocii.

Nistor se opinti grozav să scape din mâinile celorlalţi, suduind şi blestemând, însă oamenii îl ţinură ca în cleşte până ce Mitu ieşi cărat cu greutate de Pistol, care-l duse până acasă.

A doua zi dimineaţă, când se trezi mahmur şi cu o durere ascuţită de cap, încercă să-şi amintească de unde avea loviturile de pe faţă şi vânătăile din dreptul coastelor. Se ridică sleit din pat şi se duse la pârâu ca să se clătească pe faţă şi să-şi limpezească gândurile, dar nu desluşi nimic din noaptea trecută în afară de câteva imagini răzleţe cu el şi cu Pistol.

Când se întoarse, o întrebă pe maică-sa, parcă cu frică să afle răspunsul:

– Mamă, ce s-a-ntâmplat cu mine azi noapte?

Ea îl privi cu un amestec de milă, îngrijorare şi dojană:

– Apoi, ai venit cu Pistol care te-a adus pe umeri, ca tu nu mai puteai merge de beat... şi erai lovit şi plin de sânge şi te-am întrebat ce-ai păţit şi-ai zis ceva de Nistor, dar n-am priceput.

Porni spre casa lui Pistol. După felul în care îl întâmpină şi se uită la el, acesta părea că-l aştepta. Îl luă iute deoparte ca să nu audă şi alţii şi îi povesti repede ce ispravă făcuse.

– Pistoale, mi-e frică de ce-o să se întâmple cu Ana, zise Mitu, înfiorat de ce auzise. Mi-e frică să n-o omoare acu' ticălosu' ăla...

– Eu nu mi-aş face griji de Ana, mai degrabă mi-aş face griji de tine. Crezi că Nistor o să stea cu mâinile-n buzunar şi-o să fluiere a pagubă la stele? E mână-n mână cu toţi bandiţii din Bengeşti şi, pentru doi sau trei berbeci, poa' să puie pe-unul să te spintece!

– Ei, na! Păi, crezi că eu n-o să aflu de asta de la ţiganii mei?!

– Mă, nu ştiu... Eşti cel mai bun prieten al meu şi ţin la tine ca la un frate şi de-asta-ţi spui: dacă nu faci ceva, o să te omoare băutura. Ce te-a apucat să-i zici lu' Nistor grozăviile alea?!

– Nu ştiu, mă... Crezi că eu vrusei? Ei, şi ce? Ia mai dă-l în mă-sa! Bine că află! M-am răzbunat cu vârf şi îndesat! Până acu' boul ăsta mi-a stat ca un ghimpe-n suflet, însă de-acum încolo nu-mi mai pasă de el. I-am făcut-o!

– Nu ţi-o pasă ţie, da-i pasă lui în schimb! O să vuiască satul acu'! îl repezi Pistol, privindu-l cu dojană. Trebe să fugi, c-o să cate să te omoare. Da' eu nu-ţi ziceam de asta, ci de băutură, mă...

– Zi-mi tu mie unul din Cernădia care nu se-mbată şi eu mă spânzur...

– Bine, băutul ca băutul, da' să iei femeia altuia şi s-o batjocoreşti şi să-i spui bărbatului ei în faţă... Ce ţi-o fi fost în cap?! Mare minune că nu te-a omorât încă! Eu aş fi venit la tine noaptea şi ţi-aş fi luat beregata cu cuţitu'!

Mitu plecă îngândurat spre casă, tot încercând să se convingă că ce făcuse cu o seară în urmă nu era un lucru atât de rău pe cât îi dădea Pistol de înţeles. Pe la mijlocul drumului, se opri şi făcu stânga împrejur, luând drumul spre casa Anei.

O văzu trebăluind prin curte şi stătu mult timp ascuns după un copac. Într-un târziu, începu să se apropie, privind-o ţintă, până când femeia simţi şi-şi întoarse capul spre el. Când îl zări, tresări şi intră iute în casă, pentru a se ivi iar în pragul uşii după câteva clipe, crispată.

– Pleacă iute de-aici că se poate lăsa cu moarte de om!

– Ano, stăi să-ţi zic numa' ceva: jur pe sufletul meu şi pe ce am eu mai scump că n-am vrut să-ţi pricinuiesc nicio suferinţă, îi răspunse el, albindu-se la faţă de furie când îi văzu ochii învineţiţi şi buza spartă. Nemernicul, o să-l omor dacă mai dă o dată-n tine!

– Mitule, viaţa mea-i a mea şi-a ta i-a ta. Eu am ales ce să fac şi n-ai tu vină că m-a bătut pe mine bărbatu-miu. Ce, crezi că n-ar fi aflat până la urmă? Şi eu l-aş stâlci în bătaie dacă mi-ar face ce i-am făcut eu lui! Nu? Ai mare grijă, c-o să te urmărească să te omoare. L-am auzit vorbind cu lumea, are prieteni pe la târg care pentru o litră de ţuică şi-ar spinteca şi fratele. Te rog din suflet, mi-e de viaţa ta, fă ceva să pleci de-aici, că scapi azi, scapi mâine, da' urciorul nu merge de multe ori la apă. Nu merge... Pân' la urmă tot or să te prindă la vreun colţ de drum şi-or să-ţi crape capu' cu toporul. Numa' d-asta bombăne, cum o să te omoare, şi nu i-e frică de temniţă.

Mitu o privi lung. Ce i-o fi fost în cap să se lege de ticălos? În sinea lui, ştia că femeia avea dreptate să-l îndemne să fugă. Dar cum să fugă ca un laş?! N-ar fi însemnat asta biruinţa lui Nistor?! Dar cum să mai şi stea în sat, când ajunsese de ocara lumii?! Cum o să mai iasă de-acuma înainte să cânte în faţa oamenilor?! N-o să-l bârfească toţi pe la spate? Cum o să se mai uite-n ochii lor?

– Ano, nu ştiu ce zici tu aicea, da' eu n-o tulesc ca un mişel.

O porni grăbit înapoi spre casa lui Pistol. Pe drumul scurt până acolo, se gândi că şi acesta îl îndemnase să fugă şi acum ideea nu i se părea aşa de rea. Dar dacă ar pleca din sat, unde Dumnezeu s-ar duce?!

Când intră pe poarta acestuia, ştia ce trebuia să facă. Aşa cum avea să i se întâmple de multe ori în viaţă - să ia hotărâri capitale sub imperiul momentului, fără să le cumpănească adânc, îi zise de-a dreptul:

– Tocmai fusei pe la Ana şi-mi spusă şi ea să fug. Pistoale, sunt la ananghie acu'... Da', sunt... Vreau să merg cu tine în America. Trebe să plec din sat cât mai grabnic! Mă iei şi pe mine?

– Eu te iau, mă, da' nu-i în puterea mea... Ţi-am mai zis: tre' să ai optşpe ani, c-altfel nu poţi trece hotarul. Nu poţi să vii decât după ce-i faci!

Mitu căzu pe gânduri.

– Şi? Când plecaţi, tu şi cu Boncu?

– Cât mai iute. În câteva luni, spre sfârşitul anului.

– Şi cum vă duceţi aşa, în pustie?! De unde ştiţi unde să mergeţi?

Pistol aduse atunci o bucată de hârtie şi i-o întinse - el nu ştia să citească, însă i-o citiseră alţii de multe ori. Era o scrisoare de la un prieten de-al lui, plecat mai demult în America, pe care o primise cu câteva luni în urmă. Mitu o citi pe nerăsuflate şi privirea i se lumină pe măsură ce se apropia de sfârşit:

– Uite ce zice Marinică ăsta al tău, câţi bani mai poa' să câştige! Spune c-are cai şi că i-au dat în îngrijire mii de oi! Păi, dacă s-ar întoarce cu banii ăştia în Novaci, ar fi boieroi! Pistoale, trebe să vin şi eu cu voi! Asta-i ce mi-am dorit dintotdeauna: s-ajung mare, să plec undeva departe, să mă întorc cu bani şi să cumpăr aicea moşii. Iar acu', cu mârşavu' de Nistoraş, cu-atât mai mult trebe musai să fug! Din ce gologani fac din lăutărie n-o să mă pot niciodată îmbogăţi! Ce-o să fac peste douăzeci de ani? O să umblu tot aşa din sat în sat cu vioara sub braţ?! Uite ce scrie aicea, ce case, ce străzi sunt acolo! Ce acte-ţi trebe ca să pleci?

– Apoi îţi trebe certificatul de naştere ca să se vadă că ai optşpe ani împliniţi şi bani de călătorie. Paşaport nu-i obligatoriu, da-i bine să ai.

Mitu se sprijini de un perete şi-şi şterse faţa îmbrobonată de sudoare cu dosul mânecii. „Mare scofală, o bucată de hârtie!"

– Şi când aţi zis că plecaţi? În câteva luni?

– Da, pe la sfârşitu' lu' decembrie ori începutu' lu' ianuarie.

– Şi mă primiţi cu voi dacă-mi fac acte pân' atuncea?

Pistol îl privi fără să înţeleagă unde bătea:

– Apoi da, mă, cum să nu, da' adică ce zici tu aicea?

Mitu zâmbi poznaş şi ochii îi luciră de bucurie:

– Treaba mea!

Capitolul 7

A doua zi dimineață, pe la cinci, Mitu puse șaua pe iapa albă la care ținea ca la ochii din cap și porni la trap grăbit înspre Pociovaliștea. Ținta lui era Iosif Albu, un fost pușcăriaș care făcuse temniță pentru furt și înșelăciune. Ani de zile omul ăsta fusese certat cu legea și o încălcase de mult mai multe ori față de cât fusese prins și pedepsit. Casa în care stătea era una dintre cele mai fățoase din zonă și, cum-necum, părea că are bani cu nemiluita fără să facă mai nimic, de parcă ar fi ținut comori ascunse în beciuri. De multe ori fusese vizitat de jandarmerie și de fiecare dată plecaseră de la el bănuind că juca necinstit, însă nu-l putuseră prinde cu mai nimic. „Mai devreme sau mai târziu, o să te punem la colț cu ceva, Albule, ș-o să te băgăm la loc la ocnă", îi ziceau, iritați de zâmbetul superior pe care îl afișa întotdeauna când îi conducea spre ușă.

Mitu bătu cu o pietricică în geam și așteptă răbdător până când Iosif se ivi morocănos pe după perdea.

– Scripcarule, ce vânt te-aduse pe la ograda mea în zorii zilei? Sau vrei să-mi cânți o serenadă? Greșiși poarta, mă, că io am ceva lung în pantaloni și nu mă cheamă Ana!

– Mă omule, n-am chef de pălăvrăgit, că nu de asta venii! Mă poți ajuta în ceva mai umbros?

Iosif deveni brusc serios, îl chemă în casă și ferecă bine ușa și ferestrele.

– Zi de ce ai nevoie! De câțiva oameni să-l pui pe Nistor la trei metri sub firul ierbii când o să vie cu coasa să te spintece-n două?

„După cum m-am gândit, știe toată țara asta ce ispravă am făcut… oftă Mitu. Of, Doamne!"

– Nu, omule, că, dac-ar fi fost asta, n-aș fi venit la tine, mi-aș fi luat țiganii mei din țigănie, că doară-s la cataramă cu toți. Ascultă, am nevoie de-un certificat de naștere fals care să mă facă mai mare cu un an.

Iosif își frecă bărbia în palmă și dădu gânditor din cap, apoi un zâmbet abia simțit îi ridică ușor colțurile gurii.

– La ce-ți trebe? Vrei să pleci peste ocean, mă? Că numa' d-asta ai avea nevoie să pari tu că ești mai mare… Știi, dacă aș fi mai tânăr, m-aș încumeta și eu să plec în America, s-o iau de la capăt și să șterg trecutul cu buretele.

– Apoi trecutul nu ți-l poți șterge, îți poți doar schimba viitorul, eu de-asta vreau să plec, zi-mi dacă mă poți ajuta, insistă Mitu.

– Da' ce te grăbești așa de tare, ți-e frică? Nu mai poți aștepta o țâră, un an, doi?

– Nu mi-e frică, Iosife, da' vreau să plec de-aici cât mai grabnic.

– Ce-mi ceri tu e temniță pe ani de zile dacă mă prind…, se scărpină Iosif în creștet.

– N-o să te prindă nimeni, că eu n-o să zic nimănui, jur pe ce vrei tu!

– Da?! pufni Iosif a neîncredere. Şi cân' o să te ia jandarmeria ş-o să-ţi puie degetele-n cleşte ca să vorbeşti, o să te mai gândeşti tu la jurămintele astea? Jurămintele ţin cât timp omul nu trebe să le respecte, mă, ştiu asta prea bine. Tu încă eşti copil şi mai ai de-nvăţat. De ce crezi c-am făcut eu puşcărie, din cauza mea?! Nu, ci pentru că m-a vândut cineva! Cel mai bun prieten al meu, ca să scape el mai ieftin!

– Îţi jur pe sănătatea mea c-o să fiu mut, omule, numa' ajută-mă…

Iosif luă o pauză scurtă, cumpăni ceva în minte, apoi zise sec:

– Te costă două sute de lei. Juma' înainte, juma' după...

Lui Mitu parcă i-ar fi dat cineva cu un topor în moalele capului:

– Ce…?! Două sute ziseşi?! Înnebunişi cu totul, Iosife? Apoi ăştia-s un salariu de învăţător, mă! De un' s-am eu aşa ceva, cu cincizeci de lei pe lună pe care-i fac…?!

– Atunci poate că nu vrei musai să pleci, boracule. Nu ştiu ce-ai auzit tu despre mine, însă eu nu mă tocmesc niciodată şi nu lucrez cu nimeni care încearcă să scadă din preţul care-l cer. Tu, dac-ar fi să spargi primăria şi să intri pe ascuns ca să furi un certificat de naştere în alb, furişându-te pe lângă garda de noapte, cât ai cere pentru asta, un kil de brânză de-un leu?!

– Nu, dar nici chiar aşa, mă omule, cine are banii ăştia? Ş-aşa-s calic de nu mă văd!

– Fă-ţi-l singur atuncea…

– Hai, mă Iosife, mai scade şi tu din preţ, ce naiba, cu ce-o să mai plec dacă ţi-i dau ţie pe toţi?!

– Dacă vrei musai să pleci, o să pleci. Şi, dacă te mai tocmeşti mult cu mine, o să te izgonesc din casa mea şi n-o să te mai primesc niciodată! Bagă-ţi bine-n cap asta înainte să mai deschizi gura, auzi?

Mitu plecă învolburat de gânduri. Tot ce strânsese până atunci nu era mai mult de o sută de lei, pe care acum trebuia să i-o dea lui Iosif arvună! Fără banii ăştia, cu ce avea să mai plece în America?! Şi de unde avea să strângă alţi o sută pentru Iosif?! Şi de călătorie de unde să mai aibă după asta?! Că avea nevoie de şaptezeci-optzeci de dolari la el, adică de încă vreo patru sute de lei!

Lenuţa, când îl văzu intrând pe poartă negru de supărare, se gândi că băiatul ei are iar o încurcătură cu cine ştie cine:

– Unde plecaşi cu noaptea-n cap? Să nu-ţi treacă ceva prin cap cu Nistor! Or să se liniştească lucrurile, nu mai pune şi tu paie pe foc. Mi-e frică să nu-ţi puie gând rău şi să vie după tine.

El o privi cu tâlc.

– Maică, mă hotărâi să vând calul. Am nevoie de ceva gologani...

Ea îl privi mirată, mai ales că Mitu, din lăutăria lui, aducea cei mai mulţi bani în gospodărie.

– La ce-ţi trebe? Cumpăneşte bine, că lucrurile pe care le dai cu greu le mai poţi lua înapoi. Ce faci dacă-l vinzi şi părăduieşti ce iei pe el şi rămâi fără nimic, fără niciun căpătâi? Ce-o să faci atunci? Şi Gheorghiţă ce-o să facă acu' dacă tu dai calul, că doară şi el îl foloseşte! Gheorghiţă, ia vin' mă pân' aici, că frate-tu-şi vinde iapa! strigă după băiatul cel mare, care dregea un gard în grădină.

– Am nevoie de fiece crăiţar, maică, că mă hotărâi să plec cu Boncu şi cu Pistol în America în iarnă.

Lenuţa se dădu în spate speriată şi-l privi pentru câteva clipe parcă nepricepând ce auzise.

– Pfui d-acia, aproape că strigă la el, că doar nu vorbişi serios! Eşti prea necopt ca să te înhami la aşa ceva!

Gheorghiţă, care se apropiase şi el între timp, îl privi neîncrezător:

– Apoi, am auzit eu multe de la tine, borac, da' asta le-ntrece pe toate! Tu d-abia ai ieşit de la ţâţa mumii, ce vorbeşti tu aicea că pleci?! Nu-ţi fie, că te apăr eu de Nistor, mă, dacă te-oi fi cufurit de la asta!

– Las' că n-am eu nevoie de tine ca să mă păzeşti... Tu vezi-ţi d-ale tale şi nu te băga un' nu-ţi ferbe oala, auzi? se răţoi Mitu la el.

– Bine, mă, da' tot la mine o să vii cân' o să fii la ananghie, să ştii...

Mitu se întoarse către maică-sa:

– Dacă nu plec acuma cu ei, n-o să mai plec niciodată. Sunt mare, nu mă vezi? Am strâns ceva gologani, da' nu vreau să rămân aici închis între munţii ăştia în vreme ce alţii se duc acolo şi, când se întorc, ajung să mă plătească pe mine să le cânt! Vreau s-ajung şi eu să plătesc pe alţii să-mi cânte la masă, cred că şi tu te-ai săturat de calicie! O să viu din America cu parale multe! Multe!

– Gheorghiţă are dreptate. Pleci din cauza lui Nistor, nu? De-asta fugi... murmură ea stins. Se vorbeşte-n sat că vrea să te omoare...

Mitu o privi stânjenit:

– Şi de-asta, recunosc... Dar nu numa' de-asta, îţi jur pe ce vrei tu! Vreau să plec la mai bine, mumă... Am vorbit cu toţi, am aranjat tot ce trebe...

Maică-sa îl privi cu jale, dar nu pentru că nu avea încredere în spusele lui: în anii de după moartea lui Dumitru, Mitu se dovedise a-i fi de ajutor de câte ori avusese nevoie. Şi, de când începuse lăutăria prin Cernădia şi prin satele vecine, banii pe care-i aducea în casă erau uneori mai mulţi decât aduceau Gheorghiţă, Gheorghiţa şi cu ea la un loc, făcând-o să se întrebe dacă nu cumva bărbată-său se înşelase şi viaţa putea fi trăită altfel, mai puţin muncită. Băiatul ei cel mic reuşise, în felul lui, să-i uşureze traiul într-atât încât uneori se gândea că acum o ducea mai bine decât pe vremea când trăia Dumitru.

– Gheorghiţă, zise deodată Mitu, hai şi tu cu mine, mă! Dacă plecăm patru, o să dovedim tot! Altceva-i când suntem mai mulţi!

Frate-său dădu a lehamite din mână şi-l privi ca pe un copil care nu ştia ce vorbeşte:

– Eu n-o să plec niciodată din Cernădia, pot să şi pier de foame... Aicea-i locul meu, aicea stau. Un' să plec venetic prin lume?! Nu mă ştie nimeni acolo, nu vorbesc limba, un' să mă duc? Ce, aicea nu-i bine? Ia-o pe sor-ta, de ce nu-i spui ei?

– Ea-i muiere, un' să vină cu trei bărbați?! O să-ți pară rău, mă. O să-ți pară rău, să vezi. Da' ea pe un' se duse?

– Plecă pân' la Novaci să ia ceva din târg, îi răspunse Lenuța, abia ținându-se să nu o podidească lacrimile. Până-n iarnă mai e, poate te răzgândești... Dar dacă n-o să fie să te am pe lângă casă, înseamnă c-așa a vrut Cel de Sus, ce să-i faci... Eu am strâns niște gologani mai demult, câte un crăițar în fiecare zi, am să ți-i dau să-i ai la tine, c-o să ai nevoie de ei ca de apă. Vro cincizeci de leuți, nu mai știu...

Mitu se uită la ea mirat. De când ajunsese să câștige din lăutărie, nu se gândise niciodată că o să aibă vreodată nevoie de bani de la maică-sa.

– Maică, da' eu nu pot lua bani de la tine! Jur c-o să-ți dau înapoi de două ori mai mult din America. Nu ți-i iau, ci-i împrumut numa'! îi spuse emoționat.

Lenuța îi apucă mâna și i-o strânse într-a ei, apoi plecă în casă. Ochii îi lăcrimau și nu voia ca odraslele ei să vadă cât era de slabă. Spera că toate astea erau doar vorbe și că băiatul ei nu fusese de fapt serios, dar, înlăuntrul ei, îi era teamă, pentru că-l văzuse hotărât și cu planurile deja ticluite bine.

– Gheorghiță, hai, mă, și tu cu mine! mai făcu Mitu o încercare către frate-său, dar acesta dădu din nou din mână a lehamite.

„Deh...", își zise... „poa' că-i mai bine așa, că mumii i-ar fi prea greu să rămâie doar cu Gheorghița..."

Peste câteva ore, se repezi înapoi până în Pociovaliștea ca să-i dea lui Albu arvuna. Acesta îl primi prietenos - cum era întotdeauna cu cineva care îl plătea -, dădu din cap a înțelegere și-i promise că o să aibă certificatul la câteva zile după ce o să vină cu restul datoriei.

– Contează pe mine, Lăutăreciule... Și noroc mult în ce ai tu de gând...

Când ieși de pe poarta acestuia, simți o strângere de inimă. „Tot ce-am agonisit pân-acu' se duse pe apa sâmbetei!" își zise, apoi îl apucă teama că nu va fi în stare să pună deoparte și restul de care avea nevoie pentru toate. „Dacă n-o să pot strânge destul în următoarele luni? Dacă se întâmplă ceva și Albu nu poate să-mi aducă actul? Dacă-mi ia paralele și nu mai recunoaște? Dacă mă fură, hoțul, că doară pentru furt a făcut temniță?" se tot întrebă pe drumul spre casă.

Capitolul 8

După câteva zile pe Mitu l-au cuprins remuşcările. A început să-l stăpânească gândul că se despărţea de maică-sa. „Cum o să se descurce ea acu', fără banii de la mine?! Gheorghiţă n-aduce mai nimica-n casă...", îşi tot spunea, după care încerca să se liniştească, zicându-şi că-şi făcea temeri de pomană şi că o putea de fapt ajuta mult mai bine din America decât din Cernădia.

O vreme a dus-o aşa, şovăind între ideea plecării şi aceea a renunţării. Şi-a continuat viaţa obişnuită - meşterind prin curte ziua şi cântând serile şi la sfârşitul săptămânii cu taraful -, până când, într-o noapte, a văzut că de ce-i era frică nu scăpase. Se întorcea de la un botez, chitrofonit şi singur, pe drumeagul spre casă, când, de după nişte tufişuri, trei umbre, pe care n-a putut să le recunoască, au sărit asupra lui, doborându-l cu pumnii şi picioarele. Totul a ţinut doar câteva clipe. Spre marele lui noroc, Ion Todea, un vecin de peste două garduri, care se întâmplase să fie pe afară la ora aia, a deschis poarta şi a întrebat cu glas ridicat: „Ce se-ntâmplă, mă, cine-i acolo?" Cei trei şi-au luat tălpăşiţa, lăsându-l lovit pe jos şi cu vioara lui cea bună distrusă pe de-a-ntregul.

Asta i-a spulberat toate îndoielile privind plecarea în America. A început să muncească zi şi noapte ca să strângă restul de bani pentru Iosif Albu. Era convins că bătăuşii fuseseră tocmiţi de Nistor, pentru că el nu-i ştia şi-l atacaseră „la sigur".

Zilele şi săptămânile care au urmat fură istovitoare: se scula la cinci dimineaţa şi o lua din poartă în poartă ca să care lapte la brânzari, după care se întorcea şi lucra prin curţile oamenilor, ba la spart câte o căruţă de butuci, ba la o construcţie, ba la pus şindrilă pe case, cum se nimerea. Uneori pleca pe valea Gilortului, la tăiat lemne. Avea mare grijă să-l ocolească pe Nistor, care lucra şi el pe acolo. Se mai ducea şi la piaţă, la Târgu Jiu, ca să vândă mere. Serile, când mai avea vlagă, îşi lua taraful şi cânta pe ici pe colo. Se întorcea după miezul nopţii şi cădea frânt de oboseală.

După o lună de trudă continuă, şi-a făcut socotelile şi a văzut, cu mare dezamăgire, că nu reuşise să strângă nici pe departe restul pe care i-l mai datora lui Iosif. În ritmul ăsta îi trebuiau poate ani să pună deoparte toţi banii de care avea nevoie. Se apropia de-acum sorocul - Pistol şi Boncu îşi făcuseră planuri de plecare pentru ultimele zile ale anului - iar el înota parcă într-o mlaştină, fără să înainteze deloc.

Trebuia să facă ceva şi să se mişte grabnic! Nu mai putea rămâne în sat! Aflase, de la unii şi alţii, că Nistor o sminta în bătaie pe Ana, dar că Ana nu voia să fugă la ai ei pentru că zicea că aşa-i trebuie şi că-şi ispăşeşte păcatul. Era îngrijorat din pricina ei, dar se gândea şi la Gheorghiţa, zicându-şi că, în scrânteala lui, ticălosul ăla ar fi fost în stare s-o prindă pe undeva şi s-o pângărească, drept răzbunare. Trebuia să plece numaidecât, să lase timpul să se aştearnă peste lucruri!

S-a hotărât să împrumute de la oameni. Se gândise la asta de mai multe ori, dar îşi spusese că n-o să facă aşa ceva decât atunci când n-o să mai aibă încotro. Nu voia să pară un sărăntoc în faţa nimănui.

Acum, însă, nu mai avea de ales: trecu pe la toţi prietenii lui, promiţându-le că le va înapoia îndoit datoriile.

În ziua în care adăugă ultima centimă de care avea nevoie la suma cerută, se repezi până la Pociovaliştea ca să-i dea restul de bani lui Iosif.

– Când poţi să-mi dai actul? îl întrebă neliniştit. Îi era teamă ca nu cumva omul să se fi răzgândit între timp.

– Pfui, mă borac, da' te ţii bine! îi spuse acesta surprins. Chiar mă gândeam că n-o să mai vii! Puteam să pun rămăşag c-o să-mi ceri paralele înapoi...

– Păi, ce te făcu să crezi asta? Vorba-i vorbă! Ce, par un tăntălău? Mă ajuţi sau nu?

Iosif se frecă în barbă şi îşi schimonosi buzele. Mitu îl privi bănuitor: „Doar nu s-o fi înţeles cu Nistor să mă omoare şi să-i rămâie lui gologanii...!” îi trecu iute prin minte.

– Bine, mă, treci pe la mine poimâine seară, singur. Ai mare grijă să nu zici la nimenea şi să le spui nebunilor ălora cu care pleci să-şi ţie gura cu sfinţenie, bine? Pistol ştiu că-i secretos, da' mi-e de Boncu, că-l ia gura pe dinainte. Să n-am belele din cauza ta, că te trag şi pe tine cu mine, că tu foloseşti falsuri în acte, nu eu.

– Fii fără grijă, că nu de la mine o să ai dumitale vreodată probleme... îi răspunse Mitu, întrebându-se de ce îi spusese să vină singur şi să nu zică la nimeni. „Mă vai că vrea să mă omoare la el în curte şi să mă îngroape-n şopru...”

Când se întâlniră după două zile, stătu în poartă, nevrând sub niciun chip să intre. Iosif îi înmână actul şi-i întinse mâna:

– S-ai noroc cu el... şi să mai vii la mine pentru înţelegeri din astea...

Când îşi aruncă o privire pe certificatul de naştere necompletat, pe Mitu îl podidiră lacrimile. Scăpa de grija lui Nistor! Bucata asta gălbuie de hârtie era biletul lui spre fericire! Putea să plece în America fără probleme! Scăpa de munca pământului şi lăsa întâmplarea cu Ana în urmă! O lua de la capăt!

Pentru prima dată în viaţă se simţi plin de speranţă în ce privea viitorul. Rămăsese fără un ban în buzunar şi înglodat în datorii faţă de mulţi din Cernădia şi Novaci, dar asta îl neliniştea prea puţin. Important era că-şi scăpa pielea. Important era că nu mai trebuia să se ferească de Nistor, de-ai lui Nistor, de ai Anei, de unii şi alţii. Important era că putea să se întoarcă şi să-i răsplătească pe toţi cei ce-l ajutaseră acum: „O s-ajung în America şi-o să le trimit la toţi daruri!” gândi, închipuindu-şi emoţionat primii paşi pe care avea să-i facă în Lumea Nouă.

Îşi luă rămas bun de la Albu, care îl bătu frăţeşte pe umeri, privindu-l ca şi cum ar fi vrut să-i spună că-i părea rău că-i luase atâţia bani:

– Lăutăreciule, eu nu mă bag în trebile oamenilor, da' nu pot să nu-ți spun ceva. Faci tare bine că te duci departe. Nistor a venit pân-la mine acu' câteva săptămâni să-mi zică să fiu martor pentru el. Voia s-aranjeze să te întâlnească undeva și să te omoare și eu să zic la tribunal că tu l-ai atacat... Păzește-te bine, că nu știu ce pune la cale... I-am zis că nu pot să fac așa ceva, că-s om cu frica lu' Dumnezeu...

Mitu se încruntă. Nu-i trecuse niciodată prin minte că ar fi putut să-l ducă gândul pe Nistor la una ca asta.

– Iosife, cu-atât mai mult trebe sa plec... Și cât mai grabnic, că ticălosul o să stea ascuns o vreme, dar, după ce lucrurile or să se liniștească și lumea o să mai uite, o să vie după mine, c-atunci o să creadă că n-o să-l bănuiască nimeni, nu? Numa' bine plec în câteva luni, numa' bine... îi spuse, ieșind din curte.

Zilele următoare trecură iute. Își vându cu multă părere de rău calul și adună tot felul de lucruri de prin casă pe care le dădu în troc pentru alte lucruri de care credea că-i vor fi de folos în călătorie. Își aranjă, într-un cufăr mare și greu de lemn, haine subțiri, pulovere groase de lână, un costum negru, lame de bărbierit și săpun de casă, niște pantofi de piele și o pereche de cizme de cauciuc, o oglindă, vreo două cratițe, linguri și cuțite, ciorapi și chimir, o pălărie de piele, două cărți, hârtie și creion și, după ce-l umplu, mai îndesă pe la colțuri tot felul de mărunțișuri. Se duse zilnic pe la Boncu și Pistol, și-și făcu exaltat planuri peste planuri. Citi de mai multe ori scrisorile primite de către unii din sat de la oameni plecați în America, până când le învăță pe de rost, literă cu literă, și trecu pe la toți cei care aveau rude sau prieteni plecați ca să se intereseze de soarta acestora.

În cele din urmă, veni și clipa la care visa de atâta timp: într-o zi geroasă de iarnă, după ce-și luă rămas bun de la Lenuța, Gheorghița și Gheorghiță, porni, împreună cu Pistol, Boncu, și câțiva măgari care le cărau catrafusele, pe drumul care ducea spre La Cazărmi, cu gândul de a se furișa în Imperiul austro-ungar, ocolind punctul de frontieră.

PLECAREA

Capitolul 9

„Oare când o să mai văd locurile astea…" se întrebă Mitu când urcă pe măgar şi porni, alături de Pistol şi Boncu, pe drumul urcând pieptiş spre Măgura.

Era o noapte sticloasă, în care Dumnezeu uitase să mai arunce căldură în lume. Cerul încremenise de frig, strălucind morţiu de la lumina lunii pline, singurul lucru de pe întinderea nesfârşită care părea dezmorţit. Poteca se căznea parcă să-i împiedice să păşească înainte, împinsă anevoie în spate de copitele ce scrâşneau în omăt.

Nimic nu mişca în jur. Umbrele copacilor se lăţeau ca nişte căpcăuni, acoperind zăpada cu pete negre, diforme. Scârţâitul paşilor ritmici spinteca aerul ţeapăn ca sunetul unui arcuş hârşâit pe un instrument bătrân. Pământul învârtoşat era tare ca cremenea, atât de pietrificat încât nu puteai crede că avea să se înmoaie şi să înverzească în primăvară.

Boncu îşi strunise măgarul înainte, încercând să desluşească ce era în faţă şi făcându-şi socoteala cam cât mai aveau de mers până în vârf.

– Dacă nu dăm ortu' popii acu', nu mai crăpăm niciodată…, rosti la un moment dat, suflându-şi zgomotos nasul şi frecându-şi stăruitor un ochi cu degetul. Aburul îi ieşi în colaci pe la colţurile gurii şi se răzleţi în bulbuci alburii, contopindu-se iute cu aerul.

– Da, mă, nici nu pornirăm bine, că te şi plângi ca o fată mare! Nu vezi că n-ai nicio noimă? îl mustră Pistol, gâfâind de efortul de a-şi struni animalul ce urca pieptiş. Promoroaca i se adunase pe gulerul cojocului, strălucind în irizaţii scurte la fiecare mişcare în bătaia lunii. Pentru că el organizase totul, se considera acum şef, iar faptul că Boncu o lua în faţă, ca şi cum ar fi fost un deschizător de drumuri, îl irita.

Mitu mergea în urmă, cufundat într-ale lui, fără să se uite împrejur, ca şi cum cineva l-ar fi tras înainte de o sfoară. „Oare ce s-o-ntâmpla până la urmă cu Ana…?" îşi spuse de câteva ori, scuturând din umeri ca şi cum ar fi vrut să-şi alunge gândul din minte.

– Ce ne facem, mă, dacă ne prind la hotar? Ne-nfundăm în puşcărie… întrebă. Îi era nemaipomenit de frică de trecerea graniţei, cu actele false pe care le avea la el.

Pistol dădu din umeri. „Cum o vrea bunu' Dumnezeu… noi facem ce putem…"

– Dacă ne prinde pe vreunul dintre noi şi ceilalţi scapă, nu trădăm, da? Aşa am spus, aşa să facem, le aminti Boncu, temător că Mitu, cel mai tânăr dintre ei, i-ar fi dat iute în vileag dacă ar fi fost luat la întrebări de jandarmi.

Trecură de Lac, de Omul de Piatră şi de Colţi. Apoi de Runcul, ca să ajungă la Ţapi, Jaroştea Mare şi Jaroştea Mică. La Măgura lui Urs, o luară pe Gilorţel în sus, atinseră Bâgzelele şi ajunseră aproape de Cazărmi, punctul de frontieră. Acolo cotiră, risipindu-se printre brazi pe la Florile Albe, ca să facă un ocol şi s-o ia apoi spre Obârşia Lotrului, pe lângă Pasul Urdele.

Peste încă un ceas de mers, se opriră pentru un popas, ascunşi în desişul pădurii, priponiră măgarii şi-şi scoaseră din traiste o sticlă de rachiu, nişte slănină cu ceapă şi pâine îngheţată ca bolovanul. Doar respiraţia lor ostenită şi greoaie mai umplea aerul înlemnit cu câte o fărâmă aburindă de căldură.

– Doamne, ce-aş vrea să am vioara cu mine… rosti Mitu cu mintea departe, bătând pe genunchi un ritm de horă, ce-i amintea de drumurile pe care le făcuse cu taică-său pe potecile din împrejurimi, când prinsese gustul cântului.

– Ca să vezi… asta-ţi mai lipsea, vioara… vociferă Pistol, dând să se înţeleagă că nu pricepea defel cum cineva care pleca la un drum aşa de greu se putea gândi să-şi ia cu el obiecte de distracţie.

În jur era o linişte deplină, ca şi cum ar fi umblat printr-o lume părăsită. Doar molfăiturile lor şi sunetele guturale ale animalelor mai umpleau din când în când pustietatea aceea de câte o frântură de viaţă. Totul era încremenit în jurul lor, de parcă pe pământ s-ar fi aşternut o mantie surie, grea de gheaţă.

– Io-te, mă, ce uşor fu, nimeni nu ne deranjă pe drum… De-abia aştept s-ajungem! Cum o fi p-acolo? spuse Boncu vesel când terminară de mâncat, suflându-şi în palme ca să se mai dezmorţească. Îşi şterse vârtos ochii înlăcrimaţi şi înroşiţi cu dosul palmei. „'Tu-i, afurisiţii, ce mă mai ustură…", zise mai mult pentru sine, apoi se ridică şi-şi îndesă bine sticla de băutură în traistă. Timpul să plecăm, mă, să nu ne lăsam oasele pe-aicea de frig!

Pistol, mormăind ceva pe înfundate, se sculă greoi în picioare, ca să arate că făcea asta din cauza că aşa gândea el că e bine, nu că primise imboldul de la Boncu.

– Ne lăsăm pe naiba…, comentă. Nici măcar nu-i chiar aşa de ger… După socotelile mele, am trecut de partea cealaltă…

– Tre' să iuţim pasul. Hai, cântătorule, scoală-te, nu sta ca o muiere! rosti Boncu.

Mitu sări în picioare ca la comandă, copleşit de veselie. Până atunci, dârdâise de teama că vor fi prinşi. „Trecurăm de hotar!"

O luară greoi la pas, traversând deal după deal şi vale după vale, cu popasuri dese şi scurte. Aerul sticlea de la omătul safiriu, iar soarele, ca un măr auriu şi îmbietor, dar putred pe dinăuntru, îi lumina orbitor de după colţuri de munte, dar îi învelea doar cu raze reci, lipsite de vlagă. Făgăraşii stăpâneau orizontul hăt departe, ca nişte pete albicioase de forma norilor pe cerul limpede.

Lăsând dealurile în urmă, Mitu lăsa şi amintirile. Pe măsură ce se depărta de Berceşti, satul se micea în mintea lui, oamenii şi lucrurile ce-l alcătuiau se împuţinau cu fiece pas pe care-l făcea, şi frământările le luau locul. „Oare ce-o să fie…? Oi reuşi să mă descurc…? Dacă nu-mi găsesc slujbă şi tre' să mă-ntorc calic în sat?"

Ajunseră la Obârşie într-o după amiază. Nu dormiseră de ziua trecută, neoprindu-se decât pentru mâncare şi strunind animalele de parcă ar fi vrut să le omoare. Cocoşaţi de oboseală, îşi scoaseră pături groase de lână şi-şi făcură un culcuş, înnoptând înghesuiţi unul în altul şi acoperiţi bine peste cap, ca să nu lase niciun strop de căldură să se risipească în aerul ce sugea ca un burete orice fărâmă de energie.

Dimineaţă porniră spre Sebeş, luând-o pe lângă Lotru - „Uite ceva mai frumos decât valea Gilortului!", gândea Mitu -, depărtându-se cu fiecare bătaie a copitelor de România. Priveau cu atenţie sporită împrejur, ca şi cum ar fi fost într-o altă lume, străină, deşi tot ce întâlneau - munţii, văile, aerul, chiar şi oamenii de pe drum, care vorbeau limba românească - arăta la fel ca locurile pe care le lăsaseră în urmă.

– Doamne, ce aiureală, mă! Poporu' român tăiat în două, că râd şi curcile ş-alta nu..., observă Boncu, ştergându-se la ochi într-un fel în care părea înduioşat până la lacrimi, când trecu, cocoţat pe măgar, pe lângă un ţăran ce le dădu un „bună ziua" molcom.

Mitu dădu din cap - şi el se gândise la asta de când ajunseseră în Imperiu şi văzuse că toate erau cam la fel ca în Cernădia.

– Da' ce-ai, mă Boncule, plângi acu' de jale că găseşti de-ai noştri peste munte?! Eu zic să te faci ministru dacă eşti aşa de atins, poa' uneşti jumătăţile astea două de pământ şi-o să-nveţe plozii plozilor mei de tine la istorie! îl luă în zeflemea Pistol, care, de când plecaseră, nu pierdea niciun prilej să se lege de tovarăşul său de drum.

– Da' ce sari ca prostu', ce-ţi făcui, mă, să te iei de mine? se oţărî Boncu. De unde văzuşi tu că plâng? Îmi lăcrămează ochii de la frig, mă! Mai bine vezi-ţi de curu' tău, că te văd cufurit ca o găină!

– Ce-aveţi, mă, înnebunirăţi cu totul? se amestecă Mitu, care, fericit că trecuse nevătămat peste graniţă, nu avea chef de certuri prosteşti. Mai bine să ne mai sfătuim ce-o să facem cân' ajungem la New York.

– Apoi las' c-avem timp pe vapor să tot vorbim... Acolo-s mulţi care merg şi-o să mai aflăm lucruri de la ei... spuse Boncu.

– Cum o s-aflăm, mă? În... engleză? În „ingliş"? Poate ne-nveţi şi pe noi, dac-o ştii aşa de bine... Când ai prins-o, ieri noapte, la Obârşie?

– Apoi, Pistoale, n-oi şti eu engleza, da' ştiu să scriu şi să citesc... nu ca alţii... îi răspunse acesta sec.

Pistol se încruntă, dar rămase fără cuvinte. „Fudul prost, 'tu-i muma mă-sii!", îl înjură vârtos în gând şi trase de hăţuri ca să rămână puţin mai în urmă.

– Cine ne-aude zice că voi sunteţi boraci, nu eu, mă... comentă Mitu, iritat de ciondănelile lor. Ce dracu' v-a apucat să vă sfădiţi?! Nici nu ne pornirăm bine... Ce-aveţi de-mpărţit?!

– Nu vezi că s-asmute la mine făr' motiv?! îi răspunse îmbufnat Boncu, vorbind despre Pistol ca şi cum n-ar fi fost lângă ei. Se legă de mine că lăcrămez...

– Apoi nu ştiu... eu vă zisei, da' nu mă bag... puteți să vă şi omorâți... încheie Mitu nepăsător, afundându-se din nou în gânduri. „Oare cum ne-om descurca în Franța...?"

Mai aveau câteva ore până la Sebeş şi făcură drumul aproape în tăcere, presărându-l doar din când în când cu câte o întrebare scurtă, urmată de mormăieli monosilabice - „da", „nu". Niciunul nu cuteza să rupă gheața. Stăteau gata să pleznească la orice comentariu pe care l-ar fi făcut vreunul pe seama celuilalt.

Mitu, prins între ciocan şi nicovală - era prietenul lui Pistol, dar îi dădea dreptate lui Boncu... -, nu mai spuse nimic până ajunseră în oraş, oprindu-se doar din când în când ca să-şi scoată nişte pâine din traistă şi să-şi clătească gâtul cu înghițituri de țuică. Înnoptară la un han de la intrarea în oraş, înghesuiți toți trei într-un pat dintr-o cameră neîncălzită, iar a doua zi, dis-de-dimineață, se duseră în piață ca să-şi vândă animalele.

Era un ger cumplit, parcă mai sfredelitor decât peste munte. În piață nu era aproape nimeni, doar câțiva țărani îşi suflau în pumni de frig şi se bățâiau pe picioare încercând să vândă te miri ce te miri cui.

Nu se tocmiră deloc. Dădură măgarii pe mai nimic, primului om care îi întrebă, apoi plătiră pe cineva să-i ducă într-o căruță până la gară.

De-abia când se suiră în tren simțiră că se îndreaptă cu adevărat spre America şi că lasă în urmă lumea în care trăiseră până atunci. În Budapesta coborâră şi urcară în „Orient Express"[*], care avea să-i traverseze continentul până în Paris, de acolo urmând să se descurce cumva, poate luând un personal, ca să treacă de ultimul hop: drumul de două sute de kilometri prin Normandia până în portul Le Havre.

---

[*] Trenul *Orient Express* avea înainte de primul război mondial ruta Paris - Istambul, cu trecere prin Strasbourg, München, Viena, Budapesta şi Bucureşti. În timpul primului război mondial cursa a fost suspendată, pentru a fi reluată în 1919 (n.a.).

Capitolul 10

Frânți de somn, ajunseră în Le Havre într-o dimineață rece de ianuarie și traseră la un han de la marginea orașului, „Hotelul Emigranților". Astfel de hoteluri începuseră să apară unul câte unul prin porturile europene de unde se pleca înspre America la începutul secolului douăzeci, pentru că orarul vapoarelor și al trenurilor era imprevizibil și procesarea actelor de călătorie dura uneori atât de mult, încât zile, săptămâni sau chiar luni întregi puteau să treacă până la plecare. Hotelul era o clădire impunătoare de piatră, cu încăperi lungi de câte douăzeci de paturi fiecare, care se încălzeau doar de la căldura oamenilor ce poposeau acolo. Când temperatura de afară cobora mult sub zero grade și nici respirația caldă a călătorilor nu mai reușea să dezmorțească aerul înghețat, unii se duceau până la bucătărie și luau jar într-un vas de metal, închis ermetic, pe care îl puneau apoi sub saltelele de paie ca să-i încălzească pentru câteva ore.

Mitu nu rezistă mai mult de cinci minute în cameră: o curiozitate nestăvilită îl mână afară și, fără să stea mult pe gânduri, o luă la cutreierat prin oraș. Era prima lui vizită undeva departe de casă, într-o țară străină de care auzise doar din vorbe, și nici oboseala crâncenă adunată de atâtea zile de mers nu era suficientă că să-l oprească.

Se plimbă o vreme, luând-o sprinten pe străzi. Privi uimit catedrala episcopului de Le Havre apoi se opri în fața bisericii Sfântului Iosif și își făcu trei cruci, pe urmă hoinări fără țintă, minunându-se de construcțiile mari din piatră în care locuiau oameni ca și el.

O bucurie nemăsurată că se îndrepta spre Lumea Nouă ca să-și încerce norocul îl cotropi când văzu Sena, râul ce desparte Le Havre de Honfleur și se varsă chiar acolo în Canalul Englez. O luă pe malul ei și încercă să prindă măcar o imagine din orașul de pe partea cealaltă, despre al cărui nume se tot întreba cum se pronunță. Într-un târziu ajunse în port, unde rămase mult timp fascinat de nemărginirea apei de dinaintea ochilor lui. Era prima oară când vedea oceanul. Stătu o oră pe plajă, inspirând aroma sărată a brizei înghețate și culegând scoici și cochilii albe de melci pe care le îndesă în buzunar ca amintire.

După ce se plimbă o vreme de colo-colo, se întoarse la han. Răpus de oboseală, dar cu inima plină, îi scutură pe Boncu și pe Pistol, care încă dormeau duși:

– Mă, văzui vapoarele, sculați-vă! Ori plecarăți ca să lânceziți prin Franța?!

– Apoi ce faci, Mitule?! Lasă-mă-n durerea mea, că-s ostenit! îl bombăni Pistol. Ce te apucă, fuseși în oraș?! Cum sunt vapoarele? Ne duc până la New York?

Mitu pufni în râs:

– Ce ți-e, mă... Ne duc, cum să nu ne ducă... Ce-am tot auzit noi de „sicriele plutitoare" în care mor oamenii cu grămada în drum spre America și-s aruncați la rechini sunt povești. Povești! Vasele astea sunt uriașe! Așa ceva nu credeam să poată fi făcut de mâna omului! Pot căra sute sau mii de oameni! Toată Cernădia încape doar într-un colţ!

– Da, cre' că…, comentă Boncu neîncrezător. Şi „Titanicul" era uriaş, mă, şi s-a scufundat anu' trecut în aprilie. O mie cinci sute de oameni au murit, că n-au avut bărci destule…

Peste jumătate de oră porniră cu toţii spre port ca să se intereseze de bilete şi ocoliră prin centru, special ca să vadă cât mai mult din oraş. Diferenţa dintre locul din care plecaseră şi Le Havre era uriaşă, i se păru lui Mitu: casele de două camere din Berceşti erau de neîntâlnit în oraşul ăsta; oamenii mergeau cu trăsurile şi erau îmbrăcaţi frumos şi curat; bărbaţii purtau pălării negre şi papion, iar femeile erau îngrijite şi cochete, în paltoane groase şi elegante; oriunde se uita, nu vedea pe nimeni cu opinci.

În port, sute de oameni erau adunaţi în grupuri, toţi aşteptând vapoare. Căutară mult după cineva care să le dea lămuriri şi, până la urmă, după încercări şi bâjbâieli, dădură de un afiş mare din care nu înţeleseră decât prima propoziţie: „Steamship La Savoie, Le Havre - New York, forty dollars, third class, January 18."[*]

– Mă, ce spun ăştia aicea? „Steamship" înseamnă vapor, ştiu din scrisori. Ăsta tre' să fie. Pleacă aproape într-o săptămână. P-ăsta trebe să-l luăm! Scump, mă… patruzeci de dolari… se aprinse Boncu.

– Patruzeci…?! tresări Mitu. Nu ştiam noi că-i treizeci?! Acu' ce mă fac?! „Orient Express" costase mai mult decât crezuse şi nu mai rămăsese decât cu cincizeci de dolari în buzunar. Iar la intrarea în New York trebuia să arate că are la el cel puţin douăzeci de dolari…

„Ei, Dumnezeu n-o să mă lase, cum nu m-a lăsat nici pân-acuma!", încercă să se liniştească şi o luă după Boncu şi Pistol, care întrebau în dreapta şi în stânga ce trebuia făcut. Îi invidia - aveau la ei câte şaizeci de dolari, de parcă ştiuseră precis despre ce va fi vorba.

Într-un sfârşit, se dumiriră cât de cât şi se duseră la un ghişeu la care trebuia să li se pună nişte ştampile. Un funcţionar rotofei la faţă şi la burtă, îmbujorat de mâncare adăugită cu mult vin, lua actele oamenilor şi le studia pe îndelete, după care mâzgălea ceva într-un dosar.

Când ajunse la Mitu, îl măsură cu atenţie de sus în jos şi de jos în sus şi-i verifică documentele de două ori. Îl întrebă apoi ceva în franceză, la care el nu răspunse. Îi luă apoi toate hârtiile şi-i făcu semn să aştepte, după care dispăru după o uşă.

Un fior îi trecu pe şira spinării la gândul că poate a fost prins, că poate şi-au dat seama că actele lui nu erau în regulă. Se aşeză tremurând într-un colţ, încercând să-şi oprească clănţănitul dinţilor. Îşi frecă palmele şi-şi îndesă mâinile în buzunare ca să şi le încălzească, apoi se lăsă pe vine şi se uită în jur. O lume indiferentă, îmbrăcată în haine negre şi ponosite, peticite la coate, înroşite sau albite de vreme, venea şi pleca de la ghişee, fără a lua

---

[*] „Vasul „La Savoie", ruta Le Havre - New York, 40 dolari, clasa a treia, pleacă pe 18 ianuarie" (engl.).

aminte la groaza prin care trecea. Fiecare cu drumul lui greu şi singuratic prin viaţă, prea puţin în stare să privească în jur la semeni şi să simtă când avea nevoie cineva de o vorbă bună.

După o aşteptare cât veşnicia, lucrătorul de la ghişeu se întoarse şi îi făcu semn să se apropie. Se ridică cu groază din colţ, gândindu-se că va fi arestat. Când îi întâlni privirea de aproape, voinţa îi cedă cu totul: simţi deodată în pantaloni o căldură umedă şi nefirească, prelingându-i-se înspre genunchi şi apoi la glezne.

Funcţionarul îi înmână actele, privind curios urma de lichid.

– *Que s'est-il passé, monsieur? Bon voyage!* îi zâmbi.

Mitu înfăşcă temător paşaportul, ieşi în grabă şi se opri copleşit de ruşine în faţa lui Boncu şi Pistol, care îl aşteptaseră afară.

– Mă, trebe să mă-ntorc la han că mă făcui de rahat! Mă scăpai pe mine de frică acolo, crezui că mă prinseră şi că mă bagă la puşcărie din cauza certificatului de naştere. Doamne, că-mi vine să intru în pământ!

Ei izbucniră în hohote.

– Ha, că n-am crezut să văd asta vreodată! Tu, care n-ai iertat nicio muiere-n Cernădia, te-ai scăpat pe tine din cauza unuia de pune ştampile?!

– Mă, nu ştiţi voi prin ce-am trecut eu acolo!

A doua zi dis-de-dimineaţă se întoarseră în port - de data asta cu desăgile în spinare şi cuferele târâte anevoie după ei - şi se aşezară la un rând nesfârşit la bilete. Sute de fiinţe se îmbulzeau, făcându-şi loc cu coatele să ajungă cât mai în faţă, şi înjurăturile se auzeau în toate limbile pământului. Lângă ei era o femeie tânără cu un copil în braţe, însoţită de cineva care părea bărbatul ei; privea pierdută la marea de oameni, în vreme ce acesta o ţinea de umeri ocrotitor. Mai în faţă, doi tineri se înghesuiau şi înaintau tenace, milimetru după milimetru, forţându-se să-i depăşească pe cei dinaintea lor.

După un chin de două ore în frigul aspru, le veni şi lor rândul. Plătiră fiecare câte patruzeci de dolari pentru biletele de clasa a treia, după care furã îndrumaţi spre o clădire înaltă din piatră. Acolo, un doctor le făcu semn să se dezbrace. Rămaseră goi puşcă câteva minute iar medicul îi privi fugitiv de după ochelari, apoi un infirmier îi conduse într-o sală mare în care multe căzi cu apă caldă emanau un miros puternic de clor dezinfectant. După ce se îmbăiară, un frizer îi tunse scurt, ca la puşcărie, apoi furã aduşi înapoi în sala de unde veniseră. O soră trecu pe la fiecare şi le făcu trei injecţii usturătoare în umăr, după care scrise pe o listă, în dreptul numelui lor, ceva nedesluşit - numele vaccinurilor, după cum aveau să afle mai încolo.

Când ieşiră de acolo, veseli, ferchezuiţi şi spălaţi ca şi cum s-ar fi pregătit de nuntă, şi se uitară după bagajele pe care le lăsaseră la intrare, înlemniră. Nici urmă de saci, cufere sau desăgi - nici ale lor, nici ale altora, de parcă toate s-ar fi făcut una cu pământul.

---

* Ce s-a întâmplat, domnule? Călătorie plăcută! (fr.).

Începură să le caute, alergând înnebuniți pe coridoare, până când asistenta care le făcuse vaccinurile le observă tulburarea și le făcu un semn să se apropie:

– *Les bagages sont en train d'être décontaminés...* [*] le spuse, arătându-le ceva pe geam.

Într-adevăr, afară niște hamali descărcau saci și traiste din căruțe și le rânduiau într-un colț. Se repeziră într-acolo și, după multe căutări și gânduri negre, își recuperară, într-un târziu, bruma de agoniseală. Mitu își deschise cufărul ca să vadă dacă îi lipsea ceva și se pleoști: lucrurile le fuseseră trecute prin aburi fierbinți pentru dezinfecție, și hainele, hârtiile și săpunul erau distruse.

Rămase cu privirea în gol, parcă silindu-se să înțeleagă prin ce trecea, și, într-un sfârșit, răbufni:

– Cum să mă pornesc așa la drum, aproape făr-de niciunele?! Nu mai am haine, nu mai am mai nimica afară de cuțite, linguri și cratițele de fier! 'Tu-le anafura lor de dobitoci! Ne stricară tot ce-avuserăm! De unde bani acu' să-mi iau ce-am nevoie?!

– Lasă, mă, bine că suntem împreună, ne-om descurca noi cumva în trei, că de murit n-om muri... îl încurajă Pistol.

– Așa crezi tu?! Stai să vezi ce-o să se-ntâmple în New York - asta dac-ajungem pân-acolo și nu crăpăm și ne-aruncă ăștia peste parapet! Știi că te pot deporta fără motiv dacă nu le place de mutra ta? Te pun înapoi în vapor și te trimit acasă fără să stea la discuție! Crezi că se termină aici?

Pistol murmură cu voce slabă:

– Am trecut Carpații pe măgari în toiul iernii, și-am tăiat toată Europa și n-am mai murit. Om trece noi și oceanul...

– Mitule, da' tu ce-o să te faci fără parale? întrebă Boncu. Că nu mai ai decât zece dolari și-ți trebe douăzeci să arăți că ai la intrare...

El ridică din umeri:

– Oi găsi eu pe cineva pe vapor să-mi dea niște parale să le-arăt ălora atunci... răspunse șovăitor.

---

[*] Bagajele au fost date la dezinfectat... (fr.).

Capitolul 11

Cele câteva zile care se scurseră până la plecare le petrecură în carantină - o clădire mare din piatră, ca o cazarmă militară, de unde nu aveau voie să mai iasă până la îmbarcare. Mitu petrecu ore nesfârşite încercând să înveţe câteva propoziţii în engleză, repetând continuu cuvinte pe care le auzea în dreapta şi-n stânga şi interesându-se mereu de răspunsurile pe care trebuia să le dea ofiţerilor consulari la intrarea în New York.

Era 18 ianuarie 1913 când sosi şi clipa pe care o aşteptaseră cu înfrigurare. În dimineaţa aceea, geroasă ca un sfârşit de lume, un funcţionar le controlă toate hârtiile în amănunţime, le examină cu atenţie biletele şi le puse o serie de întrebări din care nu înţeleseseră mai nimic, dar la care răspunseră „nu" - ştiau deja, de la alţii cu care reuşiseră să schimbe două vorbe în carantină, că vor fi chestionaţi dacă erau poligami sau anarhişti şi cine zicea „da", chiar şi din neînţelegerea limbii, era numaidecât oprit în port. La sfârşit funcţionarul îi întrebă ocupaţia şi notă „muncitor" în dreptul fiecăruia, după care le înmână o bucată de hârtie pe care scria ceva în româneşte şi-i puse să citească. Pistol dădu din cap că nu ştie, iar acesta notă „nu ştie să citească sau să scrie" lângă numele lui.

La urcarea pe vas se aşezară la o coadă nesfârşită, vierme lung şi unduitor de sute de oameni fremătând de nerăbdare să facă marele pas în necunoscut. Un puhoi de lume se îmbulzea să ajungă la podeţul mic de metal care unea cele două lumi - malul şi puntea - strigând şi gesticulând, trăgând anevoie cufere, târând bagaje şi copii, întorcându-se din când în când să facă semne cu mâna celor care-i conduseseră până acolo şi care rămâneau de partea asta a pământului în speranţa că, la un moment dat, vor pleca şi ei într-o călătorie la fel.

– *Bon voyage! Non dimenticare di scrivere! Revenez bientôt! God bless you there!*[*] strigau cei ce rămăseseră pe uscat, ştergându-şi ochii şi încercând să-şi ascundă tristeţea despărţirii.

Trecând de controlorul de bilete - cu mari emoţii, după întâmplarea de acum câteva zile când făcuse pe el de frică -, Mitu trase adânc aer în piept şi strânse din pumni de bucurie. Când puse piciorul pe vapor, îi urcă un nod în gât: „Reuşii să plec! Reuşii şi eu! Doamne-ajută-mă-n continuare!".

Se plimbă pe punte, uitându-se în jur şi i se tăie respiraţia de uimire: de-abia acum îşi dădea seama cu adevărat ce mare era vaporul. „La Savoie", un transatlantic de unsprezece mii de tone şi viteza de douăzeci de noduri, fusese construit în 1900 pentru Compagnie Générale Transatlantique, o linie maritimă franceză al cărei obiect principal de activitate era transportul emigranţilor în America sau Canada. Transporta sute şi sute de oameni, care-şi arătau rangul în lume după preţul pe care-l plătiseră pe bilet: clasa

---

[*] Călătorie plăcută! (fr.). Nu uita să scrii! (it.). Să te întorci repede! (fr.). Dumnezeu să te binecuvânteze! (engl.).

întâi cu camere mari şi luxoase, decorate cu perdele de mătase şi mobilă îmbrăcată în pluş, clasa a doua, cu camere mai mici, dar curate şi intime, iar clasa a treia - săracii - îngropată adânc în burta vasului, chiar deasupra maşinăriilor uriaşe care puneau elicele în mişcare.

Cineva le făcu un semn să se îndrepte spre locurile lor şi, în timp ce coborau scările abrupte ce duceau spre hala uriaşă, compartimentată, unde aveau să petreacă o săptămână, fură acostaţi de un om care îi privi cu bucurie:

– Ia uite, Doamne-ajută, aud şi eu româneşte, în sfârşit! Ce bine că întâlnesc nişte concetăţeni!

Era un bărbat de vreo treizeci de ani, uscat de slab, cu ochi galbeni, dar pătrunzători, care vorbea rar şi măsurat, anume parcă să nu arate lumii ce simţea cu adevărat. Boncu începu imediat să-l iscodească: cine era, de unde venea, unde se ducea, ce făcea, cât stătea....

– Miu Pavelescu mă numesc, din Câmpina, domnilor... Şi sunt dascăl de meserie. Am fost dascăl, adică... Dar le-am spus ăstora că sunt tâmplar, ca să vadă că am o meserie folositoare... V-am auzit şi mi-am îngăduit să intru în vorbă şi eu, că tare e bine să nu fii singur... Dar încotro vă îndreptaţi?

– Apoi în America, unde să ne-ndreptăm, omule? îi răspunse Pistol cam în bătaie de joc, făcându-i părtaş lui Mitu cu ochiul.

– No, bine, asta ştiu şi eu, dar unde anume în America? îi chestionă acesta cu un ciudat accent ardelenesc, fără să schiţeze niciun zâmbet şi fără să ia aminte la ironie.

– La New York la început şi dup-aia om mai vedea noi...

– New York?! Doamne, ce noroc! Chiar vă opriţi la New York? Şi eu tot acolo am să rămân. Încă o dată vă spun, tare bine-mi pare să vă întâlnesc! De nu v-o fi cu deranj, haideţi să călătorim împreună, că drumul e întotdeauna mai scurt în mai mulţi.

Îşi aleseră paturile unul lângă altul, îşi îndesară cu greu bagajele în locul strâmt dintre ele şi se întinseră obosiţi, dar fericiţi. Înşirate lângă paturi, găsiră câte o plapumă umplută cu fân şi un fel de vestă groasă de salvare care putea fi folosită şi ca pernă.

Într-un colţ mai îndepărtat, Mitu văzu un fel de ceaun uriaş sub care ardea focul. Simţi un miros îmbietor de fasole şi îşi dădu seama cât de foame îi era.

– Ce repede se apucară ăştia de mâncare! comentă cu nările dilatate.

– O să ne dea masa de trei ori pe zi. Şi-i destul de bună, să ştiţi, spuse Pavelescu. O fac la cazanul ăsta mare şi-o împart dimineaţa, la prânz şi seara. Acum câţiva ani mureau unul din zece în călătoria peste ocean. Acuma e mai bine, avem apă potabila, nu sărată, ca atunci, mâncarea nu mai e aşa rea...

– De unde ştii? Ai mai fost? îl întrebă Mitu.

Pavelescu ocoli răspunsul:

– No, eu acuma o să-ncerc să mă culc, că-s tare ostenit de-atâta drum, spuse, trăgându-şi plapuma peste el. O tuse adâncă îl zgudui, scuturându-i trupul în convulsii. Într-un târziu, adormi, sforăind prelung şi înfundat.

Mitu încercă să aţipească, dar, după ce se perpeli în pat vreo oră, se întinse cu Boncu şi cu Pistol la vorbă în aşteptarea mesei, care tot întârzia. Peste încă o oră, se apucă să cutreiere prin cală şi să se familiarizeze cu locurile importante, ca veceurile sau chiuvetele, apoi îşi rearanjă lucrurile în desagi, împăturindu-le cât mai bine ca să ocupe mai puţin loc, iar spre seară se aşeză la coadă la mâncare şi mâncă cu poftă din iahnia fierbinte. Un damf ascuţit plutea în aer, şi descoperi o moviliţă de bălegar sub o bancă de lemn. I-o arătă bucătarului, iar acesta îi spuse ceva pe franţuzeşte, apoi, când văzu că nu pricepu nimic, luă o foaie de hârtie pe care desenă vaporul transportând oameni înspre America şi, pe o altă foaie, desenă vaporul transportând vite când se întorcea în Europa.

– *Sur le chemin du retour on transporte du bétail. Personne ne va en Europe depuis l'Amerique, monsieur!*[*]

El dădu din cap că înţelege, deşi era cu totul nedumerit, şi se aşeză la un fel de masă îngustă, la care mai stăteau vreo zece ca el înfulecând cu lăcomie. Vru să intre în vorbă cu ei, însă îşi dădu seama că nu s-ar fi făcut înţeles nicicum şi se îndreptă atunci spre ieşirea pe punte. Urcă anevoie pe scara îngustă şi subţire care ducea la etajul superior, aruncă o privire fugară la uşile îndărătul cărora ghicea luxul clasei întâi şi, în fine, ajunse sus, strângându-şi umerii sub frigul crâncen. Vântul îi pişca usturător faţa şi îi înlăcrima ochii. Se îndreptă spre margine ca să vadă mai bine oceanul.

În clipa aceea auzi un strigăt furios în spatele lui:

– *Steerage! Steerage!* [†]

Îşi întoarse capul în direcţia sunetului şi văzu un ofiţer care îi făcea semne nervoase cu mâna să se întoarcă la el în cală.

Atunci o luă înciudat înapoi pe scări. Se făcuse aproape noapte când se întinse în pat, simţind moleşeala dulce a somnului cum îl cotropeşte. Se uită în jur cu ochii mijiţi. Undeva, în dreapta lui, cineva dormea dus cu capul pe o masă. „Poate că-i beat", gândi. Nu departe de el, un bărbat cam la cincizeci de ani, cu o expresie ştearsă, îl privea curios. Purta o pălărie maro, un palton lung, de lână, descheiat la nasturi, cămaşă albă şi pantaloni subţiri verzui. Se miră cum de nu-i era frig. Privirea îi alunecă apoi în stânga, unde doi tineri cam de vârsta lui stăteau tolăniţi, gesticulând şi vorbind într-o limbă care lui i se păru că-i rusa, trecându-şi unul altuia o ploscă cu tărie. Când îi văzu, i se făcu gura apă; se sculă din pat şi se îndreptă spre ei, rugându-i din semne să-l lase să ia şi el o înghiţitură.

– *Davay buhnem, bratan!* [‡] îi zâmbiră ei binevoitori.

---

[*] La întors cărăm vite. Nimeni nu vine în Europa din America, domnule! (fr.)
[†] Clasa a treia! (engl.) „Steerage" desemna secţiunea unui vas (la începuturi, aproape de elice), unde pasagerii călătoreau în grup, nu în cabine separate (n.a.).
[‡] Ia de-aici o înghiţitură, frate! (rus.)

O puse la gură şi sorbi cu nesaţ, apoi închise ochii ca să simtă mai bine fierbinţeala alcoolului alunecându-i ca un foc umed pe gât. „Ah, ce bunătate! Ce n-aş da să am şi eu o sticlă de-asta la mine!"

Le mulţumi de câteva ori şi se întoarse la culcare. În patul din stânga lui sforăia Miu, noul lor însoţitor, iar în dreapta dormeau duşi Pistol şi Boncu. Îşi notă numerele paturilor: 143, 144, 145 şi 146. „Să le ţiu minte toată viaţa, poate o să-mi aducă noroc cândva...", îşi spuse, apoi oboseala îl birui. Visă vapoare, cai înhămaţi la căruţe galopând furios şi pe funcţionarul din Le Havre care-l punea în lanţuri şi-l arunca în temniţă din cauza actelor false.

După vreo oră se trezi ud leoarcă şi se sforţă să-şi dea seama unde era, apoi alunecă încet între somn şi veghe. În clipa următoare, încremeni la auzul unui urlet înfiorător ce tăie noaptea ca un cuţit. Se ridică încercând să-şi dea seama ce se întâmplă. Simţi o respiraţie agitată în ceafă, se întoarse şi zări prin beznă umbra lui Miu, care se proptise de marginea patului şi gâfâia tulburat.

Se apropie să-l vadă mai bine: ochii aproape îi ieşiseră din orbite şi corpul îi tremura în convulsii. Mâinile i se încleştaseră pe tăblia metalică a patului şi răsuflarea i se înteţea la fiecare clipă. Broboane de sudoare de pe frunte i se prelingeau pe tâmple.

– Ce ai, omule, ţi-e rău? Ce păţişi? Pistoale, scoală, mă, că i se făcu rău lu' Miu! Scoală, mă! Boncule, scoală şi tu!

Aceştia se dezmeticiră cu greu şi priviră zăpăciţi în jur.

– Ce e? Ce se-ntâmplă?

– I-e rău lu' Miu! Tremură şi-are ochii bulbucaţi!

Pistol se frecă la ochi şi rosti îmbufnat o înjurătură.

– Pavelescule, ce păţişi, frate? îl întrebă, apoi se sculă ca să-i aducă o cană cu apă.

– Las' că-mi trece mie. Voi duceţi-vă-n paturile voastre, haideţi, lăsaţi-mă în pace acum, rosti Miu cu voce înecată.

– Dar ce ţi se întâmplă?! Avuseşi cumva un vis urât?

Miu oftă. Spaima încă i se citea în ochi. Dădu să răspundă, apoi se opri. Mitu se trase mai lângă el şi-l îndemnă să spună ceva:

– Omule, eu-s prietenu' tău. Ce păţişi?

Acesta îl privi lung şi, ca şi cum ar fi repetat un monolog dintr-o piesă de teatru, începu să povestească:

– De nouă ani nu pot să dorm decât câteva ore. În fiecare noapte mă trezesc cu marea plină de cadavre în faţa mea. Ţipete şi strigăte de ajutor, care se sting, înghiţite de ape, mă bântuie în timpul nopţii. Aţi auzit de „Norge"?

– De „Norge"? Cine-i ăla?! întrebă Boncu.

– Am fost pe el când s-a scufundat acum nouă ani, continuă Miu. Pornisem din Copenhaga înspre New York să-mi încerc şi eu norocul în America. Aveam douăzeci de ani. Cam pe la şapte dimineaţa m-am trezit într-un zgomot asurzitor de metal scrâşnind pe ceva tare. Era „Norge", se izbise de o stâncă uriaşă. Îmi amintesc ca şi cum ar fi acum: 28 iunie 1904. Am auzit vocea comandantului: „Imediat pe punte sau vă scufundaţi!" Am ieşit repede, am fost printre primii care au ajuns sus, că patul meu era chiar lângă uşă. Căpitanul dădea ordine să se pună bărcile de salvare la apă, lumea începuse să se înghesuie, dar nu le era frică. De-ar fi ştiut ce-i aştepta în câteva minute! Am coborât într-o barcă şi ne-am îndepărtat de vas. Era ceaţă şi răcoare şi vedeam limpede cum vaporul prinde apă şi se scufundă repede cu partea din faţă. Atunci, oamenii rămaşi pe punte au început să se îmbulzească spre celelalte bărci, luptându-se să prindă un loc în ele. Dădeau din coate, din picioare, se repezeau cu pumnii în faţă. Bărbaţii urlau şi blestemau. Unul a trântit la podea o gravidă şi a călcat-o în picioare, neluând aminte la gemetele ei. Într-una din bărci au coborât femei şi copii, dar sforile s-au rupt şi barca a căzut cu botul în jos în apă, iar ele, sărmanele, se chinuiau să se ţină cu o mână de margine şi cu cealaltă să-şi apuce copiii. Dar în zadar: un val puternic i-a zdrobit de vas, omorând câţiva pe loc şi înecându-i pe toţi ceilalţi într-o clipită. Puţine din bărcile care au fost puse la apă s-au desprins de acolo; majoritatea au fost sfărâmate de vas sau răsturnate cu fundul în sus de valuri. Cei care rămăseseră pe punte încercau disperaţi să-şi pună vestele de salvare, dar nu reuşeau: curelele învechite fie se rupeau, fie nu se puteau desface. Alţii renunţaseră să mai încerce ceva şi îngenuncheaseră, făcându-şi cruci şi rugându-se lui Dumnezeu. Văd şi acum privirile lor înfiorate şi braţele larg deschise, implorându-ne să-i luăm şi pe ei.

Mitu asculta încremenit. Miu îşi şterse lacrimile scurse pe obraji. Apoi nu se mai putu stăpâni şi se înecă în hohote de plâns, care se transformară într-o tuse adâncă, horcăitoare. Scuipă sânge într-o batistă şi, cu faţa ascunsă în palme, continuă să povestească, înecându-se în sughiţuri:

– Sute de oameni erau în mare, strigând şi implorând. La un moment dat - nu trecuseră nici douăzeci de minute - vasul a prins brusc apă multă şi s-a scufundat în viteză, luând cu el pe cei ce rămăseseră pe punte. Le puteam vedea pumnii ridicaţi înspre ceruri şi le auzeam blestemele împotriva lui Dumnezeu în timp ce erau înghiţiţi de valuri. Când a dispărut de tot în apă, un vârtej uriaş s-a format în urma lui, trăgând zeci de suflete care săriseră cu puţin înainte. Cei care, printr-o minune, scăpaseră, înotau în disperare către bărci. Unii au ajuns şi la a noastră, dar eram prea mulţi şi i-am lovit peste cap cu vâslele. Pe unii i-am omorât chiar eu, Doamne miluieşte-mă, i-am împins cu piciorul sau le-am zdrobit degetele cu care se apucaseră de marginea bărcii. Noaptea mă trezesc bântuit de ochii neiertători ai unui bărbat care renunţase să mai lupte şi-şi aştepta resemnat sfârşitul. Se uită la mine de parcă m-ar mustra, şi eu nu-mi pot desprinde ochii dintr-ai lui.

Pistol, Boncu şi cu Mitu parcă uitaseră să mai respire şi ascultau cu sufletul la gură.

– La un moment dat, s-a făcut linişte: ţipetele au încetat, ca luate de vânt. Se mai auzea câte un geamăt, un strigăt sfâşietor sau un plânset de copil, după care s-a așternut tăcerea. Sute de trupuri pluteau, izbindu-se unele de altele.

– Și cine v-a găsit? întrebă încet Pistol.

– Am rămas așa șase zile, mâncând un biscuit sau doi pe zi. Avuseserăm apă doar pentru o zi și o împărțiserăm câte o picătură la fiecare. În groaza de la început, nimeni nu s-a gândit să ia provizii. Când pierduserăm orice speranță, un vas scoțian ne-a văzut și ne-a dus la Aberdeen. Era 4 iulie, îmi amintesc bine! Acolo mi-au dat niște bani și m-am întors în țară. În primii ani mi-era groază și să mă apropii de vreun râu. Am vrut de câteva ori să-mi iau zilele, dar m-am gândit că o să fiu îngropat fără cruce la marginea cimitirului. Coșmaruri am aproape în fiecare noapte și uneori uit ziua unde sunt și îmi vin în minte imagini de atunci. Ochi, ochi care mă privesc neiertător. Treptat, însă, a început să mă bată iar gândul la plecare. Uite-mă acum aici, deși cred că n-o să am nici de data asta noroc. Am început să tușesc de câteva luni; sper să mă strecor în Ellis Island și să trec de controlul medical.

Mitu știa și el asta din scrisori: la intrarea în America, dacă aveai cel mai mic semn de boală te deportau fără să se gândească de două ori. Miu era livid și avea cearcăne adânci sub ochi, iar tusea care îl apuca uneori părea că nu se mai termină. Se îneca și-și revenea cu mare greutate. Atunci își scotea batista din buzunar și scuipa în ea roșu.

– Omule, îi zise, trebe să te vadă cineva...

Doctori erau. Pentru fiecare pasager căruia i se refuza intrarea în America din cauză de boală, vaporul trebuia să plătească peste o sută de dolari, astfel încât companiile maritime angajaseră cadre medicale care să-i controleze pe toți, să-i trateze cât de bine puteau și să noteze, pe o foaie pe care aceștia o arătau în New York, observațiile din timpul călătoriei

Miu încuviință iar Mitu plecă să se intereseze. Se întoarse cu un doctor, care îl consultă pe Miu cu atenție, ascultându-l cu stetoscopul, luându-i febra și palpându-i abdomenul. La sfârșit îi dădu niște prafuri albicioase și-i recomandă să stea mai mult la pat.

– *Restez au chaud, mangez chaud, monsieur, et je reviendrai demain matin.*[*]

Ațipiră în câteva clipe, însă fură treziți, pe la patru dimineața, de tusea zgomotoasă a lui Miu, care părea că nu se mai oprește. Mitu se trase aproape de Pistol și-i șopti:

– Mă, mie nu-mi place cum arată omul ăsta, cred că are oftică sau așa ceva. Îl auzi cum horcăie din piept?

– Las' că i-o trece lui pân-ajungem, mai avem câteva zile de mers, iar aicea e cald. Când o vedea New Yorkul, o să fie ca un prunc vesel care tocmai a supt la țâță!

---

[*] Căldură și mâncare fierbinte, domnule, și vin să vă văd din nou mâine dimineață (fr.)

– Mie, unul, nu-mi miroase a bine, nu se lăsă Mitu. N-am niciun leac la mine, n-adusei nimic, şi m-am gândit să iau, dar Dumnezeu parcă mi-a luat minţile când am plecat!

Adormiră din nou şi nu se treziră decât dimineaţa târziu, aproape de amiază, supăraţi că pierduseră masa. Pistol şi Boncu începură să joace cărţi. Mitu scoase o bucată de hârtie pe care nota cuvinte în engleză, ca să le memoreze mai târziu şi, când văzu că Miu avea un dicţionar Webster's englez-englez pe marginea căruia scrisese traducerea în româneşte a multor cuvinte, i-l înfăşcă şi petrecu ore întregi silabisind şi repetând la nesfârşit: „man" - bărbat; „woman" - femeie; „town" - oraş; „job" - slujbă; „money" - bani...

Ziua trecu repede: se plimbară pe punte - mai mult pe furiş, pentru că nu aveau voie, erau călători la clasa a treia - iar Mitu se ţinu pe lângă Miu tot timpul, întrebându-l cum se pronunţă cuvintele din dicţionar şi repetând la nesfârşit frazele în engleză pe care acesta i le spunea rar: „I want work. My name is Popescu. I am from Romania. I am eighteen years old"[*].

În noaptea următoare, tusea lui Miu se înteţi, zguduindu-l atât de tare încât îl ţinu treaz până în zori. Mitu chemă din nou doctorul, dar acesta, după ce-l consultă, dădu neputincios din umeri.

– *Je ne sais pas quoi lui faire d'autre, mes amis*[†]...

Peste încă trei zile, febra uşoară pe care o avusese încă de la începutul călătoriei îi crescu deodată atât de tare încât plăpumile de fân şi păturile nu-l mai ajutau să-şi potolească frisoanele.

Când începu să tremure de frig şi să scuipe sânge, Mitu avu o presimţire sumbră: „Omul ăsta n-ajunge să vadă Statuia Libertăţii..."

Nu-i trebuiau doctori ca să-şi dea seama de asta. Când Miu îl chemă lângă el şi-i dădu dicţionarul englez ca amintire şi îi spuse să-i ia banii din buzunarul de la piept şi să-i trimită înapoi la ai lui în Câmpina, Mitu izbucni într-un plâns icnit, ca şi cum anii de greutăţi prin care trecuse în Berceşti nu-l căliseră, ci, dimpotrivă, îl făcuseră mai slab în faţa durerii.

Miu Pavelescu muri cu două zile înainte de sosirea în America, sub privirile neputincioase ale celor din jurul lui, care apucară să-i aprindă o lumânare înainte de a-şi da ultima suflare. Nişte mateloţi îl luară de subsuori şi de picioare şi îl urcară pe punte, unde îl aşezară pe o targă de lemn. Zeci de oameni se strânseseră să asiste la ceremonie, într-una din puţinele ocazii în care lumi paralele, aflate la distanţe invizibile, dar uriaşe unele de altele - avuţii şi pauperii - stăteau o clipă laolaltă în faţa unui eveniment egal pentru toţi: sfârşitul.

Mitu se ghemui între Pistol şi Boncu, speriat parcă să fie văzut de ceilalţi, şi privi golit de simţământ cadavrul vânăt, întrebându-se fără noimă de ce la înmormântări oamenii se îmbracă întotdeauna cu cele mai bune haine.

---

[*] Vreau de lucru. Mă cheamă Popescu. Sunt din România. Am optsprezece ani (engl.).
[†] Nu ştiu ce să-i fac, oamenilor (fr.)

Ca prin vis auzea vocea plată a pastorului, care, obişnuit de o viață cu moartea pe mare, rostea fără emoție aceleaşi cuvinte pe care le rostise de nenumărate ori până atunci:

> *Domnul este Păstorul meu: nu voi duce lipsă de nimic. El mă paşte în păşuni verzi şi mă duce la ape de odihnă; îmi înviorează sufletul şi mă povățuieşte pe cărări drepte, din pricina Numelui său. Chiar dacă ar fi să umblu prin valea umbrei morții, nu mă tem de niciun rău. Căci Tu eşti cu mine. Toiagul şi nuiaua Ta mă mângâie. Tu îmi întinzi masă în fața potrivnicilor mei; îmi ungi capul cu untdelemn şi paharul meu este plin de dă peste el. Da, fericirea şi îndurarea mă vor însoți în toate zilele vieții mele şi voi locui în Casa Domnului până la sfârşitul zilelor mele.*

La sfârşit, Miu fu învelit într-o pânză albă, pe care doi marinari o legară strâns la capete. Pe deasupra întinseră un steag al Americii pe care-l prinseră bine cu o sfoară, apoi ridicară targa până la nivelul balustradei, o aplecară şi dădură drumul cadavrului în apă. Oamenii îşi făceau iute cruce, bulucindu-se curioşi spre margine să privească. Pe chipurile unora se vedea o abia bănuită satisfacție, la gândul că scăpaseră cu bine şi de data asta din jocul de neînțeles al lui Dumnezeu.

Seara, când se întoarse pe dreapta şi văzu patul de lângă el liber, Mitu se întrebă dacă toată strădania lui avea vreun rost şi dacă nu cumva traiul lui tihnit din Cernădia nu ar fi fost mai bun decât o viață venetic.

NEW YORK

Capitolul 12

Pe 25 ianuarie 1913, „La Savoie" a ajuns în New York. Căpitanul îi anunţase că se apropiau de port şi toată suflarea, cu mic, cu mare, tânăr sau bătrân, bărbat sau femeie, mamă şi copil, se strânsese sus pe punte.

Primul lucru pe care îl zăriră fu Staten Island, insula uriaşă ce străjuieşte sudul Manhattanului, pe care o lăsară încet în urmă. Apoi, în faţa lor, puţin mai în stânga, se ivi Statuia Libertăţii, învăluită în ceaţă. Mulţimea se buluci la proră, stăpânită de un entuziasm nebun:

– *Statue of Liberty! Die Freiheitsstatue! Estatua de la Libertad! Statue de la Liberté!*

Când trecură prin dreptul ei, bărbaţii îşi scoaseră pălăriile şi le fluturară, în semn de salut. Oamenii se îmbrăţişau cu lacrimi în ochi, arătându-şi unul altuia minunăţiile.

– Lăutăreciule, ajunserăm, mă! Dumnezeu fu cu noi! Uite ce poa' să fie pe-aici! Nu credeam s-ajung vreodată să trăiesc aşa ceva! îl apucă Pistol pe Mitu de braţ, privind uluit spre partea sudică a Manhattanului, unde câteva clădiri din piatră mai înalte decât tot ce văzuse el până atunci se profilau pe cerul rece.

– Da, mă, ajunserăm, avuserăm noroc! Mare noroc! Să vedem de-acu' înainte! răspunse el neputându-şi desprinde ochii de la Brooklyn Bridge, podul care trece peste East River ca un arc de metal masiv şi care, la vremea aceea, era cel mai lung pod suspendat din lume.

Vaporul ancoră undeva pe Hudson River, fluviul din vestul Manhattanului care desparte insula de New Jersey. O imensitate de apă curgătoare venea hăt, din nord, adunând mii de râuri şi pâraie pentru a le vărsa pe toate acolo, în ocean.

– Poveştile pe care le-am auzit despre America nu-s poveşti! Păi, apa asta-i mai mare ca Dunărea! Totu-i uriaş aici! Un pârâu ca Gilortul nici nu cred c-ar fi trecut pe hartă…

La un fluier al comandantului coborâră cu toţii în cală ca să-şi ia bagajele. Când se întoarseră pe punte, Mitu observă că pasagerii de la clasa întâi şi a doua se strânseseră deja acolo, pregătindu-se de debarcare, şi-i privi cu invidie: „Banul ăsta afurisit, te duce unde vrei!"

Într-adevăr, la câteva minute după ancorare, călătorii mai de Doamne-ajută, după ce fură inspectaţi sumar de nişte funcţionari prietenoşi, coborâră pe podeţul care lipea vasul de ţărm şi se îndreptară spre ghişeele vamale care-i aşteptau chiar acolo; în câteva clipe, păşiră în Lumea Nouă.

Mitu continuă o vreme să se uite descurajat la feţele lor vesele şi încrezătoare, gândindu-se la încercările prin care trebuia el să treacă pentru a i se da dreptul de a intra în America. De mai bine de o săptămână dormise pe apucate, mâncase ce putuse şi trăise, laolaltă cu sute de oameni, ca într-un fel de puşcărie, în mizerie, putoare şi aer închis. Oamenii cu care călătorise la clasa a treia arătau şi ei jalnic - unii avuseseră rău de mare tot timpul, copiii plângeau, iar unele femei, parcă pierdute, nu se puteau bucura că ajunseseră aproape de sfârşitul călătoriei.

Crezu că până seara vor scăpa de acolo, însă prima noapte o petrecură pe vas. A doua, la fel. A treia, tot pe vas.

După trei zile de aşteptare fură conduşi la un ferryboat ce făcea legătura între port şi Ellis Island. Frigul de ianuarie îi muşca aspru, forţându-i să se îndese unul în altul pentru o fărâmă de căldură.

Pe ferryboat nu exista niciun adăpost, nici măcar pentru copii - stăteau toţi în aer liber, înfruntând curenţii îngheţaţi, bâţâindu-se de pe un picior pe altul şi suflându-şi inutil în pumni.

– Doamne, ce îmbulzeală-i p-aici! suspină, ridicându-şi gulerul de la haină până peste urechi.

– Oamenii ăştia sunt de pe toate vapoarele care-au ajuns aici în ultimele zile, observă Boncu, ştergându-şi cu mâneca o lacrimă răzleaţă.

– Ce păţişi, Boncule? Plângi ca un borac? îl întrebă Mitu vesel, încercând să se scuture de frigul care îi pătrunsese până în măduvă.

– Lasă-mă tu pe mine-n pace şi adu-ţi mai bine aminte că ai făcut pe tine-n Franţa! râse acesta. Mă ustură afurisiţii ăştia de ochi, cre' că de la vântul rece mi se trage ...

Lângă ei, o femeie cu un copil de vreo patru ani, plin de pete roşii pe faţă şi pe mâini, încerca să-şi încălzească degetele. Se muta de pe un picior pe altul şi se tot uita la puşti, pe care îl strângea în braţe, trăgând peste el o broboadă groasă.

Mitu se dădu fără să vrea în spate, străduindu-se să-i facă loc, dar şi ferindu-se să se atingă de copil, cu instinctul pe care îl are omul să se păzească de boli ce se pot lua prin respiraţie. Copilul tuşea şi bâiguia ceva de neînţeles. Febra îl făcea să aiureze. Femeia îi puse mâna pe frunte ca să-şi dea seama cât de tare ardea şi, când îi simţi răsuflarea fierbinte, strigă cu voce stinsă, abia auzită:

– *Help, help, my child is dying, help!* *

– Mă, ce zisă femeia asta, pricepuşi? întrebă Pistol.

– Nu-nţelesei nimic, da' cre' că-i moare copilul... Parcă-i un făcut, mă, numa' moarte şi moarte!

Strigară după un medic, dar nimeni nu le răspunse şi atunci Mitu se repezi la comanda vasului şi bătu în geam:

– Doctor, doctor!

Căpitanul îl privi cu înţelegere, dar expresia lui spunea că nu era prima dată când trecea prin asta şi-i făcu un semn din care înţelese că nu puteau găsi un medic decât pe insulă.

Când se întoarse, văzu femeia prăbuşită în genunchi, plângând încet şi strângându-şi copilul neînsufleţit la piept. În cele câteva clipe cât căutase după doctor, îşi dăduse duhul. Oamenii făcuseră cerc în jurul lor. Se strecură printre ei şi o bătu uşor pe umăr, dar ea îl îndepărtă cu o mişcare

---

* Ajutor, ajutor, îmi moare copilul, ajutor! (engl.).

bruscă și continuă să-și legene copilul, parcă neînțelegând ce i se întâmplase. Peste un timp, fiecare se duse în colțul lui, iar ea, așezată lângă un pilon mare și gros de fier, tremura, privind în gol.[*]

După vreo oră ferryboatul începu să se deplaseze încet, cu sirenele șuierând și, în câteva minute, ancoră cu un zgomot sec. Când păși pe pământ, lui Mitu i se strânse inima. „Doamne, oare-o să pot trece de vamă?" Dacă până atunci fusese purtat de val, nesiguranța viitorului îl năpădi când văzu în sala de așteptare o mare de oameni agățându-se, ca și el, de mirajul Pământului Făgăduinței. Nu se mai putu stăpâni și izbucni într-un plâns care-i zgudui umerii.

– Ce pățiși, mă? Ce plângi ca o muiere? Sau ți-o fi rău cumva? îl întrebă Boncu mirat.

– Da, mă, ce ai, nu ți-e bine? se amestecă și Pistol.

„Ia mai lăsați-mă-n plata sfântului!", gândi el, trăgându-se lângă o balustradă.

După câteva clipe auziră o voce puternică strigând: „La Savoie passengers, come on up!"[†]

Se ridicară de pe cufere și o luară pe o scară lungă și abruptă înspre un loc ce se chema Great Hall. Câțiva doctori se uitau atenți la ei cum își cărau anevoie bagajele. Experimentați, puteau identifica boli numeroase doar privind o dată la imigranți. Îi urmăreau cu atenție pe proaspeții sosiți în timp ce urcau scările, pentru a observa semne de oboseală nefirească, tuse, paloare sau orice alt indiciu de suferință. Pe cei pe care-i bănuiau de ceva îi marcau cu creta pe spate: H de la inimă, L de la debil sau handicapat, X de la defect mental și tot așa.

Mitu avea încă ochii roșii de plâns când trecu pe lângă unul dintre aceștia, care îi făcu semn să se apropie și îi scrise ceva pe haină, făcându-i semn să meargă mai departe.

– Boncule, ce-mi scrise ăsta pe spate? întrebă neliniștit.

– Nu înțeleg... îți scrise două litere - „SI"[‡] - ce-o fi însemnând?!

– Nu știu, dar orice-ți scriu ăștia nu poa' să fie de bine. Pistoale, vin' mai lângă mine. Și tu, Boncule, stăi în fața mea ca să nu mă vadă. Am să-mi întorc haina pe dos.

– Mitule, tu chiar înnebuniși?! Dacă te prind, te bagă la ocnă, mă! Și intrăm și noi cu tine!

– Mă, faceți ce vă spusei, că nu intră nimenea la nicio ocnă. Haideți, trageți-vă lângă mine mai repede!

---

[*] În acea perioadă, mii de emigranți treceau zilnic prin Ellis Island, iar așteptarea până a pune piciorul pe insulă era uneori de ore întregi. În timpul iernii lucrul acesta era ca o sentință la moarte pentru cei ce erau bolnavi de ceva acut și grav. Copiii bolnavi de pojar sau rubeolă erau în mod special afectați, 30% dintre ei murind în scurtul drum din porturile din New York sau New Jersey până pe Ellis Island, aflată la doar câțiva kilometri distanță (n.a.).

[†] Pasagerii de pe „La Savoie", să urce! (engl.)

[‡] „SI" era semnul pentru „special inquiry", adică individul respectiv trebuia să treacă de un control suplimentar amănunțit, fie medical, fie în legătură cu actele (n.a.).

Acoperit de ei, îşi scoase haina în grabă, ferindu-se de privirile funcţionarilor, îi întoarse mânecile şi şi-o puse pe dos, apoi îşi continuă drumul. Avusese noroc: nu-l văzuse nimeni, iar haina lui de lână putea fi purtată pe feţele amândouă, fără să stârnească bănuieli.

Când ajunseră în Great Hall fură rânduiţi, ca la armată, de nişte medici care îi luară din nou la examinat. Li se verificară hârtiile semnate de medicul de pe vas iar nişte asistenţi îi ascultară cu stetoscoapele şi îi puseră să scoată limba, apoi să se dezbrace. La sfârşit, le ridicară pleoapele în sus cu un fel de cârlig. La asta Boncu icni de durere, iar atunci un doctor îi analiză cu atenţie ochii şi îi scrise cu creta pe haină: „CT".

Mitu şi Pistol fură invitaţi să aştepte pentru a li se verifica restul de hârtii, iar Boncu fu trimis pe o altă uşă, pentru un control şi mai amănunţit.

– Te aşteptăm afară dacă ieşim primii, bine? Să nu-ntârzii, că n-o să stăm mult după fundu' tău!

– Bine, mă, bine... Dacă nu ies repede, veniţi şi mâine, da?

– Venim, venim, nu te lăsăm p-acia, Boncule, nu-ţi fie...

Când se opri în faţa ofiţerului care le controla actele finale, Mitu ştia că bătălia era aproape câştigată. Cu banii de la Pavelescu avea acum în total peste patruzeci de dolari, mult mai mult decât îi trebuiau ca să fie lăsat să intre în America, şi învăţase pe de rost răspunsurile la cele douăzeci şi nouă de întrebări despre care ştia că i se vor pune. Când îşi dădu seama că nu ştia engleză, funcţionarul chemă un translator care o rupea pe româneşte:

– Care destinaţie final? îl întrebă acesta.

– Helena, Montana, am acolo un prieten care mă aşteaptă şi pe mine, şi pe prietenul meu, minţi el liniştit.

– Ai slujbă care aştept pentru tine acolo?

– Nu, domnule...

Mulţi se împotmoleau la această întrebare, din cauza unui cerc vicios: dacă nu aveau bani suficienţi la ei, puteau fi deportaţi pentru motivul că deveneau o povară pentru statul american. Dacă nu aveau bani, dar spuneau că au un loc de muncă asigurat în America, iarăşi puteau fi deportaţi, pentru că practica - uzitată des de unele companii - de a plăti biletele unor emigranţi pentru ca aceştia să vină şi să muncească pentru ele pe salarii de mizerie, fusese interzisă printr-o lege încă din secolul XIX. Cei deportaţi de pe Ellis Island, din motive financiare sau medicale, adesea îşi puneau capăt zilelor înainte de a urca pe transatlanticele care urmau să-i aducă înapoi în Europa.

– Câţi bani? continuă funcţionarul.

– Am douăzeci de dolari..., scoase Mitu o parte din bancnotele din buzunar.

– Cine plăteşte bilet tău?

– Eu, domnule, am strâns din munca la câmp în România...

Răspunse la întreg interviul fără greşeală şi, la sfârşit, când funcţionarul îi înmână actele, îl întrebă ce însemna „CT", semnul cu care fusese marcat Boncu.

– „CT" e trahom. Cei cu semn, întorşi cu vapor în Europa, răspunse acesta.

Îşi plecă privirea. Ar fi vrut să zică ceva, dar ştia că nu are rost. „Fiecare cu norocul lui..." îşi zise posomorât. Abia păşiseră în New York, şi rămăseseră doar doi... „Of, mama mă-sii, ce ne-o mai aştepta de-acu' încolo?! Săracu' Boncu, cum şi-a mai dorit sa ajungă în America..."

În holul de la ieşire văzu trei scări care porneau în trei direcţii - „scările separării", cum erau numite. Privi spre cea din faţă, care ducea la detenţie şi spitalizări şi, până la urmă, la deportare. Apoi spre cea din dreapta, care ducea spre staţiile de tren care făceau legătura cu restul Americii. Coborî pe cele din stânga, care duceau la ferryboaturile ce se îndreptau spre oraş. Mulţumi în gând lui Miu Pavelescu şi se rugă pentru sufletul lui, spunându-şi că, fără acesta, poate că era acum şi el, cu Boncu, pe drumul de întoarcere spre Europa, din lipsă de bani suficienţi.

– O făcurăm şi p-asta, Pistoale! fremătă la sfârşit, neputându-şi dezlipi privirea de la clădirile impunătoare ce se înălţau în josul insulei.

– Da, mă, o făcurăm, o făcurăm...! Săracu' Boncu...

Capitolul 13

Clădirea în care Mitu şi Pistol şi-au găsit la început cazare era una dintre numeroasele construcţii, denumite „*tenements*" - un fel de cămine muncitoreşti - apărute ca ciupercile în sudul Manhattanului încă de la mijlocul secolului nouăsprezece. Pe vapor aflaseră despre ele numai lucruri rele: că găzduiau, pe sume nu tocmai neînsemnate şi în condiţii uneori înspăimântătoare, imensele cete de emigranţi care ajungeau în New York. Că erau împuţite şi sinistre. Că musteau de boli. Că erau friguroase şi lipsite de apă curentă. Că erau primejdioase.

Pentru ei, însă, asta era singura posibilitate. Chiar dacă îi ustura la buzunar, *tenement*-urile erau cele mai ieftine, ba, mai mult, se aflau în general în Lower East Side - zona unde ei voiau musai să locuiască, pentru că auziseră că aici se găseau multe oferte de slujbe necalificate.

După ce s-au interesat cum au putut, întrebând din om în om - „housing?*" - au renunţat să stea într-un *tenement* oficial întrucât era prea scump şi s-au oprit la un loc de cazare ilegal: o clădire veche, părăginită, mică şi ascunsă vederii, care, sub paravanul unei firme de curierat, îşi continua în taină businessul de cazare a imigranţilor, pe sume, într-adevăr, mici, dar în condiţii de nedescris.

Primul lor pas pe Pământul Făgăduinţei era un salt în abis. Plonjaseră direct pe marginea cea mai sumbră a societăţii americane: holurile întunecate şi strâmte puţeau şi erau îmbâcsite de mizerie, şi un zgomot infernal răzbătea de undeva de afară noaptea. Uşa de la intrarea principală nici măcar nu avea geamuri, lăsând culoarele complet în întuneric şi făcându-i pe chiriaşi să orbecăie cu lumânările în mână. Veceul era în curtea din spate, datoria fiecăruia fiind să-şi aducă ziare cu el - de hârtie igienică nici vorbă - iar să te speli nu puteai decât la baia comunală de peste drum. Camera în care stăteau, împreună cu alte cinci persoane, nu avea ferestre, fiind luminată chior de două lămpi cu gaz. Focul se făcea cu lemne şi ziare într-un şemineu care scotea un fum usturător.

Familii cu copii, femei, bărbaţi şi adolescenţi, săraci lipiţi pământului, locuiau acolo de-a valma. Pe culoare şi în camerele strâmte, friguroase iarna şi sufocant de fierbinţi vara din cauza lipsei oricărei aerisiri, deveneai martorul celor mai adânci decăderi a fiinţei umane: alcoolici, infirmi, alienaţi, nebuni, îşi duceau viaţa prin ungherele clădirii pentru câţiva cenţi pe săptămână. Hainele le miroseau a nespălat de luni de zile, iar pe la geamuri, spânzurate de cuie ruginite, puteai vedea din când în când izmene şi cămăşi de noapte, clătite pe jumătate cu apă rece.

Noaptea, tinerii plecau la furat, iar cei mai în vârstă ieşeau să scotocească prin coşurile de gunoaie. Mulţi dintre ei erau imigranţi plecaţi în căutarea unui vis exagerat la extrem în scrisori, vis pe care majoritatea nu aveau să-l atingă niciodată.

---

* Cazare? (engl.)

Pentru că *tenement*-ul era supraaglomerat, nu au mai găsit niciun pat liber. Trebuiau astfel să doarmă pe jos, într-un colț lângă sobă, pe niște pături groase de lână, trezindu-se diminețile amorțiți, cu spinările înțepenite.

Când ieșea din încăperea sumbră și ajungea în furnicarul orașului, Mitu simțea că reînvie. Primele zile le petrecu total captivat de noutatea de necrezut în care poposise și care întrecea orice închipuire. Dacă Le Havre îl impresionase prin noutate, New Yorkul i se părea, prin comparație, uluitor: era îmbătător, fermecător, trepidant, un Turn Babel pe care nu puteai să ți-l înfățișezi decât dacă îl băteai cu piciorul în lung și-n lat.[*] Imaginea pe care și-o făcuse despre oraș, alcătuită din cărți poștale, gânduri și scrisori, era trunchiată, ca a unui orb care își reprezintă curcubeul doar prin cunoștința lungimii de undă a culorilor ce îl alcătuiește. Numai locuind aici și amestecându-te în mulțime, numai devenind parte măruntă, dar constitutivă a lui, puteai să-i simți unicitatea și plenitudinea splendorii.

Colindă zile întregi, mai mult de unul singur, mirându-se de fiece flecușteț enigmatic pe care îl întâlnea în drumurile lui, sorbind aerul prin toți porii, încercând să între în vorbă cu vânzătorii de pe stradă sau privind cu jind la vitrinele în care rochii scumpe și costume impecabile erau expuse cu o splendoare provocatoare. Cu mare greutate, se încumeta să-și cumpere o prăjitură din Little Italy, de la vreun chioșc cochet aranjat, în care italience frumoase îl îmbiau cu mostre spre degustare.

Când se întâmpla să treacă pe lângă o doamnă elegantă, ce ieșise la plimbare cu un cățel jucăuș în lesă, își scotea pălăria s-o salute, apoi își gârbovea brusc umerii, amintindu-și că hainele îi erau ponosite, vechi și urâte și că diferența de nivel dintre el și ea îl așeza la pragul umilinței și servituții. Se simțea atunci cu atât mai mult un venetic, un imigrant calic, venit acolo tocmai din fundul lumii, și-și spunea că numai un noroc dumnezeiesc l-ar fi putut împinge și pe el în sus cu o treaptă-două.

Nu clădirile îl impresionau cel mai tare: într-adevăr, îl uluiseră minunății arhitecturale, ca Manhattan Life Building, Flatiron Building sau Woolworth Building, dar, oricât de masive ar fi fost ele, erau lipsite de suflet. Viața din jurul lui îl impresiona cel mai mult: străzile și trotuarele fremătau de oameni, trăsuri, cai nechezând agitați, automobile zgomotoase scoțând fum negru, toți încercând să-și facă drum fără să ia aminte la ceilalți. Regulile de circulație apăruseră doar cu trei ani în urmă și încă nu erau eficace în a dirija.

Minunăția plimbărilor aiurea pe străzi nu dură însă mult. După o săptămână începu să se gândească din nou neliniștit la viitor.

– Cum o să ne câștigăm, mă, pâinea p-acia?! îl tot boscorodea pe Pistol. Am rămas doar doi, săracu' Boncu cine știe pe unde e... Nu știm

---

[*] Cel mai mare oraș din America încă din 1835, New Yorkul sărise peste noapte de la două la trei milioane și jumătate de locuitori în 1898 când Brooklyn, al treilea oraș din SUA ca mărime la vremea aceea, a devenit prin lege o parte a lui (n.a.)

limba, nu ştim nimic afară de oierit, iar muzica pe care-o cânt eu n-o ştie nimeni pe aici...

– Lasă, măi Mituşoare, că de oltean mort de foame încă n-am auzit! Ne-om descurca noi cumva...

– Orice aş munci, munca nu-i ruşine - şi dacă mă pune să frec papuci, aş fi fericit să am şi de-o pâine şi-aş pune şi ceva deoparte... Trebuie să-mi plătesc datoriile şi nu vreau să cheltuiesc dolarii lu' Pavelescu, Dumnezeu să-l odihnească, să-i trimit mai repede la Câmpina la ai lui... Nici nu ştiu cum să le scriu c-a murit...

Într-o zi Pistol îi aduse un ziar găsit pe jos, iar el îl deschise la secţiunea *Help Wanted* - oferte de muncă. Îşi luă dicţionarul Webster's lăsat de Miu şi, cu o bucată de grafit ascuţită la vârf, se chinui să scrie pe margini traducerea a ce citea: „Se caută tâmplar cu experienţă pentru munca în construcţii. Plata un dolar pe zi"; „Se caută birjari, plata şase dolari pe săptămână"; „Se caută îngrijitor de grădină, două zile pe săptămână, un dolar şi jumătate"; „Căutăm distribuitor de ziare, douăzeci şi cinci de cenţi pe zi, două ore dimineaţa."

Înconjură fiecare reclamă pe care o socotea interesantă, numerotându-le în ordinea importanţei şi a plăţii şi notându-şi locul şi timpul la care trebuia să ajungă ca să-şi încerce norocul.

Primul ales fu un anunţ pentru birjari: pentru şase dolari pe săptămână putea să se plimbe prin oraş toată ziua şi să cunoască lume care i-ar da şi ciubuc, îşi zise. A doua zi se sculă dis-de-dimineaţa, îşi puse costumul cel bun şi ajunse la locul cu pricina mult înainte de ora anunţată. Se învârti emoţionat o vreme, încercând să-şi imagineze întrebările la care trebuia să răspundă. Într-un târziu sosiră încă vreo trei-patru oameni. Când veni şi patronul, la vreo două ore, şi întrebă cine a fost primul, Mitu ridică sfios mâna.

– *OK, get in and take me to Broom Street**, îi spuse acesta fără altă introducere.

El îl privi întrebător, neînţelegând o iotă.

– *OK, I got it, you're no good for this, next please!*† îi făcu omul semn nervos din mână.

Îl privi şi mai surprins, iar omul, înfuriat, începu să urle la el:

– *I said get out, leave now, don't waste my time, you, imbecile!*‡

Mitu se îndepărtă speriat. Când îi povesti lui Pistol păţania, aproape că-i dădeau lacrimile.

– Hai, mă, nu fi ca un borac, c-o să mai întâlneşti mitocani din ăştia şi trebe să fii pregătit, încercă să-l încurajeze acesta, care, însă, nu se simţea nici el în largul lui, pentru că trecuse şi el printr-o experienţă asemănătoare de dimineaţă.

---

* OK, urcă şi du-mă pe Broom Street (engl.)
† OK, am înţeles, nu eşti bun pentru asta, următorul vă rog! (engl.)
‡ Am zis să te cari de aici, pleacă acum, nu-mi irosi timpul, imbecilule! (engl.)

– N-o să am niciun noroc pe pământul ăsta! Mi-e limpede ca lumina zilei c-am făcut o mare greşeală să viu aici! Ce dracu' mi-o fi fost în cap?! N-o să învăţ eu engleza veci-veleacu' şi n-o să-mi găsesc slujbă din pricina asta! O să mor de foame şi n-o să mă întorc niciodată acasă, că n-o să am bani să plătesc înapoi datoriile!

– Ce ţi-e, mă... Că doară n-ăi vrea să-ţi dea dolari în gură! Aşa-i la-nceput, n-ai văzut din scrisori că toţi se plâng că-n primele luni e al dracu'? O luăm şi noi cătinel, las' că-i dovedim pân' la urmă! Dumnezeu o să fie cu noi, aşa cum a fost şi pân-acuma.

– Cum ca pân-acuma?! Că nu ne-a omorât încă?!

În zilele următoare începură să întrebe în dreapta şi în stânga de locuri de muncă. Aveau pe cine întreba: în zona de magazine din Lower East Side, unde locuiau ei, sute de comercianţi împingeau tonete încoace şi încolo, strigând şi târguindu-se până târziu în noapte cu nenumăraţii cumpărători pentru fiecare centimă.

La intrările în *tenement*-uri, pe geamurile magazinelor sau la crâşme, erau lipite anunţuri pentru „garment industry" - industria textilă. În perioada aceea era industria cea mai înfloritoare din zonă. Mii de ateliere mărunte şi ascunse vederii împânzeau străzile, multe din ele chiar în camerele în care locuiau proprietarii - de obicei o familie cu mulţi copii ce stăteau în două camere şi o bucătărie. Pentru că munca nu cerea calificare şi nici prea multă comunicare, chiar şi cei fără niciun fel de experienţă şi care nu vorbeau limba deloc puteau să-şi găsească câte ceva de lucru. Când Mitu înţelese asta, se familiariză repede cu denumirile specifice şi începu să caute.

„O să-mi găsesc eu locul p-acia... Pân' la urmă tot intru eu undeva să-mi câştig pâinea...", îşi spunea, răsuflând parcă mai uşurat şi recapitulând cu atenţie adresele cele mai apropiate de locul unde stătea, ca să încerce acolo prima dată.

Capitolul 14

După ce bătură la câteva uşi pe care scria „Garment laborers wanted"[*], Mitu se angajă, pe un salariu de mizerie, la un atelier de peste drum - unul dintre multele „sweatshops"[†], cum se mai numeau, ce împânzeau Lower East Side şi plăteau „starvation wages"[‡] - iar Pistol îşi găsi o slujbă la ceva asemănător pe o stradă din apropiere.

Începură lucrul imediat: treaba lui Mitu era să calce stofe într-o croitorie unde se făceau rochii de seară şi unde mai lucrau şase oameni - toţi ruşi - şi un băiat de vreo unsprezece ani. Mulţi proprietari de ateliere angajau special oameni care vorbeau aceeaşi limbă - de multe ori provenind din acelaşi oraş sau sat din Europa - pentru că astfel aceştia învăţau engleza mult mai greu şi, ca urmare, îşi dădeau seama mai târziu de exploatarea la care erau supuşi.

Zece ore pe zi, şapte zile pe săptămână, trebuia să stea în picioare şi să netezească ţesăturile cu un fier de metal încălzit pe o sobă încinsă la roşu. Businessul, instalat într-un apartament de două camere dintr-un *tenement* de pe Delancey Street, stradă ce luase numele celui care, cu două secole în urmă, stăpânise jumătate din zonă, era proprietatea unor evrei nemţi - Jan şi Stella Herzowig - care locuiau tot acolo, împreună cu cei patru copii ai lor. Peste zi, copiii stăteau fie în camera din fund - un dormitor îngust, în care încăpeau doar un pat şi un dulap -, fie, când vremea era mai bună, pe străzi sau pe acoperişul blocului, unde se strângeau şi alţii şi se jucau până târziu.

În sufragerie, singura cameră cu fereastră, era atelierul propriu-zis, adică o maşină de cusut masivă, înconjurată de mese lungi pe care se întindeau materialele. Băiatul de unsprezece ani aducea dimineaţa piesele croite pentru asamblare şi patru femei şi doi bărbaţi lucrau la ele fără întrerupere până seara, respirând aerul îmbâcsit de fumul de ţigară şi de scamele ieşite din pânzeturi.

Mitu se gândi că, într-un fel, avusese noroc, pentru că în bucătărie, unde se călca, nu stătea decât el, cu excepţia orelor când Stella, nevasta proprietarului, gravidă în câteva luni, gătea mâncare, contra cost, pentru angajaţi. În frigul aspru de februarie era numai bine lângă soba în care focul duduia necontenit, deşi plânsul unuia dintre copii, lăsat ore întregi acolo într-un pătuţ, îl irita uneori peste măsură. În temperaturile infernale din toiul verii, avea să afle mai târziu, bucătăria era însă cel mai rău loc cu putinţă, pentru că se înfierbânta ca un ceaun pus la clocot.

Primele ore de muncă i se părură uşoare: primea rochii gata făcute sau piese mototolite, pe care trebuia să le netezească. Fierul, deşi i se părea greu

---

[*] Căutăm textilişti (engl.).
[†] Pentru imaginea de locuri în care se exploatau nemilos cei fără educaţie sau cei săraci lipiţi pământului, aceste ateliere căpătaseră şi o denumire pe măsură: „sweatshops", adică „locuri de asudat" (n.a.)
[‡] Salarii de înfometare (engl.).

- cântărea câteva kilograme bune -, îl folosea cu destulă îndemânare pentru cineva care nu mai făcuse asta niciodată în viață.

Spre prânz îşi dădu însă seama că nu putea cu niciun chip să îndeplinească norma impusă de Herzowig. Era plătit la piesa călcată şi, văzând că nu progresează cum şi-ar fi dorit, stătu toată ziua nemâncat lângă sobă, aşa că seara, după ce tot ridicase şi pusese fierul pe masă, simţi că leşină de oboseală.

– Cum fu azi, Mituşoare, ce te puseră să faci? îl întrebă Pistol când se întâlniră seara, după prima lor zi de muncă în America.

– Mă angajară călcător şi stătui toată ziua-n picioare, de mă dor genunchii de mor! Şi auzi, mă, rămăsei şi flămând, că nu vrusei să pierd niciun minut în care-aş fi putut să câştig un gologan. La tine cum fu, te angajară şi pe tine să calci?

– Nu, pe mine mă puseră să fiu om bun la toate, să car lucruri de ici-colo, să spăl duşumele, s-ajut în dreapta şi-n stânga. Mă plătesc cu cinci dolari juma' pe săptămână şi nu lucrez duminica, răspunse Pistol, nesigur dacă să fie bucuros că avea o zi liberă sau supărat pentru că, dacă n-ar fi avut-o, ar fi scos poate un ban în plus.

– Apoi eu fac cam cu un dolar sau doi mai mult, după socotelile mele, că pe mine mă plătesc la bucată... Greu, mă, foarte greu... Şi trebe să muncesc şi duminicile. Da' uite şi tu câţi bani facem acuma! În Cernădia nu puteam să strâng în luni de zile cât fac aicea într-o săptămână sau două! spuse, mulţumit că, la nici câteva săptămâni de la sosire, rezolvase peste aşteptări cea mai spinoasă problemă a unui imigrant care nu vorbea limba engleză: găsirea unui loc de muncă.

– Bravo, mă, o s-ajungi milionar! îl luă Pistol peste picior, un pic invidios că unul mai tânăr cu cincisprezece ani decât el câştiga mai mult.

Lunile care au urmat l-au introdus pe Mitu în realitatea nepovestită în scrisori, ascunsă vederii, dar comună traiului a sute de mii de imigranţi care păşiseră plini de speranţă pe Pământul Făgăduinţei în căutarea unei vieţi mai bune. Trudind de dimineaţă până seara, locuind într-o mizerie de neînchipuit, călcând pe rahaţi de şoareci prin culoarele din *tenement*, bătătorindu-şi mâinile pentru un dolar pe zi, abia având timp să răsufle seara, mâncând pâine goală şi fumând ţigară după ţigară, ajunsese sa fie una dintre zecile de milioane de rotiţe care învârteau maşinăria economică a ţării care, de mai bine de două decenii, devenise cea mai mare putere industrială a lumii.

Noutatea, care îl ţinuse la suprafaţa apei la început, dispărea. În timpul pe care-l petrecuse în Lower East Side devenise de-acum familiar cu lumea în care ajunsese; i se părea ceva obişnuit şi nu-i mai capta interesul.

Îi era dor de casă: de apa Boţotei, de şoprul cu animale, de Gheorghiţă şi Gheorghiţa, de maică-sa, de horele şi clăcile la care era nelipsit, de taraful lui de ţigani - ah, cât de tare îi era dor de ei şi de muzica pe care o cântau împreună! -, de crâşma din sat unde se adunau ţăranii pe care-i cunoştea atât de bine că aproape îi erau ca nişte fraţi, de valea minunată a Gilortului unde pescuia păstrăvi, de târgul din Novaci - chiar aşa sărăcăcios cum era faţă de pieţele de aici - şi, mai ales, de mândrele pe care le lăsase în urmă şi la care se gândea aproape tot timpul.

Din banii pe care îi făcea, îşi dădea seama dezamăgit, oricât s-ar fi străduit să economisească nu izbutea să pună deoparte mai mult de patru-cinci dolari pe lună. Cheltuielile erau mari în Lower East Side. Standurile cu îngheţată - de care nu mâncase niciodată înainte - erau prea ispititoare. Friptura de la tonetele de pe stradă se topea în gură de bună ce era. Hainele şi pantofii costau mult. Cenţii se duceau pe tot felul de mărunţişuri, unul câte unul - ba pe lame de ras, ba pe ţigări, ba pe mâncare, ba pe prăjituri.

Când îşi număra monedele şi vedea cât de puţin strânsese şi cât îi mai trebuia ca să-şi poată plăti datoriile din sat, îl apuca aleanul şi, ca să şi-l mai ostoiască, ieşea până la magazinul de băuturi de peste drum şi-şi cumpăra - cu multă ciudă, că trebuia să dea cinci cenţi pe ea - câte o sticlă de whiskey.

„Nimica nu s-a schimbat, 'tu-i mama mă-sii, doar locul... Ce viaţă am avut eu în satul meu..."

După ce lua o gură de Jack Daniel's, amărăciunea, neliniştea şi gândurile negre îi treceau ca prin farmec. Vesel şi vorbăreţ, îl târa după el pe Pistol, cu sticla bine îndesată în buzunar, gesticulând şi comentând ca şi cum toată lumea ar fi fost a lui:

– Mamă, ce-i p-acia! Nu visam eu vreodată s-ajung în buricu' pământului! Ştii ce-aş vrea să am acuma la mine? Vioara... Ce mi-o fi fost în cap s-o las acasă?! Mare bou am mai putut să fiu! Acu' tare mi-aş mai plimba degetele pe-un instrument, da' n-am gologani să-mi cumpăr...

– Las', Mitule, c-o să facem noi şi gologani. Toate la timpul lor... Că doară n-ăi vrea să sforăi cu burta-n sus şi cineva să te plătească pentru asta!

– Am s-ajung eu odată şi să fac bani în timp ce mă lăfăi, Pistoale, ai să vezi tu...

Însufleţirea nu dura însă mult. Pe măsură ce golea sticla, i se umpleau ochii de lacrimi, cu gândul la locurile pe care le lăsase în urmă. „Ce cat eu la capătu' lumii?! Ce cat?"

– Ah, dac-aş găsi o slujbă mai bine plătită, îi zicea lui Pistol, că-mi vine să-mi iau câmpii când văd cât mă chinui şi cât agonisesc! La ce-am mai plecat, dacă muncesc pe brânci pentru nimica?! Nu vezi că suntem servitorii chiaburilor?

Când se văicărea, însă, îşi dădea seama, în sinea lui, că exagera. De fapt, nici el nu ştia ce să creadă, lucrurile fiind şi bune, şi rele. De când se angajase la Herzowig se obişnuise cu munca la atelier şi reuşise să-şi mărească viteza de lucru. Începuse să-şi facă norma fără să-l mai apuce seara, ca în primele săptămâni, aşa că, până să se întunece, mai stătea şi făcea câte ceva în plus, călcând rochie după rochie şi ţesătură după ţesătură, ca şi cum ar fi fredonat o melodie numai de el ştiută. Când lua leafa, constata mulţumit că primise mai mult decât data trecută - uneori cu douăzeci şi cinci de cenţi, alteori chiar cu un dolar -, iar asta era destul să-l facă fericit pentru o vreme. Atunci îl năpădea speranţa şi începea să-şi facă planuri de viitor: să pună suficient deoparte ca să-şi cumpere un automobil şi, mai încolo, să închirieze ceva pe Orchard Street ca să-şi deschidă un magazin numai al lui şi să nu mai lucreze pentru alţii. „O s-ajung eu odată să nu mai trăiesc de la lună la lună, şi asta, dacă nu pentru mine, măcar pentru tata, Dumnezeu să-l ierte!"

De fapt, fără să-şi dea seama cum, Mitu prindea curaj în lumea în care păşise. Deşi se văitase lui Pistol de i se uscase gura că Herzowig angajase numai ruşi în atelier şi că, din cauza asta, el nu putea să vorbească cu nimeni acolo şi era dat deoparte, împrejurarea asta îi fusese folositoare, întrucât singurii lui interlocutori erau chiar familia patronului şi, vrând-nevrând, trebuia să vorbească cu ei, cât se pricepea, în engleză - limbă imposibilă, îşi zicea. Azi un cuvânt, mâine altul, în lunile care trecuseră învăţase atât cât să încropească propoziţii şi chiar să scrie, spre necazul lui Pistol care, la cei treizeci şi doi de ani ai lui, încă se chinuia să înveţe literele.

Când, într-o zi, îşi dădu seama că înţelege mai bine de jumătate din ce spuneau vânzătorii de la tonetele mobile - lucru care i se păru atât de nemaipomenit încât se umflă în pene de mândrie -, i-a venit ideea de a încerca să-şi găsească altceva de lucru.

„Gata, am stat destul la netotul ăsta, trebe să mă mişc d-aici."

Se gândi la asta timp de câteva săptămâni, întorcând problema pe toate feţele, dar nu găsi nicio soluţie care să-i asigure vreo portiţă de ieşire dacă nu reuşea. Dându-şi demisia, putea să rămână fără slujbă multă vreme, ba putea chiar să fie aruncat pe drumuri dacă şi-ar fi părăduit toate economiile! Dar, rămânând la Herzowig, care-l muncea de dimineaţa până seara ca pe un cal, neîngăduindu-i decât câteva minute la prânz pentru masă, nu avea răgazul să umble şi să caute ceva mai bun.

Până la urmă, dorinţa de schimbare i-a fost mai mare decât teama. După ce şi-a făcut de câteva ori socotelile ca să fie sigur că din banii puşi deoparte până atunci putea să trăiască două-trei luni - răstimp în care, îşi zicea, era cu neputinţă să nu-şi găsească altceva de lucru -, se hotărî să-i zică patronului că pleacă de la el.

Era o dimineaţă călduroasă de sfârşit de iunie când, după ce amânase de câteva ori din cauza emoţiei, şi-a luat inima în dinţi.

A ajuns la atelier mai devreme ca de obicei, decis să-l ia deoparte pe Herzowig ca să-l anunţe, şi apoi să hoinărească pe drumuri până târziu. Dar, când intră înăuntru şi-şi aruncă privirea spre maşina de cusut unde jupânul lui stătea mereu, de parcă era bătut în cuie, nu-l văzu. Una dintre rusoaice îi zâmbi şi-şi duse degetul la buze, apoi îi şopti:

– *Posmotri v spalne…* *

Ciocăni uşor, apoi deschise uşa. În dormitor erau Herzowig, nevasta lui culcată pe pat şi o femeie necunoscută care înmuia nişte cârpe într-un

---

* Vezi în dormitor… (rus.)

lighean. Privi nedumerit pentru câteva clipe, apoi tresări. „Măi, să fie, lu'
asta i se rupse apa...".

Trase uşa după el, apoi se aşeză la locul lui obişnuit. Planurile sale de
a pleca de la atelier chiar în ziua aia se năruiseră. Cum avea să-i spună lui
Herzowig asta, când i se năştea un plod chiar atunci?!

Apucă fierul de călcat şi începu să lucreze la normă, punând ţesăturile
una peste alta şi ascultând gemetele ce se auzeau din camera vecină şi, pe
neaşteptate, îl cuprinse mila. „Şeful ăst' escroc al meu nu de huzurit îşi lasă
muierea să-i prăsească-n casă şi n-o duce la vrun doctor, ceva...". Se gândi
că s-o fi dus la un spital era un lux atât de costisitor încât nici unul ca
Herzowig, care avea un mic business pus destul de bine pe roate, nu şi-l
putea permite. „La urma urmei, nu-i mare osebirea dintre noi...".

După câteva ceasuri, auziră plânsetul înecat al noului născut şi atunci
toţi aplaudară şi strigară urări:

– *Dolgoy zhizni tvoyemu malishu! Pust budet schastliv! Hrani yego
Gospodi!* Să vă trăiască!

Herzowig ieşi la câteva minute din dormitor, şi-i privi obosit:

– Mulţumesc! Mulţumesc mult! Este băiat, mi-am dorit atât de mult un
băiat, Dumnezeu m-a ascultat şi de data asta! spuse agitat, bâţâindu-se de pe
un picior pe altul şi ţinându-şi pumnii strânşi. Apoi tăcu brusc, ca şi cum
şi-ar fi amintit de ceva neplăcut, se aşeză la maşina de cusut şi începu să
coasă absorbit, de parcă ar fi vrut să recupereze pierderea celor câteva ore
pe care le petrecuse neproducând nimic.

Mitu aşteptă până la sfârşitul zilei ca să-i spună ce avusese de gând
dimineaţă. Seara, după ce zăbovi ca să plece ceilalţi, îşi luă până la urmă
inima în dinţi şi-i dezvălui că vrea să-şi caute altă slujbă. Herzowig rămase
buimac câteva secunde, prefăcându-se că nu pricepuse ce auzise, dar
făcându-şi iute socotelile în cap. Lumea pleca rar din atelierele din Lower
East Side, pentru că ofertele de muncă din zonă, chiar dacă numeroase, erau
cam la fel toate. Mitu, acest românaş tânăr şi frumuşel, pe care-l angajase la
început doar pentru că se grăbea şi nu avusese de ales, se dovedise până la
urmă a fi unul dintre cei mai harnici oameni pe care îi avusese el vreodată.
Ideea de a-l pierde pe nepusă masă, tocmai acum, când mai avea o gură de
hrănit, era de neacceptat pentru el.

– Mai băiete, doar nu vorbeşti serios! Nu poţi să pleci acum, nu vezi în
ce situaţie sunt? Unde mai găsesc eu alt călcător ca tine, aşa, de azi pe
mâine?! Trebuie să-i învăţ meserie pe ceilalţi şi n-am timp de-asta acum...
rosti mieros, ca să-l înduplece, de parcă raportul de forţe s-ar fi schimbat
brusc în defavoarea lui.

Mitu se foi în loc, neştiind cum să-i răspundă, apoi îşi luă curajul să o
ţină pe-a lui:

– Sir, nu bani de mâncare. Nu pot strâng decât puţin. Vreau plec vizită
familie anul acesta. Şi plătesc datorii. Vă rog. Trebuie plec bani mai buni.

---

* Să-ţi trăiască copilul! Îi doresc fericire! Dumnezeu să-l blagoslovească! (rus.)

Herzowig păru atunci că înlemnește, ca și cum l-ar fi lovit cea mai mare nenorocire de pe lume - deși era poate a suta oară când trecea prin așa ceva - apoi luă o mutră amărâtă, ca de om trădat de cel mai bun prieten. După o pauză lungă cât veacul, răsuflă adânc și-l privi cu ochi dojenitori:

– N-am să te iert niciodată că m-ai șantajat la vreme de nevoie. Niciodată! Așa să-ți ajute și ție Dumnezeu... Dar, pentru că nu-mi pot permite să te pierd chiar acum, te rog să rămâi și, din puținul pe care îl câștig eu însumi - pentru că ți-ai dat și tu seama că eu și cu familia mea nu dormim în puf - am să-ți măresc leafa. Da, ai auzit bine: îți măresc leafa! De azi înainte te plătesc cu 1,75 dolari pe zi. Asta, bineînțeles, dacă-ți faci norma...

Mitu înghiți în sec de surpriză și abia se stăpâni să nu strige „da!" pe loc și să se repeadă să-l îmbrățișeze. Se gândise el că Herzowig s-ar putea să-i dea bani mai mulți când s-o vedea strâns cu ușa, dar nu-și închipuise că i-ar fi putut da aproape dublu! Cu o scânteie de negociator, care prevestea ce avea să vină mai încolo, îi întinse mâna și-i spuse:

– Stau dacă și o zi liberă săptămână...

Herzowig se scărpină în creștetul capului, ca și cum ar fi cumpănit situația din toate unghiurile, apoi fața i se lumină într-un zâmbet larg:

– Omule, mă costi foarte mult, însă mi s-a născut un băiat, așa că sunt foarte bucuros azi. Pentru că vreau să vezi cât de bun sunt la suflet, da, îți dau și o zi liberă pe săptămână. Vezi, poate te lași pe tânjală de-acum înainte!

Mitu ieși pe ușă fericit, netrecându-i nicio clipă prin cap că șeful lui, pe care acum se mustra că îl judecase uneori prea aspru, nu făcuse altceva decât să-i alinieze leafa la nivelul pieței.

OLGA

Capitolul 15

Întâia duminică pe care Mitu a petrecut-o în voia lui, fără griji şi fără să trebuiască să muncească - şi pe care nu avea s-o uite niciodată, pentru că atunci a întâlnit-o pe Olga -, se întâmplă să fie limpede şi călduţă. Şase luni trecuseră de la sosirea lui în America, timp în care nu avusese nicio fărâmă de timp liber - lucrase până la istovire, de dimineaţă până seara târziu în atelierul lui Herzowig.

Căldura umedă de iunie se potolise parcă special pentru el în ziua aceea. Primul lucru pe care-l făcu fu să intre la baia comunală. De mult nu se mai bucurase de o apă fierbinte şi curată, în care să se zbenguie ca un copil. Îmbăiatul în *tenement* era imposibil din cauza lipsei apei, iar băile publice se închideau mult înainte ca el să termine lucrul, aşa că, în lunile din urmă, se mociorâse la o cişmea din curte.

Stătu mult în cadă, bătând apa cu palmele şi cântând cât îl ţineau bojocii - îi plăcuse întotdeauna cum îi suna vocea în încăperi mari şi goale. Într-un târziu, se întoarse în *tenement*, îşi puse pe el costumul cel bun, pe care nu apucase să-l poarte decât o dată sau de două ori până atunci, se ferchezui cu atenţie, îşi vârî trei dolari în buzunar şi ieşi la plimbare în oraş. Ţinta lui nu erau străzile din vecinătate, pe care le ştia de-acum prea bine, ci un loc în care tânjise de mult să ajungă: o sală de cinema.

Lower East Side, unde se afla şi atelierul lui, era plin de cinematografe. La tot colţul găseai câte o sală înghesuită şi murdară, cu locuri puţine, în care se proiectau, unul după altul, filme mute de scurt metraj. Colindă străzile o vreme, privind ameţit mulţimea afişelor şi neputându-se decide la care să intre - zece cenţi, cât costa un bilet, nu erau de ici de colo şi trebuia să fie sigur că-i dădea pe ceva interesant.

Privirea i se opri la un anunţ gălbui cu roşu care-i aminti de călătoria lui peste ocean: „Salvaţi din Titanic. Senzaţia lumii de la studiourile Eclair. D-ra Dorothy Gibson, o supravieţuitoare a celui mai mare dezastru al lumii, spune povestea naufragiului, jucând alături de o pleiadă de actori de primă mână în acest film senzaţional"[*]

„La ăsta intru...", îşi spuse când citi că filmul era şi acompaniat de o orchestră.

Păşi cu sfială în sală - era prima oară când făcea asta - şi se aşeză stingher pe un scaun. În timpul celor zece minute de proiecţie, retrăi povestirea lui Miu Pavelescu despre scufundarea transatlanticului „Norge", mulţumindu-i lui Dumnezeu că până atunci fusese mai norocos decât mii de oameni care-şi găsiseră sfârşitul prea devreme. Îl impresionă la culme faptul că actriţa principală se aflase pe „Titanic" şi că supravieţuise ca să facă un film despre asta, jucând chiar în hainele pe care le avea atunci pe ea.

---

[*] Acest film, o capodoperă, este acum pierdut. Toate copiile lui s-au distrus într-un incendiu din Eclair Studios în 1914 (n.a.).

Lângă el se aşezase o fată cam de-o seamă cu el, care părea cu totul absorbită de povestea de pe ecran. Îi aruncă o ocheadă scurtă, la care ea răspunse cu un zâmbet abia mijit - „băiatul ăsta seamănă cu William Russell!"

– Film impresionant! intră el în vorbă la sfârşit, cu stângăcia dată de necunoaşterea bună a limbii. Am prieten care a fost tot aşa, pe vas ca „Titanic", scufundă în 1904. „Norge".

Fata se trase înapoi surprinsă şi-l privi cu interes:

– Ai spus „Norge"?! Ai avut un prieten care a murit pe „Norge"?! Îmi amintesc, cum să nu! Eram mică pe atunci, dar ce vâlvă s-a făcut! Eu sunt din Suedia şi vasul era danez, aşa că dezastrul a ocupat multe zile pagina întâi a ziarelor locale. Îmi pare rău să aud de prietenul tău, trebuie să fi fost groaznic!

– Da... îngână Mitu, neînţelegând mare lucru.

– Eu am venit mai mult pentru Dorothy Gibson, continuă ea. Nu pentru filmul în sine, ci ca s-o văd pe ea cum joacă. Eu sunt tot actriţă, dar nici pe departe ca ea - ea e mare, gigantică, o găseşti pe toate afişele din ţara asta, îi zâmbi, parcă ruşinată de comparaţie.

Mitu, care nu mai văzuse niciodată o actriţă, nici măcar amatoare, nu se mai chinui să-i explice că Miu nu murise pe „Norge", ci la câţiva ani după aceea, pe transatlanticul cu care venise el în America.

– Eu... Mitu, vin acum jumătate de an aici din România, încercă să se introducă.

„Mitu, Mitu..." repetă fata veselă, pentru a se obişnui cu pronunţia.

– Îmi pare bine de cunoştinţă, pe mine mă cheamă Olga Gertrude, zise şi îi întinse mâna. Şi ce faci pe aici?

– Ce să fac, început... lucrez atelier de croitorie...

– Da, ştiu cum sunt începuturile, oftă fata. Şi să nu te gândeşti că lucrurile se rezolvă repede, din păcate... Eu sunt în America de câţiva ani buni şi încă mă chinui să-mi găsesc locul. Astăzi am ieşit special să văd câteva filme unul după altul, ca să mai prind şi eu de la maeştri. La unele am fost de câteva ori deja. Vrei să vii cu mine la *Dr. Jekyll and Mr. Hyde*? L-am văzut anul trecut cu James Cruze, frumos actor, însă anul ăsta e o versiune nouă, cu King Baggot, în care Dr. Jekyll aproape că descoperă un leac, iar lumea spune că transformarea în Mr. Hyde e atât de bună, încât ţi se pare că e chiar reală!

Mitu nu pricepu nimic altceva decât că îl invitase la alt film. O luară împreună spre cinematograful de peste drum, în faţa căruia lumea aştepta la coadă să intre.

Înfulecă, pur şi simplu, filmul de groază cu sufletul la gură, fără să clipească măcar, pentru a nu pierde niciun amănunt din povestea care i se părea că se desfăşoară aievea în faţa ochilor lui. Când se termină, rămase câteva clipe cu ochii ţintă la pânza albă, parcă până atunci însufleţită.

– Văd că ţi-a plăcut, îl privi Olga cu coada ochiului.

– Ăsta doi film eu văd, îi mărturisi el.

– Da?! se minună fata, care nu putea concepe viaţa fără film. Doar două filme ai văzut până acum?! izbucni ea în râs.

Mitu, ruşinat, se chinui zadarnic să nu roşească. Se foi stânjenit şi se gândi cum să-i răspundă, însă Olga nu-i dădu răgaz pentru asta:

– Ascultă, eu lucrez la un teatru în Coney Island. Vino pe la mine când ai timp şi, dacă se întâmplă să-mi pot lua o pauză, mergem la câte un film împreună. Caută-mă duminica viitoare până-n prânz! îi făcu ştrengăreşte cu ochiul.

Îi scrise pe un bileţel unde s-o găsească - teatrul „Honey Pie" din Luna Park - şi se îndreptă iute înspre metrou. El o urmări neîncrezător cu privirea, nescăpând-o din ochi până când dispăru după colţ, apoi se întrebă dacă ce trăise era aievea.

O luă cu încetineală spre *tenement* - se făcuse seară şi a doua zi dimineaţă trebuia să se trezească la cinci - neputându-se gândi la nimic altceva decât la filme şi la ea. Ajuns în cameră, se repezi la Pistol şi-i povesti pe nerăsuflate:

– Auzi, mă, dădui lovitura azi! Fusei la un film şi întâlnii în sală o fătucă blondă, o frumuseţe, o artistă suedeză, cu care mă dusei la alt film, iar la sfârşit îmi zise s-o vizitez duminică la teatrul la care lucrează în Coney Island!

Acesta îl privi cu îndoială, pufnind în râs:

– Întâlnişi tu azi o actriţă suedeză care îţi şi propuse s-o mai vezi. În ce-ţi propuse... în... suedeză...?

– Bă, da' ce mă-nârvezi! Bine, lasă-mă-n plata Sfântului, că mai bine nu-ţi ziceam! Vedem noi cine râde duminica viitoare, când eu o să mă duc cu ea la film şi tu o să stai să-ţi beleşti ochii la lună!

Pistol dădu din cap a „las' c-am trecut şi eu prin asta şi ştiu mai bine ca tine..." uitându-se la el ca la un frate mai mic şi necopt.

Pentru Mitu, săptămâna a fost lungă cât un an. Se uita de zeci de ori la ceas peste zi, spre enervarea lui Herzowig, care, la un moment dat, începu să se uite câş la el în semn de „trezeşte-te, băiatule, sau poate vrei să te dau afară?"

Nu mai era un nimeni! Pe el, ţăran necioplit din Cernădia, care de-abia încropea două vorbe în engleză, îl plăcea o fată frumoasă! O suedeză! O actriţă!

Nu aşteptă să vină duminica, porni spre Coney Island imediat după ce sfârşi cu lucrul sâmbătă seară, cu gândul să cutreiere locurile în lung şi-n lat până a doua zi. Auzise că o splendoare mai mare nu vezi pe faţa pământului.

Şi, într-adevăr, când păşi în „Oraşul de Foc", cum era supranumită Coney Island, după unii, cel mai faimos loc de pe pământ, se opri încremenit ca un copil în faţa unei jucării minunate. Manhattanul, atât de uluitor şi ameţitor cum îl găsea, se dovedea acum fad şi monoton pe lângă ce vedea acolo. Mii de oameni se vânturau pe alei - bogaţi şi săraci, tineri şi bătrâni, femei şi bărbaţi, toţi amestecându-se într-o frenezie colectivă şi petrecându-şi ore întregi la toate distracţiile pe care mintea umană le putea scorni. Nu-i venea să creadă ce vedea: totul fusese construit la o scară care depăşea noţiunea de grandios. Sute de mii de becuri luminau orbitor turnurile sau observatoarele înalte de sute de metri, făcându-le vizibile de la zeci de kilometri de pe ocean. Tiribombe şi carusele gigantice, hoteluri uriaşe în formă de elefant, curse de cai mecanici, teatre cu pitici, expoziţii cu diformi, acefali, femei cu barbă sau bărbaţi cu solzi pe trup, elefanţi ce se dădeau de-a dura pe tobogane cu apă, întreceri de forţă, imitaţii aproape perfecte ale unor bătălii celebre, incendii controlate, stinse de câteva ori pe zi cu salvarea senzaţională a victimelor, execuţii prin electrocutare ale elefanţilor, expoziţii de triburi africane sau de eschimoşi, dans şi muzică peste tot, cabarete şi sute de filme care rulau zi şi noapte, jocuri de noroc, dame de consum şi câte altele - toate erau la acolo, la îndemâna lui, la distanţa de câţiva cenţi.

Gondolele te plimbau pe canalele Veneţiei, trenurile te urcau şi te coborau prin Alpii elveţieni, unde un vânt artificial, rece ca gheaţa, îţi pişca faţa în arşiţa verii. Aerul vibra de veselie, de frenezie, de pasiune, de energie, de entuziasm, de erotism. Tinerii se îmbrăţişau şi se sărutau în văzul tuturor, gospodinele cuviincioase şi puritane îşi uitau inhibiţiile şi-şi pozau dedesubturile cu fustele date peste cap.

Era un fel de lume drogată, dar drogul nu se afla în băutură sau în mâncare, ci în aerul pe care îl respirau, în nebunia molipsitoare a miilor de oameni care vizitau locul zi şi noapte.

Îşi aminti brusc de Olga şi începu să întrebe în dreapta şi în stânga unde este micul teatru de care-i spusese, dar nimeni nu era în stare să-l îndrume. După aproape trei ceasuri de căutare, mergând prin mulţime ca printr-un nămol gros, dădu în sfârşit de locul cu pricina - o clădire mică în care se jucau piese scurte de epocă.

Plăti cinci cenţi pe bilet şi intră.

O văzu imediat: îmbrăcată într-o rochie lungă, strălucitoare, juca rolul unei prinţese de la curtea Franţei. Se lăsă în scaun, sorbind-o din ochi. Tresărea de câte ori îşi întorcea capul spre el. „Oare m-a văzut?", se întreba. Nu ştia că de pe o scenă luminată aproape orbitor nu poţi vedea decât vag publicul care stă în întunericul sălii.

Sceneta nu dură mai mult de cincisprezece minute, iar el oricum nu înţelese nimic, pentru că o privise doar pe ea. La sfârşit, aplaudă cu putere şi dădu să-i facă un semn, însă cortina se lăsase deja. Se duse la un portar şi-i spuse că vrea să vorbească cu Olga Gertrude.

– Nu li se permite spectatorilor să intre în culise sub nicio formă, domnule...

Dezamăgirea de pe faţa lui era atât de vizibilă, încât omului i se făcu milă:

– Puteţi să-i lăsaţi un bilet şi i-l dau eu personal. Dacă vrea să vă vadă, o să vină în câteva minute afară. Aşteptaţi în faţa teatrului. Mai mult nu pot să vă ajut.

Mitu scrise un bilet în fugă: „Dragă Olga, sunt eu care merg duminică *Dr. Jekyll and Mr. Hyde*, vin să văd pe tine, sunt afară."
– Mulțumesc foarte mult!

După jumătate de oră de așteptare, se resemnă. „Muierile tot muieri!", își spuse înciudat și se mai uită o dată spre ușă, făcând apoi necăjit stânga-împrejur pentru a se îndrepta spre ieșirea din parc.

Portarul îl privi cu simpatie:
– Îmi pare rău, încercați mai târziu sau poate mâine!

Dădu din mână a lehamite, dar, când își ridică privirea, o văzu pe Olga chiar în fața lui. De câteva minute îl pândea jucăușă de după un colț; ieșise pe ușa din spate și ocolise clădirea, ascunzându-se ca să-i facă o mică farsă.
– Olga! abia reuși să îngaime. Ce faci?!
– Îmi pare bine că ai venit! Vrei să ne plimbăm prin împrejurimi? Am câteva ore libere, vedem niște filme și pe urmă mergem să mâncăm undeva. Îmi pare rău că n-ai venit mâine, cum ți-am spus, aș fi avut și mai mult timp.

Intrară într-o sală de cinema, dar, oricât se strădui, Mitu nu putu să urmărească povestea de pe ecran.

„Pfui, muică, îmi pică suedeza cu tronc! Mă îndrăgostii! Așa iute?!", îl trăsni gândul în mijlocul unui film și atunci își întoarse privirea spre ea, zâmbindu-i galeș.

Fata își duse degetul la buze, adică „fii cuminte!", și-i făcu semn să se uite la ecran. Era un film de dragoste, de zece-douăsprezece minute, despre un băiat care venise din Italia în America și se îndrăgostise de fiica unor aristocrați din New York.

Când ajunseră din nou afară, în „Edenul Electric", cum mai era numit Orașul de Foc, atmosfera senzuală din jur îi învălui și pe ei. Se luară de mână, plimbându-se tot mai departe de mulțime, până când se treziră singuri pe plajă.

Era lună plină, muzica se auzea din depărtare în Luna Park, valurile se spărgeau ritmic de țărm, vapoare iluminate ca niște pomi de Crăciun decorau orizontul, pescărușii dormitau zgribuliți pe nisip.

Îi povesti despre satul din care plecase, îi arătă o poză cu el cântând la vioara și îi fredonă un cântec - cea mai frumoasă doină pe care o știa. Ea îl privea poznaș, amuzându-se de sforțările lui de a vorbi în engleză.

Ascultară o vreme bătaia valurilor, apoi se întoarseră spre „Honey Pie". Când se despărțiră, Olga își lipi degetul de buzele ei, apoi de ale lui, schițând un sărut.
– Ne întâlnim săptămâna viitoare, du-te acum acasă, e deja târziu, nu mai veni și mâine... Vino duminica cealaltă, la zece dimineața... La zece, da? îi spuse, deschizând ușa.

Capitolul 16

Deşi încă aproape o copilă, Olga citea bine în sufletul omului. Nu i-a trebuit mult ca să-şi dea seama, când pe plajă l-a auzit fredonând o melodie şi i-a arătat o poză cu lăutarii lui din Cernădia, că băiatul ăsta vesel şi îndrăzneţ, de care-i plăcuse pe loc şi care semăna cu un actor de cinema, tânjea după muzică şi nu prea avusese parte de ea în primul lui an de America.

În săptămâna care a urmat întâlnirii lor s-a interesat, prin cunoştinţele din teatru, cum să procure două bilete la Metropolitan Opera pentru duminica în care stabiliseră să se vadă iar. Lucru deloc uşor, întrucât acolo cânta nimeni altul decât însuşi Enrico Caruso.

Unul dintre cei pe care i-a rugat s-o ajute era un anume domn Steinovich. Evreu şiret, alunecos şi afemeiat, conectat aparent la culisele cinematografiei, cu un mare fler manipulativ, Steinovich avea o slăbiciune pentru actriţele tinere şi visătoare, fiind gata să recurgă la oricâte presiuni perfide şi promisiuni goale pentru a ajunge în patul lor.

Ea îl cunoştea prea bine şi, de aceea, era ambivalentă faţă de el. Pe de o parte, îl căuta, dorind să-l ţină interesat - sau „aprins", cum îi plăcea să zică -, în eventualitatea unor foloase viitoare; pe de altă parte, se temea însă că asta o va împinge la un moment dat pe o potecă pe care, cel puţin deocamdată, nu dorea s-o apuce.

Se cunoscuseră la una dintre recepţiile la care ajungea şi ea câteodată, invitată de unul sau altul, mai mult la nimereală, şi Steinovich profitase de ocazie ca să menţioneze în treacăt câteva nume de producători faimoşi cu care „era prieten la cataramă" - Charles Frohman sau fraţii Shubert -, dându-i de înţeles, când a aflat că era o „starving artist"[*] în Coney Island, că, doar cu puţin efort sau sacrificiu din partea lor, viaţa amândurora ar fi fost mai bună:

– Viaţa, scumpete, este un *quid pro quo,* dacă înţelegi ce vreau să spun... Fiecare om îşi are agenda lui personală, de multe ori ascunsă... Cel mai bun business, draga mea, este acela din care câştigă ambii parteneri, nu? La urma urmei, câteva mici compromisuri făcute pentru un destin grandios sunt de-a dreptul neimportante, aici cred că mă înţelegi foarte bine, întrucât te văd emancipată şi cu vederi avansate...

La început a râs de el în sinea ei, confirmându-i-se a mia oară că bărbaţii sunt în stare de orice mişelie ca să intre sub fustele unei femei, şi a uitat de el pe loc. Pe urmă l-a reîntâlnit de câteva ori, fie la teatrul din Coney Island, când Steinovich venea la proprietar cu treburi misterioase - o saluta atunci ostentativ, făcând-o să se întrebe de unde mai are energie să-i dea şi ei atenţie, când, după cum se zvonea, avea zeci de amante -, fie pe la recepţiile la care se mai ducea şi ea din când în când. De la amicele din lumea teatrului aflase că abordarea lui era simplă şi eficientă: sex pentru

---

[*] „Artist înfometat" (engl.)

contacte. O prietenă care pur şi simplu ţâşnise dintr-un teatru ca şi acela în care lucra ea direct pe Broadway, îi mărturisise că asta o „costase" puţină cochetărie şi o noapte.

– Nici n-a fost aşa de neplăcut, să ştii... E bun ca amant şi nici urât nu e...

Din când în când, apelase la el pentru tot felul de fleacuri: vreo informaţie despre un show din New York, vreun nume din lumea filmului, însă nu-i ceruse niciodată ceva care să necesite un *quid pro quo*.

Când l-a rugat pentru două bilete la Metropolitan House Opera, Steinovich i-a făcut cu ochiul complice - „norocos e bărbatul care merge cu tine..." - şi s-a oferit, galant, s-o servească:

– Domnişoară scumpă, plăcerea mea maximă este să te ajut ori de câte ori ai nevoie! Nu ezita să apelezi la mine. Pentru absolut orice...

A doua zi, i-a trimis prin curier biletele care deschideau porţile operei new-yorkeze, împreună cu un buchet mare de trandafiri roşii şi o notă mâzgălită cu stiloul: „Aştept cu nerăbdare să ne reîntâlnim curând."

Când Mitu a pornit spre ea în duminica cu pricina, habar nu avea de surpriza pe care fata minunată, întâlnită cu două săptămâni în urmă, i-o pregătise. A ajuns în Coney Island devreme, gândindu-se că or să petreacă împreună câteva ore pe la tiribombe, după care or să se plimbe pe plajă - era o zi splendidă, cu cer fără pată - şi, mai spre seară, or să intre la nişte spectacole.

La zece fără un sfert era în faţa teatrului, aşteptând emoţionat şi repetând nişte formule coerente de întâmpinare în engleză. La ora zece fix, chiar când el îşi verifica ceasul de buzunar, Olga a ieşit pe uşă.

– Aşa deci, românul a făcut atâta drum din Manhattan pentru mine... Foarte drăguţ din partea ta...

Mitu gândi că pentru o frumuseţe ca ea ar bate drum până la capătul lumii. Olga era una dintre acele rare femei care le stârnesc bărbaţilor o dorinţă cotropitoare, făcându-i să-şi spună: „s-o am o dată şi pot să mor...".

– Ţi-am pregătit o surpriză, dar trebuie să mergem în oraş pentru asta... Ne învârtim puţin pe-aici şi pe urmă pornim spre Manhattan.

O privi surprins. Era prima oară când o femeie pregătea ceva pentru el; până atunci, doar el se ţinuse turbat după ele prin Cernădia. Se lăsă dus de ea încoace şi încolo, pe la reprezentaţii de estradă de câteva minute, pe la orchestre ce cântau fără oprire şi din faţa cărora nu te puteai urni din loc, pe la spectacole scurte de magie, unde se căznea să dibuie şmecheriile magicienilor.

S-au oprit la o îngheţată ca să se odihnească - mersul pe jos, prin aglomeraţia de acolo, fusese istovitor - şi atunci ea spuse că se făcuse târziu şi era timpul să se pregătească de plecare, pentru că trebuiau să ajungă în oraş înainte de ora cinci.

El dădu din cap vesel şi intrigat şi se urcară într-un *horsecar*[*] ca să traverseze Brooklynul.

– Dar unde duci pe mine? o întreba el din când în când, mai mult prefăcându-se curios. De fapt, nu prea îl interesa, atâta vreme cât era cu ea.

Ea îi zâmbea de fiecare dată, ţuguiindu-şi buzele şi atingându-şi-le cu degetul în semn de secret. „Lasă, că vezi tu acuş", părea că-i spune cu mutriţa ei dulce, care îl înmuia ca pe un cub de gheaţă uitat la căldură.

Nu i se mai întâmplase niciodată să fie atât de fermecat de o fată încât să nu-şi mai poată desprinde privirea de la ea. Olga îl atrăgea ca un magnet. O măsura cu privirea din cap până în picioare de câte ori ea se uita în altă parte, ameţit de părul ei blond cu bucle lungi şi de trupul ei subţire. Ce mândreţe! Pe drum se uită de câteva ori atât de insistent la ea încât, la un moment dat, când traversau Brooklyn Bridge, ea îşi dădu seama şi-l privi un pic stânjenită:

– Ce e?

Atunci tresări ca şi cum s-ar fi trezit dintr-un vis, iar ea zâmbi pe furiş şi se prefăcu preocupată de altceva. Era atât de limpede că băiatul ăsta din România, care o acostase îndrăzneţ la cinema, deşi abia o rupea pe engleză, era topit după ea! Nu era prima dată când cucerea pe cineva de la prima vedere, însă nu i se întâmplase de multe ori ca şi ei să-i pice cu tronc cel care se îndrăgostise pe loc de ea...

Când ajunseră în Manhattan, se urcară într-un troleu care-i duse în sus pe First Avenue. La 34th Street coborâră şi o luară pe jos pe Broadway, iar Olga îl conduse apoi încă cinci străzi până la 39th Street.

– În sfârşit! îi spuse veselă.

El se opri privind bănuitor de jur împrejur. Lumea intra şi ieşea din magazine, vânzătorii vindeau cârnaţi şi limonadă pe trotuare, reclame de tot felul împânzeau vitrinele. „Oare am făcut atâta amar de drum ca să intrăm la un restaurant?!"

– Unde? întrebă nedumerit.

– Unde voiam eu să te duc..., îi zâmbi ea şireată. Treaba mea!

„Ce-o fi oare pe-aici aşa de nemaipomenit?! Am văzut oricum partea asta a oraşului de nu ştiu câte ori...", îşi spuse, dar nu mai întrebă nimic.

Ea îl luă de braţ şi-l conduse înspre Metropolitan House Opera, care era chiar acolo, pe colţ - o clădire masivă din piatră, de şase etaje, ca un palat regal, cu ferestre înalte şi cu o intrare somptuoasă, pe lângă care el trecuse de multe ori, neîndrăznind însă niciodată să-şi arunce privirea înăuntru...

– Uite, aici o să intrăm... Am bilete la Enrico Caruso cu Toscanini.

O privi buimac. Cum?! Toscanini era cel mai renumit dirijor al lumii şi, deşi nu era el cunoscător într-ale muzicii clasice, faima acestuia ajunsese şi la urechile lui. Iar Caruso era un titan, mai mare decât însăşi viaţa, un

---

[*] Horsecar: un vagon ce mergea pe şine dar era tras de un cal. Modalitatea aceasta de transport public a fost desfiinţată în New York în 1917 (n.a.).

tenor cu o voce bogată şi învăluitoare, puternică şi plină, zămislită parcă în alte lumi. Când îl ascultase la gramofon, cântând fie operă, fie canţonete italieneşti, simţise, pe lângă o admiraţie infinită, chinuitoarea tristeţe la gândul că distanţa dintre el şi acesta, în orice ţinea de muzică, era de nemăsurat.

– Olga... îngăimă pierdut. Nu ştiu cum mulţumesc ţie!

– E suficient că eşti cu mine aici şi că-ţi place, îi şopti ea. Mai e până începe, hai să mâncăm ceva înainte, că înăuntru e scump tare...

Intrară într-un restaurant dichisit şi cald - „Joe's Diner" -, o oază surprinzătoare de linişte în tumultul ce forfotea pe străzile din Midtown, şi rămaseră acolo mai bine de o oră. Ea îi povesti despre viaţa ei de până atunci: mama ei murise de tuberculoză când ea avea şase ani. Pe tatăl ei nu-l cunoscuse niciodată şi nu avea nici măcar o poză cu el. De la şase ani fusese crescută de un unchi şi o mătuşă care au imigrat în America când ea împlinise zece ani. Aici au dat-o la o şcoală de fete, undeva în Brooklyn, iar ea a intrat în echipa de teatru şi, de acolo, la cincisprezece ani, a început să câştige ceva bani jucând mici piese în Coney Island, care nu era departe de blocul unde locuiau ei. Când avea şaisprezece ani, unchiul ei s-a îmbolnăvit rău - ceva la cap, au spus doctorii -, a rămas aproape infirm, şi atunci s-au decis să se întoarcă în Suedia. În ciuda insistenţelor, ea nu a vrut să-i însoţească, sperând că făgaşul pe care intrase o va duce pe Broadway sau, poate, chiar pe marele ecran. De atunci locuieşte în Coney Island într-o cămăruţă cât o găoace, chiar în clădirea teatrului „Honey Pie". Câştigă puţin, nu suficient cât să-şi permită să stea undeva în oraş, dar viaţa este frumoasă, întâlneşte multă lume, este invitată la serate şi petreceri, ba chiar a cunoscut persoane din protipendada New Yorkului care, uneori, îi fac mici favoruri.

– Biletele astea, de pildă, mi le-a dat un bun amic de-al meu, foarte sus pus... Domnul Steinovich. Fără el, nu m-aş fi descurcat...

Pe măsură ce ea povestea, lui Mitu i se făcea tot mai tare milă. Nu şi-ar fi închipuit că Olga era orfană. Strălucitoare, admirată de spectatori, curtată de bărbaţi, invitată în locuri pe care el nici nu le visa, avusese, de fapt, o viaţă mai grea decât a lui.

Era acum rândul lui să-şi istorisească viaţa. Fu mult mai scurt, pentru că se poticnea aproape la fiecare cuvânt, însă ea înţelese că-i murise tatăl când era copil, că venea dintr-o familie săracă dintr-un sat de câteva sute de case aşezate la poalele unor munţi înalţi din România - „Aş vrea să-l văd şi eu odată...", îi spuse visătoare - şi că plecase din ţară, mai ales, pentru bani.

– Şi vrei să te întorci odată şi-odată? îl întrebă la sfârşit, mişcată de faptul că Mitu trecuse frontiera pe ascuns, la o vârstă atât de fragedă... „Ăsta da exemplu de curaj!"

– Nu ştiu... Eu gândesc mult la ţara mea, dar vreau strâng bani aici...

Timpul fugise repede. Se făcuse deja ora când trebuiau să se îndrepte spre spectacol. Olga îl apucă de braţ, iar el păşi în clădirea operei ca într-o biserică, minunându-se de luxul orbitor de pe coridoare, de sculpturile aurite, de toaletele impecabile ale spectatorilor, de tablourile mari de pe pereți, de măreția sălii de concert. Se cufundă în muzică, uitând de el, de fata de lângă el, de locul unde se afla. Caruso era divin! O voce dumnezeiască, ceva de nedescris în cuvinte!

După spectacol îi trebui mult să-și revină, și asta după ce Olga îl trase de câteva ori de mânecă să-l readucă pe pământ.

– Ai văzut?! îi spuse, respirând cu greutate din cauza emoției. Dacă are un pahar de sticlă în față, îl sparge cu vocea! Cum el cântă așa tare?!

– Mă bucur că ți-a plăcut! îl sărută Olga scurt pe buze - atât de scurt, încât el nu apucă să-i răspundă.

Capitolul 17

Povestea de dragoste dintre Mitu şi Olga se încinse pe măsură ce sufletele şi trupurile lor se cunoşteau mai bine. De la prima întâlnire trecuseră trei luni, răstimp în care se văzuseră cu precizie de ceasornic: duminica de la ora zece, când el se posta, pus la patru ace şi cu o floare în mână, în faţă la „Honey Pie", iar ea ieşea zâmbitoare, întotdeauna punctuală, şi-l lua de braţ la plimbare.

Vara încinsă şi umedă care topeşte şi pietrele în Manhattan se sfârşise, şi intraseră pe nesimţite în septembrie. Toamna era superbă, cu zile călduţe şi cer limpede, îmbiind la plimbări lungi pe malul fluviilor, peste Brooklyn Bridge, la hoinăreli mână în mână în Central Park, pe Madison Avenue sau pe străzile pietruite, înguste şi pitoreşti din Little Italy. Când Olga îl lua, din când în când, la teatrul din Coney Island, se aşeza în primul rând şi stătea acolo fermecat, sorbind-o din priviri, copleşit de fericire şi încă înmărmurit de uluială că fata asta blondă, care semăna cu o zână şi care, ca în basme, venea de peste mări şi ţări, era a lui.

Pentru prima oară de la venirea în America, se simţea un învingător. Munca zilnică, monotonă şi grea, din care-şi câştiga existenţa, nu-l mai înăsprea, nu-l mai irita, rămăsese pe un plan secundar, complet lipsit de importanţă. Zilele treceau fără să le simtă, ca şi cum ar fi fost drogat. Aştepta weekendul, trăind ca într-o reverie în cursul săptămânii. Plimba mecanic fierul de călcat peste ţesături, cufundat în lumea lui, complet străin de Herzowig, de Lower East Side, de forfota de pe străzi sau de *tenement*-ul mucegăit în care trăia.

Se îndrăgostise!

Olga era prima femeie pe care simţea că nu o domină, că nu o controlează ca pe celelalte, că nu o poate juca aşa cum o jucase pe Ana sau pe altele dinaintea ei, că, oricât de aproape ar fi încercat s-o ţină lângă el, îi putea scăpa oricând printre degete ca un fir de nisip. Această nesiguranţă abia percepută, dar foarte vie în sufletul lui îl neliniştea şi îl făcea să o dorească şi mai aprins.

Celelalte iubite pe care le avusese până atunci se amorezaseră nu de el, cu defecte şi slăbiciuni, ci se agăţaseră bolnăvicios de muzica lui. Ele făceau parte din acea categorie de femei care se îndrăgostesc de statura bărbatului în lume, nu de fiinţa acestuia, şi se răcesc repede odată ce ajung să îl cunoască mai bine.

Cu Olga, însă, se petrecea altceva, simţea. Fusese atrasă de el visceral, spontan, în ciuda faptului că îi era mult inferior. Era o relaţie pură, sinceră, dintre cele care au cele mai mari şanse să dureze, tocmai pentru că nu se întemeiază pe calcule şi evaluări materialiste, conştiente sau nu.

În lunile care trecuseră de la prima întâlnire, Mitu se transformase în mod surprinzător. Când se gândea la viitor, îşi făcea planuri care o luau şi pe ea în calcul. Şi, spre marea lui bucurie, i se părea că ea făcea la fel. Deşi nu locuiau împreună, deveniseră o pereche, completându-se ca feţele unei monezi. Mitu învăţase de la ea să danseze dixieland, tap, tango şi vals, să gândească filmul într-un anume fel, să deprindă din manierele lumii bune, aşa cum ea le învăţase, la rândul ei, de la alţii în anii de teatru. Relaţia lor ajunsese atât de strânsă încât cuvintele deveniseră de prisos: o singură privire, o tresărire, o ridicare de sprânceană şi fiecare ştia ce gândeşte celălalt.

Din salariul mai bunicel pe care-l lua acum la Herzowig, începuse să pună câte ceva deoparte, bucurându-se când vedea că, de la o lună la alta, aduna dolarii cu asemenea repeziciune încât ar fi putut să acopere în scurtă vreme datoriile făcute în Cernădia. În afara distracţiilor ieftine de duminică nu cheltuia decât strictul necesar pe mâncare, iar chiria *tenement*-ului nu i se mai părea atât de exorbitantă încât să facă un şoc când trebuia să o plătească.

De când putea să economisească mai mult, un gând nu-l lăsa în pace - acela să facă o vizită în România. La început ivit ca o dorinţă slabă pe care o dădea speriat la o parte - „că doară n-oi fi nebun să-mi cheltui toţi banii p-asta acu'!" -, a ajuns peste un timp să-l bântuie fără încetare. „Ce-o mai fi pe-acasă? Gheorghiţa ce-o face? Gheorghiţa are grijă de muma? Să mă duc cu Pistol într-o vizită?"

Lui Pistol, în schimb, puţin îi păsa de toate astea. Când i-a spus într-o zi că îi era dor de România, s-a uitat la el ca şi cum ar fi spus cea mai mare trăsnaie.

– Adică munceşti pe brânci ş-acu' îţi cheltui toţi banii? Ca să vezi ce?! Apăi, n-ai trăit toată viaţa acolo? La ce-ţi tre' să te duci înapoi aşa de repede? Că doară n-a trecut niciun an încă! Mai bine să mai stăm, să mai punem la buzunar, că niciodată nu ştii ce-ţi aduce ziua de mâine!

– Păi, la ce muncim, mă Pistoale? Nu ca să trăim mai bine? Ce folos că pun la ciorap, dacă nu mă folosesc de gologani?!

– Da' nici aşa, să păpăduieşti tot ce-ai strâns, mă copile, mă... Şi nu mai zic că Nistor nu te-a uitat, bre... Mai las' şi tu să treacă timpu', să se mai aştearnă lucrurile...

– Nu ştiu, Pistoale, da' eu o să mă duc curând până în ţară. Nu vii şi tu cu mine?

– De câte ori să-ţi zic că n-o să m-apuc să cheltui deodată banii pe-aşa ceva? Şi, dacă te-a lovit aleanu' de Berceşti, de ce n-o iei pe „gărlfrenda" ta cu tine, să-ţi ţie de urât? Sau nu ţi-a trecut prin cap...

Se gândise şi el la asta, şi nu o dată. Cum să nu se gândească?! Ah, cum ar fi fost s-o ia cu el? Să meargă împreună pe uliţele satului, poate într-un automobil! Să se uite toţi la ei! Să i-o prezinte maică-sii! S-o ducă la o horă, chiar! S-o plimbe pe la Rânca sau pe valea Gilortului! Să-i cânte, poate, cu lăutarii lui!

Totuşi, gândul de a o duce pe Olga în glodul din gospodăria lui îl neliniştea. „Ce-o să creadă când o să vadă mizeria din Cernădia?!" Casele din lemn, aproape dărăpănate, odăile mici în care dormeau trei-patru, lipsa veceurilor, a apei, a curentului electric?! Pereții scorojiți, despuiați până la tencuială, mâlul de pe uliță, plimbatul cu căruța cu boi...

Olga a aflat de temerile lui întâmplător, de la Pistol. Se întorceau într-o duminică de la un spectacol de pe Broadway și au trecut pe la *tenement* ca să-l ia și pe acesta la o cafenea pe Bowery Street, unde să bea toți o ciocolată caldă. Din vorbă în vorbă, după vreo oră de îndrugat vrute și nevrute, Pistol s-a dat în pomeneală:

– Știi, domniță, prieten tău drăguț, dar timid... Vrea pleacă la România și nu știu cum spune ție...

– Da?! râse aceasta veselă, amuzată de accentul lui aspru și întorcându-se spre Mitu. Așa e, dragule? Are dreptate?

El se încruntă. „Ce dobitoc!"

– Ei... nu are dreptate, încercă să pareze. Mă gândeam și eu, așa, mergem la România cu el an viitor, dar n-am vrut zice serios... Și, oricum, el nu vrea vine, zice vacanța prea devreme.

Olga se lumină la față, luând o expresie poznașă.

– Așa deci: ți-ai pus în cap să mă părăsești, să te duci la iubitele tale de pe acolo, care te așteaptă ca pe-un prinț... îl sărută iute pe buze, apoi se întoarse spre Pistol și-i făcu cu ochiul: Vezi ce-mi face? Vezi?

Mitu zâmbi încurcat, dar ea nu-i dădu răgaz să răspundă.

– Și? Mă iei și pe mine dacă te hotărăști să pleci sau mă lași aici pradă altora? Promit că n-am să te încurc dacă ai vreo combinație cu vreuna de pe-acolo... îl întărâtă în stilul acela fermecător care îl înmuia atât de tare încât rămânea fără putere în fața ei.

– Știi, Olga, el e rușine să ia pe tine, că acolo viața nu ca aici, sărăcie multă... interveni Pistol, care îl înțelegea pe Mitu din priviri ca și cum i-ar fi fost frate.

Olga îl privi surprinsă.

– E adevărat?! Ți-e rușine să mă iei din cauza sărăciei? Cred că nu vorbești serios!

Tăcerea lui Mitu era grăitoare.

– Să știi că nici eu n-am dus-o grozav în Suedia... Nu cred să mai văd ceva pe lumea asta care să mă impresioneze sau să mă deranjeze...

De la discuția asta, lui Mitu i s-a șters teama. Cum Olga părea dornică să-l însoțească, a început să-și facă tot mai preocupat planuri de călătorie. Cea mai mare problemă era cum să plece pentru atâta timp de la Herzowig - o lună de zile sau chiar mai mult - dar să-și păstreze slujba. Îi era limpede că acesta nu-l va mai primi înapoi, ci va găsi un înlocuitor mult mai ieftin chiar din prima zi. Cum să-și lase jobul după ce se zbătuse atâta?! Dacă n-o să-și găsească altceva la întoarcere?

După ce mai chibzui câteva săptămâni, se hotărî: nimic n-avea să-l oprească - orice-ar fi, în primăvara ce venea își va lua o lună liber. La urma urmei, învățase englezește cât să se înțeleagă binișor cu oricine, așa că probabil nu-i va fi greu să se angajeze în altă parte. Și-apoi, până în primăvară mai era jumătate de an, timp berechet să-l convingă pe Herzowig să-i ţină postul şi să folosească în perioada aceea un înlocuitor, pe care, poate, cine ştie, i-l va găsi chiar el.

Olga, în schimb, nu avea problemele lui şi se uita, uneori amuzată, alteori cu milă, la el, considerându-se, prin comparaţie, norocoasă. Pusese ceva bani deoparte şi avea de o aşa călătorie. Putea să vină şi să plece de la „Honey Pie" după bunul plac. Acolo jucau mai multe actriţe de felul ei, iar absenţa uneia nu afecta businessul, întrucât fetele se puteau înlocui uşor una pe alta, mai ales că scenetele care se jucau erau aceleaşi de ani de zile. Iar dacă s-ar fi întâmplat să fie dată afară, cunoştea destui ca Steinovich, care să-i sară în ajutor...

– De-abia aştept să-ţi văd locurile natale, i-a spus odată, după ce el îi istorisise - a suta oară - cum trecuse frontiera pe ascuns la Rânca şi cum intrase în America cu un certificat de naştere fals.

Prin iarnă, discuţiile despre călătorie au devenit tot mai precise. Până la urmă s-au decis să plece spre sfârşitul primăverii, prin mai sau iunie, şi să stea în România patru-cinci săptămâni - destul ca ea să-i cunoască familia cât mai bine.

Aveau să ia un transatlantic până la Le Havre, apoi un tren până la Paris, unde să se oprească pentru trei-patru zile. O vreme n-au căzut de acord cum anume să călătorească de acolo până în ţară. Mitu voia să repete ruta care-l adusese pe Pământul Făgăduinţei - „Orient Express", la cuşetă, până la Budapesta, de unde să ajungă cu un tren local în Târgu Jiu. Olga, mai aventuroasă, nu voia la cuşetă, ci dorea să ia trenuri locale în fiecare ţară şi să zăbovească puţin în oraşele mai mari.

În cele din urmă, au ajuns la o înţelegere: aveau să ia Orient Express, însă cu condiţia să înnopteze în fiecare localitate mare de pe ruta acestuia - Strasbourg, München, Viena - şi să nu se oprească în Budapesta, ci să continue până în Bucureşti, unde să stea cel puţin două zile, iar de acolo să închirieze un automobil şi să pornească spre Oltenia.

Capitolul 18

Dragă mumă,
Sper că eşti bine şi sănătoasă. Eu o duc foarte bine, Dumnezeu să mă tot ţie aşa, am de-o pâine şi mă văd c-o fată frumoasă. O ştiu d-aci din New York. E actriţă din Suedia! O cheamă Olga. Să le zici şi la Creţoi asta! Sunt foarte fericit! Suntem de câteva luni bune împreună. Ea e la un teatru în Coney Island. Ăsta e un parc mare de distracţii, cu tot felul de scamatorii, oameni care mănâncă foc, săli de cinema, circuri, tobogane unde te dai şi cazi direct în apă. M-am dat şi eu odată şi am căzut în apă ca o plăcintă şi era să rămân fără nădragi pe mine! Mi-au ajuns la genunche! Mi-a fost aşa ruşine! Se uitau nişte femei la mine şi cred că m-au văzut în fundul gol, că râdeau pe înfundate!
La muncă la Herzowig, de care ţi-am povestit în cealaltă scrisoare, am început să câştig o ţâră mai bine! Şi am pus şi eu deoparte niscaiva parale şi acu mă gândesc să vin până în România la anul, prin primăvară, să se mai dezmorţească vremea. Am să vin cu Olga. Tare vreau s-o vezi şi tu. Să pregătiţi casa frumos, să nu ne facem de ruşine în faţa ei!
Mi-e foarte dor de voi şi de Cernădia şi abia aştept să vă revăd pe toţi. Transmite salutări tuturor!
Al tău fecior, Mitu

Când Mitu scria această epistolă, nu cu mult înainte de a pleca spre România, viaţa lui era mai promiţătoare ca oricând. La nici un an şi jumătate de la venirea în America dobândise lucruri la care nici nu îndrăznise să viseze în Cernădia: strânsese în ultimele luni mai mulţi bani decât reuşise să pună deoparte în ani de zile în ţară. Îşi luase brevet de conducere ca să poată închiria un automobil în Bucureşti. Cu Olga trăia ca în vis - nu se obişnuise cu faptul că erau împreună şi încă stăruia în el acea fericire aproape insuportabilă care îl încearcă pe un îndrăgostit la începutul unei relaţii pentru el neverosimilă.

Pornea liniştit la drum, fără teama că rămânea la întoarcerea în America de izbelişte: îl rugase pe Herzowig să-i păstreze slujba, iar acesta, spre mirarea lui, nici nu crâcnise. „Când te întorci, vii direct la mine şi ai jobul înapoi, aşa rămânem înţeleşi."

Când se îmbarcă, în primăvara lui 1914, pe transatlanticul care îl ducea la Le Havre, cu Olga de braţ, privind cu inima plină la profilul ameţitor al Manhattanului, de care încă nu se săturase, respirând aerul cu miros aparte, cu care nu se obişnuise şi pe care-l iubea atât de mult, nu bănuia că aceasta era prima şi ultima călătorie împreună cu cineva drag peste ocean.

Totul strălucea în jurul lor. Pe mesele de un alb-imaculat din restaurant aşteptau în permanenţă paharele de cristal şi tacâmurile de argint. Candelabrele luminau orbitor încăperile de gală, unde seara se putea dansa. Cabina lor era strâmtă, dar cochetă, şi lucea de curăţenie. În mijloc era un pat larg şi moale, acoperit cu pluş vişiniu şi perne în care te îngropai cu totul, iar pe un perete lateral era o oglindă aşezată în aşa fel încât dubla tot ce se petrecea în încăpere. Când Mitu văzu asta, aproape că i se tăie respiraţia de emoţie şi de dorinţa de a o cuprinde pe Olga în braţe şi a o întinde. Până atunci făcuse dragoste cu ea mai mult pe apucate, fie în *tenement*-ul în care stătea, când se nimerea să fie singur acasă, fie în cămăruţa ei de la „Honey Pie", totdeauna pe fugă şi precauţi din cauza subţirimii pereţilor.

În cele şase zile ale călătoriei peste ocean n-au făcut decât să se plimbe pe punte, privind cum se confundau în depărtări apele cu cerurile, să ia masa în tihnă la restaurant şi să petreacă ore în şir îmbrăţişaţi în cabină, cu uşa încuiată.

Îi lega o atracţie năvalnică, nesăţioasă, care cerea amor şi iar amor, şi care nu se potolea după ce rămâneau sleiţi unul în braţele celuilalt. Se potriveau erotic într-un fel la care toţi viseaza, dar pe care puţini ajung să-l cunoască vreodată, izvor de satisfacţie neegalată de nimic altceva pe lume, pentru care oamenii sunt în stare să facă sacrificii nebuneşti.

Mitu era îmbătat de Olga. Îl tulbura fiecare mişcare a ei. Oftaturile ei suspinate de plăcere când îi atingea sânii cu buzele, gemetele adânci şi zâmbetul abia mijit când o privea în ochi şi o pătrundea încet, îl urmăreau ore întregi după aceea. Explozia intensă, orbitoare ca fulgerul, de la sfârşit, îl făcea să-şi piardă cunoştinţa pentru câteva clipe. Zvâcnirile trupului ei când se apropia de apogeu, când îşi simţea în mirosul lui copiii ce vor veni, când se încleşta de el ca şi cum ar fi vrut să se facă una, să se contopească într-o singură fiinţă, îl înnebuneau.

După începutul crâncen de America, în care supravieţuise flămând, înstrăinat, fără urmă de speranţa în mai bine, apariţia excepţională a Olgăi în viaţa lui era ca o lansare spre paradis.

Când ajunseră în Le Havre, debarcară - cu părere de rău că lăsau în urmă confortul de pe vapor - şi o luară spre Rouen, unde colindară mână-n mână prin centru, admirând casele neobişnuite, zugrăvite în alb-negru, care-i amintiră lui Mitu de portul popular din Novaci, apoi se îndreptară spre Paris, oprindu-se în drum prin câteva din sătucele presărate de-a lungul Senei, ca să mănânce bunătăţi din „Chocolateries".

Parisul îi învălui cu un aer cald şi dulce, aţâţând la dragoste. După ce colindară până la istovire prin Trocadéro, porniră spre Germania, călătorind nopţi şi nopţi la cuşetă, trăgând din când în când în gări mici cu hanuri liniştite. În München stătură o zi şi vizitară Glyptothek, apoi petrecură restul timpului în Königsplatz pe o bancă.

Viena îi cuceri pe loc cu aerul ei aristocratic şi liniştit de capitală a muzicii clasice. Stadtpark le răpi o jumătate de zi, în care se plimbară agale prin verdeaţă şi lânceziră pe iarbă privind amuzaţi la lumea din el, apoi, spre seară, Olga îl luă la Court Opera - o clădire atât de strălucitoare şi de grandioasă încât Metopolitan Opera i se păru micuţă - la un concert Mozart.

În dimineața următoare se urcară în trenul spre Budapesta. Se apropiau, încetul cu încetul, de țară.

– Ai să vezi că România nu e dezvoltată ca țările pe unde am călătorit, dar oamenii sunt buni, o prevenea el pe Olga, preocupat mereu de impresia pe care locurile lui natale aveau să i-o facă.

Când ajunseră în București, într-o după amiază umedă de primăvară, temerile lui, care nu văzuse niciodată capitala țării, se risipiră. Se îndrăgostiră de „Micul Paris" pe loc. Cu o Cale a Victoriei la fel de agitată și vie ca Champs-Élysées la Paris sau Fifth Avenue la New York, cu eleganță și rafinament în rochiile doamnelor, cu aglomerația de necrezut de pe arterele comerciale, orașul îi dădu același sentiment călduros care îi cuprindea când colindau 42nd Street sau Madison Avenue în Manhattan.

Hoinăriră ore întregi pe străduțele întortocheate, intrară din prăvălie în prăvălie, vizitară micile galerii de artă din Pasagiul English, se delectară cu cremă de zahăr ars în cofetăriile de pe Lipscani. Își cumpărară fel și fel de nimicuri: de la „Lumea Elegantă" Mitu își luă o pereche de pantofi de piele, iar Olga o pereche de ghete. Dintr-un magazin cu de-ale casei cumpărară cadouri pentru cei din Cernădia. Pe Calea Victoriei, chiar lângă Hotelul Majestic, Mitu văzu un magazin de instrumente muzicale - „Jean Feder" - și intră cu ochii sticlind de bucurie copilărească. După ce încercă instrumentele, își luă o vioară, foarte bine construită, i se păru lui, și mult mai ieftină față de ce văzuse prin New York.

La o prăvălie de pe bulevard, Olga zări ceva care-i captă în mod neobișnuit atenția. Era un costumaș de copil cam de patru-cinci ani, vărgat, din două piese, pe care îl luă și-l suci pe toate părțile.

– Îți place ăsta? îl întrebă veselă. Seamănă cu hainele de marinar!

Mitu o privi amuzat. „Ce-o mai fi și asta...?!"

– Îmi... place, cum să nu... Da... răspunse șovăitor. Până atunci, nu se uitase în viața lui cu atenție la așa ceva și îl cercetă mirat, ca și cum ar fi văzut un obiect de pe altă lume. E... drăguț...

Olga îl întoarse din nou pe spate și pe dos, apoi îl așeză deoparte ca să se uite la el de la distanță.

– E foarte frumos! N-am văzut așa ceva prin New York! Ce zici, îl luăm?

– Pentru ce?! întrebă el distrat. Pentru cine?

– Așa, pentru viitor. Îl lăsăm la tine. Dacă o să avem un băiat vreodată și o să-l aducem aici, să aibă o hăinuță frumoasă la bunicii lui, ce zici?

Mitu dădu din umeri. „Okay... dacă vrei tu asta..." iar ea îl achită amuzată și îi ceru vânzătorului să-l învelească bine într-o bucată de hârtie. *I don't want to stain it*, sir...*.

În ziua plecării spre Oltenia, închiriară un automobil - un Ford model T* - și Mitu se căzni câteva ore bune să se refamiliarizeze cu manevrele.

---

* Nu vreau să-l pătez... (engl.)

Aproape că uitase cum se conduce, pentru că nu urcase într-o mașină decât atunci când își luase brevetul în New York.

Când fu cât de cât gata de drum, puse un stegulet al Americii să-i fluture chiar în fata pe capotă - „ca să se vadă de unde venim!" - și brusc îl năpădi o tristețe ciudată. „Uite-mă c-ajunsei să-mi pot permite și-așa ceva...!" își zise posomorât, amintindu-și de întrebările despre automobil pe care i le pusese lui taică-său demult, în copilărie.

---

* „Ford Model T" - mașina care a pus America pe roate -, cunoscut și sub numele de *Tin Lizzie*, construit în uzinele lui Henry Ford, a fost primul automobil pe care și l-a putut permite omul de rând. A fost produs între 1908-1927 și este considerată mașina cu cel mai mare impact istoric din secolul XX (n.a.).

Capitolul 19

„Veni Lăutăreciu din America, mă!" zbură vorba din om în om când îl văzură şofând triumfător pe uliţele prăfuite din Cernădia. Mitu intrase în sat claxonând şi făcând semne la lume, apostrofând vesel pe câte unul care nu-l recunoscuse numaidecât când trecuse val-vârtej pe lângă el: „Te-ai ramolit aşa de tare, mă, de nu mă mai ţii minte, or ce-i cu tine, dormi în opinci?! *Bring your horses*, Simioane!"

Când ajunse în centru, oamenii se strânseră iute pe lângă el. Câţiva, care se întâmplaseră pe-acolo, s-au apropiat să vadă minunea pe roţi de cauciuc. Alţii, care-şi omorau timpul prin crâşmă, ieşiră iute când auziră că se întâmpla ceva afară.

– Apoi ce faci, bre Mituşoare, venişi de peste ocean, mă? Da' ce te-ai schimbat! Ce frizură ţi-ai făcut! Ai părul lung acuma! Ai ajuns domnişor, nu alta! comentau, învârtindu-se în jurul Fordului şi cercetând cu atenţie emblemele, oglinzile, capacele argintii ale roţilor.

– Ia mai lăsaţi-mă-n plata Sfântului cu asta! Ce domnişor, mă?!

– Apoi eşti şi tu o ţâr' de domn acu', ce zici tu aicea... Vin' să te pupăm, ce tot stai la volan? Ne plimbi şi pe noi cu automobilul? îi rugă un blonduţ cu părul creţ de parcă îl avea pe bigudiuri.

– Te iau, mă Râţă, mă... încuviinţă Mitu vesel. Hai, urcaţi-vă câţiva ca să facem o tură prin sat, îi îndemnă.

Râţă şi cu încă doi se buluciră pe bancheta din spate.

– Ia uite ce-ajunserăm, să ne plimbe-un american! Mituşoare, cine-ai fost şi ce-ai ajuns, bă, 'tu-i mama mă-sii! De la coada vacii la New York! Să ştii c-aşa o să te poreclim de-acu' încolo: „Americanul"! Totu-i american la tine: tu, maşina, chiar şi muierea!

– Ce ţi-e, mă, ia mai terminaţi cu prostiile! Spuneţi-mi mai degrabă cam care mai e viaţa pe aici.

– Apoi p-aci ce să fie, Mitule... toate-aşa cum le-ai lăsat: sărăcie, muncă fără sfârşit şi boală deasă. Ce să-i faci..., spuse Râţă cu gravitate, pe potriva răspunsului pe care-l dăduse. Bine-ai făcut c-ai plecat. Pe-acolo trebe să fie tare bine. Ia uite ce haine domneşti ai pe tine! Să ştii c-am citit şi noi o scrisoare pe care i-ai trimis-o lui Gheorghiţă mai demult, c-a dat-o la toată lumea din sat ca să se laude! Ce-am mai râs de parcul cu scamatorii... cum se cheamă?

– Coney Island îi zice...

– Da, da, aşa... Auzi, mă, că văz că tu nu zici, da' cine-i domniţa asta frumoasă pe care-o aduseşi cu tine?

Mitu zâmbi şi răspunse puţin stânjenit:

– E prietena mea. Nu vorbeşte româneşte. Am luat-o cu mine ca să vadă ţara. Draga mea, ei sunt Ioan Râţă, Ion Pricoreanu şi Gheorghe Pufan, se întoarse către Olga prezentându-i în engleză.

– *Nice to meet you, mates**, rosti ea, intimidată de privirile întrebătoare ce se aţinteau asupra ei de pe scaunele din spate.

– Ce spusă, Mitule? întrebă Râţă, care nu mai văzuse în viaţa lui o femeie străină şi ochii i se măriseră cât cepele de curiozitate.

– Zise că-i pare bine să vă-ntâlnească, mă!

– Păi, la ce să-i pară bine? Ce, suntem aşa ochioşi? râseră ei, sub privirea şi mai încurcată a Olgăi. Hai, birjăreşte-o odată, cât mai aştepţi? îl îndemnară, nerăbdători să pornească.

– Bă, ia vedeţi! Învăţaţi ce-i politeţea! se răţoi Mitu la ei, îngrijorat că ea s-ar fi putut supăra chiar în prima zi a şederii lor din pricina unor pierde-vară. „Bine că nu ştie o boabă româneşte...", îşi spuse şi apăsă pedala din stânga până la podea, în vreme ce ajustă turaţia motorului reglând o manetă de lângă volan.

După jumătate de oră de plimbare pe toate uliţele, cu steagul Americii fluturând falnic pe capotă, făcând regeşte cu mâna curioşilor, copleşit de satisfacţia dată de elevarea bruscă a statutului, Mitu se îndreptă spre drumul care ducea la cătunul lor.

– Gata cu distracţia, că mă duc acasă. Ne vedem zilele următoare fără greş! le spuse însoţitorilor lui.

Pe maică-sa o văzu de departe: stătea în poartă, privind în josul uliţei, aşa cum făcea odinioară când îi aştepta pe el, pe Gheorghiţă şi pe Dumitru, să vină de la munte. Vestea sosirii lor ajunsese până aici.

– Mituşor, te-ai întors, copile, bine-ai venit! De-o săptămână te tot aştept. Eşti mare şi frumos, mândră sunt de tine! Te-ai mai înălţat, parcă, dar ai mai şi slăbit. Creţule, vin' încoa' că veni frate-tău din America! strigă tare. Creaţo, unde eşti, fato?

– Mumă, bine te găsii, c-am fost îngrijorat că nu mai ştiam nimic de tine, dar văd că eşti sănătoasă şi-n puteri. Hai să ţi-o prezint pe prietena mea: ea este Olga Gertrude, de care ţi-am spus în scrisoare. E suedeză, însă locuieşte în America. În curând o să ne luăm... Se scrie „Olga", dar se pronunţă „Alga".

Lenuţa îi aruncă fetei o privire parcă fâstâcită, apoi tresări:

– Da' haidaţi în casă, vai de mine şi de mine, că vă ţiu la poartă. Oţi fi flămânzi tare de pe drum!

Gheorghiţă şi Gheorghiţa apărură şi ei de prin grădină, negri până la coate de ţărână, şi se apropiară sfielnic. Gheorghiţa îşi scutură şorţul şi-i aruncă Olgăi o privire cercetătoare.

– Bună ziua, Mitule. Bună ziua, domniţă! salutară ei cu plecăciuni, ca şi cum ar fi avut în faţă nişte boieri.

– Ce faci, mă fârtate! Gheorghiţo, bine te găsii şi pe tine! sări Mitu la ei, îmbrăţişându-i cu bucurie. O duceţi bine, mă, amândoi v-aţi îngrăşat! Eu am slăbit şi voi puneţi la burdihan, poftim!

– Bine-ai venit! Te aşteptăm de multe zile, îţi zise muma, nu?

---

* Îmi pare bine să vă întâlnesc (engl.)

– Da, da, îmi zise. Drum greu şi lung, tocma' de la capătul celălalt al lumii... Că şi uitai! Ea este Olga Gertrude... Ziceţi-i „hello!" ş-apoi „I'm glad to meet you*", îi instrui voios.

Aceştia încercară să spună ce-i îndemnase fratele lor:

– Helău. Aim gletu mitiu.

Olga pufni în râs şi dădu veselă mâna cu ei:

– *That was pretty good! That was actually very good! Your brother will teach you English!*[†]

Intrară în curte, iar Lenuţa se uită la ea pe furiş.

– Doamne, Mitule, că frumoasă-i fata asta, pfui, nu-i fie de deochi! Cum o s-o ducem în cocioaba noastră?! O să fugă biata mâncând pământul!

– Las', mumă, că ea-nţelege sărăcia, nu s-a născut prinţesă. Doară n-a plecat din Suedia de bine ce-i era! Ş-apoi, o să stăm doar câteva săptămâni, o să treacă repede... Pân' cân' se dumireşte, suntem duşi înapoi.

O luară spre casă. Olga mergea atentă să nu-şi rupă tocurile în vreo piatră, ocolind băltoacele adunate după ploaie. Mitu mergea lângă ea s-o sprijine dacă s-ar fi împiedicat, iar Lenuţa venea în urmă, stânjenită. Gheorghiţa şi Gheorghiţa se opriseră lângă gard neştiind ce să facă, până când el le strigă:

– Haideţi în casă, unde v-aţi oprit, ori nu mai ştiţi drumul de la poartă pân' la uşă?! Vi-l zic eu: mergeţi drept, zece metri de-acolo pân-aici, şi-aţi ajuns direct în bucătărie! Tre' să viu eu din America să vă-nvăţ?!

Ei se apropiară râzând, iar el deschise uşa şi aruncă o privire scurtă.

– Doamne, ce sărăcie! oftă deodată. Doamne, ce sărăcie...

Când revăzu cele două încăperi pricăjite care alcătuiau toată casa, amintirile începutului de viaţă în America, pe care le simţise dureroase şi triste, i se şterseră ca prin farmec: *tenement*-ul din Lower East Side, aglomerat şi împuţit cum era, îngheţat iarna şi înfiorător de cald vara, i se păru deodată un palat regal.

Lenuţa le gătise o ciorbă şi, felul doi, o „prăjitură la tigaie" - aşa îşi numea în glumă specialitatea proprie. În ciuda protestelor lor, nu se lăsă până nu-i aşeză pe toţi în jurul mesei.

Când îi văzu rânduiţi pe scaune, le întinse nişte linguri şi puse o strachină aburindă în mijloc.

– E proaspătă, din carne de vită şi cu zeamă de varză şi cu mult pătrunjel, aşa cum îţi place ţie. Tocmai ce-o terminai de fiert, luaţi şi gustaţi, nu vă sfiiţi... Şi mămăligă adusei, luaţi de-aici...

Olga îşi ascunse cu greu dezgustul când văzu că ciorba se mânca din strachina comună. Cinci suflete stăteau înghesuite în jurul mesei, bălăcindu-şi ritmic lingurile: pleosc, pleosc, pleosc, pleosc...

---

* Mă bucur să vă întâlnesc (engl.).
[†] N-a fost prea rău! N-a fost deloc rău deloc! Fratele vostru o să vă înveţe engleza! (engl.).

– Copile, pofteşte-o pe fata asta să mănânce, de ce nu gustă şi ea, nu i-o plăcea? îl întrebă maică-sa pe Mitu, dornică să se prezinte cum se cuvine în faţa musafirei ce-i intrase pe uşă.

Olga înţelese din priviri şi din limbajul trupului şi, zâmbind încurcată, luă o lingură de ciorbă, după care îşi făcu de lucru cu firimiturile de pe masă.

– Dragule, sper să nu se supere oamenii ăştia că nu mănânc, spune-le că-s prea obosită de drum ca să-mi mai fie foame.

– Nu te teme, aşa e la început până când ne dăm unii cu alţii... Nu-ţi fă griji, OK?

Felul doi, prăjitura la tigaie, din care se încumetă în sfârşit să ia şi ea câteva înghiţituri, era un fel de ou dat prin făină albă, peste care se turna lapte şi se puneau pătlăgele şi bucăţi de osânză tăiate din nişte vălătuci de grăsime afumată de porc.

– Creţule, ţi-adusei o vestă de piele şi nişte pâslari. Ş-un ceas de buzunar... spuse Mitu când terminară de mâncat, bucuros de darurile pe care li le făcea. Şi ţie, Creţoaico, Olga ţi-a ales o vestă - gândesc să-ţi fie pe măsură. Mumă, ţie-ţi adusei o haină de purtat la sărbători. Tot ea a ales-o, că eu nu mă pricep la cele muiereşti aşa de bine... Haideţi pân' la maşină să mă ajutaţi să iau bagajele, să le vedeţi...

– Las', mă Mitule, nu acuma, mai încolo, că doară n-ai venit aicea să ne dai nouă lucruri! Hai să povestim acu' niţel! Zi-ne ce faci, cum o duci, zi-ne tot! Şi ai grijă de fată, să nu se simtă stingheră pe la noi, da? îi spuse Gheorghiţa, roşie până în albul ochilor de emoţie.

Rămaseră în jurul mesei câteva ceasuri, în care el depănă istorioare după istorioare despre America, despre Herzowig, despre minunăţiile din New York, despre Coney Island şi despre teatrul la care juca Olga, despre magazinele dese şi mici din Lower East Side, despre transatlanticele gigantice care transportau mii de oameni peste ocean, despre viaţa crâncenă pe care o dusese în primele luni după ce ajunsese pe Pământul Făgăduinţei.

– Apoi, Mituşoare, sunt mândru de tine... rosti Gheorghiţa la sfârşit. Ştii, când ai plecat mi-am zis că eşti nebun. Şi-aş fi putut să jur c-o să te întorci cu coada-ntre picioare. Bravo, mă!

El se umflă în pene de bucurie. Fratele lui mai mare îl lăuda! Asta nu se întâmplase prea des până atunci.

– Las', Creţule, îi zise, că de data asta te iau şi pe tine cu mine, nu te mai las aicea!

Mitu o luă apoi pe Olga să-i arate împrejurimile de care-i fusese atât de dor şi despre care-i povestise atât de multe: pârâul Boţota, cireşul din spatele casei, prunii de peste vale, grădina din deal, cele două vaci, din care una avea un viţeluş ce mirosea a lapte şi de care ea se îndrăgosti pe loc, şi, la sfârşit, camera în care aveau să doarmă ei: cea mică, din fund.

Se înserase şi se pregăteau de culcare. Olga îl întrebă unde era baia.

– Ştii... te-am prevenit că traiul aici nu e ca-n alte părţi, îi răspunse el încurcat. Nu avem baie, aşa cum o înţelegi tu, ci un coteţ din lemn afară.

Uite-acolo, îi arătă cu degetul un fel de cuşcă din scânduri vechi, cam de un metru înălţime, de forma unei cutii fără fund şi capac, care, oricum te-ai fi aşezat, ascundea vederii doar partea de jos a trupului.

Olga încercă zadarnic să-şi ascundă repulsia. Uşiţa de-abia se mai ţinea în nişte balamale ruginite, muştele zbârnâiau deasupra şi bondari mari, galbeni şi zgomotoşi, dădeau târcoale prin preajmă.

Intră precaută înăuntru şi ieşi într-o clipă, ca şi cum ar fi călcat pe un şarpe:

– Nu pot să fac aici! Îmi vine să vomit! Sunt valuri de muşte înăuntru şi viermi galbeni! Şi nici hârtie nu e!

– Hai lângă tufişul de-acolo, o îndemnă el stânjenit. Olga îl urmă şi se ascunse după un copac gros, privind în jur să vadă dacă nu cumva este cineva prin preajmă. Apoi îşi ridică fusta şi se aşeză pe vine.

– Au! strigă deodată, ridicându-se brusc şi trăgându-şi în jos fusta.

– Ce-ai păţit, ce s-a mai întâmplat acum?

– Nu ştiu, m-a muşcat ceva! spuse ea cu glas răstit.

– Ţi s-a părut, pe-aici nu-i nimic care să muşte, se apucă el să cerceteze cu atenţie pe jos. Ah... da... Te-a pişcat o urzică. Astea, da, pişcă rău! pufni în râs.

– O urzică? O urzică?! se minună ea. Văd că aici şi plantele muşcă! Ce să mai zic de oameni...

Capitolul 20

Primul lucru pe care Mitu l-a făcut a doua zi, după ce a trecut în fugă pe la câțiva vecini ca să-i salute, a fost să-și ia vioara lui veche de pe dulap, s-o șteargă bine de praf, să-i curețe corzile, să le ungă cu parafină și să-i cânte Olgăi o doină. Apoi petrecu ore întregi comparând sunetele viorii noi pe care și-o cumpărase la București cu sunetele celei vechi și, spre mirarea lui, nu găsi mari diferențe. „Corcoveanu ăsta-i mare maestru... Tre' să trec musai și pe la Baia pe la el...", își spuse, făcându-și planuri să se ducă până acolo pe la sfârșitul săptămânii.

După amiază se repezi până la lăutarii lui, care locuiau mai toți la marginea satului, și îi luă aproape pe sus la el ca să petreacă așa, ca în timpurile vechi. Se așezară în fața cuniei și, înainte să înceapă, o chemă pe Olga să-i asculte, anunțând-o ghiduș:

– Acum o să vezi ce-am făcut eu până să plec în America și să te întâlnesc pe tine...!

Ea se așeză pe un scăunel, privindu-i surâzătoare. Nu mai văzuse niciodată așa ceva, nici măcar în forfota pestriță din Coney Island! Țiganii erau îmbrăcați într-un fel aparte, iar instrumentele lor muzicale i se părură ciudate - mai ales țambalul, pe care-l cercetă amuzată câteva clipe.

Mitu trase o dată cu arcușul pe strune, puternic și scurt, și apoi începură o horă molcomă, scoțând niște sunete atât de moi încât ei i se umeziră ochii. În anii de când venise în America, ascultase fel și fel de muzici, dar tonalități ca acestea îi erau complet necunoscute.

– Și cel mai hain suflet din lume s-ar înmuia la așa ceva... îi spuse, privindu-l cu emoție.

Când o auzi, Mitu aproape că sări în sus de bucurie. Sperase să-i placă muzica pe care o cânta, dar nu crezuse niciodată că va fi atât de mișcată. Le dădu lăutarilor semnalul și continuară cu o învârtită săltăreață, apoi cu o doină înceată și din nou cu o horă, și tot așa. Se opriră abia pe la două dimineața pentru a da pe gât câteva pahare de băutură.

– Mă, 'tu-i mama mă-sii, că dor mi-a mai fost de asta... mărturisi el când puse vioara deoparte, frecându-și buricele degetelor ca să-i treacă durerea de la apăsatul pe coarde - bătăturile care îl protejau de tăișul lor aproape că-i dispărusera de când nu mai pusese mâna pe un instrument. Ne-ntâlnim și mâine, bine?

– Când vrei, și mâine, și poimâine, și răspoimâine. Peste două săptămâni cântăm la nunta feciorului lu' Marinescu. Poa' vii și tu, că tare s-ar mai bucura lumea! Nu c-acu' ai avea nevoie de vrun gologan...

Când auzi asta, îi luciră ochii de bucurie.

– La Marinescu la nuntă?! N-am eu nevoie de invitații să cânt, mă, vă dilirăți?! Voi ziceți-mi când și unde, ș-acolo sunt! se însufleți, apoi se întoarse spre Olga să-i traducă: Draga mea, am să te duc la una din petrecerile de care ți-am tot pomenit și-ai să ai în sfârșit prilejul să mă vezi cântând în fața lumii, cum făceam înainte!

Zilele următoare trecură cu viteza fulgerului. Mitu o luă prin sat ca să le împartă bomboane copiilor - care roiau pe lângă el ca pe lângă Moş Crăciun -, apoi trecu pe la toţi cei care îl împrumutaseră cu bani înainte de plecare.

– N-o să pot să mă plătesc faţă de tine niciodată, tot repeta, dându-le înapoi banii. Fără gologanii ăştia n-aş fi putut pleca în America...

După ce încheie şi cu asta, vineri de dimineaţă o luă pe Olga până sus la Rânca ca să-i arate cele zece oi, pe care ai lui le dădeau primăvara în grija unui cioban. Înnoptară la o stână, unde gustară din toate mâncărurile ce se făceau acolo. Îi explică pe îndelete Olgăi cum se fac, ca un bucătar care îşi lămureşte ucenicul:

– Astea de arată ca gogoşile se cheamă balmoş. Se pune lapte într-un tuci, iar când începe să fiarbă se adaugă mălai, unt de oaie şi caş copt. Se amestecă până se face o pastă. Iar ce-am mâncat la urmă e „tocan", adică ceea ce numim noi în America „stew", dar, spre deosebire de New York, aici la stână carnea de oaie se fierbe în ceaun în osânza ei proprie, nu în ulei, şi se pune sare după gust, fără niciun fel de vegetale.

– Mi-e limpede ca bună ziua: ai stofă de soţ..., îi spuse ea, înveselită de explicaţiile lui amănunţite.

Dimineaţă coborâră pe valea Gilortului - a cărei frumuseţe sălbatică ei îi tăie respiraţia - iar în zilele următoare se duseră prin Târgu Jiu la cumpărături. Apoi merseră până la Baia de Fier, unde Mitu petrecu ore întregi cu Corcoveanu, şi, mai încolo, ajunseră până la Pociovaliştea unde trecură pe la Iosif Albu - omul care-i dăduse un certificat de naştere în alb ca să poată pleca cu Pistol şi cu Boncu peste graniţă. Acesta îl întâmpină cu bucurie:

– Şi eu aş pleca şi mâine de-aici, de-aş fi mai tânăr, feciorule. Bine-ai făcut... Nici n-ai stat aşa de mult şi uit' ce de-a gologani ai făcut... Mâine-poimâine o să citim de tine prin ziare... Şi ce muiere ţi-ai luat, mă...

Mitu se simţea ca un rege: era singurul care avea automobil în Cernădia; îl ţinea de braţ o femeie superbă, la care trăgeau toţi cu ochiul; avea bani cât să-şi poată permite tot felul de mofturi; lumea îl înconjura, admirându-i Fordul, lăudându-i hainele, mirându-se de engleza pe care o vorbea sau de ceasul pe care îl purta.

Era cea mai bună perioadă din viaţa lui de până atunci.

În a doua săptămână, după amânări şi amânări, îşi adună curajul şi se duse până în Cărpiniş, la părinţii lui Boncu. Lucrurile nu erau bune, simţea - casa în care acesta stătuse până să plece în America părea pustie şi nimeni nu mai ştia nimic de el.

Părinţii lui Boncu nu aflaseră de venirea lui în sat, şi izbucniră în lacrimi când îl văzură în poartă, copleşindu-l cu întrebări:

– Vai de mine şi de mine, uite cine-a venit pe la noi! Nu ştim nimic de băiatul nostru! Nimic! Mare necaz a dat peste noi! Toate nopţile ne rugăm pentru binele lui! Unde-i, ştii cumva?

Mitu coborî încurcat ochii în pământ. Se aşteptase la asta, însă tot nu-şi găsi cuvintele cu repeziciune. Ce să le spună ca să nu-i îngrijoreze şi mai tare?!

– Apoi nu ştiu, oameni buni... Eu şi cu Pistol am trecut de controlul medical în Ellis Island şi am ieşit, dar pe el l-au reţinut pentru ceva. Asta cred că ştiţi de la muma, că i-am spus într-o scrisoare... Altfel, nu ştiu ce să vă mai zic. Noi l-am căutat şi l-am răs-căutat, şi a doua zi, şi după aia, dar n-am dat defel de el. Sigur l-au trimis înapoi, că pare-mi-se că îi găsiseră nişte probleme la ochi. Dar ştiu şi eu pe unde-o umbla? Oare s-o fi oprit în Franţa?! Nu v-a scris niciodată? Eu credeam că s-a întors în sat!

– Nu, Mitule, n-am primit nicio scrisoare de la el! Şi-s... cât? De-atunci se face un an juma'! Nu putem dormi nopţile de griji că i s-a întâmplat ceva rău. Dacă afli ceva - orice! - spune-ne, te rugăm tare mult, da? Numai să ştim şi noi ceva, pe unde-o umbla, săracul...

Încuviinţă cu tristeţe şi-şi luă rămas bun de la ei. Nu voia să-i înspăimânte, însă ştia că mulţi dintre cei deportaţi mureau pe drumul de înapoiere în Europa, fie de boli, fie că-şi luau zilele. Era foarte ciudat că Boncu dispăruse, pur şi simplu, fără nicio urmă - asta nu se putea întâmpla decât dacă păţise ceva foarte rău.

În zilele ce urmară îşi petrecu timpul întâlnindu-se cu prieteni, cutreierând munţii şi văile cu Olga, mergând în excursii, luând-o prin pădure la cules de ciuperci sau ducându-se la pescuit de păstrăvi şi la adunat de fragi de pe dealurile din împrejurimi.

Era acum rândul ei să înveţe lucruri noi. Dacă Mitu împrumutase de la ea câteva deprinderi de bună purtare şi căpătase un crâmpei de înţelegere a artei şi culturii, Olga prindea acum de la el înţelegerea mersului lumii în locuri care încă nu fuseseră atinse de civilizaţia contemporană.

Îl însoţea aproape de fiecare dată când pleca pe undeva. Dacă nu erau împreună, neputinţa de a se face înţeleasă şi privirile curioase ale oamenilor o sileau să se retragă în camera cea mică. Schimba doar câte un zâmbet cu Lenuţa, căreia inima caldă nu-i era de ajuns ca să treacă bariera dificilă a limbajului.

– Nu credeam să existe sărăcie ca asta în lume, îi spunea uneori lui Mitu. Ziceam de tine că stai prost în Lower East Side, însă, pe lângă ce-i aici, acolo ai trăit încă de la început ca un prinţ! Nu-i de mirare că toţi te linguşesc acum...

– Ai dreptate... Dar, vezi tu, dacă, să zicem, m-aş întoarce definitiv acasă, aş fi cineva o lună, două, nu mai mult. După asta, lumea s-ar obişnui şi m-ar bârfi că m-am întors pentru că n-am fost în stare de nimic în America... Ştii cum e omul...

În ultima sâmbătă înainte de plecarea în America se duseră, aşa cum stabiliseră, la nunta băiatului lui Marinescu. În spatele crâşmei din centru, Marinescu pusese mese şi scaune şi înfipsese nişte pari de lemn ca să acopere totul cu o prelată, în caz de ploaie.

Petrecerea începuse. Mitu, văzând că Olga se fâstâcise, o linişti iute - „gândeşte-te că eşti cea mai frumoasă de aici, dragă..." - şi o conduse de cot, salutându-i cu dezinvoltură pe meseni: „Ioane, da' tare bine te mai ferchezuişi azi, mă!", „Vasile, apoi nici n-ajunseşi şi dăduşi trei pahare peste cap? Păi ce-o să faci pân' dimineaţă?!", „Miţică, nu cumva să te văz că lâncezeşti când oi cânta vro poenărească! Să te văd că-ţi iei muierea şi jucaţi pân' cădeţi pe jos, auzi?".

La una din mese îl văzu pe Nistor, care, înghesuit cu Ana între alţi zece meseni, discuta ceva aprins. Tresări şi-şi întoarse capul, ocolind printre scaune, până ajunse în faţă. „La dracu', n-aş fi vrut să vină şi ei!", îşi spuse supărat, făcându-se că nu observă privirea mustrătoare a Anei, care parcă-i spunea: „Eu mi-aş fi dat şi viaţa pentru tine şi tu m-ai uitat..." O aşeză pe Olga lângă socrul mare şi se sui pe scena improvizată. Se uită mândru la nuntaşi, iar Marinescu, ridicat în picioare, dădu din mână să se facă linişte:

– Am marea onoare, începu el când zumzetul se mai potoli, ca la nunta feciorului meu să cânte nimeni altul decât vestitul, talentatul nostru Mitu Lăutăreciu, care parcă a venit din America special pentru ocazia asta osebită! Să-l aplaudăm cum se cuvine! strigă, bătând cu putere din palme.

Mitu nu aşteptă altă invitaţie, ci dădu pe loc tonul la *Hora de la Micşuneşti*, care sculă jumătate din meseni şi-i aduse în mijloc la joc, apoi accelară ritmul din mers ca sa cânte *Hora peste picior*, care-i strânse şi pe restul, şi o ţinu tot aşa până când văzu că nuntaşii începeau să dea semne de oboseală, împiedicându-se, greşind câte un pas sau pierzând câte o măsură. Atunci schimbă din nou tempoul, revenind la o horă lentă, ca să-i lase să-şi tragă sufletul puţin. În anii cât lăutărise pe la nunţile din sat, învăţase cum să facă oamenii să se simtă bine şi nu uitase asta.

Când Olga îl văzu cântând cu ochii închişi, fără ţină seama de aerul îmbâcsit de fumul de ţigară şi de mirosurile puturoase de alcool şi sudoare, trăind sunetele aşa cum un adolescent îşi trăieşte prima dragoste, uită de prezenţa usturătoare a celorlalţi, care o priveau ţintă, şi inima i se strânse de tristeţe. „Aici e locul lui, nu pe Delancey Street, nu în Garment District[*], nu la croitorii de pe Orchard Street, iar al meu e atât de departe de colţul ăsta de lume!", îşi spuse, oftând la gândul că, mai devreme sau mai târziu, unul dintre ei va trebui să facă alegerea.

– Lăutăreciule, apăi tot muzicant de-al nostru ai rămas! Noi ne gândeam că ne cânţi ceva american deja, că te-ai fudulit de tot, îl luară oamenii buluc după ce termină prima repriză. Hai şi bea ceva cu noi, c-avem ţuică veche de prună de trei ani, îl îmbiară cu o sticlă de băutură curată ca şi cristalul şi tare ca focul.

– Nu m-am fudulit, mă, ia vedeţi c-acu' sar la voi! Nu mă-nervaţi mai mult decât trebe! Ce, dacă sunteţi mai mulţi credeţi că mi-o fi frică de voi? Populară-i muzica mea, mă, n-o s-o uit niciodată...

---

[*] Cartierul Ţesăturilor (engl.).

Le făcu semn lăutarilor să continue fără el cu o învârtită, apoi îi întinse mâna Olgăi ca să intre în joc. Ea se împotrivi:

– Lasă-mă, că nu știu să dansez așa ceva, nu mă face de râs în fața tuturor! se trase înapoi.

– Și ce-ți pasă? Ești a mea! o luă el de mijloc și începu s-o joace.

După câteva minute, Olga se mișca de parcă ar fi trăit în locurile acelea de o viață. Printre țăranii în ițari albi, strâmți ca niște izmene, și femeile în port alb cu negru, Mitu, îmbrăcat în costum închis la culoare, cu cămașă albă cu papion, și ea, în rochie sclipitoare de seară, păreau să fi pogorât dintr-o altă lume.

Când taraful se opri, broboane de transpirație le curgeau pe la tâmple, iar oamenii băteau din palme ca la spectacol.

– Bravo, Mitule, arată-le tu americanilor de ce suntem noi în stare, 'tu-le muma mă-sii! Du-te înapoi și învață-i hora oltenească, mă! se auziră strigăte.

– Te consumă rău jocul ăsta, nu e ca tangoul, râse Olga, îmbrățișându-l și luându-l de braț, apoi se posomorî ca și cum și-ar fi amintit de ceva neplăcut. Dragul meu, tu ești atât de fericit cu muzica ta, iar eu aș vrea așa de mult să ajung o mare actriță. Să mă cunoască lumea, să mă admire... Așa de tare-mi doresc asta... Aș vrea să fiu ca tine, căutat de toți și admirat de toate, dar undeva în New York sau în California. Tu aici ești fericit, dragule, mă bucur pentru tine!

Petrecerea continuă până spre dimineață. Aproape toată suflarea satului era acolo, chefuind și veselindu-se ca și cum asta ar fi fost ziua de pe urmă. Mitu trăgea din când în când cu ochiul la Nistor și Ana, care nu jucaseră deloc până atunci - „din pricina mea", gândi - și se întrebă cum să facă să-i ocolească la plecare ca să nu trebuiască să-i salute sau, Doamne ferește, să intre în vorbă cu ei.

La sfârșit, trase de timp cât putu ca să-i lase pe ei să iasă primii de acolo, însă, până la urmă, nu avu de ales - Nistor parcă era lipit de scaun - și se îndreptă, cu Olga de cot, spre ieșire, trecând chiar prin dreptul mesei lor. Dar, câțiva metri mai încolo, nu rezistă și-și aruncă privirea înapoi, ca și cum ar fi vrut să fie sigur că Nistor nu venea după el să-l înjunghie pe la spate.

Neliniștea lui o făcu și pe Olga să se întoarcă, iar atunci ochii i se încrucișară cu ai Anei, care tresări și se înroși.

– Fata asta pe lângă care am trecut când am ieșit... cine e? întrebă ea pe drum.

Mitu se opri uluit:

– Olga, ești teribilă! Cum ți-ai dat seama?!

– „Cum mi-am dat seama", îl maimuțări ea în glumă. Ce întrebare! Sunt femeie, nu bărbat! Recunosc dintr-o sută privirea unei femei rănite.

El ezită o vreme, apoi își luă inima în dinți și-i povesti pățania cu Nistoraș.

– Nu ştiam că am lângă mine pe cineva care poate folosi mijloace atât de perfide în lupta cu alţii! îi spuse ea, sărutându-l. Sper să nu faci şi cu mine la fel...

Mitu răsuflă uşurat - o clipă aproape îi păruse rău că fusese atât de sincer.

– Olga, aş vrea să te fac să simţi cumva ce simt eu pentru tine. Dacă mi-ai cere-o, mi-aş da viaţa pentru tine, fără să stau în cumpănă...

Făcură dragoste pe furiş în patul strâmt şi scârţâitor, străduindu-se din răsputeri să nu facă niciun zgomot, ca să nu-i audă Lenuţa sau Gheorghiţa, de care-i despărţea doar o uşă căscată.

Zilele următoare au fost mai searbede. În cele trei săptămâni de când veniseră, noutatea se tocise. „Orice minune ţine doar trei zile", îi explică Mitu Olgăi, când îl întrebă de ce vizitele pe la alţii se răriseră - ea se obişnuise cu ele şi-i plăcea ospitalitatea peste fire a oamenilor.

Se apropia ziua plecării, iar el nu scăpa niciun prilej să-l convingă pe Gheorghiţă să vină şi el.

– Mă Creţule, ar fi aşa de bine să fim împreună pe-acolo! îi tot spunea. Te-aş ajuta să-ţi găseşti de lucru, întotdeauna au nevoie în New York de oameni pricepuţi ca tine! Te-ai descurca de minune! Gândeşte-te bine, mă... Muiere n-ai, vii câţiva ani şi faci gologani şi, dacă nu-ţi place, te-ntorci în sat, da-ţi ridici o casă mare... N-o să poţi niciodată să câştigi aicea ca acolo. Tu ai zis cu gura ta c-o duc bine...

Însă frate-său, ca şi acum un an, era de neînduplecat. De fiecare dată când îl lua cu asta, pleca ochii în pământ şi nu spunea decât: „Poate data viitoare, Mitule, poate data viitoare... Da' numa' nu acuma...".

În ultima zi, pe când îşi îndesa bagajele în Ford, mai făcu o ultimă încercare să-l convingă şi au sfârşit în ceartă:

– Creţule, haide, mă, şi tu cu mine! Lasă sărăcia asta de aici şi hai şi tu-n America. O s-o putem ajuta şi pe muma mai bine, că din două lefuri e altceva... Şi-i ridicăm şi lu' Creaţa o casă, poate... Ce Dumnezeu te ţine aicea?

Frate-său scutură din umeri, parcă supărat, şi-i răspunse ursuz:

– Mituşor, lasă-mă tu pe mine aici. Toată lumea din sat vorbeşte de America, da' eu nu pot să plec din locul ăsta. Alţii se pot duce venetici, eu nu... Eu ştiu să păstoresc oile, mi-e frică de oraşe... Aicea m-am născut, aicea mor...

– Da' poţi face oierit şi-n America, ce, crezi că numa' la noi sunt ciobani?! Şi câştigi mult mai bine, de ce să munceşti aici pe doi crăiţari cân' poţi să faci acelaşi lucru acolo, pe dolari adevăraţi?!

– Mie aici îmi place, mă! N-o să pot părăsi niciodată locul ăsta, aşa ca tine. Eu nu-s laş! Şi nu-s trădător de ţară! îşi urcă glasul, apoi se opri brusc, ca şi cum ar fi vrut să arate că se străduise din răsputeri să ţină asta în el, dar nu mai putuse şi se scăpase.

– Ce... ziseşi? Cum adică trădător?! îl întrebă Mitu împietrit. Că plec la mai bine, asta-i acu' trădare?! Da' tu că stai în casa părintească cum e?

Mă faci pe mine laş când tu-ţi mănânci de sub unghii?! Cine-i laş, mă, eu sau tu, că trăieşti calic? Ce vorbeşti tu aicea?

Lenuţa, care nu mai putea de jale că-i pleca iar feciorul aşa de departe, se băgă împăciuitoare între ei. Numai în copilăria lor îşi mai amintea ca băieţii să se fi luat din pricini de prisos.

– Că parcă v-a luat Dumnezeu minţile, acu' vă văd c-o să săriţi unul la altul! Mitule, dă încoa' să te pup, că mi se rupe inima când te văd plecând... Creţule, tu tacă-ţi gura aia ca o toacă, la ce-l amărăşti pe frate-tău chiar înainte de plecare?! Ce-ţi spusă aşa de rău?

Gheorghiţă îşi înăbuşi vorbele grele pe care se pregătea să i le arunce şi-şi întoarse privirea.

– Las' că ştiu eu mai bine ce spusăi... Ştiu eu...

Într-un sfârşit, îşi luară rămas bun, iar ei o sărutară timid pe Olga, care le răspunse zâmbitoare:

– *Bye bye, we'll see each other again soon!*[*]

Cu manivela în mână, Mitu se postă în faţa Fordului şi se opinti straşnic să învârtă de câteva ori ca să-i dea startul. După ce urcă în maşină, pregătindu-se de pornire, se întoarse către Gheorghiţă:

– Mă Creţule, nu vrusei defel să ne supărăm, ce dracu', că doară suntem de-acelaşi sânge! Da' n-o să mă-ntorc în veci la sărăcia asta, după ce-am gustat din cum e să trăieşti altfel. Tare-aş vrea măcar să vii o dată să vezi... Tare-aş vrea, mă... Rămâi cu bine... Ai grijă de muma. Şi tu, Creţoaico, s-ai grijă de muma...

– Scrie-ne! strigară toţi după ei, uitându-se după maşina care lăsa în urmă un nor gros de praf.

– Să nu-mi aruncaţi vioara a veche, mă! mai strigă el, când să dea cotul ca să o ia spre Novaci.

La Pociovaliştea cotiră la stânga, ca să o ia pe uliţa şerpuitoare ce duce înspre Siteşti şi continuară prin hârtoape până în Bumbeşti-Piţic, ca să dea în drumul principal ce leagă Târgu-Jiu de Râmnicu-Vâlcea, de Piteşti şi de Bucureşti.

La primul popas pe care-l făcură după câteva ore bune de mers, culese de pe jos o gazetă uitată de cineva şi se înfioră când privirea îi alunecă peste un titlu scris cu litere de-o şchioapă pe prima pagină: „Arhiducele Franz Ferdinand: 18 decembrie 1863 - 28 iunie 1914".

– Uite ce s-a întâmplat! Ferdinand al Austriei şi Sofia de Hohenberg au fost asasinaţi ieri la Sarajevo! îi arătă nedumerit Olgăi ziarul.

---

[*] La revedere, o să ne revedem curând! (engl.).

Capitolul 21

Primul Război Mondial, care avea să provoace disoluția a patru imperii și ale cărui consecințe aveau să se constituie într-un catalizator al declanșării celui de-Al Doilea Război Mondial, peste alte două decenii, începu imediat după întoarcerea lor.

În vreme ce milioane de oameni mureau pe fronturile de răsărit și de apus ale Europei, pentru Mitu lucrurile se desfășurau cu aceeași regularitate și ritmicitate ca și înainte: zilele lungi de muncă la Herzowig, micile plăceri de la sfârșitul săptămânii și întâlnirile cu Olga. Știrile despre bătăliile de peste ocean erau pentru el lipsite de acel înțeles visceral, care stârnește pasiuni și emoții, păreri de rău, luări de atitudine, țâșniri din nepăsare, durere psihică și revolte împotriva sistemului - le citea din curiozitate, ca pe ceva ce se întâmpla „acolo", fără consecințe imediate. America, în ceea ce-l privea, era „safe"* - nimic nu o putea afecta. Și cum să creadă altfel?! De la președintele Woodrow Wilson până la ultimul om, toți spuneau același lucru: „nu intrăm activ în război decât dacă acesta poate duce la liberalism și la o democrație universală mai bună...".

La jumătate de an de la excursia în România, Mitu și Olga se deciseră să locuiască împreună în Manhattan. Ea renunță la cămăruța din „Honey Pie", iar el îl lăsă pe Pistol în *tenement* - spre dezamăgirea acestuia - pentru a închiria un studio în Midtown.

Apartamentul era modest: o încăpere mică, destul de cochetă, curată și liniștită, cu baie proprie și bucătărie separată, pe 33rd Street, undeva între Sixth și Seventh Avenue, nu departe de operă.

În colțul clădirii era un „convenience store" - magazin cu de toate -, în care un grăsan volubil vindea reviste, țigări, brichete, cuțite și tot felul de alte mărunțișuri. Mitu legă cu el o prietenie din interes. La început cumpără de la el tot felul de fleacuri, ca să și-l îndatoreze cumva, apoi zăbovi mai mult prin magazin, trăgându-l de limbă în privința businessului pe care îl conducea. Voia să afle mai multe despre ce însemna o afacere de comerț cu amănuntul. I se părea lui că ăsta ar fi un mod nu prea dificil de a face bani și începuse să se gândească mai serios la ideea de a-și deschide și el un magazin.

Lângă prăvălie era un restaurant - „Suzie's Tastefully Cooked" - „Îți lingi degetele la Suzie" -, în care patroana era și bucătar, și ospătar, trudind de dimineață până noaptea ca o nebună ca să-și servească clienții. Nu-și permitea să angajeze un ajutor din cauza chiriei exorbitante, pe care abia reușea s-o plătească la sfârșitul lunii. Perete în perete era un alt restaurant, care oferea cam aceleași lucruri, și ca preț, și la produse, dar care, spre deosebire de primul, era mai întotdeauna plin până la refuz. Mitu se întreba adesea ce anume făcea ca unul să meargă atât de bine, iar celalalt atât de prost.

---

* Sigură (engl.).

Mutându-se în Manhattan, Olga își complicase existența. Din Midtown până în Coney Island era cale de ore întregi, pe zăpușeală vara sau pe frig sticlos iarna. În vipia infernală de la mijlocul lui iulie, cadavre de cai, secerați de boli sau de căldură, rămâneau întinse pe drumuri zile întregi, împuțindu-se și subțiindu-se până când gunoierii veneau să-i culeagă în vagonete și să-i arunce undeva la marginea orașului.

Ea își continua viața de până atunci, cu spectacole scurte, aproape zilnice, în Coney Island, cu încercări nereușite și din ce în ce mai disperate de a intra în lumea filmului, cu decepții și depresii după refuzul vreunui producător care nu o găsea suficient de talentată, cu speranțe reînviate la următoarea audiție, și la următoarea, și apoi la următoarea. Mitu o asculta neputincios când i se plângea că nu reușește să „break in the industry"[*].

– Ce-am să mă fac dacă n-am să pot să mă afirm niciodată? Am să rămân o ratată în Coney Island și, când am să îmbătrânesc, o să trebuiască să fac pe ospătărița, că altă soluție n-am să am... nimeni n-o să mă mai vrea ridată și căruntă pe scenă...

– Nu te mai frământa atâta, o să găsești tu o portiță de ieșire, toate lucrurile se rezolvă până la urmă, însă ce vrei tu ia timp, important e să ai răbdare și încredere, încerca el s-o încurajeze. Ai să vezi c-o să fie bine, ai să vezi...

Ea dădea din cap neconvinsă. „Au trecut atâția ani... și n-am izbutit nimic...", și se cufunda în tristeți, cu atât mai grele cu cât vedea că unele dintre prietenele ei - foste prietene acum, de când urcaseră o treaptă mai sus - se descurcaseră atât de bine încât ajunseseră să joace în teatre mari din New York sau din alte orașe.

Mulțumită Olgăi, care era la curent cu mai toate noutățile culturale din New York, viața cosmopolită a orașului îi intra lui Mitu în sânge. Engleza i se îmbunătățise într-atâta încât uneori nici nu i se mai observa accentul. Mersul la operă sau la câte un spectacol pe Broadway îi devenise o a doua natură. Îi era atât de familiar ce se întâmpla la New York Philharmonic sau la Met încât știa programul stagiunii pe de rost.

Chiria apartamentului, deși nu exagerată, era mult mai mare față de cât plătise el în *tenement* și, chiar dacă o împărțeau pe din două, tot o simțea dureros la buzunar. Mersul cu metrourile, drumurile lungi și destul de costisitoare spre slujbe, mâncarea mai scumpă pe care și-o cumpărau acum, distracțiile, toate astea goleau repede pumnul de monede pe care îl primea la sfârșitul lunii.

Olga, la rândul ei, începea să tânjească după o schimbare. Lucrase în Coney Island de la șaisprezece ani și niciodată nu făcuse altceva decât teatru. Anii trecuseră pe nesimțite în fantezii de mărire, grandoare, în speranța de mai bine, fără ca acestea să prindă vreodată rod. De-a lungul timpului fusese de câteva ori pe punctul de a prinde un „tren", dar aceste ocazii se dovediseră până la urmă la fel de iluzorii ca și visele ei.

---

[*] „Să-și facă loc în industrie" (engl.)

După ce l-a întâlnit pe Mitu, gândurile astea nu o mai necăjiseră atât de tare. Toate problemele se estompaseră, îşi pierduseră însemnătatea, iar asta durase luni şi luni de zile. În Mitu găsise ceva ce nu găsise la ceilalţi bărbaţi ai ei de până atunci, ceva ce era greu de spus în cuvinte. Tresărise la vederea lui, roşise adesea, simţise o greutate în piept, fluturaşi în stomac, emoţie şi dorinţă năvalnică de a i se dărui şi trăise, spre mirarea ei, durere şi nerăbdare intensă când treceau câteva zile fără să se vadă. Mitu nu era primul ei bărbat şi nu-şi imaginase până atunci că o relaţie ar fi putut fi altfel decât cele pe care le mai avusese. Îşi începuse viaţa amoroasă la şaisprezece ani, chiar în prima lună când se angajase la „Honey Pie". Se încurcase fără să stea mult pe gânduri cu un actor de la un teatru vecin, care o părăsise apoi brusc. Atunci şi-a dat cu surprindere seama că asta nu o afectase mai deloc. Apoi mai avusese doi - neînsemnaţi, pe perioade scurte -, şi, în fine, îl întâlnise pe Mitu, de care se legase atât de tare, nici ea nu ştia de ce, încât se hotărâse să se mute cu el.

Acum, însă, după ce iureşul de la început al dragostei se mai domolise - mai ales după venirea lor din România - se aflase de câteva ori în situaţia neconfortabilă, şi pentru care se simţea oarecum vinovată, de a-şi pune întrebări în legătură cu viitorul alături de el. Nu că nu l-ar fi iubit, dar, pe măsură ce treceau zilele, vedea că existenţa ei devenea tot mai monotonă, lucru cu care nu era obişnuită şi nu-i plăcea. Se cufundau amândoi printre cei mulţi ce hrăneau economia ţării, ducând viaţa tipică a americanului de rând: serviciu de zece ore, ieşiri rare la plimbare şi petreceri ocazionale.

De când se mutaseră împreună se simţea mai îngrădită. Deşi îl aştepta bucuroasă acasă când ajungea înaintea lui, tânjea după libertatea pe care o avusese înainte şi se mira, în taină, că nu se gândise la toate astea înainte de a face un pas atât de important. Trebuia să aibă grijă acum, pe lângă eforturile continue de a găsi o portiţă de intrare în industria filmului, şi de sentimentele lui. Mitu o incomoda când mergeau împreună la vreo petrecere, pentru că, în loc să flirteze cu unul sau altul - aşa cum făcuse întotdeauna -, se vedea nevoită să stea lângă el, ca să nu-l supere.

Pentru că nu mai ieşea singură în locurile unde putea întâlni oameni importanţi, care s-o ajute, şansele ei de a păşi în lumea pe care şi-o dorea se împuţinaseră simţitor. Deodată, îşi dădea seama, nu mai era aşa de atractivă, pentru că era deja *luată*, iar lucrul ăsta o făcea irascibilă şi greu de mulţumit.

Mitu ignora toate complicaţiile astea. Ca şi Olgăi, gândurile i se duceau spre viitor, dar colorate altfel - se vedea însurat cu ea, locuind undeva la marginea oraşului, într-o casă mare, cu copii mulţi prin curte, trăind satisfăcător dintr-o afacere.

O luaseră pe cărări diferite.

Prima discuţie au avut-o într-o seară când ieşiseră la cinema. La sfârşitul filmului - de dragoste, în care o fată frumoasă şi săracă se îndrăgosteşte de un nobil bogat şi, după multe întâmplări, ajung să se căsătorească, ea pătrunzând atunci în lumea celor ce stăpânesc lumea -

gândul că trebuia să facă şi ea ceva cu viaţa ei, să se zbată ca să iasă din starea în care era, o izbi pe Olga cu violenţă.

– S-a întâmplat ceva, draga mea? *Everything's all right?*[*]

„Cum să mă ajute el pe mine?! Nicicum... e doar un simplu croitor...", a oftat ea, apoi a încercat să se apere:

– Nu sunt supărată... Doar c-aş vrea s-avem şi noi lucruri ca alţii, să trăim comod, să nu ne mai înghesuim într-o cămăruţă în care ne izbim unul de altul...

– Şi eu vreau asta, Olga... Dar trebuie s-avem răbdare, că totul se rezolvă până la urmă.

De data asta însă lucrurile nu s-au mai oprit aici, ca în trecut.

– Da... aşa zici tu mereu: „s-avem răbdare", s-a răstit ea cu duşmănie. Câtă răbdare s-avem? Până când?! M-am saturat să tot aştept! Toate prietenele mele sunt bine instalate, în apartamente luxoase, şi noi abia reuşim să plătim chiria la sfârşitul lunii! Cât o să mai ţină asta?!

– O să-mi deschid un magazin din banii pe care-i punem deoparte şi-atunci o să fie bine. Ai să vezi c-o să ne descurcăm. Şi poate, între timp, ai să-ţi găseşti şi tu ceva mai bun, pe Broadway, şi-ai să vezi că mai târziu o să facem haz de ce ne-am spus acum...

– Un magazin?! Îmi tot zici de magazin, dar cred că nu vorbeşti serios! Păi, ştii tu cu ce se mănâncă o afacere din asta?! Ai lucrat vreodată în comerţ, ca să-i ştii dedesubturile? Dacă pierzi banii? Dacă nu vinzi marfa? De când ai venit în America, ai făcut numai croitorie... cum poţi crede că, hodoronc-tronc, îţi deschizi un magazin care-o să şi meargă?!

Mitu se uită mirat şi lovit la ea. Niciodată nu-i mai vorbise aşa! A încercat să-şi stăpânească furia, dar a izbucnit şi el:

– De ce mai stai, femeie, cu mine, dacă eşti aşa nemulţumită? De ce?! Sunt destui ăia care-ţi fac curte, pretendenţi sus-puşi, la care visezi tu! Cară-te la ei, la ce stai cu mine?! a ridicat vocea, regretându-şi apoi ieşirea.

– Poate-am să mă car! i-a întors-o ea, ameninţătoare. N-am zis că vreau să mă duc la altul! Dar tu eşti bărbatul în casă şi tu ar trebui s-aduci pâinea!

---

[*] Este totul în regulă? (engl.)

RĂZBOIUL

Capitolul 22

Trei ani trecuseră de când Mitu se mutase din *tenement*-ul din Lower East Side ca să stea împreună cu Olga, când, într-o zi în care arşiţa verii dădea ceva semne de oboseală, cerul şi pământul s-au prăbuşit amândouă peste el. Era o după-amiază liniştită, răcoroasă şi senină, oamenii se plimbau pe aleile din Midtown, tropăitul cailor se împrăştia în văzduh cu ecouri spiralate, iar vânzoleala din prăvăliile din Times Square era parcă mai intensă ca oricând. Oraşul vibra de viaţă - o aglomerare pestriţă şi agitată de suflete în căutare neobosită de mici chilipiruri.

Nu-l încerca niciun presentiment al dezastrului care avea să se abată asupra lui în câteva momente.

Plecase de la serviciu mai devreme ca de obicei, cu gândul să-i facă Olgăi o surpriză: să ajungă repede acasă cu un buchet de flori, să iasă în oraş la o îngheţată şi apoi s-o ia la un *vaudeville*. Mai fuseseră înainte la astfel de spectacole şi văzuse cum le absorbea prin toţi porii, nedându-se dusă de acolo, ca să vadă până la capăt acrobaţiile, dansurile, zburătorii de la trapez, gimnastica, dresajul de animale, magia, să asculte fericită melodiile interpretate la banjo, recitalurile din Shakespeare sau discursurile ţinute de cine ştie ce om de vază.

Se împlineau, după socotelile lui, exact cinci ani de când se cunoscuseră, şi trebuiau să sărbătorească asta cum se cuvine. Spre deosebire de ea, nu uita niciodată această aniversare şi astfel o lua întotdeauna prin surprindere.

Se urcă într-un tramvai, care-l duse din Lower East Side până pe 34th Street, în zgomotul cadenţat al roţilor ce avea puterea să adoarmă mai ceva decât ticăitul moale al unui ceas cu pendulă. Când coborî, cumpără un buchet uriaş de trandafiri roşii - florile care-i plăceau ei cel mai mult. Se îndreptă nerăbdător spre blocul în care locuiau, dar, înainte de a ajunge, se opri în colţ la cofetărie ca să ia o cutie de caramele franţuzeşti - preferatele ei.

– Ar cam fi cazul de-acu' să mă iau cu Olga, prea a trecut timpul... îşi zise, urcând scările. Intră tiptil şi-şi aruncă privirea prin cameră, aşa cum făcea întotdeauna. Draperiile erau trase până jos, cufundând totul în semi-întuneric. Se miră puţin, întrucât ştia câtă grijă avea ea de florile de lângă geam, pe care le pusese înadins acolo ca să aibă permanent lumină.

– Olga...! Am venit! strigă încetişor.

Atunci auzi un zgomot înfundat dinspre nişa unde era aşezat patul. Încercă să desluşească ceva în penumbră.

– Olga? întrebă precaut.

În clipa următoare înmărmuri.

Dinspre pat, Olga îl privea cu ochii măriţi de spaimă, acoperindu-se cu pătura până la bărbie. Lângă ea, Steinovich, ridicat în picioare, se împleticea încercând să-şi tragă iute pantalonii pe el.

– Ce se-ntâmplă aici? bâigui, nevenindu-i să creadă ce vedea.

– Îmi... pare rău... sincer rău... bolborosi Steinovich fâstâcit, dar şi pânditor, gata să se apere dacă Mitu ar fi sărit la bătaie. Eu... acum am să ies..., mai spuse şi trecu grăbit pe lângă el cu cămaşa în mână, trântind uşa în urmă.

Mitu lăsă să-i scape pe jos bomboanele şi florile şi se aşeză pe marginea patului cu capul în mâini. Olga nu îndrăznea să scoată o vorbă.

– De cât timp eşti cu el? întrebă într-un târziu, cu o voce joasă, în care se simţea o teribilă ameninţare.

Ea nu-i răspunse şi o tăcere tensionată se aşternu iar între ei.

– Femeie, te-am întrebat de cât timp eşti cu el! mârâi el din nou, întorcându-şi capul spre ea şi privind-o dispreţuitor.

– De... puţin..., spuse ea cu glas stins, albă la faţă, privind covorul.

Mitu se repezi la ea şi o apucă strâns de încheietura mâinii.

– De ce-mi faci asta, femeie?! Ce ţi-am făcut ca să-mi faci asta?! Nu-s destul de bun pentru tine? Nu-s ca jidanul ăsta, în „lumea mondenă", ha? Asta e? Hm? o întrebă tot cu voce scăzută, încărcată de furie, privind-o ţintă în ochi.

Olga izbucni în hohote de plâns.

– Iartă-mă, te rog, iartă-mă! Vreau să vorbim puţin! strigă, încercând disperată să-l liniştească, dar el îi trase o palmă cu toată puterea de care era în stare, făcând-o să icnească de durere şi de groaza de ce avea să urmeze. O dezveli apoi cu violenţă şi-i privi o clipă trupul gol. Ea se chirci şi-şi închise ochii, acoperindu-şi sânii cu mâinile într-un gest ciudat de pudoare. O trase atunci furibund de păr şi o întinse pe spate, îi încleştă gâtul cu o mână, îi desfăcu picioarele cu sălbăticie, se descheie la pantaloni şi o pătrunse brutal.

– Na, aşa-ţi trebuie, curvă nenorocită! o tot înjura în timp ce intra şi ieşea animalic din ea. Căţea ordinară! bolborosi, continuând să o gâtuie şi să o posede. Ea se zbătu, îl zgârie cu unghiile, sforţându-se după o gură de aer, dar el îşi înfipse şi mai puternic degetele în carnea ei.

Termină într-un geamăt grotesc şi o privi batjocoritor.

– Putoare! o scuipă cu dispreţ, ca pe o otreapă împuţită. Se duse la dulap, vârî la repezeală nişte haine într-un sac, apoi se întoarse lângă ea, privind-o ca un lunatec.

– Aşa să-ţi ajute Dumnezeu, Olga... îşi ridică arătătorul spre ceruri într-un avertisment, apoi trânti uşa după el, stârnind de pe toc praful ce se ridică în aer ca o mică explozie.

– *Fuck you, bitch!**, mai urlă din scara blocului. „Biserica mamii ei de curvă neruşinată!", scrâşni năprasnic printre dinţi în vreme ce cobora în metroul ce-l ducea înapoi în Lower East Side.

Ajunse în *tenement*-ul în care locuise la începuturile lui în America după vreo jumătate de oră. Când ieşi la suprafaţă, privi dezorientat în jur şi-şi duse mâna la frunte ca să se ferească de lumina orbitoare a soarelui, iţit curios de după nişte nori grei care prevesteau ploaia. Locurile i se păreau

---

* Te fut, căţea! (engl.)

străine, nimic parcă nu-i mai era familiar, deşi colindase pe acolo atâta vreme.

Pistol îl privi nedumerit când îl văzu în pragul uşii, tremurând din toate încheieturile - Mitu nu mai dăduse pe acolo de luni de zile, aproape că nu mai ştia nimic despre el.

– Ce se-ntâmplă, mă?! Păţişi ceva, Mituşoare? Ce-i cu tine?!

– Curvă nenorocită, o prinsei cu unu-n pat cân' mă-ntorsei de la slujbă, mama ei de nemernică! O s-o omor! O spintec cu cuţitu'!

Pistol se uită la el şi mai mirat.

– Pe cine prinseşi, mă, pe Olga? Cum? Asta nu se poate...

Mitu dădu furios din mână, trânti sacul pe podea şi ieşi fără să mai spună o vorbă. Se opri în faţa blocului, învârtindu-se pe loc cu mâinile la tâmple ca un nebun, trăgând înfuriat cu piciorul în coşurile de gunoi şi înjurând întruna: „*Bloody 'ho, fuckin' bitch!'"* [*].

– *What the fuck are you looking at me for?!* [†] se asmuţi la un trecător.

Oamenii îl ocoleau cu prudenţă. Pistol veni lângă el, încercând să-l potolească.

– Mă, calmează-te, astâmpără-te, c-o să-ţi pocnească vrun vas la cap, Doamne apără, e doar o muiere!

Mitu continuă să înjure, apoi se prăbuşi pe treptele din faţa *tenement*-ului şi izbucni în hohote.

Într-un târziu, istovit şi dărâmat, se ridică greoi şi-i făcu semn lui Pistol, care nu ştia cum să-l ia, să se întoarcă la el în cameră:

– Eu o să mă plimb niţel şi mă-ntorc mai încolo...

– Okay, Mitule, da' numa' vez' să nu faci vrun gest necugetat... Las' să vină dimineaţa, mă... Dă-o-n mă-sa, e doar o muiere, nu d-asta o să duci tu lipsă în viaţă, doar ai avut destule şi-o să mai ai destule!

Mitu se depărtă încet, apoi întârzie puţin ca să fie sigur că Pistol intrase în *tenement* şi deschise automat uşa primului magazin de băuturi care-i ieşi în cale. Îl ştia de mult, dar aproape că şi uitase de existenţa lui în cei câţiva ani de când nu mai trecuse pe acolo.

– O sticlă de juma' de whiskey şi una de un litru de vin roşu sec de California, îi ceru vânzătorului, aruncând câteva monede pe tejgheaua de metal.

Destupă sticla de tărie şi trase o înghiţitură, scăpând un şiroi subţire pe la colţul buzelor. Bău din ea aşa cum un însetat bea apă dintr-un izvor în toiul verii. Vânzătorul se uită uluit la el pe deasupra ochelarilor.

– Omule, dacă bei şi sticla de vin tot aşa cum ai golit-o p-asta de whiskey, îţi mai dau una din partea casei. N-am văzut în viaţa mea aşa ceva...

Duse sticla de vin la gură şi o dădu şi pe ea gata. Omul îi întinse atunci altă sticlă, iar el o înfăşcă şi ieşi de acolo, ducând-o din când în când la

---

[*] Curvă ordinară, căţea nemernică! (engl.)
[†] La ce pizda mă-tii te uiţi? (engl.)

gură. După un timp simţi că i se face rău şi se lăsă în fund, sprijinit de un zid, apoi vomită ca şi cum şi-ar fi slobozit toţi rărunchii din el. Se întinse pe asfaltul rece, îmbibându-şi hainele în borâtură, dar ţinând încă sticla strâns în mână. Căzu la urmă într-un somn vecin cu moartea, sub ploaia vijelioasă care se aduna în pârâiaşe repezi. Apa îi şiroia pe faţă, pe gât, pe corp, făcându-i hainele să mustească de umezeală şi răcindu-l ca pe un cadavru.

Se trezi în zori şi încercă pentru câteva clipe să-şi dea seama ce era cu el, apoi se ridică anevoie şi-şi presă tâmplele cât de tare putea cu mâinile. Capul îl durea îngrozitor. „Unde dracu' mi-s?!" se întrebă privind nedumerit în jur. „Ce dracu' cat în Lower East Side?!" se miră când îşi dădu seama unde se afla. „Ah, nenorocita aia ordinară!" îşi aminti brusc totul, şi o gheară îi strânse inima.

O porni aiurea pe străzi, dând pe gât câte o duşcă de vin, într-o lehamite sinucigaşă. „Dumnezeule, cum mai put!", îi trecu prin minte şi îl podidi plânsul.

– Ultimele noutăţi, cumpăraţi „The New York Times"! Parisul în bătaia tunurilor Puterilor Centrale! îi fluturară prin faţa nasului ziarele nişte puşti care se sculaseră cu noaptea-n cap pentru câţiva cenţi.

Înfăşcă mecanic un ziar şi-şi aruncă privirea peste prima pagină. Numai ştiri despre război: „Franţa îngenuncheată!"; „Americanii sunt disponibilizaţi cu sutele de mii în Europa"; „Germania învingătoare în aproape toate bătăliile de până acum."

Se mai uită peste câteva titluri, apoi aruncă scârbit ziarul pe jos şi-şi continuă mersul rătăcit prin *downtown*[*]. Simţea că se îneacă în nodul din gât şi nu se putea gândi la nimic altceva decât la Olga. În colţul lui Wall Street cu Broadway văzu un afiş lipit pe geamul unui magazin de reparaţii de încălţăminte: „O şansă să vezi lumea: excursie peste hotare, toate cheltuielile acoperite, plata bună. Înrolează-te în armată!" şi, mai în jos, la intrarea în Battery Park, încă unul: „Înrolează-te azi! Nu sta în rândul chiulangiilor!"

Pe acesta din urmă îl citi de câteva ori şi-şi notă mental adresa - Centrul de recrutare Brooklyn, Strada Montague, Nr. 177, Brooklyn -, apoi urcă într-un tramvai şi se îndreptă automat într-acolo, ca şi cum decizia de a pleca voluntar în război o chibzuise cu mult înainte, iar acum doar venise ziua în care trebuia să se prezinte la datorie. Coborî cu o staţie înainte şi intră la „Salvation Army"[†]. Acolo se aşeză la o masă, scoase din buzunar un cec şi scrise pe el „balanţa contului", îl semnă şi-l înmână fără o vorbă funcţionarului de după ghişeu. Acesta îl privi năuc pe deasupra ramelor groase ale ochelarilor şi-i murmură: „Mulţumesc, domnule, în numele

---

[*] În general, *downtown* se referă la centrul unui oraş. În New York City, însă, *downtown* reprezintă partea sudică a insulei (n.a.).
[†] „Armata Salvării" (engl). Organizaţie evanghelică creştină al cărei scop declarat este să aducă toată omenirea sub cârmuirea lui Hristos (n.a.).

instituției din care fac parte, Domnul Iisus să vă păzească." Nu des treceau pe acolo oameni care să-și doneze toți banii, până la ultima centimă.

Când intră în centrul de recrutare, ofițerul se uită la el dezgustat. „În ce hal arată omul ăsta!"

– Numele dumneavoastră, domnule? îl întrebă, notând într-un formular data: 27 iunie 1918.

Mitu își silabisi numele, dădu o adresă falsă - „sunt din Detroit" -, și răspunse apoi scurt la restul de întrebări: „Nu, nu am niciun talent special"; „Nu, nu știu să trag cu pușca"; „N-am nicio calificare, sunt muncitor de meserie"; „Vreau să mor în luptă în linia întâi."

După ce termină de completat fișele, ofițerul îi înmână livretul militar:

– Să-l aveți permanent la dumneavoastră. Felicitări! Sunteți membru al Gărzii Naționale. Vă mulțumesc în numele țării pentru serviciul imens pe care i-l aduceți. O să vă trimitem acum în Waco, Texas, pentru o scurtă pregătire. Mai trebuie să treceți aici numele unui beneficiar al asigurării pe viață în nefericitul caz în care veți cădea în luptă. Este o sumă mare - zece mii de dolari* - care se va pierde dacă nu aveți pe cineva să-i ridice.

Mitu privi absent formularul și completă „Olga Gertrude", scrise caligrafic adresa unde locuiseră împreună până atunci, apoi deschise livretul militar și citi fără emoție: „Soldiers No. 3141710, Private, Company G, 125 Infantry".

---

* În jur de 100000 dolari în 2009. Foarte aproximativ, pentru a afla echivalentul de astăzi al banilor din anii '20, se înmulțește suma cu zece (n.a.).

Capitolul 23

Carnaj de necuprins cu mintea. Dezolare. Capete desprinse de trupuri. Ochi înfipți în vârfurile baionetelor. Rinichi, ficați, creieri, împrăștiați pe pământ. Viermi colcăind pe cadavrele galbene. Grămezi de trupuri țepene. Cruci pe câmpuri până la orizont. Fragmente de mâini și picioare. Miros fetid de putreziciune. Maldăre de cadavre zvârlite în gropi comune. Resturi de carne de om. Tranșee blocate de movile de cranii. Băltoace de sânge.

Foamete cruntă în lungul și în latul Europei, sute de mii de refugiați, oameni mâncând doar gulii. Legi interzicând aruncatul cu orez la nunți sau împrăștierea de firimituri la păsări. Soldați mărșăluind zile întregi fără să vadă o bucată de pâine, însângerând zăpada în urma lor din cauza rănilor de la picioarele roase de încălțările rupte.

Englezii pierduseră șase sute de mii de oameni la Somme. Francezii, jumătate de milion la Verdun. O întreagă generație de bărbați zăcea măcelărită în tranșee, din cauza unui conflict în care progresul nu se măsura în orașe cucerite, ci în metrul de pământ câștigat sau pierdut pe zi, pe lună, pe an.

Omenirea nu asistase niciodată la asemenea vărsare de sânge. Dumnezeu parcă se întorsese cu spatele la lume. Tehnologia, care adusese omul în epoca modernă, se întorcea acum împotriva lui. Moartea hălăduia pretutindeni, în aerul saturat de gazele toxice, în copacii pulverizați de bombe, în drumurile găurite de explozii, în satele rase de pe fața pământului cu tunul.

În vara lui 1918, când Mitu lua drumul Europei ca proaspăt înrolat în armata Statelor Unite, zece mii de soldați soseau în fiecare zi în Franța de peste ocean. Era și el o rotiță măruntă dintr-un angrenaj de patru milioane de americani care aveau să fie recrutați pentru război, fără să aibă habar de motivele conflictului. Pornise la luptă într-o clipă de adâncă disperare, nepăsător de soarta lui, și îi privea cu mirare pe camarazii de pluton, care răcneau imnuri de vitejie și așteptau cu nerăbdare bătăliile. I se păreau copilăroși, neînstare să-și dea seama că erau doar niște pioni într-un joc pe care poate că nimeni la vremea aceea nu îl înțelegea în toate articulațiile lui. Mulți dintre ei, inocenți, fuseseră racolați de propagandă și de discursurile unor celebrități precum Charlie Chaplin sau Mary Pickford, și ajunseseră în centrele de recrutare înfierbântați de fantasmele eroismului și salvării omenirii.

Puțini dintre ei pricepuseră că jocul în care se aruncaseră era mortal. Aruncați în prima linie, fără nicio pregătire militară, în fața unui inamic încercat ani de zile în luptă, mii dintre ei aveau să-și găsească sfârșitul fără să știe ce-i lovise. Aliații, trecuți prin spadă, ghiulea și măcel vreme de secole, îi numeau pe americani „copiii veniți la cruciadă". Germanii le ziceau „carne de vânat", pentru ușurința cu care îi împușcau pe câmpurile de luptă.

Mitu a fost aruncat, la sfârşitul lui septembrie, în bătălia decisivă - cea de la Meuse-Argonne, la nord de Verdun, ţinut căzut sub ocupaţie de patru ani, punct cheie de alimentare cu provizii a armatelor nemţeşti din Franţa şi din Flanders prin nodul de căi ferate de la Sedan. Bătălia a angrenat Armata I americană împotriva a patruzeci de divizii germane.[*] Unitatea în care fusese repartizat devenise legendară în luptele din primăvară şi vară prin îndârjirea cu care se înfipsese în fiecare palmă de pământ recucerită. Faima că soldaţii Diviziei 32 nu dădeau niciodată înapoi, nici măcar un pas, din faţa inamicului, preferând să moară decât să întoarcă spatele, le adusese porecla „The Red Arrow"[†]. Francezii îi numeau „Les Terribles"[‡].

Un sfert de milion de americani, dintre care jumătate nu participaseră la nicio bătălie înainte, au fost trimişi atunci în luptă pe dealurile şi văile din Argonne. Atacul a început pe 25 septembrie, printr-un baraj de artilerie care a continuat până în zorii zilei următoare, când infanteriştilor - printre care şi Mitu - li s-a dat semnalul de atac.

La cinci şi jumătate fix, au început să avanseze lent prin ceaţa albă, groasă. Unii dintre ei nu puseseră niciodată mâna pe un trăgaci. Alţii, ca şi el, trăseseră doar de câteva ori în săptămânile de pregătire de dinaintea trimiterii în Europa.

La început, nimic. În liniştea de pe câmp nu se auzeau decât paşii soldaţilor izbindu-se de pietre sau călcând pe câte o creangă uscată. Mitu mergea în zig-zag rapid, strângând puşca în mâini. Ceaţa deasă, de o consistenţă parcă solidă, îl împiedica să vadă la mai mult de câţiva metri. Împuşcături răzleţe se auzeau din când în când. Atât de linişte era încât, la un moment dat, începu să se întrebe dacă ororile de neimaginat pe care le citise în ziare nu erau cumva decât nişte exagerări făcute cu scopul de a impresiona.

Mitu fusese rău încercat de viaţă, dar în astfel de lucruri era încă un copil.

În cei patru ani de zile în care controlaseră zona, anticipând un astfel de atac, nemţii construiseră o puzderie de cazemate mici, camuflate în cele mai strategice poziţii pe vârfuri de deal, buşite de muniţie, greu de detectat cu ochiul şi dificil de anihilat de artilerie. Ca să le cucereşti, trebuia să goneşti pieptiş sute de metri spre ele, să ai norocul să nu fii lovit de gloanţe, şi să mai ai puterea, după ce ai văzut moartea poate de sute de ori în câteva minute, să arunci o grenadă printr-o fantă nu cu mult mai largă decât grosimea unei ţevi de puşcă.

Era un loc atât de ameninţător şi primejdios încât nici măcar vietăţile pământului nu se încumetau să iasă din vizuinile lor.

---

[*] În 6 săptămâni, la Meuse-Argonne, AEF (American Expeditionary Forces) au pierdut 122,063 de oameni (26,277 morţi şi 95,786 răniţi) (n.a.).
[†] „Săgeata Roşie" (engl.)
[‡] „Cei teribili" (fr.)

Când ceaţa se ridică, s-au văzut pe un câmp întins în bătaia directă a mitralierelor, care-i ţinteau de pe coaste. O secundă, liniştea învălui câmpia, de parcă ambele părţi şi-ar fi luat răgazul să-şi facă o cruce. Apoi, brusc, vijelia de gloanţe începu să răpăie peste ei, lovind cu uşurinţa cu care un copil zvârle cu pietricele într-un lac.

Primul care căzu din plutonul lui Mitu fu un camarad ce alerga la câţiva metri în faţă. Lovit exact între sprâncene, a căzut pe spate cu ochii larg deschişi.

– Brian, eşti ok? îl strigă el speriat, învârtindu-se ca beat în jurul lui şi încercând să-i ia pulsul.

– Mişcă-ţi fundul de acolo, nu sta pe loc, c-o sfârşeşti şi tu la fel, e mort, e mort, e mort! Nu vezi, eşti cretin?! Urmează-mă! urlă comandantul, iar el porni la goană ca un apucat în spatele lui, pentru a-l vedea cum se prăbuşeşte deodată în genunchi şi se lasă încet pe pământ.

– Locotenente, ce ţi s-a întâmplat? îl întrebă cu vocea sugrumată, tremurând tot de groază.

– Sunt lovit... bolborosi acesta, înecându-se în sângele care-i ţâşnea din gură. Fugi de lângă mine, că eşti o ţintă vie dacă stai pe loc! horcăi.

Mitu îl privi o fracţiune de secundă, ştergându-şi fruntea cu dosul mâinii. „Dacă nu era în faţa mea, muream", îl străfulgeră gândul şi se depărtă iute de acolo, luând-o spre colină. În dreapta lui, mai căzură cinci deodată, seceraţi de mitralieră, aşa cum tăişul coasei retează firele de iarbă. În stânga, unul se lăsă moale la pământ, lovit în genunchi, şi-i strigă să nu se oprească.

Ca într-un joc cinic al întâmplării condus de diavolul însuşi, cădeau sute, dar rămâneau în picioare alte sute, alergând bezmetici înainte, într-un miracol al supravieţuirii. Norocul fiecăruia se măsura pe distanţe infime. Un centimetru mai la dreapta şi existenţa ta lumească înceta brusc, un centimetru mai la stânga şi glonţul trecea razant pe lângă tine, lovindu-l pe cel de alături.

Când trecură de primul aliniament de mitraliere şi privi la valea în care sute de camarazi fugeau strigând cât îi ţineau plămânii, ca şi cum prin asta şi-ar fi sporit forţele şi ar fi speriat inamicii, Mitu aproape că paraliză de frică. „Scăpai acu', dar cât poate să ţină şi asta?!" se întrebă, simţindu-şi inima cum îi bate în gât. Îl cuprinse sfârşeala şi simţi nevoia să se întindă pe jos. „Nu-mi pasă dacă mă-mpuşcă, doar să stau puţin...", îşi zise, lăsându-se pe vine.

Nu era singurul care simţea asta. După primul asalt, în care fugiseră cât îi ţinuseră puterile, tăiaseră valuri-valuri de sârmă ghimpată şi se aruncaseră la pământ de zeci de ori, târându-se ca să se ferească de bătaia gloanţelor şi ascunzându-se pe după movilele ridicate de explozia obuzelor, o oboseală crâncenă îi cuprinse pe toţi cei care apucaseră să treacă de cazematele nemţilor şi să ajungă neatinşi la liziera pădurii de lângă Montfaucon.

Însă cuvântul „odihnă" nu există în dicționarul războiului: ordinul de a traversa pădurea și de a ataca satul fu dat imediat. Nici nu se regrupară bine să-și tragă sufletul, că porniră spre marginea localității ca să atace din flanc rezistența germană.

Mitu o porni printre copaci cu ochii aproape ieșiți din găvane, căutând să vadă orice semn de pericol. Pădurea era pustie, sinistră, întunecată, ca o poartă spre lumea de dincolo. Doar niște ciori răzlețe zburau haotic prin văzduh. Totul era cenușiu, de parcă Dumnezeu ar fi luat culorile cu mâna. Ceața se lăsase din nou, grea, deasă, înghițind în ea om după om.

Când ieșiră iar la lumină, privi spre întinderea ce i se așternea în fața ochilor, ascunzând o mitralieră în fiecare tufiș și învârstată cu obstacole de sârmă ghimpată, și își făcu cruce cu limba: „De-aici nici Scaraoțchi nu scapă cu viață...", zgârie spasmodic patul puștii cu unghiile.

Nu avu timp să-și facă un plan de acțiune, pentru că un baraj de foc căzu asupra lor într-un tunet asurzitor. Ploua cu obuze și gloanțe. Infernul se dezlănțuise cu forța lui maximă. Dincolo de înțelegerea umană, un uriaș invizibil, omnipotent și distructiv se juca demonic cu viețile lor. Lângă el, un pluton întreg căzu secerat, ca și cum aerul ar fi fost compus doar din schije, metal, glonț și gaze toxice.

În două ore - timp în care nu reușiră să înainteze niciun pas -, pieriră câteva mii la marginea pădurii, prăbușiți ciudat și grotesc în maldăre de trupuri parcă dinadins orânduite în piramide. Mitu își găsi adăpost după una dintre ele, neîndrăznind să scoată capul ca să se uite pe câmp. Când i se păru că focul se mai liniștise, ieși și trase cu pușca de câteva ori în aer, apoi încercă să deslușească o zonă cu trecere liberă, dar totul era blocat cu garduri de sârmă ghimpată. Se gândi ce să facă: într-un câmp larg deschis, sub bătaia gloanțelor, a te împotmoli într-un gard însemna condamnare sigură la moarte. Privi de-a lungul frontului, la cei mai viteji ca el, care ieșiseră de după movilele de cadavre și se aventuraseră înspre sat, și se înfioră văzând cum cei ce se agățau în sârmă erau ciuruiți pe loc.

Până la urmă, după ce rosti o rugăciune scurtă, își adună curajul și se pregăti să iasă și el de la adăpost. Se ridică năvalnic și începu să strige ca un zănatic, gonind de-a curmezișul spre o movilă de pământ, când mintea i se întunecă deodată. Nu mai era o ființă umană, cu sentimente, dorințe și gânduri, ci un animal dezlănțuit, luptând feroce pentru viața sa. Se piti într-o groapă în care plutea încă fumul exploziilor și începu să tragă cu un calm straniu, ochind la rece. Unul după altul, văzu că nemții cădeau loviți de gloanțele lui, până când fu observat și trei inamici porniră spre el. Unul căzu ca trăsnit de niște gloanțe rătăcite, poate ale propriilor săi camarazi, altul fu pulverizat de o grenadă.

Al treilea scăpă ca prin minune de ploaia de metal și se apropie urlând de el, alergând cu ochii ieșiți din orbite și cu pușca îndreptată mult înainte. Mitu se aruncă în dreapta, reușind să se ferească de glonț, apoi se ridică iute în întâmpinare. Năvăli peste el, zgâriindu-i obrajii cu unghiile de mult netăiate, trăgându-i pumni și genunchi cu forța turbată a unuia care știe că din groapa aia doar unul avea să iasă cu viață. Când neamțul, zbătându-se, încercă să lovească și el, îi înfipse degetele în ochi, mânjindu-și-le de sânge. Neamțul urlă de durere și se încleștă cu brațele de el, mușcându-l de gât ca o pisică ce țintește beregata. Mitu îl smulse de pe el cu greu, îl împinse și-i puse piedică. Omul se prăbuși pe spate și atunci tăbărî deasupra lui imobilizându-i mâinile cu genunchii, și-și scoase cuțitul de la brâu.

În clipa următoare, ezită. Neamțul renunțase la luptă și îl privea țintă, resemnat, așteptându-și neputincios sfârșitul. Îl apucă strâns de păr, îi propti capul bine în pământ, apoi îi înfipse cuțitul adânc sub bărbie, îngrețoșându-se de horcăială.

Se întinse lângă cadavru și stătu câteva minute fără să se poată gândi la nimic, apoi auzi semnalul de retragere. Abia atunci se șterse cu cotul de sângele cald care îl împroșcase și începuse să se închege pe obrajii lui. Rezistența germanilor fusese feroce și divizia lui - *Les Terribles* - dădea înapoi, împreună cu celelalte, înspre baza din pădurea Argonne. O luă la fugă în linie dreaptă, nepăsându-i că astfel era o țintă ușoară, și ajunse în câteva secunde lângă ai săi, unde se prăbuși la pământ de oboseală și groază.

Numărul victimelor era imens. Un regiment își pierduse toți ofițerii de câmp. Un pluton rămăsese cu doar câțiva soldați, și aceia aproape toți infirmi. Răni adânci dezveleau măruntaie verzui-roșiatice, umplând aerul de mirosul dulceag al sângelui. Oamenii arătau de parcă ar fi văzut năluci, bâlbâindu-se și vorbind aiurea.

După ce-și mai veni în fire, Mitu trase mai aproape de cei din plutonul său și rămase tăcut mult timp. De fapt, nu vorbea nimeni. Soldații, parcă adunați la picnic, se așezaseră în cercuri mici, uitându-se în pământ și abia respirând.

Lângă el, comandantul unității - căpitanul Raskall - îi privea împietrit, ca și când atunci i-ar fi văzut prima oară. Urme de salivă i se zăreau la colțul gurii, iar mâinile îi tremurau fără să le poată controla.

Mitu își zise că omul poate era rănit, apoi, când văzu că acesta nu se urneşte din încremenire, se apropie de el:

– Sunteți OK, sir, vă e frig? îl întrebă, dar acesta continuă să privească țintă în gol.

Atunci ridică din umeri și încercă să găsească pe unul care fuma, să-i ceară o țigară, când, deodată, Raskall se ridică și o luă spre liziera pădurii ca și cum ar fi văzut ceva în depărtare.

Când își dădu seama că se apropia prea tare de bătaia puștilor germane, Mitu strigă după la el:

– Sir, ce faceți, opriți-vă, o să fiți lovit!

Căpitanul își continuă însă drumul și ieși din pădure, pășind ritmic spre tranșeele nemțești ca și cum s-ar fi ținut după o nălucă ce îl ademenea s-o urmeze.

– Sir, întoarceți-vă! urlă atunci, repezindu-se după el.

Prea târziu. Raskall ajunsese în câmp deschis, înaintând în linie dreaptă ca şi cum şi-ar fi urmărit ţinta invizibilă. O linişte nelumească se aşternu preţ de o clipă, de parcă timpul ar fi stat în loc, după care o împuşcătură înfundată - una singură - străbătu aerul. Comandantul se opri din mers, continuând să privească înainte, pe urmă încercă să mai facă un pas şi căzu moale în genunchi, prăbuşindu-se cu faţa în jos.

Mitu se dezlănţui într-un plâns care-i zgâlţâi umerii: „Trebuia să-l salvez, să-l opresc mai din timp, trebuia!", icnea cu capul în mâini, legănându-se de pe un picior pe altul ca un copil.

– Nu-i vina ta, ia-o mai uşor, las-o moale, îl consolă un soldat bătându-l pe umeri. N-ai mai fost în nicio bătălie înainte, îmi dau seama. O să vezi din astea zilnic de-acum înainte. Trebuie să te obişnuieşti, ce naiba... Nu claca de la aşa ceva, că, pentru oricare dintre noi care nu-şi poate ţine capul pe umeri, suferă tot plutonul. Hai, linişteşte-te, camarade!

Orele ce urmară le petrecură în pădure, dormind pe apucate şi strângându-se unul în altul pentru a se încălzi puţin. Era pe înserat şi bombardamentele încetaseră, lăsând să plutească în aer o linişte nefirească. Doar din când în când se mai auzea un şuierat de ghiulea explodând în depărtare.

Pentru ceva vreme, erau în siguranţă.

Capitolul 24

Unitățile americane erau aruncate în război prin rotație. După primele lupte din Argonne, Divizia 32, din care făcea parte Mitu, a fost repartizată câteva zile la misiuni de suport, departe de linia întâi a frontului. Armata I avansase între timp, cu mare greutate, și se apropiase de Romagne-sous-Montfaucon, care fu cucerită până la urmă într-o ofensivă atât de inundată în sânge, încât divizia lui a construit acolo ceea ce este și acum cel mai mare cimitir american aflat pe un teritoriu străin: peste paisprezece mii de morminte.

Balanța se înclinase infim, ca sub greutatea unui fir aproape invizibil de nisip, de partea lor. Armata germană începuse o retragere extrem de lentă, luptând îndărătnic pentru fiecare centimetru pierdut, cu prețul unor sacrificii imense de ambele părți.

Mitu se îngrozi când află ce pierderi suferise armata lui. În patru zile americanii pierduseră patruzeci și cinci de mii de oameni, iar cei ce scăpaseră, ca prin miracol, nevătămați, erau atât speriați de iadul prin care trecuseră și de perspectiva unei morți certe încât nu mai aveau voința să lupte. Apatici, întunecați, lipsiți de orice speranță, intrau în bătălie cu conștiința clară a sfârșitului ce avea să-i ajungă neîndoielnic. Își priveau comandanții în ochi într-un fel care nu avea nevoie de vreo tălmăcire: „Ne trimiteți la moarte, sir, și pentru ce?!".

Sfidând războiul și căutând supape de defulare care să le aducă oarecum aminte de lumea din care plecaseră, soldații compuseseră cântece pacifiste pe care le intonau pe ascuns, ca pe niște imnuri secrete, ori de câte ori aveau ocazia.

Mitu se atașă de unul dintre ele cu uimirea și recunoștința unui condamnat aflat pe eșafod care vede în mulțimea ostilă un chip prietenos, și începu să-l fredoneze, uitând de comandanți și de ordinele care interziceau cu desăvârșire orice fel de instigare la nesupunere, și făcându-i pe camarazii săi să uite și ei și să-l cânte în cor:

I didn't raise my boy to be a soldier,
I brought him up to be my pride and joy,
And not to carry a musket on his shoulder
To kill some other mother's darling boy. [*]

Era ciudat ce se întâmpla cu el. Din august, de când pusese piciorul în Franța, trecuseră doar câteva luni, însă în răstimpul ăsta pornirea lui compulsivă de a lupta în linia întâi, care îi stăpânise gândurile după ce o prinsese pe Olga cu Steinovich, se transformase în opusul ei. Războiul nu mai era pentru el o soluție la nefericirea care îl tortura, dimpotrivă, acum

---

[*] Nu mi-am crescut băiatul să fie un soldat / Ci l-am crescut să fie-a mea mândrie / Și nu să aib-o pușcă pe umeri de cărat / Cu care să ucid-a altei mame bucurie (engl.)

devenise o problemă nouă pe care trebuia s-o rezolve. Chipul femeii pe care o iubise se estompa în amalgamul de imagini ce-i bombardau mintea şi, pe măsură ce peste trecut se aşternea uitarea, frica de moarte îl măcina tot mai tare.

Cântecul era ca un fel de rebeliune împotriva lui însuşi, un strigăt de disperare, de „vreau afară de-aici!". „Ce mi-o fi fost în cap să plec la război?! Pistol a avut dreptate! Era doar o muiere!", îşi tot spunea, înfricoşat la gândul că era cu putinţă să nu scape viu de pe front.

Din cauza cântecului, fu chemat într-o zi la comandament, unde îl aşteptau maiorul - Michael Cook, cel mai mare în grad din companie, un individ rotofei, de un metru şaizeci, care se căznea să pară mai fioros decât îl arăta înfăţişarea - şi locotenentul plutonului său, care, deşi îl auzise intonând cântecul nelegiuit de multe ori, nu păruse să se sesizeze, şi acum venise doar pentru că fusese chemat la ordin.

Fără să piardă timp cu introducerile - nici nu ar fi fost nevoie, căci Mitu bănuia pentru ce îl chemaseră - maiorul îl abordă direct:

– Ce-i cântecul pe care-l cânţi, soldat? îl întrebă, încruntându-se exagerat, ca şi cum ar fi încercat să dea greutate mai mare întrebării.

– Să trăiţi, sir, permiteţi-mi să vă raportez că nu înţeleg. Ce cântec?

– Faci pe prostul cu mine, soldat?! se sumeţi maiorul spre el, ridicând degetul arătător în semn de „vezi tu ce te-aşteaptă!". Hai să-ţi reîmprospătez memoria: „I didn't raise my boy to be a soldier..."

– Ah, cântecul ăla, sir... rosti Mitu, făcând o grimasă ca şi cum şi-ar fi amintit de ceva întâmplat cu multă vreme în urmă.

– Da, ăla! Ce-i cu el, soldat?

Locotenentul arboră atunci şi el o atitudine gravă, potrivită cu a şefului lui, dar nu-i reuşi atât de bine încât să nu i se vadă dincolo de ea plictiseala şi dorinţa limpede de a scăpa cât mai repede de acolo.

– Nimic, să trăiţi, sir, mă distram şi eu, răspunse Mitu.

– Te „distrai", soldat? Te... „distrai"?! Ştii tu ce-i asta? Asta-i trădare, soldat! Trădare! Moralul oamenilor scade din cauza unor astfel de cântece! urlă maiorul, îmbrobonat de sudoare pe frunte. Se revoltă soldaţii din cauza ta, iar la mine nu merge asta, soldat! Nu merge! În compania mea, eu fac jocul şi n-am să admit sub nicio formă răzvrătirea, ca în altele! Cine crezi tu că eşti, ca să instigi, ha?

Mr. Cook era foarte mândru că în unităţile pe care le condusese până atunci nu avusese niciun caz de revoltă şi voia să continue aşa cu orice preţ, ca să aibă, pe de o parte, faţă de el însuşi, o dovadă limpede a calităţilor lui de conducător, şi, pe de alta parte, ca să-i servească drept argument la promovările ce aveau să vină negreşit după război.

Pe Mitu îl trecură apele când se gândi că putea fi trimis la Curtea Marţială şi dădu să zică ceva, însă nu mai apucă.

– Dacă te mai aud o dată cântând aşa ceva, o să ai de-a face cu mine! Tribunalul Militar te mănâncă! Acum să nu te mai văd pe-aici!

Salută spăsit şi ieşi repede, uşurat şi mulţumit că lucrurile nu se terminaseră prea rău pentru el de data asta. „Ce-ar fi să continui să cânt, m-o băga la carceră şi-acolo-i mai sigur decât pe câmp...", îşi zise, gândindu-se îngrijorat la luptele viitoare. În ultima vreme începuse să aibă presimţiri negre; i se părea că îl aşteaptă ceva rău, fără să ştie ce anume. Un sentiment sumbru, o goliciune în suflet, o lipsă de putere de a-şi imagina viitorul îi amărau zilele.

A doua zi, pe 4 octombrie, intră din nou în bătălie. Divizia 32 fusese aleasă să participe, alături de multe altele, la un atac general de-a lungul întregului front, ca nemţii să fie împinşi înapoi.

Plutonul lui ocupă un versant aflat la câteva sute de metri de poziţiile inamice. Era o zi rece, ploioasă, mohorâtă, cu vizibilitate redusă. Se îngrijoră, pentru că asta însemna că nu putea să vadă din timp pe unde s-o ia ca să ocolească gardurile de sârmă ghimpată.

Când se adăposti în tranşeu, îşi făcu o cruce - „Doamne, scapă-mă şi de data asta..." - şi se uită în jur la camarazii de luptă. „Pe câţi am să-i mai văd în viaţă mâine?", se întrebă. „Dar ei or să mă mai vadă pe mine?" Îl privi adânc pe fiecare, ca pentru a-şi întipări chipurile lor în memorie pe veci: Tom Balboa, un italian care fusese pe front chiar de la început şi care, întrucât aveau aceeaşi înălţime, stătea lângă el la alinieri. Ţinea strâns o cruce în mână şi spunea rugăciuni, tremurând vizibil. Sparky, „Scânteiuţă", lângă el, un negru poreclit aşa pentru că avea tot timpul o ţigară aprinsă între buze. Nepăsător, ca şi cum s-ar fi aflat la promenadă, juca de unul singur un joc de noroc: arunca în sus o monedă şi, dacă ateriza pe faţă, punea câteva beţe de chibrit într-o moviliţă, dacă ateriza cu stema, le punea în altă moviliţă. Johnny, Bill şi Sam, cu care nu prea intrase în vorbă, toţi din acelaşi oraş, stând mereu împreună, ca nişte fraţi. Aşteptau cu chipurile lipsite de emoţie semnalul de atac.

„Oare cum îşi face Dumnezeu socotelile cine să moară şi cine să scape?!" se întrebă, îndesându-şi casca bine pe cap şi prinzând-o strâns sub bărbie. Deşi în şanţ era la adăpost, nu-i plăcea să stea îngropat în pământ; totdeauna îşi spusese că a muri în tranşeu de la o bombă înseamnă să mori prosteşte.

– Tom, scăpăm de-aici? încercă să lege vorba cu soldatul de lângă el, ce era alb la faţă de spaimă. Trebuie să scăpăm, că prizonierii spun că nici cei din linia întâi nu mai au raţii. Îţi dai seama că-n Germania e dezastru...

– Numai Dumnezeu ştie... dar în război, cine are dealul are valea... îi răspunse omul, continuând să dârdâie.

– Dar tu ce naiba ai? Fii bărbat! Ai trecut prin atâtea, asta-i mizilic, omule, revino-ţi! Într-o oră-i gata! Lupţi de la începutul războiului ş-acu' clachezi?

Tom nici nu clipi.

– Ce ai, mă, ai înnebunit?[*]

Un zgomot ca de tunet continuu străbătea aerul. Ridică uşor capul ca să-şi dea seama ce se întâmplă. Aviaţia aliaţilor bombarda artileria germană rundă după rundă, tocând-o ca o ploaie mocănească, anihilând-o puţin câte puţin, până când, brusc, se făcu linişte. Şuierul înnebunitor al obuzelor încetase cu totul, iar exploziile nu se mai auzeau decât hăt departe, de partea cealaltă a frontului.

Atunci se pregăti de atac. Ştia că semnalul de înaintare putea veni în orice clipă. Când auzi trompeta, atât de familiară acum, se şterse de apă cu cotul - ploua torenţial - strânse patul puştii cu putere şi ieşi din tranşeu împreună cu Tom, al cărui tremur încetase ca prin farmec. Mergeau în zig-zag, ca să nu fie ţinte uşoare, şi se ţinură o vreme aproape unul de altul.

– Tom, parcă suntem pe Fifth Avenue... Ne-ar mai trebui câte o umbrelă şi-o mademoiselle care să ne ţină de braţ... îi spuse însufleţit, mirându-se că nu întâmpinau nicio opunere. Speranţa că aliaţii măcinaseră rezistenţa inamică atât de bine încât nemţii nu mai aveau cu ce riposta îl îmbărbătă deodată şi zâmbi la gândul că poate îşi făcuse prea multe griji cu o zi înainte.

Se amăgeau.

Aviaţia distrusese, într-adevăr, artileria, care împroşcase cu foc până cu doar câteva minute în urmă, însă mitralierele, camuflate în cazemate, în tufişuri, tranşee, copaci şi movile de pământ, nu fuseseră anihilate.

Valul de gloanţe care se abătu asupra lor în secundele următoare, când luară cu asalt câmpul, fu mai intens ca oricând. Părea că tocmai trecuseră dincolo de zidul permeabil şi invizibil care-i despărţise de ţinutul morţii. Bătălia se dădea pe unul dintre cele mai dificile terenuri pe care luptase vreodată un soldat american în Marele Război: gropi, noroi până la genunchi, ploaie necontenită, vreme rece, ravine pline de gaz toxic, sârmă ghimpată pe toate căile de acces, zone deschise asupra cărora nemţii aveau vedere perfectă.

Mitu îl lăsă pe Tom în urmă şi se repezi cu baioneta îndreptată în faţă, fără niciun gând de a se proteja. Urla din adâncul rărunchilor, lovind cu furie ca să-şi facă loc printre garduri şi ochind de la şold cu puşca. Cele câteva zile în care participase la lupte îi dezmorţiseră instinctele animalice în aşa măsură încât simţea visceral pericolul, fără să gândească, fără să analizeze. Îl vedea în fracţiuni de secundă, percepând detalii cu vederea laterală şi evaluând zgomote abia desluşite, detectate cu fineţea unui luptător încercat.

---

[*] O teorie mai puţin intuitivă în psihologie, care explică de ce murim, spune că rezerva de resurse pe care omul o are ca să lupte împotriva stresului este limitată şi neînlocuibilă şi, când aceasta se goleşte, individul are o cădere nervoasă sau moare. Teoria este susţinută empiric, printre altele, de observaţia că, în primul război mondial, soldaţii cei mai înclinaţi să aibă o cădere nervoasă pe front nu erau cei proaspăt veniţi şi trimişi în luptă, ci cei care participaseră la nenumărate bătălii înainte şi care, în mod logic, fiind atât de experimentaţi, ar fi trebuit să fie mai puţin vulnerabili la astfel de căderi (n.a.).

Însă acolo, pe front, toţi deveniseră la fel ca el în acest joc probabilistic al vieţii şi morţii, iar experienţa te ajuta prea puţin în faţa barajelor de foc care umpleau parcă văzduhul până la ceruri. Când îl lovi primul glonţ - razant, în umărul drept - nici nu simţi, ci continuă să alerge bezmetic, trăgând continuu.

Al doilea glonţ, în picior, îl doborî peste cadavrul unui neamţ care îl privea cu ochi sticloşi.

„Sunt lovit", îşi zise, simţind o umezeală caldă în umăr şi şold. Îşi pipăi rănile şi privi surprins la sângele care-i înroşise palma.

„Ah... Ăsta-i sfârşitul!", gemu şi se lăsă într-o rână, aşteptând clipa în care un inamic să observe că fusese rănit şi să-l execute de aproape. „De s-ar termina cât mai repede, să mor odată...", gândi trunchiat, zăcând peste trupul neînsufleţit. Se căzni să se tragă deoparte, apoi întoarse cadavrul ca să-l vadă mai bine: era un blond spălăcit - atât de tânăr încât ai fi jurat că e elev de liceu. Lângă el zări o jumătate din trupul altui neamţ sfârtecat în două de o bombă. Picioarele, smulse de o explozie, zăceau la zece metri distanţă. Era bătrân, cărunt, cu riduri adânci pe faţă. Expresia lui vlăguită parcă spunea că-şi dăduse duhul de oboseală şi nu de gloanţe.

„Oh, Doamne, cum ar fi să-mi las oasele p-aici ca boul.." îşi spuse, înţelegând că o ţară care îşi trimite vârstnicii şi cele mai crude vlăstare la moarte sigură este deja îngenuncheată.

Se întinse pe spate şi se gândi că o să moară lent şi nedureros, prin pierdere de sânge, apoi încercă să se aşeze într-o poziţie care să-i blocheze cumva rănile, ca să aibă o hemoragie mai mică. Se propti de trupul neînsufleţit al tânărului neamţ şi închise ochii, cu gândurile departe de lupta din jurul său.

„Olga... acum o să vezi cât de tare te-am iubit..."

Târziu, spre seară, după ce focul încetase, fu găsit de ai lui şi dus la infirmerie - inert, murdar, însângerat, ajuns la capătul puterilor, dar conştient.

În cort văzu zecile de răniţi care zăceau pe paturile de campanie şi se înfioră. „Doamne, ce am eu sunt doar niscaiva zgârieturi..." Oameni cu capul înfăşurat în tifon, cu mâinile amputate, fără picioare, cu maţele afară, abia mai răsuflând, zăceau fără a scoate o vorbă, privind in gol şi nedorind nimic altceva decât să cadă într-un somn adânc din care să nu se mai trezească.

Priveliştea celor loviţi de gazul muştar îl zgudui: îi văzuse pe câmp de multe ori, dar acum, tabloul simultan a şiruri-şiruri de soldaţi bandajaţi la cap de jur împrejur, orbiţi pe vecie, mergând în coloană cu mâna dreaptă sprijinită pe umărul celui din faţă, conduşi de un norocos văzător care, până atunci, scăpase nevătămat, îl zdrobi aproape. Era ca şi cum toate păcatele omenirii, din negura uitării până atunci, se plăteau acolo, în infirmeriile din Argonne, de către unii asemenea lui.

Asistentele îi curăţară rănile cu alcool şi îl bandajară strâns - „ai fost norocos, băiete, sunt nişte zgaibe, nici măcar n-a rămas în tine vreun glonţ", îi spuseră, spre liniştea, dar şi neliniştea lui, întrucât ar fi vrut să fi fost rănit ceva mai tare ca să stea mai mult în infirmerie.

Îl aşezară într-un pat pe care îl împărţea cu un băiat de vreo optsprezece ani. Se chinuiră să-şi facă loc unul altuia şi, după ce se potriviră bine, acesta îl privi în ochi cu înţelegerea dată de o experienţă comună, devastatoare, şi intră volubil în vorbă:

– Eu sunt Mike Anthony. Din Detroit. Tu de unde vii? îl chestionă cu o expresie care spunea că întrebarea era mai mult de formă, i-o punea că aşa se cuvenea, nu că l-ar fi interesat cu adevărat din ce parte a lumii era Mitu.

– Din New York, deşi, când m-am înrolat, am zis că vin din Michigan...

– Şi? Ce te-a adus pe fronturile europene? Vitejia? Dorinţa de a deveni erou? îl întrebă aproape răutăcios băiatul.

– M-am înrolat voluntar... M-a părăsit o femeie... oftă el. Cu care voiam să mă însor... Şi am hotărât atunci să plec la război.

Tânărul îi aruncă o căutătură ciudată:

– Cred că-ţi baţi joc de mine... Vrei să-mi zici că te-a părăsit o femeie şi tu te-ai hotărât să-ţi pui capăt zilelor?!

Mitu se uită în altă parte şi inspiră adânc. Imaginea strălucitoare a Olgăi dansând pe scena teatrului din Coney Island îi apăru dinainte. Îi era, de fapt, atât de dor de ea! Ar fi dat orice să fie acum lângă ea, să-i simtă trupul lipit de al lui, să-i mângâie sânii mici şi tremurânzi care îl înnebuneau, să-şi plimbe degetele prin părul ei blond, cârlionţat, să facă dragoste aşa cum făcuseră prima oară.

– Uite-o, asta e... îi scoase poza din buzunar şi i-o întinse.

Mike se uită cu atenţie şi fluieră admirativ:

– Foarte frumoasă... Felicitări... Eşti norocos... Eu n-am cunoscut încă femeia, prietene... - îi mărturisi -, dar cred că niciuna nu merită un asemenea sacrificiu.

– Lasă c-o să cunoşti în curând, după ce scapi de-aici, îl privi Mitu cu simpatie şi înţelegere.

Băiatul pufni în râs:

– Da? Ce-o să cunosc?! Cine să se uite la un schilod? Hai? Spune-mi! Vă urăsc pe toţi ăştia care vă plângeţi de fleacuri! se năpusti deodată, iar atunci îl privi mai bine şi îşi dădu seama că băiatul avea un picior amputat. Învelit cum era, când se aşezase lângă el în pat, nu observase.

– Îmi pare rău de tine, Mike... Sincer rău... Nici nu ştiu ce să-ţi spun...

Acesta făcu semn din mână a „las' că ştiu eu să-mi port de grijă...".

– Şi? Ce-ai de gând acum, că planul ăla deştept de-a muri nu ţi-a reuşit?

Mitu zâmbi:

– Habar n-am. Şi, oricum, mai are timp să-mi iasă, războiul nu-i încă gata...

– Auzi, de ce nu vii cu mine în Detroit când o să se termine toate astea? Lasă New Yorkul şi haide-n Michigan. Am lucrat la uzinele Ford. De-acum n-o să mai pot lucra acolo, fără un picior, însă pot să vorbesc să te bage pe tine, dacă vrei. Se plăteşte foarte bine. Uite adresa mea aici... mâzgăli ceva pe o hârtie. Caută-mă dacă ajungi vreodată în nord.

– La uzinele Ford, ce ironie a sorţii... murmură Mitu cu amărăciune, amintindu-şi de vizita lui în România, când condusese triumfător un model T pe uliţele Cernădiei. „Ce fericit eram pe vremea aia! Dumnezeule, viaţa asta păcătoasă..."

Capitolul 25

La începutul lui noiembrie, când Mitu a ieşit din infirmerie şi a ajuns din nou pe câmpul de bătălie, bandajat şi cu dureri, însă apt de luptă, balanţa războiului se înclinase mult în favoarea aliaţilor. În câteva zile divizia lui a avansat adânc în Sedan, forţând nemţii la o retragere grăbită şi dezordonată.

„Câştigăm, câştigăm războiul!" fremăta el, văzând cât de repede înaintau. Sute de soldaţi picau zilnic în jurul lui, ca spulberaţi de pe faţa pământului, transformaţi pe loc în hălci de carne, iar o rafală care să-l sfârtece şi pe el, aşa cum se întâmplase de mii de ori înainte cu alţii, putea să-l ajungă în orice clipă. Dacă la început se azvârlise în luptă fără speranţa de scăpare, din revoltă faţă de femeia iubită şi faţă de Dumnezeu, acum gândul că fiecare minut în plus petrecut pe front era o sfidare nătângă a morţii îl făcea să se îndoiască din ce în ce mai tare de rostul lui pe locurile astea.

Furia care îl împinsese în centrul de recrutare din Brooklyn îşi pierduse complet seva, rămânând doar o amintire ciudată care-l mai curenta uneori, fără a-l ajuta însă să înţeleagă hotărârea atât de prostească de a se arunca în faţa gloanţelor. Da, fusese înşelat de aceea despre care ştia că avea să fie singura femeie din viaţa lui pe care o iubise cu adevărat, dar nici măcar asta n-ar fi trebuit să-l împingă până aici. Acum se gândea stânjenit la pornirea lui nesăbuită de a-i lăsa Olgăi asigurarea lui de viaţă, lucru pe care îl intenţionase ca pe un fel de răzbunare perversă şi mustrătoare de după moarte, un fel de dovadă copleşitoare că, oricât de tare îl rănise ea, el rămânea, fie şi postum, singurul bărbat în stare de asemenea sacrificii pentru ea.

Pe 11 noiembrie divizia lui se pregătea de un nou asalt. În ultimele zile luptele fuseseră mai uşoare şi-i împinseseră pe nemţi mult înapoi, cucerind kilometru după kilometru de front. Treceau pe lângă cazematele părăsite de inamic cu o uşurinţă uimitoare, care nu amintea deloc de vremurile când muriseră cu miile pentru fiecare palmă de pământ.

Se treziseră din zori, aşteptând într-un frig crud semnalul de atac ce trebuia să vină în orice clipă. Mitu nu-l slăbea din ochi pe comandant - al cincilea de până acum, cei dinaintea lui muriseră toţi pe front -, gata să sară din tranşeu la primul sunet, şi se întrebă dacă avea să-l mai vadă în viaţă şi după ofensiva asta.

Îşi făcu cruce cu limba, ca de obicei: „Dumnezeule, ar fi culmea să mor acu'... Scapă-mă şi de data asta!" îşi zise, strângând puşca în mâini şi potrivindu-şi echipamentul ca să nu-l stânjenească la fugă. În câteva secunde ştia că trebuia să ţâşnească din ascunzătoare, rămânând - pentru a câta oară, în ultimele săptămâni? - ţintă vie în faţa inamicului. Scrută întunericul, încercând să-şi dea seama cam pe unde se aflau mitralierele germane, ca să se ferească de bătaia lor, şi trase aer în piept.

Atunci auzi undeva în stânga lui un zgomot - strigături şi chiote - şi-şi întoarse capul într-acolo, dar nu-şi dădu seama numaidecât despre ce era

vorba. Apoi urletele - uralele, de fapt - străbătură tranşeele, năvălind spre el în viteză, cum se apropie de ţărm un val:
– *War is over! Finis la guerre, finis la guerre!*[*] *War is over!*
– C…ce?! întrebă în româneşte. De unde până unde…?!
Locotenentul plutonului rămase o clipă cu gura căscată şi, după ce îşi veni în fire, schimbă iute câteva vorbe cu cineva, apoi le spuse cu faţa radiind de bucurie:
– *Germany surrenders!*[†] *Germany surrenders!*
Dacă fericirea, aşa cum se spune, este resimţită ca un contrast la nefericire, atunci extazul este ceea ce simte la o asemenea ştire soldatul care a văzut de o mie de ori moartea. Mitu, în sfârşit, înţelese şi el ce se întâmpla. Rămase pironit locului câteva clipe, apoi căzu în genunchi cu mâinile spre cer. Se repezi la omul de lângă el şi-l îmbrăţişă atât de năvalnic încât se prăbuşiră amândoi în tranşeu.
– *War is over!* izbucni în plâns… *The fuckin' war is over! We're alive!*[‡] striga din toţi bojocii, alăturându-se freneziei nebune care însufleţise câmpia.
Soldaţii îşi trântiseră puştile pe pământ şi-şi azvârleau căştile în cer, unii se înlănţuiseră şi dansau, ştergându-şi din când în când cu cotul lacrimile de pe obrajii crăpaţi de frigul crâncen.
Lui Mitu i se păru deodată ciudat că poate sta drept în picioare fără teamă de gloanţe, că nu aude niciun foc de armă, că nu vede oamenii căzând în jurul lui fulgeraţi.
„Olga… te iert, Olga…!", îşi zise brusc, euforizat de fericire. „Mulţumescu-ţi Ţie, Doamne…", mai şopti, ridicând ochii spre nori.
Se alătură apoi plutonului ca să meargă până la posturile nemţeşti, aflate la mai puţin de cinci sute de metri distanţă. Soldaţii - inamicii feroci de cu doar câteva minute înainte - erau şi ei cuprinşi de emoţie şi bucurie.
– *Brothers, finish!*[§] îi întâmpină într-o engleză stâlcită un copil cu ochii albaştri şi sprâncenele aproape albe. Mitu dădu mâna cu el şi îl prinse în braţe.
– *Yeah, the war is behind us… Now go back to your mama, boy…*[**] îi zise, deşi ştia că băiatul nu pricepe nimic. Atunci scoase din buzunar o ţigaretă şi i-o întinse, iar acesta îi mulţumi cu gura până la urechi.
– *Danke!*[††]
Mitu îl luă pe după umeri, iar ceilalţi din pluton intrară şi ei în vorbă cu alţi nemţi şi, peste câteva minute, întorşi toţi la bază, începură să facă schimb de lucruri. Unii îşi schimbară vestele, cămăşile sau căştile. El îi

---

[*] Războiul s-a sfârşit! Războiul s-a sfârşit, războiul s-a sfârşit! (engl., fr.)
[†] Germania capitulează! (engl.)
[‡] Războiul s-a sfârşit! Războiul ăsta căcăcios s-a terminat! Suntem în viaţă! (engl.)
[§] Fraţilor, termin (engl.).
[**] Da, războiul e în urma noastră… Acum du-te înapoi la mumă-ta, copile… (engl.).
[††] Mulţumesc! (ger.)

dădu neamțului cureaua de la pantaloni și primi un ceas, pe care și-l prinse la mână.

Nu după mult timp, locotenentul veni lângă ei și le spuse - cam cu jumătate de gură, ca și cum ar fi vrut să le dea de înțeles că, de data asta, el era doar un curier - că avea ordin de sus să nu-i lase să fraternizeze cu germanii, sub amenințarea Curții Marțiale, dar niciunul nu-l băgă în seamă. Mitu ignoră complet ordinul, zicându-și că de-acum, chiar dacă mai purta haina militară, era, de fapt, din nou civil.

Zilele care au urmat au fost de-a dreptul înălțătoare. *Les Terribles* fuseseră aleși să facă parte din trupele de ocupație care aveau să treacă Rinul. Mărșăluiau, în drumul spre Germania, cu o bucurie și o mândrie nemăsurate, flancați în dreapta de diviziile 1 și 2 și urmați de o alta, la fel de faimoasă - *Rainbows**. Aceste patru divizii, intrate de-acum adânc în conștiințele oamenilor, erau considerate floarea armatei americane din Franța - trupe de elită care ieșiseră învingătoare în toate bătăliile pe care le purtaseră -, iar el, de necrezut, făcea parte din ele.

Devenise, deodată, erou! O legendă! De la mizeria din *tenement* și munca pe câțiva cenți de la început, când se târa la periferia societății, de la trădarea cumplită a Olgăi, saltul în văzduh de pe câmpurile înroșite de sânge era aproape de nesuportat.

Lacrimile de fericire de pe fețele oamenilor ce-i slăveau ca pe niște zei când mărșăluiau prin satele franțuzești eliberate erau tulburătoare. Țipetele femeilor, care se năpusteau spre ei de pe trotuare ca să-i sărute, ca și cum ar fi fost actori de cinema, erau amețitoare.

Niciodată nu mai simțise o asemenea bucurie. Niciodată nu se simțise atât de important. Adorația mulțimilor era nemaivăzută: marșul lor către Rin, de câte 20 de kilometri pe zi, cadențat în muzică militară, se desfășura sub ploi de flori.

– Sunteți eroii lumii, ne-ați salvat viața! Vă mulțumim pentru jertfa voastră! Dumnezeu să fie cu voi! strigau oamenii de pe margine, încercând să-i atingă cu mâinile.

În Luxemburg, o lume frenetică îi aștepta entuziastă, fluturând steaguri americane și aruncând confetti spre ei.

– Ne-ați eliberat! Eroilor! I-ați învins pe nemți! Datorită vouă suntem acum o țară independentă!

Oamenii plângeau și râdeau de bucurie, ca drogați de extaz. Înnebuneau când le vedeau hainele militare, îi înlănțuiau în hore, strigau în toate limbile. Lui Mitu i se părea ireal tot ce se întâmpla. Privind mulțimea nesfârșită de bărbați, femei și copii care îi venera, își dădea seama că aceste clipe sunt calapodul după care avea să-și măsoare orice succes de acum încolo și se gândea cu amărăciune că fericirea imensă care îl îmbăta acum nu putea fi veșnică; când va fi lăsat la vatră, din toate astea nu vor rămâne decât amintirile.

---

* Curcubeele (engl.)

Când, pe 13 decembrie, *Les Terribles* traversară triumfători Rinul pe podul de la Engers, hotărârea lui era luată: se va duce la New York s-o caute pe Olga şi să-i spună c-o iartă pentru ce i-a făcut. Se vor muta din nou împreună şi-şi vor ridica o casă, în care-şi vor creste copiii. Şi poate, cine ştie, mai încolo se vor întoarce în România. Oricât rău i-ar fi făcut, o iertase. Cu ea, viaţa lui avea să fie frumoasă.

Capitolul 26

Pentru că la centrul de recrutare din Brooklyn spusese că era din Michigan, Mitu a fost trimis după război, în iarna lui 1919, împreună cu *Les Terribles*, în Detroit.

A găsit America schimbată. În entuziasmul cu care fuseseră întâmpinați ca salvatori și eliberatori a simțit cumva tristețe și oboseală, de parcă anii lungi de sacrificii făcute la mii și mii de kilometri distanță îi afectaseră atât de mult pe cei rămași acasă, încât doreau să uite cât mai repede ce se întâmplase în lume și să-și vadă de viețile lor.

Și, ca și cum cele șaisprezece milioane de suflete ce pieriseră de partea cealaltă a oceanului nu fuseseră un preț suficient de ridicat pentru capriciile istoriei, alt dezastru lovea acum omenirea. America scăpase de un război pe pământul propriu, dar fusese atacată insidios, perfid și nimicitor, de ceva care ucisese până atunci de zece ori mai mulți soldați decât sfârșiseră sub glonț: teribila gripă spaniolă.[*]

Mitu văzuse epidemia în infirmeria în care zăcuse în Franța, dar nu-i dăduse mare atenție, crezând că erau doar cazuri de pneumonie gravă. Știrile fuseseră cenzurate în ziare și în scrisorile primite de acasă și, de vreme ce simptomele semănau cu cele ale unei răceli obișnuite, nu bănuise nicio clipă ravagiile pe care boala le făcea în lume.

Când însă mărșălui prin centrul Detroitului, pe Washington Boulevard, și fu obligat, laolaltă cu toți camarazii lui, să poarte masca de gaze, ceea ce nu făcuse nici măcar când fuseseră atacați cu iperită în Argonne, îl cuprinse spaima. Bucuria imensă care îl stăpânea de la terminarea războiului se risipi ca luată de vânt. Se simți deodată inutil, lăsat la cheremul naturii ce continua să se joace pervers cu ei.

Peste câteva luni a fost lăsat la vatră și, în ziua aceea, așa cum plănuise de mult, a suit în primul tren spre New York. Voia să se împace cu Olga și să-i facă o vizită lui Pistol. Deși se înrolase în armată într-un impuls necontrolat, fără să spună nimănui, îi trimisese apoi lui Pistol câteva scrisori la care nu primise răspuns, ceea ce îl îngrijora acum. „Omul ăsta nu mi-a scris niciodată în lunile astea cât am fost plecat, ce-o fi cu el? S-o fi supărat așa de rău pe mine...?"

---

[*] Se numește „Gripa Spaniolă" sau „Doamna Spaniolă" - „Spanish Lady" - pentru că a primit mai multă acoperire în presa din Spania - țară care nu a participat în război și nu a cenzurat media în acea perioadă - precum și pentru că oamenii au crezut inițial că a apărut acolo. Acum se crede că a izbucnit în primăvara anului 1918 într-un fort din Kansas. De acolo s-a răspândit peste tot, începând cu orașele dens populate și ajungând până în Alaska rurală și alte zone îndepărtate și rarefiate ale lumii. În primele 25 de săptămâni a ucis 25 de milioane de oameni, tot atât cât următoarea mare epidemie a secolului - SIDA - avea să ucidă în primii 25 de ani, făcând ca speranța de viață în America să scadă peste noapte cu peste zece ani. Când și-a terminat cursul, prin vara anului 1919, la fel de brusc precum începuse, cinci procente din populația globului îi căzuseră victimă (n.a.).

Când a pus piciorul în Manhattan şi şi-a aruncat privirile în jur, i s-a părut că aerul era altfel faţă de cum îl ştia: oraşul era mai mohorât, sumbru, dezolant. Oamenii care umblau pe străzi cu măştile pe faţă, evitând contactele şi privind bănuitori pe oricine tuşea o dată, îi reaminteau dureros de război.

În *tenement*-ul din Lower East Side nu a mai recunoscut pe nimeni. Cei cu care împărţise camera la începuturi nu mai locuiau acolo, iar pe Pistol nu-l ştia nimeni. Se îndreptă până la urmă spre croitoria unde acesta lucrase, la câteva străzi mai încolo.

– Îl caut pe Pistol, ştiţi cumva pe unde e? Mai lucrează aici? întrebă când dădu cu ochii de Kursovski, proprietarul prăvăliei, pe care îl ştia doar din vedere.

Omul îşi plecă ochii în pământ, fără o vorbă. Atunci se înmuie de spaimă şi inima începu să-i bată ca pe front:

– Ce s-a întâmplat? Spune-mi! se răsti.

– Cine eşti dumneata, vreo rudă, ceva…?

– Da, sunt rudă cu el, spuse cu voce nesigură. Văr de-al doilea. Am venit împreună în America…

Kursovski continua să privească în podea:

– Du-te la punctul medical din capătul lui Lafayette. Acolo s-ar putea să afli mai multe…

Mitu îl privi buimac:

– Nu se poate, asta nu se poate… murmură şi o luă la goană.

Sora medicală cu care vorbi consultă o listă nesfârşită de nume scrise de mână şi, după câteva minute lungi cât veşnicia, dădu din cap:

– Ioan Pistol… Da, l-am găsit aici…

– Da? Şi? Ce-i cu el? Unde-i?

– Prietenul tău a murit de *influenza* în toamna anului trecut, îmi pare foarte rău…

Mitu se sprijini de perete gâfâind sacadat. Venele de la gât îi pulsau cu putere. Se uită la ea cu ochii larg căscaţi, apoi îşi puse mâinile la tâmple şi dădu din cap a neîncredere:

– Nu… Nu se poate… era tânăr şi puternic, în floarea vârstei, nu putea să moară de la o răceală, nu poate fi adevărat, e sigur o greşeală, mai caută-n registre…

– Gripa asta i-a lovit mai ales pe tineri şi a cruţat bătrânii şi copiii, îi explică sora, încercând parcă să-i abată atenţia. În New York, unul din zece a făcut-o şi mulţi nu i-au rezistat. Anul trecut au murit mai mult cu douăzeci şi cinci de mii decât mor în mod obişnuit. Nimeni nu înţelege de unde a apărut sau de ce a avut cursul ăsta. A fost prăpădul de pe lume, de parcă ciuma ar fi renăscut din propria-i cenuşă pe Madison şi pe Fifth Avenue. Nu demult, doar cu câteva luni în urmă, puteai să vezi pe străzi sicriele puse unul peste altul, trupuri lăsate la intrări ca să fie culese de autorităţi, panglici negre atârnând la mai toate porţile caselor. Iadul pe pământ…

– A suferit? întrebă el pierdut.

Prin acel punct medical trecuseră mii de bolnavi, aşa că femeia nu-şi putea aminti de fiecare în parte. Însă toţi muriseră la fel:

– A venit cu tuse şi febră, în câteva ore a început să delireze, să-i curgă sânge din nas, şi în mai puţin de o zi s-a stins. Plămânii i s-au umplut cu lichid şi a murit înecat în propriile fluide. Am făcut tot ce ne-a stat în putinţă să-l salvăm, chiar şi tratamentul de care se spunea că ar da ceva rezultate - transfuzii cu sânge de la oameni infectaţi care au scăpat - însă fără vreun rezultat, îmi pare sincer rău. N-am cum să-ţi dau ceva din efectele lui, toţi decedaţii au fost arşi sau îngropaţi în sicrie închise ermetic.

Mitu o privi livid. Gura i se uscase, înghiţea greu şi începu să respire superficial şi accelerat, parcă nevrând să audă cum îi intra aerul în plămâni:

– De ce el şi nu eu?! De ce…?! se prăbuşi cu capul în mâini.

Sora se apropie de el şi-l bătu uşor pe umăr:

– Nu e vina nimănui, nici a ta, nici a altcuiva, aşa a vrut Cel de Sus.

– A venit cineva să se intereseze de el, a aflat familia lui? întrebă după o vreme, lăsându-se într-un scaun ca şi cum l-ar fi apucat leşinul.

– Nu ştiu să-l fi căutat cineva până acum, că mi-aş fi notat aici, iar noi n-am trimis scrisori la nimeni, ar fi fost peste puterile noastre. Grija noastră zilnică era cum să-i îngropăm mai repede şi să prevenim alte infecţii.

„Oh, Doamne, Olga!" tresări el atunci. „Olga mea!"

Ieşi în fugă de acolo şi urcă într-un *horsecar* spre Coney Island, bătând din picior de iritare din pricina încetinelii cu care acesta se mişca.

„Oare o fi scăpat? O fi scăpat în puhoiul ăla de lume? Doamne, cruţă-mă de asta!"

Când intră pe poarta parcului, aerul de dezolare pe care îl percepuse în Manhattan îl izbi cu şi mai mare tărie: Coney Island era doar o umbră a ceea ce fusese înainte de război. Lumea se schimbase, nu se mai distra ca înainte; o maturizare stranie, aproape o bătrâneţe, se străvedea pe chipurile vizitatorilor. Era înghesuială, însă nu exuberanţa ca în trecut. Oamenii îşi alegeau distracţiile cu multă cumpătare, ferindu-se de scenele pe care odinioară se jucau bătălii grandioase - văzuseră deja prea multe de genul acesta în războiul care încă le sufla în ceafă.

Făcu drumul spre teatrul ei în câteva minute. Înainte îi lua şi jumătate de oră ca să traverseze mulţimea compactă care parcă nu se urnea de acolo vreodată.

Văzu de departe că ceva era nelalocul său, fără să-şi dea seama exact ce, dar când se apropie, înţelese cu o strângere de inimă.

La orice se gândise, dar nu că locul ar fi părăsit. Uşa teatrului era bătută în cuie şi ferecată cu lanţuri groase, prinse cu lacăte masive. Un afiş anunţa cu litere de-o şchioapă:

Teatrul Honey Pie a dat faliment. Vă mulţumim din suflet pentru
colaborarea voastră din zilele noastre bune.

Se interesă la vecini, dintre care câţiva mai erau acolo, dacă ştiau ceva.

– Nu ştim nimic, omule. Au închis prăvălia acum câteva luni, şi-au încărcat catrafusele în două containere mari şi au plecat. Nu ştim unde, nu ne-au spus. Zvonurile zic că s-ar fi dus în străinătate de frica gripei, alţii spun că ar fi luat-o spre coasta de vest, spre California, dar nimeni nu ştie nimic sigur.

– Şi chiar nu ştiţi nimic, absolut nimic, care să mă pună pe urma lor? O adresă, ceva? O caut pe Olga Gertrude.

– Ah, Olga... Da... Frumoasă femeie...

– Ştiţi ceva de ea?

– Anul trecut a dispărut, auziserăm că locuia în Manhattan, însă la un moment dat - prin toamna trecută, dacă nu mă-nşel - s-a mutat din nou aici la teatru. Am văzut-o şi pe ea când şi-au făcut bagajele. Au plecat cu toţii. Ne pare rău... era datoare cu nişte bani - nu o sumă mare - şi am vrea să ştim şi noi pe unde umblă...

Mitu răsuflă încurajat - „încă-i în viaţă!" - şi o porni spre Manhattan. Coborî în Battery Park şi se plimbă o vreme pe faleză. Cum privirile îi tot cădeau pe Statuia Libertăţii şi pe Ellis Island, îşi aminti de Boncu.

„Doamne, rămăsei singur pe lumea asta..., se posomorî. Rămăsei singur cuc."

Luă metroul şi coborî în Penn Station, de unde luă primul tren spre Detroit. Nu putea rămâne în New York. Ştia că nu ar fi putut să îndure să se plimbe pe străzile pe care se plimbase cu Olga, să treacă pe lângă restaurantele în care luase cina cu ea, să viziteze Coney Island unde lucrase ea, să intre în cinematografele în care văzuse filme de dragoste cu ea. Nu mai putea sta în oraşul ăsta. Trebuia să plece cât mai departe.

În vagon, scoase un creion şi mâzgăli câteva rânduri pe o foaie, pe care o vârî într-un plic, scriind pe el, cu mână tremurândă, adresa lui Pistol de acasă:

Dragii mei,
Tare sunt mâhnit că trebuie să fiu purtătorul unei veşti atât de grele. Ioan a murit în toamna anului trecut de gripă spaniolă, o boală înspăimântătoare despre care nu ştiu dacă a ajuns şi în România. Nu s-a chinuit, a murit repede, în câteva ore l-a luat bunul Dumnezeu. Aş vrea să vă pot trimite ceva de-al lui, însă nu am putut găsi nimic care să-i aparţină.

Prietenul lui cel mai bun,
Mitu Lăutăreciu

DETROIT

Capitolul 27

Imediat ce s-a întors în Detroit, Mitu a luat legătura cu Mike Anthony, soldatul fără un picior pe care îl cunoscuse în infirmerie la Meuse-Argonne și care-i promisese că îl putea ajuta să intre la uzinele Ford. Mai avea în portofel adresa mâzgălită de acesta pe o bucățică de hârtie când se despărțiseră.

Păstrase hârtiuța mai mult ca amintire, negândindu-se nicio clipă că o să ajungă să aibă nevoie de el. Acum, însă, nu avea de ales. Era singur într-un oraș străin. Nu cunoștea pe nimeni aici. Nu putea da nimănui telefon pentru un sfat. Singurul lui prieten adevărat din America - Pistol - murise. Olga dispăruse ca înghițită de valuri. Orice ajutor, orice fel de sprijin i-ar fi fost de folos.

Mike locuia într-o suburbie curată a orașului, într-o vilă impunătoare cu două etaje, lucru care îl surprinse oarecum, pentru că părerea lui despre cei ce se înrolaseră voluntari în armată era că o făcuseră din sărăcie și că se duseseră pe front tocmai în speranța că asta îi va ajuta să-și găsească slujbe mai bune după război.

Când a pornit să-l întâlnească pe Mike, într-o seară de august, nu avea mari speranțe. Învățase bine în anii care trecuseră că cel mai greu lucru în America era să-ți găsești un loc de muncă bine plătit. El nu reușise asta niciodată și nu vedea cum Mike - un băiat care anul acesta abia împlinea nouăsprezece ani, din câte-și amintea el - ar fi avut relațiile necesare să-l bage la uzina la care râvneau atâția.

A așteptat o vreme în fața porții, emoționat. De când fusese trecut în rezervă, nu se mai întâlnise cu vreun fost camarad de luptă, deși se tot gândise să-i contacteze pe câțiva dintre cei cărora le știa adresele. Își strânse curajul, trase aer în piept și apăsă pe butonul soneriei. Un câine mic, zburlit ca un arici, care moțăia pe iarbă, tresări, se ridică brusc în picioare, ciuli urechile și începu să latre jucăuș la el. Intră în curte, iar câinele se apropie, mirosindu-l și dând din coadă ca și cum ar fi revăzut o veche cunoștință. O femeie în vârstă îi deschise atunci ușa și-l fixă curioasă:

– Cine ești dumneata? îl întrebă.

– Sărut mâna, doamnă, dacă-mi permiteți... Îl caut pe Mike. Mike Anthony. Am făcut războiul împreună. El mi-a dat adresa asta. Aici stă?

Femeia îl măsură din cap până în picioare, apoi îi zâmbi.

– Da, cum să nu! Vino înăuntru. Eu sunt mama lui. Mike! Te caută cineva! strigă tare.

Mitu păși înăuntru cu sfială. Așezându-se pe canapea, își aminti cum se tulburase când, în infirmeria din Meuse-Argonne, își dăduse seama că băiatul cu care împărțea patul de campanie avea un picior amputat.

Mike apăru după câteva secunde în capul holului, mergând cu efort în cârje, dar cu fața radiind de bucurie:

– He-hei... Tu ești, românule! Ce surpriză să apari așa din senin! Bine-ai venit! Ce te-aduce pe aici, omule?

Mitu îl îmbrăţişă stângaci, atent să nu-l dezechilibreze.

– Am venit să te văd şi să te rog să mă ajuţi să intru la Ford, dacă poţi, îi spuse de-a dreptul, aşa cum se învăţase să vorbească în anii de când ajunsese în America.

Mike chicoti:

– Înţeleg... Nu ţi-a ieşit planul să-ţi pui capăt zilelor şi-acum dai din coate să supravieţuieşti, ca să vezi...

Băiatul ăsta era neschimbat! Acelaşi ton batjocoritor, plin de el, sarcastic, uneori de-a dreptul enervant! De data asta însă nu mai simţi ranchiuna de odinioară, când râsese de el şi Olga.

– Şi ce-ai mai făcut de când s-a terminat? îl întrebă Mike, făcându-i semn să se aşeze.

Mitu îşi drese vocea şi-i relată pe scurt tristul său drum la New York.

– Deci aşa... într-o zi ai pierdut şi un frate de cruce, şi speranţa c-o să te întorci la femeia a cărei poză o aveai în buzunarul de la piept. Crâncen!

„Ce memorie!" gândi Mitu.

– Doamne, omule, prin câte-am mai putut trece şi noi... medită Mike cu gândurile aiurea. Ştii, când m-au trimis acasă, imediat după ce m-au scos din infirmerie, credeam c-o să mă bucur să mă întorc în America, chiar şi aşa, olog. Dar îmi lipsesc oamenii din pluton, măi, îmi lipsesc teribil... M-am gândit mult la asta. Acolo eram ca nişte fraţi. Şi nu cred c-o să mai întâlnesc vreodată, în viaţa civilă, aşa ceva...

Mitu dădu din cap şi oftă. „Aşa e...".

– Mă bucur c-ai trecut pe la mine! Nu cred să existe prietenii mai strânse decât acelea de pe front. Civilii îşi duc viaţa în globuri de cristal. Habar n-au de adevăratele suferinţe umane! Aici, amiciţiile se fac şi se desfac pe măsură ce interesele cresc şi descresc, am văzut asta de-atâtea ori! Însă, pentru noi, cei care am înfruntat moartea împreună, războiul e ca o pecete care ne va uni pe vecie...

– Să dea Domnul să fie aşa... murmură Mitu. De asta cred că m-am hotărât să vin în Detroit şi nu în altă parte. În New York nu mai aveam pe nimeni. Dar aici stau aproape toţi cei din Divizia 32 care au scăpat cu viaţă. Hai să ne-ntâlnim regulat, să nu pierdem contactul, OK?... Să rămânem *Les Terribles*!

– *Les Terribles*, rahat cu perje... pufni Mike, dând a lehamite din mână. Aşteaptă câteva luni ş-ai să vezi că nimeni n-o să-şi mai aducă aminte...

– Ba nu... O să primim şi nişte bani pentru sacrificiile noastre din război. O să primim bonusul militar...

Mike se uită la el ca la un tâmpit, umplu două pahare cu brandy dintr-o sticlă pe care maică-sa o pusese pe masă şi izbucni în râs:

– Omule, dar naiv mai poţi să fii! Ar trebui să judeci mai bine, prietene! Pun pariu pe ce vrei tu că n-o să vedem niciodată vreo recompensă de la guvern. Niciodată! Sau, dacă o să primim, o să fie ceva simbolic. Ţine minte asta de la mine! Şi, că veni vorba, pe tine nu te trage pământul tău înapoi? Ce cauţi prin capătul ăsta de lume?

Mitu plecă ochii în podea.

– M-aş întoarce în ţara mea dac-aş avea un rost şi ceva bani. M-aş întoarce, zău... Cum să nu... Fără să stau pe gânduri...

– Te-ai întoarce, dar parcă nu te-ai întoarce... Nici tu nu ştii ce vrei... Mă rog... Hai noroc, camarade, ia o înghiţitură din licoarea asta!

– Noroc să fie! încuviinţă Mitu şi sorbi din pahar.

Stătură de vorbă până spre miezul nopţii şi se despărţiră cu promisiunea de a se mai revedea, iar Mike îl asigură de sprijinul său pentru uzinele Ford.

– Îi cunosc pe cei care angajează acolo, ar trebui să n-ai nicio problemă. Sună-mă vineri şi-am să-ţi spun atunci exact pe cine să cauţi.

– Mulţumesc mult, omule... Mult de tot... Nici nu-ţi dai seama ce ajutor e pentru mine... Dar mai spune-mi ceva: de unde ai luat coniacul ăsta aşa bun...?

Mike zâmbi cu subînţeles:

– Am legăturile mele... Te trimit şi pe tine la sursa mea, dacă vrei...

Peste o săptămână, Mitu se prezentă la poarta colosului industrial din vestul Detroitului, cerând să fie primit de un anume funcţionar - „Vin din partea lui Michael D. Anthony, care a lucrat aici şi care m-a trimis la dumneavoastră." În câteva ore, după ce omul l-a trimis să discute cu un inginer, a primit, spre enorma lui surpriză, o ofertă de lucru necalificat la banda rulantă.

Din clipa aia, viaţa i s-a schimbat pe loc în mai bine. Ca peste noapte, veniturile i-au crescut considerabil: faţă de cei aproape zece dolari pe săptămână pe care-i câştiga la Herzowig în zilele bune, aici avea douăzeci şi cinci, plus program fix de lucru. Henry Ford dublase lefurile încă din 1914 la cinci dolari pe zi şi redusese timpul de lucru la patruzeci de ore pe săptămână, înainte ca guvernul să dea o lege federală în privinţa asta

La început a locuit într-un *tenement* cam ca acelea din New York, dar, după o perioadă, s-a mutat cu chirie într-un apartament de la parterul unei vile semicentrale. Pentru prima dată în viaţă, gusta din sentimentul de a fi oarecum *middle-class*, clasa de mijloc. Nu mai trăia în sărăcie. Nu-şi mai drămuia fiecare cent. Nu mai trebuia să-şi planifice o cheltuială mare cu luni şi luni înainte. Da, munca era grea - învârtea necontenit la maşinăriile care fabricau celebrele modele T - dar, când primea leafa, simţea că îi încolţesc aripi.

Pentru o vreme a rezistat ispitei de a-şi irosi banii proaspăt adunaţi pe lucruri inutile. Îşi cumpăra doar strictul necesar. După un timp însă a început să-l bată gândul la un automobil. Postul de la Ford îi dădea posibilitatea să-şi cumpere o maşină la preţ redus, ceea ce era o capcană care îl ademenea tot mai puternic. I-a rezistat o vreme, spunându-şi că era neînţelept să zvârle cu bani în vânt fără să aibă cu adevărat nevoie, însă, până la urmă, a cedat dorinţei de a se vedea iar la volan.

„Ce dracu', doară fac destui bani ca să-mi permit... Altfel, de ce-am mai venit în America?!", şi-a spus în ziua în care se ducea, cu o bucurie amestecată cu vinovăţie, să-şi ridice maşina nou-nouţă.

Ciudat atunci a fost însă faptul că, în momentul când a ieşit cu ea să facă un tur prin centrul oraşului, i s-a părut firesc să fie a lui. I s-a părut natural să fie la volan şi i s-a părut curios că nu făcuse asta mai demult. I s-a părut normal să se amestece şi el în furnicarul motorizat de acolo. În loc să simtă fericirea imensă pe care o încercase când se plimbase falnic cu un model T pe uliţele din Cernădia, acum în suflet i se căscase un gol.

„OK... Now, what?*" şi-a spus după ce a dat o raită pe arterele principale şi a înconjurat parcul o dată.† „Now... what?!"

În lunile care au urmat, viaţa lui s-a aşezat pe un făgaş din ce în ce mai stabil. În afară de traiul mai confortabil, nu o ducea mult altfel faţă de cum o dusese în New York: program fix de lucru şi ceva timp liber la sfârşitul săptămânii.

Spre deosebire de New York însă, la sfârşit de săptămână era singur. Se ghemuia în apartamentul lui, posomorât, fără chef de a se întâlni cu cineva. Amintirea Olgăi încă îl măcina, iar moartea lui Pistol, de care parcă nu-şi dăduse seama ca de o realitate, îl deprima acum.

Apatic, începea să simtă un fel de oboseală de a trăi, o nemulţumire apăsătoare, o lipsă acută de sens şi o lehamite de a mai persevera să meargă înainte. I se părea că a fi în rezervă era, de fapt, infinit mai rău decât pe câmpul de luptă. Acolo, în tranşee, era în alertă permanentă şi avea zilnic un scop pentru care să lupte cu îndârjire: să scape nevătămat. Aici, însă, nu mai era erou, ci simplu muncitor.

Săptămâna începu să treacă greu fără băutură. Uneori se abţinea din răsputeri să nu dea pe gât dimineaţa o înghiţitură de brandy. Ford instituise în uzină controale ale „departamentului sociologic" pentru a verifica „starea morală" a lucrătorilor, penalizându-i dacă beau sau dacă nu se supuneau regulilor, iar asta îl împiedica să se „încarce" dimineaţa - cum îi plăcea să zică - cu un păhărel.

Sâmbăta seara, însă, ca şi cum ar fi vrut să recupereze pierderea din zilele precedente, bea până la inconştienţă uneori, trezindu-se a doua zi cu dureri teribile de cap. Atunci îşi jura să nu mai pună în viaţa lui strop de alcool pe limbă. Asta îi reuşea o vreme, dar apoi ceda şi se ducea din nou să-şi cumpere o sticlă, şi încă una.

Iar asta costa. Costa exorbitant. Băutura, chiar şi pentru salariul bunicel de la Ford, era extrem de scumpă. Pe deasupra, nu se găsea aproape nicăieri. Trebuia să umbli după ea prin locuri camuflate, să intri în legătură

---

* Bun, şi-acum?! (engl.)
† De la peste opt sute de dolari cât costa în 1908, preţurile modelelor T scăzuseră vertiginos, ajungând în câţiva ani la aproximativ trei sute de dolari, făcând prin asta ca automobilul să nu mai fie un obiect de lux şi un simbol al statusului, ci devină un produs accesibil omului de rând (n.a.).

cu oameni care o fabricau pe furiş prin casele lor şi să dai preţuri nebuneşti pe ea. Statul Michigan dăduse o lege prohibitivă locală prin care interzisese fabricarea şi comercializarea alcoolului încă din 1916. „Cruciaţii moralităţii", cum erau numiţi reformiştii, reuşiseră să câştige bătălia împotriva viciului, însă cu un cost teribil: Mitu făcea parte acum dintre zecile de milioane de oameni care tânjeau după alcool, dându-se peste cap să şi-l procure pe sub mână.*

La început, a aflat de unul dintre localurile unde se vindea băutura de la Mike, care l-a trimis undeva pe Woodward Avenue, chiar în inima oraşului.

– Baţi la uşă de şase ori repede şi, când se deschide ferestruica, zici: „Joe din Alabama m-a trimis!"

A făcut exact cum fusese instruit şi a intrat fără nicio problemă. Însă Mike nu-i spusese că îl trimisese nu la o bodegă secretă pentru omul de rând - un *blind pig* -, ci la un *speakeasy*, adică un local de lux pentru pătura de sus a societăţii, unde se cânta jazz live, se dansa charleston, se puteau cumpăra dame pentru companie scurtă şi se serveau băuturi bune, dar extrem de piperate.

În prima noapte petrecută acolo şi-a cheltuit leafa pe o săptămână. După ce s-a dumirit cam cum stăteau lucrurile, a vizitat şi un *blind pig*, nu înainte să-i ceară lui Mike părerea.

– Da, i-a spus acesta, preţurile în *blind pigs* sunt mai bune, ce să zic... Dar distribuitorii de acolo vor cu orice preţ să vândă cât mai mult alcool şi din cauza asta pun în el tot felul de porcării ca să-l lungească: substanţe de îmbălsămat cadavre, spirt sau metanol... Ai grijă... Unii s-au îmbolnăvit, alţii au orbit, am auzit că unii chiar au murit otrăviţi...

Nu l-a ascultat şi, după o noapte de băut într-un *blind pig*, aproape că a ajuns în spital. A zăcut ca mort două zile, vomitând continuu, apoi l-au apucat fierbinţeala şi o durere năprasnică de cap care l-au ţintuit în casă încă două zile.

---

* Rădăcinile prohibiţiei, reprezentând o manifestare a moralităţii stabilimentului anglo-saxon, se adâncesc în istorie, începând încă din perioada colonială, în care, până în 1855, treisprezece state adoptaseră legi prohibitive locale. Alcoolul fusese interzis soldaţilor în timpul Războiului Civil şi, imediat după aceea, susţinătorii curentului au fondat jurnale în care publicau articole ştiinţifice descriind efectele degenerative ale băuturilor spirtoase. Grupuri reformatoare feministe (ex. „Women's Christian Temperance Union") au reuşit apoi să impună introducerea în şcoli a propagandei anti-alcool, iar prohibiţioniştii - în genere protestanţi evanghelişti din clasa de mijloc, cu frică de emigranţi, evrei, catolici sau negri - invocau ştiinţele eugenice (îmbunătăţirea ereditară a rasei umane prin împerechere selectivă controlată) pentru a-şi susţine cauza, argumentând că emigranţii erau inferiori pentru că urmaşii acestora începuseră să bea de la o vârstă fragedă. Isteria din timpul primului război mondial a alimentat cu un combustibil nou mişcarea, ziarele prezentând propagandistic ştiri care punctau faptul că proprietarii de distilerii şi berării erau în genere nemţi-americani. Succesul acestor presiuni sociale a fost atât de ridicat încât, până la terminarea războiului, majoritatea statelor adoptaseră legi prohibitive într-o formă sau alta (n.a.).

Când şi-a revenit cât de cât şi a fost în stare să se ducă din nou la serviciu - fusese cât pe ce să fie dat afară din cauza asta -, s-a jurat că n-o să mai intre în viaţa lui în bodegi ieftine şi că o să facă tot ce-i va sta în putinţă ca să aibă bani destui ca să-şi cumpere băutură numai din localuri bune.

Capitolul 28

După întâlnirea cu Mike, Mitu a început să se vadă, uneori mai des, alteori mai rar, cu câțiva dintre foștii camarazi de luptă care locuiau în oraș, petrecând împreună multe nopți albe și rememorând la nesfârșit ororile - sau faptele de vitejie, cum erau numite de civili - prin care trecuseră în lunile sau în anii de război.

La început, prin baruri sau bodegi ascunse, restaurante sau parcuri, lumea le asculta istorisirile cu interes, lărgind ochii când se povesteau lucruri care păreau că nu se pot întâmpla decât în cărți sau în filme. Povestea „Batalionului pierdut" - câteva sute de soldați americani uitați prin pădurile din Argonne, care, înconjurați de armata germană, bombardați în neștire de nemți, dar, din greșeală, și de aliați, rezistaseră stoic zile întregi aproape fără armament și fără provizii, jumătate dintre ei supraviețuind în mod miraculos - ridica de mirare sprâncenele tuturor celor ce nu avuseseră de-a face cu războiul. Sau întâmplarea cu Alvin York - caporalul care, cu doar șapte oameni sub comanda sa, capturase patru ofițeri și aproape o sută treizeci de soldați germani și distrusese treizeci și cinci de cazemate - stârnea totdeauna exclamații de admirație și respect, mai ales în rândurile adolescenților încă necopți, care vedeau intrarea sub drapel ca pe o modalitate rapidă de a câștiga statut și faimă.

Cu timpul, însă, istorisirile lor au impresionat tot mai palid. Viața își urma cursul firesc, în care lucrurile prezente, chiar dacă mărunte, sunt mult mai importante decât cele zguduitoare din trecut. Entuziasmul cu care fuseseră primiți odinioară se răcise - în ultima vreme începuseră să-și depene amintirile unii altora sau să aibă ca interlocutori niște bețivi sau pierde-vară.

Mai târziu, unul dintre camarazi a plecat în sud, în Georgia, altul s-a însurat și și-a ridicat o casă afară din oraș, iar un al treilea s-a întors în Franța, țara lui natală. Mike se mutase cu familia pe coasta de vest, de unde i-a scris că și-a găsit o slujbă de funcționar la bancă. Alții s-au răspândit tot prin alte părți, până când, din nucleul de soldați cu care văzuse moartea împreună de sute de ori, nu mai rămăsese decât el.

Les Terribles nu mai erau decât amintirea unei experiențe comune răvășitoare, văzută eroică din afară, dar pe care el o gândea în străfundurile lui drept tragică.

Poate că pierderea legăturilor pe care le închegase atât de puternic cu foștii camarazi a fost motivul pentru care Mitu a simțit atunci chemarea la matcă. Sau poate evoluția naturală a omului, care nu-și uită niciodată copilăria și rădăcinile. Orice ar fi fost, împrăștierea lor l-a făcut să se gândească din ce în ce mai des la România.

De când venise în oraș nu cunoscuse decât câțiva români, și pe aceia în treacăt. Nu tânjea să vorbească românește cu nimeni. Divizia 32 era neamul din care făcea acum parte și știa că doar oamenii aceia l-ar fi putut înțelege.

Acum, însă, rămăsese din nou singur. Seara venea direct acasă sau întârzia câteva ore prin vreun *speakeasy*, cheltuind mereu mai mult decât îl ținea buzunarul. Duminicile și le petrecea fără să se întâlnească cu nimeni. Se simțea acum vinovat că rămăsese în viață, când milioane muriseră pe front. Avea coșmaruri noaptea, trezindu-se uneori asudat și încercând să apuce pușca de lângă el. De multe ori îl podideau din senin lacrimile. Câteodată, când mergea pe stradă, imagini de explozii i se perindau fulgerător prin fața ochilor, țintuindu-l și făcându-l să dârdâie ca și cum s-ar fi întâmplat aievea, ca și cum ar fi pășit brusc în trecut.[*]

De când Divizia 32 se destrămase, se simțea pierdut, neînțeles, uitat de țara pe care o apărase, nebăgat în seamă de lumea care acum o ducea mai bine din cauza sacrificiului lui și a sângelui vărsat de milioane de soldați ca el.[†] Le purta ranchiună tuturor americanilor, cu excepția veteranilor, tânguindu-se în fața oricui cu care se întâmpla să pălăvrăgească în vreo crâșmă ascunsă:

– Omule, tu nu pricepi: am venit în America, am luptat pentru ea, era să mă prăpădesc apărând-o și, drept răsplată, acum am o slujbă care mă macină și niciun viitor mai acătării în zare!

– Dar de ce nu te întorci înapoi în țara ta, dacă ți-e atât de rău aici? îl izbea uneori cu întrebarea câte un abțiguit cuprins de naționalism în fața unui pahar de whiskey ce costase o mică avere.

– Bine, lasă-mă, că nu-nțelegi. Nu-nțelegi nimic…

O vreme, la sfârșit de săptămână, a preferat să rămână în camera lui. Stătea ore în șir în pat cu o sticlă lângă el. Se simțea bine în suferința lui. Din cauza durerii se vedea pedepsit, iar, prin asta, vinovăția pentru morțile celorlalți nu-l mai încerca atât de tare.

Mai încolo, o pornire a pâlpâit în el: a început să-și dorească să cunoască și alți români. Să afle noutăți din țară și să fie la curent cu evenimentele și cu politica de acolo. Să vorbească cu *de-ai lui*.

---

[*] Stresul posttraumatic (numit pe vremea aceea „shell shock") este o tulburare psihică severă, caracterizată prin retrăirea persistentă a unui eveniment traumatic sever prin flashback-uri, amintiri intruzive și vise chinuitoare recurente. Persoanele care suferă de aceasta evită situațiile care amintesc de traumă, au tulburări de somn, sunt iritabile, hipervigilente, au sentimente de culpabilitate, detașare, înstrăinare, se tem de respingere, sunt impulsive, prezintă modificări ale stilului de viață și manifestă dificultăți relaționale și maritale. La acești oameni se întâlnește frecvent depresia comorbidă și, uneori, alcoolismul (n.a.).

[†] „Generația pierdută" desemnează generația de tineri de după primul război mondial, născuți între 1883 și 1900, cunoscută și sub numele de „Generația Primului Război Mondial" sau „Generația 1914". Ea reprezintă cea mai în vârstă generație încă în viață. Membrii ei se caracterizau prin dezuluzia dată de numărul imens de victime din conflagrație, erau cinici și disprețuitori față de noțiunile victoriene de moralitate și proprietate ale celor mai în vârstă și erau ambivalenți față de idealurile sexuale victoriene (n.a.).

Ştia unde locuiau - într-o enclavă dintre West 52nd Street şi West 65th Street, la nord de Detroit Avenue[*] -, pe unde nu trecuse niciodată. Făcea parte dintre puţinii români care nu se stabiliseră pe străzile acelea.

Prima vizită în zonă a făcut-o într-o duminică dimineaţă, când a intrat în biserica „Sfânta Maria"[†]. Acolo l-a cunoscut pe părintele Paraschiv, un bătrân blajin din Dumbrava Roşie, venit în America cu mai bine de cincisprezece ani în urmă. Acesta l-a prezentat mai întâi unei familii de moldoveni şi câtorva tineri din Muntenia.

Săptămâna următoare, a venit iar şi a cunoscut alţi oameni. Apoi, mersul la slujba de duminică i-a fost literă de evanghelie. Îi plăceau predicile - îi aminteau de Cernădia, unde nu era duminică să nu se ducă la biserică - şi, pe deasupra, de fiecare dată întâlnea acolo alţi români.

Deşi nimeni din cei pe care-i cunoştea acum nu fusese pe front, ca el, vedea, uneori cu surprindere, că se potrivea bine cu mulţi. Se adunau uneori la cafenea şi puneau ţara la cale: discutau despre rege, despre problemele de acasă, despre economie, despre Transilvania, iar asta îl făcea să se simtă ca şi cum ar fi locuit într-o Românie mică.

Într-un târziu, au aflat că ştie să cânte la vioară şi au început să-l invite la chermeze, botezuri şi cununii. Nu refuza niciodată, pentru că asta însemna băutură - atât de greu de procurat - şi mâncare pe săturate. Pe de altă parte, atenţia oamenilor îi măgulea orgoliul, aducându-i aminte şi de viaţa de lăutar în Cernădia.

La una dintre petreceri l-a cunoscut pe Gherasim Livrea, un moldovean măsurat la vorbă, cu care a legat numaidecât prietenie. Cioban prin munţii Ceahlău, acesta venise în America de vreo zece ani şi se angajase în tot felul de slujbe mărunte, prost plătite, tot sperând într-o minune care să-i împlinească visul. Învăţase singur să scrie şi să citească, şi în română, şi în engleză, căznindu-se să-şi găsească un rost al lui. Dar ceea ce păruse la început a fi o ţintă uşoară - căpătuirea - se dovedise la fel de amăgitor ca şi dunga orizontului. Până la urmă, ca milioane de alţi imigranţi care, porniţi în căutarea mai binelui, prăpădiseră ani mulţi fără să înainteze nici cât negru sub unghie, se resemnase cu soarta lui şi se hotărâse să plece din Detroit în Montana, unde să se apuce de oierit.

Gherasim lucra la bandă rulantă la Maxwell Motors, competitorul lui Ford, şi, deşi nu făcea mai puţini bani decât se câştigau la Ford, se văicărea mereu. Când a aflat că Mitu se pricepea la păstorit, a încercat să-l convingă să vină cu el. Mai încercase asta şi cu alţii şi-şi tot amânase plecarea pentru

---

[*] Imediat după primul război mondial în Detroit se afla cea mai mare comunitate de români din Midwest. Cea mai puternică viaţă culturală românească la acea vreme era însă în Cleveland, unde se tipăreau mai multe ziare. „America", o publicaţie ortodoxă românească periodică apărută în 1904, se tipărea în tiraje de zece de mii de exemplare şi era distribuită în întreaga America. Alte ziare, ca „Tribuna", apărut în 1902, sau unele publicaţii mai mici, erau distribuite diasporelor româneşti locale (n.a.).

[†] Biserica „Sfânta Maria" din Detroit, construită în 1906, a fost prima biserică românească din America (n.a.).

că nu-şi găsise un însoţitor. Îi era teamă să ia în piept de unul singur atâta amar de drum spre nord-vest, crezând că în doi lucrurile ar fi fost mai uşoare.

Când se întâlnea cu Mitu, nu pierdea ocazia să critice America şi să-i spună că bine ar fi să pornească împreună spre Montana, „Pământul Munţilor Strălucitori"*:

– Mă cântăreţule, mă... M-am săturat de munca pe care-o fac aicea, mi-o ajuns la gât, mă omule, stau nemişcat la bandă şi strâng şuruburi. Ţie-ţi place?! Poa' că-s io ţicnit, da' nu mai îndur să fac aşa ceva. Nu mai îndur şi basta! Plec în Helena, unde măcar ştiu despre ce-i vorba! Asta am făcut în ţară, asta am să fac şi-aici. Hai şi tu cu mine, mă! Eşti tânăr, o să struneşti oile pe-acolo ca nimenea altu'! O să facem bani, gândeşte-te că ne dau pământ pe gratis, doar ca să creştem animale!

La început, Mitu nici n-a vrut să audă. Nu-i plăcea nici lui munca pe care o făcea, dar era bine plătită şi avea, de bine, de rău, un acoperiş deasupra capului. Trebuia să-i mulţumească lui Dumnezeu pentru asta, nu să pretindă mai mult.

– Ce să fac eu, bre, la oierit, Gherasime, nu eşti întreg la minte?! îi răspundea. Să cutreier munţii-n frig şi ploaie cum făceam şi-n România?! Ai înnebunit? Nu-mi place să pasc oile! Nu mi-a plăcut niciodată! Şi n-am cum să câştig mai bine decât la Ford. La ce-oi mai fi venit în America, dacă e să fac ce făceam şi-n ţară?! Şi nici tu n-ai câştiga mai bine ca la Maxwell, ce-mi tot spui tu aicea?!

– Apăi n-oi câştiga mai bine, drept grăieşti, da' aş avea trai mai bun, mă, cum aveam acasă. Cutreieram văile şi dealurile după plac, fără să dau socoteală nimănui. Ce-o să faci în cinci ani de-acu' încolo, uită-te-nainte, ce vezi? Îţi spun eu ce-are să se-ntâmple cu tine: aceeaşi leafă din care pui deoparte câţiva gologani pe lună şi strângi o viaţă, da' aduni numa' oleacă. M-am gândit la asta mult... Mult... Munceşti ca un rob şi aiştia te joacă pe degete, te dau afară când vor, te silesc să faci aia sau ailaltă şi n-ai nicio putere să zici nu. Nişte hoţi nenorociţi! Mă simt ca o curvă plătită să le facă pe plac! Mai bine mă duc pe munţi!

După o vreme, Mitu a început să asculte mai cu luare aminte la vorbele lui Gherasim. Presentimente ca ale acestuia privind viitorul îl mohorau şi pe el de multe ori. Cât să mai stea la Ford meşterind fiare?! Cât să se mai trezească dis-de-dimineaţă, să vină seara frânt de oboseală şi să nu-i rămână timp de nimic altceva? Omul ăsta avea dreptate: peste câţiva ani, tot la bandă o să lucreze. Până la urmă trebuia să facă ceva, doar nu putea sta la nesfârşit aici!

Îşi aduse aminte că maică-sa îi scrisese mai demult că nişte novăceni de-ai lor plecaseră în Montana să facă păstorit şi, cu cât se gândea mai mult, cu atât ideea de a pleca şi el într-acolo începea să-l ademenească. „Poate că,

---

* Statul Montana era supranumit „Pământul Munţilor Strălucitori" sau „Marele Ţinut Albastru" (n.a.).

la urma urmei, n-o fi chiar aşa rău în munţii ăia... Poate mă-ntâlnesc cu nişte oameni de pe la noi. Ne-am ajuta..."

Începu să-i pună lui Gherasim întrebări mai amănunţite.

– Şi ia zi, moldovene, cum se face oieritul p-acolo pe unde vrei tu să pleci?

– Apăi ştiu din auzite, Mitule, c-am vorbit şi io cu cine-am apucat, însă mă gândesc că n-o fi aşa de greu să-mi prind urechile, că doară oile-s la fel şi acolo, şi colo...

– Da' de unde ştii că ne dă pământ?

– Aşa am citit într-o gazetă, că-n Montana îţi dă pământ dacă vrei să creşti animale. Ţi-l dă pe gratis. Pogoane întregi, cât vrei tu...

După încă o vreme, în care a sucit problema pe toate părţile, a început să-şi facă socoteli mai precise: „Dac-aş câştiga acolo tot atâta cât fac la Ford, mi-ar intra de fapt de două ori mai multe parale în buzunar, că n-aş mai da pe chirie şi mâncare...". Dar tot era prins de îndoială:

– Nu'ş ce să zic, Gherasime.... Aicea fac bani, nu mă dă nimenea afară... Nu-i aşa de rău, să ştii. Muncesc eu mult, da' munca nu-i ruşine. Pot să pui şi deoparte. Un cent, da' se strânge! Am automobil, stau bine, ce să mai cer de la bunu' Dumnezeu?! Ar fi cu păcat!

A trecut o lună, apoi încă una, şi încă una, timp în care s-a interesat peste tot despre oieritul din America şi, într-un sfârşit, s-a hotărât: a trecut pe la Gherasim într-o seară ca să-i spună că merge cu el.

– Omule... M-am gândit şi m-am tot gândit şi-am răsucit-o pe toate părţile. N-am nimica de pierdut... N-am casă, n-am pământuri, am ceva parale puse deoparte, nu multe, şi-un automobil pe care-l pot vinde iute. Mă pot angaja iar la Ford, dac-oi vrea vreodată, că ştiu lume acolo. Viu şi eu cu tine. O fi loc pentru încă un cioban pe meleagurile alea. Să fie-ntr-un ceas bun!

Când a auzit vestea, lui Gherasim i s-au luminat ochii de bucurie:

– Mă oltene, nici nu ştii ce bine-mi pare! Nici nu ştii! În sfârşit găsesc şi eu pe cineva! În doi totul îi mai uşor! Şi să-ţi mai spun ceva: tot îţi place ţie băutura şi te căzneşti să ţi-o cumperi pe din dos. Apăi prin pustietăţile din Montana ai putea să ţi-o faci tu singur... Poate te-mbogăţeşti p-acolo...

Niciunul nu bănuia atunci cât de tare se vor adeveri aceste vorbe.

CONTRABANDA

Capitolul 29

Lui Mitu i se tăie respirația când se văzu în Montana. Munții Stâncoși erau atât de copleșitori încât nici chiar unul ca el, crescut lângă vârful Păpușa, nu putea rămâne netulburat de grandoarea ținutului. Lacurile adânci și limpezi erau înconjurate de piscuri ce se întreceau să atingă norii. Missouri River, curgând mii de mile spre sud ca să se unească, hăt departe, cu Mississippi River, șerpuia îngust cât o lamă de oțel lucitoare. În păduri mișunau urșii grizzly, iar preriile, întinse până la orizont, erau străbătute de cirezi de bizoni.

— Să tot crești oi aicea, mă Gherasime, mă, milioane și milioane! exclamă el cu nările dilatate când ajunseră în Helena. Anticipa nerăbdător clipa când își va găsi ceva de lucru, uitând de ura care îl încercase toată copilăria pentru păstorit și pentru îngrijitul animalelor.

— Da... Eu ți-am zis! Da' tu grăiești ca și cum pân-amu' nu m-ai fi crezut...

— Ba te-am crezut, mă, da' nu m-am gândit că-i chiar așa! Acu' trebuie să vedem cum găsim ceva de lucru... S-o luăm din *ranch* în *ranch*...

— S-o luăm din *ranch* în *ranch*, da... avem să dăm noi de ceva pân' la urmă...

La început s-au interesat pe unde erau ferme în apropiere, și-au cumpărat hărți ca să se deprindă cu locurile și au început să bată drumurile din jurul Helenei.

În împrejurimile orașului n-au găsit nimic. „Știți, locurile de muncă aici sunt ocupate iute..." le explicau proprietarii când îi întrebau de slujbe.

După ce s-au dumirit cât de cât cum stăteau lucrurile, au lărgit cercul, ajungând la ferme mai îndepărtate, dar și acolo au fost refuzați - „Nimic, oameni buni, nimic... Ne pare rău... Toate oile-s date de-acum pe munți, n-avem nevoie de mână de lucru... Dar mai treceți pe aici, că știți cum e: ciobanii vin și pleacă și poate-o să avem ceva mai încolo..."

Când au văzut că primele încercări n-au dus nicăieri, au început să se organizeze militărește. Dacă până atunci hotărau „din mers" încotro să se îndrepte, acum făceau planul de cu seară, însemnând cu creionul fermele la care fuseseră până atunci - se strânseseră mai bine de zece - și aranjându-le pe următoarele să fie pe cât posibil în aceeași zonă, ca să poată vedea mai multe la un drum.

La una dintre ele - o stână aflată la mai bine de cincisprezece kilometri de oraș - au avut o surpriză. Era printre ultimele ferme pe care le vizitau în zonă - restul le văzuseră aproape pe toate. Porniseră dis-de-dimineață să întrebe și acolo de un job, fără mare nădejde, pentru că fermierii cu care vorbiseră până atunci le spuseseră că nu știau pe nimeni în împrejurimi care să caute ajutoare.

Când au ajuns, au văzut, undeva în spatele ogrăzii, un om care alerga niște cai, strigând la ei de mama focului. S-au apropiat și l-au întrebat de proprietarul moşiei, iar acesta le-a răspuns într-o engleză stricată că nu ştia şi că nu-l văzuse de câteva zile.

Din vorbă în vorbă, Mitu se interesă de unde era.

– Romania, rosti acesta, spre uluirea lor.

– România?! Eşti din România?! Vorbeşti româneşte?! Uite, mă, ce noroc! exclamă Gherasim.

– Şi voi tot români?! se minună omul.

– Da! Nu se vede după cum vorbim? Şi noi tot români! Şi? De unde eşti de loc din România?

– Din Gorj... De pe lângă Târgu-Jiu. Din Novaci, dacă ştiţi...

– Novaci?! Omule, apoi ştii de unde-s eu? Din Cernădia, mă! Doamne Dumnezeule! Da' cum te cheamă pe 'mneata? Că nu te ştiu...

– Din Cernădia?! se miră omul. Dar cum îţi zice? Eu sunt Ilie Porumbel.

– Ilie Porumbel... repetă Mitu. Mi-e cunoscut numele, numa' nu ştiu de un' să te iau. Da' pe mine mă ştii? Cântam cu taraful lu' Corcoveanu înainte de-a pleca în America... Mitu Popescu. Lăutăreciu...

– Lăutăreciu... Vai de mine şi de mine! Mitu, da! Îmi aduc aminte de tine, cum să nu! Erai băietan pe-atunci! Cântai la vioară! Ce te-ai mai schimbat, mă tată, mă! Cin-nu te ştia! Da' ai plecat de mult de-acolo...

„O fi ştiind de păţania care m-a făcut să fug în America?" se întrebă el puţin ruşinat şi chipul Anei îi trecu pe dinaintea ochilor. „Doamne, cât e de-atuncea... Ce-o mai face...?"

– Da... Am venit în America acu' zece ani... În 1913, confirmă. Dar dumitale?

– Eu acu' aproape cinci ani...

– Vezi, Mitule, cum ne-ajută bunul Dumnezeu? El ne dă, da' nu ne pune-n sac! Bine-am făcut c-am vrut să mergem la toate fermele! îşi făcu Gherasim o cruce mare, mişcat că doi oameni ieşiţi aproape din acelaşi sat se întâlniseră tocmai în partea cealaltă a lumii.

– Da' acu voi unde staţi? întrebă Ilie.

– Am tras la un *bord** de lângă oraş. Ce să facem şi noi, dacă nu ştiam pe nimenea... Da' mai sunt cumva şi alţi români p-acia? Mai sunt novăceni?

– Mai sunt, mai sunt...răspunse Ilie, spre mirarea şi bucuria lui Mitu. Ş-au fost chiar mulţi... Gheorghe Vonică, Ion Vărzaru şi Ion Piluţă încă mai sunt aici. Au mai fost şi Petre Nedu, Petre Grigore... Ion Andreoiu, Alexandru Cosor... Grigore Stelea şi Iosif Pirtea, da' ăştia s-au întors în ţară. Îl ştii pe vreunul din ei?

Mitu se căzni să şi-l amintească pe fiecare.

– Apoi mumă-mea mi-a trimis mai demult o scrisoare - cre' c-acu' câţiva ani - şi mi-a zis de nişte oameni de-acolo care-au plecat, da' uite

---

* *Boardinghouse*: pensiune (engl.). „Bord" era denumirea vehiculată în comunităţile româneşti (n.a.).

c-am uitat cine, dacă nu m-a interesat, că nu mă gândeam c-o s-ajung pe meleagurile astea! Pe Gheorghe Vonică mi-l amintesc... E unu' mai negricios la față și cu nasu' mare, așa-i?

– Da, și slăbănog. Muncește la o stână la vreo zece mile mai jos...

– Și pe Vărzaru pare-mi-se că-l știu, da' să mă bată Dumnezeu dacă-mi amintesc cum arată! Doar numele... Îl știu pe Pirtea ciobanul, da... Și cine-ai mai zis? Cosor... tot cioban era și el în Novaci, nu? Da' pe restu' nu-i cunosc... Dacă mi-ai fi spus niște nume de muieri, altceva ar fi fost, mă Ilie...

– Da, mă, da... Novăcence să știi că n-au ajuns pân-acu' p-acia... da' nu-ți fă gânduri, că, dac-ajung, n-o să-ți spui, o să le păstrez pentru mine pe toate...

– Las' că poa' te-nduri s-o dai p-a mai frumoasă, că de restu' n-o să-mi pese...

– Poți să stai liniștit, că precis asta o să fac! chicoti Ilie. Precis ție ț-o dau! Auzi, omule, da' tu pe ce lume-ai trăit pân-acu' de nu știi de toți oamenii ăștia de care-ți spusei?

– Nu-i știu, nu mi-i amintesc... ridică Mitu din umeri. I-aș ști, poate, dacă i-aș vedea... Deh, am plecat din Cernădia de mult, când aveam șaptespe ani și, deși am cântat ca lăutar ș-am fost la nunți și botezuri, n-am cunoscut multă lume din Novaci, că știi 'mneata cum era: cântai, ei jucau, da' nu prea intrai în vorbă cu ei, mai mult din auzite... Și-s mai bine de zece ani de-atuncea... Da' pe unde-s oamenii ăștia, că noi am mers pe la toate fermele din jurul Helenei pân-acu', de ne-a ieșit pe ochi, și numai pe dumitale te-am întâlnit român...

– Păi, îți spusăi: Vonică lucrează la vro zece mile-n jos, departe. Iar de Vărzaru și Piluță, drept să-ți zic, nu prea știu pe unde sunt, da' mergi o zi până la ei, le arătă cu mâna spre apus. Ne mai întâlnim din când în când duminica la un restaurant în Helena, la „Sasha and Natasha", unde-i un ospătar român care ne dă pe furiș și băutură...

– Și ziseși că unii dintre ei s-au întors în Novaci? La ce?

– Apoi nu știu bine să-ți spui... da' mulți care-au făcut o mie sau două de dolari s-au întors... au zis că pleacă să-și ridice gospodărie acolo. Știi, oamenii vin, stau câțiva ani aicea, după care pleacă înapoi cu ceva gologani. Și eu o să mă duc cân' o să mai strâng... Și eu...

– N-aș fi crezut să se-ntoarcă atâția... comentă Gherasim, mirat de ce auzea. Cât stătuse el în Detroit, nu cunoscuse decât foarte puțini care se întorseseră în țară, și niciunul din Moldova lui.

– Apoi, decât venetic, nu mai bine la tine acasă? oftă Ilie, și o urmă de amărăciune îi umbri ochii. Și mai sunt mulți români p-acia... Tecău scamatorul, care face giumbușlucuri pe la sindrofii, de îl știe toată suflarea, de exemplu. O să-l întâlnești negreșit dac-ajungi la restaurantul ăla, că pe-acolo se-nvârte...

– Omule, ia zi, veni la subiect Mitu, cum putem noi să ne găsim ceva de lucru p-acia? Că doar d-asta ajunserăm în Helena...

Ilie îşi frecă bărbia în palmă şi luă un aer serios.

– Apoi asta nu-i prea uşor... Cine v-a spus că se găseşte repede de lucru, n-a ştiut ce vorbeşte! Da' cunosc un fermier de peste munte, se cam fac patru-cinci ore pân-la el... E mult de mers, d-aia nici nu-s mulţi care să vrea să muncească acolo... E o fermă grozav de mare, are mii şi mii de oi, se cheamă „Ray's Ranch", punctă el cu degetul undeva pe zare. Duceţi-vă şi încercaţi... Pe el îl ştiu, ne-am întâlnit acu' vreo lună prin oraş şi mi-a zis că, dacă dau de cineva bun la mânatul oilor, să-l trimit la el, c-are nevoie de oameni să se ducă sus cu turmele. Spuneţi-i că-l ştiţi pe John Deegan, stăpânul *ranch*-ului ăsta... Că el v-a trimis, da?

– John Deegan. Bine, mă Ilie, mulţumim tare de sfat şi Dumnezeu să te-ajute... Şi-o să ne vedem din nou! D-abia aştept să mă-ntâlnesc şi cu ăilalţi novăceni! Cum zici că se cheamă restaurantul ăla de care spuseşi?

– „Sasha and Natasha". Lângă „Marlow Theatre". În centrul oraşului.

– „Sasha and Natasha". „Marlow Theatre", repetă Mitu ca să ţină minte. Apoi, cum ne găsim ceva de lucru o să trecem şi noi p-acolo, nu, Gherasime?

– Da, cum nu! Dacă ne-angajăm, o să venim să te cinstim, Ilie!

Acesta dădu din mână a nepăsare.

– Lasă cinstea pe altădată... Numa' să vă găsiţi voi ceva... Noroc mult... Într-acolo-i ferma, le arătă din nou direcţia.

Până la „Ray's Ranch" făcură aproape o jumătate de zi. În drum întâlniră încă două ferme, unde se interesară dacă mergeau în direcţia bună, urcară două dealuri şi, la urmă, un munticel. Când făcură cunoştinţă cu fermierul - un anglo-saxon tipic la vreo cincizeci de ani, blond cu ochi albaştri, pistruiat, cu un început de burtă, roşu la faţă şi viguros la braţe -, acesta îi luă în primire ca şi cum i-ar fi aşteptat de mult.

– Vreţi să lucraţi cu oile, hm? Ştia asta fără să-i întrebe, întrucât puţini se aventurau până acolo pentru altceva.

Ei încuviinţară fără să scoată un cuvânt.

– După înfăţişare sunteţi veniţi de undeva din Europa, nu?

– Da, domnule, şi ne-a îndrumat către dumneavoastră John Deegan, îşi făcu Mitu curaj.

– Oh, spune-mi Ray, nu domnule. John Deegan, înţeleg... Şi cum vă cheamă?

Îşi spuseră numele, iar fermierul le repetă greoi de câteva ori.

– Ce fel de nume-s astea?! îi întrebă nedumerit.

– Suntem din România, domnule... răspunse Mitu.

– Aha, România... Nu ştiu mare lucru de ţara asta. Sunt turme pe acolo? Ştiţi să mânaţi oile?

– Bineînţeles că da, asta am făcut şi în ţara noastră! scutură Gherasim cam neconvingător din cap. Încercaţi-ne şi-o să vedeţi numaidecât, domnule...

Fermierul făcu un gest care parcă spunea „las' c-am mai văzut eu din ăştia".

– Haideţi cu mine să v-arăt despre ce-i vorba.

Se priviră plini de speranţă - „Poate ne-ajută Dumnezeu de data asta!" - şi se luară după el. Înconjurată de garduri înguste, văzură în spatele *ranch*-ului o mulţime nesfârşită de oi, separate după soiuri, şi Mitu nici nu apucă să priceapă ce se întâmplă când fermierul îi dădu în primire o turmă de cinci mii de capete, iar lui Gherasim o altă turmă, tot cam pe-atât de mare.

– Astea vor fi în grija voastră. Fiecare câte una. Le duceţi în prerie. N-o să staţi împreună, ca să le puteţi răspândi cum trebuie. Eu am să vă arăt pe unde să le păstoriţi. Aici vânturile calde bat mai mereu, aşa că zăpada nu prea ajunge. De asta oile se ţin pe câmp mai tot timpul anului. Turmele astea două le-am ţinut aici pentru că mi-au plecat nişte oameni acum o lună... Aţi picat la ţanc, sper să faceţi treabă bună... Am nevoie de voi. Zece dolari pe săptămână, nici mai mult, nici mai puţin, aţi înţeles?

Privind învelişul de lână albă ce fremăta în faţa lui, pe Mitu îl apucă frica: „Cum o să strunesc eu singur puhoiul ăsta?!" se întrebă alarmat. În zona Novacilor, turmele oierilor rareori erau mai mari de o mie de capete şi erau mânate şi păzite de câţiva oameni, nu doar de unul, îşi amintea.

Ray îi simţi nehotărârea şi începu să-l descoasă:

– Spune, omule, poţi face asta sau nu? Sau mă trezesc că-ţi pleacă turma pe coclauri şi-o pierd?

Mitu ezită o clipă, respiră adânc şi-şi luă inima în dinţi:

– Nicio problemă, ăsta-i mizilic faţă de ce oierit am făcut în România! Nu, Gherasime?

Acesta dădu din cap, ceva mai convingător decât înainte.

– Aveţi încredere în noi, n-o să fiţi dezamăgit...

Fermierul zâmbi din colţul gurii, ca şi cum ar fi spus că pricepe mai mult decât spune, apoi le dădu câte un cal, o puşcă şi un câine la fiecare.

– Pe-al tău, tinere, îl cheamă Max, şi pe-al tău, Vicky. Sunt de nădejde, o să vă împrieteniţi repede.

Mitu scărpină între urechi animalul, care îi linse mâna, fluturându-şi coada ca şi cum s-ar fi cunoscut de-o viaţă. Max era un ciobănesc frumos, cu ochi inteligenţi şi trup suplu, viguros, obişnuit cu efortul de lungă durată.

– Ce poate să facă un câine în faţa unei haite de lupi... murmură, mai mult pentru sine.

– Ce-ai spus? îl întrebă Ray.

– Nimic special, domnule, doar mă întrebam cum poate face faţă Max unei haite de lupi sau unui urs...

– Să-ţi fie frică mai degrabă de oameni, nu de animale pe aici. Animalele de pradă nu prea coboară în prerie. Eu sunt fermier de treizeci de ani şi n-am avut niciodată probleme mari din cauza asta.

Mitu intră în turmă pentru a privi mai îndeaproape oile şi mângâie câteva. Erau mult mai mari decât cele din România.

– Ray, cam cât cântăresc berbecii ăştia?

– Sunt rasa „Columbia" şi au cam o sută treizeci de kile. Femelele au aproape o sută şi dau şapte kile de lână fiecare.

– O sută treizeci de kile?! Gherasime, ai auzit? Şi mulsul? Cine mulge sumedenia asta de oi, că n-o poate face un singur om?!

Fermierul îi aruncă o căutătură lungă:

– Nu ştiu de unde vii tu, însă aici oile nu se mulg, le ţinem doar pentru carne şi lână...

Mitu se hotărî atunci să nu mai întrebe nimic. „Las' c-am să găsesc eu de unul singur răspunsul la toate nelămuririle astea, făr-să mă mai fac de râs în faţa unui străin...".

Înnoptară la fermă, iar a doua zi coborâră la oraş ca să-şi ia bagajele de la han. Înainte de a porni înapoi, se abătură pe la restaurantul de care pomenise Porumbel. Într-adevăr, după cum le spusese acesta, întâlniră acolo un ospătar român şi făcură cunoştinţă cu Tecău - un bătrânel vesel şi ager - şi cu fetele acestuia, Smaranda şi Miriţa, una de şaisprezece ani, alta de optsprezece, care îi picară lui Mitu cu tronc.

Stătură la taclale o vreme şi, din vorbă în vorbă, Tecău află că Mitu cânta la vioară şi atunci începu să-l descoasă - ce fel de muzică cânta, cât de bine o ştie, de unde învăţase -, iar la sfârşit le oferi, secretos nevoie mare, ceva de băut şi-i îndemnă să mai treacă pe acolo.

– Sâmbetele, c-atuncea mai dau câte o reprezentaţie şi se lasă cu chiuituri. Veniţi neapărat, da? Sticla asta luaţi-o cu voi ca s-aveţi pe drum până sus la stână.

În următoarea dimineaţă, Ray îi conduse în munţi la locurile de păşunat. Au mers aproape o zi. Pe Gherasim îl lăsă undeva în câmpie, urmând ca la întoarcere să-l înveţe ce şi cum, iar cu Mitu mai merse vreo zece-cincisprezece kilometri, timp în care îl instrui cum să strunească turma, cum să se descurce când oile se răsfirau, cum să-şi dea seama dacă erau bolnave, cum să-l folosească pe Max:

– Câinele o să se asmută la oile care ies. Ştie bine locurile. Dacă te abaţi şi o iei prin alte părţi, o să latre la tine ca să-ţi atragă atenţia... Şi, dac-o să vadă că nu te îndrepţi încotro vrea el, o să vină la tine, o să te apuce de mână şi-o să te tragă-ntr-acolo. E unul din cei mai buni câini pe care i-am avut vreodată, ţin tare mult la el...

Când ajunseră, năduşiţi şi rupţi de oboseală, Mitu se bucură să vadă că avea să stea într-o cabană mică de lemn. Temerile lui, din zvonurile auzite înainte, erau că trebuia să-şi ridice un cort.

– Am să-ţi aduc de mâncare regulat, îi spuse Ray la sfârşit, lăsându-l să înţeleagă că venea de fapt şi să-l controleze. Iar la câteva săptămâni am să trimit pe cineva ca să te înlocuiască pentru o zi sau două, poate vrei şi tu să cobori în oraş. Şi, am uitat să-ţi zic înainte: îngrijeşte-le bine că, pentru fiecare oaie dispărută fără motiv, am să-ţi opresc din leafă...

Dădură mâna şi se despărţiră. Mitu îl urmări îndelung cu privirea, întrebându-se dacă fusese o idee bună să renunţe la slujba de la uzinele Ford.

„Doamne, ajută-mă să nu-mi mănânce lighioanele oile, că-s bun de plată până la moarte..." oftă, privind spre pășunile parcă fără capăt pe care avea să le cutreiere de acum încolo.

Capitolul 30

Primele luni la stâna lui Ray au trecut repede. Se trezea cu noaptea-n cap şi pornea cu oile pe dealuri, căznindu-se grozav să le strunească după voia lui. Alerga bezmetic după ele, încercând să le ţină în frâu şi înjurând de mama focului că fermierii din America erau atât de zgârciţi încât nu voiau să plătească mai mult de un singur om la câteva mii de capete.

„Ungurenii din Novaci s-ar închina cu două mâini dac-ar vedea aşa ceva!" îşi zicea înciudat când se aşeza să-şi mai tragă duhul după câte o jumătate de zi de alergătură.

Max îi era peste măsură de folositor: gonea neobosit în jurul turmei, nescăpând-o din ochi nicio clipă, se întorcea din când în când la el şi lătra vesel, burzuluindu-se apoi către vreo oaie răzleaţă ca s-o împingă înapoi. Mitu nu-şi amintea ca la stânile de lângă Rânca ciobanii să fi contat pe câini ca aici. „Dacă mi-ar fi şi mie tot aşa de drag să fac vreo muncă cum o face câinele ăsta, îşi spunea, m-aş îmbogăţi iute..."

Puşca o avea cu el totdeauna, dar nu pentru că-i era teamă - era singur prin pustietăţile acelea -, ci pentru că îi amintea de război şi de camarazii lui. Uneori îşi alegea o ţintă îndepărtată - de obicei un copac gros cât un trunchi de om - şi trăgea câteva focuri, umplându-se de satisfacţie când vedea că încă ochea cu precizie.

Aşa cum plănuise, deşi acum făcea mai puţin de jumătate faţă de cât câştiga la Ford, putea să pună deoparte aproape toţi banii. În afară de lame de bărbierit şi săpun nu avea nevoie de nimic, astfel încât tot ce primea de la Ray strângea într-o punguliţă de piele, bucurându-se când vedea cum se adunau monedele, una câte una.

Se gândea că, în ritmul ăsta, într-un an-doi putea să-şi deschidă un magazin al lui - visul pe care îl avusese încă de când pusese piciorul în America. Umblatul hai-hui prin munţi cu oile la păscut îi lăsa destul timp să se gândească la asta în amănunt şi să-şi facă socoteli la nesfârşit.

Nu uitase nici de ce-i spusese Gherasim în treacăt la plecarea spre Montana, anume că putea să-şi facă ţuică singur prin pustietăţile astea şi, după ce a strâns mai mult, începu să plănuiască cum să-şi înglobeze o mică distilerie. „Tare-ar mai merge nişte rachiu pe lângă carnea afumată pe care-o mănânc zilnic!" Prin pădurile prin care hălăduia, a-ţi face o instalaţie de whiskey ar fi fost o joacă, îşi zicea.

În drumurile lui prin Helena, pe care le făcea o dată la câteva săptămâni când Ray îi dădea liber, se interesa de materiale şi, din vorbă în vorbă, află că unul vindea ţevi, altul avea un vas de cupru de douăzeci de galoane, într-o piaţă găsi un tub spiralat de răcire, Tecău l-a îndrumat spre unii care comercializau mai ieftin secară şi zahăr, astfel că, în câteva luni, adună cam tot ce-i trebuia pentru a-şi construi un căzănel de rachiu.

În ziua când a făcut rost de ultimele lucruri de care mai avea nevoie, l-a rugat pe un irlandez - un anume Carrick O'Flahertys, un pistruiat uscăţiv, cu ochi albăstrii, care-i vânduse mai demult nişte şuruburi şi piuliţe, şi nişte robinete ruginite, dar funcţionale - să vină cu el şi să-i explice cum să monteze instalaţia.

– Prietene… îţi dau un galon de whiskey, când o fi să-l fac, dacă vii cu mine să m-ajuţi… Ne pornim acum, ajungem mai pe după-amiază şi mâine te întorci în Helena.

Irlandezul l-a privit cam ciudat, dar a fost de acord imediat - „Cum să nu, mergem când vrei!" - pentru că avea o nevoie crâncenă de bani şi pentru că vedea că Mitu era complet necunoscător. Un galon de alcool putea fi o mică avere dacă ştiai unde să-l vinzi. De când începuse prohibiţia, barurile şi magazinele de băutură fuseseră închise, blăni bătute în cuie le acopereau vitrinele, iar reţelele de distribuţie dăduseră faliment, lăsând pe drumuri mii de oameni care ajunseseră să trăiască într-o sărăcie cumplită. El ştia bine toate astea: lucrase ani de zile la un depozit de băuturi alcoolice şi rămăsese acum pe drumuri, cu o familie de opt suflete de întreţinut. Ca să aibă de-o pâine, se apucase de *bootlegging*[*], vânzând fie piese pentru instalaţii, fie secărică pe care o făcea în mare taină în subsolul casei.

Montarea utilajelor le-a luat aproape jumătate de zi. Mitu s-a tot învârtit pe lângă instalaţie, încercând să priceapă cum se asamblau piesele. Când a terminat de strâns şi ultimul şurub, Carrick începu să-i explice:

– Ascultă cum se face: iei secară sau orz şi le amesteci cu apă şi puţină drojdie. Ştii, drojdia se hrăneşte cu zahărul din cereale şi ce iese din asta e alcoolul. Acum, ca să obţii ce vrei, trebuie să fierbi tot maglavaisul ăsta la 172 de grade[†]- temperatura la care se evaporă alcoolul. Verifică cu termometrul la fiecare câteva minute, ca să nu fie nici mai mult, nici mai puţin, OK? Pentru că apa se evaporă la 212 grade[‡], ea va rămâne în cazan şi alcoolul va circula sub formă de vapori prin ţevile astea de cupru, apoi prin filtru ca să se cureţe, până când ajunge în partea astalaltă, la ţeava spiralată, unde îl răceşti cu apă rece. Atunci, picăturile or să curgă în găleată, una câte una, ai înţeles? De-aici nu-ţi mai rămâne decât să le strângi şi să le bei!

Mitu trase cu putere aer în piept şi privi la minunăţia de metal cu satisfacţie:

– Şi cât îţi iese din cazanul ăsta la un fiert?

– Depinde ce vrei: alcoolul bun şi curat, din secară, neadăugit cu zahăr şi cu alte cele, se vinde scump, chiar şi cu douăzeci de dolari galonul, însă nici nu-ţi iese aşa mult. Dar dacă vrei să-l înmulţeşti, pui ceva dulce şi ieftin. Cu cinci dolari cumperi o sută de livre de zahăr din care-ţi pot ieşi zece galoane de *moonshine*[§]. Dacă le dai cu zece dolari galonul, fă şi tu o socoteală…

Mitu îl privi cu gura căscată. El nu întrebase câţi bani i-ar ieşi, ci câţi litri de alcool, iar răspunsul irlandezului parcă-l plesni peste ochi.

---

[*] „Bootlegging": fabricarea ilegală a alcoolului pe vremea prohibiţiei (n.a.).
[†] Fahrenheit (n.a.).
[‡] Fahrenheit (n.a.).
[§] „Moonshine": clar de lună (engl.).

– O sută de dolari dintr-un fiert?!

Carrick zâmbi cu amărăciune:

– Ți s-o părea ție mult, dar noi suntem niște râme pe lângă fabricanții ăia mari, gangsterii milionari. Și tot pe noi ne-nfundă poliția când ne prinde!

– Hai s-aprindem focul să vedem cum merge! se învârti Mitu înfierbântat pe lângă cazan, începând să îndese sub el crengi uscate.

Carrick dădu din cap a împotrivire:

– Omule, mai bine te-ai gândi de două ori dacă vrei să faci treaba asta, că văd eu că nu prea ești cunoscător. N-ai auzit până acum că alcoolul nu se face niciodată în timpul zilei?

– Păi, ce are dacă-l fac ziua, se... împute? glumi nesigur și stânjenit.

– Ziua, fumul de la foc se vede de la mile distanță și te-ar prinde numaidecât. De asta se și cheamă „moonshine", că așa se face: la lumina lunii. Numai noaptea. Să nu uiți asta niciodată dacă nu vrei să-nfunzi pușcăria!

Mitu îl privi recunoscător:

– Mulțumesc de toate sfaturile astea, omule... Mi-ai fost de mare ajutor, mare... Îți rămân îndatorat...

– Ascultă, dacă ai nevoie de-un distribuitor, adu marfa la mine, că o plasez eu pe filiera mea. Cunosc toți polițiștii și agenții federali de aici, știu care primește mită ca să închidă ochii și care nu. Au salarii mici și mulți sunt oricum împotriva prohibiției, așa că mai niciunul nu te arestează când arăți o bancnotă de douăzeci de dolari. Acum, n-o să obții pe galon cât ai lua dacă l-ai vinde singur, însă nici riscul nu-i așa de mare. Gândește-te la asta, OK?

– Am să mă gândesc, Carrick. Am să văd... răspunse Mitu, depășit de tot ce auzise.

„Oare ce să fac?!" se întrebă neîncetat în zilele următoare, încercând să cântărească pe toate părțile propunerea lui Carrick. „Trebe că-s nebun de-a binelea să mă gândesc să fac *bootlegging*!" „Ce-o să fie dacă mă prind?! Înfund ocna-n America!"

Mai pe urmă, după ce s-a mai obișnuit cu ideea, își spuse că, dacă l-ar prinde, n-ar fi chiar sfârșitul lumii, întrucât ar face transporturi cu cantități mici, pentru care i-ar da poate un avertisment, dar nu l-ar băga la pușcărie. „Să fac mai întâi vreo două drumuri ca să strâng ceva parale și dup-aia să mă opresc. Ar fi cel mai bine, nu? Să vând puțintel, că tot am acu' mai mult decât îmi trebe! Și doară n-are cum să mă prindă chiar de prima dată, că n-oi fi eu cel mai păgubos..."

Primul transport la care se încumetă, după o lună de la montarea cazanului, a mers ca ceasornicul. Într-o sâmbătă, se sculă pe la trei, îngrădi bine oile în țarc, îl lăsă pe Max să le păzească, atârnă câteva butoiașe de metal de o parte și de alta a șeii calului și porni spre Helena la trap. Scruta orizontul și desișurile, cu inima tresărindu-i la fiece zgomot al pădurii.

Când se întâlni cu Carrick, acesta luă la întâmplare unul dintre butoaie, umplu un pahar şi-l agită, privind cu atenţie mărgelele care se formau la suprafaţă:

– Ai făcut treabă bună, contrabandistule, e tare... îi spuse mulţumit.

– Da! E tare, că ştiu ce-am fiert şi cum am fiert, însă cum îţi dai seama fără să-l guşti?

– Cu cât mărgelele de deasupra sunt mai mari şi se sparg mai repede, cu atât băutura e mai concentrată, îl lămuri irlandezul. Uite, ca să-ţi arăt.

Mitu îl urmări cum toarnă praf de puşcă într-o lingură şi-i dă foc.

– Vezi cum arde? Dacă acum pun peste el alcool şi se stinge, înseamnă că alcoolul e slab. Dacă însă continuă să ardă, e tare, îi explică şi turnă din pahar un firişor subţire.

Focul continuă să ardă, spre uşurarea lui.

– Bine că ştiu cum merge treaba, Carrick...

– Nu ţi-am spus dinainte cum se verifică tăria ca să văd dacă eşti cinstit. Dacă mi-ai fi adus borhot scurs, n-aş mai fi făcut a doua oară business cu tine. Hai să golim butoiaşele. Două galoane, plus încă două, plus trei, se strâng şapte. Unul e al meu gratuit, cum ne-am înţeles atunci, deci şase. Uite-aici, îi numără câteva bancnote în mână. Ne vedem data viitoare, prietene. Ai grijă cum umbli. Fofilează-te permanent. Chiar dacă nu ai *moonshine* la tine, dacă te agaţă poliţia, îţi miroase butoaiele goale şi poţi să ai probleme, pricepi? O sticlă n-ar fi bai, dar butoaiele dau de bănuit!

Mitu îi mulţumi, strânse banii în pumn şi-i îndesă adânc în buzunar.

În ziua aceea câştigase fostul lui salariu la Ford pe două săptămâni.

Următoarele luni funcţionară fără cusur: cobora o dată la câteva sâmbete, livra alcoolul, îşi umplea buzunarele cu un maldăr de bancnote, făcea câte o vizită la „Sasha and Natasha", unde tăifăsuia cu Tecău, cu prietenii şi, mai ales, cu fetele lui, şi apoi se retrăgea în munţi. Ziua cutreiera cu oile, noaptea se trăgea lângă cazanul care fierbea continuu. De când tot hălăduia pe dealurile din împrejurimi învăţase cărăruile la fel de bine cum ştia potecile din Cernădia: fiecare piatră, ocol, ascunziş, poieniţă.

După alte câteva luni, îşi mai construi o distilerie, la distanţa de o jumătate de munte de prima. O ascunse bine în desiş, lăsând pentru cal o trecere îngustă, pe care o camufla sub crengi uscate. Dacă prima instalaţie fusese „de încercare", ca să se obişnuiască cu munca asta şi să-i înţeleagă greutăţile, a doua o făcuse mult mai mare, cu un cazan de cupru de o sută de galoane şi ţevi groase de metal. Pentru că nu-i plăcea gustul rachiului turnat direct în bidoane, îşi cumpără câteva butoaie de stejar în care să-l îmbătrânească fie şi o săptămână-două. Din vizitele lui prin *blind pigs* îşi dăduse seama că, în goana lor nebună după vânzări, fabricanţii treceau peste acest ultim pas, costisitor ca timp însă esenţial pentru a da băuturii un gust mai natural şi o coloratură puţin brună. Nu voia să ajungă să fabrice şi el ceea ce lumea numea „White Lightning" sau „Skull Cracker"*.

Îmbătrânirea alcoolului îi lua timp, dar şi banii pe care îi primea în schimb de la Carrick erau mai mulţi. Irlandezul aprecia calitatea băuturii şi-l recompensa pe măsură, pentru că voia, la rându-i, să-şi facă renume de distribuitor de marfă bună.

De când îşi construise a doua distilerie, drumurile lui Mitu prin Helena se înmulţiseră - uneori făcea chiar şi unul pe săptămână. La început fusese îngrijorat că producea prea mult, dar irlandezul era ca un ceasornic: niciodată nu-i lua mai puţin decât aducea, niciodată nu-i spunea „te plătesc data viitoare, trebuie întâi să vând marfa".

După un timp, în prima instalaţie, cea mică, pe care şi-o făcuse la început, s-a apucat să experimenteze. Distileria mare îi asigura un flux aproape continuu de alcool, aşa că acum îşi putea permite „luxul" de a o folosi pe prima oarecum în joacă. O vreme a amestecat secară şi mere pădureţe, pentru ca mai apoi să renunţe la secară şi să adauge mere sau prune, până când, după câteva zeci de încercări, a ajuns să facă o băutură care îi amintea de ţuica de acasă. În final s-a apucat s-o distileze dublu, ţinând-o să îmbătrânească în butoiaşe de lemn umplute pe sfert cu afine, zmeură, fragi sau rădăcini de ceva ce aducea a schinduc.

Băutura asta specială era doar „pentru el", îşi zicea, şi o degusta pe îndelete când cutreiera munţii cu turma. La unul din drumurile în Helena s-a gândit să ia o mostră şi să i-o dea lui Carrick, „ca de la prieten la prieten".

– Dumnezeule, ce-i asta?! exclamă acesta când o gustă. E nemaipomenit de bună! Din ce e?!

– Nu-ţi zic! Am o reţetă secretă din România...

– Da? Reţetă din România? Ia zi-mi tu mie altceva: cât poţi produce?

Mitu îl privi surprins. Nu se gândise până atunci să distribuie palincă - ce făcuse era doar o încercare de a fabrica ceva care să-i fie lui pe plac.

– Nu ştiu, omule, e mai scump, că nu mai pun seminţe de secară sau orz, ci amestecuri de fructe, iar pe astea le cumpăr. Şi se face greu, ia mult timp.

– Adu-mi din asta în loc de whiskey-ul pe care îl faci acum şi-am să-ţi plătesc triplu pe galon.

Mitu se holbă la el:

– Cum triplu? Şi ţie ce-ţi rămâne?!

– Omule, ce-ai făcut tu aici e băutură de lux! Asta se vinde foarte scump în *speakeasies*! Nu-ţi fie, că am şi eu partea mea bună din afacerea asta, doar n-ai crede că muncesc pe gratis! Tu adu-mi din asta dacă poţi şi-o să fim amândoi mulţumiţi, OK?

Săptămânile ce au urmat l-au ţinut pe Mitu treaz aproape zi şi noapte. Căra până la istovire saci de prune şi de mere cumpăraţi de prin pieţele din

---

* „White lightning": fulgerul alb (engl.). „Skull cracker": spărgător de capete (engl.). Denumiri date alcoolului de contrabandă pentru gustul lui aspru, tare, nearomat (n.a.).

oraş, cutreiera munţii să umple desagi cu rădăcini şi frunze de prin păduri, culegea afine, fragi şi zmeură de pe dealurile pe care păstorea turma şi le amesteca în fel şi chip ca să facă băutură de care-i ceruse Carrick.

Începuse să câştige mai mult decât visase vreodată. La fiecare drum venea cu buzunarul doldora de bancnote - uneori chiar cu câte o sută de dolari. Pentru că nu putea depune banii la bancă fără să işte bănuieli, îi ţinea ascunşi bine, în nişte cutii de metal îngropate în locuri numai de el ştiute.

Viaţa i se schimbase, peste noapte, în bine, dar se afla într-o alergătură continuă, fierbând necontenit la cazane şi lăsând din ce în ce mai mult oile să umble nepăzite pe coclauri. Ar fi vrut să renunţe la păstorit, însă îşi dădea seama că nu se putea: trebuia să rămână la stâna lui Ray ca să nu trezească bănuieli. Dacă ar fi cutreierat munţii aiurea, cei care l-ar fi văzut şi-ar fi pus iute nişte întrebări.

După câteva luni de muncă, l-a răzbit oboseala. Ieşise într-o dimineaţă cu turma la păscut şi se aşezase să se odihnească puţin, căznindu-se să nu aţipească, dar l-a năpădit somnul şi când, peste câteva ore, s-a trezit, oile dispăruseră - nu erau nicăieri, cât vedeai cu ochii. Le-a căutat bezmetic multă vreme şi le-a găsit tocmai spre seară, răsfirate pe nişte dealuri, cu Max gonind nebuneşte să le adune. Nu şi-a putut explica de ce o luaseră năuce - poate că se apropiase vreo lighioană şi se speriaseră - însă, oricare ar fi fost motivul, şi-a spus atunci că nu mai putea continua aşa. Avea nevoie de un ajutor.

La câteva zile după asta, a traversat câteva dealuri ca să ajungă până la Gherasim. Îl căută mult şi îl găsi până la urmă pe o câmpie, ronţăind liniştit nişte seminţe şi nebănuind o clipă cu ce se ocupase el în ultima vreme.

– Nu ştiu ce să zic, mă, se scărpină acesta în creştetul capului când află ce voia Mitu de la el. Adicătelea tu mă plăteşti pe mine - îmi dai leafă, cum ar veni - ca să-ţi păzesc oile pe care tu eşti plătit de Ray ca să le mâni pe munţi?! Apăi cum vin' asta?! Şi cum să strunesc eu şi turma ta?! Îs prea multe!

– Le paştem pe aceleaşi dealuri, Gherasime, asta o să facem... O să fim amândoi la muncă, da' eu am să mai aţipesc în timpul zilei din când în când, ca să fiu în stare să stau noaptea treaz... Nimeni n-o să ştie, iar Ray, dac-o să afle, n-o să-i pese atâta vreme cât oile lui sunt cum trebe! Ce-l interesează pe el cine le paşte?! Iar leafa mea ţi-o dau ţie, cum ţi-am zis, şi mai pun eu de la mine încă pe-atâta! O să câştigi mai mult decât la Maxwell Motors şi-o să strângi toţi gologanii, că doară nu cheltuieşti pe nimica la stână! O să te poţi duce-n România mai repede! N-ai zis tu că asta vrei?

– Mă, io aş veni cu tine, însă-ţi zic drept că mi-e frică. Mi-e frică şi basta! Dacă ne prind şi mă bagă-n temniţă făr' să fiu vinovat? Că doară nimenea n-o să mă creadă că eu doar mân oile pe munţi şi habar n-am de ce faci tu noaptea!

– Ascultă la mine, Gherasime: cu jandarmii nu-i bai, îi plătesc, îi ştiu deja pe mulţi. Da' tu eşti singurul în care pot avea încredere. Aminteşte-ţi cum m-am hotărât să vin în Montana cu tine şi cum m-am gândit de multe ori după aia dac-am fost întreg la minte. Acum mă bucur c-am venit aicea!

– Ştii, n-oi fi trăit io bine pân-amu', da' n-am făcut niciodată ceva împotriva legii ş-a lu' bunu' Dumnezeu, Mitule, ş-am dormit liniştit noaptea. Ce pedeapsă iei dacă te prind?

– Legea interzice fabricarea şi distribuirea alcoolului, dar nu interzice şi să-l ai. Dacă vin agenţii peste tine la stână şi te prind c-o sticlă de ţuică, nu-ţi fac nimica. Dacă mă prind pe mine la distilerie, atunci da, mă pot băga la puşcărie, că eu îl fabric. Atâta timp cât te ţii departe de cazane, tu n-o să ai nicio problemă... Ce zici?

Gherasim se gândi o vreme şi nu putu rezista tentaţiei de a face deodată bani aşa mulţi. Iar Mitu îl atinsese unde-l durea mai tare când îi spusese că ar putea să se întoarcă în România mai repede.

– Pare uşor aşa cum zici tu, însă cred că nu-i chiar aşa. Da' ştii ce? Mă-sa, că doar-o viaţă avem. Te-ajut. O să paştem turmele împreună... O să fim - cum se zice la asta? - „partner in crime"[*]...

Mitu se lumină la faţă de bucurie:

– Bine gândit! Să nu crezi că faci ceva ce nu se cuvine! *Bootlegging*-ul nu-i o crimă! Nu! Doar oamenii au băut dintotdeauna! Am citit deunăzi prin gazete că, după ce-au votat actul, ăştia de la guvern au băut pân' s-au îmbătat![†] Ce-i asta? Ha? Ce-i? Îşi bat joc de noi pe faţă, ticăloşii!

Cu Gherasim păzitor la oi, Mitu s-a concentrat asupra producţiei de alcool cu toată energia de care era în stare. La ceva vreme, şi-a construit încă două distilerii de câteva sute de galoane fiecare, pe care le-a aşezat la distanţă mare de stână, ascunzându-le adânc în desişurile pădurii. Fierbea la ele aproape concomitent, alergând de la una la alta, cărând bidoane şi butoaie, opintindu-se să toarne saci de prune şi de mere în vasele mari de cupru, construind scripeţi şi pârghii.

Se învârtea ca un titirez de seara până dimineaţa. Muncea aşa cum nu mai muncise de pe vremea când repeta necontenit la vioară la lecţiile lui Corcoveanu.

---

[*] Părtaş la crimă (engl.).
[†] „Volstead Act": Actul legislativ ratificat pe 28 octombrie 1918 de către congres, care permitea agenţilor federali să controleze respectarea celui de al 18-lea amendament al constituţiei americane, care interzisese „fabricarea, distribuirea spre vânzare sau transportul lichiorurilor" (n.a.).

Capitolul 31

Deşi istovit de efortul de a produce alcool, oboseala îi dispărea ca luată cu mâna când ajungea în Helena să distribuie marfa şi primea la sfârşit bancnotele. La ultima numărătoare a văzut că strânsese aproape patru mii de dolari, ceea ce l-a încremenit. Ştia că avea mulţi, dar nu-şi imaginase că adunase atâţia!

„Am făcut în câteva luni de două ori mai mult faţă de cât aş fi făcut într-un an la Ford!"

În ziua aia a coborât în Helena să sărbătorească evenimentul aşa cum se cuvenea. S-a gândit să treacă pe la „Sasha and Natasha" să ia masa cu Tecău şi, poate, să mai vorbească cu fetele acestuia. Îi plăcea de amândouă: Miriţa era frumoasă, iar Smaranda, deşi mai urâţică, era atât de tânără! Şi i se părea că şi ele îl plăceau, din felul cum îl priveau pe furiş, din chicoteli, însă nu avusese niciodată prilejul să stea la taclale cu ele. Tecău le ţinea aproape de el, ca şi cum le-ar fi păzit de vulturi, repetând întruna că ar vrea să le dea după nişte americani. „Dacă vreun nenorocit o să se atingă de fetele mele vreodată, o să-l spintec ca pe porc!" răcnea când se chitrofonea. „Pe fetele mele n-o să le mărit cu nişte venetici care-au dat de câţiva dolari şi cred acuma că-s Rockefeller!"

În drum spre oraş, se răzgândi. „Las' c-am să mai am ocazia să vorbesc cu ele... Cum să-mi serbez norocul cu altcineva decât Carrick?! Lui trebe să-i mulţumesc pentru acest teribil *windfall**!"

Ajuns în oraş, o luă spre casa irlandezului şi-l îl invită vesel:

– Bună, omule! N-am venit cu niciun transport, să ştii. Azi vreau să chefuiesc! Şi să te cinstesc, că meriţi din plin! Sunt aşa bucuros că merge treaba!

Carrick îl privi cu subînţeles:

– Eu nu zic niciodată „nu" la distracţie! Dar mă gândesc că nu vrei să ne ducem să bem undeva, că tu poţi suge din furtunurile tale când vrei şi cât vrei prin pădurile alea...

Mitu zâmbi palid. Trecuse mult de când nu mai avusese o femeie, mărturie vie că viaţa te loveşte uneori unde te doare mai tare. Se întrebase în ultima vreme dacă, în ciuda faptului că acum avea bani, nu i-ar fi fost mai bine în Cernădia, unde mândrele îi săreau în braţe fără să mişte un deget.

– Du-mă la un bordel cu fete frumoase... îi ceru stânjenit. Plătesc eu şi pentru tine, dacă pricepi ce vreau să zic...

– Las-pe mine, prietene, ştiu businessul ăsta mai bine ca oricine pe aici! îi zâmbi Carrick complice. Putem face în două feluri: fie te duc într-un loc care nu-i grozav, dar e aproape, fie mergem până în Butte, unde găseşti tot ce-ţi pofteşte sufletul. Sunt cam şaptezeci de mile până acolo; dacă plecăm azi, ne întoarcem abia mâine înapoi. Putem merge cu Fordul meu. În Butte găseşti străzi întregi cu bordeluri...

---

* Câştig neaşteptat (engl.).

– Da? Şi femeile cum sunt?

– Depinde de cât plăteşti şi unde le cauţi. De exemplu, unul din bordeluri se cheamă „Apartamentele lui Lou Harpell" şi, până nu demult, se zicea că are cele mai frumoase femei din lume.

– Dar nu sunt probleme cu jandarmii? Să nu mă trezesc că-mi petrec noaptea-n puşcărie!

Irlandezul îl linişti:

– Prostituţia a fost legală până acum câţiva ani, după care lucrurile, într-adevăr, s-au mai împuţit. Poliţia a intrat în Districtul Roşu să-l cureţe, însă, ca şi cu băutura, n-a reuşit mare lucru. Rezultatul raziilor a fost că femeile au dispărut din geamuri, însă şi-au continuat munca îndărătul uşilor. Nu-ţi fă probleme...

– Hai până-n Butte, atunci!

Irlandezul strânse din pumni de bucurie şi aduse maşina. „Ne ducem să facem un transport de ştii tu ce, draga mea!" strigă după nevastă-sa, în timp ce-şi scotea automobilul din curte.

În Butte, Carrick ştia drumurile cu ochii închişi. Când intrară în oraş, îl duse mai întâi pe Pleasant Alley, o străduţă lăturalnică şi întunecoasă, unde cu greu puteai desluşi ceva. De prin tot felul de cotloane, apăreau brusc femei boite strident ce-şi ţuguiau buzele spre ei. Mitu se dădu înapoi dezgustat când o franţuzoaică cam la şaizeci de ani, îmbrăcată în ceva sumar care-i lăsa la vedere carnea veştejită, îi făcu un semn:

– *Voulez-vous coucher avec moi, monsieur?*[*]

Vru să-i răspundă, dar irlandezul îl trase de mână.

– Străduţele astea adăpostesc cele mai urâte femei, bătrâne şi grase. E periculos să te aventurezi pe-aici. Mulţi au fost spintecaţi pentru câţiva cenţi. Eu am vrut doar să te plimb ca să te dumireşti puţin. Acum mergem la Windsor Hotel de pe East Mercury Street. Asta e o casă de toleranţă dichisită, unde treaba se face în siguranţă şi femeile sunt frumoase.

Mitu îl urmă fără comentarii. Carrick părea să cunoască dedesubturile acestei lumi ca şi cum ar fi trăit de o viaţă în ea.

Se opriră în faţa unei porţi grele, pe care irlandezul o deschise fără să bată. Mitu privi impresionat la arhitectura clădirii de trei etaje, care părea o casă de bogătaş. Ferestrele se înălţau pe două etaje, o fereastră palladiană înfrumuseţa intrarea principală, pietre frumos şlefuite pavoazau pereţii.

Nu apucară să facă doi paşi în curte, când un câine se repezi spre Carrick şi i se urcă cu labele pe piept, dând vesel din coadă şi încercând să-l lingă pe obraz.

– Văd că vii des pe-aici... de nici javrele nu bat la tine! glumi Mitu.

– Deh, dacă nevastă-mea nu-mi dă ce vreau, mă descurc şi eu cum pot! După ce-ai mâncat fasole luni de zile, mai vrei şi câte o ciocolată, nu crezi? ripostă Carrick bătând uşor în uşă.

---

[*] Vrei să te culci cu mine, domnule? (fr.)

Le deschise o femeie de vreo cincizeci de ani, vopsită blondă, rujată strident şi cu pleoapele înverzite de machiajul puternic.

– Madame Demonstrand, bine vă regăsesc!

– Carrick O'Flahertys, bine-ai revenit la noi! Maybelline, febleţea ta, nu are niciun client deocamdată şi aşteaptă sus, în camera ei! îl luă ea în primire alintându-se. Pe tânărul care e cu tine nu-l cunosc, dar e chipeş tare, o să le înnebunească pe fetele mele! Haideţi înăuntru...

Mitu intră primul şi aruncă o privire. Canapele şi fotolii bogate şi moi, îmbrăcate în satin scump, erau înşiruite de jur împrejur. Oglinzi înalte de cristal înzeceau spaţiul încăperii. Pereţii tapisaţi în mătase ca bronzul, draperiile roşii din pluş gros şi plantele curgând din vase de cupru agăţate de tavane decorau primele două etaje. O sală de mese somptuoasă putea primi un mare număr de oaspeţi, mâncarea fiind servită din bucătăria din spate, unde se aflau şi două cămăruţe pentru servitori şi bucătar. Un gramofon răspândea o muzică lentă, soporifică.

– Femeia asta e proprietăreasa casei, îi şopti Carrick lui Mitu. Se recomandă drept manichiuristă, însă ea de fapt conduce bordelul... Se cheamă şi arată ca un hotel, vezi? Ca să nu dea de bănuit, închiriază o parte din cămăruţe la mineri de prin zonă.

– Fetelor, veniţi jos! strigă Madame Demonstrand.

Carrick făcu un semn că se retrage:

– Eu mă duc la fata mea... Ne vedem mai încolo... Distrează-te, nu-ţi pierde vremea!

Mitu rămase tolănit într-un fotoliu, privind curios în jur. Auzi scârţâit de podele şi câteva femei acoperite de voaluri transparente coborâră de la etaj. O brunetă uscăţivă, cu o aluniţă pe obraz, îi făcu cu ochiul, trecându-şi limba peste buze şi palmele peste sâni:

– Cum te cheamă, făt-frumos? Şi de unde eşti?

– Din România... Poţi să-mi zici Mitu, îşi rosti numele pe litere.

– „Maitiu", pufni fata în râs pronunţându-i numele ca în engleză. Ce nostim sună! Eu sunt Deborah. Debbie... Pentru zece dolari poţi să stai câteva ore cu mine şi să-mi faci ce vrei. Pentru încă cinci dolari, îmi poţi face *absolut* orice vrei, dacă înţelegi ce vreau să zic... Haide sus la mine! îl apucă de mână.

Mitu vru s-o refuze, însă femeia insistă:

– Haide, o să te distrezi, îţi promit! îi spuse pipăindu-l între picioare. Ia uite ce podoabă avem aici, trebuie să am grijă ca lumea de ea... continuă să-l maseze în văzul celorlalte.

El o urmă supus pe scări, trăgând cu ochiul la celelalte fete, care nu apucaseră să scoată o vorbă. Ar fi vrut să se uite mai bine la ele, să aleagă, dar femeia asta îl luase prea repede.

– Ştii, nu m-am culcat niciodată cu un român până acum, îi preciză ea după ce ajunseră în cameră, în timp ce-şi dădea jos bruma de haine ce-o acoperea. Dă-mi banii acum, nu după, curvele se plătesc înainte, ştii asta...

Mitu numără zece hârtii de un dolar - cu doar câţiva ani în urmă, o mică avere pentru el, îşi zise cu surprindere - i le întinse şi aruncă o privire scurtă în jur. Irlandezul nu-l minţise: locul arăta ca o casă aristocratică: pereţii erau acoperiţi cu lambriu de stejar şi mahogani, iar scaunele sculptate în lemn de abanos se asortau cu un covor persan în nuanţe maronii. O statuetă gălbuie de fildeş, reprezentând un elefant, contrasta elegant cu ansamblul închis la culoare al încăperii.

– Ce mai aştepţi, dezbracă-te! îi porunci fata în glumă, îndesând banii într-o poşetuţă ponosită.

Mitu îşi scoase pantalonii şi cămaşa şi se apropie de pat. Deborah se întinsese deja, aşteptându-l să-şi facă curaj.

– Hai, băiete, vino lângă mine, că nu te muşc, decât dacă vrei şi doar de unde vrei...

Îşi aruncă privirea pe trupul ei. Era o femeie tânără, cu sâni mici, coapse înguste şi genunchi subţiri. Machiajul prea strident îi ascundea chipul destul de atrăgător. Unghiile îi erau neîngrijite, cu negru pe dedesubt şi date cu o ojă cojită pe alocuri. În contrast cu trupul ei nubil, braţele osoase şi palmele bătătorite, bătrâne de-acum, dădeau impresia de muncă istovitoare. O vânătaie ascunsă de un strat gros de pudră îi umbrea o parte din tâmpla dreaptă, iar buza de jos avea o crestătură acoperită de sânge uscat.

– Ce-ai păţit aici? îi atinse el fruntea.

Fata se trase înapoi:

– Nimic, am alunecat în baie şi m-am lovit de chiuvetă, hai, strânge-mă în braţe acum...

Mitu se întinse lângă ea şi începu să-i pipăie sânii, cumva din obligaţie, parcă silit să joace un rol, iar fata simţi, îi îndepărtă mâna, îl întoarse cu faţa în jos şi începu să-i maseze umerii, lăsându-şi sânii să-i atingă uşor spatele, în sus, în jos, în sus, în jos.

– Cum te simţi? îl întrebă şoptit la ureche.

– Cum să mă simt... Nemaipomenit...

– Ia întoarce-te pe spate... îl îndemnă ea ghiduşă.

Mitu se răsuci şi atunci ea notă glumeaţă:

– Nu eşti circumcis! Ha!

– Ce nu sunt?! întrebă el nedumerit.

– Nimic, voiam să zic că puţini bărbaţi în zilele noastre rămân netăiaţi...

El scutură din umeri ca şi cum i-ar fi trecut o nălucă pe la spate.

– Ti-e frică de circumcizie, deşi ai fost în război, eroule, ţi se văd mai rănile, râse Deborah, sărutându-l pe piept şi coborând spre abdomen. E aşa de nu ştiu cum s-o fac cu un soldat!

Mitu se trezi din senzaţia pe care o experimenta atunci pentru prima dată - sexul oral - când Deborah se ridică uşor ca să scoată dintr-un sertar un prezervativ.

– Vreau să intri-n mine acum, îi spuse, rulându-i săculeţul până la bază.

El privi năucit la bucata de plastic întinsă pe penisul său.

– Nu ştii ce-i asta? E un mijloc de contracepţie şi de pază contra bolilor.

– Ştiu bine la ce se foloseşte, însă…

– Însă ce?

– Mă simt aşa de ciudat cu el!

Se conformă şi duse jocul până la capăt. Ieşi peste o oră din camera ei cu un sentiment amestecat de satisfacţie, jenă, dezgust şi dorinţă de a reveni pe coridoarele alea întunecoase şi încărcate de promiscuitate ca să încerce o altă fată, apoi o alta.

– Data viitoare, frumosule, vino tot la mine, OK? strigă Deborah după el din capul scării.

Mitu îşi întoarse privirea spre ea şi-i zâmbi:

– Absolut! o asigură şi coborî în hol unde se tolăni pe o canapea în aşteptarea lui Carrick. „Ce interesant fu!" îşi spuse uitându-se în jur. Madame Demonstrand îi aruncă un zâmbet şi făcu discret un semn. Ca la comandă, câteva fete ieşiră din cotloanele lor şi se apropiară iute de el.

– Nu mai vrei încă o dată? Tot eşti aici şi-ţi pierzi vremea, fă-ţi măcar plinul! Prietenul tău mai are până când se satură de Maybelline!

Mitu poposi cu ochii pe chipul şi trupul fiecăreia, analizându-le în amănunţime, fără jenă. O luă pe una în braţe şi-i pipăi sânii - „la fel de tari ca ai Olgăi…" îşi zise -, apoi chemă lângă el o blondă care părea mai sfioasă - îşi plecase ochii de câte ori se uitase la ea.

– Cum te cheamă, dulceaţo?

– Danielle…, îi răspunse fata într-o engleză stâlcită.

– Danielle, ce nume frumos! Îmi aminteşti de-o iubita de-a mea… Tot aşa avea şi ea părul, ca al tău. Era suedeză. Ia hai mai lângă mine…

Fata se trase timidă lângă el şi i se aşeză în braţe. Mitu o potrivi pe genunchi şi-i atinse uşor sfârcurile cu palmele:

– Ia uite ce frumuseţe am lângă mine… Spune-mi, fetiţo, cum merge businessul cu tine?

– Toate suntem la fel, zece dolari câteva ore…

Simţi că se înfierbântă de la clipă la clipă. Îşi trecu degetele prin părul ei şi o sărută uşor pe buze, continuând s-o mângâie în văzul celorlalte. Experienţa cu Deborah îl învăţase iute că acesta era unul dintre locurile de pe pământ unde nu trebuie să-ţi fie ruşine de nimic.

– Eşti atrăgătoare, Danielle… De unde eşti de loc?

– Din Italia.

– Te-ai excitat, văd…

– La cum mă atingi tu, ce vrei…, zâmbi ea, deodată provocatoare. Se vede că te pricepi să te porţi cu femeia. Vrei să urcăm la cameră?

„De ce nu? La urma urmei de-asta venii aici!", dădu el aprobator din cap, şi o urmă pe scări în sus, fixându-i fundul bombat.

După jumătate de oră Danielle îşi sprijinea capul de pieptul lui:

– Nici nu se cunoaşte c-ai mai avut o femeie acum o oră... Nici nu se cunoaşte.

În ziua aceea Mitu s-a culcat cu cinci dintre fetele de la bordel. După Deborah şi Danielle, a hoinărit cu Carrick prin oraş, povestindu-şi unul altuia amănuntele picante în timp ce târguiau mărunţişuri de pe străzile comerciale. Pe urmă s-au întors la Windsor Hotel, unde el şi-a ales o negresă - o veche dorinţă tainică, ivită încă din primele lui zile de America -, iar irlandezul s-a dus tot cu Maybelline.

La sfârşit, înainte de a pleca spre Helena, şi-a mai luat două femei - o mexicancă şi o rusoaică - şi a petrecut o oră cu ele, trecând de la una la alta ca un ocnaş care se bucură de prima lui zi de libertate.

Capitolul 32

Trecuseră deja doi ani de când sosise în Montana. În răstimpul acesta se familiarizase bine cu toate dedesubturile activității lui. Gherasim continua să-l ajute la oierit, iar el dobândise o rutină atât bună încât *bootlegging*-ul îi venea ca o a doua natură.

Avusese câteva probleme cu agenții, însă Carrick îl învățase cum să se descurce în astfel de situații - când era necesar, dădea mită în dreapta și în stânga, schimba potecile și-și muta distileriile. Odată a fost oprit de jandarmi chiar când făcea un transport mai mare - vreo zece galoane de alcool - și a scăpat ca prin urechile acului, ungându-i cu câte treizeci de dolari pe fiecare.

Puțini dintre proprietarii de *blind pigs* știau că el era unul dintre furnizori. Ascunsese acest lucru, pentru că, odată dusă vorba în oraș, creștea și riscul de a fi prins. Carrick și Gherasim păstrau un mare secret în legătură cu afacerile lui și, în afară de ei și de cei câțiva români cu care se împrietenise, nimeni nu bănuia nimic. Când mai arunca banii pe câte un moft - un costum nou sau un ceas de aur - iar ceilalți îl priveau cu mirare, le spunea că mai avea rezerve de pe vremea când lucra la Ford.

Realitatea era însă alta: nu cheltuia aproape pe nimic în afară de vizitele la bordelurile din Butte sau de la periferia Helenei și astfel economisea aproape tot ce făcea din *bootlegging*. Iar asta era mult - mai mult decât sperase vreodată. De când începuse traficul cu alcool strânsese atât de mulți bani încât, atunci când îi număra, îl apuca îngrijorarea: „Doamne Dumnezeule, ce de-a gologani! Ce mă fac eu cu-atâta amar de bănet ilegal?!".

În ultima vreme începuse să distribuie alcool și la „Sasha and Natasha". Aranjase cu rusul, proprietarul restaurantului, să-i livreze băutură la un preț mult mai mic decât cel obișnuit. Făcuse asta pentru că îi era drag locul - aici se strângeau români la botezuri, cununii, sărbători sau zile de naștere. Locul era de fapt mai mult decât un simplu restaurant: era un *saloon*, unde oamenii veneau nu doar ca să mănânce și să bea, ci și să joace biliard, table sau cărți. Aici îi întâlnise și pe ceilalți trei novăceni de care-i spusese Ilie Porumbel la început - Gheorghe Vonică, Ion Vărzaru și Ion Piluță.

Uneori cânta la vioară pentru cei ce se strângeau acolo. După ce l-a văzut odată cât de bine mânuia arcușul, Tecău i-a aranjat să cânte la o emisiune culturală la radio, apoi i-a propus să renunțe la oierit și să se mute în oraș, ca să-l angajeze în taraful lui. În orice alte condiții, ar fi acceptat numaidecât, dar, de data asta, refuzase. Nu mai trăia ca pe vremurile lui Corcoveanu. Acum îi era mai bine să rămână în munți și să fiarbă la cazane.

Când trecea pe la „Sasha and Natasha", se simțea ca peștele în apă. De multe ori își zicea că aici îi era ca acasă. Se întâlnea des cu români și, în ultima vreme, în afară de Carrick, nu mai vorbea englezește aproape cu nimeni.

Cu Mirița și Smaranda reușise să se împrietenească. Le urmărise multă vreme și intrase în vorbă cu ele de câte ori le prinsese singure, mai ales pe la chermeze, unde Tecău se abțiguia așa de tare că nu prea mai pricepea ce se petrecea în jurul său. Fetele erau nelipsite de la sindrofiile din Helena, unde de multe ori cânta și el. Uneori, când prindea ocazia, le șoptea că le dedică o melodie, apoi se ducea în față să interpreteze un cântec de dragoste. Era convins că, dacă n-ar fi stat tatăl lor prin preajmă să le păzească cu strășnicie, ar fi putut-o convinge măcar pe Mirița, care părea mai știutoare în ale amorului - avusese un prieten, Johnny, un locotenent de armată, care o părăsise nu demult - să petreacă o noapte cu el.

Tecău băgase de seamă câte ceva și, din când în când, îl avertiza, mai în glumă, mai în serios, să-și vadă de treabă:

– Tinere, dac-o să te legi de vreo fată de-a mea, o să ai de-a face cu mine!

– Apoi ce crezi mata că-s eu?! Eu-s om serios, ce Dumnezeu... îl liniștea el.

Cu un an în urmă, de ziua acestuia, izbutise să rămână cu fetele câteva ore fără să-i tulbure nimeni. Mesenii plecaseră, iar Tecău se îmbătase atât de tare încât adormise pe o canapea. Stătuseră de vorbă pe îndelete, povestindu-și câte în lună și în stele, iar la despărțire reușise s-o sărute pe Mirița.

De atunci tot încercase să le mai surprindă undeva *in private*[*], dar nu mai întâlnise ocazia. Le văzuse de multe ori, însă de fiecare dată fie la petreceri, înconjurate de mulți oameni, fie la biserică, de unde plecau însoțite de tatăl lor.

Toate acestea aveau să se schimbe însă, curând, pe neașteptate. Ziua lui Tecău se apropia și, ca întotdeauna, omul invitase o mulțime de cunoștințe la el acasă. Pe Mitu îl rugă să-i conducă taraful - „Eu vreau să mi se cânte, nu să cânt, de ziua mea" - iar pe fete le însărcină cu primirea musafirilor.

În ziua cu pricina - o frumoasă sâmbătă de primăvară - Mitu se dichisi minuțios, ca să facă cea mai bună impresie. Își puse costumul de ocazie, încărcă în căruță câteva butoiașe de lemn cu țuică din cea mai bună și porni devreme spre oraș ca să aibă timp să cumpere un dar pentru sărbătorit și câte un buchet de flori pentru fete.

Tecău organizase totul ca la carte. Era meticulos și se ocupa de cele mai neînsemnate amănunte, din frica exagerată de a nu se face de râs în fața musafirilor. În *living room*[†] orânduise mesele de jur împrejur, lăsând loc în mijloc pentru joc, iar într-un colț rezervase un spațiu pentru taraf. El își păstrase locul din capul mesei principale, ca să se poată adresa tuturor - îi plăcea mult să țină discursuri - și tot acolo oprise scaune pentru lăutari și fetele lui.

---

[*] În privat (engl.)
[†] Sufragerie (engl.)

Când Mitu ajunse, spre seară - întârziase prin Helena în căutarea unui cadou potrivit - se strânseseră vreo treizeci de persoane și petrecerea începuse. Printre cei pe care îi știa mai bine erau lăutarii cu care mai cântase și trei dintre novăcenii lui: Ilie Porumbel, Gheorghe Vonică și Ion Piluță.

– Ai picat la țanc, Mitule... Sau, cum se zice? *Picași* la țanc! Tocmai când ne pregăteam să punem supa-n farfurii și să umplem paharele! Hai, stai aicea, lângă mine și lângă oltenii tăi! îl întâmpină Tecău.

– *Happy birthday*, 'nea Tecău!

– Da... ca și cum exact pe Lăutăreciu îl așteptam noi ca să ne putem apuca de băut! comentă unul dintre meseni, un muntean zbârlit care sosise nu de mult în Helena și nu știa că Mitu făcea contrabandă cu alcool.

– Apăi să știi că da, *plumbere**! îl contrazise Tecău. Că doară el *provide*[†] băutura! Haideți și luați loc la masă, nu vă sfiiți ca niște fete mari în noaptea nunții! Să-ncepem *party*-ul! Tocmai am scos găluștele de pe *fire*[‡]!

Se așezară toți, iar Mirița și Smaranda se apucară să aducă farfuriile și lingurile. Gătiseră toată ziua - supă de pui cu tăiței, sarmale, friptură de porc, cornulețe cu rahat - și acum așteptau emoționate să vadă cum erau apreciate.

– Dar, îi preveni Tecău ridicând paharul, nu vă aruncați buluc ca turcii! Până să ne-mbuibăm, vreau să țin un toast pentru toată lumea, că așa se cade! *May God bless us*[§] pe pământurile astea până când ne vom duce să-L întâlnim în ceruri! Fie ca să ne meargă bine și să fim sănătoși pân' la adânci bătrâneți! Eu am avut o viață *full***, cu multe bucurii, și vă doresc și vouă același lucru. Și să nu uitați niciodată de unde vă trageți! Eu, unul, știu c-o să-mi las osemintele pe-aicea...

– Să vezi c-acu o să recite poezia cu cimitiru'! zise Vonică ghiduș în barbă. Numa' așteapt-o țâră!

Mitu se strădui să nu pufnească în râs, și-și acoperi gura cu palma ca un elev care se căznește să nu-l vadă învățătorul.

Tecău continuă, în maniera bine știută:

– Dar am un săculeț cu țărână din cimitirul satului meu ș-am să las cu limbă de moarte să mi-l toarne pe mormânt, cân' o fi să fie! Așa cum ar spune o mamă către ficiorii ei venetici:

> *Să lăsați cu jurământ*
> *Să vă pună pe mormânt*
> *Țărână din cimitir*
> *Și floare de foaie-n fir*

---

* Plumber: instalator, persoană ce repară țevile de scurgere (engl.).
† A furniza (engl.).
‡ Foc (engl.). În comunitățile românești de atunci cuvântul „foc" avea rezonanță licențioasă. Mulți români foloseau varianta englezească „fire" (n.a.).
§ Fie ca Dumnezeu să ne binecuvânteze! (engl.).
** Plină (engl.)

> *C-ați dormi ușor, uitați*
> *Ca lângă surori și frați*
> *Ca lângă tată și mumă*
> *Lângă apa voastră lină.*

– Da' ia mai lasă-ne, 'nea Tecău, cu d-astea, or' noi am venit aicea să ne veselim sau să ne mâhnim?! strigă Porumbel supărat deodată, ca și cum s-ar fi trezit brusc dintr-un vis urât.

Tecău se opri din recitat și-i răspunse cu glas ridicat, ca să audă toți:

– Apăi, Ilie, ai venit aicea să te veselești, da' mâine un' crezi c-o să fii? Poate o să fii, poate n-o să mai fii! Nu știi niciodată ce-ți aduce ziua de mâine!

– Ba știu, nea Tecău, unde-o să fiu eu! La job! Ca-n ceea vorbă:

> *Mă, dolare-american,*
> *Nu-mi mai fi așa de dușman!*
> *Dolare, frumos mai ești!*
> *Tu pe min' mă-mbătrânești!*

– Porumbel are dreptate, se amestecă Piluță în vorbă. Mai ai mult pân-oi da matale ortu' popii! Ia arată-ne mai bine niște scamatorii!

Tecău făcu un semn cu mâna a lehamite, ca și cum i-ar fi mustrat că-și bate gura de pomană în fața norodului prost, apoi se ridică de la masă și îl chemă pe Mitu lângă el.

– Vreți *tricks**, ha? Lăutăreciule, tu faci atâța bani din *bootlegging* că-ți ies din tine, mă, ca izvoru'! spuse tare, și apoi scoase câteva bancnote de un dolar din urechile lui.

Mitu îl privi amuzat, întrebându-se cum Dumnezeu făcuse asta, că doar avusese mânecile suflecate.

– Nea' Houdini din Transilvania! strigă din nou Porumbel. Asta vrem, nu să plângem cu capu' pe mese că ne spui dumitale ce-o să fie cân' dăm ortu' popii! Ia mai arată-ne ceva! N-am dreptate? se întoarse către ceilalți.

– Da, 'nea Tecău, ia mai fă ceva! cerură zgomotos oamenii.

Măgulit, acesta scoase tacticos o bucată de pânză din buzunar - îi plăcea grozav să fie rugat de lume -, o scutură și o suci pe toate părțile, în văzul tuturor, apoi o mai scutură o dată și atunci se ivi din ea un iepuraș alb. Își continuă reprezentația încă vreun sfert de oră, după care îl îndemnă pe Mitu să treacă la comanda tarafului.

– Că doară n-ăi vrea să-mi cânt io mie tocma' de ziua mea o serenadă, Lăutăreciule! Ia glăsuiește-ne ceva! *Entertain us!*†

El luă vioara în mâini, scârțâi câteva note din ea, apoi începu să cânte cu o voce puternică:

---

* Trucuri (engl.).
† Binedispune-ne! (engl.)

De când, muică, m-ai făcut
Oi cu puşca n-am păzit!
Am puşcă şi am ochean
Sunt cioban american!

Învăţase de la Porumbel strigătura asta, care circula printre toţi ciobanii de acolo care vorbeau româneşte, şi el o pusese pe note. Lăutarii îşi luară şi ei instrumentele şi continuară cu o horă care-i ridică pe aproape toţi la joc.

După jumătate de oră oamenii se aşezară din nou la mese. Deşi abia trecuseră la felul trei - sarmalele cu mămăligă -, Smaranda se întrecuse pe sine şi pusese şi nişte prăjituri - cornuleţe cu rahat şi ciocolată de casă - în dreptul fiecăruia. Mitu rupse o bucată din ciocolată şi, când fata trecu prin dreptul lui, îi şopti:

– Prăjiturile astea-s dulci şi bune, da' nu-s mai dulci ca tine...

Ea se îndepărtă repede, dar o văzu apoi într-un colţ aruncându-i pe furiş ocheade şi chicotind cu Miriţa.

„E bine dacă râde în loc să se zborşească... E foarte bine!"

În vremea asta, Tecău începuse să deschidă pachetele cu cadouri. De câţiva ani luase obiceiul de a se uita la ele în timpul petrecerii. I se aduseseră fleacuri, dar alese cu grijă, şi le scotea pe rând, apoi le punea înapoi în hârtiile în care fuseseră împachetate. Vonică îi adusese un fular de mătase, iar Porumbel un chimir. Piluţă îi luase un cuţit de vânătoare şi un lăutar venise cu o cutie plină cu trabucuri. Mitu cheltuise cel mai mult: ştiindu-i slăbiciunea pentru armele de foc, îi cumpărase un pistol - un faimos Colt .45 de cinci runde, un „Făuritor de pace", cum mai era denumit - pe care îl pusese într-o cutie de lemn de cireş, sculptată şi căptuşită cu pluş vişiniu.

– Ce piesă *nice**! comentă Tecău impresionat. Dar câtă fineţe în linii! Mulţumesc, Mitule, dădu el peste cap un pahar de vin, în semn de recunoştinţă, apoi se apucă să pună gloanţele în butuc.

– Vezi, 'nea Tecău, să nu-ţi închipui c-oi fi Billy the Kid[†] prin Vestul Sălbatic şi să-mpuşti pe careva dintre noi după ce mai tragi o duşcă! râse Vonică.

– Hai să benchetuim şi să ne veselim acuma, ce morţii mă-sii, că doar o viaţ-avem! strigă Porumbel, ridicând paharul. Apoi la mulţi ani, bătrâne! Să-ţi trăiască copiii şi să te bucuri de toate ca şi pân-acu'!

---

* Drăguţă (engl.)
[†] „Billy the Kid" („Billy Copilul" - nume real Henry McCarty) (1859-1881) este un personaj intrat în legendă, figură simbolică a Vestului Sălbatic, războinic, certat cu legea, criminal - 21 de victime îi sunt atribuite, câte una pentru fiecare an al vieţii sale. A fost catapultat în legendă de o carte senzaţionalistă intitulată „Viaţa adevărată a lui Billy the Kid", scrisă chiar de cel care l-a ucis, un anume şerif Patrick Garrett (n.a.)

– Să dea Domnul s-o ducem tot aşa până la sfârşit, îşi ură Tecău. Mă, da' bună-i băutura asta... Mitule, cum Dumnezeu o faci?! Dacă n-aş şti că suntem în America, aş jura că-i ţuică de la maica de-acasă!

– Apoi cam aşa o fac... Ca în România... Din fructe...

– Da... bună tare, Mitule, confirmă Piluţă. Se vede că-i oltean de-al nostru! Trebe că scoţi o avere din asta!

– Ce ţi-e, mă? rosti Mitu. Ce avere?! Nu ştii ce vorbeşti aicea! Eu fac băutura, da' tre' s-o dau la distribuitor pe mai nimica. Doară nu crezi că se poate îmbogăţi cineva din aşa ceva!

– Lasă tu, lasă, că tot câştigi mai multe parale decât noi la munca de jos, Mitule... Nu ne spune tu nouă că raţa-mpunge! se zbârli Vonică la el.

– Uneori mai câştig, da' alteori nu... Că tare mult depinde de cât fac şi de câţi sunt ca mine... Nu-i aşa roz cum credeţi voi... se apără el.

Petrecerea ţinu până în zori. Pe măsură ce treceau orele, încăperea se umplea de un fum gros de ţigară ce ustura ca ceapa, vorbele deveniră tot mai incoerente, iar minţile petrecăreţilor se aburiră tot mai tare de la băutura aflată din belşug pe mese.

Capitolul 33

Pe la cinci dimineața, oamenii începură să plece de la sindrofia lui Tecău. Mitu rămase dinadins ultimul, prefăcându-se că meșterește ceva la vioară, apoi se oferi să le ajute pe Mirița și Smaranda la strânsul farfuriilor de pe masă. Tecău se tolăni pe un pat cu ochii închiși, îngânând o melodie și, peste câteva minute, începu să sforăie încetișor.

– Rămaserăm numa' noi, *darlings*, ce ne facem acum? încercă Mitu să-și ascundă bucuria. Vă distrarăți, fetelor?

– Da, am avut mult *fun*, îi răspunse Smaranda, care băuse până atunci, pe furiș, o sticlă întreagă de tămâioasă. Dar tu?

– Și eu mă distrai pe cinste, deși mi-ar fi plăcut mai mult să stau doar eu cu voi... Eu nu cunosc decât un singur fel de *entertainment*, spuse cu tâlc. Hai să gustăm din vinul ăsta roșu, că n-apucarăm să desfacem sticla...

Mirița aruncă o privire spre tatăl ei care dormea buștean, și-i întinse niște pahare. Mitu le umplu și apoi își luă un aer preocupat:

– Să nu-l trezim, fetelor... Haideți într-una din camere!

Fetele chicotiră, își șoptiră ceva la ureche, apoi o luară după el spre unul dintre dormitoare - o încăpere atât de mică încât nu încăpeau în ea decât un dulap și un pat de mijloc.

– Dar ce mai cameră, fără niciun scaun.... observă el glumeț. Veniți și voi mai aproape, n-o să stați în picioare prin colțuri! le îndemnă vesel, cuprinzând-o pe Mirița pe după umeri și trăgând-o spre el. Aceasta se trase speriată, cu obrajii aprinși.

– Ce te speriași ca și cum ai fi văzut un șarpe, că nu vrusei să-ți fac nimica rău! *Come on*, hai mai aproape, de parcă n-ai mai fi stat lângă un bărbat până acu'! Smarando, fă-ți curaj și tu, că nu te mușc... Sau semăn așa de tare c-un balaur?

Fetele se apropiară nesigure de pat. El scoase o batistă și o scutură, încercând să facă să apară o monedă - era singurul truc pe care Tecău i-l explicase vreodată - însă nu reuși și scăpă bănuțul pe jos, iar ele pufniră în râs. Apoi începu să le povestească de război, descriindu-le în detalii grozăviile pe care le văzuse pe câmpurile de luptă și punctând cu modestie felul în care salvase el viața altora.

– Uitați, le spuse, scoțându-și cămașa de pe el. Pe aici mi-a trecut glonțul. Vedeți urma? E încă tare, luă el mâna Smarandei și o plimbă peste cicatrice, profitând de ocazie ca să-i țină palma lipită de pielea lui.

Mirița îl privea descumpănită - „O fi geloasă?" se întrebă el - și o trimise pe soră-sa să-i aducă niște țigări din altă cameră și să vadă dacă tatăl lor dormea.

– Mirițo, nu știu cum să-ți zic - și mi-e frică de taică-tu, că mă omoară dacă află! - dar am ceva pentru tine de când te-am văzut prima dată... Mă faci să mă gândesc numa' la prostii noaptea! îi șopti Mitu și-și duse degetele a taină la buze.

– Ia nu mai visa tu la cai verzi pe pereți… îl repezi fata cu un aer prefăcut serios, țuguindu-și buzele. El se apropie și o sărută iute, iar ea îi întoarse pe loc sărutul.

Smaranda tocmai intra cu pachetul de țigări și, când îi văzu, se făcu roșie de ciudă:

– O să te rupă taica-n două dacă se trezește! aruncă ea spre Mirița, privind-o de parcă voia s-o spulbere.

Aceasta se uită semeață la ea și nu-i răspunse.

– *Come on…* Uitați-vă aicea, le liniști Mitu, bucurându-se în sinea lui că fetele se băteau pentru el. O să arunc bănuțul ăsta în aer și, dacă ghiciți ce cade, îmi dați o pedeapsă. Dacă ghicesc eu, vă dau eu vouă una!

Mirița vru să se opună - „Ce-i cu jocurile astea prostești?!" - însă el nu le dădu răgaz să spună nimic. Strigă „heads!" și aruncă moneda în aer.

– *Tail!* intră Smaranda în joc, vrând parcă să-i facă în ciudă soră-sii.

– Ah… Pierdui! se prefăcu el supărat. Să nu-mi dați acu' să cânt ca cocoșu'!

Atmosfera se destinse ca prin farmec. Fetele izbucniră în râs și se aliară deodată. Retrase într-un colț, șușotiră ceva, apoi îl puseră să compună o poezie. El se gândi câteva clipe și începu să recite:

Foaie verde șapte flori
Am cu tronc două surori
Eu pe ele le-aș pupa
Cât ține ziua și noaptea!

Smaranda pufni în râs, iar el se apropie și o privi adânc în ochi. *You're so beautiful…*[*], îi șopti, întrebându-se cum de era în stare să rostească asta așa de convingător când, de fapt, o găsea cam urâțică, și-i atinse buzele cu vârful degetelor. Ea zâmbi încurcată și nu reuși să spună decât un „mulțumesc". Mirița îi privea geloasă și, când Mitu se uită la ea, schiță un zâmbet prefăcut. El atunci îi făcu cu ochiul complice, ca și cum i-ar fi spus „tu ești, de fapt, aleasa mea…"

– Runda a doua acuma! Haideți! *Heads* din nou! aruncă iar moneda în aer.

Banul se rostogoli pe podea. Mirița se apropie și ochii i se umbriră de dezamăgire.

– E rândul nostru să primim pedeapsa! râse forțat.

– Ia să vedem, ia să vedem, rosti Mitu mulțumit. Ce pedeapsă, ce pedeapsă…? chibzui câteva clipe. N-o să vă pun să faceți pe poetele cu mine… Ce să vă pun eu să faceți… Gata! Găsii! Umpleți paharele ochi și goliți-le dintr-o sorbeală! Doar nu credeați c-o să vă pedepsesc cum îmi ziceți voi!

Fetele îl priviră potrivnice, însă el nu le lăsă să protesteze.

---

[*] Ești atât de frumoasă… (engl.).

– Pedeapsa-i pedeapsă, ce să-i faci… Cuvântu-i cuvânt!

– Dar noi n-am vrut să jucăm asta! Ne-ai luat repede, se împotrivi slab Smaranda, care era deja amețită de la vinul pe care-l băuse până atunci.

Mirița luă paharul și-l dădu peste cap, ca și cum ar fi vrut să-i demonstreze soră-sii că pedeapsa asta era un fleac pentru ea.

– Gata! Eu am executat ce mi s-a cerut… Las-că vezi tu când îți vine rândul! îl amenință pe Mitu.

Smaranda se luă după ea și își bău și ea porția.

– Mă, tu ne-ndemni la prostii… îi spuse râzând.

– Eu?! Vai de mine și de mine! Vinu-i sângele Domnului… *The more the better!**

– *The more the better*… îl maimuțări Mirița… Vrei să ne îmbeți, să nu mai știm ce-i cu noi, *right*†?

Mitu scutură vehement din cap:

– Apoi nu neg că mă gândesc să jucăm acu' alte *games*, nu ăsta cu bănuțul…

– Ce *games*? îl întrebă Smaranda jucăușă, privindu-l ca și cum n-ar fi priceput bine unde bătea.

– Uite ce joc, se apropie el, ferindu-i o șuviță de pe frunte și coborându-și apăsat degetul pe obrazul ei până în dreptul buzelor. Jocul dragostei… șopti și o trase spre el. Mmm, ce parfum frumos ai… îi rosti la ureche. Mirițo, vin' mai aproape și tu! Hai lângă mine!

Fata se apropie și o cuprinse pe după mijloc:

– Ăsta-i jocul ce trebe jucat… Ăsta-i… Mulțumescu-ți ție, Doamne, că l-ai adormit pe Tecău! rosti în glumă, schimonosind o cruce.

Fetele chicotiră, iar el se potrivi mai bine între ele, sărutându-le pe rând. Smaranda începu să-i întoarcă săruturile, iar Mirița închise ochii pe jumătate, parcă rușinată de ce se întâmpla. El își coborî degetele spre bluza ei și, când dădu de nasturi, îi descheie unul câte unul. Ea nu schiță niciun gest de împotrivire.

– Dumnezeule, ce fete frumoase! le șopti.

Le dezbrăcă fără grabă, trecând molatec de la una la alta, sărutându-le pe gât, plimbându-și degetele prin părul lor, mângâindu-le, spunându-le cât de tare îl înnebuniseră, apoi se opri la Mirița, care tremura sub atingerea palmelor lui. Coborî mâna între coapsele ei. Fata oftă de plăcere și termină foarte repede, într-un geamăt scurt și subțire, după care deschise ochii și luă o mutrișoară stânjenită, ca și cum i-ar fi fost rușine de goliciunea ei.

El îi zâmbi liniștitor și se întoarse către Smaranda, îi apucă palma cât putu de gingaș, i-o sărută și o așeză pe sânii soră-sii. Fata tresări puternic și dădu să și-o retragă, însă el i-o puse înapoi blând, dar ferm, strângându-i-o în pumn. Începu apoi s-o sărute pe gât, pe piept, coborând spre pântece și

---

* Cu cât e mai mult, cu atât mai bine! (engl.)
† Corect? (engl.)

afundându-se apoi minute nesfârşite între coapsele ei. Înţepenită, ea încerca zadarnic să-şi stăpâneasca icnetul de plăcere.

– Miriţa... şopti el după o vreme. N-am uitat de tine...

Aceasta stătea pe pat, înfiorată de cum o pipăia Smaranda. Mitu o îmbrăţişă strâns şi o sărută prelung, apoi o întoarse cu faţa în jos, o ridică uşor de mijloc şi o pătrunse.

– *Oh, God!* şopti ea îmbătată. *Oh, God! Don't stop!*[*]

Smaranda se uita curioasă la du-te-vino-ul lui şi la gemetele soră-sii. Uitase de ea, uitase de pudoarea de la început, uitase de tot. Era ameţită de vârtejul sexului, ce se desfăşura în faţa ochilor ei ca la cinema, cu amănunte pe care nu şi le imaginase niciodată.

Mitu îi privi trupul gol şi orbi de dorinţă. Doamne, putea avea o fecioară! O trase spre el şi o sărută apăsat.

– *I want you so bad...*[†] Întinde-te pe spate... îi ceru într-o şoaptă poruncitoare.

Fata îl ascultă supusă şi se întinse cu picioarele uşor depărtate, şi atunci o pătrunse cât putu de blând, ca s-o cruţe de durerea iniţială. Ea scoase un ţipăt scurt, apoi gemu şi se arcui, înfigându-şi unghiile în spinarea lui.

– Doamne, ce desfătare... murmură el privind trupurile goale ce i se dăruiau. Doamne, ce plăcere! *Oh, God!* strigă când termină, într-o zvâcnire, în trupul ei.

Se lăsă să alunece între ele şi, după un timp, le mai avu o dată. La sfârşit, se întinse istovit şi fericit între ele. „Asta-i de ce am eu nevoie: de muieri care să mă vrea, nu de cocotele din bordelurile de pe Galena Street! Asta-i ce vreau!"

– Ăsta-i raiul pe pământ... Raiul... rosti răguşit, ţinându-le în braţe pe amândouă.

Se gândi cu părere de rău că trebuie să plece „Tare m-aş mai culca şi, când m-aş scula, aş lua-o de la capăt! Doamne, numa' cum ar fi?!"

În clipa aceea se auzi un zgomot la uşă. Se ridică iute din pat şi dădu să-şi tragă iute pantalonii, însă, în secunda următoare, Tecău apăru în prag, privind confuz. Fetele scoaseră un ţipăt ascuţit şi se acoperiră cu pătura până la gât.

– Ce-i aicea?! întrebă bătrânul cu o voce tulbure de mahmureală. Se îndreptă spre pat şi trase pătura la o parte. Ochii îi rămaseră pironiţi pe trupurile fetelor lui, care încercau să-şi ascundă goliciunea cu mâinile. Când pricepu ce se întâmplase, scoase un urlet de câine turbat şi se întoarse spre Mitu.

– Trădătorule! Scârnăvie! Ţi-arăt eu ţie, ticălosule! Jigodie! Te-am primit în casa mea! bolborosi, repezindu-se afară. Paşii i se auzeau pe scări

---

[*] Oh, Doamne! Nu te opri! (engl.).
[†] Te vreau atât de tare (engl.).

în sus, apoi pe scări în jos şi, după câteva clipe, apăru în uşă, cu Coltul .45 într-o mână şi cu un topor în cealaltă.

Mitu nu fu în stare să schiţeze niciun gest de apărare când Tecău îndreptă ţeava spre el şi apăsă pe trăgaci. Glonţul îl lovi în faţă, prăbuşindu-l peste o vitrină de sticlă care se sparse, zgâriindu-l adânc pe spate şi pe gât. Tecău ridică atunci toporul deasupra capului şi vru să izbească, însă lovi tavanul, iar toporul, cu traiectoria deviată, ateriză într-un colţ. Mitu tăbărî asupra lui, îl apucă de brâu şi-l trânti pe duşumea, în urletele îngrozite ale fetelor.

– Ce-ai făcut, ce-ai făcut, Dumnezeule mare, l-ai omorât! L-ai omorât pe taica! ţipă Miriţa sfredelitor, acoperindu-şi gura cu palmele şi izbucnind într-un plâns isteric.

Mitu se ridică anevoie, îşi trase hainele pe el şi încercă să le liniştească:

– Turnaţi-i o găleată de apă în cap, o să-şi vină iute în fire. Nu-i bai, n-are nici pe dracu'! *Take care of yourselves, I didn't mean this at all...*[*] le mai spuse, ieşind grăbit. Cu greu îşi putea ţine ochii deschişi, în durerea cumplită. Îşi atinse rana cu degetele şi icni. „Dumnezeii mamii lui de moşneag, nebunul mă-mpuşcă în falcă!", îşi dădu seama alarmat şi se duse la spital.

Doctorii îl băgară imediat în sala de operaţie. A doua zi când se trezi, avea capul tot bandajat în tifon, de abia i se mai vedeau ochii. Află că glonţul îi fracturase maxilarul, pe care i-l îndreptaseră şi i-l consolidaseră cu un şurub care va rămâne implantat în os toată viaţa.

– O să se vadă, sir? Vorbea ca şi cum ar fi molfăit smoală, şi fiecare cuvânt îi provoca dureri crunte.

– Nu, de văzut n-o să se vadă. Fizionomia îţi va rămâne neschimbată... Poate doar o uşoară cicatrice în dreptul rănii, care se va estompa în timp. Însă şurubul se va simţi la deget. Vei avea dureri timp de câteva săptămâni, dar vor trece şi ele ...

– Când am să ies din spital?

– Peste o săptămână, dacă lucrurile merg bine. Trebuie să te ţinem sub observaţie ca să nu te infectezi.

– Nu, nici într-un caz... Trebuie să ies acum. Am treburi importante de rezolvat. Vin mai târziu la control...

În ciuda protestelor doctorului, Mitu ieşi din spital chiar în dimineaţa aceea şi porni direct spre munte, obosit şi cu dureri. Aşa bandajat cum era, arăta de la depărtare ca o nălucă rătăcitoare. Ajunse la stână noaptea târziu, speriindu-l pe Gherasim:

– Da' ce-ai păţit, omule?! În ce daravele ai intrat?! De ce eşti bandajat la cap?! Intră repede înăuntru să nu te zărească cineva!

– Da' de ce? De ce-mi zici să mă feresc?

---

[*] Aveţi grijă de voi, n-am vrut deloc să se întâmple aşa... (engl.).

– Mă Mitule, Tecău te-a turnat la poliţie că faci *bootlegging*. Azi dimineaţă au venit patru jandarmi pân-aici şi m-au iscodit - ce faci, pe unde eşti, unde-ţi sunt cazanele. M-au ameninţat că mă bagă la puşcărie dacă nu spun, da' io m-am ţinut tare ş-am negat c-aş şti ceva. Nici nu ştiam unde eşti. M-am gândit c-ai murit, însă, cân' i-am văzut întrebând de tine, mi-am dat iute seama c-ai intrat în bucluc. Ce ţi s-a-ntâmplat?

El îi povesti pe scurt păţania.

– Aşa... care va să zică... unii muncesc de-şi rup spinările, iar alţii petrec cu muierile. Şi nu cu una, cu două deodată! Doamne, mare ţi-e grădina... Tu ca tu, da' ele zdravene la cap or fost?! Eu ţi-am mai zis odată: n-oi avea eu bani, da' dorm liniştit nopţile. Acuma ce-o să faci? Zi-mi, ce-o să faci?

– Ce să fac, mă? Trebe să fug. Sunt în *trouble*[*]. Cre' că mă-ntorc în Detroit... Unde-n altă parte?! Vii cu mine?

– Ce?! Să vin eu cu tine?! Omule... nu vin... Unde să vin?! Nu vin... Nu vreau s-o-ncurc, Mitule... Şi ce faci cu distileriile, cu butoaiele de alcool?! Eu unu' nu m-ating de ele, îţi zic de la început!

– Ce pot să fac cu ele?! Le las în pădure, că doară nu le-oi căra în buzunar pe tren!

– Şi pleci aşa, însângerat? O să mori! Trebe să te duci să te doftoricească!

– Las' că ştiu să-mi port eu de grijă... Mai bine plec decât să mă doftoricesc în puşcărie! Ia vin-ncoace-acu să te-mbrăţişez, că trebe să fug, c-or veni ăştia iarăşi să mă cate. Rămâi cu bine, Gherasime! îi spuse şi-i strecură câteva sute de dolari în buzunar. O să-ţi scriu de pe unde umblu, ca să-mi ştii adresa. Să-mi scrii şi tu, OK?

– Noroc mult, omule. Ai grijă, mă!

Mitu o luă în pas rapid spre munte, privind atent în jur ca să surprindă orice mişcare suspectă. Îşi întoarse capul de câteva ori ca să-i facă semn de rămas bun lui Gherasim şi se afundă în desiş.

Piti instalaţiile cât de bine putu, bău nişte ţuică de prună ca să-i mai aline durerea, îşi umplu două sticle cu afinată, apoi se duse la locurile unde avea îngropaţi banii, îi scoase din cutii, îi răsuci strâns în suluri groase, îi legă cu sforicele şi şi-i îndesă bine în buzunare. Când termină şi cu asta, se opri la liziera pădurii, unde se întinse să doarmă până a doua zi dimineaţă.

În zori se strecură tiptil în gară ca să ia un tren spre Michigan.

Era a doua oară în viaţa lui când fugea dintr-un loc unde-i fusese bine din pricina unor încurcături cu femeile.

---

[*] Probleme (engl.)

Capitolul 34

Mai erau câteva ore de mers până în Detroit și Mitu făcuse tot ce-i stătuse în putință ca să nu atragă atenția. Zăbovise mult pe la veceu, își îndesase bine pălăria pe cap cu nădejdea că astfel pansamentul i se va vedea mai puțin, se acoperise bine cu haina și se prefăcuse că doarme buștean.

Ar fi vrut să se ascundă undeva, să se strângă într-un colț în întuneric ca să nu-l vadă nimeni. Să dea timpul înapoi cu două zile, să se trezească din coșmarul ăsta. Nu-i venea să creadă ce se întâmplase cu el! Fugea de poliție, de mânia lui Tecău, lăsând în urmă cazanele făcătoare de bani. Plecase în așa grabă încât nici măcar nu-l înștiințase pe Carrick. Carrick, prietenul lui bun, care-i adusese atâta noroc!

Doar câteva ore îi trebuiseră ca să-și năruiască viața tihnită ce și-o construise în munți. Merita, oare?! Acum îi părea atât de rău că se legase de Mirița și Smaranda, că nu fusese mai înțelept să aranjeze altfel cu ele, dacă tot își dorise distracție! Dar las' să-i fie învățătură de minte, că din cauza asta era acum un fugău!

„Ce-o să fac eu de-acu' încolo?!" se tot întreba. Îi era teamă că-l urmărea poliția, c-o să-l prindă și-o să înfunde pușcăria. Se gândea că n-o să poată scăpa neobservat, cu înfățișarea de acum. Avea temeri că i se va vedea urma de la operație. „Dacă rămân însemnat?! O să trebuiască să fug în România!"

Când ajunse în Detroit, coborî din tren speriat, uitându-se să vadă dacă nu cumva îl așteptau jandarmii pe peron și se îndreptă grăbit spre cartierul unde stătuse ultima dată.

Trase la un *boardinghouse*, în apropierea unui spital. Trebuia neapărat să se ducă la un doctor - avea dureri ascuțite și nu putea să mănânce nimic. Doar nițel brandy ce mai gustase, ca să-și amorțească stomacul care-i ghioraia insuportabil.

Câteva săptămâni a stat aproape numai în pat, hrănindu-se cu ciorbe lungi pe care le sugea printr-un furtun dintr-un fel de bidonaș care-i aducea aminte de cazanele lui de țuică. O dată la câteva zile se ducea la spital pentru control și schimbarea pansamentelor.

Peste un timp, când a văzut că se simțea mai bine, a început să mănânce și lucruri mai consistente, nu doar supe searbede. Maxilarul nu-l mai durea așa de tare la mestecat și, când își pipăia rana, simțea că umflăturile dăduseră îndărăt.

După încă o lună doctorii l-au anunțat că era complet vindecat și i-au scos bandajele definitiv. Atunci a văzut că medicul din Helena avusese dreptate: doar o cicatrice subțire de la cusătură era vizibilă în dreptul bărbiei, însă și aceea - i se spuse - avea să treacă în timp.

În acea zi - prima dată în câteva luni când mergea nebandajat - a coborât la cantina din *boardinghouse*. Până atunci de-abia dacă schimbase trei vorbe cu proprietarii, de rușine pentru înfățișarea lui și mai ales de teamă ca nu cumva aceștia să devină bănuitori și să-l toarne la poliție.

Acum, însă, nu-i mai era frică - trecuse atâta timp și nimeni nu venise să-l caute.

Se așeză vesel la masă - fără pansamente se simțea deodată mai liniștit - și-și comandă o friptură cu cartofi prăjiți. Trebuia să mănânce cât mai mult și mai bine. Slăbise foarte tare în ultima vreme de la atâta bolit. Pomeții i se țuguiau prin obraji, cearcăne vineții i se adânceau sub ochi, iar pielea, gălbuie ca de mortăciune, îl făcea să pară de patruzeci de ani, nu de treizeci, câți aproape că avea.

„De-acuma pot să revin la normal", își zise mestecând cu poftă. Avusese mare noroc că glonțul nu lovise un centimetru mai la dreapta, că acum ar fi putut fi mort sau beteag, cine știe! Trecuse printr-o mare cumpănă și trebuia să mulțumească lui Dumnezeu că scăpase!

La masa vecină, un tânăr de vreo optsprezece-nouăsprezece ani trăgea de zor dintr-un pui, ca și cum ar fi fost la o întrecere. Mesteca zgomotos, ignorând grăsimea care i se scurgea pe la colțul gurii. Rupea aripa, o ducea la nas și o amușina mulțumit, apoi o rodea până când oscioarele rămâneau lucii, fără nicio bucățică de carne pe ele, după care ronțăia și zgârciurile. Din când în când, înghițind, închidea ochii ca și cum ar fi dat pe gât o licoare îmbătătoare. Avea pe el haine curate, dar destul de ponosite - probabil vreun călător proaspăt sosit în oraș, în căutare de lucru, gândi Mitu. Era înalt și lat în spate, plesnind de sănătate, cu pomeții proeminenți și fălcile pătrate, vădind o forță considerabilă. Niște ochelari cu rama groasă îi ascundeau ochii, ceea ce, laolaltă cu gropița din barbă, îl transforma într-un copil studios crescut prea repede.

Mitu se amuză o vreme în sinea lui de el - „Doamne, ce mai hămesit! Se bat turcii la gura lui!" - și îl văzu că șușotește ceva spre ospătar. Acesta îi aduse peste câteva minute un pahar mic, pe care i-l puse complice pe masă.

Tânărul dădu paharul peste cap, făcând o grimasă de dezgust amestecat cu plăcere, ca atunci când bei un rachiu tare, după care, pentru prima oară, își roti privirea prin sală.

Mitu își scosese între timp niște tutun din buzunar și-l presărase tacticos pe masă, făcându-l rotocoale în palmă și apoi mestecându-l pe îndelete. Băiatul îl privi o vreme intens, apoi se ridică de la masa lui și se apropie.

– Vă rog, sir... dacă-mi permiteți... Îndrăznesc să vă rog ceva, să-mi fie cu iertare... Mi-ați putea da și mie o țigară, vă rog... Am rămas fără niciuna și tare mi se dă...

Îl amuză politețea exagerată pe care băiatul o afișa, apoi o umbră de mâhnire îl încercă. „Înseamnă că se vede tare bine că nu suntem de-o seamă...".

– Ia de-aici, îl îndemnă... N-am țigări, doar frunze. Eu nu fumez decât rar... Am lucrat mai demult la Ford și acolo nu ne lăsau să fumăm, așa că m-am obișnuit să mestec tabac...

Tânărul luă un cuțit de pe masă, tocă o frunză mărunt, apoi o puse într-alta pe care o răsuci în trabuc și-l aprinse.

– E tutun bun, de calitate, ce-aveţi aici, sir... rosti satisfăcut după ce inhală adânc câteva fumuri. E din cel scump... Apropós, eu sunt James Wood.

Mitu îi întinse mâna şi-l întrebă ce caută în oraş.

– Stau în Detroit... dar îmi place grozav mâncarea de aici - e ieftină şi bună. Şi, în plus, se aplecă secretos, ăsta-i unul dintre puţinele locuri în care îţi dau şi un păhărel... Ca să nu te mai duci aiurea prin *blind pigs*, înţelegi...

– Am văzut... Da... aprobă Mitu. Am avut şi eu până nu demult nişte brandy, dar l-am dat - gâlc-gâlc! - pe gât. Trebuie să-mi procur iar...

– E plin oraşul de băutură, dacă ştii unde să cauţi.

– Dacă ştii unde să cauţi, da... repetă Mitu. Nici nu trebuie să ştii, că-i peste tot! Unde se face atâta amar de băutură? În munţi?

– Ah, nu... oamenii îl fac în casele lor. În băi sau în subsoluri. Îl amestecă în căzi, îl toarnă în canistre şi-l transportă pe furiş la crâşme.

– Hm... Nu-mi vine să cred... Cât poţi să faci în casă? întrebă, brusc interesat de subiectul discuţiei. E prea multă! De unde atât de multă? În gazete scrie că industria asta e aproape la fel de mare ca cea de automobile.

– Aşa e. Ce fabrică lumea e doar o mică parte. Mult alcool se aduce aici din Canada, prietene. Din Windsor, de peste râu, doar o milă lăţime...

– Da... câte golfuleţe, fiorduri sau intrânduri sunt pe râu, e uşor să te fofilezi... rosti Mitu gânditor. Mai ales iarna, când îngheaţă... Şi totuşi, şi Canada e *dry**, nu? Cum fac, atunci?

– Se vede treaba că eşti complet pe dinafară, omule... Da, e *dry*, dar, vezi tu, canadienii au fost şireţi: au dat o lege care permite fabricarea alcoolului pentru export. Şi ghici ce s-a întâmplat atunci? Pe malul râului au apărut ca ciupercile zeci şi zeci de distilerii, berării şi magazine de băuturi! Ar trebui să te duci şi tu până acolo să vezi cu ochii tăi, dacă eşti aşa curios.

Mitu încuviinţă din cap. Era curios, cum să nu fie?! Iar James părea că ştie ce spune, chiar aşa băietan cum era.

– Şi-ţi dau voie să cumperi dacă ştiu că te întorci cu băutura în America?

– Normal, n-ar trebui să vândă la americani. Însă ei te întreabă doar din vârful buzelor de unde eşti. Nu le pasă atâta timp cât iau banii! Şi eu fac asta... aşa, cât să ciupesc câte ceva...

– Ah, da?! Faci acasă la tine?

– Nu, nici vorbă... Ar fi prea mare bătaie de cap. Voiam să zic că şi eu aduc din când în când din Canada. Nu mult, cât pot. O sticlă, două, într-o geantă... Cei ce nu au bagaje mari nu stârnesc bănuieli. Eu merg pe căile obişnuite, dar am auzit lucruri de necrezut: femei care-şi pun sticle plate de cauciuc pe sub fuste sau sticluţe mici în chiloţi, sau, chiar, ştii dumneata unde! Odată am citit că i-au prins pe unii cum transportau scotch în sicrie! Poţi să crezi una ca asta?

---

* Dry: uscat (engl.). În sensul de fără alcool (n.a.).

„Ăsta-i locul ideal de contrabandă..." îşi spuse Mitu, impresionat de uşurinţa cu care se putea face un business de genul ăsta aici. „Şi nici nu trebuie să produc... Ci doar să mut nişte canistre de colo-colo! Cum de nu m-am interesat eu de toate astea înainte de a pleca în Montana?!"

– Se câştigă bine din asta?

– Ei... - se întristă brusc James -, n-am eu bani pentru operaţiuni de anvergură. Dac-aş avea, aş începe în stil mare! Chiar acum câteva luni i-au prins pe unii cărora ghici ce le trecuse în cap? Amenajaseră un sistem de cabluri cu care transportau butoaie - câte cincizeci de galoane deodată pe sub apă! Pe alţii i-au prins cu un sistem de ţevi conectate care uneau nişte distilerii din Windsor cu un *speakeasy* de aici. Curgea alcoolul la robinet, măi omule, îţi dai seama?

– Cred că se fac tone de bani din asta... murmură Mitu.

– Se fac, se fac, dacă ai cu ce porni! admise James. Eu n-am avut. N-am avut şi pace. Am început de curând, cu două sute de dolari - toate economiile mele. Acum am patru sute. În câteva luni am făcut încă o dată investiţia iniţială. Nu-i rău, nu? îl întrebă mândru, cu ochii sclipind de bucurie îndărătul ochelarilor.

– Nu-i rău deloc, nu... Felicitări! încuviinţă Mitu, încercând să pară mai entuziasmat decât era în realitate.

– Dar imaginează-ţi cum ar fi fost să fi început cu douăzeci de mii în loc de două sute ... Sau, hai, cu două mii... Ăia-s bani, nu joacă!*

Pe măsură ce asculta la vorbele lui James, Mitu îşi dădea seama că nimerise într-un paradis. În mintea lui se înfiripa convingerea că aici putea face bani cum nu-şi închipuise înainte. Mult mai mulţi decât în Montana, unde vânduse cu ţârâita, cu galonul! Şi ce avantaj avea de partea lui, dispunând de atâţia bani! În vreme ce oameni ca tânărul ăsta se dădeau de ceasul morţii ca să plimbe câteva sute de dolari, el putea, din rezervele pe care le acumulase, să facă ceea ce mulţi contrabandişti doar visau: distribuţie la nivel mare!

---

* Pentru cei conectaţi la autorităţi, care acţionau la nivel mare, care ştiau pe cine să mituiască şi când să investească sume mari, „pâlnia Windsor-Detroit", cum mai era denumită zona, putea duce la bogăţii de nevisat: Joseph Kennedy a făcut atât de mulţi bani din exportul ilicit de alcool încât averea lui a finanţat o dinastie politică care a culminat cu unul din cei mai carismatici preşedinţi ai Americii: John Fitzgerald Kennedy (n.a.).

Capitolul 35

Aproape nimic din ce învățase Mitu în Montana nu se potrivea aici. *Bootlegging*-ul se făcea în Detroit după alte reguli, mai calculate, mai riscante, uneori sinistre, pe care trebuia să le învețe bine. După întâlnirea cu James s-a hotărât să nu mai piardă răgazul, ci să încerce să înțeleagă dedesubturile unei lumi pe care o găsea fascinantă. Discuția cu tânărul contrabandist parcă îl străluminase. Calea pe care trebuia s-o ia i se înfățișa înaintea ochilor limpede, ba chiar ademenitoare.

Gustase din sentimentul dulce al căpătuirii pe neașteptate și-i cunoștea prea bine aroma fermecătoare. Acum putea intra într-o altă lume! O lume a giganților, a celor care schimbau la rândul lor lumea! În *bootlegging* se învârteau bani cu nemiluita! Putea, dacă știa cum să joace cărțile, să ajungă mare, să nu rămână un *small player**, cum fusese în Montana, când căra câte două-trei butoiașe de brandy la „Sasha and Natasha". Putea, dacă avea noroc și minte, să ajungă milionar!

O vreme a traversat râul cu James, inventariind furnizorii din Windsor și încercându-le marfa pe degustatelea. James acceptase fără să clipească propunerea lui de a fi parteneri - cu cât erau mai mulți bani în joc, cu atât făcea și el un profit mai mare.

După ce s-a lămurit cum stăteau lucrurile și în ce constă transportarea mărfii peste Detroit River, a început să-și organizeze rețeaua: el plătea pentru marfă și găsea clienți prin *speakeasies* și *blind pigs*, iar James o aducea de unde și cum se pricepea mai bine.

În primele luni lucrurile au mers din hop în hop. Tânărul nu era obișnuit să deplaseze cantități așa de mari și se poticnea. Odată a numărat greșit cutiile cu sticle și au pierdut astfel câteva sute de dolari. Altădată s-a împotmolit la un transport și au ajuns cu o zi mai târziu la bodega care le dăduse comanda. Atunci proprietarul le-a spus că l-au pierdut de client și le-a refuzat marfa - cumpărase deja din altă parte - și au trebuit apoi să alerge o săptămână întreagă din *blind pig* în *blind pig* ca să vândă sticlele.

Mitu știa că în Montana dăduse lovitura pentru că fusese printre puținii care furnizau băutură de calitate și încercase de câteva ori să-i predea lecția asta și lui James, dar băiatul nu voia să asculte nici în ruptul capului. Pentru el, a vinde mult, chiar dacă mai ieftin, era cel mai bine, de aceea cu banii lui cumpăra alcool contrafăcut sau licori dubioase fabricate în subsoluri și turnate în sticle fără etichete.

– Mai bine faci cincisprezece cenți pe bucată la o mie de sticle, decât un dolar la o sută... îi tot spunea lui Mitu. Băutura ieftină se vinde întotdeauna! Chiar și-n sărăcie... Ba, în vremuri grele se vinde mai bine pentru că, deh, ajută la supărare...

---

* Jucător mărunt (engl.).

– Măi omule, înțelege: oamenii sunt dispuși să plătească oricât pe lucruri de calitate... Am văzut asta în Helena. Marfă bună s-avem noi, că nu-i problema vânzării.

– Îmi permit să te contrazic, boss: sunt mulți oameni săraci, care nu-și permit să dea mai mult de câțiva cenți pe băutură. Pe ăștia trebuie noi să-i țintim, tocmai pentru că-s săraci! Bogații sunt prea puțini și e greu să ajungi la ei...

Mitu avea însă cu totul alte planuri în cap și nu era de acord cu judecata lui James.

– Vezi? De asta nu faci bani câți ai vrea tu să faci! Alcoolul din crâșme are gust de rahat! Nu degeaba se cheamă *bathtub gin*[*] sau *monkey rum*[†]! Prietene, băutura e ca femeia: femeile bune sunt scumpe, totuși bărbații plătesc pentru ele! Cum fac, cum nu fac, dar scot banul! Crede-mă, că știu asta prea bine!

– Tu, *partner*[‡], iei ce hotărâre vrei... clătina James din cap neconvins. La urma urmei, sunt banii tăi. Atâta vreme cât îmi ies și mie verzișori[§], nu mai zic nimic - dar tot cred că ar trebui să cheltuim cât mai puțin pe marfă!

La fiecare îndemn pe care el i-l dădea, James născocea altceva. Devenise în ultima vreme atât de inventiv, încât Mitu îl poreclea „vrăjitorul". La început a colectat individual de la cei ce făceau contrabandă măruntă. Ieșeau însă bani mai puțini, ceea ce nu-l încânta deloc. Apoi și-a făcut sacoșe și genți cu fund dublu în care aducea brandy de câteva ori pe zi. Mai încolo și-a compartimentat rezervorul de benzină al Fordului și a ascuns sticle de cauciuc în pneuri. A scos plumbul din baterii și transporta în ele alcool. Ba chiar, de câteva ori, a adus alcool în ouă de găină, pe care le-a golit cu seringa și le-a umplut la loc cu whiskey și scotch.

Răsplata lui pentru toată munca asta era mai mult decât generoasă. Mitu se vedea parcă pe el în Helena, când îi punea lui James câte un teanc de bancnote în palmă. „Doamne, cum se-nvârte roata vieții..." își amintea el de Carrick, când îl vedea pe tânărul lui partener îndesându-și fericit banii în buzunare.

Era pentru prima oară când dădea ordine cuiva - nu mai fusese niciodată înainte în postura de boss și se simțea ciudat. Viața lui de până atunci - de la taică-său la Herzowig, de la război și până la Ford - fusese o înșiruire de situații în care el fusese cel care trebuia să dea socoteală altora, iar acum nu știa cum să procedeze.

Voia să-l testeze pe James, să vadă cât de mare încredere putea să aibă în el, dar i se părea că face asta stângaci, cu replici și aluzii cărora și un prost le-ar fi priceput rostul. În cele din urmă, s-a hotărât să-l încerce altfel,

---

[*] Gin de cadă (engl.). Se referea la băutura făcută în căzile din băi (n.a.).
[†] Rom de maimuțe (engl.). Se referea la alcool importat din Canada, îndoit cu apă și turnat în sticle cu etichete care imitau cât se putea de bine pe cele originale (n.a.).
[‡] Partener (engl.).
[§] „Greenback": argou folosit pentru a desemna dolarul american (n.a.).

nu prin vorbe, şi a aranjat pe ascuns cu nişte distribuitori din Windsor să-i furnizeze o vreme băutură la preţ mic, pentru a vedea dacă James va zice că dăduse mai mult pe ea. James nu l-a minţit - nici măcar cu o centimă.

După jumătate de an de contrabandă, timp în care a cunoscut mulţi patroni de *blind pigs* şi *speakeasies* şi a învăţat în amănunt dedesubturile lumii ăsteia, a considerat că are lucrurile suficient de bine puse la punct ca să ridice ştacheta. Se plictisise să tot cumpere alcool de la cei mărunţi şi să-l redistribuie. Era periculos, pentru că erau implicaţi atâţia oameni, şi nu era nici foarte bănos. Era timpul de acum să schimbe strategia. Sosise vremea să încerce lucruri mai mari. Dorea să devină un *wholesaler*[*] în adevăratul sens al cuvântului. Să crească, să facă bani mulţi. Visa să ajungă unul dintre jucătorii importanţi din Detroit. Să aibă oameni care să lucreze pentru el. Să cumpere proprietăţi întinse, aici şi în România. Să câştige atât de mult încât să se poată retrage în Cernădia şi să trăiască boiereşte. Pentru prima dată în viaţă era foarte aproape de a-şi îndeplini dorinţele din copilărie! Putea să-şi respecte promisiunea c-o să se întoarcă bogat, pe care i-o făcuse maică-sii când plecase în America. Putea să le ofere lui Gheorghiţă şi Gheorghiţei o viaţă bună, să le cumpere case şi pământuri ca să trăiască bine, că se tot plângeau în scrisori că o duceau greu! Putea să-şi ia o muiere tânără şi frumoasă care să-i toarne plozi mulţi. Putea să-şi ridice ochii la ceruri şi să se uite cu mândrie într-acolo, spre taică-său.

Luni de zile s-a frământat să născocească alte metode de transport. S-a sfătuit pe îndelete cu James. A vorbit cu cei ce făceau asta şi de o parte, şi de alta a râului. A citit în gazete despre raidurile poliţiei, ca să înveţe bine din păţaniile altora. S-a jucat o vreme cu ideea de a se muta în Canada, unde să fabrice el pentru export. S-a gândit să-şi cumpere un camion şi a vrut chiar să intre în legătură cu nişte gangsteri.

În cele din urmă, s-a hotărât să încerce pe apă. Era cel mai iute. Era cel mai avantajos. Părea cel mai puţin periculos.

Întâi şi-a cumpărat o barcă, pe care a botezat-o „Olga", şi a echipat-o cu tot ce trebuia. A învăţat cu James s-o mânuiască şi s-a fâţâit cu ea în josul şi în susul râului, ca să inspecteze bine ţărmul. A cumpărat hărţi amănunţite ale coastei şi le-a studiat conştiincios. S-a ascuns noaptea prin golfuri ca să urmărească transporturile ilicite, notându-şi cu atenţie toate detaliile. „Pe unde veneau?"; „Unde ancorau?"; „Cât aduceau?"; „Câţi oameni erau?"

S-a interesat apoi prin *speakeasies* cine avea nevoie de cantităţi mari de băutură scumpă. Asta voia să facă: *bootlegging* cu alcool de cea mai bună calitate, pe care să-l distribuie en-gros. Avea bani suficienţi cât să-şi umple barca ochi de whiskey şi scotch vechi.

Dintre toţi cu care vorbise, s-a oprit în cele din urmă la un local numit „Woodbridge Tavern" - o bodegă din Rivertown[†], mică dar cochetă, care

---

[*] Engrosist (engl.)
[†] Cartier al Detroitului (n.a.).

ţintea clientela cu bani. Madame Euphrasie Brunelle, proprietăreasa, o franţuzoaică stridentă şi autoritară, între vârsta a doua şi a treia, transformase cu cinci ani în urmă clădirea din alimentară în *speakeasy*, pe care-l conducea cu mână de fier.

Fusese pe acolo de multe ori, dar niciodată pentru business. Cârciuma avea, de ochii lumii, un fel de bufet în încăperea de la intrare, unde se serveau limonade, prăjituri şi mâncare. La prima vedere, nu bănuiai nimic: o lampă mică spânzura chiar în faţă, deasupra uşii, şi într-un colţ pe tejghea era aşezată o casă de marcat de cupru, la care un ospătar zornăia monedele primite de la clienţi. Aerul era curat şi atmosfera liniştită, mesele acoperite frumos cu feţe albe, imaculate, iar mirosurile ademenitoare de ciorbă şi de friptură te îmbiau să te aşezi şi să comanzi ceva.

Pentru cei ce intrau aici din întâmplare, cum făcuse şi el prima oară, asta era, aparent, tot ce se putea găsi în tavernă. Dincolo de uşile din spate, însă, se deschidea un cu totul alt univers. Mitu umblase prin multe *blind pigs* şi *speakeasies*, însă niciunul nu i se păruse atât de bine camuflat ca ăsta: clienţii care aflaseră parola şi veniseră pentru băutură treceau de o uşă interioară şi coborau pe o scară de lemn până în demisol. O uşă verde, foarte mică, din trei scânduri, despărţea un holişor de ceea ce era o baie extrem de îngustă care, în spate, avea o altă uşă, şi mai îngustă. Aceea era intrarea în adevăratul *speakeasy*, o cameră cu mese înghesuite unele în altele, unde se serveau băuturi scumpe şi fine şi se juca toată noaptea poker sau blackjack.

Atmosfera de depravare şi senzaţia de păcat înfăptuit în taină erau alimentate de aerul îmbibat de fum de ţigară şi de sugestia generală de promiscuitate. Două picturi mari, realizate de vreun artist ratat, dar talentat, în schimbul câtorva sticle de bere, acopereau un perete: într-una, o femeie privea pe deasupra unor lăzi pline de Heineken, iar în cealaltă un nud stătea pe burtă, cu picioarele ridicate în aer şi capul dat pe spate. O a treia pictură, pe peretele opus, reprezenta o femeie goală, descoperită de un voal transparent, mângâindu-se cu o mână între coapse, iar cu cealaltă făcând un semn complice de „nu spune nimănui".

Spre marea surprindere a lui Mitu, ca şi a multor altora care aflaseră asta, alcoolul din tavernă era procurat de nimeni altcineva decât de fiica lui Madame Brunelle - Julia, o fetiţă de doisprezece ani, despre care el zicea că, în stilul ăsta, va ajunge cu siguranţă milionară. Zi de zi fata se urca la volanul unui model T şi patrula prin oraş, pe la distileriile locale, încărcând câte o cutie sau două de alcool pe care le aducea grăbită înapoi.

În afară de proprietăreasă şi de Julia, în „Woodbridge Tavern" nu mai găseai urmă de femeie. Madam Brunelle era foarte fermă şi nu îngăduia decât bărbaţilor să-i calce pragul. Mitu vrusese de câteva ori s-o întrebe care erau motivele, pentru că nu pricepea cum judecă, dar renunţase pentru că nu dorea să se pună rău cu ea. N-ar fi servit businessul pe care voia să-l facă acolo.

Într-una din zile, după ce petrecuse în tavernă câteva ore, pierzând cincizeci de dolari la poker, s-a retras singur la o masă şi, când ea a venit să-l servească, zâmbitoare dar rece, ca întotdeauna, a întrebat-o fără ocolişuri:

– Vă interesează o livrare de scotch şi whiskey canadian, necontrafacut, pur, original? Pot să aduc sute de sticle, doamnă. Chiar sute de cartoane. De cea mai bună calitate...

Femeia s-a uitat la el neîncrezătoare şi bănuitoare cumva. Îl ştia pe Mitu de client statornic, însă nu făcuse niciodată afaceri cu el. Mulţi muşterii de-ai ei îi propuseseră business, dar puţini ajunseseră să şi apuce să facă ce promiteau, fie din cauza încurcăturilor cu gangsterii, fie din cauza poliţiei.

– Cu tot respectul, eu nu merg decât pe căile bătătorite. Nu vă ştiu bine, nu ştiu pentru cine lucraţi...

– Nu lucrez pentru nimeni, sunt singur în asta. Am doar un partener.

Femeia ridică din sprâncene şi fluieră a mirare.

– Sunteţi naiv, domnul meu. E periculos singur dacă vreţi transporturi de anvergură, aşa cum ziceţi. Ăstora mari nu le place asta. Să nu vă ia la vreo plimbare cu maşina*, eu vă previn. Şi, în plus, am de unde aduce. Julia mea face treabă bună.

– Ştiu că aveţi, însă Julia îl cumpără din oraş, mâna a doua, nu? De la cei ce-l aduc din Windsor şi care adaugă şi ei la cost. Eu vi-l aduc direct din Canada, la preţ mult mai mic, pentru că pot să cumpăr mult. Whiskey sau scotch vechi, băutură bună. Şi fără niciun aconto... Îl aduc şi plata la urmă, cum e normal, nu? Dacă se întâmplă ceva cu mine, dumneavoastră nu pierdeţi nimic!

Discuţia a continuat câteva minute, dar n-a fost greu ca Madame Brunelle, neîncrezătoare de felul ei, să se convingă că, la urma urmei, n-o costa nimic să încerce. Mitu nu-i cerea un depozit, cum făceau alţii, era stăruitor şi părea serios. Daca venea cu marfa de calitate, aşa cum se lăuda, nu ar fi făcut o afacere rea. Şi, dacă-i aducea mai mult decât avea nevoie, putea să distribuie şi ea, la rândul ei, altora.

– Foarte bine, îi spuse la sfârşit. În două săptămâni, când mi se termină rezervele, o să am nevoie de un transport mare - câteva sute de cartoane -, care să-mi ajungă pentru câteva luni.

Mitu încuviinţă încercând să-şi ascundă satisfacţia, bătu palma şi plecă fericit de acolo. Dacă lucrurile mergeau aşa cum spera el, putea scoate din afacerea asta câteva mii de dolari.

---

* „To take you for a ride": expresie folosită de gangsteri care însemna a duce pe cineva cu maşina într-un loc ferit şi a-l executa (n.a.).

PRICOPSEALA

Capitolul 36

Săptămânile care au urmat până la transport au fost pentru Mitu încărcate de sentimente confuze, amestecate, de speranță și frică. Clipe când inima tresare de spaimă la gândul pericolului, dar omul alege să meargă înainte, în ciuda oricăror riscuri. Clipe când omul își riscă viața nebunește, în ciuda avertismentelor lăuntrice care-l sfătuiesc să renunțe. Clipe când dorința de câștig este atât de mare încât înăbușă semnalizările plăpânde ale raționalului. Când banul orbește, acaparează, cucerește, întunecă mințile și îngroapă sub un strat gros de praf logica și prudența. Clipe în care mergi înainte știind că poți pierde într-o clipă totul, chiar și viața, când nimeni nu te silește s-o apuci pe drumul acesta, iar combustibilul care te alimentează este acea convingere subtilă, subconștientă, acea iluzie periculoasă ce sălășluiește adânc îngropată în noi, șoptindu-ne că destinele întunecate sunt menite doar altora.

Când Mitu voia să efectueze tranzacția cu Madame Brunelle, Detroit River era îmbâcsit de bărci ale poliției și de gangsteri. Era o bătălie continuă, pe viață și pe moarte, înroșind apa și pământul de sânge și umplând gazetele cu tone de cerneală. Împușcături pe stradă, confruntări pe apă, gloanțe răzlețe prin văzduh, șantaj și amenințări - toate astea erau pentru el, și pentru două treimi din populația țării, un război de neînțeles.

James ardea de nerăbdare să facă transportul. Mitu îi promisese cinci sute de dolari în momentul în care va ancora cu barca la mal și încă două sute după ce va reuși s-o livreze la „Woodbridge Tavern". Pentru tânărul contrabandist, care nu scosese niciodată atât de mult din *bootlegging*, era o sumă uriașă.

El era neliniștit, așa că îi tot repeta băiatului planul, ca și cum s-ar fi temut că partenerul lui va uita, din nebăgare de seamă sau din ignoranță, vreun amănunt care putea să se dovedească fatal.

– Uite, partenere: te duci cu barca în Windsor, la Rickie de la Sam's Distillery. Acolo ei or să te aștepte cu marfa când o fi să fie. O umpli cu lăzi de lichior. Așa cum fac *rum-runners,* contrabandiștii de aduc alcool pe apă în New York... O iei apoi pe St. Claire River spre Lake Huron până treci de oraș, și ancorezi la docul ascuns în pădure pe care l-am dibuit data trecută. Eu am să te-aștept pe mal și ne facem semn cu lanternele. Și, dacă o să ai cumva probleme, încerci să te descurci, OK? Barca are motoare Liberty[*]. La nevoie, folosește radioul clandestin ca să încurci poliția... Ți-am explicat eu cum...

– Da, știu, boss... Și, dacă mă urmărește careva, pun ulei în țevile de eșapament ca să fac fum...

---

[*] După primul război mondial, aproximativ unsprezece mii de motoare de avioane Liberty au rămas în stocul armatei ca surplus. Pentru că se potriveau la bărcile de mărime mijlocie, erau foarte căutate de contrabandiștii pe apă, care doreau ambarcațiuni care să meargă mai repede decât șalupele vamale (n.a.).

– Da, da... Până se limpezeşte aerul, tu o să fii departe - mult în afara vizorului lor.

Când se gândea la transport, pe James îl cuprindeau bucuria şi neastâmpărul. Faţa de copil i se destindea într-un zâmbet larg, iar ochii îi sclipeau ca nişte licurici pe după ochelarii pe care nu şi-i scotea decât înainte de culcare. Când vorbea însă cu Mitu despre toate amănuntele şi-şi dădea seama câte puteau să intervină şi cât de uşor puteau da greş, îl apuca şi pe el îngrijorarea. Ce încercau ei să facă acum nu mai era contrabandă măruntă de câţiva dolari, ci semăna cu ce afla de prin ziare despre mafioţi. Acestora nu le convenea când cineva le lua din clienţi. În fiecare zi citea despre gangsteri d-alde Dutch Schultz, Bugsy Siegel sau Al Capone, care înroşeau străzile Americii de sânge, asasinând ostentativ speculanţi ca ei, care le ştirbeau profiturile. Chiar acum două zile citise pe prima pagină o ştire despre un tânăr cam de aceeaşi vârstă cu el, care fusese ridicat din mijlocul străzii şi împuşcat în ceafă după ce fusese lăsat să spună o rugăciune, pentru că nu vruese să cedeze un butoi cu alcool.

Dar când îşi amintea câţi bani putea să câştige din asta, se însufleţea iar. Ideea că, în doar câteva ore, putea strânge sute de dolari îl făcea să uite pe loc de pericole şi să-şi frece palmele entuziasmat şi nerăbdător.

– Ceas, un ceas de aur am să-mi iau. Şi două costume scumpe. O rochie - poate şi un inel - pentru iubita mea...

Când îl vedea cum se înflăcărează, Mitu zâmbea cu amărăciune. Înfocarea băiatului ăstuia, care se uita la el ca la un frate mai mare şi mai ştiutor, îi amintea de el însuşi de pe când se înfierbânta în faţa unor lucruri care se dovediseră până la urmă prea neînsemnate ca să-l facă mai fericit: plecarea în America şi slujba de la Herzowig; calitatea de erou de după Marele Război; salariul bun de la Ford; modelul T; câştigurile din Montana; femeile de moravuri din Butte. Tot ce înfăptuise se dovedise până la urmă vremelnic ca o ploaie de primăvară.

Numai Olga îi tot venea în faţa ochilor, uneori ca o amintire dulce, alteori sfâşietoare. Numai ea era cea care l-ar fi putut face, într-adevăr, fericit. Dar ea nu mai era. Dispăruse din Coney Island ca înghiţită de ape, parcă anume ca să-i înnegureze lui nopţile cu întrebări care îl măcinau: „O mai fi în viaţă?" „Pe unde o fi acum, oare?" „Cu cine o fi...?"

Cu câteva zile înainte de transport, utilară barca cu toate cele necesare în caz că James ar fi fost nevoit să petreacă mai multe zile pe apă: combustibil de cea mai bună calitate, câteva butelcuţe de ulei care să-l facă nevăzut la nevoie, trei canistre cu apă, mâncare uscată, armament şi muniţie, cuţite, colaci de sfoară de diferite grosimi şi lungimi, undiţe şi plase de peşte. Apoi făcură multe drumuri în larg, încercând motoarele la putere maximă, manevrând în curbe înguste la viteze din ce în ce mai mari, şi ancorară de câteva ori în micul golf în care James trebuia să ajungă cu marfa.

În joia cu pricina, pe Mitu îl doborâră emoțiile. Ultima dată când trecuse prin așa ceva fusese în pădurile din Meuse-Argonne, înaintea bătăliilor. Tremura de frică și avea palmele reci și ude.

La zece noaptea luă o camionetă închiriată cu câteva zile înainte și porni către locul stabilit. Ajunse în golf după o oră și o parcă lângă drum, undeva îndărătul unor arbuști astfel încât să fie oarecum camuflată, apoi se așeză pe o piatră, își aprinse o țigară și începu să scruteze întunericul, tresărind la orice zgomot. Când ceasul îi arătă ora douăsprezece, începu să se plimbe de colo-colo. James trebuia să apară în orice clipă de-acum!

Din când în când o barcă trecea pe râu, decupându-se în întuneric ca o umbră cenușie. Speranța îl năpădea câteva clipe, dar barca, în loc să se apropie, se îndepărta sub privirile lui ațintite.

Când se făcu unu, începu să se bâțâie pe picioare. „Ce dracu' face ăsta? N-are cum să-i ia așa de mult, în câteva minute o barcă dintr-asta traversează râul! Trebuia să fie aicea de-un ceas! Doar nu i s-o fi întâmplat ceva rău... Doamne ferește să pierd toți gologanii ăștia, că m-aș omorî de necaz...".

Peste încă o oră, i se păru că aude un zgomot îndepărtat de motor care se întărea cu fiecare clipă. Scoase lanterna și așteptă încordat. Umbra cenușie se lățea în beznă, iar zumzetul motorului se apropia din ce în ce mai tare. În clipa următoare, cinci sclipiri scurte, una după alta, destrămară întunericul în dreptul bărcii. „El e! Îmi dădu semnalul!" Aprinse și el lanterna de trei ori și așteptă.

În două minute, James ancoră la mal.

– Ce ți-a luat atâta, omule, că m-ai băgat de tot în sperieți! îl întrebă, ștergându-și broboanele de sudoare de pe frunte. Simțise că plezneşte de îngrijorare.

– Era prea mare foiala în port și am întârziat ca să mă asigur că-i liber. Îmi place... rosti acesta însuflețit. Îi miros de-acum pe polițiști de departe...

„Doamne, ce zălud..." oftă Mitu, amintindu-și de război, când tineri neștiutori ca și James, care se credeau de nebiruit, erau secerați înainte de a fi tras primul glonț.

Încărcară marfa în camionetă - lăzi după lăzi, sticle și sticle, pline cu brandy, scotch, whiskey, rom și alte băuturi scumpe - până o umplură ochi.

– Du acum barca înapoi în port unde o țin de obicei, îi ceru Mitu când terminară, întinzându-i cinci sute de dolari. Bună treabă ai făcut, băiete! S-o ținem tot așa!

Lui James parcă nu-i venea încă să creadă ce i se întâmpla - atât de ușor se puteau face banii! Pipăi bancnotele, ca și cum ar fi vrut să se asigure că erau adevărate.

– Mă duc să-i cumpăr ceva scumpetei mele, că nu i-am luat un cadou de ani de zile! Poate o duc și la o plimbare pe râu cu „Olga" ta! Barca asta e locul ideal să faci dragoste...

Mitu zâmbi urcând la volanul camionetei. „Da, barca asta e locul ideal să faci dragoste..." repetă în gând şi porni. „Ştie boracul ăsta ce vor femeile..."

Când ajunse la Woodbridge Tavern, parcă într-un colţ întunecos şi trase aer în piept ca să se îmbărbăteze. „Ăsta-i ultimul hop. Dacă s-a răzgândit?"

Madame Brunelle era după tejghea, ocupată până peste cap să servească zecile de clienţi care se strânseseră în seara aceea. Când îl văzu, îi făcu semn să se apropie.

– Deci... Ai adus?

– Da, doamnă. Am adus după cum am stabilit... îi răspunse, frecându-şi degetele de emoţie.

– Foarte bine atunci. Oamenii mei or să descarce şi, după ce verificăm marfa, îţi dau banii.

Peste o oră îl chemă într-o cameră din spate, îi puse în mână un teanc gros de bancnote şi-i dărui o sticlă de vin „din partea casei".

– Ai adus lucru bun. Treci în două săptămâni să-ţi zic când mai am nevoie de încă o tranşă, OK?

Mitu se chinui să-şi îndese banii ca să nu se vadă. Avea buzunarele doldora.

Capitolul 37

La câteva luni după începerea afacerii cu Madame Brunelle, Mitu a cunoscut-o, într-un bordel sărăcăcios de pe Orleans colț cu Franklin Street, pe Bertha Rizzo. În răstimpul ăsta transportase alcool de multe ori și la „Woodbridge Tavern", și pentru alte localuri, își mai perfecționase metodele și-și lustruise modul în care-i aborda pe patronii de *speakeasies* cu propuneri de business. Supraveghease îndelung patrulele vamale și le învățase orarul, reușind uneori să le ocolească la mustață, și schimba permanent golfurile în care se întâlnea cu James ca să se ferească de gangsteri. Aducea cantități din ce în ce mai mari, procedând fără greș, fără întârziere, și câștigase încrederea câtorva proprietari de crâșme, care începuseră în ultima vreme să fie aprovizionați doar de el.

În ziua cu pricina, după ce livrase câteva cartoane de scotch la „Woodbridge", nu a mai zăbovit să-și bea sticla de vin, cum obișnuia, ci s-a dus la alt local. Atmosfera din *speakeasy*-ul lui Madame Brunelle îi plăcea, însă îl nemulțumea faptul că acolo femeile nu aveau voie să intre.

Așa că s-a îndreptat spre „Jackpot" - un salon vechi, deschis încă de prin 1850, în care mai intrase. Localul în sine era fără pretenții - din cauza clientelei, alcătuită în genere din marinari și muncitori de prin împrejurimi - dar băutura era destul bună, o trupă cânta live, iar damele erau mai mult decât binevenite.

Îi plăcea tânăra generație de femei - *flappers*[*]. Purtau fuste scurte, declarându-și ostentativ disprețul pentru pudoare și decență, fumau ațâțător țigări lungi, sorbeau din pahare cu picior lung șampanie, se machiau violent și se tundeau băiețește, mergeau pe bicicletă și conduceau automobilul, ieșeau la întâlniri cu bărbați, își strângeau tare sutienele pentru a-și mici busturile. Era înnebunit după aceste „garçonnes" și adesea își alegea localurile după cât de primitoare erau față de astfel de femei.

Atmosfera de la „Jackpot" era încinsă. Pe o mică scenă improvizată, câteva cupluri dansau charleston, nebunia momentului. La mese se jucau zaruri, poker, blackjack și ruletă, iar la bar băutura curgea din abundență.

Se așeză la o masă, inspectând cu privirea de jur împrejur. Într-un colț, câteva femei întinse molatec pe canapelele vișinii râdeau cu toată gura. Una, brunetă cu păr scurt, avea un năsuc drăgălaș ridicat în vânt, care-l atrase pe loc. Alta avea părul tot închis la culoare, dar lung până în talie. Nu era la fel de frumoasă, dar o făcea atrăgătoare atitudinea îndrăzneață. A treia, o blondă cu păr ondulat și râs molipsitor, era cea care de fapt dădea culoare și viață întregului grup prin veselia ei neinhibată.

---

[*] „Flapper": termen folosit prin anii 1920, însemnând o nouă „rasă" de femei tinere, care erau, prin concepțiile lor liberale în ceea ce privea sexul, băutura, machiajul, îmbrăcămintea, dansul, etc., în contradicție flagrantă cu valorile conservatoare tradiționale care caracterizaseră America până atunci. Aceste „flappers" au pus bazele emancipării și modernizării femeii în America (n.a.)

Cum să facă să intre și el în vorbă? Ce să le zică? Înainte abordase femeile - pe Olga, de exemplu, la cinema! - fără să se gândească de două ori, însă acum îi era parcă frică să nu se facă de râs și se mărginea să tragă pe furiș cu coada ochiului la ele. Se prostise cumva? Îmbătrânise?

Dădu pe gât un pahar de whiskey și frământă niște tutun cu gândul să-l mestece, continuând să le privească. „Dacă nu mă încumet să le iau la vorbă, măcar să-mi clătesc ochii!", își spunea, plimbându-și privirea pe trupurile lor suple. Ele îndrugau vrute și nevrute fără să-l bage în seamă, dar, la un moment dat, una dintre ele se ridică și se îndreptă înspre el, fixându-l intens.

– Continuă să visezi, măi..., îi spuse persiflant când ajunse lângă el, apoi merse netulburată până la masa alăturată, unde trei bărbați zgomotoși își umpleau halbele dintr-un butoiaș de bere.

Mitu o urmări ciulindu-și urechile, dar, afară de „Hi, folks!"[*], nu mai desluși nimic din conversație din pricina zgomotului. După un timp, fata se întoarse pe canapea lângă prietenele ei. Cu un zâmbet larg, le făcu bărbaților semn cu degetul. Aceștia se ridicară ca la comandă, își luară halbele și se așezară lângă ele, ca și cum le-ar fi cunoscut de când lumea.

Ieși plin de invidie față de norocoșii care se hârjoneau acum cu ele. Dezinhibarea lor îl incitase, îl excitase, îl provocase, îl făcuse să le vrea dureros de tare.

„God, I really need a woman now!"[†] își zise, îndreptându-se ca un automat spre „Night Star" - un *blind pig* care, pe lângă jocuri de noroc și lichior, oferea și sex de vânzare. Pentru că ascundea și un bordel, bodega nu avea nici măcar un însemn la intrare, însă el o știa de la Madame Brunelle.

Bătu de trei ori și, după câteva clipe, ușa se întredeschise și doi ochi albaștri îl fixară bănuitori. Rosti parola:

– „Aseară am vorbit cu Joseph." Cunoștea regulile locului, după cum știa bine regulile multor *blind pigs* și *speakeasies* din oraș. Asta era lumea lui.

– Bine-ați venit. Ce vă putem oferi, domnule? Poate un loc la o masă de poker? Un pahar de whiskey? Sau o companie plăcută? îl invită omul.

Îi răspunse că de băutură nu duce lipsă, dar că ar dori o însoțitoare.

– Cum să nu... zise bărbatul. Nicio problemă, luați un loc ca să serviți ceva din partea casei până una-alta. Le vedeți pe fetele care stau la bar în stânga? Alegeți pe oricare din ele și faceți-mi un semn.

Mitu se așeză și începu să le studieze, imaginându-și în ce fel le-ar fi avut pe fiecare, în timp ce golea pe îndelete paharul apărut ca prin farmec în fața lui. „Bruneta aia e destul de drăguță... Ia să mai vedem... Cea de lângă ea are picioare frumoase, dar e prea papalungă... Astălaltă-i prea grasă..."

„Oare să-mi iau două...?" se întrebă, apoi gândurile i se mutară din nou la femeile din „Jackpot". „Auzi, ce vacă... Îmi zisă să visez în

---

[*] Bună! (engl.)
[†] Doamne, am cu adevărat nevoie de o femeie! (engl.).

continuare! se gândi înciudat. Las' c-o să fac aşa de mulţi bani c-o să le cumpăr pe toate! O să le iau pe rând şi-o să le schimb ca pe ciorapi! Or să creadă că le iubesc cân' o să le cumpăr diamante şi inele, ha! Să vază ele atunci cin' pe cin' visează!"

Se opri în cele din urmă la o blondă cu păr lung şi talie subţire. Fusese atras nu atât de înfăţişarea ei - n-o văzuse prea bine, pentru că stătea cu spatele, doar părul semăna cu al Olgăi - pe cât mlădierea braţului care scutura scrumul ţigării într-o scrumieră, lăsând de fiecare dată la vedere pielea catifelată şi încheietura subţire a mâinii.

Îi făcu un semn bărbatului care îl întâmpinase. „Pe ea o vreau..."

– Ah, Bertha... Da, bună alegere. Urmaţi-mă, vă rog.

Mitu se luă după el traversând încăperea, apoi intră pe un culoar îngust care dădea într-un fel de labirint de tuneluri, părând că duce fiecare în altă direcţie. Când văzu asta, se opri surprins. Auzise de galerii subterane, construite de mafie, prin care se transporta clandestin alcool de milioane de dolari, sau care serveau drept ascunzători sau ieşiri secrete în timpul raidurilor poliţiei, însă întotdeauna crezuse că erau doar zvonuri.

– Ce-i cu tunelurile astea?

– Dacă vă spun, trebuie să vă omor după aceea, glumi bărbatul. Intraţi aici, fata o să vină în câteva clipe, îi deschise el o uşă.

Mitu se aşeză pe colţul patului şi privi de jur împrejur. Nu era nimic de văzut - doar un pat şi un dulap. Îşi aminti de prima lui vizită la un bordel - cel din Butte, când fusese atât de emoţionat. „Doamne, ce lud puteam şi eu să fiu pe-atunci! Frumuşică mai era Danielle!"

După câteva momente auzi zgomotul unor tocuri şi în uşă apăru o femeie care-l privea cu un zâmbet prietenos, ar fi putut zice.

– Bună! Numele meu e Bertha.

– Bună... Eu sunt *Meetoo*... îi spuse el şi o trase aproape, lipindu-şi capul de pieptul ei. Îi inspiră adânc parfumul trandafiriu şi-i mângâie părul. Eşti frumoasă, Bertha...

– Mulţumesc, zâmbi femeia, aranjându-şi mecanic bretonul pe frunte. Şi tu eşti drăguţ.

O întinse pe pat şi-i atinse obrajii cu vârfurile degetelor, lăsându-i urme uşoare în pudra albicioasă. „Oare câţi ani o avea?" se întrebă. Era o frumuseţe necizelată, uşor trecută, dar cu un strop de sofisticare care ar fi putut, în alte condiţii, să o facă să pară mult mai rafinată. Mâinile îi erau cam osoase şi cam aspre - semn al grijii insuficiente faţă de sine -, riduri subţiri, pe care încerca zadarnic să le ascundă sub machiaj, îi încreţeau deja colţurile ochilor, şi un ruj gros, strident, pe care îl folosea parcă pentru a distrage atenţia de la alte amănunte, îi acoperea buzele. Era subţire, însă avea carnea un pic puhavă pe la umeri, nu tare ca a unei fetişcane. Era cu siguranţă trecută de douăzeci şi cinci de ani, poate chiar de treizeci.

„Ar fi trebuit să mă uit mai bine la ea înainte", îşi spuse dezamăgit.

– Şi? De când eşti în meseria asta, Bertha? o chestionă, culcându-se pe spate cu ochii în tavan.

– De mult... murmură ea parcă stânjenită că trebuie să admită asta, dar dându-se mai aproape de el. „De ce-l interesează?"

Mitu întoarse capul spre ea şi o privi lung şi impenetrabil.

– De mult?

– De câţiva ani... De ce vrei să ştii? îl întrebă, uşor iritată. Te deranjează?

– Ah, nu, nicidecum... se apără el. Eram doar curios...

– Curios de ce? insistă femeia.

– Păi... să ştiu şi eu ce-i cu tine... Să te cunosc mai bine, nu? De unde eşti de loc?

– Părinţii mei au venit din Italia când eram mică, răspunse ea sec.

– Ah, da? Eu sunt din România.

Bertha dădu din cap şi zâmbi.

– Suntem vecini, înseamnă.

– Da, suntem... zise el oftând şi-şi acoperi fruntea cu dosul palmei.

O tăcere sâcâitoare se lăsă între ei pentru câteva clipe. „Cum de-am ajuns eu aici?!" se întrebă el şi gândurile îi fugiră din nou la fetele din „Jackpot". Bertha îl privea cu atenţie, încercând să-şi dea seama cum să-l facă să se destindă.

– Ai mai fost aici?

– Nu... Am fost prin alte locuri, nu aici...

– Vrei să-ţi fac un masaj?

El dădu din mână a refuz.

– Nu... N-am venit pentru asta... îi spuse, ridicându-se brusc în picioare. O înfăşcă de păr şi o îngenunche, apoi îşi descheie şliţul şi-i făcu un semn autoritar.

– Fă-o, târfă!

– Ah, îţi place aşa... comentă ea inexpresiv, fără să clipească.

– Da, fă-o... rosti el vehement, trăgând-o de păr şi conducându-i capul înainte şi înapoi. Împotriveşte-te!

– Ce?

– Vreau să te împotriveşti.

Bertha îi aruncă o căutătură de nepătruns.

– Dacă vrei să mă forţezi, trebuie să dai în mine, îi răspunse sec, înfruntându-i privirea.

Mitu se uită la ea descumpănit. Nu ridicase mâna în viaţa lui la o femeie. Ah, minţea... doar Olgăi îi mutase falca din loc când o prinsese cu jidanul ăla!

– Dacă vrei să mă ai, pune-mă la pământ, îl îndemnă Bertha, încercând să se îndepărteze.

Trăgând-o de păr, o aduse înapoi şi-i trase o palmă uşoară, aproape ca o mângâiere.

– Fă-o! îi porunci, dar ea se împotrivi energic.

– Nu vreau! Lasă-mă!

Atunci îi mai trase o palmă, mai tare.

– Fă-o! Fă-o până la capăt!

– Nu! Dă-mi drumul! îl imploră ea, forțându-se să scape.

O mai pălmui o dată - de data asta își slobozi mâna, iar ea scoase un țipăt speriat, îl îmbrânci spre perete și se înghesui într-un colț. O urmări ca un animal de pradă și o trase pe pat.

– Luptă-te! îi porunci. Luptă-te!

Ea se căznea să se elibereze, însă nu putea să se desprindă din încleștarea lui. Ochii i se îngustară și o grimasă de furie îi deformă gura. Privirea i se sălbătici și-l zgârie cu unghiile, făcându-l să tresară de durere.

– Târfă! mârâi el și o pălmui cu toată forța, apoi o strânse tare de sân, înfigându-și unghiile în el. Ea icni, încovoindu-se, și atunci el se aplecă peste ea și o pătrunse brutal.

– Așa, ia-ți-o acuma, târfă! hârâi. Hai, ia-ți-o!

Terminară amândoi într-un geamăt lung, într-o explozie răvășitoare, încleștați unul într-altul, tresăltând în același ritm, mușcându-și unul altuia buzele aproape până la sânge.

– *Fuck!* rosti Mitu sfârșit, cu o voce încărcată de satisfacție și jenă, lăsându-se moale pe pat.

Bertha se cuibări lângă el și începu să-și plimbe degetele pe pieptul lui.

– Îți place așa... tu nu ești un client obișnuit... Asta o să te coste mai mult, să știi... îi spuse pe un ton serios-glumeț.

El dădu din umeri. „Și ce? Banii nu mai sunt o problemă... Slavă Domnului!"

– Știi, Bertha... E prima dată când... fac așa cu cineva... i se destăinui. N-am...

– Ești însurat? îl întrerupse ea.

Mitu pufni în râs.

– Nu, nu sunt... De ce întrebi?

– Păi, bărbații însurați caută de obicei chestii mai nefirești, pe care nu le pot obține de la nevestele lor... Am mulți care-mi cer tot felul de lucruri ciudate.

– Ce-ți cer, de exemplu?

– Ei, multe... Unul mi-a cerut să-l bat cu un bici. Altul, să-l umilesc. Știi, la veceu... Ăsta are o fabrică de oțel cu sute de angajați. Alții vin și doar stau de vorbă. Nu sunt în stare să-mi facă nimic. Tot felul de nebuni pe lumea asta.

– Da... fiecare om cu țăcăneala lui, zâmbi Mitu jenat. Nu sunt însurat, așa că...

– Dar ai vreo iubită?

– N-am nici iubită. Am avut una, de mult, înainte de război. Am prins-o cu altul în pat.

Bertha pufni în râs. „Ca să vezi...!"

– Ce-i așa amuzant? o întrebă el, surprins neplăcut de izbucnirea ei.

– Vai, scuză-mă, nu vreau să crezi că râd de tine, dar nu m-am putut abține. Și? De atunci, nimic? Au trecut mai bine de zece ani. N-ai mai avut femei?

– Ba, femei am avut. Cum să n-am?! Foarte multe! Așa ca tine.

Bertha își ridică sprâncenele a mirare.

– De zece ani nu te-ai culcat decât cu curve?!

El luă o pauză lungă.

– Urăști femeile, înseamnă. Așa de mult ai ținut la ea, încât, de atunci, nu te-ai mai putut uita la altcineva... Ți-a frânt inima. Știu cum e...

„Poezii!", dădu Mitu din cap a neîncredere. „Nu-i adevărat! Nu urăsc muierile! Că doar mi-a plăcut și de fetele lui Tecău și ele nu erau curve!"

– Ai căutat-o vreodată? continuă femeia cu întrebările.

– Pe cine?

– Pe ea. Fata cu care ai fost atunci. Fata pentru care te-ai sufocat în propriile suspine.

El zâmbi. „O fi și ea ca pictorii ăia care pictează pereți pentru o sticlă de bere..."

– Da, am căutat-o după ce m-am întors din Europa, dar plecase din New York și n-am mai găsit-o. Nici nu știu dacă mai trăiește, că atunci a fost și gripa.

– Ei, lasă, c-o să întâlnești tu pe cineva după care o să-ți sfârâie călcâiele și atunci o s-o uiți. Știi? Cel mai bun leac când pierzi o femeie e altă femeie...

„Ușor de zis..."

– Și ce faci? Din ce-ți câștigi existența?

– Ce să fac... Ce fac toți pe-aici...

– Ah... alcool... Da... Și, distribui mult?

O privi bănuitor. „Ce dracu' mă tot iscodește asta? O fi în cârdășie cu cineva? Nu m-ar mira - curvele astea sunt unse cu toate alifiile..."

– Nu mult, dar nici puțin, răspunse vag. Cât să-mi ajungă. Cu barca peste râu, zise, regretând pe loc că se scăpase.

– Ah, cu barca... rosti ea gânditoare. Deci nu chiar mărunt... Cu cine ești?

– De ce mă întrebi toate astea? o repezi nervos. Nu-s cu nimeni...

– Ești curajos, dacă nu ești cu nimeni. Și nu ți-e frică?

– Frică? La început mi-a fost... Dar acum m-am obișnuit. Doar nu transport de milioane de dolari, ca d-alde Remus.

– Nu... însă *The Purple Gang*... vânează barcagii... N-o să scapi de ei, până la urmă, dacă zici că aduci de peste râu, chiar dacă aduci puțin.

O privi îngrijorat, însă din alte motive. Oare, în prostia lui, nu-i divulgase prea multe?! Femeia asta nu-i spunea noutăți. Cunoștea pericolele - doar asta făcea de-atâta timp, nu? Știa bine de *Purple Gang*: grup de bandiți condus de frații Bernstein, care deturnau transporturi și omorau echipajul, mai degrabă decât să transporte alcool direct din Canada. Citise că până şi lui Capone îi era frică să-i înfrunte, rezumându-se doar la a comanda de la ei alcool.

    – Nu ştiu, Bertha. Mă păzesc şi eu cum pot. Până acum - slavă Domnului! - nu mi s-a întâmplat nimic. În fine, ia spune: cât mă costă timpul ăsta cu tine?

    – Cincisprezece dolari, că eşti client nou... O să mai treci pe la mine? se lipi de el, pisicindu-se. Ştii... data viitoare putem încerca şi altele. O să aduc nişte cătuşe ca să mă legi şi să dispui de mine după bunul tău plac, dacă vrei...

    Mitu îi numără banii, ocolindu-i privirea.

    – Mda...

Capitolul 38

La câteva luni după întâlnirea cu Bertha, Mitu a primit prima amenințare. Tocmai încheiase o tranzacție cu Madame Brunelle și, în timp ce stătea „Woodbridge Tavern" cu un pahar de vin în față, de masa lui s-a apropiat un bărbat care i-a spus doar:

– Fii atent că suntem cu ochii pe tine...

La început a crezut că Bertha, pe la care mai trecuse de câteva ori între timp și-i mai povestise una-alta, își dăduse drumul la gură, fie înadins - pentru că informațiile se plătesc -, fie fără să-și dea seama. S-a dus la ea numaidecât ca s-o ia la rost, dar femeia se jură pe ce avea mai scump că nu povestise nimănui de el, supărându-se grozav că o putea bănui de așa ceva:

– Nu te mai autoflata, că nu ești așa de important pe cât crezi! Nici nu știu cum te cheamă cu adevărat și habar n-am pe unde distribui, ce naiba?! Și, chiar dac-aș ști toate astea: ce crezi că mi-ar ieși dacă aș turna pe unul ca tine? Câștig mai bine de pe urma ta dacă mă vizitezi din când în când decât dacă te-aș „vinde" pe douăzeci de dolari, nu ți-e clar?

Atunci s-a gândit la Madame Brunelle, însă a eliminat-o repede de pe lista suspecților. „Îi aduc băutură la preț bun, n-ar avea niciun interes...". Pe urmă a bănuit-o pe Julia, fiica ei, care, până la el, fusese responsabilă cu transportul - „O fi geloasă fata... Poate că nu-i mai dă mă-sa destui bani de când am intrat eu... " - dar și pe ea a eliminat-o. „N-are cum să fie Julia, e doar o copilă. Cât are? Doișpe-treișpe ani abia!".

Până la urmă, l-a bănuit chiar pe James - „Poate că vrea să-mi ia locul... ceea ce nu m-ar mira!" - dar l-a scos iute și pe el de pe listă. „Băiatul ăsta nu mi-a dat niciun motiv de îndoială, aș fi chiar nedrept...".

A doua amenințare a primit-o după vreo două luni, tot la „Woodbridge Tavern". De data asta au fost doi bărbați - stăteau la o masă și fumau trabucuri, privindu-l insistent. La un moment dat, unul dintre ei s-a ridicat, s-a apropiat de el și i-a aruncat o bancnotă de un dolar care avea desenată pe ea o cruce, după care i-a întors spatele și a ieșit împreună cu celălalt.

A întrebat-o pe Madame Brunelle dacă îi cunoștea.

– Nu știu, nu i-am văzut în viața mea... Dar ai grijă... Poate că n-ar fi rău să te dai la fund o vreme. Știi, înainte ca Julia să mă ajute la asta, am avut și alți furnizori... Îmi amintesc că unul din ei - Michail Krustov îl chema - a dispărut la un moment dat ca înghițit de ape. N-am mai auzit niciodată de el.

Bertha, la rândul ei, îl sfătuia când o vizita - și o vizita des în ultima vreme - să renunțe la *bootlegging*.

– Știu eu ce știu! îl avertiza. Să nu pățești care cumva ceva.

Spre deosebire de Olga, care era visătoare și inocentă, bătută de gânduri copilăroase de glorie și bogăție, Bertha era o femeie pragmatică, ancorată într-o altfel de realitate - o realitate hâdă, primejdioasă, despre care, spre norocul lui de până atunci, el aflase doar din gazete și din auzite. În contact cu această pătură subpământeană de gangsteri și codoși, cunoscând o sumedenie de oameni de toate spețele, ea vedea viața prin altfel de lentile, capabile să deslușească gunoiul și trădarea, perfidia, amenințarea, lăcomia. Lumea în care se învârtea, îi zicea ea adesea, era o junglă unde te pândeau pericole la tot pasul. Fiare orbite de lăcomie erau gata să-ți sară la beregată pentru un oscior. Poveștile ei despre luptele continue dintre grupurile mafiote, despre corupția care-și întinsese tentaculele până sus de tot, despre tunelurile secrete care sfredeleau solul de sub baruri sau despre clienții sus-puși care o vizitau regulat îl lăsau uneori mut de uimire, făcându-l să se minuneze că până atunci scăpase atât de ieftin.

Îl bătuse gândul și înainte - chiar și în Montana, cumva - să renunțe la contrabandă, însă mai mult în joacă, niciodată în serios. „Să mai adun și eu nițel cheag și pe urmă oi vedea...", își spusese. În ultima vreme însă, de când cu amenințările, începuse să-i fie teamă. Cu fiecare transport se simțea mai nesigur, iar ce auzea de la Bertha îl neliniștea și mai tare.

Deși își amintea bine că, pe front, soldații cei mai încercați în bătălii erau cei mai temători, nu crezuse niciodată că i se va întâmpla chiar lui așa ceva. I se părea ciudat ca tocmai acum, după ce căpătase atâta experiență, să-i fie frică de ce făcea. Știa golfurile și intrândurile de pe Detroit River și St. Claire River pe de rost și avea planurile puse la punct în amănunțime. În afară de incidentele de la „Woodbridge Tavern", nu avusese niciodată vreo problemă. Nu fusese înșelat vreodată la bani sau la băutură. Nu fusese atacat pe râu sau pe drumuri. Comenzile pe care le primise fuseseră în genere onorate, iar James îi era mai mult decât un ajutor de nădejde.

Și, totuși, astea toate păreau să nu mai conteze. În ultima vreme ajunsese să se trezească cu teamă, să se plimbe pe stradă cu ochii în patru și să-și ferece ușa - pe care n-o încuiase niciodată până atunci - cu două lacăte.

Iar Bertha... Bertha turna gaz peste foc când se întâlneau! După câte o partidă sălbatică de sex - ca și cum una ar fi mers firesc după alta - îl sfătuia să renunțe la contrabandă și să devină „curat".

– De ce-ți ții toate economiile sub pernă în loc să le investești în ceva? Spuneai ceva de-un magazin... ai putea să-ți deschizi unul cu ce-ai strâns până acum. Clienții mei își înmulțesc banii în fel și chip: unii își cumpără terenuri și case ca să le închirieze mai încolo, alții bagă tot ce câștigă în bursă. Chiar acum câteva zile Jack McCughoy - un client de-al meu - mi s-a lăudat că a investit douăsprezece mii în acțiuni cu câteva luni în urmă și acum are peste cincizeci de mii, și se tot înmulțesc. Bani făcuți fără muncă. Eu nu mă pricep deloc la asta, însă, dacă vrei, te pun în legătură cu el...

Bertha avea un fel de a fi pe care Mitu nu-l mai întâlnise până atunci. Aborda relațiile amoroase cu o degajare pe care nici el, care se credea un emancipat, nu o avea. „Femeia asta parcă vine din altă lume!", își zicea când vedea cu ce dezinvoltură vorbește despre amanții ei, și cum se oferă chiar să-l pună în legătură cu unul sau cu altul de care ar fi avut el nevoie în afaceri.

În ultima vreme nu se mai întâlneau la „Night Star", ci se plimbau prin districtele comerciale sau prin parcuri. Cum-necum, treptat, fără să înțeleagă prea bine cum se ajunsese la asta, relația dintre ei începea să semene mai degrabă cu o aventură decât cu un lung șir de tranzacții pe bani și sex. De plătit tot o plătea, însă în lucruri - rochii, bijuterii, câte o cină scumpă - și nu cash, ca odinioară, iar asta îi dădea o curioasă stare de mulțumire. Faptul că nu-i mai număra banii în mână ca la piață îl făcea să se simtă ca și cum ar fi avut lângă el o iubită și nu o femeie de moravuri ușoare, care l-ar fi părăsit numaidecât dacă ar fi rămas fără bani.

De la poveștile ei despre primejdioasa lume subterană a contrabandei, începuse să vadă cu alți ochi ce citea prin gazete: crimele de pe străzile Detroitului pentru câțiva litri de whiskey nu mai erau ceva ce se întâmpla ca pe un ecran de cinema, ci puteau intra și în viața lui.

„Ce-oi fi avut în cap?! Hai, că la început, în Montana, a fost cum a fost... eram neștiutor... Da' acu'... acu' ar trebui să mă opresc..."

Când se apucase de *bootlegging*, fusese copleșit de seducția câștigului ușor. Nu ținuse seamă de pericole și se bucurase când își umplea buzunarele de bancnote de la Carrick. Acum, după ce aflase că este filat, cântărea altfel riscurile. Detroit nu era Montana. Era un câmp de luptă pe care se murea adesea. Merita să se expună? Cât putea s-o mai ducă așa, când chiar gangsteri mari, înhăitați cu poliția, erau capturați până la urmă, judecați și trimiși în temniță?! Cât să mai doarmă iepurește, cu gândul că, mai devreme sau mai târziu, cineva o să-i bată la ușă?

Strânsese mulți bani - peste patruzeci de mii de dolari! Putea să se apuce de altceva. Sau putea să stea deoparte și să trăiască tihnit ani la rând, fără să miște un deget. Parcă-l înfrunta pe Dumnezeu, care făcuse deja o minune cu el și-l scăpase de la moarte pe fronturile din Meuse-Argonne. În loc să-i fie recunoscător, parcă făcea înadins ca să-L mânie și să-I încerce răbdarea!

James nici nu voia să audă de un eventual exit. Voia să se îmbogățească iute, cu orice mijloace și cu orice risc. Primele mii de dolari pe care le câștigase îl orbiseră, îl făcuseră să creadă că sărăcia în care trăise până nu demult fusese o perioadă urâtă a trecutului și că și pentru el veneau, în sfârșit, vremuri speciale. Faptul că șeful lui fusese amenințat de două ori în câteva luni i se părea nerelevant, mai ales că, în ultima vreme, lucrurile parcă se mai liniștiseră și transporturile pe care le făcuseră la Madame Brunelle merseseră ca pe roate.

De aceea, se tot căznea să-l convingă pe Mitu să nu ia o hotărâre „catastrofală".

– Hai să mai facem câteva transporturi, ce naiba! îl implora. Nu ne putem opri chiar acum când am început să adunăm bănuți mai mulți! Nu vezi ce echipă bună suntem? Cea mai bună! Dârdâie nădragii pe tine din cauza poveștilor unei curve!

– Omule, am niște presimțiri și mi-e frică să nu-mi pară rău mai încolo, dac-am să mai ajung să apuc... Nu vezi cum vuiesc ziarele de crime?

Nu trece zi fără să citeşti că încă unul a fost împuşcat. Mai devreme sau mai târziu o să apărem şi noi pe prima pagină, nişte amărâţi necunoscuţi, morţi cu zile!

– Ha! Ţi-a povestit Bertha niscaiva lucruri de *Purple Gang*..., îl lua James în zeflemea. Mare sursă de informaţie, ce să zic... Pun rămăşag că-ţi zice toate astea ca să-ţi ia banii, omule. Se face că-i „prietena" ta şi tu, ca prostul, cazi în plasă! Şi, oricum, ce mari noutăţi îţi zice?! Ce, n-ai mai auzit de gangsteri până la ea? Şi-ai făcut-o totuşi, nu? Fără probleme! *Purple Gang* au pus ochii pe tot oraşul, omule, toţi suntem în aceeaşi oală! E periculos, însă tot ce facem în viaţa asta e periculos! Ce, dacă oamenii mor azi în accidente de automobil, asta înseamnă că nu trebuie să mai iasă din case?!

– James, nu ştiu... răspundea Mitu. Mă bate gândul să-mi deschid un magazin... E visul meu de mult timp. Şi-am să am nevoie de ajutoare... Tot lucrăm noi bine împreună... Poate-ai să vrei să lucrezi pentru mine ca şi până acum... Şi, cu timpul, am să-mi mai deschid unul, şi tot aşa, iar tu o să devii şef peste câteva din ele şi-o să ne meargă bine la amândoi. Şi-o să fim legali... O să dormim liniştiţi noaptea...

– Cred că glumeşti! Ţie ţi-e uşor să vorbeşti, că tu ţi-ai făcut plinul - cât ai, zeci de mii de dolari, nu? - dar eu nu mai pot lucra pentru câţiva cenţi pe oră!

– O duci mult mai bine decât o duceam când eram ca tine...

– Şi ce dacă? Ce importanţă are asta? Nu pot s-o duc şi mai bine?

INVESTIȚIILE

Capitolul 39

Despărțirea de James nu a fost bruscă. Ea se petrecuse, de fapt, când Mitu primise prima amenințare și gândurile începuseră să-l ducă spre a renunța la contrabandă, deși niciunul nu bănuia că asta va însemna distrugerea echipei remarcabile pe care o formaseră până atunci.

Când James l-a rugat să-i împrumute barca pe timpul cât era nefolosită, a încercat să-l convingă să se răzgândească. Credea că asta era egal cu o condamnare sigură la moarte. Până atunci făcuseră totul în tandem, iar James nu intrase niciodată în contact direct cu patronii de *blind pigs* sau de *speakeasies*, întrucât, în primul rând, nu avea credibilitate - prea tinerel, arăta ca un puști care abia ieșise de unul singur în lume - și, în al doilea rând, când intraseră în parteneriatul acesta, își trasaseră clar datoriile și obligațiile fiecăruia, stabilind că nu lui îi revenea sarcina de a găsi clienți.

Acum, băiatul voia să facă de unul singur tot ceea ce făcuseră împreună - lucru la care nu se încumetase nici el - și, în ciuda stăruințelor lui, a rămas o vreme de neclintit. Până la urmă, a fost de acord să-i împrumute barca, presimțind că nu va trece mult timp și n-o să-l mai vadă în viață. Nu i se mai întâmplase decât de două-trei ori până atunci să aibă certitudinea acută a unui eveniment viitor. O stare indescriptibilă, viscerală, irațională, care îl acapara în cele mai neașteptate momente, lansându-l pentru câteva secunde în viitorul imediat. Prima dată când i se întâmplase fusese la un joc de poker, când avusese presimțirea aproape palpabilă că următoarele cărți care-i vor intra în mână vor fi trei doiari în completarea unui careu. Imaginea celor trei doiari îl amuțise atunci și îi stăruia încă în minte. A doua oară i se întâmplase la un joc de zaruri, când îl năpădise convingerea absolută că următoarea aruncare va fi o dublă de șase. Atunci pariase toți banii pe care-i avea la el și câștigase câteva sute de dolari - o mică avere. Se străduise pe urmă de mai multe ori să-și provoace astfel de stări în mod voluntar, dar ele veneau spontan, aleatoriu, aparent fără niciun stimul din exterior.

Acum era prima oară când avea un astfel de presentiment în legătură cu altcineva decât el, și-i părea rău că nu avea destulă forță să-l convingă pe James să renunțe. Privirea pe care i-a aruncat-o când i-a dat cheile de la barcă a fost atât de tristă și de adâncă, încât acesta s-a oprit pentru un moment, parcă clintit din convingerea că viitorul lui nu putea fi conceput fără *bootlegging*, și l-a întrebat dacă se întâmplase ceva.

– Nimic, James, voiam doar să-ți spun să ai mare, mare grijă de tine, acum că ești singur...

– O să am, lasă că știu eu ce fac, nu-mi purta de grijă ca și cum mi-ai fi tată... M-ai înnebunit cu gândurile astea negre ale tale...

Lunile au trecut apoi, fără ca presimțirea lui să se adeverească, iar asta i-a mai luat puțin din îngrijorare și din sentimentul de răspundere față de băiat. Cum-necum, James părea că nu are probleme nici cu gangsterii, nici cu poliția, de parcă ar fi fost invizibil. Nu cunoștea patronii de *blind pigs* ca el, care le câştigase încrederea cu mare greutate, însă asta nu-l făcuse să dea înapoi, ci doar să schimbe tactica. Aducea mai puţin şi apoi bătea din uşă în uşă, vânzând cu bucata până când îşi golea încărcătura, după care o lua de la capăt.

După o vreme, în care s-au întâlnit din ce în ce mai rar, James i-a spus că se hotărâse să plece la New York ca să încerce puţin *rum-running*, pentru că auzise că din asta se câştiga mult mai bine pe coastă.

– Acolo contrabandiştii vin şi din Bahamas cu vapoarele pline, îţi dai seama ce de ocazii? Se plăteşte şi mai bine, pentru că nu există o sursă ieftină ca asta pe care o avem noi în Windsor. Aş putea câştiga dublu! Dacă merge treaba, stau câteva luni, poate jumătate de an, şi mă întorc cu bani mulţi. Şi-atunci am să-ţi cumpăr magazinul despre care tot vorbeşti, dar pe care nu-l mai deschizi odată!

James a plecat, iar Mitu s-a simţit atunci constrâns să facă ceva. Până în acel moment se gândise că-şi putea oricând relua activitatea ca în trecut. Rămas însă fără partener, se simţea silit să exploreze alte moduri de a face bani. Nu mai avea siguranţa dătătoare de încredere, care-i şuşotea la ureche: „Orice s-ar întâmpla, te poţi întoarce la *bootlegging* când vrei!"

Primul lucru care i-a venit în minte a fost bursa. Avea bani suficienţi, şi ziarele erau pline cu ştiri despre ce se întâmpla în lumea financiară. Şi primul om pe care l-a întrebat a fost Bertha, de la care aflase mai demult cum unii dintre clienţii ei se îmbogăţiseră pe Wall Street. În afară de nişte generalităţi, însă, - „John şi-a dublat investiţia de anul trecut!" - ea n-a fost în stare să-l lămurească prea mult. Tot ce a putut face a fost să-l îndrume către un anume Jack Lombardi, un broker care trecuse pe la ea de câteva ori cu nişte ani în urmă.

Au intrat în biroul acestuia într-o zi la prima oră şi au aşteptat să termine de dat nişte telefoane. Jack Lombardi venea întotdeauna la serviciu cu o oră înainte de programul oficial, ca să se pună la curent cu ultimele ştiri financiare. Obiceiul ăsta îl salvase de câteva ori de la mici dezastre şi îl respecta cu sfinţenie.

Când a sfârşit de vorbit, i-a invitat să ia loc cu o expresie plină de bunăvoinţă:

– Bertha, de cât timp nu te-am văzut! Arăţi nemaipomenit! Iar domnul este...

– Prietenul meu. *Meetoo.*

Mitu îl examină cu atenţie. Era pentru prima dată când întâlnea un client de-al Berthei în carne şi oase. „Cu de-ăştia se culcă ea?!", se întrebă dezgustat. Jack purta ochelari cu ramă groasă şi dioptrii multe şi mai avea păr doar la ceafă şi deasupra urechilor. Chelia îi era parcă dată cu ceară. Din când în când îşi scotea batista şi se ştergea pe creştet ca şi cum ar fi vrut să-l lustruiască. Nu era gras, dar bărbia dublă părea apanajul unui om mult mai voluminos.

Bertha îi spuse pe scurt că Mitu dorea nişte sfaturi în legătură cu jocul la bursă.

– Aşa deci... În amintirea vremurilor apuse... Plăcerea mea să vă ajut! Că doar primesc şi eu comision din asta!

Mitu zâmbi. „Omul ăsta le zice pe şleau!"

– Va să zică vă interesează să investiţi în acţiuni. Bine faceţi! Cam de câţi bani dispuneţi?

– Mă gândeam... nu ştiu... vreo douăzeci de mii de dolari, răspunse el şovăitor. Dar nu ştiu nimic - absolut nimic - de lucrurile astea. De asta am şi venit aici. Poate mă-nvăţaţi dumneavoastră. Bertha mi-a zis că vă pricepeţi.

– Aţi ajuns unde trebuie, domnule. Nu e zi în care să nu vezi că New York Stock Exchange, cea mai mare bursă din lume, după cum ştiţi, a atins un alt record. Cu siguranţă că ştiţi asta, altfel n-aţi fi azi aici...

– Da, citesc şi eu gazetele... Tocmai de-asta mă gândeam... să fac şi eu ceva cu banii ăştia.

Jack îşi aranjă ochelarii pe nas, apoi îl privi câteva momente fără să clipească.

– Dar aveţi ceva cash, ce să zic... E păcat să-l ţineţi sub pernă. Cu cât mai mulţi bani la început, cu-atât mai mare câştigul de mai târziu. Şi în ce-aţi vrea să investiţi?

Bertha interveni:

– Jack, ţi-am spus că prietenul meu nu ştie prea multe despre bursă. Ce mă gândeam eu era să-i explici tu lucrurile astea.

– Ah, da... Foarte bine atunci, începu el. Foarte bine. Electricitate, domnule. Ăsta este viitorul ţării! Va fi nevoie de curent electric peste tot şi sunt multe sate care încă nu sunt racordate la reţeaua naţională. Şi industria de căi ferate, stimabile. Avem o ţară cât un continent şi transportul o să se facă pe căi ferate, că e cel mai economicos. Firmele care se ocupă de aşa ceva vor avea numai de câştigat. Nu se poate da greş din asta! Uitaţi, eu sunt exemplul viu: acum câtva timp am investit în Iron, Steel & Co. - o companie mică ce fabrică şine, un diamant în noroi, cu un P/E de doar 4, unde mai găseşti aşa ceva acum?! - şi, în câteva luni, am făcut aproape dublu! Aţi auzit de ea?

Mitu nu numai că nu auzise de companie, dar nu pricepuse mai nimic din explicaţia lui Jack.

– Ce înseamnă P/E?!

– Ah, scuze, înseamnă „price-to-earnings". Este raportul dintre preţul acţiunii şi profitul pe acţiune şi arată intervalul de timp în care investiţia se poate recupera. Dacă vă hotărâţi, putem completa fişele ca să deveniţi şi dumneavoastră acţionar în câteva firme de genul ăsta. Vă sugerez companii mici, cu P/E coborât, întrucât acestea sunt cele mai profitabile. Banca îşi opreşte comisionul pentru serviciu - din care-mi dă şi mie o parte... - şi, în câteva săptămâni, dumneavoastră primiţi certificatele şi toţi suntem mulţumiţi. Ce ziceţi?

Mitu avea multe nedumeriri, dar nu le putea formula în cuvinte. Jack scoase o coală de hârtie şi se apucă să facă nişte calcule.

– Uitaţi, dacă aţi fi cumpărat de exemplu alaltăieri acţiuni de cinci mii de dolari în Iron, Steel & Co., până acum aţi fi făcut fix o sută treizeci şi doi de dolari profit. Nu prea rău pentru un câştig făcut fără muncă, nu? În doar două zile...

– Nu, nu-i rău deloc, într-adevăr...

– Cum vă spuneam...

– Dar dacă scad? Pot să şi scadă, nu?

– Domnule, se încruntă Jack, într-adevăr, aici nu există garanţii. Bursa poate să crească sau să scadă. S-au mai văzut din astea... Însă, pe de altă parte, nici nu e ca o loterie, să nu mă înţelegeţi greşit. Wall Street depinde de economie. Şi economia merge atât de bine - de când s-a terminat războiul avem o creştere uriaşă... - încât nu e niciun pericol ca indicii să scadă în viitorul apropiat. Cunosc mulţi ca dumneavoastră care au intrat în birourile astea cu câteva mii de dolari şi acum au zeci, chiar sute de mii. Din ce credeţi că mi-am cumpărat eu a doua casă?

„Ce să fac?!", se întrebă Mitu, gândind intens. Aşa cum prezenta omul ăsta, lucrurile păreau simple. Pur şi simplu, depunea bani şi apoi aştepta. Şi, ca să fie sigur, putea să cumpere acţiuni în firmele în care cumpărase şi Jack. Dacă acesta îşi juca banii lui, cu siguranţă că-i juca bine, că doar era în business, nu?

Se frământă o vreme, apoi îi aruncă Berthei o privire rugătoare:

– Tu ce zici, draga mea?

Femeia îl privi mirată că îi cerea sfatul. „Eu să-i spun ce să facă cu banii lui?! De unde să ştiu eu?!"

– N-am idee, iubitule, nu m-am gândit niciodată la asta pentru că n-am avut de ce, drept să-ţi zic. Nu înţeleg treburile astea deloc. Nu pricep cum se pot face bani aşa, din nimic, însă am încredere în Jack... Nu-i aşa, Jack? Tu ţi-ai investit banii, nu? Dacă n-ai şti ce vorbeşti, nu ţi-ai fi pus propriile economii în bursă, nu?

Jack dădu din cap aprobator:

– Desigur. Este, bineînţeles, decizia dumneavoastră ce să faceţi cu banii. Însă de trei ani, Dow s-a triplat şi continuă să crească pe zi ce trece, fără să dea vreun semn de slăbiciune. Ştiţi ce e Dow, nu? E unul din cei mai importanţi indici de bursă, creat de Charles Dow în 1896 şi arată performanţa componentului industrial al economiei. Eu sunt mai mult decât mulţumit cu investiţiile mele... Economia ţării ăsteia este fantastică, se construieşte peste tot, este nevoie de forţă de muncă, banii sunt suficienţi pentru ca populaţia să cumpere toată marfa care se produce. Politica e bună, nu sunt mişcări sociale sau lupte - slavă Domnului că s-a terminat războiul! Wall Street n-are cum să dea greş acum. Zilnic vin la mine oameni şi investesc - nu banii lor, ci bani împrumutaţi de la bănci, în marjă. „Marjă" înseamnă să cumpăraţi acţiuni cu bani împrumutaţi de la broker. Puteţi face şi dumneavoastră la fel, dacă vreţi: puneţi o treime şi noi acoperim, cu o dobândă rezonabilă, celelalte două treimi. Aşa fac mulţi. Dacă tot vă gândiţi să jucați, măcar faceți-o la nivel mare, ce Dumnezeu! Cu atâția bani ajungeți milionar în câțiva ani!

Mitu îl privi pierdut. Confidența și vorbele persuasive ale omului ăstuia îl cuceriseră. „Să fie chiar așa de ușor și eu să-mi fi riscat pielea ani de zile ca prostu'?!"

Se foi pe scaun, îi mai aruncă o privire Berthei, apoi îi spuse lui Jack că vrea să intre cu maximul de bani pe care-i poate împrumuta.

– M-am hotărât. În marjă, parcă ați zis.

– Da, în marjă. Văd că prindeți repede termenii. Asta ar fi șaizeci de mii de dolari, incluzând cei douăzeci de mii ai dumneavoastră. Este o sumă foarte mare. În ritmul în care merge Wall Street-ul zilele astea, din profitul pe banii ăștia ați putea trăi liniștit fără să mișcați un deget.

– Să dea Domnul... murmură Mitu.

– Și v-ați hotărât cam ce ați vrea să cumpărați? îl întrebă Jack, întinzându-i o listă cu toate firmele listate pe Wall Street.

El o parcurse buimac - erau acolo sute de simboluri și numere - apoi răspunse firav:

– Nu mă pricep, domnule Lombardi... Mă uit ca mâța-n calendar. Dar vreau să cumpărați în mod egal în companiile în care aveți și dumneavoastră bani, OK?

– Desigur. Chiar asta mă gândeam să vă sugerez. Acum să trecem la hârțogăraie. Știți, partea cea mai nesuferită a muncii mele.

Mitu semnă cererile de împrumut și actele preliminare cu o ușoară strângere de inimă. „O să fie bine...?" se întrebă, apoi încercă să se îmbărbăteze: „Că doară n-oi fi eu cel mai fără de noroc din lumea asta, că m-a bătut soarta destul pân-acu'! Banii ăștia i-am făcut cam ușor, poate ăsta-i rostul lor: să se înmulțească tot ușor!"

Afară, aerul proaspăt și rece îi scălda fața, calmându-l brusc. „Poate sunt eu de modă veche și nu înțeleg lucrurile astea. Am să mă lămuresc mai încolo... La urma urmei, nimeni n-a pierdut bani din acțiuni..."

O cuprinse pe Bertha de umeri și se îndreptară spre casă.

– Draga mea, poate îmi cumpăr un palat în câțiva ani! Ce-ar fi?!

– Nu mi se pare deloc imposibil! Doar n-ai fi primul care dă de aur!

În săptămânile ce-au urmat, a citit știrile despre bursă cu sufletul la gură. Primul lucru pe care îl făcea dimineața era să se repeadă până la chioșc și să cumpere „The New York Times" sau „Barron's", după care se întindea în pat cu stiloul în mână, inventariind mersul acțiunilor companiilor în care avea și el o porție, calculând și recalculând la nesfârșit cât făcuse sau cât pierduse. Ca un alcoolic care simte nevoia să bea un pahar dimineața pe stomacul gol, deveni în curând dependent de asta, neputând să-și înceapă ziua dacă nu știa cum mersese Wall Street-ul în ziua precedentă.

După o perioadă de speranțe, depresii, gânduri negre și satisfacții intense, își dădu seama că investițiile sale nu păreau proaste. Bursa urca și cobora, smulgându-i inima din piept de sperietură când se ducea în jos și umplându-l de bucurie când o lua în sus, dar, în mare, schimbarea era pozitivă: suma inițială se tot mărea! Din profit putea să-și plătească împrumutul și-i mai rămânea destul ca să nu mai trebuiască să muncească. Nu mai era un *commoner*, unul din cei mulți!

Cu Jack se întâlnea regulat, ca să verifice sumele, să facă socoteli și să hotărască ce să vândă și în ce acțiuni să mai vâre bani. Încerca să stea cât mai mult cu el, ca să priceapă cum se juca la bursă. Erau multe lucruri pe care nu le înțelegea.

Jack i-a explicat și de ce mergeau așa de bine investițiile lor:

– Vezi tu, Europa încă se resimte după recesiunea economică în care a intrat după război și n-a terminat cu reconstrucția teritoriilor vaste care i-au fost devastate. America, însă, prin poziția ei izolaționistă, și-a consolidat statutul de cea mai bogată țară din lume. Am construit industrii megalitice și prosperăm într-o măsură nemaiîntâlnită până acum. Sute de mii de locuri de muncă s-au creat în ultima vreme, și toată această efervescență se reflectă cel mai clar în bursă - barometrul absolut după care se măsoară sănătatea economiei. De asta ies acum bani din acțiuni. Companiile o duc bine și or s-o ducă din ce în ce mai bine. Ai intrat la țanc.

Da, așa se părea, intrase la țanc. Vedea asta când își făcea socotelile și trăgea linie. America, pe care o urâse așa de tare după război, îi dădea acum prilej de bucurie! Dacă i-ar fi spus cineva lucrul ăsta acum câțiva ani, ar fi zis că-și bate joc de el!

Capitolul 40

Mitu şi-a deschis magazinul la care se tot gândea de ani de zile la scurt timp după ce a început să joace pe Wall Street. Cu o parte din banii care-i mai rămăseseră a închiriat un spaţiu pe Gratiot Avenue în Eastern Market, pe care l-a văruit în alb-gălbui şi l-a mobilat cu rafturi înalte până în tavan. În ele a ticsit valize de piele întărită cu lemn, lămpi cu gaz, costume bărbăteşti din bumbac, cutii pline cu tot felul de mărunţişuri - cuie, şuruburi şi piuliţe, foarfece, şurubelniţe, ciocane de diferite greutăţi, toporişti de diferite dimensiuni. În vitrinele de sticlă, pe care le ţinea încuiate cu lacăte mari, a expus ceasuri, lănţişoare de argint şi aur, stilouri cu peniţe de aur şi inele cu pietre preţioase.

Când a terminat cu toate astea, şi-a angajat un vânzător - Walter Schmidt, un neamţ pistruiat şi blond ca spicul, sosit de doar câteva luni în America - care să stea după tejghea şi să-i lase lui timp de căutat şi adus marfă.

„Uite-mă ajuns proprietar de magazin în America! La treizeci de ani!" şi-a spus cu satisfacţie în ziua deschiderii, când se trezise în zori ca să mai dea cu mătura şi să se ocupe de ultimele amănunte. Data aceea - 1 septembrie 1926 - a scris-o cu un creion gros pe perete, chiar lângă casa de marcat, ca s-o aibă în faţa ochilor permanent. Era o zi surprinzător de friguroasă pentru septembrie, dar lui i se părea caldă. Nimic nu-l putea sustrage din marele eveniment, pe care-l crease el însuşi. Luni de zile muncise ca un apucat, luând-o de la roşu şi simţind de multe ori că n-o să ajungă niciodată să se vadă cu pregătirile încheiate.

La ora opt fix ieşi în faţa magazinului şi privi în josul străzii, apoi se uită cu atenţie - pentru a mia oară - la felul în care era aranjată marfa în vitrine. Pe firma mare de deasupra scria cu litere roşii:

MITU & OLGA'S STORE

Iar pe un afiş:

GRAND OPENING!
COME ON IN! OPEN FOR BUSINESS *

Intră apoi înăuntru, îşi trase un scaun în dreptul geamului şi începu să urmărească trecătorii de pe stradă. „O să intre careva?"

Aşa cum se întâmplă întotdeauna în orice cartier din orice oraş al lumii, când apare ceva nemaivăzut în zonă, oamenii, din curiozitate faţă de tot ce-i nou, iau aminte, îl analizează şi-şi formează pe loc o părere dacă să

---

* Magazinul lui Mitu şi al Olgăi. Mare eveniment mare! Intraţi! Deschis pentru business! (engl.)

revină sau nu şi altădată. După nici zece minute, primul client se înfiinţă în prag:

– Bună dimineaţa, deci ţi-ai deschis magazin aici, chiar în Eastern Market, inima comercială! Chiria trebuie să te coste o avere! comentă acesta jovial, privind rafturile. Felicitările mele şi mult succes! Şi cam ce vinzi dumneata?

– Păi, cam de toate... Poate s-o găsi ceva care să te intereseze pe dumneata. Văd că ai un costum nou, aşa că nu-ţi ofer încă unul, dar un ceas ar merge la hainele astea, îi răspunse Mitu cu toată amabilitatea de care era în stare, scoţând un Patek Philippe de buzunar de sub geam.

Bărbatul scutură din cap:

– Nu de ceas duc acum lipsă... spuse, prefăcându-se interesat de un portofel din piele maro.

– Vrei să-l vezi? se oferi repede Mitu. Walter, adu-i-l tu, te rog!

Băiatul se repezi să descuie vitrina, însă omul îl opri cu un gest:

– Nu acum, poate mai târziu. Mult succes în business! O să mai trec pe-aici.

Mitu privi descumpănit după el. Sperase din tot sufletul ca primul om care îi intră în magazin să cumpere ceva - orice, un flecuşteţ, în semn de baftă!

Nici ceilalţi care i-au trecut pragul în ziua aceea n-au cumpărat mai nimic.

Zilele următoare n-au fost nici ele mai bune. Sute de oameni i-au deschis uşa în prima săptămână, dar puţini au şi cumpărat ceva.

Septembrie a trecut fără să vândă nici pe departe suficient ca să-şi acopere cheltuielile.

Nici lunile ce au venit nu au schimbat mare lucru. Toată toamna a muncit în pierdere, plătind chiria şi salariul lui Walter din economiile sale şi gândindu-se neliniştit la data următoare când trebuia să scoată din nou bani de la bancă. Vindea câte un fleac din când în când, stând de dimineaţa până seara în aşteptare de clienţi. Număra fiecare cent, făcându-şi socoteli nesfârşite ca să-şi dea seama câtă marfă ar fi trebuit să ruleze ca să-şi amortizeze investiţiile.

– Walter, trebuie musai să găsesc o marfă la fel de căutată ca şi alcoolul - dar legală! -, altfel am să-mi prăpădesc toţi banii şi ajung la faliment... Dac-aş găsi aşa ceva, m-aş îmbogăţi! De ce crezi tu că are nevoie lumea asta? Ce-aş putea să vând eu ieftin şi care nu se găseşte pe-aici? Există ceva prin Germania ta care-ar merge în Detroit?

Băiatul nu ştia ce să-i răspundă. Venise din Berlin în America abia de o jumătate de an şi încă o sumedenie de lucruri nu le înţelegea.

– Crezi că, dacă m-ar duce mintea la asta, aş mai munci la tine?! Eu unul, boss, ştiu că în întreaga lume banii mulţi se fac din arme, băutură şi femei.

– Arme, băutură şi femei... da, asta ştie oricine... Dar prefer să câştig mai puţin şi să rămân teafăr... La sfârşit, am să fiu sărac, dar întreg!

Ziua în care, pentru prima oară de la deschiderea magazinului, a văzut că nu mai lucrează în pierdere, a sosit spre sfârşitul iernii. Atunci n-a mai trebuit să se ducă la bancă să scoată bani din contul de rezervă. Din septembrie, de când deschisese magazinul, economiile i se împuţinaseră cu mai bine de o mie de dolari.

În seara aceea, când, înainte de a se băga în pat, şi-a făcut socotelile de sfârşit de lună, a văzut că în ianuarie vânduse - spre marea lui surprindere, pentru că el crezuse că nu lunile obişnuite, ci sărbătorile vor fi cele mai bănoase - suficient ca să acopere şi chiria, şi salariul lui Walter, şi restul de cheltuieli. Când a pus ultima virgulă şi a tras ultima linie, nu i-a mai ieşit un număr negativ, ca înainte. A lăsat atunci creionul jos şi s-a întors însufleţit spre Bertha.

– Dragă, am ajuns pe zero! îi spuse bucuros. Nu mai merg în pierdere! Am ajuns, în sfârşit, pe zero! Poţi să crezi asta? a întrebat-o înduioşat. De-acum o să fie bine, o să tot strâng! O să se tot adune în contuleţ!

Bertha îl privi într-un fel care spunea: „Ştiam eu c-o să te descurci."

– La cât efort ai pus în asta, m-aş fi mirat să nu-ţi iasă… Era doar o chestiune de timp… Eu una n-am văzut niciodată până acum un magazin cu „faliment" pe uşă în Eastern Market.

– N-ai văzut… dar se poate întâmpla… zise el, dezamăgit că ea nu se arăta atât de surprinsă pe cât şi-ar fi dorit. „Poate mă compară cu bogătaşii cu care se culcă, şi-atunci bineînţeles că magazinaşul ăsta nu i se pare cine ştie ce…".

O sărută pe gât şi-i spuse cu o voce schimbată:

– Chiar dacă nu te miră prea tare, eu zic că-i cazul să sărbătorim.

Ea zâmbi. Vocea asta i-o ştia atât de bine! Şi-i plăcea atât de mult! Era vocea pe care o avea când dorea să se culce cu ea: guturală, joasă, senzuală. Ar fi dat orice s-o audă cât mai des!

Se lăsă moale în braţele lui şi i se dărui cu mintea goală de orice gând. Era bucuroasă că bărbatul lângă care stătea era fericit! Oare avea vreun rol şi ea în starea lui de mulţumire? Nu-i spusese niciodată c-o iubeşte; dar nici n-o îndepărtase vreodată.

Se ghemui la pieptul lui şi-i inspiră adânc mirosul.

– Îmi place mult de tine, dragule… Îmi dai încredere şi speranţă. Ştii… nu prea am avut parte nici de una, nici de alta…

Mitu se stăpâni să spună ceva. Bertha îşi petrecea din ce în ce mai mult timp pe la el. Intrase în viaţa lui pe neaşteptate, iar acum ajunseseră aproape un cuplu. Cum de se întâmplase asta?! Crezuse că ea era ceva trecător în destinul lui. O prostituată, la urma urmei, care încă mai trecea pe la „Night Star" ca să facă un ciubuc!

– Ce bine-mi pare că-mi iese businessul, iubito! ocoli răspunsul direct. Şi mă bucur că eşti lângă mine…

Bertha îl privi puţin întristată.

– Aş vrea uneori să pot să deschid capul ăla al tău să văd ce ai în el.

– Da' ce-am spus?! Am spus doar că sunt bucuros.

– Mda… doar atât… Şi eu mă bucur pentru tine… Ştii, m-am gândit: cu banii pe care-i ai acum la bursă ai putea să-ţi cumperi vreo două clădiri în oraş, cu magazine la parter, şi să închiriezi.

– Da, mi-a venit şi mie ideea asta, spuse el, uşurat că ea schimbase subiectul. Însă e greu să fii *landlord* *! Alergi ca bezmeticul toată ziua ca să repari, să dregi, să iei chiriile… Nu-i uşor… Şi, oricum, fac mai mulţi bani din investiţii decât aş face din asta şi nici nu mă strofoc prea tare. Săptămână de săptămână se adună ceva acolo, văd.

– Ştii ce? Nu pricep cum se fac bani la bursă. Cum cresc acţiunile aşa, de la sine?!

– Păi simplu… Fiecare companie e împărţită într-un număr de părţi egale. Adică acţiuni. Dacă valoarea companiei creşte, atunci se ridică şi valoarea fiecărei părţi. Uşor ca 1, 2, 3…

– Tot nu înţeleg cum se fac banii aşa, din aer… În fine… Ştii la ce mă gândeam deunăzi? Dac-ar şti prietena ta… adică fosta ta prietenă… că numele ei e pe firma magazinului tău… nu crezi că s-ar bucura?

– Olga? Aş vrea câteodată să aflu pe unde-o fi. Atâta şi nimic mai mult…

Bertha îi ocoli privirea, se întoarse către noptieră şi începu să răsfoiască „The New York Times". Foşnea paginile în linişte, citind răzleţ. Mitu se apropie şi aruncă o privire peste paginile ziarului.

– Ce-ai găsit aşa de interesant?

– Nimic… Uite, iar zic ăştia de premiul Orteig.†

– Da… premiul… Ia dă-l încoace… Ştii ce idee mi-a venit? se lumină el deodată la faţă.

– Nu ştiu… dar am o presimţire c-am să aflu în următoarele câteva secunde.

– Da… Exact! Mă gândeam că n-ar fi o idee rea să investesc nişte bani într-o încercare de traversare a Atlanticului. Banii pe care-i mai am în cont. Cam zece mii…

– Numai la afaceri ţi-e gândul, de când ai vorbit cu Lombardi. Mie trebuie să-mi mulţumeşti pentru asta!

– Aşa e. Îţi mulţumesc din inimă!

– Ha! izbucni ea în râs. Nici tu nu crezi ce spui! Şi dacă investeşti într-un avion care pică? Pierzi toţi banii.

---

* Proprietar de clădiri sau de pământ (engl.).
† Raymond Orteig (1870-1939), născut în Louvie-Juzon, Bearn, Franţa, a emigrat în America în 1882. Şi-a început cariera ca ajutor de ospătar însă în scurt timp a reuşit să cumpere hotelurile Lafayette şi Brevoort din Greenwhich Village, New York. Brevoort era un loc de întâlnire al nobilimii europene, iar atmosfera franţuzească a cafenelei de la subsol atrăgea artişti şi scriitori iluştri, ca Mark Twain. Premiul Orteig, stabilit de acesta în 1919, oferea douăzeci şi cinci de mii de dolari celui ce va reuşi primul zbor non-stop Paris - New York sau viceversa cu un aparat mai greu decât aerul. Dificultăţile tehnice pentru a acoperi această distanţă - 3600 mile - în zbor erau, la acea vreme, enorme. În primii cinci ani nu s-a ivit niciun candidat, ceea ce l-a forţat pe Orteig să prelungească durata cu încă cinci ani (n.a.).

– Da, îi pierd. Dar dacă nu pică? Dacă fac alegerea cea bună, n-o să pice, nu? Aşa, ca-n bursă. Nu investeşti ca un idiot, te uiţi în ce bagi.

– Dacă tot vrei să joci şi banii ăştia, de ce nu tot pe Wall Street? Acum ştii cu ce se mănâncă treburile pe-acolo...

– Dar nu-ţi dai seama ce-ar însemna să investesc într-un zbor care ar lua premiul Orteig? Ar însemna nu doar bani, ci şi faimă! Aş apărea în toate ziarele! zise el însufleţit, visând cu ochii deschişi. M-ar şti lumea drept „Mitu Popescu, unul dintre investitorii în primul zbor transatlantic".

– Ai cam luat-o pe câmpii...

– „Mitu Popescu, unul dintre investitorii în primul zbor transatlantic!" repetă el solemn, ca şi cum ar fi ţinut un discurs.

– Nu ştiu... Dac-aş fi în locul tău, aş cumpăra nişte pământ pe undeva, ţi-am mai zis. Pământul nu se miceşte niciodată. Rămâne acolo pe vecie. Sau case. Până acum, de când sunt în oraşul ăsta, preţurile au tot crescut. Cumpără ceva în centrul oraşului... Acolo n-or să scadă niciodată.

– Nu... nici vorbă! Să cumperi pământ şi s-aştepţi apoi zeci de ani ca să scoţi câţiva bănişori din el... Banii trebuie făcuţi repede şi mulţi deodată, nu s-aştepţi până mori, că ce folos dacă eşti c-un picior în groapă când ajungi să te poţi bucura de ei?

– Da, aşa e... la urma urmei, banii nu se ţin la bancă. Şi...

– Dar de ce vorbim acum noi despre astea?! Ia vino lângă mine... şi întoarce-te pe spate, aşa cum îţi place ţie... că n-am terminat de sărbătorit încă...

Capitolul 41

Lumea tehnologică îi era prea puțin familiară lui Mitu. Știa asta. Singura dată când luase contactul cu ea fusese când lucrase la Ford și văzuse cum se fabricau modelele T. Rămăsese atunci impresionat în fața grandorii și productivității uzinelor: coloși din piatră și fier, adăpostind roți și mecanisme uriașe ce funcționau fără oprire, scoțând mașini pe bandă.

Ziarele relatau tot timpul despre progresele științei și tehnicii. Nu trecea zi în care să nu citești despre o nouă invenție. Ca mulți alții, era și el convins că știința îi va aduce omului fericirea, îi va rezolva toate problemele, îl va scoate din mizerie și-i va prelungi viața. Așa spuneau cei cu carte, deci așa trebuia să fie! La urma urmei, se vedea peste tot: descoperirile din medicină erau adevărate miracole, inginerii aduseseră radioul în casele multora, filmele aveau acum și sunet, iar unele erau chiar color! În ultimii ani fusese martorul unor schimbări de neimaginat înainte, iar cei implicați în transformări, credea, vor avea numai de câștigat.

Semnele că acesta era viitorul îi erau limpezi. Faptul că magnații lumii, ca Raymond Orteig, își riscau banii în tot felul de tentative inginerești hazardate era, pentru el, dovada cea mai clară că viitorul țării stătea în tehnologie. Și, cu banii pe care-i avea acum, putea să profite și el de asta!

În săptămânile următoare a încercat să obțină date mai multe despre aviatică și aeronautică. Și-a amenajat un „colț de lectură" în spatele magazinului - pentru că în „Mitu & Olga's Store" își petrecea cea mai mare parte a timpului - și a început să adune materiale.

N-avea iluzia că o să înțeleagă tot ce citea. Și-a dat numaidecât seama că n-ar fi putut nicicum să priceapă detaliile tehnice din manuale, cu cele patru clase primare pe care le făcuse în Cernădia. Dar, pentru ce avea el în cap, nu trebuia să se aștearnă cu burta pe carte și să-și bată capul cu matematici. Important era să aleagă, din zecile de companii și firme care lucrau la construirea unui avion capabil să zboare peste ocean, pe aceea care avea cele mai mari șanse de reușită. Exact așa făcuse și la bursă, la sfaturile fostului amant al Berthei, și-i mergea acum atât de bine.

În scurt timp, „colțul de lectură" de la magazin, și apoi sufrageria de acasă, i se umplură de vrafuri de ziare și teancuri de manuale, iar pe birou adună maldăre de conspecte scrise mărunt. Culegea informații de unde și cum putea. Aduna știri despre cei care se pregăteau de zbor, se interesa pe la biblioteci de cărți în care erau descrise modele de avioane și umplea pagini întregi cu rezumate despre progresele aviaticii.

De unele lucruri își reamintea, pentru că trăise vremurile când se petrecuseră și auzise despre ele la radio, însă atunci nu le dăduse mare atenție. Pe altele, le uitase cu desăvârșire. Acum, le vedea cu alți ochi. În caiete subliniase cu roșu încercările de până atunci de traversare a Atlanticului. Imediat după război, în 1919, John Alcock și Arthur Brown, pilotând un bombardier Vickers Vimy - ce mult îi plăcuseră avioanele alea! -, reușiseră primul zbor între două insule: St. John's, Newfoundland și

Clifden, Irlanda. La scurt timp, George Scott zburase, într-un balon, din East Fortune, Scoția, până în Mineola, Long Island.

De evenimentele astea își amintea foarte vag - poate pentru că în anul acela nimic nu existase pentru el afară de victoria împotriva Germaniei și mândria de a fi veteran. De Hugo Eckener, însă, care, cinci ani mai târziu, reușise primul zbor intercontinental, dinspre Germania înspre New Jersey, într-un Zeppelin, își amintea bine, dar acesta nu pilotase un avion.

De la Eckener trecuseră încă trei ani. În răstimpul ăsta, tehnologia făcuse progrese atât de mari încât părea o chestiune nu de ani, ci de luni, ca cineva să reușească o cursă Paris - New York și să ia premiul de douăzeci și cinci de mii de dolari. Entuziasmul publicului era enorm - se vorbea despre asta peste tot: în crâșme, în birouri, între prieteni, în ziare, la radio. Zarva stârnită în jurul zborului transatlantic era atât amplă încât Mitu era convins că cine îl va reuși va fi catapultat spre glorie. Și, odată cu el, cei ce vor fi ajutat la realizarea unui astfel de succes vor împărtăși, la rându-le, din faimă și bani.

Era o faimă din care simțea că poate ciupi și el, dacă investea unde trebuie. Bani avea. Ce-i rămânea era să facă alegerea bună.

Într-o noapte, după ce a mai răsfoit o dată vrafurile de hârtii ca să vadă dacă nu-i scăpase vreun amănunt căruia nu-i dăduse importanță și care ar fi putut fi crucial, o trezi pe Bertha, nerăbdător să-i spună că luase, în fine, o decizie.

– Draga mea, m-am hotărât. Dacă reușesc, asta îmi va deschide drumul spre înalta societate! îi spuse cu glasul întretăiat.

– Cât e ceasul? E două! Bați câmpii. Mai bine te-ai culca, îi răspunse ea somnoroasă.

– M-am hotărât în cine bag banii.

– Da? În cine, în Davis?

Bertha era la curent cu toate ideile lui, pentru că îi împuiase capul cu ce mai citise și la ce se mai gândise. Îi tot repetase că trei oameni aveau să încerce să traverseze oceanul cândva în primăvară, când se făcea vremea mai bună, și fiecare se grăbea să fie primul. Le învățase numele, de câte ori i le repetase Mitu: Noel Davis, comandantul rezervei navale din Boston; Charles Lindbergh, care pilota un avion de poștă pe ruta Missouri - Illinois; și un francez, Charles Nungesser.

– Da, m-am hotărât. Nu, nu-i Davis. Am să bag banii în Nungesser. Am să-i caut pe cei ce-l finanțează ca să intru și eu în joc. Sau, pur și simplu, am să pariez pe el.

Bertha, trezită de-a binelea, îl privea acum amuzată. Uneori bărbatul ăsta era așa de copilăros! Poate că de asta îl îndrăgea atât de mult...

– De ce nu vrei să bagi banii într-un american? Nu-mi sună bine că investești într-un străin... Din toți trei, de ce tocmai Nungesser ăsta?!

– Pentru că - ți-am mai spus! - e un pilot fenomenal, un as, cum sunt denumiți cei ce doboară mai mult de cinci avioane inamice. Ce să mai, un erou, că el a doborât patruzeci și trei! N-are cum să dea greș cu experiența pe care o are. N-ai idee cum e o luptă aeriană, dar eu ştiu, că am fost pe front: cine supravieţuieşte din aşa ceva nu se poate prăbuşi în condiţii de pace! Unul ca el ştie ce face! E un pariu aproape sigur! Singurul lucru de care mi-e cu adevărat teamă este nu că el nu va reuşi, ci că va reuşi altul înaintea lui!

– Nu ştiu… nu mă pricep, dar sper să fi luat hotărârea cea bună… Eu, una, tot spre americani m-aş orienta. Uite, de exemplu, Davis. De ce crezi că ar avea şanse mai mici ca şi francezul? La urma urmei, e comandant de armată, trebuie că-şi ştie meseria. N-am idee cum se face treaba în alte ţări, nu ştiu cum sunt inginerii de pe acolo, însă despre ţara asta ştiu un lucru: ce se face, se face bine. Nu degeaba suntem cea mai bogată ţară din lume! Sau Lindbergh ăsta: ce dacă-i necunoscut?! Poate că-i un pilot foarte bun!

– Da, aşa toţi pot fi foarte buni, însă trebuie să-i alegi pe cei despre care ştii cât de cât ceva, nu? Chiar şi cei excepţionali dau greş, darămite un poştaş ca Lindbergh! Îţi aminteşti anul trecut, în toamnă, când Fonck a încercat să traverseze Atlanticul? Fonck e cel mai bun as francez - a doborât şaptezeci şi cinci de avioane nemţeşti, de fapt cam o sută treizeci, dacă iei în calcul nu doar victoriile certe, ci şi cele probabile! Şi era să moară când avionul i-a explodat la decolare, şi asta din vina lui! Dacă unul ca el a avut probleme, ce să mai spui de piloţi neîncercaţi?!

– Dar despre Lindbergh, altceva decât că transportă scrisori cu avionul, ce ai mai aflat?

– Mai nimic… N-a participat la nicio bătălie şi nu a zburat decât în condiţii de pace. Ţi-am mai spus: a fost mecanic auto şi a făcut cascadorii aeronautice înainte de a lucra pentru serviciul poştal. Singurul lucru deosebit care se zice despre el e că transportă poşta în orice situaţie, indiferent de vreme sau de starea avionului. Odată s-a prăbuşit şi, în loc să se depărteze de avionul în flăcări, s-a apucat să scoată sacii de scrisori din el şi a telefonat şefului de aeroport să-i trimită un camion ca să le încarce… de parcă asta era cel mai important lucru pentru el atunci.

– Asta da dedicaţie… murmură Bertha. Şi Davis? Noel Davis? De ce nu-l alegi pe el?

– M-am gândit mult şi la Davis, ştii şi tu. Dar el nu a participat în război ca pilot, a făcut şcoala mai târziu. Am citit că a trecut prin şcoli înalte, Harvard Law sau nu mai ştiu care, şi a scris cărţi de instructaj pentru piloţi rezervişti. Cam atât. A sta pe băncile şcolii nu face din tine un bun zburător, zic eu. El e mai mult un savant. Una peste alta, dintre toţi, francezul e de departe şi cel mai îndreptăţit, şi cel care are şansele cele mai mari de reuşită. De fapt, el este favoritul tuturor.

– Aşa cum prezinţi tu lucrurile, ai dreptate… Eu mă pricep mult mai puţin ca tine. De fapt, nu mă pricep deloc. Mai gândeşte-te, totuşi…

Decizia lui Mitu era luată. Poate nostalgia după sentimentul de camaraderie pe care i-l dăduse războiul şi după care tânjea uneori, sau poate că viaţa publică a lui Nungesser, bogată în fapte eroice, dar şi în gesturi scandaloase de sex cu prostituate şi petreceri cu multă băutură, l-au făcut să-l prefere. De când aflase de el, îl privise cu admirație și invidie, iar cele câteva luni în care s-a frământat nu au fost de fapt decât o încercare prelungită de a se autoconvinge să parieze pe el. Îl alesese, de fapt, de prima dată - instinctual, irațional, dintr-o pornire viscerală, ca și cum s-ar fi identificat și și-ar fi proiectat toate dorințele ascunse în acest bărbat adulat de întreaga Franță.

Odată hotărârea luată, lucrurile s-au desfășurat simplu. A aflat, de la Jack Lombardi și prietenii acestuia, cine erau finanțatorii zborului lui Nungesser: un grup de sportivi și manageri de sport francezi, cu legături peste tot în Europa și America. A intrat în contact cu ei, lucru pentru care s-a căznit mult, întrucât aceștia păreau că nu doresc sub niciun chip să primească în rândurile lor un străin necunoscut. Din aproape în aproape, după zeci de telefoane și încercări de contactare eșuate, a ajuns, până la urmă, să vorbească cu un reprezentant al lor din America - un anume Thomas Cook - care, la insistențele lui, i-a acceptat cecul în cele din urmă, nu fără a-i puncta la sfârșit că îi făcea o favoare deosebită:

– Suntem un grup privat care investește în evenimente extreme - de data asta, zborul transatlantic - și care acceptă cu greu bani de la oameni ca tine. Cine ești tu?! Un nimeni care dispune de câțiva verzișori făcuți cine știe cum! Însă îmi place că ești idealist, stăruitor și visător. Bine-ai venit în „Clubul Nungesser"! Banii pe care îi pui jos îi poți pierde dacă Nungesser nu reușește - îți repet asta a nu știu câta oară.

– Am înțeles bine.

– Atunci, să fie cu noroc!

– Să dea Domnul... a încuviințat Mitu emoționat și cu inima strânsă. Semnând cecul de zece mii de dolari, nu mai rămăsese cu aproape nicio economie lichidă.

Câteva luni după aceea, viața lui a continuat să curgă neschimbată: se trezea dis-de-dimineață, deschidea magazinul aproape în zori pentru a nu scăpa niciun client care s-ar fi aventurat pe acolo, și pica în pat noaptea târziu, frânt de oboseală.

Când își făcea socotelile la sfârșit de săptămână, se necăjea că nu reușea să vândă mai mult. De la miile de dolari pe care le câștigase din *bootlegging* la cât câștiga acum era distanță uriașă. Banii se strângeau cu mare greutate din „Mitu & Olga's Store"; atât de greu încât, dacă nu ar fi avut veniturile din bursă - verzișori pentru zile negre, cum îi plăcea să spună - n-ar fi dus-o prea bine.

Într-o zi, ca din senin, fără niciun semn prealabil, cum se întâmplă de obicei cu veștile extraordinare, a constatat că era mult mai aproape de realizarea visului său decât crezuse și că frământările lui erau mai degrabă frici exagerate. Era o dimineață ploioasă de aprilie când telefonul a țârâit strident. Deretica prin magazin cu Walter în momentul acela și, când l-a auzit, a avut o presimțire sumbră. „Cine să sune așa devreme?! Numai Thomas poate fi! Înseamnă că cineva a și trecut oceanul, pentru că

Nungesser nici nu şi-a terminat avionul!", s-a gândit iute, crispat de îngrijorare.

Într-adevăr, la capătul celălalt al firului era Thomas, pe care l-a recunoscut după respirație, înainte să-i audă glasul.

– Bună, Thomas. Te-am recunoscut. Ce s-a întâmplat? rosti cu glas tremurând.

– Nu ştiu cum să-ți spun, însă, paradoxal, îți dau o veste bună. Probabil că ai auzit deja: Noel Davis a murit ieri într-un accident de avion.[*]

Nu înțelese pe loc.

– Ce... Cum?! Cine a murit?

– Davis, pilotul, este mort.

– Cum se poate asta...?! Davis? Davis comandorul?! A murit?! Cum?!

– Da... Dumnezeu să-l odihnească-n pace. S-a întâmplat ieri în timpul unui zbor de testare într-un Keystone Pathfinder - ştii, avionul cu care voia să treacă oceanul la două mai. S-a prăbuşit imediat după decolare pentru că n-a reuşit să câştige altitudine.

Trase adânc aer în piept:

– Dumnezeu să-l odihnească... Dar asta înseamnă că...

– Da, şi noi suntem foarte emoționați! izbucni Thomas. Acum avem o şansă teribilă la premiul Orteig! Nungesser şi Lindbergh sunt următorii pe listă.

– Nungesser când zboară? întrebă uşurat, dar simțindu-se parcă vinovat că, în loc să se întristeze la moartea unui om, el, de fapt, se bucură.

– Lindbergh n-are încă avionul gata, din câte am auzit, dar se zvoneşte că va încerca să zboare foarte curând. Poate pe zece mai. Iar Nungesser ținteşte exact aceeaşi perioadă. Ține pumnii strânşi pentru începutul lunii viitoare, cel mai probabil pe opt sau pe nouă.

Mitu se lăsă pe scaun, copleşit de ce aflase. Era mai aproape de *Easy Street*[†] ca oricând! Francezul avea să decoleze de la Paris şi să aterizeze la New York în câteva zile! Înaintea lui Lindbergh!

Îşi trase scaunul lângă tejghea, deşurubă stiloul, scoase o foaie şi scrise în grabă o epistolă scurtă acasă.

---

[*] Noel Davis a murit pe 26.04.1927 într-un zbor test pe Langley Field, Virginia. Avionul avea rezervorul încărcat până la refuz, ca pentru o cursă peste ocean. Inițial, Davis intenționase s-o ia pe soția lui drept copilot, însă aceasta, gândindu-se la copilul lor, a considerat că riscul era prea mare şi a refuzat. În accident au murit Davis şi copilotul Stanton Wooster. Cu o zi înainte, Clarence Chamberlin şi Bert Acosta zburaseră non-stop deasupra New Yorkului, în cerc, într-un monoplan Bellanca, echivalentul a 4100 de mile în 51 de ore, ceea ce era cu 500 de mile mai mult decât distanța New York - Paris. Premiul Orteig era însă oferit doar pentru cursa transatlantică (n.a.).

[†] „Easy Street" - „Strada tihnită" sau „Drumul comod" (engl.). Termen care în engleză se referă la o existență îndestulată şi fără griji. Este uneori folosit în contrast cu „Main Street" - „Strada Mare" -, care are sensul de „traiul plin de griji al omului de rând" (n.a.).

Dragă măicuță,

Sunt în pragul unui eveniment foarte important din viața mea. Am investit mulți bani într-un zbor transatlantic care, dacă va fi de succes, îmi va aduce numai foloase și bunăstare. Roagă-te pentru mine și pentru piloții care vor încerca această faptă enormă de curaj. Mie-mi merge bine, nu pot să mă plâng defel. Am să vă trimit niște bani în curând, așa ca data trecută. Sper că voi sunteți bine și sănătoși. Mi-e dor de tine, de Gheorghița și de Gheorghiță. Ce mai faci tu? Ce mai fac ei? S-a luat vreunul cu cineva până acum? Să se grăbească, altfel îți îmbătrânesc amândoi în bătătură, dacă nu cumva le-o fi trecut vremea. Scrieți-mi grabnic să-mi povestiți ce se mai întâmplă prin Cernădia. Am pus și niște poze cu magazinul meu, de care v-am povestit data trecută.

Cu mare dor de acasă,
Mitu
27 Aprilie 1927

Capitolul 42

Săptămânile următoare îl ținură pe Mitu departe de realitatea din jur. Marca fiecare zi în calendar cu un X, pentru a vedea cât mai rămăsese până pe opt mai, când Thomas îi zisese că Nungesser va decola din Paris. Își făcuse planul să plece la New York înainte de eveniment, ca să-l întâmpine pe învingător și să se bucure, odată cu el, de reușita nemaipomenită.

Muncea ca un automat, atât de adâncit în ale lui încât Walter se alarmă:

– Ce-ai pățit, boss, de ești așa de întors pe dos de câteva zile? Nici nu te mai interesează cum merge magazinul! Eu, care lucrez pentru tine, sunt mai preocupat de el decât ești tu, patronul!

– Walter, dacă zborul ăsta reușește, n-o să mai am nevoie de niciun magazin! Ți-l dau ție. Pe gratis! Ai cuvântul meu! Îți mulțumesc pentru cât te străduiești. Fără tine, zilele astea n-aș fi fost în stare să fac față. Probabil că nu toți germanii sunt ca tine, altfel n-ați fi pierdut războiul...

Neamțul îl privi recunoscător. Nu primise multe laude la viața lui de la cei mai mari ca el.

– Îți mulțumesc, boss, dar nu cred că fac lucruri nemaipomenite. Adevărul e că o duc aici ca în rai, datorită dumitale. Mi-ai povestit cât de sărac erai în România, însă n-ai idee cât de rău e acum în Germania. De asta am și plecat: acolo se moare pur și simplu de foame! Dacă lucrurile continuă tot așa, o să se întâmple ceva, o să se răscoale lumea când o să le ajungă cuțitul la os. În Berlin e mai ieftin să faci focul în sobă cu bancnote decât cu lemnele pe care le poți cumpăra cu ele! Strigător la cer! Ce mai, ne trebuie o dictatură militară, un conducător ferm căruia să nu-i fie frică să înfrunte adversarii și să le spună că nu le mai plătim așa-zisele datorii de război!

Mitu se întrebă ce-l apucase, pentru că, de obicei, Walter nu vorbea despre politică, așa că nu dădu nicio atenție cuvintelor profetice ale acestuia. Gândurile lui gravitau în alte sfere, nu în cele ale rânduielilor globului.

– Walter, tu ocupă-te ca și până acum de magazin și-am să-ți cresc salariul cu cinci cenți pe oră. Eu am să fiu prins cu altele în săptămânile astea. Mă duc la New York ca să-l întâmpin pe Nungesser - Doamne-ajută! - și am să te las pe tine șef aici o vreme...

Neamțul se lumină la față. Nu fusese în viața lui stăpân peste ceva. Nu avusese niciodată pe mână ceva așa de important!

– Nicio problemă, boss, am să conduc magazinul cu mână de fier. Cât de bine mă pricep eu. Ai să vezi!

Peste câteva zile, pus la patru ace și în mână cu o valiză elegantă din piele fină luată chiar din magazinul lui, Mitu îi lăsă cheile magazinului lui Walter și urcă, împreună cu Bertha, într-un tren a cărui destinație era Manhattan.

Un val de căldură şi un sentiment de „acasă" îl năpădiră când trenul ajunse în Penn Station. „Doamne, ce măreţie! Aproape că uitasem… Uite, restaurantul ăsta tot aici e! Şi brutăria! Nimic nu-i schimbat!"

Se instalară la un hotel de mâna a doua din *downtown**, chiar lângă Battery Park, anume ca să poată privi pe geam la Statuia Libertăţii, apoi colindară pe străzile pline de viaţă, recunoscând amănunte pe care credea că le uitase: ciocolateria de unde-şi cumpărase în primele zile de America bomboane cu cacao, cofetăriile din Little Italy unde petrecuse ore nesfârşite cu Olga, străzile pline de zarvă din Lower East Side, unde muncise pe brânci pentru câţiva cenţi pe oră la Herzowig, reclamele pentru maşini de cusut „Singer" pentru copii.

Ajunseră şi la *tenement*-ul în care locuise cu Pistol şi se opri puţin în faţa intrării, apoi intră în barul unde aproape se înecase în băutură după ce o prinsese pe Olga cu Steinovich. Localul se transformase într-un restaurant înghesuit în care se serveau ciorbe, fripturi şi cartofi prăjiţi.

O luară apoi către adresa unde stătuse cu Olga - străduţa liniştită din *midtown*†, de care-şi amintea şi acum cu o strângere de inimă. Nimic nu se schimbase acolo. Îi spuse Berthei să-l aştepte pentru câteva clipe într-o cafenea şi se îndreptă spre clădire.

Privi blocul în care îşi împărţise o parte din existenţă cu femeia vieţii lui, recunoscu balcoanele, ferestrele, chiar şi unele perdele uitate de vreme. I se păru chiar că recunoaşte câteva chipuri de odinioară, şi atunci îşi făcu curaj şi intră. Urcă scările până la uşa îndărătul căreia stătuseră ei şi bătu uşor. Îi deschise o doamnă în vârstă, privindu-l bănuitoare peste ochelari.

– Cu ce vă pot ajuta, domnule? îl chestionă cu o voce în care se simţea iritarea mai degrabă decât politeţea.

– Mă scuzaţi de o mie de ori, caut pe cineva care a stat aici acum vreo zece ani… Olga. Olga Gertrude. Am locuit împreună.

Bătrânica îl privi brusc cu simpatie, parcă înţelegând ce se ascundea dincolo de cuvintele lui:

– Îmi pare rău, însă n-am auzit niciodată de o miss Gertrude. Eu am închiriat apartamentul direct de la *landlord*, nu de la alt chiriaş. Puteţi să-l întrebaţi chiar pe el, am cartea lui de vizită. Dacă aşteptaţi un moment, v-o pot aduce.

Mitu se sprijini de perete şi-şi aprinse o ţigară. Inima îi bătea la fel de tare ca atunci când aştepta în faţa uşii şi o auzea pe Olga cum se apropie să-i deschidă, trăgându-l apoi în cameră fără să spună o vorbă şi făcând dragoste cu ochii închişi. „Doamne…". Zâmbea când bătrâna doamnă apăru din nou în prag cu o bucată de hârtie în mână.

– Uitaţi aici, domnule, Greenberg îl cheamă. Poate ştie dânsul ceva. Sediul lui e pe Broadway colţ cu 34th Street, foarte aproape.

---

* Sudul insulei Manhattan (n.a.).
† Zona de mijloc a insulei Manhattan (n.a.).

Îi mulțumi și se grăbi spre adresa cu pricina, unde ajunse în mai puțin de două minute. Pe ușa masivă de stejar scria: „Avniel Greenberg, Manhattan Real Estate Corporation". Îi deschise un bărbat în vârstă, care îi spuse fără să aștepte să fie întrebat că nu are niciun apartament de închiriat. Mitu îi explică repede ce voia. Omul ridică din umeri.

— Cred că știu despre cine vorbiți... îmi amintesc vag numele. Dar nu, din păcate nu pot să vă dau niciun alt detaliu... Nici nu știu cum arăta... Îmi pare rău...

Dezamăgit, se întoarse la cafeneaua unde o lăsase pe Bertha. „Oare-o să aflu vreodată ce s-a întâmplat cu Olga mea?"

— Draga mea, iartă-mă că am întârziat. Și nici măcar n-am găsit ce căutam, îi spuse Berthei, încurcat.

— Femeile astea, să le bată Dumnezeu, sunt greu de găsit, nu?! îi zise ea, prefăcându-se amuzată.

— Da, admise el... M-am dus până la blocul unde am stat cu Olga...

— Fericită ființa care are parte de o dragoste ca a ta!

— Hai să ne mai plimbăm prin oraș cât mai apuc, schimbă el vorba. E așa de frumos pe aici! Oare...

— Lasă c-o să fie bine, nu te mai tot îngrijora! îl întrerupse ea. În două zile o să ajungi în vârful piramidei și-o să mă bucur pentru tine! Dar atunci, se întristă deodată, o să mă dai deoparte, pentru că lumea în care vei intra va fi plină de femei alese, nu de ratate ca mine...

Mitu o privi cu surprindere. Oare fata asta chiar ținea la el, sau stătea pentru bani? Uneori se uita la el ca maică-sa, dovedind o grijă mămoasă pentru el și o preocupare neprefăcută pentru problemele prin care trecea. Lângă ea se simțea, în mod ciudat, ocrotit, ceea ce nu i se mai întâmplase niciodată cu vreo femeie înainte.

— Bertha..., încercă el s-o liniștească, dar se opri și o sărută, apoi o luă pe după umeri și o conduse pe Fifth Avenue până sus în Central Park. Acolo se așezară pe malul unui lac pe care pluteau nuferi și înotau rațe cu cârduri de boboci. Stătură așa până în amurg, apoi se întoarseră la hotel, ținându-se de mână și iuțind pasul ca să se încălzească.

Când ajunseră, noaptea târziu, Mitu îi spuse să urce în cameră, iar el se opri în hol să-i dea telefon lui Thomas. Acesta îi confirmă ce citise deja în ziare, și anume că Lindbergh încă se pregătea de zbor, în vreme ce Nungesser și copilotul său, François Coli, decolaseră din Le Bourget, urmând să ajungă la New York în următoarele douăzeci și patru de ore.

„Încă o zi! Încă o zi!", se gândi cuprins de neastâmpăr.

Capitolul 43

Aţipi greu şi se trezi la patru dimineaţa, şi când îşi aminti unde se afla, nu mai putu să adoarmă la loc. Se perpeli în pat câteva minute, apoi se ridică tiptil şi ieşi. „Nungesser! Trebuie să aflu noutăţi!" îşi spuse, luând-o grăbit pe drumuri fără ţintă. „S-aştept până când se face şase şi să sun la Detroit." Se plimbă o vreme tremurând de frig şi de zbucium, şi, într-un târziu, se întoarse în holul hotelului, îşi luă inima în dinţi şi formă numărul lui Thomas. Putea să jure că suna degeaba, pentru că era prea devreme. Soneria ţârâi de câteva ori, după care auzi în receptor o voce răstită.

– Cine e?

– Eu, Mitu. Ce faci? Ce ştii? Ai vreo veste?

La capătul celălalt al firului se aşternu o clipă de tăcere.

– Ce s-a întâmplat... ? abia putu să articuleze.

– Tocmai asta e, că n-am aflat nimic, răspunse Thomas. Toţi stăm aici ca pe ace. Avionul a pierdut contactul cu solul la câteva ore de la decolare. Mai aşteptăm, poate li s-o fi defectat radioul. Mai au timp berechet să ajungă... Ascultă, nu mai pot sta, că ţin linia ocupată în caz că mă sună cineva. Fii pe poziţii acolo, du-te în Battery Park şi aşteaptă-le sosirea.

Puse receptorul în furcă şi se lăsă moale pe un scaun. Recepţionerul îl privea bănuitor, ros de curiozitate; nu mulţi clienţi telefonau în zorii zilei, probabil că era pentru ceva foarte important. Dădu să-l întrebe ceva, însă expresia lui Mitu nu părea prea prietenoasă, aşa că, până la urmă, se mulţumi să-i zâmbească forţat şi să-l întrebe convenţional:

– *How's your morning, sir?**

Mitu se uită prin el ca prin sticlă. După o vreme, urcă în cameră, se cuibări în pat şi îşi trase plapuma peste el, ca pentru a se ascunde. Se lipi de Bertha, o prinse în braţe şi începu să-i mângâie uşor sânii.

– Ah, iubitule, aşa de dimineaţa mă iei? rosti ea între vis şi veghe, înmuindu-se sub săruturile lui. Cât e ceasul? Nici nu s-a făcut ziuă... Ai aflat ceva?

El continuă s-o iubească, încercând să-şi golească mintea de presimţiri şi gânduri negre.

– Mă simt atât de bine cu tine...

– Ai aflat ceva?

– Nu... Thomas mi-a zis că au pierdut contactul cu avionul, însă au vreme până la prânz să ajungă la New York. Li s-o fi stricat radioul...

Bertha îşi ascunse faţa în pernă. Visele grandioase ale bărbatului de lângă ea, la care ţinea atât de tare, chiar dacă nu înţelegea de ce el vrea să rămână lângă ea, se spulberau în dimineaţa aceea, şi nu avea nicio putere să-l ocrotească sau să îl ajute. Îi trase capul spre piept şi-l ţinu acolo, ca o mamă, mângâindu-l uşor pe păr.

– Bertha, cred că am pierdut, oftă Mitu în sfârşit.

---

* Cum vă simţiţi în dimineaţa asta, domnule? (engl.).

– N-ai pierdut nimic, dragule! Ce vorbeşti?! Hai să aşteptăm până la prânz, nu?

– Simt că nu-i bine, Bertha. Nu-i a bună...

Ieşiră din hotel pe la şapte dimineaţa, ca să se plimbe fără ţintă. O luară pe Broadway înspre Wall Street şi ajunseră la New York Stock Exchange.

– Uite, aici sunt banii tăi! zise ea, încercând să-l abată de la gândurile negre.

El nu scotea o vorbă, mergând mecanic pe unde îl conducea ea. Ziua izbucnise în toată splendoarea ei de primăvară încă răcoroasă, lumea mişuna pe trotuare, vânzătorii de ziare urlau cât îi ţineau rărunchii:

– Istoria aviaţiei se scrie acum: aşii francezi Nungesser şi Coli, aşteptaţi azi în port în New York! Cumpăraţi gazeta! li se adresă un puşti de zece ani.

– Vezi? Te-ai îngrijorat degeaba. Or să ajungă peste câteva ore! Toţi îi aşteaptă!

– Da, să dea Domnul... Să dea Domnul. Hai să ne ducem acolo.

Se întoarseră şi o luară înspre Battery Park, unde stătură o vreme pe o bancă, privind oceanul. Nungesser şi Coli plănuiseră să aterizeze cu avionul lor nesubmersibil undeva în dreapta, pe Hudson River, fluviul ce desparte Manhattan de New Jersey. Grupuri de oameni se strânseseră în aşteptarea lor, discutând încins: „Au fost văzuţi deasupra Bostonului, trebuie să sosească dintr-o clipă în alta!"; „În Franţa se ştie deja că au aterizat cu bine undeva în Long Island"; „Au fost observaţi în Newfoundland ieri noapte!"

La fiecare zgomot ce aducea a sunet de motor, oamenii se uitau atenţi pe cer, scrutând orizontul, dar, când îşi dădeau seama că fusese vorba de o alarmă falsă, se întorceau la taclalele lor. „Următorul o să fie avionul lor, o să vedeţi! Următorul!"

Mitu se amestecă în vorbă, încercând să afle cât mai multe amănunte. Atâţia spuneau că auziseră că Nungesser fusese văzut deasupra continentului american, încât speranţa îl invadă iarăşi şi se simţi deodată mai bine.

– Ce ştiţi, pe unde sunt acum? îl întrebă pe un tânăr cu ochelari, care părea informat şi sigur pe el.

– Numai lucruri contradictorii, domnule, însă nu aveau cum să sosească până acum, pentru că zboară împotriva vântului.

– Şi când ar putea să aterizeze? continuă el, ţinând-o pe Bertha strâns de mână ca şi cum s-ar fi agăţat de ea.

– Păi, dacă până mâine dimineaţă nu se aude nimic, înseamnă că s-au pierdut, pentru că au combustibil doar pentru patruzeci de ore de zbor, îi răspunse băiatul consultându-şi ceasul de buzunar.

Mitu simţi o răceală pe şira spinării - „zece mii de dolari!" -, dar încercă să se liniştească:

– Adevărul e că mai au timp berechet, poate li s-o fi defectat transmiţătorul, comentă mai mult pentru el. Nu?

Bertha dădu din cap.

– Da, aşa e! Ai încredere, o să fie bine, ai să vezi!

Orele trecură iute ca minutele. Pe măsură ce se scurgea timpul, mulţimea devenea tot mai agitată. Zvonurile se încâlceau şi se metamorfozau, făcându-i pe oameni să nu mai ştie ce să creadă.

Pe la trei, de sub un copac se auziră deodată aplauze şi urlete de bucurie. Un bătrânel tocmai le spusese câtorva gură-cască că The Navy Department dăduse un comunicat oficial la radio, anunţând că avionul fusese zărit lângă Portland, Maine.

– S-a spus la radio! Au reuşit, au reuşit, francezii ne-au luat-o înainte, bravo lor, *vive la France!*

Lumea izbucni în urale, bărbaţii îşi aruncară pălăriile negre în aer. Zborul transatlantic reuşise! Erau martorii unui eveniment istoric fără precedent!

Mitu căzu în genunchi de fericire, apoi începu să se plimbe de colo-colo, întrebând frenetic în dreapta şi-n stânga: când fuseseră văzuţi în Maine? La ce oră se dăduse comunicatul? Cât mai aveau până în Long Island?

După ce se dumiri că nimeni nu ştia mai mult, se duse la un telefon să sune la Detroit.

– Tom, ai auzit de comunicatul armatei? Nungesser a reuşit! Am câştigat! îi spuse înflăcărat, aproape ţopăind de bucurie.

– Da, am aflat şi noi că The Navy Yard au raportat că i-au văzut acolo. Aşteptăm confirmări. Sună-mă imediat ce-i vezi ajungând în port. E o veste fantastică! Felicitări şi ţie, şi nouă!

Se întoarseră în parc şi aşteptară. O ceaţă atât de groasă se lăsase peste sudul Manhattanului, încât abia se putea vedea la câţiva metri.

O jumătate de oră se scurse ca o clipă. Apoi, încă una. Pe urmă, încă una. Încetul cu încetul, zumzetul mulţimii se linişti, luându-i locul o tăcere apăsătoare - conform calculelor, acestea erau ultimele minute în care piloţii mai aveau combustibil de zbor.

Pe la zece seara oamenii începură să plece. Mitu se aşeză pe o bancă, privind prin întuneric la silueta abia desluşită a trupului Berthei, care se sprijinise de o balustradă încercând să distingă conturul Statuii Libertăţii.

Dimineaţa îi prinse în acelaşi loc, zgribuliţi, unul în braţele altuia. Mitu refuzase să se întoarcă în camera de hotel, tot sperând să audă huruitul care să-l scoată din coşmarul în care intrase.

În cele din urmă, sleit şi golit, se hotărî să se urnească din loc. Se făcuse şase dimineaţa. Încercă un telefon la Thomas, însă nu-i răspunse nimeni. O luară spre hotel şi, în drum, cumpără un ziar de la un băiat care se sculase cu noaptea în cap pentru câţiva cenţi. Îşi aruncă ochii pe prima pagină, deşi ştia dinainte ce va găsi acolo:

„Soarta piloţilor necunoscută după o zi de zvonuri şi aşteptări. <<White Bird>>* probabil că s-a prăbuşit. Mare anxietate simţită pentru Nungesser şi Coli, care ar fi trebuit să sosească de mult. Vreme rea pe traseu. Parisul se teme de ce e mai rău. Francezii se roagă pentru ei "[†]

– Dumnezeii şi anafura mamii ei de viaţă! răbufni cu năduf pe româneşte după ce termină de citit, sub privirile triste ale Berthei care, deşi nu înţelesese limba, pricepuse sensul cuvintelor.

– O să fie bine, încercă ea să-l consoleze. O să fie bine.

– Da, o să fie foarte bine..., o îngână el zeflemitor. „O să fie bine", o maimuţări în continuare. Aşa mi-ai tot zis de alaltăieri! Iar eu tocmai am pierdut zece mii de dolari! ţipă la ea. Zece mii, femeie!

---

* „White Bird" - „Pasărea albă" (engl.). Numele avionului în care au zburat Nungesser şi Coli (n.a.).
[†] „The New York Times", 10 mai 1927 (n.a.).

ZDROBEALA

Capitolul 44

Speranța pe care și-o pusese în reușita lui Nungesser fusese atât de mare, iar reveriile de pe parcursul acestor luni atât de înălțătoare, încât reîntoarcerea la realitatea banală, cotidiană, anostă îl doborî.

Poate că și-ar fi revenit mai curând dacă viața l-ar fi scutit de alte necazuri. Însă mersul lucrurilor ia prea puțin aminte la dorințele cele mai intense ale omului: ca o felină care se amuză cu prada, bătându-și joc de ea înainte de a o devora, destinul îl lovi din nou în scurt timp, făcându-l să realizeze cu și mai mare acuitate cât de aproape fusese de victorie și cât de mult pierduse în ziua aceea de mai: la nici două săptămâni de la dispariția lui Nungesser, Charles Lindbergh, pilotul necunoscut pe care nu vrusese să parieze, reuși imposibilul: o cursă New York - Paris de unul singur, fără copilot, fără escală, într-o zi și jumătate, pe o vreme potrivnică, într-un avion cu un singur motor. Americanul se finanțase aproape de unul singur, printr-un împrumut de cincisprezece mii de dolari de la o bancă, acoperind restul de câteva mii de dolari din economiile sale.

Parcă nu fusese suficient că Nungesser dispăruse. Acum, soarta îi rânjea în față, arătându-i *ce ar fi putut să fie*, dacă pilotul francez ar fi reușit: un simplu necunoscut până atunci, Lindbergh era catapultat spre o faimă egală cu a zeilor. Medalii glorioase îi împodobeau pieptul - „Legion of Honor", „Distinguished Flying Cross", „Medal of Honor" -, iar ofertele financiare, față de care premiul Orteig reprezenta doar mărunțiș, îl năpădeau.

Martor neputincios la ascendența senzațională a americanului, care devenise peste noapte simbolul absolut al Americii, pe Mitu îl încerca o invidie sfredelitoare. Era atât de nedrept ce i se întâmpla! urla în gând. Cu doar două săptămâni înainte, trecuse și el pe lângă o astfel de grandoare; aproape că o atinsese cu mâna, o trăise în gând, o crezuse posibilă, dar se dovedise la fel de efemeră ca o ploaie de primăvară. De ce i se întâmplau lui toate astea?

Încercarea lui de a atinge Visul American - adevăratul Vis American, care te suie pe piscuri, în lumea celor puțini - se năruise ca un castel de nisip. Avea să afle mai încolo că „L'Oiseau Blanc", biplanul lui Charles Nungesser și copilotului François Coli, dispăruse nu mult după ce decolase din Paris, convingerea fiind - din cauză că nicio urmă de-a lui nu s-a mai găsit vreodată - că s-a prăbușit undeva în ocean.

Ironie a sorții, acum unii cochetează cu teoria, bazată pe declarațiile unor martori oculari, că francezii ar fi reușit totuși zborul transatlantic, însă s-ar fi prăbușit undeva în pădurile mlăștinoase și aproape imposibil de explorat de pe coasta de est, cel mai probabil în Maine.

Dacă lucrul ăsta se va dovedi adevărat, acest capitol din istoria aviației va trebui rescris. Însă asta nu mai are cum să-l ajute pe Mitu. După acea zi nefastă de primavară, s-a întors, cu mare greutate, la treburile lui obișnuite. Tristețea nereușitei l-a urmărit multe luni de zile, făcându-l să se retragă în camera din spate a magazinului cu o sticlă de băutură, ceea ce-l vlăguia până la a nu-i mai lăsa deloc putere să se mai ocupe de afacere.

După jumătate de an, tot așa cum jelania după un mort se micșorează în durere pe măsură ce viața își urmează cursul firesc, amărăciunea îi fu acoperită de mormanele de datorii zilnice care îl leagă pe om cu lanțuri invizibile. După alte câteva luni, rămase doar cu amintirea cețoasă, dar nedureroasă a eșecului, pentru ca, peste încă un an, și aceasta să se estompeze, până ce deveni un punct neglijabil în cursul întortocheat al vieții sale.

Magazinul, deși nu se ocupase de el mai deloc, mergea binișor, mulțumită lui Walter, care acum avea aici propriul lui interes. Imediat după ce se întorsese de la New York, Mitu îi oferise un procent din profit, așa că neamțul se dădea de ceasul morții să convingă clienții să cumpere flecuștețele din vitrine. Mulți se codeau, se scărpinau în creștet, însă, până la urmă, scoteau banul din buzunar. Walter se dovedea atât de priceput în a-i duce cu vorba încât Mitu începu să-și petreacă tot mai multe zile acasă, fără să mai poarte grija afacerii.

Pe de altă parte, banii jucați la bursă îi aduceau câștig - nu unul fenomenal, cum jinduise, dar destul ca să-și poată plăti împrumutul. După socotelile lui, în ritmul în care strângea ar fi putut să scape de datorii cam în șapte ani. Suma pe care o investise pe Wall Street îi putea aduce în trei sau patru ani aproape tot atâta profit cât făcuse odinioară din *bootlegging*. Uneori se întreba cum de fusese atât de nătărău să înfrunte riscul de a-și pierde libertatea sau viața, când, vedea acum, gologani frumoși se puteau câștiga și fără să încalci legea, ba aproape fără să faci nimic.

Bertha se mutase definitiv la el, însă nu renunțase cu totul la „activitățile" de la „Night Star". În ciuda insistențelor lui - „Femeie, te țin acasă! Nu trebuie să-ți mai vinzi trupul!" -, ea refuzase asta cu înverșunare, din motive pe care nu i le explicase niciodată îndestulător. Poate că, gândea el, pur și simplu îi plăcea „sportul ăsta", așa că nu avea ce-i face!

În Mitu, Bertha își găsise un partener ideal. Ceilalți bărbați pe care-i avusese până atunci - unii, ca și el, dintre foștii ei clienți, alții făcuți întâmplător, direct de pe stradă - erau apucați de gelozie mai devreme sau mai târziu. Din relațiile mai apropiate - nu foarte numeroase, dar vijelioase - pe care le avusese, ajunsese să cunoască firea masculină în amănunt, putând anticipa corect mersul unei legături. La început, bărbații o plăteau să se culce cu ei, apoi o curtau, devenind un „cuplu", după care începeau să manifeste un fel de simț al „proprietății" asupra ei, arătându-se agasați din cauza meseriei pe care o avea. Apăreau certurile, care, până la urmă, duceau la despărțire - de obicei aprigă, cu reproșuri, insulte și, uneori, cu câte o bătaie.

Mitu era primul bărbat pe care-l întâlnise care nu o luase pe drumul ăsta atât de previzibil. Dorința lui de a o ține acasă era parcă mai mult grijă față de ea și mai puțin gelozie, ai cărei germeni la el se ofiliseră, credea, de când avusese eșecul cu Olga.

De multe ori se întreba, totuşi, de ce nu era gelos?! Şi singurul răspuns pe care şi-l dădea era că nu o iubea. Îl pusese la încercare de câteva ori, povestindu-i detalii picante despre nişte clienţi deosebiţi, cu scopul precis de a-l stârni la comentarii - dar el păruse să nici nu audă.

Era o relaţie neobişnuită, dar care li se potrivea amândurora: Mitu o aştepta la fel de senin în pat după o seară în care cinaseră împreună la un restaurant scump, învăluiţi în lumina moale a unor candelabre de cristal, sau după o zi în care prin aşternutul ei de la „Night Star" trecuseră poate trei clienţi. Iar ea, la rându-i, îi arăta, prin mijloacele care-i stăteau la îndemână, că ştia să preţuiască asta: din când în când, îi făcea nişte surprize la care majoritatea bărbaţilor din lume pesemne visează, dar de care puţini au parte: fie venea cu câte o prietenă de la bordel - o „prospătură" - şi împărţeau patul în trei pentru o noapte, fie îl lăsa singur cu fata pentru câteva ore, în vreme ce ea îşi vedea de treburile ei. În lumea în care umbla, era uşor să faci rost de astfel de „cireşe de pe tort", cum le numea.

Da... În ciuda eşecului zborului transatlantic în care-şi pusese atâtea speranţe, lucrurile îi mergeau bine lui Mitu în ultima vreme. Însă ambiţia torturantă din primii ani, care-l transformase dintr-un ţăran sărac, venit dintr-un sat neştiut de nimeni din estul Europei, într-un bărbat suficient de îndestulat încât să se considere un „burghez în devenire", începea parcă să i se veştejească. Traiul de acum, confortabil, călduţ, îi era suficient ca să nu mai simtă nevoia acută de a căuta să schimbe ceva important în viaţa lui.

Şi lucrurile poate că ar fi rămas aşa pentru totdeauna, într-o rutină previzibilă şi o fericire de suprafaţă pe care omul nu o preţuieşte decât atunci când o pierde, dacă drumul i-ar fi continuat fără mari ocolişuri.

În dimineaţa fatidică în care avea să se prăbuşească sub lovitura unei veşti teribile, se sculase mai târziu, ca omul care n-are nicio grijă pe lume. Făcuse dragoste cu Bertha, care obişnuia să se culce la loc după aceea, şi se apucase apoi de dereticat în grădina din jurul casei.

Era o zi friguroasă de octombrie, o vineri ca oricare alta. Nimic în aer nu prevestea catastrofa care avea să se întindă ca o pânză monstruoasă de păianjen peste toată ţara.

– Bună dimineaţa, hărnicuţule, „The New York Times" şi „Barron's"! Şi aveţi şi gazetele de ieri pe verandă, că nu v-aţi învrednicit să le adunaţi de jos până acum! La ce mai plătiţi abonamentul?! îi strigă din stradă Johnnie, poştaşul - un grăsun veşnic vesel, cu mustăţi negre întoarse în sus şi cu obraji pocnind de roşeaţă, care gâfâia greu pe bicicletă, chinuindu-se să-şi ţină echilibrul când arunca ziarele peste gard abonaţilor.

Când Mitu îşi aruncă privirea pe primele pagini, titlurile îi intrară cumva direct în minte, fără să-i treacă prin inimă. La început nu simţi nimic, nicio tresărire de emoţie sau de spaimă, de parcă creierul său refuză un moment să comunice cu sufletul, pentru a-l proteja câteva clipe. La a doua lectură, însă, se strânse pielea pe el: *Prețurile acțiunilor se prăbușesc în lichidări masive. Pierderea pe hârtie, patru miliarde.**

Citi de câteva ori subtitlurile cu respirația tăiată ca la astm - *2,6 milioane de acțiuni vândute în ultima oră într-un declin record. Multe conturi dizolvate -,* apoi reciti paragrafele, întârziind parcă înadins să deschidă la paginile următoare unde erau listate companiile individuale, pentru a mai trăi câteva clipe cu speranța că el nu era afectat.

Într-un final, își adună curajul și începu să citească și, după câteva secunde, se lăsă moale pe trepte, alunecând în iarbă cu ochii închiși, ca și cum ar fi vrut să se strângă într-o găoace care să-l apere. Câțiva trecători îl văzură întins pe trotuar și se repeziră la el, crezând că suferise un atac de cord. Își reveni, se ridică anevoie frecându-și ochii cu pumnii și privi buimac la ei, nepricepând ce se întâmpla. Când văzu ziarul împrăștiat pe jos, se făcu livid:

– Sunt OK, nu vă faceți griji... le mulțumi cu o voce palidă, apoi intră în casă atent să n-o trezească pe Bertha, și dădu un telefon lui Jack Lombardi, brokerul lui.

Acesta, deși i se simțea în voce neliniștea, îl calmă, spunându-i că hopurile sunt de neevitat în bursă și că piața își va reveni în cel mai scurt timp, pentru că economia țării e puternică. Mai mult, marii bancheri îl delegaseră pe Richard Whitney, vicepreședintele bursei, să cumpere în numele lor acțiuni în cantități uriașe și la prețuri mari, tocmai ca să demonstreze publicului că au încredere în Wall Street și să calmeze spiritele înfierbântate și temătoare ce vindeau acum necontrolat.

– Dar cum, măi omule, într-o zi am pierdut tot ce am făcut în plus în doi ani! gemu Mitu pierdut la telefon.

Jack îi explică din nou că ăsta era doar un fenomen trecător și că cei care vor pierde până la urmă vor fi cei ce se debarasau acum de acțiuni. Când Mitu îl întrebă ce făcea el cu investițiile lui, îi răspunse că nu vinde nimic, ceea ce-i ridică moralul și-l făcu să-i urmeze pilda și să aștepte ca lucrurile să intre în normal, să nu renunțe și el în pripă, ca „fricoșii”, la holdinguri.

A doua zi plecă cu Bertha într-o excursie la iarbă verde în împrejurimile Detroitului, de unde se întoarseră duminică spre înserat. Vrusese să iasă din oraș ca să-și mai alunge din gândurile negre.

Luni se trezi cu noaptea-n cap și se lipi de aparatul de radio, ascultând cu inima cât un purice știrile despre bursă.

---

* Ziua aceasta (24 octombrie 1929) va rămâne în istorie sub numele de „Black Thursday" - Joia Neagră - și va fi urmată, pe 29 octombrie 1929, de „Black Tuesday" - Marțea Neagră -, în care bursa a continuat să cadă vertiginos. Perioada marchează începutul Marii Depresii în America. Unii autori susțin că acest crah a reprezentat de fapt un prim simptom al depresiei și nu o cauză a ei (n.a.).

Puţin după gongul de pe Wall Street, speranţele pe care i le dăduse Jack cu două zile înainte se spulberară: până la sfârşitul zilei, bursa căzu cu încă treisprezece procente.

– Vinde, chiar dacă ieşi în pierdere! Ce te faci dacă scad în continuare? O să rămâi falit şi datornic pe viaţă... îl sfătui Bertha seara, încercând din răsputeri să străpungă platoşa în care se ascunsese.

Mitu n-o auzi. Stătea la masă cu capul în pumni, ţintind fix un obiect invizibil din bucătărie. Nu se ridică decât seara târziu, când reuşi să îngaime:

– Nu pot vinde acum, după ce au scăzut sub preţul la care le-am cumpărat. Joc în marjă, sunt dator până peste cap deja! Orice-ar fi, rămân până când lucrurile revin la normal, că trebuie să-şi revină, e doar o chestiune de timp... Asta face şi Jack, mi-a zis el.[*]

Ea îl privi cu milă şi, când îl văzu cum tremura din toate încheieturile în aşteptarea zilei următoare, ca un copil care ştie că va lua bătaie şi nu are cum să se ferească, se mustră că nu avea asupra lui o putere mai mare ca să-l liniştească în asemenea clipe.

A doua zi nu s-a dovedit nici ea mai bună.[†] Lumea vindea în panică. Investitori mărunţi sau giganţi financiari asistau neputincioşi cum averi construite în zeci de ani se spulberau într-o clipă, ca nişte baloane împunse cu acul. Prăbuşirea era catastrofală: la sfârşitul zilei de bursă, mult întârziate din cauza agitaţiei, când gongul de pe Wall Street a bătut, într-un final, semnalul de închidere, indicele căzuse cu încă douăsprezece procente.

La sute de mile distanţă, în Manhattan, o mulţime imensă de oameni se strânsese în faţă la New York Stock Exchange, urmărind stupefiată brokerii care tocmai îşi încheiaseră una dintre cele mai nefaste zile din viaţa lor. Aceştia ieşeau din clădirea unde se făcea şi se desfăcea destinul financiar al ţării şi al lumii, tăcuţi, posomorâţi, ocolind privirile oamenilor şi întrebându-se ce-i mai aştepta şi mâine.

Spre seară, Mitu, care nu se mişcase de lângă radio, ieşi să cumpere ziarele. Pe prima pagină, o declaraţie a lui John D. Rockefeller îndemna la linişte. O devoră cu inima tresăltând de speranţa: *„Cred că fundamentele economice ale ţării sunt bune şi că nu există motive care să justifice distrugerea de valoare care a avut loc la bursă în ultima săptămână şi, din acest motiv, fiul meu şi cu mine cumpărăm de câteva zile cantităţi mari de*

---

[*] „Efectul dispoziţional" (The Disposition Effect) este descris în psihologie şi în teoria finanţelor drept o anomalie comportamentală în care investitorii tind să vândă acţiunile a căror valoare creşte şi să le păstreze pe acelea a căror valoare scade. Tendinţa izvorăşte din faptul că oamenii urăsc să sufere pierderi într-o mai mare măsură decât le place să câştige, ceea ce-i face să ţină de acţiunile a căror valoare a scăzut sub preţul de cumpărare. Psihologul american Daniel Kahneman a primit în 2002 premiul Nobel pentru economie pentru studiile sale cu privire la erorile cognitive umane - deciziile iraţionale -, printre care se numără şi acest fenomen (n.a.).

[†] „Black Tuesday" - „Marţea Neagră", 29 octombrie 1929, când 16,4 milioane de acţiuni au fost tranzacţionate la New York Stock Exchange, record nedepăşit până în 1969 (n.a.).

acțiuni. Cumpărăm și vom continua să cumpărăm acțiuni în cantități substanțiale..."

„Poate că lucrurile nu stau chiar așa de rău!", își spuse, neștiind că de fapt Rockefeller își lichidase holdingurile pe care le deținea în bursă cam cu o lună înainte. Întoarse pagina, sperând că va citi și altceva care să-i dea speranță, însă nu mai găsi decât ceea ce știa deja de la radio: *„Treizeci de miliarde de dolari evaporate într-o săptămână, de zece ori mai mult decât bugetul federal."* „*Pierderea mult mai mare decât a cheltuit America în tot războiul."* „*Du Pont a pierdut șaptezeci de puncte."*

Capitolul 45

Ca mulți, mulți, mulți alții, Mitu se văzu, în toamna acelui an, înglodat în datorii. Ceea ce agonisise se risipise ca luat de vânt în doar câteva zile. Tot ce construise până atunci, cu trudă și pasiune, cu sudoare și speranță, cu spirit rebel, cu aventură, nebunie și curaj uneori nebunesc, se năruise ca un castel de nisip șters de valul oceanului. În două săptămâni, îi rămăsese din zecile de mii de dolari pe care le jucase pe Wall Street un morman de certificate de acționar care nu mai valorau aproape nimic.

O vreme s-a agățat de câte un fir de speranță, spunându-și că fusese vorba doar de un capriciu al bursei și că, peste puțin, lucrurile aveau să revină la normal. Situația era însă departe de a fi repede trecătoare - câteva dintre companiile în care investise dăduseră deja faliment, iar celelalte supraviețuiau nesigur.

Într-un ultim spasm, l-a sunat într-o după amiază pe Jack, ca un animal ce se mai încordează o dată, împotrivindu-se înainte de a se lăsa sfâșiat de fiară. Tot vorbise cu el în ultima vreme, căutând consolare, agățându-se ca un muribund de sfaturile lui, însă, de două zile, nu mai dăduse de el.

De data asta, la capătul celălalt al firului îi răspunse o voce feminină nefamiliară care îi pronunța stâlcit numele:

— Ah, da, Dumitru Popescu... Am auzit de dumneavoastră. Aveți un cont mare la noi. Sunt Dorothy Parker, asistentă financiară, înlocuitoarea lui Jack Lombardi.

— Da, da... Pot să vorbesc cu el, vă rog?

— Aa... Îmi dau seama că nu ați auzit încă. Îmi pare rău să vă anunț că domnul Lombardi... nu a putut depăși...

Mitu se cutremură. Era absolut imposibil! Un bărbat cu o poziție atât de bună, un om atât de echilibrat ca Jack nu putea face așa ceva! La orice se gândise, numai la asta nu! Și de el ce-o să se aleagă?!

O mai întrebă o dată dacă era sigură că persoana despre care vorbeau era cea la care se referea el, apoi, după ce înțelese că nu era la mijloc nicio neînțelegere, îi ceru niște lămuriri:

— Doamnă, dacă-mi permiteți încă o întrebare. Domnul Lombardi a jucat în marje mari? De asta... s-a întâmplat ce s-a întâmplat...?

La capătul celălalt al firului se așternu o tăcere scurtă - astfel de informații erau confidențiale. Însă Jack murise, așa că asistenta trecu peste regulamentele interioare:

— Foarte mari, sir. Ca angajat al băncii, putea lua credite mult mai mari decât clienții obișnuiți. Sute de mii de dolari. Și-a pierdut toate economiile, însă asta n-ar fi fost nimic. Datoriile cu care a rămas l-ar fi silit să-și vândă toate posesiunile: casa - de fapt casele, că avea două - și pământurile pe care le deținea în Upstate New York. Și, chiar și cu asta, tot ar fi rămas datornic pe viață și cu familia pe drumuri. N-a putut să suporte gândul ăsta...

— Și... cum s-a întâmplat?

– Şi-a tras un glonţ în cerul gurii, îi răspunse femeia sec, fără umbră de emoţie în glas. Relatase asta de zeci de ori până atunci.

Mitu îi mulţumi cu voce stinsă şi aşeză receptorul în furcă. Citise prin ziare de oameni care-şi puneau capăt zilelor - foşti investitori mai ales -, dar nu se gândise vreodată că oamenii pe care-i cunoştea ar fi putut face aşa ceva. Ce mai urma, acum?! Ce?

Din cartierul lui, primul care a căzut a fost bărbierul din colţ. Din omul exuberant care dădea tuturor, cu voce coborâtă şi secretoasă, ca un cunoscător cel puţin de talia lui J. P. Morgan[*], sfaturi de investiţii în compania X sau Y - „cumpără în Standard Gas, eu am dublat în trei luni" -, Billie the Barber, bărbierul, devenise morocănos şi îmbufnat, privind bănuitor pe oricine îi intra în frizerie. Ca să-şi acopere datoriile, a crescut tariful la tuns şi bărbierit şi, în scurt timp, s-a văzut fără clienţi. Gândurile oamenilor erau acum la supravieţuire, nu la ferchezuială pe preţuri piperate.

L-a văzut într-o zi bătând scânduri peste vitrinele frizeriei şi pictând „faliment" pe uşă cu vopsea roşie. Apoi l-a văzut instalându-şi pe trotuar o tonetă minusculă, ţinând pe piept o placardă pe care scria „şomer" şi încercând să vândă nişte mere zbârcite. Atunci avu o presimţire sumbră. „Magazinul meu o să se ducă de râpă în câteva luni; nimeni n-are nevoie de portofele de piele când nu mai are ce pune-n ele!"

Al doilea care a picat a fost Nikolai, rusul mătăhălos de peste drum care, plin de datorii în urma unor împrumuturi şi dat afară de la fabrica de sticlă unde lucrase, a fost evacuat din casă pentru că nu-şi mai putea plăti chiria. Şi-a scos tot calabalâcul pe trotuar şi s-a postat cu nevasta şi cei trei copii ai lor într-o caşcarabetă din lemn. Găteau fasole şi morcovi pe o plită încălzită cu ziare şi surcele furate de prin curţile vecinilor. În faţa coteţului împlântase un par pe care atârnase o placă mare de lemn scrisă cu roşu: „Şomeri, căutăm de lucru, orice, ne este foame, suntem disperaţi!"

Apoi vecinul lui, William Carlyle, cu care nu era cine ştie ce prieten, dar se salutau, a venit la el să-i ceară cincizeci de dolari până luna viitoare. Willie - căci aşa îl striga lumea - era rivalul său, de vreme ce lucra la un magazin în care se vindea cam tot ce vindea şi el în „Mitu & Olga's Store".

– N-am, măi omule, niciun sfanţ, că ţi-aş da... i-a spus încurcat. Am pierdut tot. Sunt înglodat. Dar ce s-a întâmplat?

– M-a dat afară patronul acum câteva săptămâni... Mi-a spus că nu mai vinde nimic şi că nu mă mai poate plăti. Iar fără leafa de acolo nu-mi pot plăti chiria. Şi, dacă n-o plătesc, mă evacuează!

Mitu îl compătimea, dar cum să-l împrumute, când el însuşi ajunsese aproape falit?! Mai mult, îi era limpede că nu era vorba de un împrumut, ci de o donaţie, întrucât şansele ca omul să-şi găsească o altă slujbă erau

---

[*]John Pierpont Morgan (1837-1913). Bancher american de o influenţă considerabilă, creditat cu salvarea economiei americane în cel puţin două ocazii (criza din 1875 şi panica din 1907). Printre altele, a investit în Edison Electric Illuminating Company, fiind primul din New York care a avut reşedinţa privată iluminată electric (n.a.).

practic egale cu zero. Acum câtăva vreme nu ar fi stat pe gânduri, dar acum nu avea bani de dat pe gratis.

Dar discuția îl făcu să se gândească la altceva. Willie lucrase la un magazin din apropiere de centru, în care intrase de câteva ori, mai ales la început, când își deschisese prăvălia din Eastern Market. Dacă acest magazin, situat într-o zonă comercială mai bună decât al lui, avea probleme, ce se va alege cu „Mitu & Olga's Store"?!

Văzând ce se întâmpla pe strada lui, în cartier și în toate zonele comerciale din Detroit, izbindu-se zilnic de oameni aruncați pe drumuri, de magazinașe intrate în faliment, de pancarte cu inscripția „caut de lucru", dându-și seama că lumea avea bani din ce în ce mai puțini să-și cumpere pâine, a început să fie din ce în ce mai neliniștit.

Într-o zi, l-a izbit imaginea unui bătrânel ce se scotocea prin buzunare după o monedă să-și cumpere lame de bărbierit. Atunci i-a venit ideea să vândă magazinul. Din banii pe care i-ar fi obținut ar fi putut supraviețui, plătind și o parte din împrumut. Și poate, între timp, lucrurile se îndreptau și valoarea certificatelor lui de acționar creștea din nou.

La început a luptat împotriva ideii, agățându-se de orice amănunt care i-ar fi putut oferi o portiță de scăpare. Mai bine murea el decât să vândă „Mitu & Olga's Store". Magazinul era unul dintre visele lui împlinite, de fapt, cea mai mare realizare a lui de până atunci. Îl îngrijise și-l crescuse ca pe un copil, mai ales la început, sperând că, dacă îl va dezvolta și va mai deschide și altele, își va asigura un trai tihnit până la bătrânețe. Se lăudase cu el în scrisorile trimise acasă, făcuse și fotografii cu el pentru cei din Cernădia.

Dar în fiecare săptămână când făcea bilanțul, gândul de a-l vinde îi venea din nou. În ritmul în care mergeau lucrurile putea da faliment în câteva luni.

Dacă Mitu învățase ceva de la Jack și din tranzacțiile lui dezastruoase de la bursă, a fost să nu se lege niciodată de vreun lucru. Când omul se atașează de un obiect, îi explicase brokerul odată, tinde să țină de el chiar și când valoarea îi scade. La început, când îi mergea bine, nu dăduse mare atenție acestei observații, dar acum, după ce pierduse toți banii pe Wall Street, își dădea seama câtă dreptate avusese și îi părea rău că nu-l ascultase. Dacă ar fi vândut atunci în pierdere, acum ar fi avut mai puține datorii!

Tot frământându-se, a început să se obișnuiască cu ideea de a se debarasa de magazin. Bertha l-a ajutat și ea în decizia asta, încurajându-l să-l vândă, iar el, spre deosebire de alte dăți, i-a ascultat argumentele. Era ea neștiutoare în ale aviației sau într-ale bursei, dar sfaturile pe care i le dăduse uneori și pe care el nu le urmase se dovediseră cele bune. De exemplu, se împotrivise ideii ca el să participe la finanțarea lui Nungesser și avusese până la urmă dreptate. Tot ea îl sfătuise să-și vândă acțiunile, chiar și în pierdere, după ce bursa căzuse, însă el nu ascultase și acum rămăsese cu un vraf de hârtii fără valoare.

Într-o seară, după ce a pus pe uşa magazinului cartonul cu „închis pentru ziua de azi", i-a sugerat lui Walter să i-l cumpere şi să schimbe rolurile, adică să-l angajeze pe el ca vânzător.

Neamţul aproape că a scăpat mătura din mână când a auzit propunerea. S-a uitat la el crucindu-se şi încercând să-şi dea seama dacă nu cumva era beat.

– Vrei să-mi vinzi magazinul, chiar acum, când nu mai merge aşa de rău. Da, mergea mult mai bine înainte, şi totuşi... Ba vrei să devii şi angajatul meu... Nu mai eşti în toate minţile?!

– Walter, vreau să încep ceva nou în viaţă, s-o iau de la capăt pe un alt drum. Şi ce urmaş mai demn al afacerii aş găsi decât tine, care practic ai dus-o singur pe umeri în ultima vreme? În plus, îmi trece prin minte să mă întorc în ţară la un moment dat, şi poate o fac acum, dacă lucrurile merg aşa cum merg în America... Nu că în România ar fi mai bine, dar măcar aş fi în ţara mea, nu printre străini... Acolo m-aş descurca mai bine!

– Şi cu cât vrei să-l vinzi? Eu n-am de unde...

– Walter, tu gândeşte-te până luni şi spune-mi dacă eşti interesat şi atunci o să vorbim şi de preţ. O să fie o afacere foarte bună pentru tine, c-am să ţi-l dau la jumătate din cât face. Orice bancă o să te împrumute, ai să vezi... Nu asta să-ţi fie grija...

Walter nu avea însă nevoie de timp de gândire. A acceptat pe loc, copleşit de fericirea că ajungea *store owner*, ditamai proprietarul de magazin, şi orbit în faţa viitorului mohorât care se profila tot mai limpede în ţară. În zilele următoare s-a dat de ceasul morţii pe la bănci până a reuşit să împrumute suma pe care i-o ceruse fostul lui şef şi, după trei săptămâni, au încheiat actele.

Din banii ăştia Mitu şi-a plătit chiria pe câteva luni înainte, a achitat nişte datorii restante, şi-a mai aranjat nişte mărunţişuri şi, într-o pornire vecină cu nebunia, a cumpărat de aproape toţi banii care-i mai rămăseseră acţiuni în două companii care nu dăduseră faliment, dar a căror cotaţie era extrem de coborâtă faţă de nivelul la care fuseseră în toamna trecută. Se gândise de multe ori că acum era momentul ideal să joace la bursă, întrucât preţurile erau atât de mici încât, judeca, de-acum încolo nu puteau decât să urce.

Logica pieţei, însă, nu a urmat logica lui, chiar aşa de bun simţ cum părea ea. Pentru o vreme, acţiunile au rămas la nivelul la care le cumpărase, după care au început să scadă încet, până când au ajuns atât de ieftine încât s-au transformat şi ele, ca şi celelalte, în nişte petice de hârtie fără valoare.[*]

---

[*] De la 381,17 cât era indicele Dow la 17 septembrie 1929, a coborât la 41,22 (scădere de aproape 90%) în 1932. După încă un deceniu, în 1942, cotaţiile bursiere încă erau cu 75% sub nivelul maxim din 1929, nivel pe care nu îl vor egala decât un sfert de secol mai târziu, în noiembrie 1954. Toţi cei ce au investit bani în bursă în anii '20 şi nu au vândut în pierdere şi-au petrecut practic întreaga viaţă aşteptând să revină înapoi la zero (n.a.).

În lunile următoare, a mâncat o pâine din salariul pe care îl primea ca angajat al lui Walter, tot amânând să se desprindă de locul acela. Dar negura economică ce învăluia țara a coborât și peste acel colțișor de lume: într-o zi superbă de vară, nici prea fierbinte, nici prea răcoroasă, cu cer senin albastru care te îndemna să lenevești pe plajă, „Mitu & Olga's Store" ieși din business, la vârsta fragedă de nici cinci ani.

Capitolul 46

Douăsprezece milioane de oameni fără slujbe. Sărăcie lucie cât vezi cu ochii. Oameni murind de foame. Bărbați hămesiți atacând camionete ce aprovizionau hotelurile. Câmpuri nesfârșite de bumbac neculese din cauza prețului prea coborât. Mii de bănci falimentate. Îmbulzeală pe viață și pe moarte la supa gratuită. Cozi nesfârșite la pâine. Copii jucându-se de-a „evacuarea din casă". Fetițe îmbrăcându-se băiețește ca să-și găsească ceva de lucru. Prețul laptelui mai mic decât costul transportării lui la fabricile de brânză, oameni forțați să-l verse pe câmpuri. Jafuri armate asupra băncilor. Admirație pentru gangsteri, haiducii care-și riscau viața pentru a fura de la cei cu dare de mână. Nebunie. Melancolie, aiureli, halucinații. Durere, multă durere. Zeci de mii de oameni punându-și capăt zilelor. Ură veninoasă împotriva celor avuți. Escaladarea ideilor comuniste în mintea victimelor economiei. Dansuri maraton non-stop, sfâșietoare, încercări chinuitoare, de zeci și sute de zile, pentru câțiva dolari.[*] Paturile din casele săracilor ocupate de foștii milionari de la bursă. Oameni dormind zile întregi pe trotuare în fața băncilor pentru a-și recupera niscaiva fărâme din economiile depuse. Preț de nimic la recolte, agricultură falimentară. Stare de impotență generală, făcând insidios locul în istorie lui Hitler, Mussolini și Stalin. Familii distruse, copii rămași singuri pe drumuri. Cerșetori, oameni fără acoperiș deasupra capului, câmpuri întregi pline de cutii de carton în care se locuia.

America se prăbușea dinăuntru, atacată de ea însăși, și-l antrenase și pe Mitu în puhoiul nimicitor. Ca milioane de alți bărbați, la câteva luni de la falimentul magazinului se văzu fără o centimă.

Singurul lucru pe care și-l mai permitea - iar asta cu un sentiment adânc de vinovăție, pentru că fiecare *penny* conta -, erau filmele. Pentru cincisprezece cenți, ieșea din lumea reală și tristă, încotoșmănată în haine ponosite, cu dinții stricați sau căzuți, suferind de tuberculoză sau sifilis, și intra în cea a visului, a perfecțiunii, a splendorii, a aurului sclipitor și a arginților zornăitori, a femeilor frumoase și a eroilor de nebiruit. Câteva ore de poveste, care făceau întoarcerea la realitate și mai dureroasă.

Dintr-o dată, ironie a sorții, se văzu întreținut de Bertha, a cărei hotărâre de a-și continua meseria la „Night Star" se dovedea acum îndreptățită și-i asigura un trai boieresc față de lumea care murea de foame. Lucrul ăsta i se părea atât de anapoda, încât începu să se gândească din ce în ce mai serios să plece din Detroit. Cum să stea cu mâinile-n sân și să trăiască din banii pe care femeia lui îi făcea din curvăsărie?! Sminteală

---

[*] „Marathon Dancing" a fost un concurs în anii '20, în care cei fără slujbă dansau non-stop (o oră de dans urmată de 15 minute de pauză și tot așa). Câștigau cei ce rezistau cel mai mult în picioare. Recordul a aparținut cuplului Mike Ritof și Edith Boudreaux, care au dansat timp de 5152 de ore, fiind premiați la sfârșit cu două mii de dolari. Se bănuiește că această modalitate de *entertainment* a provocat multe decese în rândul concurenților, deși nu există cifre oficiale (n.a.).

curată! Dacă s-ar auzi aşa ceva la Cernădia, n-ar putea să dea ochii cu oamenii de-acolo! Dar unde să plece?! Dacă în Detroit nu-şi putea găsi o slujbă, cum putea să creadă că în altă parte era mai bine?!

Nu mai avea niciun sfanţ. Se gândise să reia contrabanda cu alcool, însă nu avea bani să-şi cumpere altă barcă, iar piaţa era controlată aproape în întregime de gangsteri. Madame Brunelle, pe care o vizitase de câteva ori, îi spusese că prea puţini se mai încumetau să lucreze ca „independenţi", pentru că patronii de localuri erau ameninţaţi de mafioţi ca să ia marfă doar de la ei. N-ar fi putut să cumpere băutură de la el, pentru că îi era frică să nu i-o răpească pe Julia.

Nu ştia să facă nimic! Era, de fapt, un simplu muncitor necalificat şi milioane ca el cerşeau acum o bucată de pâine! Evacuarea din casa în care stătea era doar o chestiune de timp. De luni întregi nu mai plătise chiria, mototolind fără să le citească scrisorile primite de la creditori, promiţându-i aproape cu lacrimi în ochi *landlord*-ului că se va achita de toate datoriile curând.

Nici asta, însă, nu a durat mult. Într-o dimineaţă, proprietarul a bătut la uşa lui pentru a-i spune să-şi plătească datoriile sau să-şi ia pe loc catrafusele de acolo.

Spre deosebire de alte dăţi, acum venise însoţit de un poliţist care aducea un ordin de evacuare.

Mitu se gândise de multe ori la clipa asta, şi-şi spusese că nu o să-şi iasă din fire, că ăsta era mersul vieţii, şi că împotrivirea îi putea aduce necazuri şi mai mari, însă, când i-a văzut pe cei doi în prag, ceva parcă a plesnit în el. Scoase un răcnet de furie, neluând seama la încercările Berthei de a-l calma:

– Doamne! Cine-am fost şi ce-am ajuns, am rămas pe drumuri, m-a uitat ţara asta! Ne-aţi uitat cu totul, porcilor! Şi-am luptat pentru fundurile voastre, 'tu-vă paştele mamelor voastre de hoţi! Vă urăsc! V-aş ucide dac-aş putea!

Poliţistul, impasibil, se apropie ca să-i înmâneze ordinul şi atunci îl trânti la pământ cu o lovitură grea, cărându-i apoi pumni şi picioare cu nemiluita, fără să mai ştie de el. Bertha sări să-l tragă deoparte şi, împreună cu proprietarul, reuşi să-l ţină strâns de mâini până când poliţistul se ridică şi, ameninţându-l cu pistolul, îi puse cătuşele.

După prima noapte de închisoare, Mitu se simţi mai uşurat. „Nu-i chiar aşa de rău aicea, cu mâncare şi acoperiş pe gratis... Poate n-ar strica să stau aşa până când se mai aranjează lucrurile..."

Fericirea i-a fost însă de scurtă durată: intervenţia femeiască a Berthei, care s-a prezentat a doua zi într-o „audienţă" la ofiţeri, l-a scăpat doar cu un avertisment şi nu cu trimitere în judecată pentru vătămare corporală.

Când a ieşit de acolo, oarecum împotriva dorinţei lui, a văzut că simţurile nu-l înşelaseră: „afară" era acum, pentru el, mai rău decât „înăuntru". De la „burghezul în devenire", locuind într-o suburbie cochetă şi curată a Detroitului, cu gânduri ambiţioase de a-şi cumpăra o vilă mare în centrul oraşului după ce va fi strâns mai mulţi bani din Wall Street, se vedea acum aruncat pe drumuri.

Neavând de ales, Bertha s-a întors definitiv la „Night Star", iar el şi-a găsit adăpost pe un teren viran de la marginea oraşului - un *hooverville*, cum li se spuneau acestor înjghebări mizere, cu o aluzie batjocoritoare la preşedintele Hoover -, alături de alte câteva sute ca şi el, fără speranţă, fără direcţie şi fără o fărâmă de hrană.

Câtva timp a vizitat-o regulat, ciupind câteva ore de odihnă pe un pat adevărat, dar, după o vreme, a fost lăsat să aştepte tot mai mult în faţa uşii. Bertha nu mai câştiga ca în trecut şi-şi vindea trupul pe mai nimic. Într-o lume în care supravieţuirea depindea de fiecare firimitură, gândurile oamenilor se depărtaseră de la plăcerile lumeşti, iar când mai păcătuiau totuşi în câte o răbufnire vinovată, aveau de ales dintre copile tinere, cu care ea nu mai putea concura.

Atunci, Mitu s-a hotărât să plece din Detroit şi să cutreiere prin ţară în căutare de lucru. Nu mai avea ce face în oraş. Locuia într-o cutie de carton, sperând într-o minune care nu mai venea. Îi era frig pe câmp. Dimineaţa se trezea cu spatele ţeapăn de la dormitul pe pământ. Ziua îl durea stomacul de foame. Seara se culca mai devreme ca să nu mai simtă cum îi ghiorăie burta. Ajunsese la capătul puterilor. Dacă ar fi căzut vreo boală peste el, şi-ar fi dat duhul repede.

Când i-a spus că se duce să-şi caute norocul în altă parte, Bertha a încercat din răsputeri să-l oprească, implorându-l să mai rabde câteva luni până ce se vor mai îndrepta lucrurile, dar el a rămas de neclintit.

Peste câteva zile, îi făcea cu mâna încurajator dintr-un tren care-l ducea spre sud, străduindu-se să pară dârz şi neînfricat, însă cu inima cât puricele.

Urcându-se în tren, Mitu devenise un *hobo** - un om călătorind în lung şi-n lat, sute şi sute de kilometri, fără ţintă, în căutare de lucru prin oraşe mici sau sate uitate de lume.

În prima gară coborî ca să se dumirească despre ce era vorba, sperând că va găsi acolo o slujbă de zilier. Îşi dădu însă iute seama că mai avea multe de învăţat din legile nescrise ale *hobos*-ilor: toate muncile cu ziua erau deja luate de alţii care ajunseseră acolo înaintea lui, aşa că, după câteva ore de umblat şi de întrebat, se sui în alt tren - de data asta un mărfar, ca să nu mai plătească biletul.

Se opri apoi în alte gări, urcă în alte mărfare, întrebând în dreapta şi în stânga, cerând ajutorul cui nimerea, chiar şi cerşetorilor pe care-i întâlnea pe

---

* „Hobo" - „Cavalerul drumurilor" (engl.). Bărbaţi călătorind clandestin pe trenuri, din orăşel în orăşel, în căutare de lucru. Numărul lor era în proporţie inversă cu prosperitatea ţării. La trei ani după crahul din 1929, 25% din forţa de muncă nu aveau slujbe şi unii au recurs la această modalitate extremă de supravieţuire. În perioada Marii Depresii au existat aproximativ 1,5 milioane de „hobos" (n.a.).

străzi, mai căpătând câte o bucată de pâine de pe la vreun om milostiv şi reuşind, rar, să prindă câte o jumătate de zi de lucru pe undeva.

Călători astfel multă vreme. Cu o desagă mică în spate, ferindu-se mereu de poliție şi de paznicii căilor ferate care-l puteau aresta pentru „călătorie ilegală", împresurat de tot soiul de oameni, străbătu oraş după oraş, trecând prin zeci de locuri de care nu mai auzise şi îndreptându-se spre sud, spre căldură.

„Poate-ar trebui să mă-ntorc în România..." îşi zicea din ce în ce mai des. „Acolo, aşa sărăcie cum e, aş avea acu' de-o pâine... Aş lucra pământul."

După un timp, uitându-se la ce făceau alții, a început să învețe. Când cobora din vagon nu se mai repezea la primul trecător ca să-l întrebe de o slujbă, aşa cum făcuse până atunci. Adulmeca aerul ca pentru a simți prada de la distanță, căutând semnele tainice lăsate de alți *hobos*. Le ştia deja bine: un cerc cu două săgeți paralele îi spunea să fugă de acolo pentru că nu va fi primit prieteneşte; o pisică desenată îi spunea că o doamnă cumsecade locuieşte în zonă; o cruce însemna că resturile de mâncare de după o petrecere sunt lăsate pentru oameni ca ei; un pătrat fără latura de sus îl asigura că nu era periculos să tragă peste noapte acolo; două lopeți însemnau că se putea găsi ceva de lucru prin preajmă.

În funcție de semne, se hotăra dacă să rămână acolo sau nu. În unele locuri stătea câteva zile la muncă brută, săpând şanțuri sau turnând temelii la case, prin altele trecea în fugă pentru că le simțea vrăjmaşe şi primejdioase. Înnopta pe lângă câte un curs de apă pentru a-şi clăti hainele şi adormea la rădăcina unui copac până a doua zi, când pornea în zori la drum.

După luni şi luni de mers în lung şi-n lat, într-o zi, din întâmplare, ajunse în East St. Louis, Missouri.

Capitolul 47

Lumina orbitoare a soarelui îl înveseli şi-l încălzi când deschise uşa vagonului. Stătu câteva clipe în umbră, apoi coborî precaut, încercând să atragă cât mai puţin atenţia. Se pitulă pe după trenuri şi traversă ghemuit şinele de cale ferată.

Pe trotuar, se învioră deodată: aerul era călduţ, cerul fără pată, oamenii umblau repede pe străzi, copiii zburdau veseli, fără nicio grijă pe lumea asta. Într-o clipă, uită de dezamăgirea vecină cu nebunia care-l încercase până atunci şi care-l făcuse să se gândească să-şi pună capăt zilelor.

– Pe unde este un *hooverville* aici, unde se strâng *hobos*? întrebă la un magazin de fleacuri exact ca al lui, care, printr-o minune, nu dăduse încă faliment.

Vânzătorul îl privi fără surprindere. Îşi dăduse seama că era un *hobo*. Puteau fi recunoscuţi de la distanţă: haine ponosite, umeri aduşi, privirea de câine speriat, parcă cerşind încontinuu ajutor, obrajii scofâlciţi, în care se îngropau ochii rămaşi enormi, semne ale foamei îndelungate. Îi dădu un colţ de pâine şi un pahar de vin:

– Sunt câteva la marginea oraşului, îi spuse. Într-unul din ele, zilele trecute au început să se strângă veterani.

Mitu îl privi mirat:

– Veterani ai zis? Se strâng aici? Păi, de ce?!

– Nu ştiu, au blocat un tren, a venit şi Garda Naţională în caz că sunt probleme cu ei, spiritele s-au cam încins. Se pregătesc să mărşăluiască la Washington pentru bonus, citeşte şi dumneata ziarele.

– Bonusul?! Păi ăsta nu se dă decât în 1945! Despre ce bonus vorbeşti aici?[*]

– Nu ştiu, dom'le, de unde să ştiu eu? Du-te şi interesează-te! Gata, ţi-am dat de mâncare, acum dispari de aici!

Mitu rosti un „bogdaproste" pe fugă, îl înjură în gând şi ieşi în goană din magazin, uitând pe loc de supărare.

„Ah, camarazii mei sunt aici! Trebuie să-i ajut! Dacă se strâng aşa de mulţi, poate-or să ne dea banii ăia mai repede! Chiar s-au organizat?! Ce bine mi-ar prinde! M-ar scoate din rahat pentru o vreme, poate chiar pentru un an…" îşi frecă palmele plin de emoţie şi de nerăbdare, grăbind pasul spre periferia oraşului.

Îi recunoscu de departe: oameni cam de aceeaşi vârstă ca el, unii veseli, alţii trişti, câţiva ciungi, unul orb. Erau câteva sute de foşti soldaţi, îmbrăcaţi frumos în uniforme militare boţite, dar proaspăt spălate.

---

[*] „Bonusul" în chestiune era o recompensă de până la o mie de dolari promisă veteranilor pentru serviciile aduse pe câmpurile de luptă în Marele Război. Din cauza impactului economic negativ pe care l-ar fi avut eliberarea lui pe loc, preşedintele de atunci al Americii, Herbert Hoover, a hotărât sa-l ofere sub forma unor opţiuni care se maturizau abia în 1945 (n.a.).

Când intră în rândurile lor, se simți brusc un alt om. Nu mai era cel care căzuse, în câteva luni, înapoi, la marginea societății. Nu mai era cel înfrânt, cel umilit, ci un erou! Un luptător adevărat! Sentimentul ăsta îl ameți, reamintindu-i de euforia pe care o simțise după capitularea Germaniei. Parcă intrase deodată într-o altă lume, mai dreaptă, mai bună, mai grijulie cu el, unde rangul omului era dat în funcție de sacrificiile făcute pe câmpurile de luptă.

Când spuse că fusese în Divizia 32 - „The Red Arrows", „Invincibilii", „Les Terribles" - și că fusese la un pas de moarte, oamenii îl înconjurară iute.

– Divizia 32! Eu sunt divizia 20 infanterie, o onoare să te cunosc! *Les Terribles!* Cei ce n-au fost înfrânți niciodată... Bravo! spuse unul din ei admirativ.

– Da, *Les Terribles*, cei ce n-au fost înfrânți niciodată..., încuviință el bucuros.

– Eu sunt Will Moya, din 10 artilerie, interveni altul, cu un zâmbet ce i se lățise pe întreaga față.

– John Taft, am luptat la Verdun, îmi pare bine, ai fost cumva printre cei ce au salvat Batalionul Pierdut? se interesă un uscățiv, privindu-l emoționat.

Vorbele erau, de fapt, de prisos: un singur schimb de priviri și legătura se făcea pe veci, pentru că își trăgea forța dintr-un trecut comun pe care îl înțelegeau fără a fi nevoie de niciun fel de lămuriri. Un trecut de care erau mândri, dar pe care ceilalți îl uitaseră.

Veteranii se strânseseră acolo, la marginea orașului, și stăteau înghesuiți în două case părăsite și o baracă, pregătindu-se să lupte înverșunați, așa ca în război, pentru drepturile lor. Cu vreo două zile înainte, îi povestiră, blocaseră un tren, pentru a forța autoritățile să le ofere transport gratuit spre Washington. Îi demontaseră frânele și unseseră șinele cu săpun pentru a-l face să patineze la pornire.

– Și care-i planul pentru zilele următoare? Ce vreți să faceți? îi întrebă.

– Mâine dimineață pornim spre Washington, Indiana, în camioane. Așa a fost înțelegerea cu ei: să ne dea transport gratuit până acolo dacă eliberăm trenul pe care l-am blocat. Iar după aia, ne descurcăm noi cu autoritățile locale. O să luptam în fiecare oraș să ne ofere transport și mâncare, până când o să ajungem în capitală.

Cel care-i răspunsese la întrebare era liderul grupului, Walter W. Waters, un fost sergent. Mitu îl privi puțin surprins de înfățișarea lui, care nu trăda o vocație de conducător: față lunguiață și fină, nas ascuțit și subțire, părul pieptănat cu grijă într-o parte, dezvelind un început de chelie, umeri înguști și o aparență generală de om fragil și supus. Era îmbrăcat cu o cămașă militărească, deschisă la nasturele de la gât, fără cravată și cu buzunare pătrate, largi, ticsite cu mărunțișuri: un pachet de țigări, hârtii, creioane, o cutiuță metalică.

„Dacă ăsta ni-i comandantul suprem... ce șanse-avem?!"

A doua zi dis-de-dimineață, sub instrucțiunile ferme ale lui Waters, care-i dirija cu mână de fier, neîngăduindu-le nicio abatere de la disciplină, urcară în camioane - Mitu numără douăzeci și șapte - și porniră pe drumul de patru sute de mile spre Indiana. Când ajunseră, după paisprezece ore de hurducăieli, luară o pauză lungă pentru aranjamente cu autoritățile locale. Sergentul, împreună cu un grup de apropiați, plecă să negocieze cu poliția și armata în privința transportului și mâncării, iar pe ei îi lăsară pe un câmp viran de la marginea orașului.

Asta îl puse pe jar. Până când ajungeau ei la un acord puteau trece zile întregi, iar el ardea de nerăbdare să ajungă în capitală și să-și reîntâlnească semenii! În D.C. se strânseseră deja mulți veterani, și de-abia aștepta să-i vadă!

După ce stătu câteva ore ca pe ghimpi, se hotărî să nu mai aștepte după transportul organizat al lui Waters și plecă de unul singur, în felul în care se obișnuise în luni și luni de zile: clandestin pe trenurile mărfare.

Făcu drumul de șapte sute de mile în două zile, doar cu pâine și apă, însă, spre deosebire de alte dăți, nu simți nici oboseală, nici foame, nici deznădejde. Gândurile i-o luau mult înainte. Trăia reverii revoluționare, imaginându-și cum avea să devină la Washington conducătorul unei revolte a săracilor împotriva bogaților, pe care o va duce la victorie.

Când ajunse, primul lucru fu să întrebe unde se strângeau veteranii. Nu mai fusese niciodată în capitală, dar asta îl interesa acum prea puțin. Altădată s-ar fi plimbat aiurea câteva ore, așa cum făcea în fiecare oraș mare și nou, ca să-l învețe și să-i simtă pulsul, însă acum mintea îi era în cu totul altă parte.

Intră într-o patiserie, încercând să-și alunge pofta uriașă stârnită de mirosul de plăcinte calde.

– Domnul meu, veteranii sunt chiar după podul peste Anacostia River, îi răspunse vânzătorul, un bătrânel cu un aer atotștiutor, îmbrăcat impecabil, însă ponosit. Acolo, peste râu, este un *hooverville*, îi punctă direcția cu bastonul.

– Departe de aici?

– Pentru cineva tânăr ca dumneata nu este departe, stimate domn. Mă bucur că ați venit, foarte tare mă bucur, și vă rog să le dați o lecție bastarzilor ăstora care sug și sângele din noi! Pielea trebuie să le-o jupuim de pe oase! Trebuie să schimbăm politicienii, domnule, ce să mai! Trebuie să vină Huey Long în fruntea țării, el este scăparea noastră!

Mitu privi nedumerit și surprins de verva bătrânelului față de un om ca el, cu hainele zdrențuite, mirosind a sudoare și cerșind din priviri, însă ridică din umeri și, răzbit de miresmele din încăpere, îndrăzni să-l roage:

– Vă rog, dacă s-ar putea, n-am mâncat de câteva zile… Faceți-vă pomană cu o plăcintă, Dumnezeu să vă ajute, domnule…

Bătrânelul îl privi deodată suspicios, aproape cu dușmănie, și-și schimbă atitudinea. „Alt cerșetor!", murmură în barbă și îi întinse în silă o plăcintă aburindă.

– Uite-aicea... Poftă bună... îi spuse din vârful buzelor. Dar să nu mai treci pe-aici să cerşeşti, auzi?

Mitu ieşi înfulecând pe nemestecate şi nedându-i atenţie - în drumurile lui de *hobo* se obişnuise cu asta - şi o luă înspre Anacostia River. Pe drum se gândi la îndemnurile politice ale bătrânului. Huey Long[*] era coşmarul bogaţilor, un politician pe care îl admira pentru vehemenţa cu care ataca clasa sus-pusă. Ziarele vorbeau adesea despre Louisiana ca despre un stat care nu trecea prin depresie tocmai datorită măsurilor pe care acesta, ca guvernator, le luase: manuale gratuite pentru şcolari, cursuri gratuite de alfabetizare pentru săraci, construcţii de poduri, căi ferate, şcoli şi spitale, universităţi şi străzi moderne. Iar prin asta dăduse o pâine la mii sau zeci de mii de oameni. Pe vremea magazinului, când avea destul timp liber, îi citise cuvântările cu sfinţenie şi reproducea fragmente din ele învăţate pe dinafară înaintea oricui avea răbdarea să-l asculte, până când unii - chiar şi Bertha, uneori! - ajunseseră să-i spună că era comunist. De asemenea acuzaţii se apărase cu patimă, argumentând că realitatea este realitate, nu comunism sau capitalism sau fascism, şi le închisese tuturor gura cu o întrebare împrumutată tot din discursurile lui Long: „Este just ca vlăstarele ţării să fie crescute într-o lume în care doisprezece oameni stăpânesc mai mult decât stăpânesc o sută douăzeci de milioane?! Problemele ţării nu pot fi rezolvate decât dacă ciuntim din averile celor imens de bogaţi şi le împărţim celor ca noi!"

Când ajunse la râu, văzu veteranii din depărtare. Nu erau mulţi, doar câteva zeci. Se strânseseră pe câmpia uriaşă, aridă, de dincolo de pod, înjghebându-şi nişte cocioabe de lemn.

Se repezi spre ei şi dădu mâna cu primul care-i ieşi în cale:

– Mitu Popescu, divizia 32 infanterie, muncitor de meserie, fost *bootlegger*, fost proprietar de magazin, fost investitor pe Wall Street, fost „burghez în devenire". Actualmente, *hobo*.

În lumea în care se afla acum, puţini lungeau vorba. În câteva clipe, interlocutorul său îşi descrise şi el chintesenţa vieţii de după război:

– Arthur Mulligan din Boston, am fost cu Legiunea Străină în 1915 şi, după patru răni şi trei medalii, m-am transferat la americani în 1918. Am muncit doar trei luni în ultimii doi ani, sunt dulgher de meserie, am o nevastă şi doi copii. Pe drumul până aici aproape c-am murit de foame.

– Pot să-mi aşez „reşedinţa de vară" lângă tine? îl întrebă Mitu.

Acesta încuviinţă zâmbind, iar el îşi ridică din nişte scânduri un fel de pereţi peste care aruncă o pătură găurită pe care o găsi lângă o movilă de

---

[*] Huey Long (1893-1935). Guvernator al Louisianei, democrat şi radical populist. Unul din cele mai mari mistere politice ale Americii. Dictatorial, foarte carismatic, adulat de masele sărace, în război deschis cu aristocraţia şi cu crema financiară a societăţii, mulţi autori se întreabă care ar fi fost viitorul ţării dacă acesta ar fi ajuns la putere, lucru foarte probabil în perioada Marii Depresii. A fost asasinat pe 8 septembrie 1935 de Carl Austin Weiss (n.a.).

gunoi. Pe pământ îşi aşternu un pat din ziare vechi. „Bine că nu e iarnă, altfel aş fi îngheţat pe pajiştea asta...".

În dreapta lui, chiar lângă Arthur, era un alt cort, în care două familii de veterani - doi bărbaţi, două femei şi trei copii - împărţeau un pat încropit din zdrenţe.

Văzând cât de puţini erau, de fapt - doar câteva zeci -, nu se putu abţine să nu-şi exprime dezamăgirea:

– Ce facem, Arthur, noi aici?! Ne pierdem timpul! Atât de puţini suntem încât cred că degeaba am mai venit! O mână de oameni împotriva guvernului...

– Aşteaptă un pic şi-o să ne strângem mult mai mulţi, îl încurajă omul. Am informaţii că mii de veterani se îndreaptă spre Washington, din toate colţurile ţării.

Mitu îl privi cu neîncredere. De prea multe ori i se spusese în ultima vreme că lucrurile or să fie mai bune, şi nu fuseseră niciodată. Ce spunea Arthur exprima mai degrabă dorinţa lui arzătoare, nu realitatea! Câţi pot să şi vină din Seattle sau din California, de exemplu?! Doar nu-şi lăsau oamenii familiile ca să se pornească spre Washington din partea cealaltă a continentului! El însuşi, dacă n-ar fi fost *hobo*, nu s-ar fi urnit din Detroit pentru asta!

Însă văzu peste puţin timp că se înşelase. Primul contingent care s-a unit cu ei a fost cel condus de sergentul Waters, care aducea câteva sute de oameni. La puţin timp, un alt contingent de câteva sute îşi făcu apariţia, de data asta din Rhode Island.

Apoi, grupuri din Illinois, Chicago, San Diego, San Antonio, Baltimore, Seattle, din sute de alte locuri mai mari sau mai mici de pe toată întinderea Americii, li se alăturară. Ajungeau la marginea oraşului, mărşăluiau, pe ritmul fanfarei într-o paradă solemnă şi cu o disciplină absolută, pe Pennsylvania Avenue şi prin faţa Casei Albe, apoi treceau podul peste Anacostia River.

În câteva săptămâni, sub privirea lui uimită, pe câmpia Anacostia au răsărit o puzderie de adăposturi din lemn şi din carton - culcuşuri pentru mai bine de douăzeci şi cinci de mii de suflete.[*] O mare de oameni întinzându-se cât cuprindeai cu privirea gesticula, râdea şi se veselea, strângându-se grupuri-grupuri şi discutând politică, rostind discursuri sau, pur şi simplu, şezând pe lângă focuri.

Waters părea că se gândise dinainte la toate amănuntele. Organizarea mulţimilor care se adunaseră acolo cerea abilităţi de conducere ieşite din comun şi Mitu se mira când vedea cât de bine reuşea acesta să-i strunească. Sergentul insista la nesfârşit să se păstreze disciplina, punctând de fiecare dată aspru şi ameninţător că nu va permite absolut nicio abatere de la o manifestaţie paşnică şi că va avea personal grijă să-i trimită în judecată pe

---

[*] „The Bonus Army" sau „The Bonus March" rămâne cea mai mare demonstraţie din istoria Americii (n.a.).

cei care nu se vor supune acestui ordin. Pentru a-şi spori controlul, îşi crease propria poliţie militară, a cărei menire era să-i depisteze pe „veteranii falşi" şi, mai ales, să snopească în bătaie pe comuniştii care încercau să se infiltreze printre ei şi să provoace debandadă.

Mitu intră în vorbă cu sute de oameni şi întâlni, cu emoţie şi fericire, pe câţiva dintre foştii săi camarazi de luptă. Unii se schimbaseră mult şi-şi aducea aminte de ei vag, numai după ce afla că fuseseră tot în Divizia 32. Alţii, însă, arătau exact ca odinioară - poate cu mai puţin păr sau o idee mai graşi - şi cu ei depănă la nesfârşit amintiri despre Meuse-Argonne.

Într-una din zile, privind spre un alt grup mare de veterani care sosea la marginea câmpiei, i se păru că recunoaşte pe cineva. Era un om care mergea anevoie în cârje, ţinându-şi cu greutate echilibrul printre neregularităţile terenului.

Când se apropie, alergă înspre el:

– Mike! Mike! Tu eşti?! Incredibil! Tu eşti, Mike Anthony!

Bărbatul îl privi mirat:

– Parcă te cunosc de undeva... Dar nu ştiu de unde să te iau... Iartă-mă...

– Mitu! Hai, măi, chiar aşa de mult m-am schimbat?! Românul!

– Ah... se lumină deodată acesta la faţă. Desigur! *Meetoo!* Tot n-ai reuşit să te omori din cauza femeii ăleia?

Izbucni în râs şi ochii i se umeziră. „Nu s-a schimbat deloc afurisitul ăsta!"

– Ce faci, omule? Ultima dată îmi amintesc că ziceai că îţi găsiseşi un job de funcţionar pe la o bancă în California, parcă... îl luă la întrebări.

– Da... asta a fost de mult... Banca a dat faliment şi-am rămas pe drumuri de ceva vreme...

– Doamne, ce mă bucur să te revăd, omule! Dac-ai şti cât bine mi-ai făcut atunci, când am venit în Detroit! Cu slujba la Ford, cu alcoolul, cu toate alea... Sper să mă pot plăti odată pentru asta...

– Şi tu? Tot prin America...?

– Da... tot prin America... Am să-ţi zic eu pe îndelete prin ce-am trecut în anii ăştia... Oricum, mă gândesc să mă întorc în România... Aici nu mai am de niciunele. Acolo am ceva pământ şi-l pot lucra...

– Dar femeie ai acum? Sau tot de blonda aia ai rămas lipit? îl întrebă Mike, tot aşa zeflemitor ca şi pe patul din infirmeria din Argonne.

Mitu nu-i răspunse imediat. De când plecase din Detroit, nu se gândise aproape deloc la Bertha. Nici nu vorbise cu ea vreodată. Habar nu avea ce mai făcea.

– N-am nicio femeie, omule... rosti încurcat. Dar hai să te aşezi şi tu. Vrei să stai lângă „vila" mea?

Tăifăsuiră până noaptea târziu. După ce-şi pierduse slujba de la bancă, Mike se angajase croitor, însă, după câteva luni, croitoria a dat şi ea faliment, iar încercările de a-şi găsi altceva de lucru eşuaseră.

– Societatea, îi explică el, nu mai are nevoie nici măcar de bărbați în plină putere, ca tine, darămite de schilozi și damblagiți... Nici nu-ți dai seama cât de norocos ești că ai două picioare, omule... Nici nu-ți dai seama...

Ascultându-i povestea, Mitu se simți deodată vinovat. Pe lângă ce pătimea Mike, foamea de care se plânsese el în ultimele luni era o nimica toată. Mike rămăsese în multe rânduri fără nimic de pus în gură zile întregi. Pentru că nu se putea deplasa ușor, stătuse pironit în orășelul californian, unde nu se găsea nimic de lucru. Spre deosebire de „norocoși”, cum le zicea celor întregi, el nu putea să se cațere în trenuri și să vâneze munca la lopată de-a lungul și de-a latul Americii. Din cauza asta îi privea cu dispreț pe cei care se văitau de viața lor de *hobo*, acuzându-i că se smiorcăiau fără pricină.

Abia pe la trei dimineața se retraseră în cotețele lor. A doua zi Mitu se trezi buimac, ca după o beție, și-și aminti cu greu unde se afla. Scoase nasul afară și, când văzu sutele de oameni care se treziseră și se și îmbrăcaseră frumos în uniforme sau în cămăși albe, ieși și începu să se plimbe curios printre ei, aruncând priviri iuți în dreapta și în stânga pentru a-și da seama ce se întâmpla. În față, chiar spre intrare, văzu că Waters ținea un discurs și se apropie să asculte:

– Banii aceștia sunt meritul nostru, nu un bonus gratuit! rostea acesta. Îi merităm din plin, i-am câștigat cu sângele nostru, cu viețile camarazilor noștri! Nu trebuie să cedăm sub niciun pretext! Trebuie să mergem înainte și să ne cerem drepturile!

Vorbele astea îl ungeau pe suflet. Dacă Waters reușea să scoată bonusul de la guvern, viața lui s-ar fi schimbat în mai bine pentru o vreme.

– Mâine dimineață, guvernanții noștri - care sunt sus datorită nouă, cei care ne-am riscat viețile pe câmpurile de bătaie pentru ei, nu uitați asta! - se vor strânge la Capitoliu pentru a decide dacă ne dau banii acum sau tocmai în 1945! Dar eu vă zic un singur lucru: mâine dimineață or să se trezească cu musafiri! Vom merge acolo și ne vom cere drepturile! Vrem locuri de muncă! Vrem o bucată de pâine onorabilă! Murim de foame, copiii ne mor de boli! Vom sta pe scările Capitoliului până când vom fi recompensați pentru jertfa noastră!

Ascultându-l, Mitu se înfierbântă. Vinele începură să-i pulseze la tâmple, iar ochii i se înroșiră de mânie. Vorbele lui Waters îl țintiseră direct în inimă, ca o săgeată trasă cu precizia unui trăgător de elită.

– Așa e! zbieră deodată din mulțime cu ochii injectați de ură. Ne numesc „The Forgotten Men”! Cei uitați! Este strigător la cer! Asta am ajuns după milioanele de vieți pierdute! Pleava societății, cerșetorii ei! E o insultă, e o rușine, ticăloșii, după ce am murit câtă frunză și iarbă, acum să fim uitați?! Asta e trădare, este insultă! E o insultă! Insultă! Insultă! Insultă! Eu, dacă mâine nu primesc ce mi se cuvine, am să plec din țara asta blestemată!

Capitolul 48

A doua zi, pe 15 iunie, 1932, sub comanda lui Waters, „Armata Bonusului" a ocupat scările Capitoliului. Senatul vota chiar atunci dacă banii aveau să li se elibereze curând sau peste aproape un deceniu și jumătate.

O masă iritată și amenințătoare aștepta cu sufletul la gură hotărârea care se dezbătea înăuntrul clădirii unde se punea la cale viitorul țării. Pentru unii, cei scobiți în obraji de foamete, cei bolnavi, paralizați sau rămași infirmi, cei cu familii numeroase și fără un cent în buzunar, un vot negativ însemna mai mult decât încă o palmă - a suta sau a mia - dată orgoliului: un refuz putea fi pentru ei o condamnare la moarte.

Contingente din toate colțurile țării - New Mexico, North Carolina, Pennsylvania, Florida, Cleveland - se adunaseră în fața clădirii, fluturând steaguri și agitând pancarte pe care scria: „Bonusul este o datorie justă!"; „Ne merităm banii din plin!"; „Ne-ați uitat, dar noi vă aducem aminte că existăm!".

Văzând puhoiul de lume, Mitu, care avusese îndoieli cu privire la succesul campaniei lui Waters, se liniști. „Niciun guvern din lume n-ar risca să și-i pună pe oamenii ăștia în cap, iese cu vărsare de sânge dacă mulțimea scapă frâiele..."

Fuseseră împrejurați de Garda Națională - sute de tineri cum fusese și el când plecase la război, înarmați până în dinți, cu glonțul pe țeavă, gata să intervină la semnalul comandanților. Îi privi fără trac, știind că, orice s-ar întâmpla, aceștia nu puteau să tragă în veterani - „suntem doar tații lor, ar fi strigător la cer să luptăm unii împotriva altora...".

După o așteptare de câteva ore, sus pe trepte, chiar lângă ușă, la un moment dat oamenii încetară să mai vorbească și să miște. Își ascuți privirea ca să se lămurească, dar nu reuși să vadă clar. Se părea că Waters începuse un dialog cu cineva care ieșise din clădire.

Apoi liniștea se așternu aproape brusc peste tot: oamenii încremeniseră în așteptare, privind intens spre intrarea în Capitoliu și încercând să-și dea seama ce se întâmpla. Peste o clipă, Waters intră înăuntru. Mitu află de la cei din fața lui că fusese chemat să i se comunice decizia.

– Gata, s-a hotărât!

– Să dea Domnul s-auzim de bine, poate plec și eu înapoi în Detroit... murmură el.

După niciun minut, ieșind, Waters rămase pe treapta de sus și făcu un semn din mână. Când rumoarea mulțimii se potoli, își drese vocea și-și coborî ușor pleoapele, privind undeva în jos.

Mitu ghicise. Pauza, cu o secundă mai lungă decât ar fi fost firesc, pe care sergentul o luase înainte de a vorbi, privirea de nepătruns, răsuflarea grea dinaintea primului cuvânt nu mai aveau nevoie de lămuriri. Ascultă strângând din pumni și sperând din tot sufletul că se înșela.

– Senatul a votat împotriva bonusului, cu şaizeci şi doi la optsprezece! tună sergentul.

Câteva fracţiuni de secundă nu se auzi niciun zgomot, niciun icnet, niciun oftat, de parcă mesajul acesta atât de absurd trebuia receptat în linişte pentru a fi înţeles în întregime. Apoi oamenii se întoarseră unii spre alţii, alimentându-se reciproc cu mânie şi revoltă. Waters îşi continuă discursul, îndemnând la calm şi înţelepciune, dar nu-l mai asculta nimeni.

Deodată, ca la comandă, privirile tuturor se îndreptară spre Garda Naţională.

Mitu înţelese instantaneu şi se trase într-o parte. Un sentiment ciudat de spectator la un film de groază îl învălui. Două armate - taţii şi fiii - se înfruntau încordate, gata să se încaiere la cel mai mic semnal.

Se sprijini de un stâlp, închise ochii şi, nemailuând aminte la ce se petrecea în jurul lui, începu să intoneze cu un glas aspru:

> *Oh, beautiful for spacious skies,*
> *For amber waves of grain,*
> *For purple mountain majesties*
> *Above the fruited plain!*
> *America! America!**

În liniştea încordată, vocea i se auzea ca şi cum ar fi venit de pe altă lume. Unii îl priviră buimaci, iar apoi, ca şi cum ar fi fost străbătuţi de o iluminare, îi ţinură isonul:

> *America, America...*

Văzduhul se umplu de sunetul sutelor de voci cântând la unison „America the Beautiful", iar furia gata să explodeze a mulţimii se domoli ca ştearsă de o mână cerească. Rând pe rând, veteranii se retraseră spre câmpia Anacostia, înfrânţi, cu capetele plecate, cu umerii aduşi, aşteptând o călăuză, aşteptând un ordin, aşteptând să se agaţe de orice le-ar fi dat din nou speranţa.

Spre după amiază, Waters îi adună lângă pod şi le vorbi de pe o platformă improvizată, deasupra căreia fluturau mândre steagurile Americii:

– Nu sfătuiesc pe nimeni să plece acasă! Intenţionăm să ne păstrăm armata noastră în Washington! Vom sta aici până în 1945, dacă este nevoie - paşnici, fără violenţă, dar fermi în cerinţele noastre!

---

* America the Beautiful - Frumoasa Americă - este un imn compus în 1882 de Samuel A Ward. În 1893, Katharine Lee Bates a scris versurile. Cântecul, unul dintre cele mai faimoase şi mai cunoscute piese din istoria Americii, a fost de câteva ori propus ca imn naţional. Ray Charles l-a cântat în forma sa modernă, iar Elvis Presley a avut succes cu el în anii '70. America the Beautiful se cântă la evenimente sportive majore ca Super Bowl sau WrestleMania şi este inclus printre cântecele diferitelor congregaţii religioase din Statele Unite (n.a.).

Oamenii aplaudară, izbucnind în urale - „Vom sta până-n '45! Vom sta până-n '45!" Mitu îşi făcu loc în faţă, ca să îl audă cât mai bine.

– O să mergem la Capitoliu zilnic! O să ne cerem dreptul nostru plătit cu sânge în fiecare zi, până când îl vom obţine! rosti sergentul. Dreptul nostru! Dreptul nostru! Dreptul nostru!

– Dreptul nostru! Dreptul nostru!

Waters continuă să vorbească. La un moment dat, cineva urcă pe scenă şi-i şopti ceva la ureche. Sergentul îl privi surpris şi-l întrebă: „Eşti sigur?"

Mitu îşi ciuli urechile ca sa audă mai bine.

– Da, sunt absolut sigur, spuse omul. Sunt pe Pennsylvania Avenue, îi scot pe veterani!

„Ce zice ăsta?! N-auzii eu bine?"

Se strecură grăbit din mulţime şi o luă la fugă peste pod. Era imposibil, ar fi fost strigător la cer ca soldaţii să-şi îndrepte armele împotriva veteranilor de război! gândi. Tinerii ăştia erau sânge din sângele lor! Chiar dacă li s-ar da direct ordinul de a trage, n-ar putea să facă asta! îşi zise, îndreptându-se către nişte clădiri părăsite unde câteva grupuri de veterani se adăpostiseră clandestin.

Ajunse acolo leoarcă de sudoare. Se amestecă prin mulţimea de gură-cască ce ocupase trotuarele şi privea ca la circ desfăşurarea evenimentelor, încercând să afle ce se întâmpla.

– Ce-i aici, de ce v-aţi strâns? se interesă la unul cam de aceeaşi vârstă cu el.

Omul îi arătă cu degetul undeva în faţă.

Când se uită într-acolo, văzu un rând de călăreţi pe care-i recunoscu uşor. „Cavaleria! Ce dracu' cată aici?!"

Militarii înaintau pe Pennsylvania Avenue, cadenţat, într-o ţinută perfectă, pe cai nervoşi, lucind de bună întreţinere. Erau tineri cum fusese şi el acum cincisprezece ani când se înrolase în armată, uşor încruntaţi în lumina puternică a soarelui, cu barba încă moale, neasprită de vârstă, mândri că deschideau drumul. Îi privi cu milă, bucurându-se în sinea lui pentru ei, pentru faptul că nu prinseseră un război adevărat ca acela în care luptase el.

După ei, apăru infanteria - soldaţi mărşăluind unul după altul în plutoane, cu armele pe umăr. Îi cercetă neîncrezător şi un gând scurt şi intens îl săgetă: „Dacă ăsta nu-i spectacol, e război civil." Apoi, un huruit monstruos îi răsună în urechi venind de departe şi tot înteţindu-se, răscolind în el amintiri de mult îngropate.

– Nu, asta nu se poate! strigă fără să vrea, când se convinse că zgomotul venea de la câteva tancuri care huruiau pe Pennsylvania Avenue.

Dacă până atunci speranţa că totul era o înscenare, o încercare de a-i intimida, încă îi mai persista, acum aceasta i se spulberă brusc. Se ţinu după soldaţi, până când aceştia se opriră în faţa clădirilor unde stăteau veteranii, pregătindu-se de asalt. Se dădu după un copac, de unde putea să vadă totul. Două generaţii de bărbaţi - una care luptase în Marele Război şi dăduse naştere celei de a doua, care avea să fie spulberată de pe faţa pământului în următorul război - stăteau faţă în faţă, pregătindu-se de luptă. Peste câteva minute, cât mai nădăjduise că se temuse degeaba, auzi un ordin scurt, pe care şi-l amintea prea bine din bătăliile din Argonne.

– Atacaţi!

Soldaţii începură să arunce grenade cu gaz prin geamurile sparte ale clădirii, iar veteranii, buimaci, ieşiră pe uşi, unii cu mâinile ridicate în semn de predare, şi se năpustiră spre dreapta şi stânga ca să se ferească de baionetele infanteriştilor îndreptate spre ei.

– Sunteţi fiii noştri! strigă Mitu la copiii care-şi îndreptau puştile spre foştii lui camarazi. Pentru numele lui Dumnezeu! Ce dracu' faceţi?! V-aţi pierdut minţile?!

Se repezi la ei, implorându-i să se oprească, dar nu-l asculta nimeni. Tinerii soldaţi erau la prima lor misiune şi nimic nu-i putea opri de la a executa ordinele. Unul întoarse arma spre el şi-i făcu semn să se retragă.

Continuă să privească de la distanţă: scenele care i se desfăşurau în faţa ochilor semănau cu cele pe care le trăise pe front - sânge împroşcat pe asfalt, împuşcături, fum, gaz otrăvitor, durere, spaimă, groază.

Un veteran se prăbuşi în faţa lui, răpus de gloanţele unui poliţist, care, crunt bătut de mulţime, începuse să tragă orbeşte de groaza că va fi atacat din nou. Mai încolo, alţi trei poliţişti zăceau pe jos, aproape sfâşiaţi în hălci de carne vie. Veteranii aruncau de pe acoperişurile clădirilor cu pietre şi sticle, singurele arme pe care le aveau la îndemână, încercând să ţină piept cu ele celei mai formidabile forţe armate din istorie.

Un civil mărunţel, care până atunci se uitase la toate astea ca la un film, se apropie de el şi îl bătu pe umeri, întrebându-l dacă îi e bine. Îşi reveni brusc în fire, făcu stânga împrejur şi se repezi înapoi spre câmpia Anacostia. Când fu aproape, începu să strige cât îl ţineau puterile:

– Suntem atacaţi de Garda Naţională, i-au scos pe ceilalţi din clădiri, lumea moare, se trag focuri de armă! Fugiţi! Trebuie să fugim!

Oamenii se uitau la el nedumeriţi, iar Waters îl întrebă surprins:

– Ai văzut asta cu ochii tăi?

– Da, sir, vin cu cavalerie, infanterie şi artilerie.

– Cum adică artilerie?!

– Vin cu tancurile, pentru numele lui Dumnezeu, nu pricepeţi? Tancuri! T-a-n-c-u-r-i! Or să ne măcelărească pe toţi! Sergent, ce facem?

Waters stătu în cumpănă, apoi făcu semn mulţimii să-l asculte:

– Vor veni cu armata şi ne vor ataca, însă, atâta vreme cât nu-i provocăm, n-or să tragă în noi. Ordinul meu este să staţi nemişcaţi şi să nu ripostaţi sub nicio formă, altfel se va lăsa cu vărsare de sânge! Sub nicio formă, repet, să nu ripostaţi! Sub nicio formă!

Oamenii se aliniară în rânduri, pregătiţi să înfrunte moartea cu piepturile goale. Era o după-amiază umedă şi fierbinte de iulie, soarele făcea sudoarea să le picure de pe feţe umezind ţărâna uscată, aerul stătut, nestrăbătut de vreo boare, parcă încremenise în aşteptarea a ce avea să vină.

Mitu rămase lângă Waters, îmbărbătat de curajul şi calmul acestuia, regretând în sinea lui că nu-şi cumpărase niciodată un pistol. „Acuma mi-ar fi prins tare bine...".

După o vreme, de pe celălalt mal al râului îşi făcu apariţia armata, care se opri la intrarea pe pod. Pe la nouă seara, soldaţii se apucară de nişte pregătiri greu de desluşit de la distanţă. Într-un sfârşit, un ofiţer dădu ordinul de traversare.

Mitu strânse pumnii şi se pregăti, laolaltă cu ceilalţi, să-i întâmpine. „Pe primul care trece podul, îl gâtui cu mâna mea!", îşi zise, apoi se întoarse către cei din spatele lui.

– Fraţilor! Hai să le-arătăm noi care pe care, că puţoii ăştia nici nu ştiu să scrie cuvântul „război"!

Înaintă cu un pas, îşi făcu cruce cu limba şi-i privi înverşunat pe cei ce veneau spre el. „Sunt din Divizia 32, nu m-au omorât ei nemţii, n-or să mă omoare chiar ai mei!" Culese doi bolovani de pe jos, pe care să-i arunce în capul primului care s-ar fi apropiat de el.

După câteva clipe, cele două armate se găseau faţă în faţă.

„Bătălia Washingtonului" era pe punctul de a începe.

Mitu strânse bolovanii în mâini şi aşteptă. Când primul soldat ajunse în raza lui de bătaie, ridică braţul şi încercă să-l ochească, însă acesta îndreptă puşca spre el, continuând să se apropie domol. Atunci îşi lăsă mâna moale în jos şi dădu drumul bolovanului. Soldatul ajunse în faţa lui şi-i atinse pieptul cu vârful baionetei, privindu-l parcă fără să-l vadă.

În clipa aceea, făcu un pas înapoi. Soldatul păşi înainte, iar el mai făcu un pas înapoi. Apoi încă unul, şi încă unul.

Ca el, făcură toţi. Garda Naţională câştigase bătălia înainte de a o începe. Veteranii începură să se retragă tot mai pripit în spate, blestemând şi înjurând, lăsând în urmă corturile şi cocioabele din lemn în care stătuseră până atunci.

Mitu rămase printre ultimii ca să vadă cum soldaţii le incendiau culcuşurile. Câmpia Anacostia fu cuprinsă de vâlvătăi, arzând iute cu scântei, ca un foc de paie.

În nici jumătate de oră, „Oraşul Bonusului" încetase să mai existe.

„M-ai trădat!", căzu el în genunchi, cu fruntea în iarbă, strângând în pumni ţărâna şi inhalând aerul îngroşat de cenuşă. „M-ai trădat, deşi te-am iubit mai mult decât pe mine! Te-am iubit mai mult decât mi-am iubit propria mea ţară!"

Capitolul 49

După Bătălia Washingtonului, dorința de a se întoarce acasă a devenit aproape imperativă. Nu era prima dată când îi trecuse asta prin cap. Îşi tot spusese că, mai devreme sau mai târziu, când va fi agonisit suficient, se va întoarce în Cernădia, să-şi cumpere pământ acolo şi să devină moşier.

România putea fi acum, dacă era cu adevărat curajos, scăparea lui!

Odată înfiripat, gândul nu l-a mai părăsit. I s-a înrădăcinat în suflet, trăgându-şi seva din greutăți, din foame, din istoveală, din umilințele îndurate. Cei care se întorseseră în Cernădia, îşi amintea din scrisorile primite mai demult de la maică-sa, îşi făcuseră gospodării mari. Ion Piluță, de exemplu, pe care-l întâlnise în Montana, îşi ridicase o casă frumoasă şi se însurase cu o fetişcană pistruiată cu ochi albaştri care-i trântise doi plozi deja, toți semănând leit cu el, cărora li se dusese buhul de cât de afurisiți erau. Ilie Porumbel - ciobanul pe care îl întâlnise întâmplător în Helena, pe când căuta de lucru cu Gherasim - se întorsese de asemenea, fandosindu-se cu un magazin de metale prin Novaci, chiar în centru. Ion Vărzaru îşi cumpărase cu banii pe care-i făcuse în Montana pământ la câmpie, pe care îl arenda. Gheorghe Cosor, la fel, avea deja o stână la munte şi casă cu etaj, ducându-şi viața lângă o femeie durdulie şi câțiva copii ştrengari.[*]

El, în schimb, umbla din tren în tren în căutare de mâncare, sărac lipit pământului, fără nicio luminiță în față. Nu era mai bine în țară?! Nu ar avea o pâine mai bună în Cernădia, chiar aşa calicie cum era şi acolo? De cât de rău o dusese, de aproape doi ani nu-i mai scrisese nicio scrisoare maică-sii. Cum să afle lumea din sat că mâncase şi scoarță de copac?! Acolo toți credeau că e bogat şi că împărățeşte lumea pe Pământul Făgăduinței. Nici nu puteau să creadă altceva, dacă el, într-una din ultimele scrisori pe care le-o trimisese, se lăudase cu investițiile de pe Wall Street şi cu magazinul, blagoslovind America!

În orice ungher poposea, îl întâmpina aceeaşi lume mohorâtă, prăfuită, încrâncenată de suferință şi dezolată. Unii închideau speriați uşa când îl vedeau - prea mulți *hobos* le bătuseră la poartă! -, alții îl priveau cu milă, neînstare să îl ajute în vreun fel, câte unul îi arunca o chiftea sau un colț de pâine, alții îi întorceau spatele în semn de „lasă-ne-n plata sfântului, că şi noi o ducem la fel de rău!"

De când începuse să se gândească intens la România, ura pe care o simțea pentru cei care îl alungau ca pe un câine de la porțile lor i se mai domolise. Îi privea acum altfel: nu ca pe nişte oameni care îl umileau, care îl considerau mai rău decât un animal, ci ca pe nişte viitoare amintiri urâte pe care avea să le îngroape curând în urma lui. Aşa cum încercase să facă şi cu războiul.

---

[*] În perioada aceea, ciobanii ce plecau din zona Novacilor în America (in special Montana), obişnuiau să stea câțiva ani, până când strângeau în jur de o mie de dolari, după care se întorceau şi-şi ridicau gospodării (n.a.).

Într-o zi rece de toamnă coborî pe peronul gării din Detroit şi, inhalând aerul industrial al oraşului, îl simţi deja ca pe o parte apusă a vieţii lui. În cele câteva luni care trecuseră de la Bătălia Washingtonului, luase marea hotărâre. De fapt, o luase chiar în clipa când fusese alungat de pe câmpia Anacostia, iar de atunci, în drumurile lui fără capăt prin vagoanele zgomotoase şi îngheţate, nu făcuse altceva decât să se încredinţeze că locul lui nu mai era în America.

Se gândi mult dacă să treacă pe la Bertha sau să stea câteva zile prin oraş ca să-şi rezolve treburile şi apoi să plece fără să-i spună. Oricum o dădea, nu era bine. Nu putea să dispară, pur şi simplu - nu se cădea! Dar nici nu-i ardea s-o vadă plângând după el, aşa cum făcuse când plecase aiurea ca *hobo*.

În cele din urmă, se hotărî să-i spună că se întorcea în România pentru o perioadă scurtă - de câteva luni, cel mult o jumătate de an. Astfel, îi dădea o speranţă. Oare ce mai făcea? Nu mai vorbiseră de-atâta timp! De câteva ori voise să-i dea un telefon, însă, de fiecare dată, ceva în el îl oprise.

Când bătu la uşa camerei ei de la „Night Star" şi intră - era puţin înainte de prânz şi era sigur că o va găsi singură, abia trezită din somn - Bertha aproape că scăpă ceaşca de cafea din mână.

– Te-ai întors! Te-ai întors, dragule! Ce bine-mi pare! îi sări de gât, sărutându-l.

Apoi, fără o vorbă, îl dezbrăcă, îl duse în baie şi dădu drumul duşului fierbinte. I se dărui cu frenezie, de parcă ar fi vrut să-şi consume dorul de el atunci, pe loc, o dată pentru totdeauna, ca să se răcească şi să nu mai sufere niciodată pentru el.

Se lungiră apoi pe pat, unul lângă altul, iar Mitu îi povesti despre pribegia lui. După felul în care-i vorbea - reţinut, prevenitor, strecurând câte o aluzie ici, colo - femeia simţi că voia să-i spună ceva - îl învăţase atât de bine! - aşa că, la un moment dat, îl întrebă direct:

– Ce este, dragule, ce vrei să-mi zici de fapt?

Mitu rămase fără cuvinte câteva clipe, apoi o luă pe ocolite:

– Vremurile sunt mizerabile... se moare de foame, Bertha. Nu mai suport viaţa asta de javră gonită de peste tot. N-o mai suport şi cu asta, basta.

Ea îl privi cu milă, apoi chipul i se întunecă brusc:

– O să pleci... murmură sfârşită.

– M-am gândit mult, foarte mult, continuă el. Singura mea scăpare este să mă întorc în ţara mea. Acolo am nişte pământ pe care îl pot lucra. Am venit în Detroit numai ca să-ţi spun că plec, altfel din Washington mă puteam duce direct la New York ca să iau vaporul.

Bertha îl privea atât de răvăşită, că pe Mitu îl cuprinse mila:

– Am să mă întorc când lucrurile o să se îndrepte, îţi promit! Nu stau mai mult de câteva luni, maximum jumătate de an! O să ne scriem. Şi poate o să vii să mă vizitezi.

– Cum adică „maximum jumătate de an"?! E toamnă acum, vine iarna acuş, nu se poate lucra pământul până în primăvară! răbufni ea. Chiar pleci pentru totdeauna...

– Nu, nu plec definitiv, îţi jur, cum de ţi-a venit ideea asta?! încercă el să se apere.

Bertha nu-l mai asculta. Se închisese în ea, cu mintea goală, aşa cum oamenii se închid în ei, protejându-se de suferinţă, când primesc vestea că le-a murit cineva drag. Era obişnuită cu felul lui de a fi, încăpăţânat şi cutezător, pe care-l îndrăgise, şi ştia că nu are niciun mijloc să-i strămute decizia. Calităţile pe care le preţuise odinioară la el i se întorceau acum împotrivă. Pleca, şi nu-l putea opri. Iar prin asta relaţia lor murea, pentru că dragostea se ofileşte în lipsa atingerii trupurilor.

Scoase nişte bani dintr-un sertar şi i-i puse în palmă.

– O să ai nevoie pentru drum, îi spuse, ocolindu-i privirea. Era prima oară când simţea durere din cauza unui bărbat. Până la Mitu, răsufla uşurată când o părăsea câte unul, ca şi cum ar fi scăpat din puşcărie. Acum, însă, simţea altfel: încerca să-şi ascundă lacrimile.

– Înţelege-mă şi tu, Bertha... nu-mi fă asta, te rog! rosti el. Eu unul ştiu una şi bună: boala lungă - moarte sigură... Mi-a ajuns cuţitul la os. Dacă o mai lungesc pe aici, o să mor. Nu vezi în ce hal arăt? Nu ţi-e milă de mine? Trebuie să plec, măcar pentru o vreme. Am să mă întorc când lucrurile or să se mai aranjeze...

– Orice mi-ai zice, dacă pleci, ştiu că n-am să te mai văd niciodată, îi răspunse ea, ştergându-şi ochii cu dosul mâinii. Niciodată...

Mitu încetă să mai riposteze. Cu Bertha făcuse o pereche formidabilă. Ştia că nu va mai găsi altă femeie ca ea, care să înţeleagă bărbatul atât de bine - nu doar în cele mai profunde intimităţi ale lui, dar şi în dorinţele lăturalnice. Se gândi să-i propună să vină cu el în România, însă se opri. Nu putea face asta. Nu se putea lega la cap, pentru că n-o iubea.

N-o iubise niciodată, de fapt. Nici măcar la începuturile relaţiei lor nu simţise acea vâlvătaie, acea pasiune viforoasă ce nu ţine cont de nimic şi, invincibilă când se dezlănţuie, cuprinde toată fiinţa, subjugând-o. Obsesia nebunească faţă de o femeie, care îl face pe un bărbat să-şi spună: „s-o am o dată, iar după asta pot să mor", pe care o încercase cu Olga, lipsise faţă de ea cu desăvârşire.

Bertha fusese, pentru el, doar o *convenience woman,* o femeie de convenienţă. Foarte comodă, fără prejudecăţi, „amantă perfectă", deschisă la orice nebunii sexuale, era partenera ideală de distracţie. Dar sexul e faţă de dragoste ca mustul faţă de vin: poate fi dulce, însă nu îmbată niciodată. Oricât de rău îi părea că se desparte de ea şi oricât de multe remuşcări ar fi avut că o rănea, femeia asta era, la urma urmei, doar un episod pasager în viaţa lui.

Şi, ca orice episod pasager, trebuia încheiat.

Iar într-o zi înnegurată de norii cenuşii ce-şi târau burţile aproape de pământ, se întorcea în Cernădia, unde nu mai pusese piciorul de mai bine de un deceniu şi jumătate.

Avea treizeci şi şase de ani.

DE LA CAPĂT

Capitolul 50

Parcă nimic nu se schimbase pe meleagurile novăcene în anii cât fusese plecat. Doar cutele de pe fețele oamenilor erau mai adânci, dar ascundeau aceleași suflete. Albia Gilortului era mai largă, însă zăgăzuia aceeași apă. De cealaltă parte a lui, erau mai mulți ungureni acum, dar toți făceau ce făcuseră de-o viață: mânau oile pe munți.

Gheorghiță, frate-său, nu se luase cu nimeni. Nici Gheorghița, soră-sa. Cernădia încremenise în timp. Unii se prăpădiseră, făcând loc altora. Copiii crescuseră, dar îi chema la fel ca pe părinți. Pietrele, zăvoiul și Boțota erau așa cum le știa el. Vântul bătea din aceeași direcție, aerul mirosea la fel. Viforniţa Marelui Război spulberase imperii și aruncase țări întregi în foamete crâncenă, dar parcă nu atinsese și acest cotlon de lume.

Primele zile trecură iute. La început urcă până sus la Rânca, în amintirea vremurilor când mâna pe acolo oile cu taică-său și scruta cu mândrie depărtările, unde odinioară era Imperiul. „Doamne, cât s-a schimbat țara! Unde era hotarul, acum e România Mare!"

Apoi - tot așa ca atunci, când venise cu Olga - colindă pe la toți cunoscuții, stând cu ei la taclale până dincolo de miezul nopții și povestind vrute și nevrute până când i se usca gâtul.

După câteva săptămâni, când prezența lui în sat nu mai era știrea zilei, începu să-și vadă de ale lui, chibzuind cât putea de bine bruma de bani de la Bertha cu care venise. Viața în Cernădia era mult mai ieftină decât în America și, văzând asta, gândurile sumbre de la început i se preschimbaseră în optimism măsurat, iar îngrijorarea că va ajunge cerșetorul și bârfa satului i se mai domoli.

După o lună începu să-l însoțească pe frate-său Gheorghiță la munte, după lemne, și se apucă să repare lucrurile de prin curte. Mai pe urmă se interesă, zadarnic, de un loc de muncă: încercă la judecătorie în Novaci ca traducător, apoi pe la atelierele de mecanică, la ocolul silvic și pe la fabricile din împrejurimi.

Tinerii din sat - copii pe vremea când plecase el - nu-l cunoșteau, dar, de când aflaseră că se întorsese de peste ocean, îi tot dădeau târcoale, devorând poveștile despre America, dolari, trenuri și automobile, bănci și clădiri înalte, bogați ce stăpânesc orașe întregi, gangsteri, străzi late și asfaltate, poduri lungi, cinematografe.

Cu Mircea Panaitescu, profesorul de literatură din Novaci, unul din primii oameni cu care a început să vorbească mai pe îndelete despre viața lui de peste ocean, s-a întâlnit de câteva ori pe drum și, de fiecare dată, acesta a insistat atât de mult să vină într-o zi până la școală și să le vorbească elevilor, încât, după câteva săptămâni de pretexte și amânări, nu mai avu încotro. Într-o dimineață friguroasă, pe o burniță mocănească, își luă inima-n dinți și se duse până acolo.

Când îl văzu pe culoar, profesorul făcu o plecăciune ca în fața unei beizadele.

– Vai, domnule Popescu, bine-aţi venit pe la noi, în sfârşit! Ce onoare! Vă aştept de atâta timp! Vă rog să intraţi, simţiţi-vă ca la dumneavoastră acasă!

Apoi strigă înadins tare, ca să fie auzit de toată lumea:

– Doamna Comănescu, a venit domnul Popescu de la Cernădia ca să le spună copiilor câteva pilde din interesanta sa viaţa din America!

În cancelarie - o chichineaţă strâmtă de trei pe patru, cu scaune înghesuite unul în altul, înecată în fum de ţigară - se aflau, pe lângă profesoara Comănescu, învăţătorul Crişan şi profesorii Coman şi Late. Mitu îi cunoscuse deja, dar nu avusese ocazia să stea cu vreunul de vorbă pe îndelete.

– Îl ştiţi pe domnul Popescu de la Cernădia, nu? A venit să ne facă o vizită, îi întrerupse Panaitescu dintr-o discuţie despre politică.

Aceştia dădură din cap în semn de salut şi-şi reluară conversaţia. Crişan tocmai îşi exprima dezacordul faţă de ideile antinaţionaliste ale Partidului Comunist Român.

– Domnule Coman, nu pot să cred că sunteţi de acord! Chiar vreţi să ne-mpărţim ţara în cinci şi să pierdem din nou Transilvania? Să pierdem şi Basarabia?! Să rămânem fără Dobrogea şi Bucovina doar ca să nu se spună în lume că suntem colonialişti?!

În alte condiţii, Coman l-ar fi contrazis fără să stea pe gânduri. S-ar fi repezit şi şi-ar fi impus punctul de vedere, aşa cum făcea de fiecare dată. Dar în prezenţa lui Mitu, oaspetele de peste ocean, se fâstâci. Îşi mângâie barba, trase măsurat din pipă - ca să câştige timp şi să ticluiască un răspuns bun, care să nu dea în vileag simpatia lui pentru comunişti - şi îl luă pe Mitu la întrebări.

– Domnule Popescu... înţeleg că dumneavoastră veniţi de departe, dintr-un imperiu, ce să mai vorbim... Toată lumea ştie că-n America se trăieşte bine. Cum şi-au rezolvat americanii problemele? Cum funcţionează federalizarea, de fapt? Şi de ei se poate spune că sunt nişte imperialişti, dar nu am auzit ca lumea să se plângă vreodată de asta! Suntem o ţară mare, poate că de aşa ceva avem şi noi nevoie!

Mitu se simţi măgulit că era băgat în seamă de cei mai însemnaţi oameni ai comunei, însă într-ale politicii nu-i plăcea să se vâre. Îşi drese vocea şi bălmăji ceva pe scurt, cum că legile în America sunt de două feluri, statale şi federale, şi că cele federale se aplică peste tot, iar cele statale, adică judeţene, se aplică doar local, judeţului respectiv. Iar lucrurile funcţionează atât de bine încât nu a auzit vreodată să fie probleme din pricina asta.

– Da, domnule, cum să nu, acolo fiecare regiune are libertatea de autodeterminare - până la un punct -, iar asta le scoate ideea independenţei din cap! se amestecă în vorbă Late. La ce le trebuie independenţă când sunt liberi să facă ce vor pe bucăţica lor şi sunt şi protejaţi de guvern?! Ce să mai, sunt deştepţi, nu ca noi! Vă fericesc că aţi avut şansa să trăiţi acolo!

Mitu nu răspunse. Şansă?! Ce să le spună, că viaţa poate fi mai crudă acolo decât aici, cu toată federalizarea lor, că nedreptatea poate fi mai mare ca oriunde, că înstrăinarea doare? Oricum n-ar înţelege, pentru că din afară lucrurile se văd întotdeauna altfel decât dinăuntru.

Panaitescu îl apucă de cot şi-i făcu un semn:

– Noi acum trebuie să ne retragem la copii, deja a început ora, îl îndemnă, conducându-l spre clasă.

Mitu păşi emoţionat fără să vrea în încăpere, unde treizeci de perechi de ochi îl priveau ţintă.

– Bună ziua! strigă Panaitescu scurt.

Copiii se ridicară în picioare, luând poziţia de drepţi.

– Bună ziua, domnule profesor!

– Mă boraci, dumnealui e domnu' Popescu, care-a venit astăzi să vă povestească despre America!

Mitu zâmbi forţat. Cu ce să înceapă?!

– Domnul Popescu, continuă Panaitescu, a venit la noi ca să ne spună despre America, o ţară în care domnia sa a stat douăzeci de ani... nu? Spuneţi-le vă rog, cum aţi ajuns acolo?

Mitu îşi drese vocea şi începu să povestească despre drumul lui peste ocean, despre oraşele americane, clădirile înalte, automobilele care blocau intersecţiile şi claxonau înfiorător, despre război şi munca grea a omului de rând. Copiii ascultau cu urechile ciulite, fără să facă zgomot. După vreo jumătate de oră, câţiva dintre ei prinseră curaj şi începură să-l întrebe tot felul de lucruri: „Am auzit că acolo se dă mâncare pe gratis, aşa-i?"; „Cât sunt de mari vapoarele care trec peste ocean, ca de-aici până la Pociovaliştea?"; „Dar un automobil merge mai repede decât un cal la galop?"

Îi veni să surâdă la auzul problemelor care-i frământau pe puradei. Emoţia îi dispăruse cu desăvârşire. Un puşti mai dezgheţat, pistruiat pe vârful nasului şi cu ochii turchezi, îl întrebă cu seriozitate:

– Aţi omorât vreun neamţ în război?

– Am omorât, da... răspunse şi povesti pe scurt despre luptele de la Meuse-Argonne.

După ce îl ascultă cu luare aminte, copilul izbucni:

– Da' în Biblie scrie să nu omori! Aşa ştiu de la părintele Stângă: să nu furi, să nu omori, să nu preacurveşti!

Când auzi asta, Panaitescu, care se aşezase comod la catedră, sări în picioare ca muşcat de şarpe, nevenindu-i a-şi crede urechilor. Puţoi impertinent! Ce-o să creadă americanul acum?! Că el nu-i în stare să-i educe cum trebuie ca să stea liniştiţi în banca lor şi să fie preocupaţi de lucruri serioase? Furia îl întunecă pe moment şi se sumuţă la băiat:

– Fir-ai tu să fii de măgar, cum vorbeşti cu domnul, putoare? Că te mănânc acuma cu fulgi cu tot!

Copilul amuţi, prefăcându-se înfricoşat, însă zâmbea pe furiş din colţul gurii, iar Mitu continuă netulburat:

– Cum te cheamă pe tine, mă?

– Lic-a lu' Voroneanu. Lică, adică de la Vasilică.

– Mă Lică, tu când vine cineva la tine şi-ţi dă un pumn, nu dai şi tu ca să te aperi? Dac-ar veni în ograda ta să ţi-o ia şi să-ţi dea foc la casă şi să-ţi fure vitele, n-ai arunca cu pietre în el ca să-l alungi?

– Ba da… admise puştiul.

– Aşa am făcut şi eu, doar că în loc de pumni sau pietre am folosit cuţit şi gloanţe. Am apărat pământul ţării în care trăiam. Aşa o să faci şi tu când o să creşti mare, însă să-ţi ajute Domnul să nu trebuiască să treci vreodată prin asta.

– Exact, că bine mai spuneţi, domnule Popescu, bagă la minte, Lică! interveni Panaitescu, învăpăiat de patriotism. Copii, ascultaţi aici cuvintele unui erou! Sacrificiul suprem pentru apărarea pământului strămoşesc este ceea ce se cere de la voi! Din cauză că tinerele vlăstare ale ţării şi-au jertfit vieţile pe fronturi avem acum o Românie Mare! Vedeţi, boracilor? România Mare! rosti sughiţând şi punctând cu un arătător lung de lemn spre o hartă veche, în care Transilvania era încă parte a Imperiului. Uitaţi pe unde-i cuprinsul ţării acuma, mulţumită jertfelor eroilor noştri! sfârşi înecându-se de emoţie, în vreme ce parcurgea cu vârful băţului graniţele din nord, vest, sud şi est.

– Aşa este, copii, ascultaţi la domnu' profesor. Să apăraţi glia dacă o să vi se ceară… aprobă Mitu, mai mult ca să zică şi el ceva.

– Da! Iar pentru asta, patria n-o să vă uite niciodată! strigă Panaitescu. Nu-i aşa, domnule Popescu?

Mitu luă o pauză lungă:

– Da, nimeni nu uită niciodată astfel de sacrificii, rosti într-un târziu cu voce înceată şi nesigură, dar care păru solemnă în liniştea din clasă.

La sunetul clopoţelului copiii începură să se foiască. O oră de poveşti despre o ţară îndepărtată, fie ea şi America, era mult peste ce puteau ei îndura. Panaitescu ieşi după Mitu pe hol. Voia să-l roage de o donaţie, aşa că îl urmă slugarnic pe culoar, cu jumătate de pas în urmă.

– Vă mulţumesc în numele şcolii şi al tuturor dascălilor pentru vizita dumneavoastră, îl luă pe ocolite. A fost foarte util pentru elevi! Ştiţi, copiii sunt foarte buni, după cum aţi văzut, şi sunt blajini şi foarte interesaţi de învăţătură. Foarte interesaţi! Numai prin ei ţărişoara asta dragă a noastră se va putea ridica să rivalizeze cu celelalte, domnule. Ce să mai, educaţia este viitorul nostru! Dar, pentru asta, trebuie interes de la politicieni şi, mai ales, generozitate de la oameni deosebiţi ca dumneavoastră, care ştiu să aprecieze ce este important în lume. Acum vă spun fără ocolişuri, pentru că lucrurile directe sunt cel mai uşor de înţeles: ne-ar ajuta tare mult o mică donaţie pentru nişte manuale şcolare noi. Ce sunt câţiva leişori la cineva ca dumneavoastră…? Săracuţii copii, tare bine le-ar mai prinde, învaţă pe cărţi împrumutate de la alţii sau date din generaţie în generaţie de ani de zile, de-s mai toate rupte şi tocite pe la colţuri şi au pagini lipsă.

Mitu se foi în loc încurcat, neştiind ce să răspundă repede. Ar fi dat orice să poată spune „da", însă nu putea. Îşi chivernisise banii cu migală să-i ajungă pe luni de zile şi îşi făcuse calcule precise cât să cheltuiască şi pe ce. Sub nicio formă nu putea să se abată de la planurile astea. Data trecută când făcuse asta, ajunsese pe drumuri!

– O să mă gândesc la cererea dumneavoastră, cum să nu, domnule profesor, îi răspunse. Într-adevăr, copiii au nevoie de materiale şcolare…

Îi strânse apoi mâna şi-i ocoli privirea dezamăgită, care aştepta probabil un răspuns, dacă nu pozitiv, măcar mai clarificator.

Înapoi în căruţă, se necăji pentru neputinţa lui de a ajuta obştea. Se aşteptase la cereri de-astea, dar nu se gândise că-l vor afecta atât de tare.

– Ah, după atâţia ani şi de-abia-mi duc zilele, 'tu-i Dumnezeii mamii ei de viaţă! izbucni cu năduf, dând bice calului.

Capitolul 51

Cei dintâi oameni cu care Mitu s-a împrietenit în primele luni de la venirea lui din America au fost Titi şi Gicu Pârvulescu, fiii preotului Sebastian Pârvulescu. Venit din Calopăr cu mulţi ani în urmă, acesta se căsătorise, prin intermediul unei publicaţii matrimoniale în ziarul „Gorjeanul", cu o femeie din Berceşti, se stabilise în sat, devenind apoi preot militar în timpul Marelui Război. Era aspru, răstindu-se la enoriaşi şi admonestându-i, de multe ori fără pricină. La început, oamenii au comentat şi l-au bârfit, dar, după o vreme, i-a câştigat prin slujbele pe care le ţinea cu multă împătimire.

Fiii lui erau cam de-o vârstă cu Mitu, iar Gicu, cel mare, era amator de muzică. Avocat la Novaci, făcuse dreptul mai mult la insistenţele lui taică-său, pentru că, de fapt, ar fi vrut să urmeze conservatorul. De copil îi plăcuse muzica şi, deşi nu avea vreun talent deosebit, era primul pe la hore să cânte şi el. Când l-a văzut odată pe Mitu cântând o doină la o clacă, a rămas ţintuit locului de admiraţie şi, de atunci, se ţinea pe lângă el.

Titi, frate-său, era mecanic, „pentru că asta-i plăcea lui", spre disperarea sărmanului popă, care se căznise din răsputeri să-l facă intelectual de vază. Lui îi plăcea mai degrabă ţuica, nu muzica, stând deoparte când Mitu şi Gicu încercau un „duet vocal". Dar unde e muzică e şi băutură, aşa că venea şi el mai peste tot pe unde se duceau ei.

În afară de ei, Mitu i-a reîntâlnit pe mulţi dintre cei cu care copilărise înainte de a pleca în America: Călinuţ Bondoc, Petrişor Apetroaia, Mitică Zamfir şi alţii cu care se zbenguise pe coclaurile şi văile din împrejurimi. Toţi aceştia rămăseseră pe la casele lor, ducându-şi viaţa parcă într-o continuă aşteptare să se termine, nefăcând altceva decât să-şi crească copiii, să-şi îngrijească animalele şi să-şi muncească vara pământul.

La început a trecut pe la ei, au băut şi şi-au povestit câte-n lună şi în stele, dar, după nu multă vreme, întâlnirile s-au rărit. Nouăsprezece ani trăiţi în lumi diferite îi despărţeau; pentru Mitu, nouăsprezece ani de suferinţe, bucurii, întâmplări pe care puţini de acolo puteau să le cuprindă cu mintea.

Satul era neschimbat, însă lui multe îi păreau acum străine din pricina propriei lui schimbări: îi era dor de furnicarul din centrul Detroitului şi de aglomeraţia aproape de nesuportat din Lower East Side sau din Coney Island. Îi era dor de magazinele din care putuse, la un moment dat, să-şi cumpere orice. Îi era dor de Bertha şi de femeile de care se apropiase în bordelurile din Montana. Îi era dor de Olga. Aproape că îi uitase chipul, dar sentimentul de plinătate pe care i-l dăduse ea îl mai năpădea uneori, chiar şi după atâta timp. Îi era dor de Meuse-Argonne - nu de război, ci de soldaţii cu care închegase o legătură mai sfântă decât cea frăţească şi cărora le pierduse urma de mult. Îi era dor chiar şi de vremurile când fusese *hobo*, pentru că, aşa crâncene cum fuseseră, îi oferiseră posibilitatea să se revadă cu veteranii din Divizia 32 şi să călătorească prin atâtea locuri.

Aici, în sat, totul era mort: zilele începeau să se scurgă într-o plictiseală pe care nu o mai putea răbda. La crâșma din centru găsea întotdeauna aceiași oameni, bine aghesmuiți, care-l îmbiau cu un pahar de rachiu. Accepta fără să se gândească de două ori. „Mitule, americanule, zi-o tu p-a dreaptă că băutura asta nu-i mai bună decât a' din America...". Mai mult nu erau în stare să-i spună.

În afara birtului, satul era pustiu, pe ulițele parcă părăsite trecea doar din când în când câte o căruță sau un om. Locul părea atât de gol încât parcă fusese pustiit de război: doar câțiva copii rătăciți se mai iveau din când în când, fugărindu-se pe după gardurile scorojite.

Duminica își făcuse un obicei de a se duce întotdeauna, soare sau ploaie, în târg la Novaci. Pe la unsprezece se strângeau acolo atâția oameni, încât asta îi amintea de o zi obișnuită de pe Orchard Street din New York. Atunci se simțea și el bine, spre mirarea lui Titi și a lui Gicu, care mergeau mai mereu cu el, dar nu înțelegeau cum îi plăceau lui Mitu atât de tare gălăgia, mizeria și aglomerația.

– Mă, dac-ați fi stat măcar un an în Detroit, ați înțelege de ce simt acuma că-mi ard călcâiele. Aici parcă-s la închisoare!

– Mitule, eu și dac-aș sta o viață în târg, tot nu m-aș obișnui cu forfota asta pe care n-o suport! Eu vreau liniște, să aud păsărelele, nu zgomot și răcnete! Ce poa' să te ispitească la scăpătarea asta?!

El dădea din umeri. „Voi nu înțelegeți!"

Într-una din duminicile astea, pe la prânz, pe când vânzătorii își strângeau lucrurile de pe tarabe, îndesându-le în traiste sau încuindu-le în dulapuri de fier pentru a le scoate a doua zi, Mitu l-a reîntâlnit pe profesorul Panaitescu. A dat nas în nas cu el chiar în crucea dintre drumul principal și drumeagul ce ducea spre biserică. De când făcuse vizita la școală, încercase să-l ocolească, ca să evite discuțiile despre donație, dar, într-o lume mică, n-avea cum să-i meargă de multe ori.

Dascălul discuta aprins cu un domn pe care lui i s-a părut că-l știe din vedere, dar nu-i putea lega chipul de un nume. Panaitescu, de cum l-a văzut, s-a îndreptat entuziasmat spre el și, fără să piardă vremea cu formalități, i-a reamintit cu bruschețe:

– Domnule Mitu, să nu mă uiți cu ce te-am rugat atunci, câțiva gologani pentru dragii mei elevi, că tare i-ar mai ajuta... Tare mult.

– Am să mă gândesc la asta, domnule profesor, am să mă gândesc... cum nu..., îi răspunse el cu voce reținută, înjurându-l vârtos în gând. Trebuie să primesc niște bani din America și-atunci o să vorbim...

Profesorul îi mulțumi cu efuziune:

– Anticipat îți sunt recunoscător! Numai cu oameni ca dumneata putem construi viitorul localității noastre!

Mitu se încruntă, oftând cu năduf. „Cine m-o fi pus să întârzii atâta prin târgul ăsta blestemat?!" se întrebă țâfnos, încercând să-și amintească cine era domnul cu care vorbea dascălul.

– Ah, domnu' Gică, că şi uitai să vă fac cunoştinţă în graba mea naivă... Acesta este domnul Mitu Popescu, de care v-am pomenit deja, cel care a venit din America, izbucni deodată Panaitescu, făcând semne de scuze din mână că se luase cu vorba şi uitase să mai fie politicos. Domnule Mitu, dânsul este domnul Ciorogaru.

„Ah, deci ăsta-i Ciorogaru! Câtă mai nasul are! Dar ce tânăr e!" Auzise multe de el de la lume. Gheorghe Ciorogaru era şeful Regionalei legionare pe Oltenia. Fusese şcolit la Bucureşti de George Călinescu şi Gheorghe Ţiţeica şi plecase mai departe la doctorat - în filosofie - la Heidelberg, după care se întorsese în comună. Lumea care îi vizitase casa, un conac impunător chiar pe strada mare în Novaci[*], spunea că pe diploma pe care o luase în Germania scria *Doctoris philosophiae et magistri liberalium artium*. Puţini ştiau ce însemna asta, dar trebuie că era ceva foarte foarte însemnat, ziceau toţi.

Lui Ciorogaru îi plăcea să stea de vorbă pe îndelete cu oameni care veneau din străinătate, aşa că îl privi pe Mitu cu interes. Drumurile nu li se încrucişaseră în copilărie, apoi amândoi fuseseră plecaţi din ţară. Panaitescu, pe care tot încerca să-l evite pentru că se săturase de patriotismul lui limbut şi înflăcărat la extremă, îi pomenise de el, lăudându-l că ar fi numai bun de Cămăşile Verzi, pentru că trecuse prin război. Acum, însă, din schimbul de replici dintre ei, îşi dăduse seama că laudele profesorului, întemeiate sau nu, aveau şi o ţintă ascunsă: donaţia pentru şcoală.

– Bine-ai venit printre ai tăi. O să-ţi fie greu să te reaşezi aici, după ce ai trăit atâta vreme acolo, îi întinse mâna.

– Îmi pare bine să vă întâlnesc, domnule Ciorogaru.

– Regreţi că te-ai întors?

Mitu îl privi surprins. Nu se aştepta la o întrebare atât de directă din partea unui om pe care abia îl cunoscuse.

– De părut rău, nu-mi pare... da' uneori mă apucă un dor de America... Tare rău dor...

– De bine nu te-ai întors dumneata de acolo, iar aici nu locuieşti într-un palat... Treci pe la mine mai pe seară să stăm la un pahar de vorbă. Îmi place să tăifăsuiesc cu oameni care-au fost plecaţi. Pe la cinci îmi mai vin nişte musafiri. Vino după ce se strâng şi ei. Pe la şase-şapte?

Mitu încuviinţă reţinut.

– Sigur, cum să nu, încântat... Dar nu vreau să deranjez.

Ciorogaru dădu din mână a plictis:

– Dar nu deranjezi în niciun fel! Dacă ai deranja, nu te-aş chema, nu? Domnule profesor, veniţi şi dumneavoastră dacă vreţi... îl invită pe Panaitescu pe un ton din care se înţelegea că ar fi dorit exact contrariul.

Profesorul nu percepea însă lucruri atât de sofisticate ca nuanţele vocii sau limbajul trupului. Psihologia era departe de al său *modus operandi*.

---

[*] În prezent sediul agenţiei finanţelor publice Novaci (n.a.)

Pentru el, invitația era clară: nu se întâmpla prea des ca Ciorogaru să-l cheme pe la el pe acasă și nu putea să piardă ocazia.

– Domnule Gică, absolut! Mulțumesc nespus de invitație! Am să fiu punctual ca un ceasornic! Absolut ca un ceasornic! La șase fix sunt la poarta dumneavoastră!

Ciorogaru se întoarse spre Mitu:

– *Oh, well, what can you do... I'm going to wait for you later, then, is that OK? Bring photographs with you if you have any.*[*]

Mitu încuviință, privindu-l surprins. Era primul om cu care schimba o vorbă în engleză, de când venise înapoi în sat.

Spre seară s-a îmbrăcat în costumul lui „bun", și-a pus pe cap o pălărie neagră, ca acelea care erau la mare modă în Detroit, și-a vârât în buzunar ceasul de aur pe care-l purta numai la ocazii deosebite, în așa fel încât să i se vadă lanțul prins de catarama de la curea, și-a îndesat niște fotografii cu New York în buzunarul de la piept și a pornit, mult mai devreme decât ar fi trebuit, înapoi înspre Novaci.

„Am ajuns și eu o țâr' de domn la mine-n sat..." își zise în zeflemea când ajunse și își priponi calul la poarta lui Ciorogaru.

Veniseră deja doamna Comănescu profesoara, domnul Comănescu - patronul cârciumii din centru care, în afară de nume, nu avea nicio legătură cu profesoara -, Anghel Flitan, „boierul", și Armand Niculescu, doctorul comunei, care-l adusese cu el pe felcerul Mihail Panait. Pe acesta din urmă lumea îl poreclea pe ascuns „Fudulie", pentru că era fudul peste măsură. Nici Ciorogaru nu-l prea înghițea, că era cam din topor și, pe lângă că nu avea stofă, se contrazicea cu toată lumea, ceea ce-l scotea din sărite.

Panaitescu ajunsese primul, cu mult înainte de șase, și-l adusese cu el și pe inginerul Corneliu Mateiaș, șeful carierei de calcar, deși Ciorogaru nu-i dăduse de înțeles că putea să mai vină cu cineva.

Pe Anghel Flitan, Mitu îl cunoștea din copilărie. I se spunea „boierul" pentru că avea pământ în Cernădia și în Baia de Fier. Nu era deloc boier, ci un țăran harnic care-și gospodărise pământurile atât de bine încât, în timp, tot adăugând la ele, ajunsese să stăpânească munți și câmpuri întregi. Din cauza asta oamenii începură să-i zică „chiaburul" sau „boierul", unii cu prietenie, alții mai în dușmănie. Nu era școlit, dar era ager la minte, iar lui Ciorogaru îi plăcea să afle cum gândește cineva inteligent, căruia educația nu i-a știrbit din bunul simț, cum zicea el că se întâmplă adesea.

Când Mitu intră, doamna Comănescu îl întâmpină radioasă:

– Vai, ce plăcere! Ia un loc chiar aici lângă mine, pe scaunul ăsta...

El își aplecă oarecum sfielnic capul și se așeză în locul pe care-l invitase profesoara.

– Mitule, noi pe aici ne cunoaștem bine pentru că ne întâlnim destul de des, iar Novacii-s mici și nu scăpăm defel unii de alții, i se adresă Ciorogaru. Dar tu poate o să ne mai scoți din cele trei lucruri pe care le

---

[*] Deh, ce poți să faci... Am să te aștept mai târziu, bine? Adu niște fotografii, dacă ai. (engl.)

discutăm de fiecare dată şi care sunt: politică, politică, şi iar politică. Dar, mai întâi, ia şi gustă un pahar, că e de unde: băutura pe care o fac eu nu e aşa de vremelnică precum partidele...

– Da, politică, politică, aprobă Panaitescu. O politică înţeleaptă o să facă din ţara asta o ţară mare. O să ne facă să...

– Domnilor, îl întrerupse Ciorogaru pe profesor, după cum ştiţi, Mitu s-a întors nu demult din America... Când, Mitule?

– Acum şase luni.

– Acum şase luni. Nu e nemaipomenit că cineva ca el, care cu siguranţa că ar fi avut posibilităţi multe şi mari acolo, oricât de greu i-ar fi fost în ţară străină, să se întoarcă la matcă? Eu găsesc asta de-a dreptul impresionant.

– Aşa ca dumneavoastră, care aţi revenit din Germania, domnule Gică... observă doctorul Niculescu.

– Da şi nu... Dânsul a venit aici ca să ia viaţa de la început. Eu m-am întors ca să schimb ceva în mersul lucrurilor în Oltenia şi, dacă mi-o ajuta Dumnezeu, poate chiar în ţară. Mitule, nu vreau să te facem să te simţi stânjenit că te punem în *spotlight*, cum zic englezii, în centrul atenţiei, dar este remarcabil să te întorci în România când situaţia este atât de fragilă în Europa. Mare, mare curaj...

Mitu nu înţelegea de ce erau lucrurile atât de „fragile în Europa", şi preferă să tacă.

Inginerul Mateiaş arboră un aer serios, îşi aranjă ochelarii pe nas, aşa cum făcea întotdeauna când se pregătea să rostească ceva important, şi îşi exprimă dezacordul:

– Domnule Gică, mai mare curaj este să pleci la o viaţă nouă şi necunoscută, nu să te întorci într-un loc pe care-l ştii atât de bine, nu? Asta numeşti dumneata vitejie, să te întorci sub fustele mamii?! Mitule, spune-o tu pe-a dreaptă: n-ai fost şocat când ai pus piciorul în America?

Mitu ezită o clipă şi interlocutorul său i-o luă înainte triumfător:

– Vedeţi? Vedeţi că nu-i deloc uşor să te înhami la aşa ceva?

– Ei, da, ce să zic..., se băgă în vorbă Fudulie. D-apoi n-or fi ei mai cu moţ decât noi, că tot oameni sunt şi ei. Sărăcie tot e, ş-avem şi noi bogăţaşii noştri. Bogătaşi de stăpânesc câtă frunză şi iarbă! Îi avem şi noi pe Malaxa, pe alţii, nu? Ce, numai americanii au dolari, credeţi?

– Ai dreptate, arendaşii din Dobrogea închiriază utilaje agricole de la firmele lui Malaxa, aprobă Flitan, care îşi amintise brusc cât de mult se căznise acum un an să obţină nişte maşini mai ieftine, la mâna a doua, făcute în fabricile acestuia.

– Exact! Toată industria metalelor şi căilor ferate e deţinută de Nicolae Malaxa! Cum să nu avem şi noi milionarii noştri?! continuă felcerul. Eu unul ştiu una şi bună: am o casă mare, ogradă întinsă în spate, trăiesc bine. Trăiesc bine, domnule, bine de tot! se răsuci ţanţoş pe scaun, ascuţindu-şi vârfurile mustăţii.

– Ia povesteşte tu, Mitule, cu gura ta, nu-i lăsa pe alţii să povestească în locul tău, de parc-ar şti ei mai bine decât tine prin ce-ai trecut şi ce-ai văzut tu acolo, îl îndemnă Ciorogaru. America, se ştie, e cea mai bogată ţară din lume. Eu n-am călătorit decât în Europa, în special în Germania, şi n-am văzut mare diferenţă între oraşele mari nemţeşti şi Bucureşti. Dar poate pentru că Germania suferă crunt consecinţele nedreptului tratat de la Versailles. Tu ai fost şi în America, şi prin Europa. Care-s diferenţele majore între astea două continente?

– Apoi, domnilor, ce să vă spui eu... răspunse el. Viaţa-i bună în America. Tare bună... Dacă ai noroc de-un loc de muncă plătit cum trebuie, se câştigă bine, foarte bine. Dacă ai noroc. Unii au, alţii n-au... Bani sunt mulţi, foarte mulţi, dacă ştii să-i faci. Iar cei care fac afaceri, să nu vă fie cu supărare, domnule Panait..., bogătaşii de aicea sunt nişte sărăntoci faţă de câţi bani au oamenii ăia. Rockefeller stăpâneşte toată industria petrolieră din America. Spuneau în hârtii că are o avere de trei sute de milioane de dolari. Trei sute de milioane[*], domnilor! Am adus cu mine o gazetă, ca să vă arăt dovada, că nu mi-a venit să cred. Aici, cine are o casă mai mare, lumea zice că-i avut. Domnule Panait, cu iertare, dar de-o casă de-aici nu poţi cumpăra nimic în Manhattan. Absolut nimic, nicio cameră măcar. Nimic!

Felcerul îl privi concentrat şi încercă să-şi imagineze cifra spusă de Mitu. Renunţă repede şi-l întrebă oarecum descumpănit:

– Dar cât costă o casă pe-acolo?

– Apoi în Manhattan nu sunt case ca aici, ci blocuri, şi mai sunt un fel de „townhouses" se cheamă, cum ar veni „case de oraş", care au pereţi comuni cu alte case, ca să economisească spaţiu. Îţi trebuie două sute de case din Novaci ca să cumperi una din aia, am făcut eu nişte socoteli.

– Dar de ce te-ai întors? Ce te-a adus înapoi aici? Ţi-a fost dor de sărăcie?! îl chestionă cârciumarul, care nu pricepea deloc cum era cu putinţă ca cineva să vină de la bine la rău.

Mitu îşi pregătise de mult răspunsul la întrebarea asta - „dorul de ţară, domnilor!" -, însă îşi dădu seama că nimeni de la masă nu l-ar fi crezut. Dorul de ce anume, de râpele din Cernădia?! De cunie? Rămase fără grai o clipă, când Panaitescu interveni salvator:

– Ei, să stea ei în casele alea mari, „tonhosuri", eu mă simt bine în ţărişoara mea iubită! Uite-aşa! Bine-ai făcut, dragule, că te-ai întors! Mare serviciu aduci astfel ţării! Că tot ai fost în războaie şi peste tot şi ai luptat pentru drepturile tale şi ai învăţat atâtea lucruri: ia spune, te-ai gândit să le foloseşti cumva în ajutorul patriei noastre?

---

[*] Averea maximă pe care a avut-o John Davison Rockefeller (la 97 de ani) ar fi, în banii din 2006, de 305 miliarde de dolari. Aceasta îl face distanţat cel mai bogat om din istorie. Prin comparaţie, averea maximă pe care Bill Gates a avut-o (100 miliarde dolari în banii din 2006, la vârsta de 44 de ani) îl plasează pe acesta pe locul opt în ierarhia istorică. Pe locul doi se plasează Henry Ford la 58 de ani, cu 179 de miliarde în banii din 2006, iar apoi, în ordine, sunt Cornelius Vanderbilt, Andrew Carnegie, Haroldson Lafayette Hunt Jr., John Jacob Astor şi Stephen Girard (n.a.).

Mitu se foi încurcat pe scaun. Oare la ce se referea profesorul, iarăşi la bani?!

– Apoi cum s-o ajut, domnule profesor? Ce pot să fac eu, un ţăran simplu?

– Nu ce eşti contează, ci cum judeci! Te-ai gândit să intri-n politică? Lumea are nevoie de oameni ca tine, umblaţi prin lume, care poate vin cu idei noi şi bune. Noi aici, închişi în viaţa noastră ca într-o cochilie, poate nu vedem ce ar vedea unii ca tine.

– Politică?! Păi, ce să caut eu în politică...? Nu-s destui care se ocupă de asta?

– Niciodată nu sunt destui pentru o cauză dreaptă! N-am dreptate, domnule Gică? Povesteşte-i dumneata... Povesteşte-i ce faci în Legiunea „Arhanghelul Mihail"[*]!

– Ha, că iute îţi veni să-l îndrepţi spre Mişcare... încercă Mateiaş să se opună îndemnului profesorului, însă se abţinu să spună mai mult, din politeţe şi de frică să nu jignească gazda.

– Dar ia mai lăsaţi discuţiile politice-n plata sfântului! Toată ziua numai asta! interveni împăciuitoare doamna Comănescu. Eu una văd puncte bune în fiecare program, fie el de dreapta sau de stânga sau de centru şi Mitu va fi liber să aleagă aşa cum îi dictează conştiinţa, dacă va vrea să se vâre în asta. Dar nu e înţelept să-l îndemni spre legionari - iar asta o spun nu că sunt eu P.N.Ţ.-istă. Aţi uitat că Garda de Fier a fost trecută în ilegalitate?! Vremurile sunt tulburi pentru naţionaliştii extremişti! O politică cumpătată este întotdeauna înţeleaptă!

Panaitescu se ridică în picioare, pătruns până în rărunchi de însemnătatea discuţiei:

– Cu tot respectul, doamnă profesoară, dar nu sunt de acord cu dumneavoastră! Laşitatea nu ne va duce niciodată departe! La vremuri extreme trebuiesc măsuri extreme! Cum ar fi dacă n-aţi fi acuma la putere, ci în opoziţie? Aţi gândi la fel, aţi fugi de datorie? Acuma sunteţi sus - nu se ştie pentru cât timp! - dar să vedem ce-o să spuneţi când bolşevicii vor sfâşia ţărişoara asta în mii de bucăţele! N-avem nevoie de-un neispravit de rege la putere! Dimpotrivă, ne trebuie o mână de fier care să cârmuiască ţara ca un căpitan încercat pe o mare învolburată! Căpitanul[†] în fruntea ţării! Trebuie să retezăm cauzele răului din rădăcină! Jidanii s-au infiltrat peste tot, stăpânesc băncile şi marile fabrici şi dictează mersul ţării după bunul lor plac! Domnule Gică, oameni ca Mitu trebuie neapărat convinşi să adere la Mişcare! se întoarse însufleţit spre gazdă, parcă implorându-l să ia cuvântul.

---

[*] Mişcarea Legionară (cunoscută şi sub numele de „Legiunea Arhanghelul Mihail", „Garda de Fier", sau, neoficial, „Cămăşile Verzi"), a fost o organizaţie ultranaţionalistă anti-semită şi anticomunistă cu caracter religios. A fost fondată de Corneliu Zelea Codreanu (1899 - 1938) la 24 iunie 1927.
[†] „Căpitanul" era porecla dată lui Corneliu Zelea Codreanu (n.a.)

Ciorogaru nu pregeta niciodată să convingă lumea să intre în rândurile legionarilor şi, în alte circumstanţe, ar fi urmat bucuros îndemnul lui Panaitescu, chiar aşa nesuferit cum îl găsea, dar acum erau prea mulţi la masă ca să se avânte în discuţii politice. Anghel Flitan simpatiza cu legionarii, ca de altfel majoritatea ţăranilor din Novaci şi din Cernădia. Doctorul Niculescu declara că, fiind profund religios, era deasupra politicilor mărunte şi efemere, însă se ştia că, în taină, simpatiza şi el cu legionarii, pentru că aceştia puneau valorile creştinătăţii mai presus de toate. Doamna Comănescu, deşi era monarhistă şi membră a Partidului Naţional Ţărănesc aflat la putere, era de admirat pentru maniera cumpătată în care vedea problemele ţării şi ale comunei. Era o plăcere să intri în polemici cu ea, pentru că niciodată nu degenerau în certuri şi atacuri la persoană.

Însă cu ceilalţi nu era simplu: felcerul simpatiza cu extrema stângă şi chiar se spunea că, în secret, devenise membru al Partidului Comunist Român[*], dar se temea să recunoască aşa ceva ca nu cumva să fie chemat la secţie.[†] Iar dacă asta era adevărat, însemna că ei doi erau duşmani de moarte. Inginerul Mateiaş se dădea drept apolitic, însă era evident pentru toată lumea că trăgea tot spre stânga, preferând să tacă de multe ori în loc să-şi dea cu părerea, chiar şi atunci când era întrebat direct, şi de multe ori manifesta simpatie pentru ideile corporatiste socialiste şi-şi murmura în barbă dezacordul faţă de ultranaţionalismul legionar.

– Panaitescule, problemele astea se discută pe îndelete, nu de-a valma la masă între două pahare de rachiu, îi răspunse împăciuitor Ciorogaru. Las' că mă mai întâlnesc eu cu Mitu şi-am să-i explic atunci ce vor legionarii. Va fi voinţa lui dacă aderă sau nu la Mişcare, nimeni n-o să-l împingă cu forţa de la spate, nu? Haideţi să-l lăsăm pe bietul om, nu vedeţi că tăbărârăm toţi pe el de nu mai ştie pe unde să-şi scoată cămaşa? Ia spune, americanule, lasă politica pentru altădată, unde-ţi faci casă?

Mitu coborî brusc într-o realitate la care nu voia să se gândească şi fu cât pe ce să spună că şi-ar ridica ceva dacă ar avea cu ce, însă îşi opri impulsul şi ocoli răspunsul:

– Casă nu ştiu unde mi-oi face, dar mai întâi trebuie să rezolv altă problemă... Că doar nu m-oi muta singur în casă nouă, ce folos aş avea?!

– Mi-ai luat vorba din gură, continuă Ciorogaru. Vezi, tu ai fost atâta timp plecat şi lumea care a rămas s-a aşezat deja, iar acum trebuie să alergi să-i ajungi din urmă. Au copii mari, sunt însuraţi de mult...

– Apoi cam aveţi dreptate... Ar fi de-acuma timpul să-mi iau şi eu muiere... Numai să vrea mândra căreia o să-i port eu sâmbetele să se ia cu mine...

– Ei, de parcă asta ar fi problema, Mitule! interveni doamna Comănescu, prefăcându-se revoltată de naivitatea lui. Fete tinere şi

---

[*] P.C.R. în perioada interbelică şi în al doilea război mondial a fost un partid lipsit de importanţă, numărând între 1000-1500 de membri (n.a.).
[†] P.C.R. fusese trecut în ilegalitate prin legea Mârzescu în 1924 (n.a.).

frumoase sunt cât cuprinde prin Novaci şi prin Cernădia! Le-ai văzut la hore ce sprinten joacă! Multe or fi şi pus ochii pe tine, venit din America! Eşti mană cerească pentru oricine d-acia, ascultă la mine ce-ţi spun! Tu alege o fată - oricare - şi îţi garantez eu că nici n-o să clipească atunci când o să-i ceri mâna.

– Ştiu şi eu... Am o vârstă deja, nu mai sunt de douăzeci de ani...

– Ei, şi tu! Vârsta-i doar un număr, dacă ştii s-o porţi cum trebe... Ai grijă de tine, nu fă excese în nimic, aşa cum ne sfătuieşte Aristotel, şi-o s-o duci mulţi ani ţanţoş şi verde, îl sfătui Niculescu.

– Aşa este, domnule doctor, continuă profesoara. Mitule, nu mai sta: cu fiece zi care trece, apar alţi pretendenţi la mândrele din sat... Şi să ne chemi şi pe noi la nuntă când o fi să fie, poate cât mai degrabă! Şi să fii tu propriu-ţi lăutar...

Mitu tăcu nesigur. Ce să zică? Doctorul avea dreptate: la urma urmei era încă tânăr, sănătos ca un cal şi puternic ca un taur. Şi doamna Comănescu era femeie, ştia ea ce vorbeşte, nu?

MARIA

Capitolul 52

De la discuția cu Ciorogaru și cu profesoara Comănescu, gândul de însurătoare nu-i mai dădu pace lui Mitu. Începuse să le pomenească tuturor că în curând își va lua și el o muiere, ca tot omul. Nu spusese nimănui care-i era aleasa inimii, deși mulți bănuiau că despre Maria lui Dumitru și a Ioanei Dumitrache din Cernădia era vorba. Prea o lua la joc de fiecare dată când se întâlneau la hore și o ținea pe lângă el. Și ea părea că-i ținea hangul: roșeața din obraji, sfiala din ochi, stânjeneala din mișcări când era în preajma lui erau semne prea bine înțelese de cei trecuți prin viață. Babele din sat spuneau că a dat norocul peste ea cu așa pricopseală. Părinții fetei, însă, când erau întrebați de-a dreptul, spuneau că nu știu nimic și că nimeni nu le-a cerut fata până atunci, dar zâmbeau cu subînțeles.

Mitu nu scăpa niciun prilej să fie aproape de ea. Pe la horele de duminică, la clăcile din timpul săptămânii, de sărbători, umbla neastâmpărat peste tot pe unde-i umblau și ei pașii.

Totuși, îi era greu să se hotărască. Pe de o parte, voia să se așeze la casa lui, ca gospodarii, să facă copii și să și-i crească, cum făceau toți de când lumea și pământul. Pe de altă parte însă se temea că se „împușca în picior", cum îi plăcea să zică. Ce-o să facă dacă o să-i vină vreodată dor de-o altă femeie, cum pățise de atâtea ori prin Montana sau prin Detroit? Așa cum pusese acuma ochii pe Maria lui Dumitrache, așa putea să pună ochii pe alta mai încolo, nu? Și ce-o să se întâmple atunci?! Că n-o să poată umbla din muiere în muiere, să se facă de râs în fața oamenilor! Că doar dintr-o ispravă din asta trebuise să fugă în America!

Singura femeie care se potrivise cu el în privința asta fusese Bertha. Ea fusese marea excepție de la femeia cum o știa el, geloasă imediat ce pune mâna pe bărbatul cu care vrea să își împartă viața, de care trebuie să te ascunzi când trupul îți zvâcnește de dorință după alta. Însă pe Bertha n-o iubise. Iar acum, că se gândea la lucrurile astea serios, își dădea seama că nici pe Maria n-o iubea cum o iubise pe Olga.

Pesemne că s-ar fi bălăbănit mult în această șovăială dacă întâmplarea nu l-ar fi făcut să priceapă că vremurile bune, în care femeile i se aruncau la picioare fără să se gândească de două ori, începeau să apună și că înțelept era să se grăbească.

În ziua aceea se dusese la clacă la Mitică Sabin, un om din sat cu care se saluta, dar cu care nu legase cine știe ce prietenie.

Casa lui era chiar la poalele dealului, o construcție pricăjită cu două încăperi înguste, împrejmuită cu un gard bătrân ce străjuia o ogradă largă presărată cu găinați și petece mici de iarbă ciugulită de rațe, continuată cu un șopru înghesuit, care slujea și de acoperământ pentru vite.

În curte se strânseseră la curățat semințe de dovleac vreo douăzeci de oameni. Femeile de o parte, bărbații de alta, rupeau cojile nerăbdători să sfârșească mai repede, ca să se aștearnă la joc.

Maria era şi ea acolo. Stătea la masă chiar faţă în faţă cu Mitu, tocindu-şi unghiile la cojitul sârguincios al seminţelor. La fiecare privire a lui, zâmbea fugar şi îşi pleca iute ochii în pământ.

Pe la nouă seara, după ce terminară de umplut câteva vedre cu miez, se pregătiră cu toţii de chefuit, cum era obiceiul. Nimeni nu venea la clacă doar pentru muncă: torsul cânepei sau al lânii, curăţatul seminţelor sau al ştiuleţilor de porumb erau doar preludiul jocurilor straşnice ce urmau.

Unul tinerel, mai îndrăzneţ, începu să hăulească:

> *Frunză verde şi-o alună,*
> *Gilortule, apă bună,*
> *Apă bună de băut,*
> *Eu nu pot să te mai uit,*
> *Nici pe tine, neiculiţă,*
> *Când veneai să-mi dai guriţă!*

După câteva pahare de ţuică de „încălzire", lumea se aşeză într-un cerc ca să joace „purecele". Mitu intră şi el, mai mult pentru Maria. Sabin, gazda, se aşezase în mijloc, iar undeva, mai încolo, un bărbat începu să rotească o furcă în mână.

– Învârte-te, purice! strigă Sabin.

– Nu mă-nvârt pân' cân' Mihai n-o pupă pe Ileana! strigă cel ce învârtea furca.

Mihai, un bărbat cam la treizeci de ani, roşcovan şi cu burtă, se repezi înspre Ileana, iar Sabin încercă să-i ţină calea, însă omul fu mai iute, ajunse la femeie şi o apucă de mijloc, încercând s-o sărute. Aceasta luptă îndârjită, spre veselia celorlalţi care de-abia aşteptau asta, pentru că atunci când femeia se împotrivea puteau să-l plesnească pe bărbat în voie. Sabin îl ajunse repede şi începu să-l croiască la fund cu o curea de piele, dând cu toată puterea de care era în stare. Bărbatul începu să râdă mânzeşte, apoi nu se mai putu abţine şi, ţipând de durere, dădu fuga şi se ascunse printre oamenii care râdeau în hohote.

Jocul continuă aşa o vreme, unii primind bătăi la fund când erau prinşi până să ajungă la o femeie, alţii, mai norocoşi, prinzându-le şi pupându-le focoşi.

După vreo jumătate de oră, îi veni şi lui Mitu rândul să stea în mijloc.

– Învârte-te, purice! strigă.

– Nu mă-nvârt până când Brânzan n-o pupă pe Maria! rosti răsucitorul furcii.

Mitu se repezi vijelios spre Brânzan, dar acesta era atât de aproape de fată încât ajunse la ea într-o clipă, o apucă de mijloc şi o sărută apăsat pe gură. Maria se prefăcu mai întâi că se împotriveşte, însă apoi se lăsă moale în braţele lui şi-i răspunse. Mitu privi scena pus pe harţă, însă îşi veni repede în fire când îşi dădu seama că ceilalţi nu mai conteneau cu râsul.

„Mama mă-sii, e doar un joc...", îşi spuse îmbufnat.

După „purece", doi tinerei începură să triluiască din fluieraşe o măruntă, iar băieţii luară fetele la joc. Mitu îşi dorise întotdeauna să vină şi muzicanţi adevăraţi la clăci, nu doar fluieraşi, însă lăutarii satului nu se coborau la aşa ceva, ei cântau doar pe la hore. Din cauza asta se gândea din ce în ce mai des în ultima vreme să-şi încropească el un taraf, cu care să cânte pretutindeni.

Luă câteva fete la săltături, ca şi cum ar fi vrut să-i arate Mariei că-i plătea pentru ce făcuse cu Brânzan, apoi o luă şi pe ea la joc. Carnea tare şi fragedă de pe mijlocul ei subţire, atingerea întâmplătoare a pieptului ei de al său, îl aprindeau ca pe o grămadă de găteje uscate.

– Marie, da' eşti focoasă de-mi iei minţile! îi şopti şi o strânse mai tare, dovedindu-i uşor împotrivirea prefăcută.

Lângă el, Brânzan, care abia împlinise optsprezece ani, tot trăgea cu ochiul. Luase şi el la joc o mândră, însă parcă ar fi jucat cu o coadă de mătură, nu cu un om, întrucât stătea cu ochii aţintiţi doar la ei. Cum Mitu n-o lăsa pe Maria din braţe, flăcăul răbdă o vreme, dar, după câteva jocuri, răbdarea lui, şi aşa pusă greu la încercare de la ţuica băută, ajunse la capăt: cu pleoapele lăsate sub greutatea alcoolului şi cu mintea golită de orice judecată cumpănită, porni spre ei şi, fără a-i arunca nicio privire lui Mitu, o apucă pe Maria cu putere de braţ.

– Joacă şi cu mine! se răsti la ea.

Fata se trase un pas înapoi, uitându-se întrebătoare la Mitu.

Mitu se albi de mânie şi se burzului la Brânzan:

– Îmi iei muierea, mă?! Ori nu vezi că eu joc cu ea?

– Păi ce? E muierea ta, cumva? N-am auzit s-o fi luat tu de femeie!

– Nu-i femeia mea, da' eu joc cu ea acuma!

Maria încercă să se pună între ei, ceea ce-l înfurie cumplit pe Mitu. O privi ca şi cum ar fi vrut s-o sfâşie în bucăţele şi, cu mare greutate, se înfrână s-o îmbrâncească deoparte. „Îi iei apărarea lu' puţă ăsta?!" bâigui aproape neinteligibil şi se îndreptă spre Brânzan, care îl aştepta clătinându-se pe picioare.

Se încăierară scurt, dar bărbătos, încercând să se trântească unul pe altul, rostindu-şi sudălmi grele şi lovindu-se cu pumnii muiaţi de băutură. Ceilalţi săriră şi îi despărţiră repede; Brânzan căzu împleticindu-se pe un scaun, privind tâmp în faţă, ca şi cum nu ar fi priceput cum de unul de două ori mai în vârstă ca el îi putuse ţine piept, în vreme ce Mitu se ridică de jos, se scutură pe haine, se duse la Maria şi o apucă strâns de mână:

– A mea o să fii, mă! Să ştii asta!

Ea încercă în van să-şi ascundă mulţumirea de pe faţă. Era ceva ca doi bărbaţi să se bată pentru ea! Nu multe dintre suratele ei izbutiseră asta. Pe deasupra, se bătuse pentru ea Mitu Popescu, nu oricine! În sufletul ei, visase la feţi-frumoşi ce veneau de peste mări şi ţări, şi chiar Margareta, ţiganca din rudărie, îi spusese mai demult c-o să se mărite cu un cavaler de inimă neagră care o să vină de departe. Iar Mitu, mai domn decât ţăranii din jur, purtându-şi hainele ca şi cei de la oraş, venea tocmai din America şi era şi oacheş, astfel încât convingerea ei ajunsese de nezdruncinat: el era cel despre care ţiganca îi ghicise în cărţi!

Cam la o lună după asta, Mitu se hotărî s-o ceară de nevastă. Îi plăcea fata, de ce să mai aştepte? Ce să mai aştepte?! Era din familie bună, deci avea să vie cu zestre pe măsură - asta avea să vorbească pe îndelete cu taică-său Dumitrache.

Chibzui cu grijă la toţi oamenii de vază din Cernădia şi din Novaci pe care îi cunoştea mai bine. Trebuia să meargă cu cineva dintre ei în peţit, pentru că doar aşa putea obţine o dotă mai mare. Profesorul Panaitescu era simpatic până la urmă, însă cam smintit şi palavragiu. Lumea râdea pe la spate de el, când se fandosea, cu ţuica în cap, pe la hore. În plus, cum putea să-i ceară asta, când îl refuzase cu donaţia?! Părintele Scorojan din Baia de Fier, tot aşa, duminica dimineaţa la slujbă predica despre milostivirea Domnului şi despre iertarea păcatelor, însă capul îl durea de mahmureală după cheful de sâmbătă seara. Prietenul Gicu Pârvulescu, avocatul, băiatul preotului Sebastian din Cernădia, era prea tânăr, şi nici pe tatăl lui nu putea să-l roage întrucât era popă în sat. Inginerul Mateiaş ar fi fost o idee, însă avea idei comuniste şi oricine se însoţea cu el era judecat de oameni că s-a dat cu roşii, deci ieşea şi acesta de la socoteală. Doctorul Niculescu ar fi fost bun, însă părea cam acru când se întâlneau întâmplător pe stradă şi nu îndrăznea să apeleze la el pentru aşa ceva. Cu o femeie ca doamna Comănescu, stimată şi în Novaci, şi în Cernădia, nici gând să se poată duce, că era femeie. Nimeni nu mergea la peţit cu o femeie, oricât de cucoană ar fi fost ea!

După ce îi trecu pe toţi în revistă, se opri la Gheorghe Ciorogaru. Avea prestanţă în zonă şi lumea îl stima. Nu erau foarte apropiaţi, dar putea îndrăzni. Mai mult, i se părea că acesta îl simpatizează şi că e interesat de viaţa lui din America şi măcar de asta nu-l putea refuza.

A făcut drumul până la Novaci ca să vorbească cu el. Când a intrat pe poartă şi i-a spus pe scurt ce căuta, şi când acesta a început să-i explice cum vedea el lucrurile, s-a simţit ca în faţa unui judecător.

– Deci ai pus ochii pe o fată din Cernădia. Ţi-e dragă şi zici că şi ea te place. Ce poţi să-i oferi?

I-a răspuns încurcat că s-a întors din America fără prea mulţi bani, însă are nişte pământ pe care o să îl arendeze şi că peste câţiva ani - nu spuse că era vorba de mai mult de un deceniu - o să primească un bonus pentru că servise în armata americană în război, şi din banii ăia îşi va mai cumpăra nişte pământ.

– Şi unde-o să staţi, tu şi cu femeia ta?

Din nou încurcat, zise că îşi va ridica în curând o casă frumoasă, însă, pe moment, o să stea în casa părintească - laolaltă cu maica-să, frate-său şi soră-să, care rămăseseră necăsătoriţi.

Ciorogaru clătină gânditor din cap.

– Mitule, am să vin cu tine, dacă asta ţi-e dorinţa. Însă-ţi zic să mai cumpăneşti un pic. Uită-te în jurul tău: pe-aici bărbaţii cad seceraţi de inimă de la o vârstă, unii în plină putere. Câţi văduvi ai văzut? Eu nu cunosc niciunul. Însă ştiu cinci văduve doar pe strada mea. Multe femei rămân singure de tinere şi-s nevoite să-şi crească copiii în condiţii grele. Dacă tu te însori cu Maria - mai mică cu douăzeci şi unu de ani ca tine - gândeşte-te că jumătate din viaţa ei, cea mai grea, cu copii, s-ar putea să şi-o petreacă singură, fără ajutorul tău. Nu eşti bogat, ca să zici că o să trăiască din moştenire. Dacă tu mori la şaizeci de ani şi ea la optzeci - că femeile mor mai târziu decât bărbaţii - înseamnă că ea va sta patruzeci de ani singură şi săracă, poate cu copii de întreţinut. Jumătate de secol, aproape! De ce nu-ţi iei una mai de vârsta ta, omule?! Fata de-abia a împlinit şaisprezece ani!

Mitu bolborosi cum că Maria îi era dragă şi că nimeni nu se însoară cu o femeie care a trecut de douăzeci şi ceva de ani, pentru că e ceva nelalocul lui cu ea, altfel n-ar fi stat atâta nemăritată. În plus, trebuia să-şi ia o fecioară, iar astea mai în vârstă sunt deja umblate pe la bărbaţi.

Ciorogaru îl îndemnă să nu plece urechea la toate vorbele şi obiceiurile locului - mai ales el, care era umblat atâta prin lume! -, însă îl simţi neclintit. Mitu o voia pe fata asta cu orice preţ, aşa că, până la urmă, fu de acord.

Peste o săptămână, Mitu s-a înfiinţat să-l ia la Cernădia la familia Dumitrache. Pe drum, Ciorogaru o dăduse pe engleză, asta parcă pentru a-l testa, aşa cum îi era obiceiul cu orice om venit din străinătăţuri. O limbă străină învăţată cum trebuie, vorbită corect şi curat, era pentru el un indiciu de netăgăduit al inteligenţei. Lumea comenta pe seama asta, zicând că îi ia pe oameni în engleză, franceză sau germană ca să se fandosească, însă nimeni nu ştia motivul lui real: voia să judece în câteva secunde persoana din faţa lui.

– *So, Mitu, think again, please, before you proceed with all these. Maria is twenty one years your junior. You're almost marrying a child!*[*]

Mitu îi răspunse firesc, parcă nedându-şi seama că îi vorbise în altă limbă decât româna:

– *Oh, well... it's not like I have so many options here. At least I get to get a beautiful woman, after all the struggle I've gone through in all these years. You know, this was the main reason I left Romania so many years ago: to make it big. I haven't succeeded the way I wanted, but, at least, here, in Cernădia, I am somebody. Marrying her will show me that my years spent in exile were not in vain.*[†]

Ciorogaru zâmbi:

---

[*] Deci, Mitule, gândeşte-te încă o dată înainte să faci pasul. Maria e cu douăzeci şi unu de ani mai tânără ca tine. Te însori cu o copilă! (engl.)

[†] Mă rog, nu am prea multe opţiuni în situaţia asta. Măcar o femeie frumoasă să-mi iau, după toată suferinţa din anii ăştia. Asta a fost motivul principal pentru care am părăsit România acum mulţi ani: să mă realizez. Nu prea mi-a ieşit aşa cum aş fi vrut, însă, cel puţin în Cernădia, sunt cineva. Dacă mă însor cu ea, o să însemne că toţi anii ăştia petrecuţi în exil nu au fost în van! (engl.)

– *I understand this very well. We, men, all do the same: we strive for power, to marry up. Some succeed, many do not. You may be one of the lucky ones. Only time will tell.*[*]

Mitu nu înțelese foarte bine ce vrusese Ciorogaru să-i spună, însă nici nu-și bătu capul prea tare. Gândurile lui erau nu la psihologie, ci la lucruri concrete. „Cum am să-ncep discuția cu socru' despre dotă, oare?"

Și, într-adevăr, așa cum presimțise, tocmeala începu anevoie. După ce sparse gheața și îi spuse lui Dumitrache că îi plăcea de fata lui - că așa era datina, nu că acesta n-ar fi știut care era scopul vizitei lor -, rămaseră o vreme încurcați, neștiind cum să meargă mai departe. Ciorogaru interveni de câteva ori ca să miște lucrurile înainte, dar parcă nimeni nu avea curajul să vorbească despre chestiunea gingașă a zestrei.

În cele din urmă, nici înțelepciunea lui Ciorogaru, nici dorința lui Mitu de însurătoare nu dezmorțiră atmosfera, ci o sticlă de rachiu. După jumătate de litru, limbile se dezlegară. Dumitrache era de fapt măgulit că cineva ca Mitu, om chipeș, umblat prin America, cerea mâna fetei lui, însă nu lăsa să se vadă asta, ca să păstreze zestrea Mariei cât mai mică, măcar pentru început. Dacă ar fi dat tot dintr-o dată, ar fi însemnat că fata are vreun cusur și că el vrea cu tot dinadinsul s-o mărite.

După târguieli nesfârșite despre „condițiunile de întovărășire", sub moderarea calmă și cumpănită a lui Ciorogaru, se înțeleseră: nunta avea să fie peste două luni, iar zestrea Mariei avea să cuprindă pământ, vite, mobilă, preșuri și îmbrăcăminte.

Ca să rămână treaba bătută în cuie, Ciorogaru luă un creion și notă pe o hârtie ce se hotărâse la masă: „*trei stânjeni de moșie în curaua de seliște de la deal. Șase stânjeni din apa Boțotei până în hotarul lui Papuc cu tot ce se va găsi pe dânșii. Pământul dindărătul casei să-l culeagă pe din două cu noi. Un râmător. Șole. Patru cămăși bune. Două zvelci. Trei brâne bune. Două pături bune, noi. O ladă. Un pieptar de seară. Un chimir nou. Un bou de jug. O vacă cu vițel.*"

Mitu aducea, în schimb, o livadă, dolarii de avea să-i primească din America mai încolo și, cel mai important, cetățenia americană pentru copiii lor.

– Nea Dumitrache, pentru că ginerele-i cetățean american, copiii lui vor fi și ei, automat, cetățeni americani, îi explică Ciorogaru viitorului socru la sfârșit, spre satisfacția imensă a acestuia, care se și vedea la bătrâneți adânci petrecându-și timpul undeva peste ocean.

– Da, tată socru, întări Mitu, poate, când or să crească mari, copiii noștri or să vrea să plece și ei cum am plecat eu când aveam șaptesprezece ani. Eu o să le ofer tot ce pot, astfel încât, dacă or să se hotărască, să n-o facă de nevoie, din cauza caliciei, ca mine, ci pentru că așa vor vrea.

---

[*] Înțeleg prea bine. Noi, bărbații, suntem cu toții la fel: luptăm pentru putere, ca să ne însurăm cu femei frumoase. Unii reușesc, mulți nu. Poate că ești unul din ăștia de au noroc. Numai timpul ne va spune asta (engl.).

Capitolul 53

Într-o sâmbătă de mai, Maria porni prin grădinile din Cernădia, împreună cu câteva fete, ca să facă mătăuzul. Bătură din poartă în poartă, culegând de prin curțile oamenilor buchețele mici alese cu mare grijă, ca să nu li se prăpădească petalele din nebăgare de seamă. Mătăuzul trebuia să fie din flori mari și frumoase, cât mai multe și cât mai felurite, iar asta cerea muncă migăloasă.

Când se întoarseră acasă, spre seară, le așteptau lăutarii, tocmiți din vreme de Dumitrache. Aceștia începură să cânte, ținând-o tot așa până când fetele alcătuiră din florile culese un buchet mare pe care-l legară cu beteală și fir roșu. Lumea se așeză atunci la masă, apoi porni o horă scurtă.

În timpul ăsta, Mitu, însoțit de frații Titi și Gicu Pârvulescu, umbla prin sat cu o ploscă în mână și invita oamenii la nuntă.

– Bună ziua! Noroc și ceas bun! Bine v-am găsit sănătoși! Ginerele, nașii, socrii mari și socrii mici vă poftesc la nuntă, de azi până luni. Să veniți sănătoși!

Trecu aproape pe la toți, ca să aibă cât mai mulți meseni. Își făcuse socotelile cu exactitate, ca pe vremea când avea magazinul: îi trebuiau cam patruzeci de perechi ca să-și acopere cheltuielile cu mâncarea. Restul ar fi fost câștig curat, deci, cu cât mai mulți, cu atât mai bine. În sinea lui spera că lumea, respectându-l pentru că venise din America, o să fie mai puțin zgârcită când se va striga darul și, cine știe, poate că așa putea să adune ceva bani să-și ridice o casă.

Spre seară, istovit, însă mulțumit de efort, s-a întors acasă. Acolo munca era în toi: câteva femei făceau sarmale și pregăteau fripturile, iar trei fetișcane erau îngropate până la coate în făină.

Se lucra de zor la facerea steagului - două șervete cusute unul de altul și atârnate în capul unei prăjini -, care avea să fie bătut pe poartă, să fâlfâie falnic în aer. Câțiva flăcăiandri de șaptesprezece-optsprezece ani își tot făceau de lucru pe lângă steag. Veniseră, vezi Doamne, să ajute, însă mai mult ca să tragă cu ochiul la fetele ce ajutau la bucătărie.

Într-un târziu se adunară cu toții la masă și mâncară pe săturate până dincolo de miezul nopții, stropind fripturile cu mult vin și lălăindu-se la discuții a căror înțelepciune era grav ciuntită de țuică. După ce-și umplură burțile bine, se încinseră la horă, iar Mitu îi tot struni pe lăutari până ce aceștia osteniră atât de tare de ajunseră să târâie arcușurile pe strune ca niște căței trași de o sfoară împotriva voinței lor; dorința lor ascunsă era să se întindă pe scaune și să-și toarne țuică direct în stomac, nu să binedispună lumea.

În partea cealaltă, la socrii mici, lucrurile se desfășurau după obicei. A doua zi dimineață, Maria luă mătăuzul și se îndreptă spre apa Boțotei. Era însoțită de trei lăutari și de câțiva flăcăi din vecini. Unul, Ionel Câlnici, băiat sprinten pe fața căruia se citea limpede cât de mult îi plăcea de ea, se ținea pe aproape, cărând o vadră. Îi părea rău că nu fusese mai îndrăzneț și nu se dăduse pe lângă fata asta mai demult, că acum poate i-ar fi fost el ginere. Maria, plăpândă și tăcută, bălaie cu ochi verzi, cum rar se vedea prin partea locului, fusese curtată de mulți sau dorită tainic, știa de la prietenii lui. Însă americanul o înșfăcase! Asta să-i fie învățătură de minte și data viitoare să nu mai fie așa momâie!

Când ajunseră la marginea Boțotei, cineva aruncă un bănuț de argint în vadră. El o umplu pe jumătate cu apă și-i făcu un semn Mariei s-o verse, care-i dădu o lovitură cu piciorul.

O umplu iar, încântat de importanța rolului încredințat. Nu peste mult timp va trebui să rostească și colocășiile. Maria răsturnă vadra din nou, iar el o mai umplu o dată, după care făcură o horă și se rotiră de trei ori în jurul ei.

Maria era roșie toată de emoție. Mersese pe la multe nunți și știa lucrurile astea aproape pe de rost, însă acum se simțea stingheră și încurcată, că le făcea ea însăși. Porniră înspre casă și așezară vadra pe pridvor cu mătăuzul în ea, în așteptarea ginerelui și nuntașilor care porniseră spre ei.

Mitu îl pusese pe Anghel Flitan, „boierul", să-i deschidă calea. Pentru asta împrumutase un cal alb, așa ca cei din cavaleria americană, și-i dăduse o pălărie texană de piele. El călărea pe un cal ceva mai pricăjit, dar bine spălat. În urma lor veneau maică-sa, Gheorghița și Gheorghiță în căruță, și apoi restul de nuntași, fiecare cum se descurcase: călare, pe jos sau în căruțe și trăsuri.

Când ajunseră la poarta lui Dumitrache, Maria le ieși în întâmpinare cu vadra și stropi oamenii, iar Ionel Câlnici făcu un pas înainte ca să spună colocășiile.

– Bună dimineața, noroc, ceasul cel bun, bine v-am găsit sănătoși! rosti Flitan.

– Ceasul cel bun. Bine ați venit sănătoși! Bună dimineața, cinstiți socri mari! răspunse băiatul.

– Mulțumim dumneavoastră, băieți militari.

– Dar ce umblați, ce căutați?

– Ce umblăm, ce căutăm? La nimeni sama nu dăm. Dar cine sunteți dumneavoastră de ne luați sama noastră? Și fiindcă ne-ntrebați, să ne luați cu încetul. Să spunem adevărat, că de multe ce sunt și dese, nu le vom putea spune pe-alese. Tânărul nostru împărat de dimineață s-a sculat. Fața albă și-a spălat, chica neagr-a pieptănat, cu straie s-a îmbrăcat, pe murgul și l-a-nchingat și pe el a-ncălecat…

Lumea asculta de parcă atunci ar fi auzit orația pentru întâia oară. Când Flitan termină de recitat, o babă - tușa Ana, care se lăuda că de douăzeci de ani nu lipsise de la nicio nuntă - zise răstit:

– Un'e-i vinu' și mâncarea? Aduceți-le încoace repede. Angheluță, ce faci, dormi în opinci?

Flitan își aminti că rolul lui nu se terminase încă. Luă cana pe care i-o întinsese baba și o aruncă cu putere peste casă, apoi înșfăcă un hartan de curcan şi-i făcu şi acestuia vânt peste acoperiş. Ionel Câlnici se repezi după casă şi aduse cana înapoi, ţipând în gura mare:

– Nu s-a spart! Nu s-a spart! - semn că mireasa era fată mare.

Oamenii chiuiră şi intrară în ogradă să se aşeze la mese. Ioana Dumitrache, soacra mică, o luă pe Maria deoparte ca să-i spună că trebuie să intre acum în casă ca să se gătească.

– Cuscră, hai şi mata înăuntru, o îndemnă şi pe Lenuţa.

Doi lăutari le urmară, cântând din rărunchi:

Ia-ţi, mireasă, ziua bună
De la tată, de la mumă,
De la fraţi, de la surori,
De la grădina cu flori,
De la fete din uliţă,
De la fir de busuioc,
De la băieţi, de la joc.

Înfloriţi, flori, înfloriţi,
Căci mie nu-mi trebuiţi!
Mie când îmi trebuiaţi,
Voi atunci îmboboceaţi,
Înfloriţi şi staţi perete,
Că eu mi-am ieşit din fete,
Astăzi sunt cu fetele,
Mâine cu nevestele,
Poimâine cu babele.

Maria intră în cameră, urmată de soacră, de naşă - o verişoară de-a ei - şi de maică-sa. Trebuia acum să-şi pună rochia de mireasă şi să se împodobească.

– Să nu-ţi fie de deochi, că frumoasă mai eşti, Mărie! o încurajă maică-sa, dându-se în spate şi privind-o din cap până în picioare. Nu-i aşa, Lenuţo, că-i norocos tare fecioru-tău?

Îi aşeză voalul pe cap, prinzându-l cu flori de lămâiţă şi potrivindu-i concentrată şirurile de beteală, de parcă o idee mai în dreapta sau mai în stânga ar fi transformat-o numaidecât într-o urâţenie.

În timpul ăsta, bărbaţii mai petrecăreţi se puseseră deja pe benchetuit - nu prea tare, ca să nu se dea în stambă înainte de a începe nunta - iar câteva fetişoare, alese anume dintre cele mai frumuşele din sat, îi împodobeau cu cocarde pe nuntaşii adunaţi în curte.

Când Maria fu gata, mesenii se ridicară de la masă, se învârtiră de câteva ori în horă ca să mistuie kilogramul de carne înfulecat la repezeală şi să facă loc celor ce aveau să vină mai târziu, apoi o luară agale spre biserică - Maria într-o trăsură, iar Mitu în faţă, în fruntea alaiului.

– Casă de piatră şi copii frumoşi! Casă de piatră şi copii frumoşi! li se striga din porţi.

Când slujba se sfârşi, se îndreptară spre casa lui, unde Lenuţa, care o pornise înainte, îi aştepta cu o masă rotundă, acoperită cu o faţă albă de bumbac. O învârti pe Maria de trei ori în jurul mesei, apoi luă o farfurie de lut în care turnă nişte miere şi, înmuind în ea o lingură, o îndemnă pe fată să guste. Apoi îi făcu semn şi lui Mitu.

– Feciorul meu, ia şi tu cu lingura asta. Să vă ţie Domnul pe vecie aşa cum fagurii ţin mierea. Spuneţi-vă acu' pe numele mic.

După asta se întoarse către oamenii care umpluseră curtea:

– Veniţi, oameni buni!

Aceştia se aşezară iute la mesele lungi, socotindu-se cum să mănânce mai mult, ca să răscumpere ceva din cheltuiala pe care aveau s-o facă în curând. Mitu şi Maria stăteau între naşi, în capul mesei, alături de Flitani, de preot şi de intelectualii comunei: Gicu Pârvulescu, Gheorghe Ciorogaru, doamna Comănescu, profesorul Panaitescu şi doctorul Niculescu.

Oamenii înfulecau cu hărnicie, stropind fiecare îmbucătură cu câte o înghiţitură de rachiu. Un bătrân vesel şi ager, roşu la faţă de la băutură, care molfăise sarma după sarma de parcă asta era ultima zi din viaţa lui, sări deodată ca şi cum şi-ar fi amintit ceva, şi-l întrebă pe Mitu tare, peste masă:

– Şi zi-i, ginerică, ai vreun gând să te-ntorci în America sau stai aici în sat pân' la moarte?

El zâmbi şi dădu din umeri a neştiinţă:

– Apoi, nea Ioane, nu ştiu ce să-ţi spui… că m-aş şi întoarce, dar aş şi sta aici. Vezi 'mneata, n-am de lucru în Cernădia, iar banii cu care-am venit or să se ducă până la urmă. Dumitale n-ai pleca la mai bine, de-ai fi mai tânăr?

– Nu ştiu, mă, tu ai fost acolo şi numa' tu ştii dacă-i bine sau nu, eu doar te întrebai, nu vrusei să-ţi dau vreun sfat.

– C-apoi, neică, ş-aici, ş-acolo, sunt lucruri şi bune, şi rele, îi răspunse. Se gândi să-i înşire ce anume era rău în America, însă nimic parcă nu-i venea acum în cap. Îşi amintea doar de cele bune: munţii Montanei, banii din *bootlegging*, automobilul, magazinul, splendoarea New Yorkului, Coney Island. Chipul Olgăi îi trecu fugitiv prin minte.

– Eu unu' n-am fost niciodată nici măcar la Bucureşti, da' nu cred că poa' să fie mai bine aici decât acolo… continuă nea Ioan, şi ar mai fi zis el multe, dar se ajunsese la friptură şi acum trebuia să se strige darul.

Mitu se ridică de la masă şi împărţi celor de lângă el şervete albe. Ciorogaru se sculă şi el, luă o farfurie, turnă puţină sare şi le făcu apoi semn lui Anghel Flitan şi Gicu Pârvulescu ca să-l însoţească printre nuntaşi.

Aruncă nişte bancnote în farfurie, apoi începu să treacă pe la cei mai apropiaţi:

– De la mine douăzeci de dolari! strigă scuturând farfuria. De la Gheorghiţă, fratele ginerelui, o vacă! De la maică-sa Lenuţa, un pogon de pământ în susul dealului în dreapta pârâului!

Apoi trecu pe la cei de lângă capul mesei, strigând banii cu voce răsunătoare, şi continuă înspre coadă, la cei mai săraci. Acestora nu le mai strigă darul cu voce puternică, ca la primii, ci mai domoală, parcă pentru a nu-i umili că se aflau pe o treaptă mai coborâtă în rânduiala lumească.

În timpul ăsta Mitu se prefăcea neinteresat, dar, de fapt, îşi făcea socotelile pe loc, aproximând la fiecare strigare cam câţi bani se strângeau, tot aşa cum aprecia odinioară ce vânzări avea la „Mitu & Olga's Store".

„Nu mare lucru...", constată sumar când Ciorogaru ajunsese pe la jumătate. Fiecare dădea ce putea, şi faptul că nunteau la un cetăţean american nu-i făcea să-şi vâre mâinile mai adânc în buzunare.

Când se isprăvi strânsul darului, se trase lângă taraf şi luă vioara unui ţigan. De la începutul petrecerii avusese chef să cânte ceva. Trase cu arcuşul de câteva ori, ca pentru a o acorda cu el, apoi le făcu un semn lăutarilor să-l acompanieze.

„Iuhuu', muiere, hai na na!", chiuiau nişte tinerei sprinteni ca argintul, cu o mână ţinând strâns câte o mândruţă de mijloc şi cu cealaltă pocnind straşnic din degete. Fetele se dădeau de ceasul morţii să arate privitorilor cât de bine jucau. Broboane de transpiraţie le curgeau pe la frunte, alunecând încet şi lăsându-le dâre subţiri pe pielea înroşită de boială, agăţându-se apoi de bărbie sau de nas printr-un fir subţire şi atârnând acolo câteva clipe, pentru a cădea în final pe piepturile ţuguiate de la strânsoarea pieptarelor.

Mamele îşi supravegheau cu atenţie fiicele de pe margine, discutând ultimele bârfe şi analizând posibilii peţitori. Bătrânii stăteau chiar lângă horă, cu mintea pierdută în urmă. Se distrasără şi ei, tot aşa de viguros, prin tinereţi, însă acum se apropiau de apusul vieţii.

Încinşi de la joc şi ţopăind chiar în mijloc, doi bărbaţi nu mai ştiau ce să mai facă pentru a ieşi mai tare în evidenţă: Nicu Ciotor, avocatul de la judecătorie, se întrecea în ale măiestriei cu Ion Stoian, zis şi Dănel, un cismar tinerel ce lucra la Hiriseşti, subţirel şi plin de mândrie că se confrunta cu un adversar aşa de înalt.

El, însă, în mod straniu, se simţea trist! Uită de nuntă, de mireasă, de el însuşi, şi se adânci în cântare ca în tinereţe, trăind parcă într-o altă lume, în care realitatea era înfiripată de sunetul viorii şi de vocea lui. Când sfârşi, îşi reveni cu greu, ca şi cum s-ar fi trezit dintr-un somn adânc, şi privi buimac în jur. Unii nuntaşi se opriseră din joc şi se trăseseră pe margini, ştergându-şi sudoarea de pe faţă cu dosul mâinii şi privind la el cu mirare. Auziseră din vorbe că Mitu era un lăutar ca nimeni altul, dar, până atunci, nu avuseseră prilejul să se convingă.

Petrecerea continuă până în zorii zilei, când, ghiftuiţi cu mâncare şi băutură, nuntaşii se îndreptară spre casa Mariei, ca s-o ia de la capăt.

Capitolul 54

La nouă luni după nuntă, într-o dimineață de sâmbătă, pe Maria au apucat-o durerile facerii. Au ținut-o până după prânz, destul timp ca Lenuța să se repeadă până în vale și să cheme moașa, o babă grasă care abia se mai putea mișca, dar se fălea că pe mâna ei, de zeci de ani de când își făcea meseria, nu murise niciun prunc.

Mitu încercase de câteva ori să intre în camera cea mică unde se adunaseră femeile, dar acestea l-au gonit cu glasuri ascuțite:

– Bărbatul nu trebe să vadă asta ca să nu se scârbească! Te chemăm cân' îi gata, acuma nu sta aici! Du-te și vezi-ți de trebile tale, departe, să n-auzi gemetele Mariei, că după aia n-o să-ți mai placă de ea!

Pe la patru după-amiaza moașa îl chemă, în sfârșit, înăuntru, iar el, intrând temător ca și cum ar fi pășit într-o altă lume, se uită la bucățica de carne vie, ghem congestionat de scâncete și răcnete, cu surprinderea bărbatului care întotdeauna s-a gândit la plăcerile trupului ca la scopuri în sine și nu ca la niște căi spre nemurire.

– Ai un băiat, americanule, să-ți trăiască!

S-a uitat mirat la fața încrețită de plâns a copilului, la buzele țuguindu-se după țâța Mariei, la capul mic și umed, și l-a luat stângaci în brațe, sub privirea îngrijorată a moașei care se potrivise astfel încât să îl prindă pe micuț dacă el l-ar fi scăpat din nebăgare de seamă.

– Oare cu cine seamănă, că parcă nu trage nici către mine, nici către Maria.... zise ca pentru sine.

Maică-sa îi potoli temerile într-o clipă, cu înțelepciunea femeii care trecuse prin asta și învățase cum să aline frica cea mai mare a unui bărbat - aceea de a crește, fără să știe, copilul altuia. Că doar nici în ziua de azi nu era sigură cu cine era făcut Mitu al ei - cu bărbat-său sau cu Popa?! -, iar Dumitru trăise o viață fără să se îndoiască vreodată că băiatul era al lui.

– Doamne, Mitușoare, da' este bucățică tăiată, uită-te la el, mânca-l-ar mama de puișor! Așa te uitai și tu când erai mic, parcă te văd! Săracuțul de el! Ia 'aide să te ia buna în brațe! Să ne trăiască și să ne mândrim cu el! Să fie curajos și să plece peste mări și țări, ca tat-su!

Timp de patruzeci de zile de la asta, până să se facă molifta și slobozirea casei, Maria nu a ieșit în lume. Soacră-sa îi stătea mereu în preajmă ca nu cumva să facă ceva ce i-ar fi pricinuit vreun rău copilului. Nu o lăsa să frământe pâine, pentru că nu era curată; o oprea să pună rufele copilului pe sârmă seara după asfințit, pentru ca acesta să nu se îmbolnăvească de plânsori; nu-i dădea voie să iasă din curte, ca să nu ademenească mânia ursitoarelor.

Dacă până atunci timpul pentru Mitu trecuse boierește, cu zile lungi umplute de vizitele pe la Titi și Gicu Pârvulescu și de băutele multe prin sat, odată cu nașterea lui Gheorghe - că așa i-au pus numele -, același timp s-a comprimat deodată ca burduful unui acordeon, scurgându-se parcă accelerat şi lăsând orele cu repeziciune în urmă. Prin simpla lui venire pe lume, copilul ajunsese să-i schimbe din temelii existenţa.

Era tată!

Pentru o vreme, nimic altceva nu a mai existat în viaţa lui. Vioara zăcea sus pe dulapul din camera mică; povarna se umpluse de praf de când nu-i mai călcase pragul; oamenii cu care înainte se întâlnea des - Flitan, Titi, Gicu, Panaitescu - îl simţeau înstrăinat. Doar cu Ciorogaru mai ţinea legătura, făcându-i câte o vizită acasă, unde se aşezau la masă şi vorbeau în engleză, el istorisindu-i despre America, iar acesta analizând - mai mult de unul singur - politicile locale.

Deşi se lăuda la toată lumea cu Gheorghe „'ăl mic" şi tot timpul povestea doar de el, în Cernădia lumea era prea puţin interesată de copilaşul care i se născuse americanului. Viaţa mergea acolo aşa cum mersese de când lumea: oamenii se întâlneau în centru sâmbăta şi stăteau la taifas, serile se strângeau pe la cârciumă, de unde adesea uitau să mai plece, iar duminica unii se porneau la târg la Novaci sau la Piţic, unde, între două cumpărături, puneau ţara la cale, dezbătând la nesfârşit schisma liberalilor, luptele pentru putere sau asasinarea de legionari a lui Duca, primul ministru.

Mitu, deşi le spunea la toţi că nu se amestecă în niciun fel de politică, nu a scăpat de vizitele reprezentanţilor diferitelor partide, care încercau care mai de care să-l convingă să adere la ei. Socoteau că, sosit din America, ar putea, când vor veni alegerile, să atragă la rându-i alţi susţinători.

Dar niciunul din câţi trecuseră pe la poarta lui nu a putut să-l facă să-şi schimbe gândul. Dezamăgirea pe care o suferise în Bătălia Washingtonului, când se văzuse trădat chiar de cei pentru care îşi vărsase sângele pe fronturile Europei, îi era încă vie în minte, ţinându-l departe de politici.

– Noi suntem nişte furnici, mă... Nu putem face nimica... Jocurile-s jucate de ăi de sus... tot spunea.

Pe deasupra, acum era apăsat de alte probleme, şi nu avea timp să se gândească la fleacuri de-astea. Gheorghe era cât un ghemotoc, dar avea să se facă mărişor peste noapte, şi atunci va trebui să-i pună şi lui un blid în faţă. Poate că Dumnezeu avea să-i dea şi alţi copii şi atunci trebuia să vadă cum o să se descurce. Dolarii cu care venise din America - ce s-ar fi făcut fără Bertha?! - se împuţinau văzând cu ochii, iar el nu-şi mai găsea de lucru.

La ultima întâlnire, Ciorogaru îi destăinui, ca unui apropiat de încredere, că se va organiza o adunare legionară la care avea să participe însuşi Corneliu Zelea Codreanu şi că avea nevoie de ajutorul lui.

– Căpitanul o să vină în Novaci să le vorbească oamenilor, Mitule. Am ţinut secret asta pentru că n-am fost sigur până acum, dar lucrurile sunt stabilite şi pot să spun la lume. Am să am nevoie de tine acolo pentru ceva de mare însemnătate.

– Orice, domnule Ciorogaru, cum să nu. Orice-mi cereţi, dacă pot, am să fac, îi răspunse Mitu, care, în ciuda insistenţelor lui, nu putea să-l tutuiască, deşi acesta era mai tânăr decât el.

– Nu-i nimic ce să nu poţi tu face, Mitule. Uite despre ce-i vorba: după ce Căpitanul îşi va termina cuvântarea, o să cântăm *Imnul legionarilor căzuţi*. Aş vrea să te pun pe tine să-l cânţi în faţa oamenilor. Toţi ştiu aici cât de frumos glăsuieşti... şi să vreau şi n-aş avea cum să fac o alegere mai bună!

Mitu se umplu de mândrie la auzul laudelor, dar se strădui să pară modest, prefăcându-se că se codeşte:

– Să cânt eu un imn în faţa lumii...? De ce nu-l puneţi pe Costică Gâlcă*, că el e lăutarul regiunii?

– Tu ai voce mai puternică şi mai bună decât el.

– Dar nu ştiu cântecul... Şi unde-o să se ţină adunarea?

– În curtea bisericii, unde se ţin de obicei adunările legionare. O să începem cu o slujbă ţinută de un sobor de preoţi, apoi Căpitanul va vorbi. Nu te teme, n-o să fii singur cocoţat pe scenă, vor mai fi câţiva lângă tine care o să-ţi ţină isonul. Important e să înveţi versurile.

Mitu dădu din umeri, iar Ciorogaru scoase din buzunar o foaie de hârtie:

– Zici că nu ştii cântecul. Astea-s versurile. Citeşte-le şi judecă tu singur!

Le parcurse repede, iar Ciorogaru începu să fredoneze cu vocea lui aspră, dar fără să greşească notele, astfel încât linia melodică se desluşea cu limpezime.

– Frumos! Nu-l ştiam, nu l-am auzit niciodată.

– E un cântec mai vechi. Simion Lefter l-a scris mai demult, mă mir că nu-l ştii. Strofa întâi e solo - mă gândesc s-o cânţi tu - iar restul o să fie pe patru voci. Ce zici?

Mitu nu stătu mult pe gânduri. Îşi făcuse socotelile şi-şi spusese că nu avea ce pierde. Lumea ştia că nu era în niciun partid. Aşa cum era prieten cu liberalii şi cu ţărăniştii, putea fi prieten şi cu Cămăşile Verzi, nu însemna că dacă zicea un cântec la adunarea lor era musai legionar. Apoi, să cânţi în faţa a jumătate din Novaci, să fii înconjurat de oamenii cei mai de seamă din comună, să faci cunoştinţă chiar cu Căpitanul, nu era chiar de lepădat!

---

* Maria Lătăreţu (1911 - 1972) şi-a facut ucenicia cu taraful lui Gâlcă din Novaci (n.a.).

GARDA

Capitolul 55

În ziua când Căpitanul trebuia să sosească la Novaci, în curtea bisericii lumea aproape că nu mai încăpea. Veniseră de peste tot: din Pociovaliștea, din Bumbești-Pițic, din Cernădia, din Baia de Fier, din Hirișești, chiar și din Târgu-Jiu. Cei care ajunseseră mai devreme se strânseseră la intrarea în biserică, întrucât auziseră că șeful legionarilor își va ține discursul acolo, pe treptele de piatră din fața ușii, și voiau să fie cât mai aproape.

Mitu și Maria sosiseră printre primii. Se trezise cu noaptea în cap ca să repete cântecul pentru a o mia oară, apoi îmbrăcase hainele cele bune și se ferchezuise cu grijă, urcaseră în căruță și o luaseră înspre comună, ajungând acolo pe la opt dimineața. Până la prânz au stat la taclale.

Pe la unsprezece sosi și Ciorogaru care, când îl văzu, îi făcu semn să se apropie:

– Bine veniși, Mitule. Să cânți cu voce puternică și să-ți ții pieptul larg deschis pentru Căpitan!

El îl privi întrebător. Despre Corneliu Codreanu vorbeau toți prin sat - și cei care erau cu el, și cei care erau împotriva lui -, dar pe Ciorogaru nu-l văzuse niciodată până acum atât de copleșit de evlavie, de parcă ar fi fost vorba de venirea a doua a lui Hristos. „Ce poate fi așa de nemaipomenit? Nu-i și el un om, ca toți oamenii?!"

Ciorogaru parcă îi ghici gândurile și, deși avea multe altele de rezolvat în pripă, nu rezistă impulsului de a trece, pentru a nu știu câta oară, la o scurtă ședință de convingere:

– Când o să-l vezi o să-ți dai seama ce deosebit om este Căpitanul. Ce mesaj inspirat are! O să vezi! Și mai vorbim noi pe urmă!

– Domnule Ciorogaru, eu cânt, da-n politică nu mă bag. Nu mă bag defel… Mi-e frică de politică, c-am luptat în război și-am văzut bine ce poate face. Numa' bunul Dumnezeu m-a scăpat de la moarte prin tranșee…

– Mitule, așa e… Dar războiul s-a întâmplat tocmai pentru că țările și partidele îl uitaseră pe Dumnezeu! Noi nu suntem un partid politic, ci arhanghelii Domnului! Dacă oamenii cinstiți și cu frica lui Dumnezeu nu s-ar băga în politică, țara noastră ar fi condusă de o mână de interese financiare! Trebuie să luptăm pentru dreptate și pentru binele națiunii și să nu ne lăsăm conduși de alții!

Lui Mitu îi apăru în fața ochilor o vedenie: neamțul căruia îi tăiase beregata în tranșeele din Meuse-Argonne și care îl privise de parcă voia să-i spună că renunțase să se mai apere.

– Apoi, domnule Ciorogaru, nu știu… Și, ce s-a rezolvat, până la urmă, prin moartea atâtor milioane de oameni?! Franța-i tot acolo, Germania-i tot acolo, Anglia-i tot acolo, America-i tot acolo. Cu sau fără război…

Ciorogaru dădu să-i răspundă, însă cineva îl strigă, iar atunci el îl îndemnă să fie gata - „Mitule, la datorie!" - și se urcă pe scena improvizată din fața bisericii. Se apropie de microfon și tună:

– Atenție, liniște!

Lumea amuți pe loc, iar în tăcerea așternută se desluși tropotul unui cal ce se apropia pe uliță. Din jos, dinspre Gilort, un bărbat chipeș venea călare, urmat de un grup care intona un imn. Când ajunse la poarta bisericii, bărbatul descălecă, iar Ciorogaru se repezi să-l întâmpine.

– Uite-l pe Căpitan, uite-l pe Căpitan! bolborosea lângă Mitu o femeie, făcând mătănii. Trimisul Arhanghelului Mihail! Parcă veni din ceruri!

Mitu îl observă curios. După pozele din gazete, și-l închipuise mai în vârstă și mai vânjos. Era un bărbat subțire și înalt, îmbrăcat într-un costum negru impecabil pe care-l purta cu degajarea omului învățat cu haine bune. Avea un chip neclintit, parcă săpat în piatră.

A rămas în fața microfonului, fără o vorbă, mișcându-și privirea încet, de la dreapta la stânga, zâmbind din când în când și făcând semne de bun găsit.

Atunci au bătut tare toate clopotele bisericii, lumea și-a făcut iute cruce, iar soborul de preoți începu slujba. Când au terminat, Codreanu a ridicat mâna în semn de salut:

– Trăiască legionarii! Trăiască Legiunea! Trăiască Garda!

A urmat o secundă de liniște deplină, apoi un torent de urale se dezlănțui, într-o zvâcnire colectivă de idolatrie față de un om ce părea să aibă o forță nepământeană:

– Trăiască Căpitanul! Trăiască Căpitanul! Trăiască Căpitanul! Moarte vrăjmașilor! Moarte vrăjmașilor! Trăiască Garda!

După câteva minute uralele încetară, iar Codreanu făcu un semn abia perceptibil grupului care venise cu el. Aceștia se rânduiră într-un șir și începură să cânte:

...
Moartea, numai moartea legionară
Ne este cea mai scumpă nuntă dintre nunți,
Pentru sfânta cruce, pentru țară
Înfrângem codri și supunem munți;
Nu-i temniță să ne-nspăimânte,
Nici chin, nici viforul dușman;
De cădem cu toți, izbiți în frunte,
Ni-i dragă moartea pentru Căpitan!
...

Oamenii ascultară o vreme, după care unii începură să îngâne refrenul, pentru a-l cânta apoi la unison într-o împletire de voci răgușite și puternice ce străbăteau până în centrul Novaciului:

Garda, Căpitanul
Ne preschimbă-n șoimi de fier,
Țara, Căpitanul
Și Arhanghelul din cer.

– Trăiască Mişcarea! Trăiască legionarii! Trăiască Garda de Fier! tună Codreanu după ce mulţimea isprăvi de cântat.

– Trăiască Garda! Trăiască Garda! Trăiască Căpitanul! Moarte vrăjmaşilor! se dezlănţuiră oamenii cu patimă.

El le făcu din nou semn să înceteze şi-şi începu cuvântarea, privindu-i cu determinare:

– Am venit aici, la voi, camarazi, pe pământurile lui Baba Novac, ca să vă spun un lucru: noi suntem legionarii lui Iisus! O ţară care-şi pierde creştinătatea îşi pierde sfinţenia! O ţară care-l uită pe Dumnezeu e o ţară uscată! E o ţară moartă!

Oamenii îşi azvârliră pălăriile în sus, izbucnind în urale şi ovaţii:

– Trăiască legionarii! Trăiască legionarii!

– Fraţii mei, buni camarazi, continuă după ce mulţimea se potoli, lumea este condusă acum de două extreme: cea de dreapta şi cea de stânga! Două extreme din care una va învinge! Noi suntem dintre cei care spun că răsăritul este la Roma, nu la Moscova! La Roma! Haosul prin care trece ţara nu se poate corecta decât prin mişcări ferme! De la război încoace, România a pierdut cincizeci de miliarde de lei în fraude şi fărădelegi! Ce face guvernul „nostru” în faţa acestui prăpăd? Nimic! Pentru că aşa-zisa „democraţie” se află în slujba finanţelor jidoveşti! Am liste şi dovezi că sus-puşii noştri fură din sângele patriei: portofoliile de la banca Blank ale lui Argetoianu - nouăsprezece milioane! Nouăsprezece milioane, camarazi! Titulescu, tot atâta! Pangal, aproape patru milioane! Şi am multe alte exemple! Democraţia nu poate pedepsi fărădelegile atâta timp cât capii ei sunt hrăniţi chiar de cei pe care aceştia ar trebui să-i pedepsească! Şi cum să pedepseşti mâna care îţi dă, chiar dacă ea fură din bunul poporului?!

Un murmur de aprobare străbătu mulţimea.

– Dar a venit vremea schimbării. Am îndurat destul! Ne-am chinuit prea mult! Noi, legionarii, vrem câteva lucruri simple: confiscarea averilor celor ce au păraduit ţara, care au furat de la noi, din sărăcia noastră, şi condamnarea lor la moarte! Vrem justiţie fără toleranţă! Vrem ca oamenii politici să nu mai poată face parte din consiliile de administraţie ale întreprinderilor sau ale băncilor! Vrem alungarea hoardelor de exploatatori, alungarea jidanilor care controlează finanţele! Trăim în mizerie adâncă, într-o sărăcie tristă! Seva poporului încape acum pe mâinile altora! Uitaţi-vă la voi, oameni buni, priviţi-vă palmele bătătorite de muncă! Uitaţi-vă în oglindă la feţele voastre zbârcite de riduri şi uscate de frig! Unde sunt fructele muncii voastre? De ce trăim în mizerie?! De ce ne este foame când pământul ţării geme de atâtea roade?! Suntem o generaţie răstignită! Tineri zbuciumaţi şi storşi de vlagă, muncind pe nimic, lăsându-şi în zadar ciolanele pe câmpuri pentru Patria sacră. Camarazi, ţara noastră a uitat de Dumnezeu în mişeleştile lupte politice! Ne-am pierdut autodeterminarea! Ne-am pierdut crezurile! Suntem nişte păpuşi, nişte marionete mânuite de alţii! Milioane de suflete conduse de străini! Jos trădătorii!

– Jos trădătorii! Jos trădătorii! Jos trădătorii! izbucniră oamenii din nou.

– Vă dau un exemplu de pe meleagurile mele, ale urmașilor lui Ștefan cel Mare și Sfânt, domnul Moldovei: în 1848, în comună au venit primii jidani - cinci la număr -, pe care părinții noștri i-au văzut sleiți de foame și i-au adăpostit și i-au hrănit. Acum, din cei șaizeci și doi de munți, românii nu mai au decât doi - restul sunt în stăpânirea jidanilor! Este drept ca cei ce nu-s din sângele nostru să ne stăpânească țara?! Să ne facă să trăim în mizerie deplină?! Înainte de a veni aici, la sfânta biserică din Novaci, am mers și prin împrejurimi și inima mi s-a întunecat de ce-am văzut! Știți ce am văzut?

Oamenii dădură din capete.

– Am văzut cum arată iadul! Noi credem că iadul este undeva departe, dar, camarazi, el se află chiar în ogrăzile noastre! În suferința pe care o îndurăm, în calicia în care trăim! Burți care ghioraie de foame! Copii flămânzi care nu-și pot cumpăra ciocolată din magazinele unde românii muncesc ca sclavii! Ăsta este iadul și trebuie să-l biruim!

– Așa este! Așa este! strigară câțiva bărbați care stăteau mai în față, apoi începură să aplaude, lucru care îi molipsi iute pe toți.

– Noi nu vrem răul nimănui! Vrem doar dreptate în țara noastră sfântă! Vrem să urmăm crezul creștin! Vrem să fim noi stăpânii noștri, să conducem noi pe pământul unde am viețuit întreaga noastră istorie! Este așa de mult ce cerem?! Este prea mult să cerem bunăstare pentru toți? Pedepsirea fraudei? Camarazi, a sosit vremea dreptății! Biruința legionară nu este departe! Vrăjmașii noștri vor fi striviți, chiar dacă va trebui să ne vărsăm sângele pentru asta! Sculați-vă la luptă și priviți-i drept în ochi pe tiranii voștri! Nu vă lăsați cumpărați și ademeniți de ei! Cei ce cred că ne pot cumpăra, că ne pot învinge, se înșală amarnic! Îndurați orice chin, orice lovitură, pentru că din piepturile noastre sfârtecate de gloanțe se va naște biruința finală! Suntem hotărâți să învingem sau să murim! Iar cei ce își vor jertfi viața pentru cauza noastră sfântă vor rămâne eroi pentru totdeauna! Eroii neamului, pomeniți în istorie! Au căzut și-or să mai cadă de-ai noștri, Dumnezeu să fie cu ei! În amintirea lor, a legionarilor căzuți la datorie, a celor care și-au pierdut viața pentru viitorul țării, vă propun acum o clipă de reculegere.

Mulțimea încetă să mai respire, iar bărbații își scoaseră pălăriile și-și plecară capetele spre pământ. Ciorogaru îi făcu atunci semn lui Mitu să se apropie de microfon. El păși timorat pe scenă și, când ajunse lângă Căpitan, simți că se micește. Prezența acestui om îl copleșea, iar ochii parcă îl hipnotizau. Îl privi vrăjit, uitând pentru o clipă de el însuși, dar Ciorogaru îl trase de mână până în fața microfonului.

– E rândul tău, îi șopti.

Atunci se dezmetici și începu să cânte cu o voce sfâșiată de durere, așa cum cânta doinele de jale în copilărie când se ducea cu Dumitru pe la stânele de la Rânca.

Plânge printre ramuri luna,
Nopţile-s pustii,
Căci te-ai dus pe totdeauna,
Şi n-ai să mai vii.

În tăcerea din curtea bisericii vocea lui răsuna ca niciodată, făcându-i pe oameni să-şi ridice privirile mirate şi curioase spre el, de parcă ar fi auzit un înger. În spatele lui, trei bărbaţi din grupul ce venise cu Codreanu intrară la a doua strofă, unul în terţă, altul cântând basul şi celălalt baritonul, împletindu-se vocal atât de firesc încât păreau că făcuseră asta laolaltă de o viaţă.

...

Numai vântul mai suspină
Dulcele tău cânt,
Peste florile ce-alină,
Tristul tău mormânt.

...

– Nu ştiam, Mărie, că Mitu-al tău se dădu la legionari... comentă la sfârşit o femeie în vârstă, lelea Sofronia.
– Apoi fugi d-acia, că bărbată-miu nu se dădu niciunde! Îl pusă domnul Ciorogaru să cânte şi el, c-are voce frumoasă... Da' el nu-i cu niciun partid, cu nimica..., îi răspunse ea vrând să pară supărată, dar mândră în sinea ei.
Codreanu se apropie de Mitu şi-i întinse mâna. El abia îndrăzni să i-o întindă pe a lui, de parcă ar fi trebuit să atingă mâna unui sfânt. Dacă i s-ar fi poruncit atunci să îngenuncheze şi să jure credinţă Mişcării, s-ar fi supus fără crâcnire.
Căpitanul era însă prins cu alte treburi. Se apropie de microfon ca să-şi ia rămas bun:
– Mulţumesc vouă, camarazi! Să luptaţi pentru dreptate şi pentru păstrarea valorilor creştinătăţii în ţara noastră dragă! strigă tunător, întinzându-şi mâna dreaptă în faţă în semn de salut.
Mulţimea se dezlănţui din nou în urale, însoţindu-l cu privirile în timp ce cobora treptele care duceau spre ieşirea din curtea bisericii.
Peste o vreme, oamenii s-au desprins, unul câte unul, din loc, iar câţiva s-au oprit să-l laude pe Mitu pentru cum cântase: „Bravo, mă americane!"; „Codreanu chiar fu impresionat de tine!"; „Bravo, mă"; „Eşti cineva!"

Capitolul 56

Primul impuls pe care l-a resimțit după întâlnirea cu Zelea Codreanu a fost să se ducă la Ciorogaru și să-i spună că aderă și el la Mișcare. Prin vorbe și statură, Căpitanul îl impresionase la fel de adânc ca odinioară Huey Long. Cum făcuse și atunci, când învățase pe de rost speech-urile acestuia, timp de câteva zile a repetat în gând discursul lui Codreanu, apoi a început să-l discute cu oamenii când ieșea în centru la taifas sau se întâlnea cu vreunul pe uliță.

– Căpitanul are dreptate: ne trebuie o guvernare cu mână de fier care să se aplece asupra trebuințelor noastre și să împartă bogăția la toți! le zicea, uimit că tocmai el, care nu vrusese să aibă de-a face cu politicile, se gândea acum la asta cu atâta îndârjire.

Dar cum Ciorogaru a fost de negăsit o perioadă - lumea spunea că plecase la București cu probleme importante -, pornirea lui s-a mai domolit. Partidele politice luptau vicios pentru putere. Fiecare venea cu o platformă care lui îi suna și bine, și rău, astfel încât, până la urmă, a început să se întrebe dacă nu cumva ar trebui să mai aștepte, să nu se pripească luând o hotărâre așa de importantă. La urma urmei, timp avea berechet.

Când, peste câteva luni, s-a întâlnit iar cu Ciorogaru, hotărârea lui de a nu se vârî în politică redevenise aproape de nestrămutat.

– Oricum aș da-o, domnule Ciorogaru, nu pot să mă bag în ceva care duce la asasinate, i-a spus la un pahar. Nu după ce-am văzut moartea cu ochii de sute și mii de ori. Și mi-e frică și pentru dumneavoastră... În America, Huey Long - tot așa de popular ca și Căpitanul - a fost asasinat când a devenit stingheritor. Eu unul nu mă pricep, dar nu văd cu ochi buni treaba asta - ochi pentru ochi, dinte pentru dinte. Unde-o s-ajungem?! Cine scoate sabia, de sabie moare...

– Mitule, istoria marilor puteri e scrisă cu sânge. Tu, dac-ai fi șeful unui partid care e tot hăituit de putere, ce-ai face? Dacă ți-ar închide și ți-ar omorî oamenii, nu te-ai răzbuna? Duca și-a primit pedeapsa binemeritată pentru asta. La vremuri grele se impun măsuri grele. În timpuri excepționale se impun măsuri excepționale! Cei ce se opun progresului țării merită cea mai crâncenă pedeapsă. Cei ce ne țin în sărăcie merită moartea. Trebuie să luptăm pentru asta. Dacă eu nu lupt, tu nu lupți, ceilalți nu luptă, cine ne va salva?! Noi nu vrem decât binele celor mulți!

Ciorogaru avea un dar aparte de a convinge lumea, iar Mitu, după fiecare discuție cu el, era din nou bântuit o vreme de îndoieli. „Poate c-ar trebui să lupt și eu..." își zicea. Niciodată însă nu găsea destul curaj să se hotărască și sfârșea prin a spune că o să se mai gândească - tot așa cum făcuse cu donația de care profesorul Panaitescu îl tot rugase și pe care, până la urmă, n-o făcuse.

– *Very well*, Mitule, îi răspundea totdeauna Ciorogaru la final. Este hotărârea ta și o respect. Dar să știi că noi suntem singurii care te pot scoate din calicie... Ai venit de câţi - de doi ani, deja? - şi n-o duci mai bine. Îţi bătătoreşti palmele la carieră, asta faci!

Da, Ciorogaru avea dreptate! Când îi pomenea de asta, îl lovea unde-l durea mai tare. Cu câteva luni în urmă îşi găsise ceva de lucru la cariera de calcar, la Frăsinei, unde lucra şi Gheorghiţă. După ce-l rugase de mai multe ori, inginerul Mateiaş, care era şef acolo, îi oferise o slujbă. Era plătit mizerabil: banii pe care-i câştiga nu-i ajungeau nici pe departe ca să se poată muta din casa părintească. Însă acceptase, pentru că acolo făcea totuşi mai mult decât din munca de zilier la lemnărie, cu care se mai îndeletnicise în ultima vreme.

Da, o ducea greu. Ura din adâncul sufletului munca pe care o făcea, iar Ciorogaru turna gaz pe foc când vorbeau de asta. Trebuia să se scoale mult înainte de zorii zilei, ca să ajungă la vreme la carieră. Dacă nu era acolo până la şapte, Mateiaş îi tăia jumătate de zi din leafă. „Dacă nu-ţi convine, găseşte-ţi de lucru în altă parte! Altfel, joci după cum îţi cânt eu!" se răstea el, mândru peste poate de puterea pe care socotea că o are.

Nu cu foarte mult timp în urmă, îşi amintea Mitu, Mateiaş îl privea cu respect şi i se adresa cu „domnule". Dar pe atunci era proaspăt venit din America şi lumea îl credea cineva...

Acum, redevenise un nimeni. Ciorogaru îl prevenise mai demult că vraja Americii o să dispară şi avusese mare dreptate. Oamenii îl strigau din ce în ce mai rar „americanul". Şi cum altfel?! Că doar nu împărţise lumea şi nu venise cu cufere pline cu dolari. Dimpotrivă, de dimineaţa până seara, sub privirea aspră a lui Mateiaş, scotea calcar ca să-l transporte cu roaba la ars, scrâşnind din dinţi, icnind sub loviturile târnăcopului care scoteau scântei, scuipând pe jos salivă cu nisip şi amintindu-şi viaţa regească pe care o dusese o vreme în Detroit. Atunci i se făcea dor de America: „Ah, Doamne, cine-am fost şi ce-am ajuns... Dumnezeii ei de viaţă! Las' c-o să mă întorc acolo, că n-am ce căta eu aici!"

Măcar de s-ar fi pricopsit cu o muncă mai uşoară, îşi zicea înciudat, aşa, ca a lui frate-său, care stătea pe un scaun toată ziua şi alimenta focul de la varniţă, fluierând a pagubă. Dar nu, el spărgea roca din măduva muntelui sau o căra cu roaba aproape fără istov, până când ajungea să fie atât de obosit încât uneori se oprea din drum:

– Domnule inginer, să mă hodinesc şi eu, altfel simt că mă deşel.

Ceea ce-l mai întrema era câte o înghiţitură de băutură, pe care o lua pe furiş în timpul lucrului dintr-o ploscă ascunsă în buzunar, pentru că Mateiaş nu îngăduia băutura la lucru sub nicio formă, păzindu-i ca şi cum cariera ar fi fost de diamante, nu de piatră seacă.

Seara, în drum spre casă, ca şi cum ar fi vrut să se răsplătească cumva pentru truda din timpul zilei, golea câte o butelcuţă de rachiu dublu distilat, pe care o punea în căruţă de cu seara.

Când ajungea în Cernădia era aproape beat. Înainte de orice altceva, chiar şi înainte de a-şi descălţa ghetele şi a-şi spăla mâinile înnegrite, lua vioara, se aşeza în pridvor şi începea să-şi lunece arcuşul pe ea. Câteodată se oprea după câteva note, alteori cânta ore în şir, timp în care Maria se învârtea pe lângă el, îmbiindu-l cu mâncare sau povestindu-i lucruri pe care el, cufundat, nu le auzea.

Când sfârşea arţăgos din pricina băuturii - când nu băuse nici prea mult ca să fie adormit, dar nici prea puţin ca să fie vesel -, se răstea la ea ca la un duşman:

– Lasă-mă, muiere, în plata sfântului, nu mai sta pe lângă mine! Nu vezi c-am treabă?! Vezi-ţi de-ale tale şi repede-mi ceva de mâncare, că-s flămând ca un lup prigonit!

– Bine, unchiaşule, acuma-acuma, îi răspundea ea.

De câtva timp, Maria începuse să-i zică „unchiaşule" în loc de „bărbate" sau „Mitu", ceea ce-l înfuria, mai ales că sub niciun chip nu reuşea s-o facă să renunţe la asta. O ameninţase c-o bate, izbise cu pumnul în masă, o zvârlise o dată pe pat şi o posedase ca un animal, dar, în afară de faptul că izbutise s-o facă să se ferească să-l mai strige aşa în faţă, nu rezolvase mare lucru: cu oricine vorbea despre el, tot aşa îl numea: „Apoi unchiaşul meu cam pe la şapte seara ajunge de la carieră". „L-ai întrebat pe unchiaş, el trebuie să ştie …".

Câteodată, când întârzia pe prispă cântând şi era în toane bune, i se destăinuia abătut:

– Nu trebuia să mă întorc din America, Măriuco. Ar fi trebuit să stau acolo şi să mă duc la şcoala de muzică…

Da, îşi zicea adesea în ultima vreme, Ciorogaru avea dreptate când îi tot spunea să lupte pentru o cauză, să se zbată pentru ceva care îi putea aduce bunăstare. Parcă se întorsese la loc de unde pornise; viaţa îi intrase pe făgaşul obişnuit în locurile acelea. Bruma de bani pe care-i făcea la carieră de-abia le ajungea pentru pâinea de pe masă. Dolarii cu care venise din America şi-i chibzuia până la calicie, tot sperând să facă ceva cât de cât ca lumea din ei. Îi păstra ferecaţi bine, ca în copilărie, într-o cutie de metal, de se dusese vorba prin sat că americanul are comori ascunse, dar că-i atât de frige-linte încât le ţine sub pătură în loc să-şi construiască ceva gospodăresc de ele.

În cele din urmă, s-a hotărât nu să intre în rândurile legionarilor, cum stăruia Ciorogaru, nici să adere la vreun alt partid, ci să facă ceva mai de-al locului: s-a înscris în Liga împotriva cametei. Sâmbetele se ducea la întâlniri în Novaci ca să discute cu ceilalţi membri cum să oprească bogătaşii de la a mai da împrumuturi celor săraci cu camătă. În America văzuse mulţi care dăduseră faliment din cauza dobânzii cămătăreşti, şi „o ţâr' de acţiune în zonă pe tema asta", cum zicea, era bună pentru ţăranii ca el, care aveau câteodată mare nevoie de bani. Ştia bine ce însemna să trăieşti îndatorat - doar rămăsese el însuşi dator vândut când pierduse bani la bursă şi fusese nevoit să plece până la urmă din Detroit din cauza asta.

Capitolul 57

Când se trezea, sleit şi morocănos, pe la patru dimineaţa, ca să se ducă la muncă, Mitu scotea câte o sudalmă adâncă printre dinţi şi, înainte de orice altceva, punea mâna pe vioară. Îi stătea la îndemână: o ţinea pe dulap, învelită într-o cârpă ca s-o ferească de aburi. Nu se dădea jos din pat, ci o apuca de coadă şi se întindea la loc, plimbând arcuşul încet pe ea şi murmurând câte un cântec în surdină. Abia după ce o încerca, se scula să plece la lucru.

De când începuse să lucreze la carieră şi-şi tocise mâinile pe târnăcop şi lopată, devenise priceput la ciment şi la construcţiile de piatră. Acolo trebuia să facă de toate - nu doar să scormonească prin munte - şi nevoia îl învăţase că cel mai simplu mod de a-ţi uşura munca era s-o cunoşti cât mai bine.

Inginerul Mateiaş a băgat de seama asta şi, deşi nu prea-l avea la inimă din pricină că fusese plecat în America, în vreme ce el, de la facultate încoace, nu mai păşise niciodată mai departe de Baia, l-a ales, cumva împotriva voinţei lui, să ajute la o lucrare comandată de cineva de la Bucureşti. Era vorba despre un monument ce se ridica pe partea dreaptă a drumului, chiar la intrarea în Novaci dinspre Rânca, iar pentru asta domnul respectiv avea nevoie de câţiva lucrători îndemânateci.

Într-o dimineaţă, imediat ce a ajuns la carieră, l-a luat deoparte ca să nu audă ceilalţi:

— Vezi că te pusei într-o echipă să ajuţi la ceva. Acu am să văd eu de ce eşti în stare. Te înfiinţezi sâmbăta asta la Novaci, la crâşmă la Comănescu. Să fii acolo fix la ora zece dimineaţa. Nu care cumva să întârzii, că nenorocirea te paşte! Iar plata... plata o să se discute la faţa locului, să nu te aştepţi la cine ştie ce. În niciun caz n-o să primeşti dolari... Tu şi cu Ion a lui Vorojan', ş-am să vorbesc şi cu Zdrenţosu' şi Lică, şi uite aşa sunteţi patru, exact câţi trebuie pentru domnu' acela. Vedeţi că vă frig pe jar dacă nu faceţi treabă bună!

În sâmbăta cu pricina, Mitu ajunse acolo mult înainte de zece. Era bucuros că făcea nişte bani în plus, oricât de puţini ar fi fost. Ion Vorojan şi cu Lică sosiseră şi mai devreme, unul venind din Pociovaliştea, celălalt de la Baia. Zdrenţosu', ca de obicei, întârzia. Constructor din Hirişeşti, de altfel bun şi apreciat de oameni, fusese dat afară din toate slujbele pentru că niciodată nu ajungea la timp. Porecla îi venea de la faptul că, deşi era însurat, totdeauna îi lipsea câte un nasture la pantaloni sau la cămăşi - chiar şi la hainele bune.

Mateiaş îşi făcu şi el apariţia într-un târziu, pe la unsprezece, într-un automobil - nu al lui, pentru că doar primarul avea maşină în Novaci. Îl opri cu ostentaţie chiar în faţa lor, claxonând de câteva ori, ca şi cum ar fi chemat pe cineva de peste munte, şi coborî împreună cu un bărbat mai în vârstă.

– Domnule Brâncuşi, aceştia sunt oamenii! Vânjoşi, de nădejde, lucrează temeinic. Aşa cum vă promisei.

Se întoarse apoi spre ei şi le explică cine era domnul - „mare artist sculptor, cunoscut în toata lumea, cum n-aţi auzit?!", şi intrară în cârciuma lui Comănescu. Bărbatul, cam pe la cincizeci-şaizeci de ani, scurt de statură, cu barbă albă şi o mustaţă înnegrită de la fumatul ţigară de la ţigară, foarte vesel şi vioi, le dădu un rând de băutură şi le spuse că, în amintirea plaiurilor pe care se născuse, la Hobiţa, voia să ridice o sculptură la intrarea în Novaci dinspre nord, un loc la care ţinea mult, iar pentru asta avea nevoie de ajutorul lor. Bani nu le putea da, însă o masă şi nişte rachiu, întotdeauna, iar primăria poate va scoate nişte fonduri să-i plătească pentru munca lor. Asta rămâne de discutat mai încolo.

Apoi le povesti că vine de la Bucureşti, însă că şi el a fost sărac ca ei ani de zile, că la doar şapte ani mâna oile pe munţi, că la nouă ani a fugit de acasă şi s-a angajat în Târgu-Jiu, că a învăţat să scrie şi să citească târziu, de-abia pe la nouăsprezece ani. Acum, că poate să facă ceva pentru Gorj, îi roagă să-l ajute cu braţele lor ca să construiască ceva care o să rămână generaţii după generaţii. Trebuiau să ridice un turn de piatră cam de trei metri înălţime, format din trei structuri: o bază mai amplă, pe care se înălţa o prismă dreptunghiulară, cam de un metru, apoi încă una, mai îngustă, dar tot atât de înaltă, iar deasupra două prisme triunghiulare unite pe una din laturi, ca un acoperiş de casă ţărănească. Executarea corectă a proiectului va fi urmărită de el sau de altcineva care va veni de la Bucureşti în mod regulat ca să-i îndrume. Din depărtare, le mai spuse, monumentul va părea un străjer ce ocroteşte meleagurile acelea, din dreptul său putându-se zări întreaga vale a Novaciului. Simbolic, se avântă la sfârşit în explicaţii, va fi un Axis Mundi local, o modalitate de corespondenţă dintre cele două tărâmuri: pământul şi cerul.

– Noi vom muri, Monumentul din Plăeţ[*] va sta în picioare, oameni buni, ca mărturie a existenţei noastre pe acest meleag. Hai să ne-apucăm de treabă!

Ridicarea construcţiei a durat câteva luni. Uneori un inginer venea de la Bucureşti ca să vadă cum merg lucrurile şi să le spună ce aveau de modificat. Alteori, Brâncuşi însuşi apărea la sfârşitul unei săptămâni şi, pentru câteva ore, analiza cu atenţie stadiul în care se afla lucrarea, apoi îi lua la plimbare cu cabrioleta prin Novaci, oprea la o crâşmă şi le dădea la toţi de mâncat şi de băut.

– Mă simt foarte bine aici, pentru că puţini ştiu cine sunt, iar asta îmi dă libertate, le spunea. Iar libertatea e ca sănătatea: nu ştii cât de importantă e decât atunci când n-o mai ai.

În ziua terminării monumentului, Mateiaş a ţinut morţiş să-l ospăteze, în ciuda împotrivirii lui, cu o masă „aşa cum se face pe la noi", şi a ales pentru asta cârciuma lui Comănescu, pentru că avea mâncarea cea mai

---

[*] Monumentul se află la ieşirea dinspre nord din Novaci, pe drumul Novaci-Rânca (n.a.).

bună. Mitu crezuse că vor fi doar ei acolo - cei ce ridicaseră construcția - însă, când să se așeze la masă, profesorul Panaitescu a răsărit ca din pământ, prefăcându-se că-și cască ochii a surprindere când i-a văzut „ca din întâmplare".

— Ah, domnilor, ce plăcere! Cu ce ocazie pe-aci?

Întrebare de formă, pentru că aflase de fapt de la Zdrențosu', pe care-l întâlnise cu două zile în urmă în târg, că aveau să se strângă în ziua asta pentru a sărbători evenimentul, și, cum nu scăpa nicio ocazie să fie în centrul lucrurilor însemnate ce se petreceau în comună, se hotărâse să-și facă și el apariția, „în drum spre magazin".

Ca să fie la înălțimea ocaziei, Mateiaș tocmise cu banii lui trei lăutari - țigani din țigănie de peste Gilort - și-i instruise să cânte în surdină muzici alese, pe gustul distinsului oaspete. Când aceștia, după primul pahar de rachiu, și-au așezat viorile sub bărbie, le-a reamintit aspru:

— Domnul știe muzică simfonică, clasică, să nu mă faceți de râs că nu vă dau niciun ban! Băgați la cap: nimic țigănește! Doar populară, pricepurăți?

— Las' pe noi, domnu' inginer, că știm meseria asta mai bine ca dumneata, ziseră, apoi începură să cânte exact ceea ce nu voia el nici în ruptul capului să audă: o chiuitură, o plesnitură și acorduri care parcă veneau de-a dreptul din fundul țigăniei.

Mateiaș îndură o vreme, apoi se schimonosi la față de enervare și se scuză față de Brâncuși, însă acestuia părea să nu-i pese; dimpotrivă, își întinsese picioarele pe sub masă și se lăsase pe spătar, privind la ei ca la un film bun și încurajându-i prin bătăi ritmice din palme.

Lui Mitu i se păru ciudat că acest om de vază de la București, călătorit prin străinătățuri, prieten cu cei mai mari artiști ai lumii, după cum se zvonea prin Novaci, se simțea în apele lui printre muncitorii și țiganii care îl înconjurau. Bea pahar după pahar, înghițea cu poftă și degusta pe îndelete, asculta fermecat, schițând mici grimase la acordurile minore, lărgindu-și un zâmbet pe toată fața la armoniile majore, ca și cum ar fi avut felul ăsta de muzică în sânge de o viață.

După ce terminară friptura - un purceluș rumenit de se topea în gură, pregătit special pentru ocazie de Comăneasca, nevasta cârciumarului - Brâncuși se ridică de la masă și-l rugă pe unul dintre lăutari să-i dea și lui vioara. O propti cu siguranță la gât și începu să cânte, acompaniindu-se în surdină:

> *Doină, doină, cântec dulce!*
> *Când te-aud nu m-aș mai duce.*
> *Doină, doină, viers cu foc!*
> *Când răsuni, eu stau în loc.*
> *Bate vânt de primăvară,*
> *Eu cânt doina pe afară,*
> *De mă-ngân cu florile*
> *Și privighetorile.*

Mitu ştia prea bine doina; o învăţase de la Corcoveanu încă de mic, şi o cântase şi el de multe ori. Însă ceva parcă nu suna la ea aşa cum era el obişnuit. Sunetele erau cele ştiute, şi totuşi diferite, nu aveau acea voinicie ţărănească, acea vervă lăutărească pe care le-ar fi imprimat-o el, erau mai dense, mai adânci cumva, venind parcă dinspre o cu totul altă muzică. Iar vocea... vocea domnului Brâncuşi era guturală şi aspră, ai fi spus că nicidecum potrivită pentru o doină, dar se împletea cu notele ca mătasea pe un jilţ domnesc. Nu putea pune asta bine în cuvinte, însă lega ce auzea cu muzica pe care o ascultase la Metropolitan Opera din New York.

– Domnule, să-mi fie cu iertare, dar ce măiestrie! Ce bine mânuiţi arcuşul! îl lăudă, privindu-l cu uimire, ca şi cum ar fi avut în faţa sa nu un sculptor ale cărui creaţii nu le înţelegea defel, ci pe însuşi Enrico Caruso.

Brâncuşi îl privi surprins de izbucnire şi dădu să-i răspundă, însă lăutarii i-o luară înainte.

– Haida, Mitule, nu mai sta ca o fată mare, ia vin' aici şi zi-ne şi tu ceva!

– Chiar aşa, se trezi Panaitescu, care nu prea fusese băgat în seamă până atunci şi tare voia să se afirme şi el câtuşi de puţin, cum s-ar zice. Mitule, fă cum îţi spun oamenii: treci şi cântă-ne şi nouă ceva american, să-i arătăm domnului ce ştiu novăcenii. Ştiţi, domnule Brâncuşi, Mitu a venit şi la şcoala unde funcţionez eu - eu sunt profesor acolo - şi le-a povestit copilaşilor despre America. Foarte buni copiii, şi interesaţi, ar trebui să veniţi şi dumneavoastră să-i vedeţi, dacă aţi avea timp.

În orice altă situaţie, Mitu n-ar fi stat nicio secundă la gânduri. Însă acum, în faţa acestui om ce părea atât de simplu, dar de care toată lumea vorbea, stătu în cumpănă. La insistenţele ţiganilor, apucă până la urmă o vioară şi trase cu arcuşul de câteva ori pe strune, apoi se scuză:

– Apoi vă rog să mă iertaţi, însă am să acordez vioara puţin mai sus, spuse şi întinse coardele cam cu un semiton, după care trase aer în piept şi începu să murmure continuarea doinei:

Vine iarna viscoloasă,
Eu cânt doina-nchis în casă,
De-mi mai mângâi zilele,
Zilele şi nopţile.
Frunza-n codru când învie
Doina cânt de voinicie.

Brâncuşi sări în picioare, îşi ajustă repede vioara şi el şi îl acompanie în terţă, şi din voce, şi din instrument, în vreme ce ţiganii le ţineau isonul. Mateiaş şi ceilalţi muncitori, singurii spectatori de altfel, rămaseră pironiţi pe scaune, uitând de băutura care le absorbise toată atenţia până atunci.

Când terminară de cântat, se aşternu o linişte adâncă. Chiar şi pentru nişte necunoscători, sunetele ce le scoseseră în tandem erau ceva nemaiauzit, de parcă pronia cerească se găsise să pogoare în seara aceea chiar acolo, peste cârciuma lui Comănescu.

Mateiaş aplaudă entuziasmat, iar Brâncuşi îl privi pe Mitu cu simpatie, fixându-l cu interes:

— Acum înţeleg de ce ţi se spune Lăutăreciu... Ia zi-mi: de ce ziseşi mai înainte că vioara nu era acordată cum trebuie?

— Păi, era prea jos, domnule.

Brâncuşi se încordă pe scaun şi-l privi cu atenţie:

— Dar de unde ştii că trebuia mai sus?

Mitu îl privi nedumerit. Nu înţelegea întrebarea.

— Nu ştiu să vă spui, trebuia să fie mai sus, să mă iertaţi că nu vrusei defel să vă jignesc.

Brâncuşi dădu din mână a linişte şi apucă vioara.

— Ia dă-mi do-ul mijlociu din voce.

Mitu cântă nota, iar el îşi lipi urechea de instrument şi-l verifică în surdină, fără să audă şi cei din jur.

— Dă-mi acum un si bemol de sus.

Mitu fluieră uşor sunetul. Brâncuşi îl mai încercă o dată, cu un fa diez, apoi lăsă vioara pe masă şi rămase îngândurat. Era pentru prima dată în viaţa lui când întâlnea pe cineva cu auz perfect.[*] Stătu o vreme tăcut, apoi începu să-i dea sfaturi:

— Auzi, Dumitre - Lăutăreciu, Americanul sau cum ţi s-o mai zice... - eu am să plec azi de-aici şi probabil că n-o să ne mai întâlnim niciodată. Aşa, din puţinul cât te-am ascultat şi te-am văzut, cred că ce am eu în modelarea pietrei ai tu în muzică. Fă orice-ţi stă în putinţă să înveţi de la un maestru. Pleacă la Bucureşti la studii. Fă conservatorul.

— Apoi, domnule, mulţumesc mult, răspunse Mitu vădit încurcat, dar măgulit, dar eu-s de-acu' bătrân, un' să-nvăţ acu' ce n-am învăţat în tinereţe?! Copilaşul plânge, eu muncesc la carieră s-aduc bani în casă, leafa-i mică, de unde Dumnezeu gologani de aşa ceva?! Muierea mea îi grea, în câteva luni o să nască şi-o să am nevoie de mai multe parale...

Brâncuşi îi spuse atunci că era să moară de foame când se hotărâse să facă studii de artă, dar că nu a regretat niciodată sacrificiul. Mitu îl asculta flatat, însă îi tot zicea că n-are de unde.

— Poate-ţi ridică domnul Mateiaş leafa şi-o să poţi pune deoparte pentru asta...

Inginerul se încruntă, bombănind: „Nu-i prea de unde, domnule, că zău că i-aş da... La toţi aş da." Nu-i convenea deloc că Mitu era băgat în seamă mai tare decât el, care se ocupase de toate.

La sfârşit, pe când se pregăteau de plecare, Brâncuşi se uită la el prin geamul automobilului şi îl mai îndemnă o dată:

---

[*] Calitate muzicală rarisimă şi excepţională. Persoanele cu auz absolut *activ* (auz perfect) pot fredona note fără a auzi a priori o tonalitate de referinţă (n.a.).

– Fă ce te sfătuii, Mitule, cu orice efort, crede-mă, că știu ce vorbesc. N-ai să regreți niciodată pasul.

El ridică din umeri a neputință și urmări îndelung praful stârnit în urmă de roțile mașinii. Viața lui era deja ticluită aici în sat. Nu putea să se avânte ca un nebun și să-și lase familia de izbeliște, oricât de mult i-ar fi plăcut muzica și orice-ar fi zis acest mare domn atât de binevoitor! Unde să se ducă acum la București, în altă pribegie?! El nu știe cât e de greu să trăiești pe drumuri... El n-a fost niciodată *hobo*!

Se urcă în căruță și se îndreptă spre casă, mâhnit până în rărunchi. Era dus cu mintea la faimă și avere, la o lume în care el se afla pe o scenă strălucitoare, ca acelea din New York, iar bărbați în frac și doamne în rochii de seară se îmbulzeau la ușa din spate a unui teatru de pe Broadway ca să-l prindă când ieșea și să-i ceară autografe.

– Doamne, ce-i și păcătoasa asta de viață... Unii-s sus, alții-s jos... oftă cu năduf când se trezi în rânchezul calului ce se poticnise de un bolovan pe ulița ce urca pieptiș înspre poarta casei sale.

Capitolul 58

Îndemnul lui Brâncuşi l-a făcut pe Mitu, pentru prima dată de când fusese flăcăiandru, să se gândească mai stăruitor la muzică. Până atunci cântase mai mult în joacă, pe ici, pe acolo, pe la câte o clacă, însă acum lucrurile se schimbaseră: dacă şi oameni de vază din Bucureşti îl lăudau, însemna că, poate, - cine ştie? - reuşea să facă până la urmă ceva din asta.

Imediat după terminarea monumentului de la Plăeţ, s-a unit cu Julea şi Cirică, doi ţigani muzicanţi pe care Costică Gâlcă, lăutarul cel mai renumit al regiunii, îi lăsase, spre marea lor dezamăgire, pe dinafară, şi a alcătuit cu ei şi cu alţi doi ţigani un taraf cu care a început să repete. Sâmbetele, duminicile, serile în timpul săptămânii, se adunau la el în curte şi nu făceau decât să cânte, să cânte, să cânte. Exersau ori de câte ori prindeau o clipă liberă. Vioara îi devenea din nou, treptat, o parte a corpului, aşa cum fusese odinioară. Simţurile armonice i se dezmorţeau, reflexele i se ascuţeau, degetele îi erau din ce în ce mai vioaie pe strune, întreaga fire parcă i se trezea dintr-o amorţeală muzicală care dura de mai bine de douăzeci de ani.

Nu la mult timp după asta, i s-a născut al doilea copil - Sandu - iar acum, în patul îngust din camera cea mică, dormeau înghesuite patru fiinţe. Îi era ruşine de lume din cauza asta şi-şi spunea că oamenii sigur îl boscorodeau pe la spate că era un leneş şi un calic, că stătuse atâţia ani în America şi se întorsese doar cu nişte izmene peticite în fund ca să se aşeze în casa maică-sii. Dar tot el îşi zicea că, spre deosebire de ceilalţi, putea măcar să le cumpere alor lui lucruri deosebite: duminica, când se strângeau negustorii în târg, lua nişte bani din cutie, ieşea cu Maria şi cu Gheorghe şi cumpăra ba o ciocolată, ba o îngheţată, ba nişte jucărele. Da, nu-şi putea ridica palate, se împăca el pe sine, însă cel puţin putea da familiei lui mai multe decât erau alţii în stare.

De fapt, din economiile pe care le mai avea, ar fi putut să înceapă să-şi ridice o casă. Ar fi avut de temelie şi, mai încolo, ar fi fost probabil în stare să-şi ridice pereţii de unul singur sau, poate, cu ajutorul lui Gheorghiţă. Îşi alesese şi locul: între pârâu şi uliţă, ca să fie aproape de amândouă.

Se gândise de multe ori la asta, dar întotdeauna amânase să ia o hotărâre. Maria îl încuraja şi stăruia, însă el îi tot spunea că o să se apuce de zidărie doar când va şti sigur că are bani să poată ridica întreaga casă. Nu voia să rămână doar cu temelia pusă şi să ajungă de râsul satului că s-a împotmolit la mijloc de drum.

Astea, însă, erau doar pretexte. Nici el nu-şi dădea seama de ce, dar stătea în casa maică-sii ca în vizită, aşteptând să treacă timpul pentru a pleca o dată de acolo.

Şi nu peste pârâu, ci înapoi, peste ocean.

Gândul de America îl măcina deseori. Adormea şi se trezea cu ea în minte. Se gândea la ea dimineaţa, în timpul lucrului, când îl dureau mâinile de la târnăcop sau când mai cheltuia câte un dolar. Amintirile New Yorkului îl tulburau când privea spre vârful Păpuşa şi-şi reamintea cum se furişase pe acolo cu douăzeci și patru de ani în urmă. Citea prin gazete că America o ducea mai bine acum - mult mai bine decât pe vremea când cutreiera el drumurile ca *hobo*! Ar fi putut să se întoarcă și să-și ia o slujbă acolo - poate chiar înapoi la Ford!

Când se întâmpla ca frate-său, Gheorghiță, să fie pe lângă el și mintea-i rătăcea la lucrurile astea, i se destăinuia:

– O să mă-ntorc acolo, mă. O să mă-ntorc de unde-am venit. Acolo-i altă lume... chiar și-n sărăcie se trăiește altfel...

Întotdeauna când auzea asta, frate-său îl privea neîncrezător. Știa el ce știa, își spunea în gând în clipele alea: un om la aproape patruzeci de ani cu greu se mai urnește din loc. Iar Mitu, când îi vedea schimele, se răbolea că nu era crezut și încerca și mai abitir să-l convingă:

– Ascultă-mă, bă Crețule, bine: o să mă-ntorc acolo! O iau pe Maria și plozii și plec din nou în America... Și, de data asta, o să te iau și pe tine, nu te mai las aicea, ca prima oară!

– Bine, așa să faci..., îi răspundea Gheorghiță fără să-l ia în serios, lăsându-l îngropat în gândurile lui.

Cam la patru-cinci luni de la acestea, Mitu a primit însă o veste neașteptată, care i-a mai domolit dorința de a se întoarce în America. Tocmai venise de la carieră și se gândea să plece la cântat, când Maria îl înștiință că îi venise o scrisoare. Postolică, factorul, i-o lăsase la poartă, iar ea i-o pusese înadins pe prispă, ca s-o vadă din prima, înainte să ia vioara și să iasă glonț pe poartă, cum făcea deseori.

Era un plic mare, gălbui, din hârtie groasă, pe care el îl recunoscu imediat că venea din străinătate. Privi mirat antetul - *United States Department of State* -, întrebându-se ce putea conține. Când rupse plicul și despături hârtia, își dădu seama că, spre deosebire de alte dăți când mai primise câte o înștiințare sau o scrisoricâ fără însemnătate, ceea ce ținea acum în mână era important.

August 14ᵗʰ, 1936
Dear War Veteran,
   We are happy to inform you that your bonus has been approved for immediate payment. Please contact us at your earliest convenience to retrieve your well-deserved retribution.
   In the name of President Franklin D. Roosevelt, we wish to thank you for your courage in defending our country in the Great War. This money represents just a tiny fraction of the enormous respect that we all have for you and all the heroes who fought for our land.[*]

---

[*] 14 august 1936. Stimate veteran de război, suntem bucuroși să vă informăm că bonusul dumneavoastră a fost aprobat pentru plată imediată. Vă rugăm să ne contactați în timpul cel mai scurt posibil pentru a vă colecta retribuția binemeritată. În numele președintelui Franklin D. Roosevelt, dorim să vă mulțumim pentru curajul dumneavoastră în apărarea țării în timpul Marelui Război. Acești bani reprezintă o fracțiune minusculă a respectului enorm pe care îl nutrim pentru dumneavoastră și pentru toți eroii care au luptat pentru țara noastră (engl.).

Mai citi de câteva ori, apoi se lumină la față. Întoarse foaia, o mototoli, o răsuci pe toate părțile, parcă pentru a se convinge că e reală. Încetul cu încetul, conștiința faptului că era deodată mai înstărit decât fusese cu doar câteva minute înainte i se cristaliză în minte.

– Ah, am bani... îngăimă. Primii bani... Hei! strigă tare, apoi își înăbuși vocea ca să nu-l audă vecinii cumva. Începu să se plimbe agitat pe pridvor, ținând strâns hârtia în mână, după care o luă prin curte și-i făcu ocolul.

Maria ieșise în pragul ușii și-l privea întrebătoare. Nu știa dacă să ia strigătul lui ca pe ceva bun sau ca pe ceva rău și nu îndrăznea să-l întrebe nimic.

– Mărie, ia vino! o chemă.

Femeia păși un pic temătoare spre el.

– Uite aicea! îi îndesă plicul în mână.

Ea încercă să citească, fără să înțeleagă nimic, și-și ridică ochii curioasă spre el.

– O să primesc bani din America, mă! Asta scrie-n scrisoare, o lămuri.

Abia atunci îndrăzni să-l întrebe de unde veneau banii, iar el îi explică pe scurt:

– Mărie, după ce-am ieșit din război ni s-a promis un bonus - ți-am mai zis eu - niște bani pe care să ni-i dea cu dobândă în 1945, însă pare-mi-se că ceva s-a schimbat pe acolo și s-a votat să ni-i dea mai devreme. Mult mai devreme. Vină-ncoace! o chemă spre el și o strânse în brațe, bătând-o ușor pe umeri. O s-avem lucrușoare pentru copilașii noștri de-acu' încolo! O să fie bine, Mărie... îi spuse, mângâind-o pe păr.

Se duse apoi până la cunie, deschise un dulap, luă o butelcă de lemn și se îndreptă bucuros spre povarnă. Nemaipomenitul eveniment trebuia sărbătorit cum se cuvine, cu băutură aleasă. Se opri în fața butoiului cel mai mic și cel mai din fund, în care ținea țuica dublu distilată, învechită cu răbdare, de aluneca pe gât ca ceaiul, își umplu bidonașul, se întoarse în curte și se așeză confortabil pe un scaun cu picioarele întinse regește. Gheorghe cel mic se juca în curte cu niște căței, iar Sandu scâncea în pat în odaie. Gheorghiță plecase la tăiat lemne undeva pe valea Gilortului ca să mai câștige un ban și înnopta acolo, întorcându-se abia spre dimineață, ca să meargă împreună la carieră.

Maria uitase de fiertura de pe sobă și îl privea voioasă de după ușă.

– Vezi ce-nseamnă America, femeie, asta-nseamnă, mă! America nu-și uită datoriile! M-au găsit și-n fundul ăsta de lume, rosti Mitu mai mult ca pentru sine, inspirând adânc aerul curat de seară. Să știi, muiere, c-o să te iau pe tine și pe ăi mici și-o să mergem cu toții acolo. O să ne găsim de lucru și-o să ne cumpărăm o casă mare și frumoasă, poate și un automobil, ș-o să venim în vizită în Cernădia ca niște boieri.

Satisfacția și plăcerea de a vorbi despre asta îl cuprindeau tot mai tare. Își imagina deja ce o să facă în zilele următoare cu banii: pământ, mult pământ!

– Asta trebuia să fac în Detroit, Marie, aşa cum mi-a spus o prietenă atunci: să iau pământ în centrul oraşului. Şi n-am făcut asta şi mă căiesc tare... Tare mă căiesc... Acu' aş fi putut fi cineva... Aia să-mi fie învăţătură de minte! Zilele astea am să mă duc să cumpăr nişte pogoane de la bancă. Cât de multe oi putea.

Mai dădu să-i spună ceva, însă se opri brusc şi privirea i se lumină deodată. La poartă se înfiinţaseră Cirică şi Julea, care voiau să cânte. Picaseră la ţanc.

– Măi să fie, se necăji Maria, da' sunteţi ca un ceasornic sârnic la venit şi sanchiu la dus!

Mitu îi făcu semn să tacă, se repezi la ei cu braţele deschise şi îi chemă înăuntru.

– Muiere, ia repede-ne ceva pe masă! Cirică, 'aida şi umple-ţi paharul, nu mai sta ca o fată mare, nu vezi că Julea nu aşteptă să-l îndemn eu? Eu adusei deja sticla în aşteptarea voastră!

După vreo oră de mâncat şi de băut îndesat, se puseră pe cântat şi o ţinură aşa până mult după miezul nopţii, că ţiganii începură să se mire de verva Lăutăreciului. Glăsuia mai cu foc decât îl auziseră ei vreodată, trecând fără contenire din strigătură în strigătură şi îndemnându-i neobosit să-i ţină isonul:

Mândra mea de-acum un an
Nu mai face niciun ban,
Dar mândra care-o iubesc
N-am parale s-o plătesc!

Era Mitu voios şi vorbăreţ de felul lui, ştiau ei asta prea bine, dar acum parcă intrase argintul viu în el! Trăgea straşnic din arcuş, se veselea, improviza, iar degetele îi alunecau pe vioară ca şi cum ar fi vorbit.

– Ce păţişi, omule? îl întrebă Julea spre sfârşit. Zici că s-apropie sfârşitul lumii de te grăbeşti aşa!

– Treaba mea ce am! făcu el, de-abia putându-şi reţine un zâmbet de satisfacţie în colţul gurii. Îşi scoase o ţigară, îi înmuie capetele în scuipat şi o aprinse tacticos, pufăind rotocoale groase care se destrămau iute în vântul nopţii. Apucă apoi din nou vioara şi începu un cântec pe care îl ştia din Montana, de la lăutarii lui Tecău:

Sărmană străinătate,
Tu mi-eşti soră, tu mi-eşti frate.
Sărmanul copil străin
Când ajunge la stăpân
El munceşte în dreptate
Ia mâncare-a treia parte
Şi bătaie cât se poate.
Foaie verde, bob areu
Trec zilele, trec mereu
Şi cu ele trec şi eu,
Îmbătrânesc şi-mi pare rău
C-am trăit pe lume rău,
C-am trăit pe lume greu.

– Viaţa asta-i tare afurisită... ba te dă cu curu' de pământ, ba te ridică-n slăvi... comentă când isprăvi, luând ţigara şi trăgând cu nesaţ fum după fum.

Când ajunse pe la jumătatea ei, o strivi de bătătura din palmă ca s-o stingă - întotdeauna făcea asta şi urmărea amuzat reacţia celor din jur -, şi făcu din tutunul ce-i rămăsese în mână un cocoloş, pe care-l băgă în gură şi începu să-l mestece. Se întinse iar cu picioarele pe masă, aşa cum obişnuia în America, şi începu să povestească vrute şi nevrute.

Noaptea era deja bătrână când, într-un sfârşit, ţiganii se hotărâră să plece. Întotdeauna le părea rău când trebuiau să se ridice de la masă, pentru că niciodată nu socoteau că-şi făcuseră plinul cu mâncare şi băutură, şi pentru că istorisirile pe care le auzeau de la Lăutăreciu îi fermecau.

După plecarea lor, Mitu încercă să se culce, dar nu putu pune geană peste geană. Se foi în pat o vreme, apoi ieşi tiptil şi se întinse pe laviţă în cunie, cu mâinile sub cap, gândindu-se la banii pe care avea să-i primească peste puţină vreme.

Când se făcu ora de sculare, începu să se întrebe dacă să se mai ducă la lurcu. Gheorghiţă, care tocmai venea să-l ia, se opri nedumerit când îl văzu. Era pentru prima dată când îl vedea pe Mitu treaz aşa de devreme.

– Ce faci, mă, te certaşi cu muierea de stai în cunie?! Te bătu şi te alungă Maria din casă?

Mitu îl privi într-un fel ciudat şi-i răspunse încet:

– Creţule, eu nu mai vin la carieră de azi.

– Păi ce te apucă, mă, aşa deodată? Înnebunişi? Din ce-o să trăiţi?

– Primii nişte bani din America, Gheorghiţă... Du-te tu doar. Spune-i lui Mateiaş să-mi păstreze leafa şi vin eu s-o iau la sfârşitul săptămânii, cândva. Şi poţi să-l bagi în mă-sa din partea mea.

Capitolul 59

În ziua în care a ridicat bonusul de la poştă - asta s-a întâmplat la câteva luni după ce primise scrisoarea de la *Department of State* - Mitu s-a repezit până în centru la Banca Populară Cernăzoara ca să se intereseze de pământ. Decât să umble din om în om şi să întrebe cine vindea vreun pogon, mai bine se ducea direct la bancă şi lua de acolo - poate mai scump, însă cu mai puţină bătaie de cap. Funcţionarii ştiau exact ce pământuri erau la vânzare şi puteau să-l îndrume mai bine.

S-a aşezat la coadă un pic îngrijorat, întrucât ştia că a cumpăra pământ prin bancă îi putea aduce probleme cu lumea. Banca nu avea pământurile ei proprii, ci pe cele confiscate de la oamenii care le puseseră gaj pentru diferite împrumuturi şi camete pe care nu mai fuseseră în stare să le plătească.

În faţa lui era Gheorghe Pruţă, un ţăran cu care nu schimbase prea multe vorbe în ultima vreme şi care îşi achita ultima parte din nişte bani cu care se îndatorase acum un an. Faţa îi era luminată de bucurie că nu mai era datornic şi că făcuse lucruri bune cu ei. I se lăudă că şi-i chibzuise gospodăreşte şi îşi cumpărase din ei o sută de oi, din care nu muriseră decât câteva, până la urmă reuşind să facă ceva cheag din lână şi brânză.

– Nu mulţi reuşesc asta, Mitule... Nu mulţi...

La coadă mai era Ioana Voadă, o văduvă de la marginea satului, care îşi frângea mâinile că nu avea bani şi voia să împrumute, însă nu avea cu ce gira pentru că toate pământurile îi erau deja gaj.

Alţi doi oameni, pe care nu-i ştia, aşteptau la rând cu vrafuri de hârtii, probabil ca să-şi vândă unul altuia nişte pământ.

Ion Decău, funcţionarul, umbla ca melcul, întârziind la nesfârşit peste câte o hârtiuţă neînsemnată, ca şi cum soarta lumii ar fi depins de ce scria pe peticul ăla. De fier să fi fost, şi tot ţi-ar fi plesnit nervii de furie. După o vreme, Mitu începu să se foiască şi se gândi să-i spună să se grăbească, însă aşteptarea iritată îi fu curmată de o femeie care se aşezase în spatele lui la rând.

– 'Neaţa bună, 'mericane, intră ea în vorbă fără să stea pe gânduri. Apăi ce te-aduse pe la Cernăzoara? Rămăseşi calic?

Era o femeie cu părul roşcat, trecută de treizeci de ani, plesnind de sănătate, pistruiată pe nas, cu ochi albaştri şi forme cam osoase, dar altfel frumoasă. Ochii i se înroşiseră de la vântul nisipos de afară şi şi-i freca cu pumnii de parcă ar fi vrut să şi-i scoată din găvane.

– Bună să-ţi fie ziua şi ţie, Bălăloaico, uite, venii să mă interesez de nişte pământ. Vreau să cumpăr.

– Da, pământ, pământ, toată lumea vrea pământ şi tot în pământ ajungem cu toţii... Eu vreau să împrumut nişte bani şi dau gaj o bucată din selişte. Unii au, alţii n-au, cum vrea Dumnezeu cel mare şi sfânt. Şi cât vrei să-ţi iei?

– Apoi câteva pogoane, să-mi pun şi eu de porumb, că întotdeauna trebe să cumpăr toamna că nu-mi ajunge, puţin grâu, poate nişte pruni să-i cultiv, oi lua ceva şi pentru fâneţ ca să-mi iau încă o juncuţă sau două. Primii nişte bani din America şi venii repede să-i cheltui. Dar de câţi bani ai nevoie, Bălăloaico?

– Ei, apoi eu am nevoie de mulţi... da' am să cer puţini. Vreau să-l trimit pe Miticuţă la şcoală şi n-am de niciun fel. Greu mai e zilele astea! Munceşti mult şi fără spor, nimica nu se prinde!

Mitu se gândi o clipă, apoi îi propuse un lucru care îl luă şi pe el prin surprindere, când se auzi spunând:

– Bălăloaico, lasă tu banca, că-ţi împrumut eu banii ăştia şi mi-i dai când îi putea. Nu vezi cum ne jecmănesc afurisiţii? Îţi dau bani şi-ţi iau dublu înapoi!

Porni apoi să-i explice rolul lui în Liga împotriva cametei şi cât de important era să nu se lase călcaţi în picioare de boierii şi de bancherii care adunau averi de pe spinările lor istovite de trudă.

Femeia îl privi mişcată, dar nu din pricina a ce-i spunea, ci pentru că se dezlănţuise aşa de cuceritor în faţa ei - o ţărancă neimportantă, ce trăia în sărăcie lucie. El era coşcogeamite străinul, chipeş şi vorbăreţ, iar ea... ea era o nimeni!

– Da, Mitule, chiar îmi dai banii ăştia, zici? Să ştii că nu ţi-i pot da înapoi decât peste câteva luni, după ce bărbată-miu mai vinde nişte lână la Craiova.

– Ţi-i dau, Bălăloaico, dacă ai nevoie. Ştiu că o să mi-i înturnezi, că doar n-oi face ca Iosif Pirtea, să fugi din sat datornică şi să nu-ţi mai dea nimeni de urmă!

– Pfui de-aici, d-apoi eu sunt femeie cu frica lui Dumnezeu, crezi c-aş păcătui chiar aşa, să-mi văd pe urmă copiii păţind cine ştie ce?

– Am să trec pe la tine să ţi-i dau. Cândva, zilele astea, Bălăloaico.

– Nu ştiu cum să-ţi mulţumesc, Mitule. Îmi faci un mare bine. Treci când oi putea. Ce-i azi, e marţi... vino mâine sau poimâine.

– Mâine nu pot, dar joi sau vineri am să vin precis, îi spuse el, ştiind că bărbatul ei pleca joi noaptea la Craiova ca să vândă blănuri de oaie şi nu se mai întorcea decât duminică.

– Eu stau pe-acasă... dacă nu-s, vezi peste gard la lelea Sofronia, poate-s prin curte pe la ea, îi răspunse femeia. Mă întorc dar acasă, că nu mai are niciun rost să stau la coadă.

Mitu inspiră adânc în piept de mulţumire. „La urma urmei, nu-i aşa de rău că m-am întors...", îşi spuse cu satisfacţie, privind după ea cum îşi legăna fundul ca o raţă. Îşi aminti apoi de Ana lui Nistor şi de fetele lui Tecău, şi în minte îi veni o strigătură pe care o rostea din când în când pe la clăci:

Niciodată nu e bine
Să iubeşti de prin vecine,
Când se supără, te spune,
Te face de râs în lume.

Dădu din mână a lehamite şi zâmbi, apoi îşi frecă palmele şi aşteptă răbdător la coadă, întrebându-se cum să facă să nu fie văzut când va trece pe la ea. „Să nu fac cum am făcut cu Ana când eram borac..." îşi zise, gândindu-se că şi acum, după atâta vreme, Nistor nu vorbea cu el.

Când ajunse, după vreo oră, la ghişeu, Decău îi explică procedurile într-o manieră care aproape că îl surprinse. De obicei, în instituţiile birocratice româneşti avusese de a face cu oameni nerespectuoşi şi plini de ifose, însă acest om, chiar dacă se mişca ca şi cum ar fi dormit în papuci, era croit cu o politeţe pe care el o întâlnise mai mult în America. „Ce-o fi căutând ăsta aici, în fundul lumii?!"

– Bine, domnule Decău, am înţeles aşa, în mare, cum şi ce. Ziceţi-mi cam ce pământ e scos la vânzare acuma, îi spuse la urmă, când acesta termină cu explicaţiile.

Omul îi înşiră pe masă o hartă pe care marcase cu un „X" pământurile pierdute de oameni.

– În întorsătura râului, sus în Bâroaia, e o bucată de trei pogoane a lui Dumitru Râţă. Mai devale are Vasile Găină cam două hectare. De fapt nu le mai are... Le-a avut până luna trecută, când au fost transferate băncii... Ăsta d-acia e al lui Roşoga. A fost al lui Roşoga, adică...

Mitu cercetă cu atenţie harta şi îi puse tot felul de întrebări, ca să nu-i scape nimic din vedere. Era păţit cu investiţiile în America şi voia să se asigure cât putea de bine de data asta.

– Dar ăsta al cui e? puse degetul pe o bucată din Lupeşti.

– Ei, e poveste lungă aici, ăsta-i a lui Victor Mănăilă. Foarte bun, mănos şi gras, bun tare...

– Şi-atuncea de ce-l vinde?

– Apoi ştii tu necazul de s-a abătut peste omul ăla...

Mitu dădu din cap. Ştia prea bine. De fapt, înţelegea mai bine decât credea Decău, mai bine decât oricine din sat. Nimeni nu aflase prin ce trecuse el în America în timpul crahului financiar, pentru că se ferise să povestească vreodată în amănunt despre asta. Mănăilă plecase şi el peste ocean cam tot când plecase şi el şi stătuse până prin 1929 prin Ohio, apoi se întorsese în ţară cu câteva mii de dolari, bani foarte frumoşi, pe care îi depusese la Novaci, la banca „Gilortul". Însă în criza din 1929-33 i-a pierdut pe toţi în nişte investiţii proaste şi a rămas aproape pe drumuri, locuind chiar şi acum în vechea casă părintească. Când se gândi la cât de asemănătoare erau destinele lor, se înduioşă. Cu siguranţă că n-o să încerce să-i cumpere parcela - aşa ceva nu putea să facă cu nici un chip, l-ar fi bătut Dumnezeu...

– Domn' Decău, nu vreau să iau de la Mănăilă, dar vreau să cumpăr cât pot de banii pe care-i am. Cât de mult, ca să-l lucrez şi să-l dau în arendă. Nu mă mai duc în viaţa mea la lucru! Am să trăiesc din vite şi din agricultură.

Decău îl privi cu admiraţie şi cu necaz. Îl bătuse şi pe el gândul să plece în America cu nişte ani în urmă, şi chiar fusese pe punctul de a-şi face bagajele, când i-a picat cu tronc o mândră de la Pociovalistea şi s-a hotărât să mai amâne. După un an nu mai era nici cu mândra - că fata se dusese până la urmă cu altul, mai bogătan, de-i venise să facă moarte de om - şi nici bani nu mai avea de plecare, că-i cheltuise pe nimicuri cu ea, aşa că a trebuit să lupte să se angajeze în sat. Norocul lui fusese că avea şcoala de contabilitate făcută la Târgu Jiu şi a găsit postul de la bancă, că altfel în bălegar se îngropa. Acum îi privea cu respect şi invidie pe cei ce stătuseră prin ţări străine şi îl încerca totdeauna părere de rău că dăduse atunci cu piciorul ocaziei. Aproape toţi cei care veneau de peste hotare aveau bani - mult mai mult decât ce agonisise el în patruzeci de ani de viaţă, ştia prea bine, că doar cei mai mulţi dintre ei îi depuneau chiar la banca Cernăzoara, unde el scria dosarele.

După o oră de discuţii, Mitu ieşi din bancă cu un sentiment confuz de învingător şi de asupritor. Semnase actele pentru pogoanele lui Râţă, pământ bun, roditor, pe care nu trebuia să pui prea mult bălegar ca să-l îngraşi. Iarba se făcea din belşug pe el, numai bună de o văcuţă sau poate chiar de două. Mai semnase pentru câteva hectrare sus lângă Măgura; muntele acela nu era împărţit pe fâşii date fiecărui proprietar, ci arendat în întregime ciobanilor veniţi din Mărginimea Sibiului, iar la sfârşitul anului fiecare primea nişte părţi în funcţie de suprafaţa pe care o deţinea pe el.

Mai luase nişte pământ - foarte ieftin, pentru că era departe - după vârful Păpuşa şi îşi rezervase aproape două hectare - ale lui Roşoga - la marginea Cernădiei, aproape de drum. Acesta îl pierduse, zvonea lumea, la zaruri. Girase cu el şi împrumutase bani care se evaporaseră imediat, nimeni nu ştia unde, iar banca era acum în curs de a i-l confisca.

În drum spre casă se gândi tulburat cum o să dea ochii cu oamenii care-şi pierdusera pământurile pe care le luase el acum. „Ei, lasă, c-or să se-nveţe ei cu asta. Ce să le fac eu dac-au fost proşti şi n-au putut să le păstreze...", îşi spuse şi gândul i se duse la perioada când, în America, în câteva luni, pierduse tot la bursă şi rămăsese pe drumuri. „Roata morii se-nvârte, azi eşti sus, mâine eşti jos...".

Pe uliţa ce urca spre casă, bolovănoasă, îngustă, plină de praf, unde te înnămoleai până la glezne în timpul ploilor, care aşa încremenise de-o sută de ani şi nu avea să fie asfaltată sau pietruită nici peste un secol, îl apucă deodată un dor ciudat şi sfredelitor de Detroit.

„Mai bine nu m-aş fi întors niciodată... Ce-am făcut dacă am luat pământ, că tot în fundu' lumii trăiesc..."

Când ajunse acasă, deschise cufărul de lemn cu care venise din America şi scoase din el un plic gălbui în care ţinea poze, apoi se aşeză pe un taburet şi începu să se uite la ele.

Capitolul 60

La câteva săptămâni Mitu a pornit, împreună cu Gicu şi Titi Pârvulescu, la munte, să-şi dea pământurile noi în arendă. Au luat-o pe drumul spre Parâng şi, către vârf, au priponit caii şi s-au abătut prin împrejurimi ca să se tocmească cu ciobanii.

Cerul era fără pată. Soarele lumina moale depărtările iar turmele erau răsfirate pe pajişti ca nişte stropi de vopsea albă împrăştiaţi la întâmplare pe o pânză verde.

„Doamne, ce frumuseţe! Avem şi noi lucruri cu care să ne mândrim!" oftă Mitu, amintindu-şi de Montana şi de viaţa lui de păstor şi de *bootlegger* de prin desişurile din jurul Helenei. „Dar nimic nu s-a schimbat aici... Tot turme mici, de câteva sute de capete, mânate de doi sau trei oameni. Dincolo s-ar cruci dac-ar vedea aşa risipă de braţe!" îşi zise, amintindu-şi cum se mirase când Ray fermierul îi dăduse în primire un câine, o puşcă şi cinci mii de oi.

În primul loc unde poposiră îi întâmpină un cioban bătrân, pe care nu-l ştia. „Probabil venit din Mărginimea Sibiului, că nu pare de pe aici", gândi. Când înţelese ce voiau, omul îi pofti înăuntru, le puse dinainte balmoş şi lapte acru, apoi începu tocmeala.

După o oră porniră spre altă stână, apoi spre a treia. Treceau pe la fiecare şi se târguiau, apoi plecau mai departe, spunându-le tuturor că se întorceau la ei dacă nu găseau un preţ mai bun în altă parte.

În două zile, arendă toate pământurile pe care le cumpărase de la bancă. Le dăduse bine - unele mai bine decât sperase, iar aici experienţa de negustor la „Mitu & Olga's Store" îl ajutase mult - şi, pe deasupra, se întorcea acasă cu căruţa burduşită de bunătăţi. Fiecare cioban, vrând să-l îmbuneze să lase mai ieftin, îi umpluse traistele de carne afumată şi piei de oaie.

În drum spre Cernădia, încă marcat de ceea ce i se părea lui o mare deosebire între America şi România, începu să le explice tovarăşilor de drum oieritul din Montana.

— Mă, dacă m-aţi fi văzut cum mânam mii de capete acolo v-aţi fi crucit, zău! Cât priveai în zare era numa' câmpie întinsă şi munţi înalţi şi eu singur cu ele! Doar cu Max, câinele! Oamenii ăştia ar trebui să facă la fel!

— Cred că ne-ai spus asta de o sută de ori până acum. La ce să repari dacă nu-i stricat?! comentă Gicu.

— Da' nu-i vorba de reparat, oamenilor! Dar dacă am căsca ochii la alţii, am merge şi noi poate mai iute înainte, nu? Parcă ce-i costă pe oamenii ăştia să încerce şi altfel? Am şi făcut un cântec cu asta, care sună cam aşa:

— Mitule, de unde vii?
— Din fundu' Americii.
Vin ca să vă povestesc
Ciobănaşii cum trăiesc.

Că sâmbrie le dă bună
Numa' cinci dolari pe lună.
Şi-aci spune-americanul
La tot cârdul şi ciobanul
De-o fi cârdul de cinci mii
Tot singurel ai să fii.
Îţi mai dă ş-un câine-doi
Ne-nvăţaţi deloc la oi.
Şi-ţi mai dă şi-o bâtă-n mână.
Şi-n traistă pe-o săptămână
Şi pe câmp ei mi te mână.
Să-ţi petreci zilele
Cu câinii şi oile.

– Minunat... Vioara-ţi mai lipsea acuma, Mitule, zise Gicu, cu gândurile în altă parte. O să încerce ei odată, nu mă vai... Dar lasă tu America unde e ea, că şi noi ne dezvoltăm... Uite de exemplu Drumul Regelui, cât e de frumos!

– Frumos, da... aprobă Mitu privind îndelung.

– Şi, în vreme ce noi trudim şi tu te gândeşti cum să schimbi mersul lumii, alţii mai norocoşi nu mai pot de bine, interveni Titi. Ai auzit ce-a făcut regele când a venit aici? A inaugurat drumul ăsta ş-apoi a stat o noapte la stâna Ciuperca. Aicea, devale. Şi - să vezi drăcie! - a cerut să i se aducă o băciţă cu care să petreacă noaptea şi care să nu fie boită cu nimic, ci să vie aşa cum a lăsat-o Dumnezeu.

La auzul vorbelor astea, Mitu uită de păstorit şi i se încleştă pieptul. *Damn it!*[*], îşi zise, simţind cum îl muşcă invidia pe care o încearcă orice bărbat când aude că altul poate avea câte femei vrea.

– *The bloody bastard likes 'em raw!*[†] bombăni.

Trase aer adânc şi se gândi că şi el putea să se mândrească cu din astea - la urma urmei, peste câteva ore avea să poposească la Bălăloaica, nu?

– Mă oamenilor, schimbă vorba, America asta a mea nu m-a prea ajutat în ultima parte, însă mă ajută acuma, bag de seamă... Am dus-o foarte rău acolo în ultimii ani, dar acu' e bine... Şi mai bine mai târziu decât niciodată...

– Mitule, acu' eu ţi-o spun p-a dreaptă: eu tot nu pricep de ce te-ai întors! îl dojenea parcă Gicu. Ce te-a tras înapoi, mă?! Muiere nu cred că nu-ţi găseai şi acolo, iar de dus mai bine... eu unu' nu cred nici în ruptul capului că o duci mai bine aici! Nu vezi că toată ziua povesteşti de ei? Ba că păstoresc mai bine, ba că aia, ba că ailaltă....

Mitu îşi înăbuşi impulsul de a li se destăinui povestindu-le de perioada lui de *hobo*, aşa că răspunse vag:

---

[*] La dracu! (engl.)
[†] Afurisitului îi plac naturale! (engl.).

– M-am întors la ai mei, omule… Eram aşa înstrăinat acolo, nu mi-am făcut niciodată prieteni buni americani că n-am putut, deşi vorbesc limba ca ei. Nu ştiu de ce n-am putut, dar n-am putut şi pace! Tot cu românii m-am înţeles mai bine. Te trage pământul înapoi. E bine-aici aşa cum e, lasă. Am ce pune-n gură, am muiere tânără şi frumoasă. E singura cu ochii verzi din Cernădia, Maria mea.

– Apoi nu ştiu eu, Mitule, dar e ciudat că nu te căieşti, continuă Gicu. Eu îi cunosc pe aproape toţi ca tine din zonă care s-au întors şi am vorbit cu ei despre asta. Toţi mi-au dat de înţeles, mai făţiş, mai pe ocolite, că le pare rău că s-au întors în ţară. Chiar şi celor ca tine, care au venit cu ceva gologani şi şi-au cumpărat pământ şi şi-au făcut case, tot le pare rău. Tu eşti singurul care…

– Fiecare cu treburile lui, Gicule… Acuma nu zic: mă gândesc câteodată s-o iau pe Maria şi plozii şi să plec din nou. Mă gândesc des la asta, să ştii. Ei îi găsesc un job la o croitorie, eu îmi deschid un restaurant şi-ar fi foarte bine. Una e să fii cu familia, alta singur bezmetic pe acolo.

– Îi găseşti un ce, mă?

– Un job. O slujbă, adică. Aşa se zice în engleză: „job".

Titi şi Gicu începură să râdă. Nu era clar de ce: de el că li se părea că îşi dădea ifose ori de cuvântul ca atare.

Drumul Regelui şerpuia domol în jos, lăsând în urmă vârful pleşuv al Păpuşii, întortochindu-se şi contorsionându-se ca să-şi facă loc pe la poalele munţilor. La intrarea în Novaci, Mitu opri căruţa, coborî, trase o duşcă de rachiu şi stătu câteva minute lângă monumentul la ridicarea căruia contribuise şi el. „Măcar rămâne ceva de la mine… Oare ce-a spus domnu' Brâncuşi o fi adevărat? Chiar ar trebui să renunţ la tot şi să fac muzică?" Apoi le spuse tovarăşilor lui că are nişte treabă şi o să-i lase pe la casele lor.

Când se văzu singur, coti spre Bălăloaica, lăsă căruţa în faţa porţii, apoi intră în ogradă şi o strigă. Femeia ieşi surprinsă şi bucuroasă, ştergându-şi de poale mâinile albite de la aluatul pe care îl frământa.

– 'Aida, Mitule, că te-aşteptam, să-ţi pun ceva de mâncare… Hai înăuntru.

El dădu din cap a refuz, intră în odaia strâmtă şi, fără să scoată o vorbă, se apropie de ea, o strânse în braţe şi-i ridică fusta, apoi o avu zburatic pe divanul îngust, grăbindu-se să termine. Privea tot timpul pe geam ca să se scoale iute dacă vreun fecior de-al ei s-ar fi întors pe neaşteptate de la joacă.

– Bălăloaico, pentru tine nu-mi pare rău că m-am întors din America… îi zise la sfârşit gâfâind, ocolindu-i privirea.

Femeia pufni în râs a neîncredere, iar el, zâmbind nedesluşit, scoase din buzunar un ineluş subţire de aur, pe care îl adusese din America şi pe care nu-l arătase nimănui până atunci, şi i-l puse în palmă.

– Ăsta-i pentru tine.

– Ce să fac eu cu el, Mitule?! îl întrebă ea speriată. Că doară n-o să-l pot purta… Ce-o să-i zic lu' bărbată-miu?!

– Nu ştiu, Bălăloaico... eu ţi-l adusei. E al tău... Uite, îţi adusei şi banii, zise şi-i întinse câteva bancnote. O să mai trec pe la tine... Tot aşa, pe fugă, ca să nu ne prindă careva.

– Oricând, oricând, eu te aştept... îi răspunse ea stângace, încercând să pară ispititoare.

O luă spre casă, întrebându-se dacă Bălăloaica s-ar mai fi culcat cu el dacă nu l-ar fi văzut atunci la coadă la Cernăzoara cumpărând pământ. „Ce de-a gologani am mai cheltuit cu muierile la viaţa mea... şi, uite, că de fapt nu trebuie să le cuceresc aşa... Dacă vânez bani, afurisitele vin singure la mine, nu trebe să le mai cat eu!"

Ca niciodată, Maria îl aştepta în poartă, privindu-l înspăimântată, iar asta îl îngrijoră. „Te pomeni că află că mă abătui pe la Bălăloaica..." îşi spuse neliniştit.

– Ce păţişi, Mario, ţi se făcu dor de mine? glumi forţat în timp ce intra cu căruţa burduşită pe poartă, privind-o cu coada ochiului ca să încerce să înţeleagă ce se întâmpla.

– Ni se îmbolnăvi copilaşul, bărbate. E bolnav Sănduc-al nostru. Nu mănâncă, nu bea nimic, nu mişcă. Ai zice că-i mort, ducă-se pe pustii, dacă n-ar fi cald. Arde ca plita pe foc. Nici inima nu i se mai aude! Mă tem! Mă tem rău!

Mitu ştia că îl lăsase pe fiul lui cel mic sănătos când plecase acum câteva zile. „O fi stat în frig?!" Sănducu tuşea, ce-i drept, de mai multă vreme, însă nu zăcuse la pat şi parcă dăduse semne de însănătoşire în ultima săptămână. Sări din căruţă şi se repezi în casă, mustrându-se că-şi pierduse vremea pe la Bălăloaica. Îl găsi în pătuţ, cu ochii închişi şi roşu la faţă - nu un roşu sănătos, de zburdat pe dealuri. Îşi aplecă urechea ca să-i simtă respiraţia şi se sperie neauzind nimic.

– Adă-mi repede un ştergar muiat în apă...

Maria se repezi la o ladă mare şi luă din ea o pătură de lână albă, alergă până în curte şi o înmuie într-o căldare cu apă, o stoarse şi i-o aduse. Mitu îl dezbrăcase pe Sandu la pielea goală şi îl pălmuia uşor. „Ce-i cu tine, copilaşule? Ce?" îl întreba încet, cu glasul tremurând.

Îl înveli în pătura rece şi umedă din cap până în picioare şi îl strânse în braţe. „Oare să mă pedepsească Dumnezeu aşa de repede că mi-a dat nişte bănuţi?!" Copilul nu scoase nici măcar un scâncet, iar Maria începu să se jelească.

– Bărbate, bărbate, ce ne facem, ne moare copilul, ne moare copilul!

– Femeie, vino-ţi în fire îţi zic şi nu te mai smiorcăi! Stăi lângă el şi înveleşte-l în pături înmuiate în apă rece când vezi că asta de pe el se încinge. Eu mă reped pân' la Novaci, la Niculescu.

– Cum să-i pun apă ca gheaţa pe el, că moare de-a binelea, sărăcuţul de el!

– Fă cum îţi zic eu, Marie! îi porunci el răspicat şi o luă grăbit spre casa doctorului. Când cu frigurile din Meuse-Argonne, văzuse cum medicii militari înveleau uneori soldaţii în cearşafuri muiate în apă rece. Unii îşi mai reveneau pentru o zi, două, pentru a muri până la urmă de boală. Cei mai norocoși - puțini - scăpau.

Când Niculescu văzu copilul, nemișcat și mai că fără suflare, încruntă din sprâncene a semn rău. Îl consultă cu atenție, apăsând stetoscopul peste tot, pipăindu-i încheieturile și dând din cap ca și cum ar fi înțeles lucruri pe care Mitu sau alți muritori ca el nu aveau cum să le priceapă. Motivul secret pentru care făcuse medicina - pe care nu l-ar fi recunoscut nici în ruptul capului în fața cuiva - era tocmai satisfacția pe care o încerca atunci când oamenii se uitau la el ca la Dumnezeu.

– Nu e de bine... le zise după ce termină. Băiețașul are dublă pneumonie. Nu știu ce-ați făcut cu el. L-ați uitat în frig pe-afară? Îl omorâți cu mâna voastră?! Trebuie ținut la căldură, la căldură mare, vegheat permanent și înfășurat în cearșafuri reci. Bine-ați făcut că l-ați învelit în pătura asta umedă, că altfel putea să moară sau să se tâmpească de la fierbințeală. Lapte fierbinte cu de-a sila. Mult lapte fierbinte, dar vedeți să nu-l opăriți. Și nu-l acoperiți în ștergare ude decât dacă are temperatură mare, c-altfel îl omorâți!

– Vă rog, vă rog din suflet să ni-l scăpați! îl imploră Maria, înspăimântată de ce auzea.

– Eu nu pot decât să încerc, răspunse doctorul rece. Numai Dumnezeu poate salva. E voia Lui în toate. Acum, nici El nu-i vinovat când prostia omenească e prea mare... încheie cu o cruce.

– Dar nu l-am ținut în frig, cum aveam să facem așa ceva?! se împotrivi Maria.

El făcu un gest a lehamite - „Am mai auzit eu d-astea!"

– Las' că știu eu ce știu, spuse. Crezi mata că-i prima dată când văd așa ceva? Părinții duși la horă și copiii ieșiți brambura pe afară cu gâturile belite, beau apă din izvor, câți n-au murit din cauza asta până acum! Dați-vă deoparte că mai am niște treabă cu el! încheie pe un ton care arăta că fuseseră de ajuns toate vorbele astea.

Scoase o cutiuță de metal argintiu, o desfăcu și puse cu atenție un ac în vârful unei seringi de sticlă, apoi îi făcu lui Sandu o injecție:

– E cu cortizon, o să-i facă bine. Țineți-l la căldură mare. Dacă starea i se înrăutățește, să mă chemați.

– Păi mai rău de-atâta e numa' moartea, domnu' doctor, se agăță Maria de el. Nu vedeți că nici nu răsuflă?

– Ce-o să fie o să fie... Eu am să trec și mâine, și poimâine pe aici. Și vedem ce se mai întâmplă.

Capitolul 61

În zilele următoare, Niculescu a trecut pe la ei în mod regulat, să-l vadă pe Sandu şi să-i facă injecţii. Copilul mergea spre rău, nu spre mai bine. După două săptămâni i se umflaseră încheieturile şi se moleşise cu totul - de-abia mai respira, iar fierbinţeala nu-i mai scădea aproape deloc.

Doctorul le-a zis atunci că umflăturile erau de la puroiul care se strânsese sub piele şi a început să-i facă incizii de drenaj, tăind câte o jumătate de centimetru pe la încheieturi şi înfigând acolo un tub subţire ataşat de o seringă, cu care tot sugea lichidul gălbui. Asta i-a mai dezumflat lui Sandu mâinile, însă moleşit tot era şi nu mânca mai nimic. Starea i se înrăutăţea cu fiecare zi. Cădea în stări de toropeală vecine cu coma şi se trezea rar şi doar pe jumătate.

De fiecare dată când venea să-l vadă, Niculescu îi avertiza că fiul lor putea să nu mai apuce ziua de mâine.

– N-am ce să-i mai fac. L-am ţinut aşa cât am putut. Nu vrea să se facă bine, afurisitul mic, şi cu asta basta!

Într-o noapte, respiraţia i s-a subţiat atât de mult încât abia i s-a mai văzut în oglindă, iar atunci s-au pregătit de ce era mai rău. I-au aprins o lumânare la cap şi au stat de veghe lângă el. Atenţi la orice geamăt, la orice tremur, îi puneau comprese reci pe frunte, aruncând lemne cu nemiluita în sobă şi rugându-se necontenit. Spre dimineaţă, copilul a început să tragă a moarte şi, după o oră, a înţepenit. Mitu l-a încercat din nou cu oglinda, care nu se mai aburi deloc.

– Muiere, mă tem că... Trebuie să-l chemăm pe popă... îi spuse Mariei, negru de supărare.

Femeia izbucni în plâns şi începu să vorbească de una singură, blestemându-şi zilele şi certându-se cu Dumnezeu.

– Da' cu ce-am greşit noi? Cu ce?! Cu ce?! se răsti la o icoană ce atârna pe perete. Zi-mi, cu ce? Mitule, de ce ne încearcă aşa?

El ridică din umeri, cum făcea când era la ananghie. Nu era prima oară când Dumnezeu îl pedepsea. N-o să fie, pesemne, nici ultima. Asta-i viaţa, la urma urmei... Îl ascultă din nou pe Sandu cu urechea, îi pipăi gâtul - nu-i simţi pulsul - şi-i puse încă o dată oglinda la gură ca să vadă dacă mai respira. Apoi, într-o pornire ciudată, îşi scoase limba şi i-o vârî copilului în gură.

Când văzu asta, Maria uită să mai blesteme şi-l privi îngreţoşată. Înnebunise cumva omul ei?! Aşa ceva nu se mai văzuse: să bagi limba în gura unui copil! Ce mai era şi scârboşenia asta?!

Poate, însă, tocmai asta i-a atras luarea aminte lui Dumnezeu, care, mirat şi el de ciudăţeniile oamenilor, s-a înduplecat să mişte un deget. Cum îşi ţinea Mitu limba în gura copilului, acesta începu deodată să i-o sugă. El se sperie şi se dădu repede pe spate, ca şi cum l-ar fi atins o nălucă, apoi, după ce îşi veni în fire, se apropie din nou şi-i băgă iar limba în gură. Sandu supse din nou din ea.

– Mă Mărie, suge, mă! strigă el, tulburat din cale-afară. Suge! Îmi supse limba! Trăieşte, mă! Trăieşte! Nu muri! Copilaşul nostru! strigă uluit.

Maria îi privea înlemnită, ca şi cum n-ar fi priceput ce se întâmpla, apoi îşi făcu o cruce mare: „Doamne Dumnezeule, ce-o mai fi şi asta?!"

Din clipa aceea, de neînţeles, Sandu a început să-şi revină - nu repede, ci cu mare greutate, de-a lungul a luni şi luni de zile, mâncând câte puţintel şi întremându-se, respirând din ce în ce mai bine şi având fierbinţeli din ce în ce mai mici. Doctorului Niculescu nu i-a venit să creadă de întâmplarea cu suptul limbii, însă a lăsat-o până la urmă moartă - chiar şi pentru un om pregătit ca el, care cunoştea măruntaiele omului în amănunţime, unele lucruri rămâneau misterioase.

Bucuria izbânzii miraculoase în faţa morţii l-a făcut pe Mitu să se simtă o vreme un fel de supraom. În ultimul timp avusese parte doar de bine: bonusul de război, pământurile cumpărate, însănătoşirea lui Sandu, aventura cu Bălăloaica, lăutăria cu Julea şi Cirică. Vremurile bune de odinioară, care uitaseră de el de-o bună bucată, se întorseseră parcă din nou, făcându-l, pentru întâia oară de când revenise acasă - se făceau, iată, cinci ani! - să nu mai ofteze des după America.

Odată cu însănătoşirea copilului, începu să iasă iar prin sat şi să se ducă la Novaci ca să pălăvrăgească cu oamenii, aşa cum obişnuise înainte. Cât Sandu zăcuse la pat stătuse mai mult prin curte, fără chef de nimic, dar acum, că lucrurile se aranjaseă, se simţea din nou plin de viaţă.

În Cernădia lumea încă era însufleţită din pricina alegerilor parlamentare, care de-abia se terminaseră. P.N.L.-ul se clasase pe primul loc, P.N.Ţ.-ul pe al doilea, iar legionarii ieşiseră pe locul trei, cu peste cincisprezece procente. El însuşi convinsese câţiva ţărani să voteze pentru partidul legionarilor „Totul pentru ţară", explicându-le în câteva vorbe, aşa cum înţelesese el de la Ciorogaru, programul acestuia: Dumnezeu, ţara, ţăranii şi muncitorii, lupta împotriva bolşevismului şi a celor ce fură. Deşi nu se înscrisese în niciun partid, spunând tuturor că „nu era interesat de politici", întâlnirea de acum trei ani cu Corneliu Codreanu îl impresionase atât de tare încât, în discuţiile cu oamenii, sfârşea întotdeauna prin a-l ridica în slăvi. Dintre toţi reprezentanţii vieţii politice, Căpitanul era cel mai strălucitor, i se părea. Şi-l aducea aminte perfect, de parcă fusese ieri: un sfânt coborât din ceruri printre nevoiaşi, întru ajutorarea lor. Clipa când privise la lumea din curtea bisericii din Novaci, fără să spună ceva, în vreme ce toţi aşteptau cu sufletul la gură să înceapă să vorbească, îi era încă vie în minte. Nu văzuse niciodată un om care să aibă, doar tăcând, atâta putere asupra unei mulţimi!

Într-o zi din astea, l-a întâlnit pe drum pe Ciorogaru. Se văzuseră rar în lunile cât Sandu fusese bolnav.

Ciorogaru era toropit de fericire - radia de bucurie, dovedind fără tăgadă că trecea prin perioada cea mai bună din viaţa lui. Când l-a văzut, l-a îmbrăţişat ca pe un vechi camarad de breaslă şi a trecut numaidecât la munca de convingere, ca să-l facă să vină la legionari:

– Ajunserăm pe locul trei în țară! Ești un om bun, Mitule, și știi ce-i rău în lume. Chiar dacă nu ești în rândurile noastre, cu sufletul ești cu noi. Știu că Protopopescu și Curcă și au votat pentru partidul nostru din cauză că i-ai convins tu. Nici nu-ți închipui cât bine aduci țării! Fiecare om care votează pentru noi înseamnă o victorie împotriva bolșevicilor și a jidanilor! Ieri eram cinci. Azi suntem cinci milioane. Mâine vom fi toată țara! Lupta noastră nu a fost zadarnică!

Mitu îl privi oarecum surprins. În ultima vreme discursul lui Ciorogaru devenise mai pătimaș. Privirea îi era mai sobră, maturizată brusc, ca și cum povara responsabilităților politice era prea grea ca s-o poarte cu sprinteneala celor nici treizeci de ani ai lui.

– Felicitări multe, domnule Ciorogaru, și să dea Cel de Sus s-ajungeți la putere și să faceți țara mai bună, că tare are nevoie de schimbare! Eu, să-mi fie cu iertare, dar politica nu-mi priește... Că am convins câțiva oameni să vă voteze, am făcut-o pentru dumneavoastră... Că și dumneavoastră tare m-ați mai ajutat când am fost la nevoie. Mie mi-e îndeajuns că-s în Liga contra cametei.

– Dar Căpitanul ne va salva țara, Mitule! Bolșevicii și jidanii sunt cei mai mari dușmani ai lumii! Primejdia de la răsărit este extraordinară și trebuie să ne unim cu toții împotriva ei! Dacă pierdem lupta, o să fii și tu afectat!

– Domnule Ciorogaru... nu știu de ce, dar mie mi-e frică. Mi-e frică, o zic cinstit. Prea multe schimbări au loc în țară, iar cei care sunt azi sus, mâine pot fi jos. Am văzut asta de multe ori în America. Marea Depresie a adus la sapă de lemn oameni despre care niciodată n-aș fi crezut că mai pot ajunge calici. Și, să-mi fie cu iertare, dar acum dăm vina pe jidani și pe comuniști pentru relele din țară, dar...

– Da, îl întrerupse Ciorogaru, este foarte adevărat: jidanii stăpânesc România! România noastră, a românilor! Bolșevismul jidovesc este cea mai mare primejdie care a amenințat țara asta vreodată în istorie!

Mitu dădu din cap a dezaprobare și se socoti iute cum să-l contrazică fără să-l jignească.

– Eu unul le știu p-ale mele: în America dădeam vina pe nemți că îmbătau poporul, pentru că ei aveau berării și magazine de lichior. Din cauza lor țara o ducea rău, spuneau hârtiile. Și toți am crezut asta. Și eu am crezut - asta până când am luptat în război și am văzut că soldații nemți erau niște flăcăiandri ca mine. Nu poți să dai vina pe un popor întreg! Vina-i a ălora de conduc lumea, nu a nevoiașilor. Așa, dacă dăm vina pe un popor întreg, nu mai înțelege nimeni nimic! Acolo erau vinovați nemții, aici jidanii, în Uniunea Sovietică sunt vinovați nemții și românii... Cine-i vinovatul adevărat, până la urmă?!

Ciorogaru îl privi mirat. Nu-l știa pe Mitu să argumenteze așa temeinic. Țăran simplu, da, însă era limpede că statul în America îi întregise înțelegerea lumii. Totuși, privea lucrurile ciuntit! Cum de nu se lămurise încă cine erau adevărații dușmani?!

– Mitule, tu eşti umblat prin multe locuri, dar nu pricepi încă lucrurile astea cum trebuie. Pericolul care paşte acum omenirea este mai mare decât oricând! Ai să-mi dai dreptate, o să vezi curând...

– Apoi nu ştiu ce să zic... că jidanii stăpânesc ţara, asta-i limpede ca lumina zilei: în Târgu Jiu, din zece magazine, nouă-s ale lor. Dar bravo lor - nu-i aşa? - dacă au reuşit asta! Eu, când am avut magazin în Detroit şi când îmi mergea bine, niciun magazin de pe strada aia nu era al unui evreu. Toţi proprietarii erau fie americani, fie emigranţi ca mine din diferite ţări. Dacă evreii ar fi fost de vină, şi în America ar fi trebuit să stăpânească ei, nu? De ce doar în România?!

– Eşti orb, Mitule! Ar fi bine să ai dreptate, dar eşti orb! Să nu uiţi ce-ţi zic acum: România o să treacă în curând prin cele mai cutremurătoare momente ale istoriei ei, dacă nu ne ridicăm la luptă!

Mitu făcu un gest din care nu se înţelegea dacă era sau nu de acord cu el şi, ca întotdeauna, se despărţiră făgăduindu-i că o să se mai gândească la asta.

La scurt timp, însă, a văzut că îngrijorarea politică a lui Ciorogaru nu era atât de exagerată pe cât i se părea lui. De la o zi la alta gazetele publicau pe primele pagini lucruri care de care mai neliniştitoare, prevestind timpuri viforoase. Într-o dimineaţă a auzit că liberalii demisionaseră de la conducere. Apoi, în februarie, Codreanu a dizolvat partidul legionar. La scurt timp după aceea, „Cuvântul" şi „Buna Vestire", oficioasele Gărzii, au fost interzise.

Ce se întâmpla, oare?! Puterea regală devenise o dictatură şi se întorsese împotriva întregii opoziţii! Ţara se afla acum la cheremul câtorva capete care diriguiau tot ce mişca şi sufla. Asta începea să semene din ce în ce mai puţin cu America lui!

Pe urmă au început arestările. În ziua când Zelea Codreanu a fost întemniţat[*], cuprins de temeri, l-a strigat pe frate-său, care îşi făcea de lucru prin curte:

– Mă, auzişi? Auzişi? Îl arestară pe Codreanu! Creţule, îl arestară pe Căpitan!

Dar Gheorghiţă trăia parcă pe o altă lume. Nicio ştire nu-l putea abate de la treburile lui zilnice. S-a oprit cu încetineală şi a dat a nepăsare din umeri. Gestul îi era mai grăitor decât vorbele, zugrăvind o indiferenţă suprapământeană faţă de problemele încâlcite ale democraţiei.

– Atâta timp cât nu m-a luat pe mine, poa' să-i ia pe toţi... Duşi să fie, mă! Da' tu de ce eşti aşa de politician?! Nu-ţi mai prieşte cu viaţa?! Mai bine vezi-ţi de lăutăria ta, că la asta eşti bun. Toată ziua vorbeşti numa' de ei, de parcă ţi-ar fi fraţi. De ce nu treci la legionari, dacă ţii la ei aşa de

---

[*] Pe 19 aprilie 1938, pentru calomnie împotriva lui Nicolae Iorga. Momentul acesta a fost urmat de persecuţii sistematice şi masive împotriva Gărzii de Fier. Mii de legionari, printre care Nae Ionescu, Mircea Eliade, Radu Gyr, Nichifor Crainic şi alţii au fost încarceraţi atunci, din ordinul lui Carol al II-lea (n.a.)

tare?! Mâine-poimâine o să te culci în cuiburile lor, n-o să mai dai pe-acasă... Poa' deschizi un cuib în sat pân' la urmă! Lângă crâşmă, mă, ca s-aveţi cu ce v-alimenta!

– Mă Gheorghiţă, 'tu-i mama mă-sii, tu nu-nţelegi! Da' nu tre' să trec niciunde ca să am şi eu o părere! Eu îţi zic că trebe să fim atenţi şi să ne păzim! Dacă se ridică legionarii - că-s milioane-n ţară - dacă toţi ăştia se ridică să-l scape de la puşcărie pe Căpitan, o să fie omor şi prăpăd, că-s duşmanii cei mai mari ai regelui! Să văd atunci ce-o să zici, dac-o să ne dea foc la casă! O să ne batem român cu român, mă! Armata cu civilii!

Gheorghiţă ridică iar din umeri a nepăsare. Trecuse prin război stând în Cernădia şi nefăcând nimic altceva decât să muncească pământul şi să vadă de animale, şi nimic nu-l atinsese, în vreme ce în jurul lui pieriseră milioane de oameni. Guvernele veniseră şi plecaseră, graniţele ţării se tranşaseră, dar el rămăsese pe pământurile lui netulburat de nimeni. Un alt zvâcnet politic, al cui o fi fost să fie, era prea puţin în măsură să-l sperie.

Mitu era însă de cu totul altă părere. Când cei de sus erau arestaţi, când omul de rând nu era lăsat să spună ce crede, când ziarele erau interzise, când poporul trăia în frică, însemna că vremurile se făcuseră tulburi.

Era o nelinişte pe care n-o putea pune în cuvinte, care izvora dintr-o experienţă marcată de suferinţă şi datorită căreia mintea lui învăţase să încadreze amănunte aparent minore în scheme cuprinzătoare. Era un fel de al şaselea simţ, o intuiţie dezvoltată în ani lungi de încercări extreme, o înţelepciune dobândită în mijlocul marilor evenimentelor istorice la care fusese intim părtaş.

Presimţirea care l-a cuprins a fost atât de vie încât, la câteva zile după asta, s-a dus la Ciorogaru să-i împărtăşească temerile lui. Acesta i-a mulţumit pentru vizită, dar nu l-a luat prea în serios, spunându-i că legionarii erau mai puternici ca oricând şi că, în orice conflict dintre ei şi putere, ei vor fi cei ce vor birui până la urmă, pentru că au sprijinul ţărănimii şi al multor intelectuali de vază ai ţării.

– Mitule, dreptatea şi binele înving întotdeauna, să ştii! Armata poate trage cu gloanţe, însă n-o să poată să tragă în piepturile goale. Românul nu va omorî pe român.

– Nu?! Cum nu, domnule Ciorogaru?! S-a-ntâmplat şi la case mai mari! În Bătălia Washingtonului, la care am participat, s-au luptat taţii cu fiii - cine-ar fi zis aşa ceva?! Credeţi că aicea nu se poate întâmpla la fel? Şi, de fapt, vă spun sincer, mie unul nu mi-e frică de o confruntare. Eu mă vai că n-o să se ajungă la niciuna... Pentru că eu, dac-aş fi regele şi aş urî Garda aşa cum o urăşte el, i-aş tăia capetele. Aş omorî şefii de cuib. Acum i-aş omorî, cât îi am în temniţă. Asta aş face. Aşa cum în America l-au omorât pe Huey Long când au văzut că era să ajungă preşedinte.

Ciorogaru l-a privit lung şi s-a întunecat la faţă. Mitu avea dreptate, ştia şi el prea bine: nimeni nu era nebun să intre într-o luptă cu legionarii, câtă vreme erau organizaţi. L-a condus tăcut până la poartă, nebănuind o clipă că profeţia lui avea să se împlinească după doar câteva luni.

Capitolul 62

Când cineva pe care îl admiri moare de moarte violentă, primul lucru la care te gândeşti este răzbunarea. Când cursul vieţii unui om în care ţi-ai pus speranţe este retezat năprasnic, impulsul tău este să pui mâna pe armă şi să faci dreptate. Când cineva în care crezi are parte de un sfârşit oribil, singurul lucru pe care-l vrei atunci este să-i schingiuieşti şi tu pe făptaşi, să le scurgi sângele picătură cu picătură şi să-ţi ostoieşti suferinţa din durerea lor.

Asta a simţit Mitu în dimineaţa de noiembrie când s-a trezit şi a dat drumul radioului din cunie ca să asculte ştirile în timp ce trebăluia prin curte. Niciodată până atunci nu-l mai încercase o asemenea dorinţă de răzbunare. Tocmai terminase de adăpat caii, când a auzit un comunicat care a încreţit carnea pe el. Crainicul anunţa că Zelea Codreanu fusese împuşcat:

„În noaptea de 29-30 noiembrie[*], s-a făcut un transfer de condamnaţi de la închisoarea Râmnicu Sărat la Bucureşti-Jilava. În dreptul pădurii ce corespunde kilometrului 30 de pe şoseaua Bucureşti-Ploieşti, pe la orele cinci, automobilele au fost atacate cu împuşcături de necunoscuţi, care au dispărut. În acel moment, transferaţii, profitând de faptul că transportul se făcea în automobile tip Brek deschise şi pe timp de noapte cu ceaţă deasă, au sărit din maşini, îndreptându-se cu vădita intenţie de a dispărea în pădure. Jandarmii, după somaţiile legale, au făcut uz de armă. Au fost împuşcaţi: Corneliu Zelea Codreanu, condamnat la zece ani muncă silnică şi şase ani interdicţie; Constantinescu Nicolae...”

Urmau alte douăsprezece nume, comunicatul încheindu-se aşa:

„Atât Parchetul Militar al Corpului II Armată, pe teritoriul căruia s-a întâmplat cazul, cât şi Parchetul Civil, fiind înştiinţate, au venit la faţa locului şi au constatat în mod oficial moartea celor numiţi mai sus, de către medic, prin încheiere proces verbal.”

La început, a crezut că era o înşelăciune, o înscenare, o încercare a puterii de a-i dezbina pe legionari. „Doar n-ar fi prima dată...” S-a pironit lângă radio şi a ascultat în continuare cu sufletul la gură. Ştirea a fost urmată de o reclamă la crema de ghete Gladys, apoi de muzică şi de alte reclame comerciale.

Peste o oră, comunicatul s-a repetat. Atunci, s-a lăsat încet jos şi a privit spre aparat ca spre o fiinţă umană, parcă aşteptând să-i spună că totul fusese o glumă, că cineva se jucase urât cu el. Difuzorul, însă, s-a încăpăţânat şi nu a emis în continuare decât muzică şi reclame.

---

[*] 1938 (n.a.)

Da, Căpitanul murise, era neîndoielnic! Când i-a pătruns asta în măduvă, şi-a îngropat capul în pumni şi a strigat răvăşit prin curte:

– Mărie! Mărie! Vin', mă, pân' la mine!

Femeia trebăluia prin casă şi, când l-a auzit, a venit îngrijorată la el. Bărbatul ei nu o strigase niciodată cu glasul ăsta. Când îl văzu stând pe jos în şopru, lângă nişte găleţi pe care trebuia să le umple şi de care uitase, îşi dădu seama că nu-i a bună.

– Ce păţişi? Ţi se făcu rău?

– Tocmai anunţară la radio că-l omorâră pe Codreanu! Îi împuşcară şi pe el, şi pe încă câţiva! Ziseră că au încercat să evadeze azi noapte. Ce-o să se întâmple oare cu Ciorogaru?!

Ea îşi duse mâna la gură şi-şi făcu cruce.

– Doamne fereşte şi-apără! Bărbate, nu te vârî! Mi-e teamă c-o să vină să-l ridice pe Ciorogaru şi-o să te ia şi pe tine că te-ai dus aşa de des pe la el! Să nu te vâri în asta, să nu te vâri!

– Lasă-mă, muiere, în pace, că ştiu eu mai bine unde să mă vâr şi unde nu! Trebe să mă zvârl pân' la el.

– Nu te du, Mitule, te rog nu te du, c-or să creadă că eşti de-ai lor! Dacă vin să-i aresteze şi pe ei, o să te ridice şi pe tine! Gândeşte-te la Gheorghe şi la Sănducu, sărăcuţii de ei, să nu rămână fără tată!

– Omul ăla are nevoie de ajutor, muiere! N-o să-mi facă nimeni nimic, nu-s pe nicio listă! Dac-o să-i ia, o să-i ia pe ăi mari. Lumea de aici ştie că nu-s nici ţărănist, nici legionar, nici comunist, nici liberal, nici nimica. Mă întorc iute! îi spuse, încălecând.

O luă la galop spre Novaci, neputându-şi încă aşeza gândurile pe noul lor făgaş.

Murise Căpitanul!

I-a deschis doamna Ileana, soţia lui Ciorogaru - acesta se cununase de curând, într-o ceremonie restrânsă - care-i făcu, crispată, semn să intre.

Pe el îl găsi în camera de primire, aşezat pe un scaun lângă bibliotecă. Privea cu ochii aţintiţi în gol, aşteptând parcă să se trezească dintr-un vis urât. Vestea era prea proaspătă pentru a o înţelege şi cu inima; deocamdată se afla în clipele în care omul, după ce primeşte o ştire năprasnică, nu crede în adevărul ei.

În cameră mai erau câţiva bărbaţi - legionari de la Târgu Jiu, îşi dădu Mitu seama, pe care nu-i văzuse niciodată înainte. Când îl văzură intrând pe uşă, se dădură brusc în spate, iar unul din ei aţinti o Bereta spre el, făcându-l să încremenească în prag şi să ridice mâinile în sus. Obişnuinţele din război erau încă vii în el.

– Cine-i omul ăsta?!

Ciorogaru îşi ridică întunecat privirea şi le făcu un semn liniştitor din mână.

– Aveţi încredere în el, nu-i „cămaşă verde", dar n-o să ne trădeze. Intră, Mitule, îl îndemnă. Ce te-aduce pe la mine? Ce auzişi la radio e făcătură, Căpitanul n-a murit, să nu crezi nicio clipă aşa ceva! Nu te teme de

nimic, pe el n-au cum să-l ucidă! Dacă moare el, moare țara întreagă! L-au
ascuns pe undeva, printr-o închisoare, ca să ne dezbine. *Divide et impera.*
Dar noi n-o să ne lăsăm!

Mitu îl privi nedumerit. „Cum adică n-a murit?! Ce vrea să zică?! De
ce-ar mai fi anunțat, atunci?!" Nu-și amintea ca în America să fi auzit
vreodată o știre de felul ăsta care să se fi dovedit până la urmă înșelăciune.
Capone, Long, și mulți alții - când ziarele anunțaseră ceva rău despre ei, nu
mințiseră niciodată! Și așa trebuie că era și acum: Căpitanul murise, iar
Ciorogaru se păcălea pe el însuși dacă nu credea!

Își luă curaj să-i răspundă:

– Eu... pun ce-i mai rău în față. Și să mă iertați că dădui buzna... Ce
veste năprasnică, Doamne Dumnezeule, iartă-l și odihnește-l în pace! L-au
omorât ticăloșii, om fără apărare, asasinii! L-au executat! Eu unul nu cred
c-au încercat să fugă. Cum să fugă, domnule?! se dezlănțui. Cum să fugă?!
Nimeni nu-i nebun să încerce să evadeze de sub escorta unui pluton de
soldați! Eu am făcut războiul: dacă cineva ar fi îndreptat pușca spre mine, aș
fi făcut pe mine de frică și-aș fi înțepenit locului, nicidecum n-aș fi fugit! Și
nu unul, ci paișpe'! Cum să moară toți, măcar unul să fi fost rănit și să
supraviețuiască! I-au omorât cu bună știință! Să nu vi se întâmple ceva. De
asta venii la dumneavoastră, ca să văd dacă vă pot ajuta să vă ascundeți...
Să nu vă ia și pe dumneavoastră, Doamne ferește, că tare mi-e teamă de
asta! Să nu care cumva să vi se întâmple ceva rău!

Ciorogaru îl privi lung, apoi se întoarse iar la gândurile lui. Mitu
spusese ceva de care și el, în adâncul ființei, se temea. Dacă avea dreptate?
Dacă, într-adevăr, murise Căpitanul?! Ce se făceau ei acum?!

Bărbații din cameră începură să vocifereze aprins, amenințând cu
moartea pe Armand Călinescu, Nicolae Titulescu, Nicolae Iorga, ba chiar pe
rege.

– Dacă a murit, Căpitanul trebuie răzbunat! Trebuie să ne luptăm cu
vrăjmașii! Căpitanul trebuie răzbunat! Trebuie vărsare de sânge!
Răzbunare! Arhanghelul Mihail ne-o cere! Gică, trebuie să pornim la luptă
împotriva mișeilor!

Mitu încercă să mai spună ceva, apoi se răzgândi, zicându-și că
nimerise cum nu se poate mai prost. Ce i-o fi fost în minte să se repeadă
așa, când era limpede că Ciorogaru nu avea nevoie de el...? Trebuia să-și
asculte muierea și să stea mai bine acasă...

Ciorogaru îi simți stânjeneala și parcă abia atunci îl văzu:

– Ia zi, americanule, de ce poposiși pe la noi? Mă prinseși într-o clipă
foarte, foarte grea...

Mitu repetă că venise să-l ajute cu ce putea, dacă avea nevoie. Cu o
ascunzătoare în pod sau altundeva. Avea pădure cumpărată sus la munte și
putea să-i facă un ascunziș acolo. Știa bine cum să facă asta din anii când
construise distilerii pe care le pitise prin desișurile din Montana.

Doamna Ileana, care stătuse și ea în încăpere tot timpul ăsta fără să se
amestece în vorbă, îl privi mișcată. De un an de zile, de când începuse

prigoana împotriva Cămăşilor Verzi, puţini erau cei ce îşi ofereau ajutorul fără a fi şi ei, la rându-le, legionari. Oamenilor le era frică de ameninţări, de persecuţii, de condamnări nedrepte, de omoruri, de dispariţii şi se fereau să intre în discuţie cu cei vizaţi. Mitu avusese un curaj nebun să vină până aici!

Ciorogaru schimbă o privire cu ea, apoi îi spuse că îi e recunoscător, dar nu-i poate primi ajutorul, şi-l trimise acasă pe un ton ferm:

– Dacă, într-adevăr, a murit Căpitanul, Mitule, o să fie vărsare de sânge. Dar tu nu ai de-a face cu asta. Să nu te prinzi între ciocan şi nicovală, fără să ai vreo vină. Întoarce-te la pământurile tale. Du-te înapoi la femeia ta, îngrijeşte-te de copii. Nu te gândi la mine, că pe mine are cine mă păzi...

În urma lui, bărbaţii adunaţi acolo îl priviră pe Ciorogaru contrariaţi.

– Orice braţ, orice mână de ajutor ne e de folos, de ce-l trimiseşi acasă?! Nu mai eşti în toate minţile?! Acum, când avem nevoie de oameni mai mult ca oricând!

Ciorogaru îi privi mâhnit:

– Mitu e un om simplu şi dintr-o bucată. Îl cunosc de ani de zile. El nu a venit la mine pentru Mişcare. Dacă ar fi avut în sânge asta, ar fi fost de-al nostru de mult timp. A venit la mine pentru mine. Acum trebuie să ne gândim ce să facem.*

---

* Corneliu Zelea Codreanu, Nicadorii şi Decemvirii (14 persoane, în total) au fost asasinaţi în noaptea de 19-20 noiembrie 1938 în pădurea de lângă Tâncăbeşti. Au fost legaţi cu picioarele de podelele maşinilor în care erau transportaţi dinspre Râmnicu-Sărat înspre Bucureşti-Jilava pentru a servi diferite sentinţe. Mâinile le-au fost legate cu cătuşe de banchetele din spate. Câte un soldat s-a aşezat în spatele fiecăruia, cu un ştreang în mână, şi, la un semnal, i-au sugrumat. Pentru a da impresia de încercare de evadare, mai târziu trupurile au fost împuşcate în spate, apoi, pentru a şterge urmele, acestea au fost stropite cu vitriol (n.a.).

AL DOILEA RĂZBOI

Capitolul 63

La scurt timp după asasinarea lui Codreanu, Ciorogaru s-a făcut nevăzut. Mitu a trecut pe la el de câteva ori, însă a fost de negăsit, iar doamna Ileana nu i-a dat nicio lămurire. Însă el a dedus, din faptul că ea nu părea prea neliniştită, că se ascunde undeva în siguranţă.[*] Mai apoi a auzit că plecase şi ea - lumea spunea că peste hotare - şi, peste încă un timp, le-a pierdut urma cu totul.

În lunile care au urmat, când lucrurile i s-au mai aşezat în minte, a început, din banii pe care-i mai avea, să-şi ridice o casă. Şi-a aşezat-o pe uliţa ce ieşea în drumul principal, într-un loc pe care îl cumpărase de la banca Cernăzoara special pentru asta.

În jumătate de an a terminat construcţia. Nu era un conac înalt cât Păpuşa, cum visase să-şi ridice pe când era copil, ci o casă cum aveau toţi ţăranii acolo: mică, cu două odăi, din care una era de fapt bucătăria de iarnă. În curte şi-a ridicat un şopru pentru lemne şi un grajd pentru animale şi, perete în perete cu acesta, o cunie.

După ce a isprăvit cu treburile, în loc să fie mândru de ce izbutise, a simţit, în mod ciudat, un fel de gol în suflet, aşa ca atunci când îşi cumpărase Fordul în Detroit. Era sentimentul pe care omul îl are uneori după ce a înfăptuit ceva de însemnătate şi care, acum, se găseşte fără sens. *„Now what?!"*[†] şi-a zis când a terminat de bătut ultimele cuie. „Dacă nu apuc să stau în ea?"

Era vara lui 1939. Temerile lui, sădite bine de Ciorogaru, începeau să devină realitate. Polonia, atacată de doi giganţi - Germania la apus şi Rusia la răsărit - fusese îngenuncheată în câteva zile.

Umbrele adânci şi tenebroase ale începutului unui alt război pluteau peste lume. Armand Călinescu, primul ministru, murise sub o ploaie de gloanţe, iar asasinii lui fuseseră, la rându-le, executaţi şi lăsaţi apoi pe caldarâm zile întregi, ca să le fie şi altora pildă.[‡] Alţi legionari fuseseră împuşcaţi în faţa statuii lui Gh. Duca sau spânzuraţi de stâlpi de telegraf, ca să-i vadă lumea. Sălbăticiile la care fusese martor în Marele Război şi în Bătălia Washingtonului, despre care nu credea că se mai puteau repeta vreodată, se desfăşurau acum sub ochii lui, în propria lui ţară! Oare să plece de aici?

---

[*] Gheorghe Ciorogaru a scăpat ca prin minune de razia antilegionară care a urmat asasinării lui Codreanu şi care a eliminat aproape toţi capii mişcării. Ajutat de un legionar, Cătălin Ropală, a fugit peste graniţă folosind paşaportul unui student, Sorin Tulea, un alpinist cunoscut din Clubul Alpin Român. Ajuns la Berlin, a tradus cartea *Căpitanul pentru legionari* în germană (n.a.).

[†] Şi-acum ce fac?! (engl.).

[‡] Unele surse spun că Horia Sima, liderul mişcării legionare după moartea lui Codreanu, fugit la acea vreme în exil în Steiglitz, a dirijat de acolo asasinarea primului ministru Armand Călinescu şi, în acel august, s-ar fi întors în ţară ilegal, deghizându-se în femeie, cu scopul de a fi martor ocular la eveniment (n.a.).

Singurul om cu care ar fi vrut să se sfătuiască, să-l întrebe ce credea despre intenția lui de a se întoarce în America, era Ciorogaru. Însă acesta dispăruse ca înghițit de ape.

În ultima vreme își făcuse un obicei să se întâlnească cu un profesor din Cărbunești - Mihai Cămărășescu - pe care-l cunoscuse mai demult și cu care vorbea în engleză când se vedeau. Cămărășescu fusese școlit în Franța, dar învățase și limba americănească, de unul singur, din cărți, ceea ce-l obliga să-l respecte și mai mult, întrucât, își zicea, el nu ar fi fost în stare de așa ceva. Se întâlneau la un pahar de vin sau de rachiu la Novaci, în cârciuma lui Comănescu, și stăteau la palavre, numai în engleză, sâmbăta și duminica când Cămărășescu venea la cumpărături sau la plimbare. „Pentru exercițiul limbii, nu de alta!", își spuneau adesea, mai mult în glumă, pentru că, de multe ori, motivul pentru care se adunau era nu engleza, ci țuica grozavă de prună pe care patronul crâșmei o punea pe masă.

Se hotărî ca la următoarea întâlnire să-și ia inima în dinți și să-i ceară părerea în legătură cu gândurile de ducă ce-l tot băteau. Afară de Ciorogaru, Cămărășescu era singurul despre care credea că-i putea da un sfat cumpătat, întrucât locuise și el multă vreme în străinătate. Vrusese mai demult să facă asta, însă tot amânase din stânjeneală. Dar trebuia acum să-și lase mândria deoparte și să nu-i fie rușine să ceară sfatul unor capete mai luminate decât el.

Așa că porni într-o sâmbătă spre Novaci, cum se înțeleseseră mai demult, când li se încrucișaseră drumurile în târg. Spera să-l găsească singur, ca să stea de vorbă între patru ochi, dar, când intră în cârciumă, îl văzu pe Panaitescu la aceeași masă, cu paharul în față. Fudulie era și el acolo, într-o „pauză binemeritată de la lucru". Anghel Flitan își făcu apariția ca din întâmplare.

Când îl salutară cu chef - Eh-he, bună ziua, 'mericane! - și-l îndemnară să li se alăture, pornirea de a se destăinui i se potoli numaidecât.

– Bun așa, îl întâmpină Cămărășescu. Că picași la țanc. Dar cu Anghel și cu domnii Panaitescu și Panait aici, suntem nevoiți să vorbim în limba noastră românească și să lăsăm engleza pentru altă dată. Haideți să cinstim paharul pentru țărișoara noastră dragă!

Mesenii se conformară și dădură iute pe gât licoarea pregătită de nevasta gazdei. Mitu se așeză pe scaun și-și trase o sticlă lângă el. Să le spună, totuși, că se gândea la plecare?

Panaitescu, în stilul lui de adolescent înflăcărat, deși se apropia iute de cincizeci, își umplu iar paharul și îl ridică deasupra capului:

– Fie ca România Mare să rămână așa până la sfârșitul veacurilor! Mitule, tu ai darul scripcii, dar nu te prea aud vorbind d-ale politicii! Nu te-ai hotărât, până la urmă? Nu intri la legionari? Că toată ziua erai pe la Ciorogaru când era în comună!

– Apoi politicile vin și pleacă, oamenii rămân, domnule profesor. Eu nu intru la nimenea. Nu cred în niciun partid care săvârșește omoruri -

legionari, sau ce-or fi ei. Şi cum să intru la legionari, când sunt omorâţi pe capete acuma?! Că nu mi s-a urât cu viaţa!

– Vai de mine, Mitule, dar Armand Călinescu era ameninţarea cea mai mare pentru ţară! Acum, nu pot zice că sunt de acord cu omuciderile, însă uneori acestea sunt necesare pentru binele ţării!

Mitu se scărpină în creştet:

– Eu, unul, am văzut în America multe care m-au făcut să cred că degeaba ne agităm noi, păduchii. Ce să mai, zarurile-s jucate de cei mari, oricât am da noi din coate... Noi suntem nişte musculiţe aruncate în bătaia obuzelor...

– Asta nu e adevărat! Nu e adevărat! Cei mulţi sunt cei puternici! Uite un exemplu: voinţa poporului român ne-a adus unirea! aproape că strigă Panaitescu, clipind des, aşa cum făcea totdeauna când discuta politică.

– Nu uita, profesore, interveni Cămărăşescu, că Basarabia ne aparţine doar pentru că în Sfatul ţării românii au alcătuit majoritatea. Dar asta nu înseamnă că şi în realitate lucrurile sunt la fel! A nu se uita că, în Basarabia, minorităţile sunt jumătate din populaţie şi, dacă armata rusească nu s-ar fi retras haotic, acum am avea şi acolo revoluţia proletară şi o anexă bolşevică la Rusia!

– Ei, ce să mai, minorităţi, majorităţi, românii sunt în cel mai mare număr şi în Transilvania, şi în Bucovina, şi în Basarabia. Recensământul din 1930 a arătat fără putinţă de tăgadă că românii sunt mai mulţi! punctă Panaitescu ritos. Din acest motiv, pământurile astea trebuie să fie sub România Mare! Tu ce zici, Flitane, că eşti ţăran avut, cum vezi tu asta, din perspectiva unui om simplu şi gospodar?

Flitan, care semăna oarecum cu Mitu în aceea că nu se avânta în discuţii când credea că lucrurile despre care se vorbea îl depăşeau, dădu din umeri a neştiinţă. „Apoi ce să vă spui eu...", îşi zise-n sine.

Cămărăşescu intervenea în discuţiile politice doar când aveau în vedere viitorul, nu trecutul, aşa că se duse să mai comande o sticlă, lăsându-i pe interlocutori să continue cu despicarea firului în patru.

Când se întoarse cu o butelcuţă plină ochi, văzând că aceştia rămăseseră tot la evenimentele din urmă cu două decenii, se amestecă şi el în vorbă:

– Haideţi să lăsăm trecutul deoparte, oameni buni, că trecutul nu poate fi schimbat. Bine că ţara-i aşa cum e, mare şi frumoasă. Întrebarea este: cum să facem să rămână aşa şi pe viitor? Anglia şi Franţa ne-au promis ajutorul, dar este clar că Hitler va cuceri Europa în câteva luni. Iar cu Werchmacht-ul de partea dreaptă a Canalului Englez - pentru că Franţa va fi îngenuncheată în scurt timp, cred că sunteţi de acord cu mine aici - şi cu restul Europei cucerit, Anglia va rămâne neputincioasă. Şi atunci... atunci vă întreb: cum e mai bine, să ne dăm de partea Aliaţilor sau a Axei? Eu unul ştiu răspunsul: Germania va învinge şi cine va fi de partea ei va avea numai de câştigat! Imaginaţi-vă o Românie aliată cu învingătorii în război! Tu ce crezi, Lăutăreciule, că ai luptat împotriva nemţilor?

Mitu cumpăni din cap. Nemţii luptaseră atât de bine în Marele Război încât îi era clar că de data asta, învăţând din greşelile trecutului, o să cucerească tot ce-or să-şi pună în minte. Da, sigur, Cămărăşescu avea dreptate, asta îi era limpede ca bună ziua.

– Acuma nu ştiu, răspunse şovăielnic, însă singurii care le pot lua capul nemţilor sunt americanii. Dacă America nu intră în război - şi nu mai vorbesc dacă intră de partea nemţilor! - Axa câştigă.

– Ai dreptate, Mitule. Bun, şi atunci, continuă Cămărăşescu, nu este în interesul ţării să se alieze cu germanii? E evident, acum suntem o bucată de pământ între două puteri monstruos de mari: bolşevicii de o parte, Axa de cealaltă. Dacă ne mai menţinem neutralitatea multă vreme, cine o să câştige războiul o să ne sfârtece în bucăţi, acuzându-ne că le-am fost duşmani! [*] O să pierdem Transilvania, o să pierdem sudul Dobrogei, o să pierdem Basarabia şi nordul Bucovinei. O să rămânem ciungi şi ologi!

– Da, da - se repezi Panaitescu, care, chiar dacă nu-şi recunoscuse vreodată pe faţă simpatia pentru fascişti, ea se vădea în toate replicile lui - domnul Cămărăşescu are dreptate! Trebuie să ne aliem cu cei puternici! Numai aşa ne vom menţine în forma asta sau chiar într-o formă mai bună! Cum ar fi să terminăm războiul ca naţiune învingătoare lângă Germania? Gândiţi-vă numai cum ar fi! sfârşi gâtuit de emoţie, imaginându-şi pe loc o Românie care includea Ungaria, jumătate din Bulgaria şi o parte din Rusia.

Mitu, hotărându-se brusc, interveni tranşant, într-un mod necaracteristic lui:

– Mă oameni buni, da' parcă nu ştiţi ce vorbiţi, zău! Mie unul mi-e tare teamă de America, c-am fost acolo şi ştiu ce poate. Eu nu văd cum America s-ar putea abţine să nu intre în război de partea Aliaţilor, aşa ca în războiul trecut. Apoi afurisiţii ăia de americani nu scapă niciodată ocazia să facă bani din orice.[†] Marele Război a făcut din ei cea mai bogată ţară din lume. Aşa o să fie şi-acuma! Cine-o să fie aliatul lor o să câştige, pot să pun rămăşag p-o mână. Să sperăm doar că regele o să facă alegerea cea bună şi-o să ne ducă lângă americani, eu mai multe nu zic. Că tot veni vorba, se destăinui deodată, mie-mi vine să mă duc din nou acolo. Războaiele nu mai

---

[*] Carol al II-lea a încercat să menţină neutralitatea României în prima parte a războiului, însă cucerirea Franţei de către Germania, precum şi eşecul Angliei de a contracara eficient, au anulat promisiunile acestor ţări că vor apăra interesele teritoriale ale României, grav ameninţate printr-o anexă secretă de la pactul Ribbentrop-Molotov din 23 august 1939, care stipula interesul Uniunii Sovietice în Basarabia (n.a.).

[†] Actul de neutralitate al Americii (denumit şi *Cash and Carry*) a fost parafat la 4 noiembrie 1939. Prin el, Franţa şi Anglia puteau cumpăra armament de la Statele Unite, însă doar cu cash, nu pe credit şi cu condiţia ca acesta să fie transportat de ţările beligerante, ceea ce prevenea considerarea companiilor americane drept participante la război şi asigura influxul de cash de care America, deşi revitalizată după Marea Depresie, avea încă nevoie. În ciuda succesului iniţial, planul a falimentat Marea Britanie şi a trebuit să fie revizuit prin înlesnirea restricţiilor de cumpărare şi de transport al armamentului (acordarea lui pe credit şi asigurarea transportului acestuia de către Statele Unite) (n.a.).

sunt pentru mine, şi ţara aia nu poate fi atinsă la ea acasă. Orice s-ar întâmpla în Europa, America e *safe* pentru civili.

– Cum?! Cum?! Să fugi din România?! Acum, când avem nevoie de fiecare ins? se înfierbântă Panaitescu, privindu-l încruntat, ca pe un trădător care săvârşise o grozăvie de neconceput. Păi, ce-am face dacă am gândi toţi ca tine? Ar rămâne tărişoara goală, la cheremul comunismului jidănesc, cum bine avertiza Căpitanul, Dumnezeu să-l odihnească în pace, că doar numai binele ni l-a vrut!

Cămărăşescu îi luă însă apărarea pe neaşteptate:

– Fiecare om are dreptul la autodeterminare, domnule profesor, predaţi şi dumneavoastră asta la copii, nu? Mitule, te admir pentru forţa de a vrea să pleci din nou, cu familie şi cu tot, că doar nu mai eşti tânăr... Eu unul n-aş fi în stare de aşa ceva. Dacă simţi că asta ţi-e chemarea, fă-o fără să mai stai pe gânduri.

– Apoi să ştiţi că a face asta e mai uşor decât a te hotărî s-o faci. Odată plecat la drum, eşti luat de val şi, de voie - de nevoie, te descurci cumva...

– Dacă e să pleci, pleacă acuma, Mitule, nu mai zăbovi... îl încurajă şi Flitan care, până atunci, nu scosese o vorbă.

Fudulie, care se abţinuse de la comentarii, fiind mult prea ocupat să termine jumătatea de ţuică, luă deodată un aer serios, grav, ca şi cum ar fi avut acces la o sursa de cunoaştere nepământeană, îşi drese vocea cu importanţă şi începu să-şi dea şi el cu presupusul:

– Domnii mei, ştiţi cine va triumfa în toată vânzoleala asta din Europa?

Mesenii dădură din cap a îndoială, privindu-l cu neîncredere. Nici Dumnezeu nu putea ghici răspunsul la întrebarea asta, darămite Fudulie! zâmbi în sine Cămărăşescu.

– O să vă vină să râdeţi, dar eu cred - şi, domnule Panaitescu, vă rog să vă abţineţi să răcniţi la ce-o să spun eu acum - eu cred că răsăritul va triumfa. Nu-s comunist, se apără iute, însă uitaţi-vă la geografia ţării! Suntem prea în coasta Uniunii Sovietice pentru ca asta să nu ne afecteze într-o măsură foarte mare! Ne aflăm prea aproape de ruşi ca să nu încerce să ne acopere sub mantia lor roşie!

Flitan dădu aprobator din cap:

– Domnule Panait, aţi spus chiar ce gândesc şi eu... În Cernădia mulţi ţarani trăiesc în mare sărăcie. Eu am fost unul din cei mai norocoşi, care s-a descurcat să pună mâna pe niscai pământ. Mitu, la fel, cu banii din America şi-a cumpărat şi el. Dar restul... restu-s calici de unii n-au ce pune pe masă! Şi ca ei sunt milioane în ţară. Toţi ăştia or să voteze cu cine le va zice că ia de la bogaţi ca să le dea lor!

– Anghel are dreptate, da..., îl aprobă Mitu. Eu am ajuns la un moment dat într-o sărăcie lucie în America şi, drept să vă zic, m-au bătut atunci gânduri socialiste. Da, m-au bătut! Atât de mult îi uram pe milionari, încât, dacă vreun partid mi-ar fi promis că ia de la ei ca să-mi dea mie, l-aş fi votat fără să mă gândesc de două ori! Că tot din cauza asta am intrat în Liga contra cametei aicea... Nu-i drept ca cineva să stăpânească ditamai halca dintr-o țară și alte zeci de mii să muncească pentru el!

– Și acum gândești tot așa, când ai pământuri peste tot și ești stăpân peste niște munți? îl apostrofă Cămărășescu. Dar pentru cei care s-au spetit să-și facă un rost, cum ar fi să vină cineva să le ia din ce-au agonisit cu trudă?! Tu n-ai face moarte de om? Fiecare la locul lui, așa cum vrea Dumnezeu. Eu te înțeleg, însă problema sărăciei nu se rezolvă cum vor iudeo-bolșevicii. Nu se soluționează luând de la cei bogați și dând săracilor, nu așa, pentru că astfel se stârnește debandadă sau se instaurează o societate artificială, care se va descompune până la urmă. Bogăția nu trebuie redistribuită! Dimpotrivă, problema sărăciei se rezolvă chiar prin încurajarea capitalismului! E atât de simplu, domnilor! Să vă explic: Mitule, tu, când ai avut magazinul de care mi-ai povestit, ai angajat pe cineva - un neamț - și i-ai dat o pâine, nu? Și trăiați și tu, și el din asta. Așa se soluționează problema sărăciei, prin încurajarea producției și a proprietății private! În Detroit ai avut o slujbă pentru că Ford și-a construit fabrici de automobile. Și, în geniul lui, te-a plătit dublu, ți-a redus ziua de lucru, ți-a dat concediu și liber la sfârșitul săptămânii, după cum mi-ai povestit odată. Ai trăit și tu bine, dar și el! De aici vin progresul și bunăstarea, prin încurajarea acestor oameni!

Mitu se gândi să-i răspundă cumva, să-i spună că, oricât de bine a trăit atunci, tot i se părea nedrept ca Ford să stăpânească atât de multe, însă ceilalți meseni dădeau semne de plictiseală, așa că renunță. Țuica li se suise deja la cap și gândurile li se răzlețiseră. Fudulie se ridică, zicând că are treburi pe acasă, apoi plecă și Panaitescu. Cămărășescu se grăbi atunci să prindă autobuzul de Cărbunești, iar el rămase cu Anghel la un ultim pahar, apoi o luă spre Cernădia, vesel și plin de energie.

Se simțea bine când se întâlnea cu oameni și-și petrecea timpul cu ei. Dar discuția asta, își zise, tot nu-l lămurise ce să facă. Dimpotrivă, acum i se părea că avea gândurile și mai încâlcite.

Capitolul 64

Mitu era la zăvoi cu Gheorghe, băiatul cel mare, când a auzit, de la Ion Todea, vecinul lui, că Franța capitulase în fața Germaniei. Se așteptase la asta, pentru că gazetele descriau în fiecare zi înaintarea nemților, dar un sentiment straniu de nesiguranță tot l-a încercat în momentul acela. Nu știa dacă să se bucure sau nu.

Se întreba ce-o să urmeze de acum încolo. Se așeză la rădăcina unui copac, mestecând o crenguță uscată și privind în gol în josul pârâului. Deocamdată vuietul conflagrației era încă departe, nu trebuia să-și facă prea multe griji, dar lucrurile erau atât de aprige încât te puteai aștepta la orice. Iar el, ca unul ce trecuse prin rele și grele, punea răul în față.

Fiul său îl aștepta răbdător, făcându-și de lucru cu niște pietricele. Până la urmă, văzând că taică-său aproape că nu mișca, își luă inima în dinți:

– Tată, da' mai întreabă-mă și pe mine de vorbă!

El îl privi surprins. Gheorghe nu-l tulbura de obicei, când îl vedea ocupat, dar adevărul e că, de fiecare dată când erau împreună, îi povestea tot felul de năzdrăvănii sau încerca să-l învețe engleză. „S-o fi plictisit și el, săracu', am uitat de el..."

– Mă Gheorghișor, mă, e război mare-n lume...

Copilul știa. Auzise vorbindu-se des de asta - și prin curte pe la ei, și prin vecini, cam peste tot. În ultima vreme se jucau în spatele caselor cu mitraliere de lemn sau cu puști și pistoale făcute din crengi.

– Poate punem mâna și noi pe-o mitralieră adevărată și tragem cu gloanțe de fier, tată! Ce mi-ar plăcea!

Mitu vru să-i explice că războiul era ceva rău, dar renunță și se cufundă din nou în ale lui. Se ridică de pe iarbă și se îndreptară spre casă. Lucrurile erau acum altfel decât fuseseră pe vremea când el luptase pe câmpiile din Franța împotriva Germaniei. De data asta, nemții cuceriseră Franța aproape în întregime, nu mai dăduseră înapoi ca la Meuse-Argonne! Invadaseră și Parisul! Steagul Wehrmacht-ului implântat în Trocadéro![*] Cine-ar fi crezut?!

Își închipuia bucuria nemărginită pe care nemții o simțeau acum. Pesemne că era la fel de mare ca aceea pe care el însuși a încercat-o atunci, demult, când tocmai se pregătea să iasă din tranșee și a auzit: *The war is over!*[†] Dacă ar fi neamț, ar sări și el în sus de fericire acum! Ar râde și și-ar dansa pe străzi și s-ar îmbrățișa cu oameni necunoscuți!

Își aminti apoi de Walter, singurul lui angajat de la „Mitu & Olga's Store", care-i povestise atâtea despre sărăcia în care trăiau germanii și de

---

[*] Actul de capitulare a Franței a fost semnat - în mod batjocoritor - în același vagon de tren în care, cu două decenii în urmă, Franța forțase Germania să semneze Tratatul de la Versailles (n.a.).

[†] Războiul s-a sfârșit! (engl.)

ura pe care o aveau față de țările care-i forțaseră să semneze Tratatul de la Versailles. Uite că dorințele lui se împlineau acum: în fruntea lor se ridicase unul care pornise la luptă împotriva lumii întregi ca să-i scoată din mizerie! Oare ce făcea acum fostul lui subaltern? Cu siguranță, triumfa și se îmbăta de fericire! Cine știe, poate că lupta și el pe front acum...

– Mă Gheorghe, niciodată nu poți ști de partea cui să te dai: azi ești sus, mâine jos, și ca țară, și ca om, 'tu-i mama mă-sii... Să nu te vâri niciodată în politică, mă, pricepi? Niciodată! Ascultă-l pe tact'tu, că te-nvață de bine!

Copilul dădu din cap fără să înțeleagă mare lucru și-l lăsă câțiva pași înainte. Taică-său era prea mohorât azi, așa că trebuia să nu care cumva să-l supere. Mitu privi înapoi după el și, când îl văzu cum era îmbrăcat - în costumașul de marinar, care-i rămăsese scurt tare, dar pe care băiatul tot îl mai lua pentru că îi plăcea nespus - își aminti deodată de Olga. Doamne, cât timp a trecut!

– Grăbește-te, un' stai ca o mămăligă? strigă aspru.

Copilul se apropie, și atunci el văzu o pată pe o mânecă. „Cum de n-o observai?!", se întrebă iritat, uitând pe loc de război.

– Mă puță, se încruntă, ți-am zis de nu știu câte ori să ai grijă de costumul ăsta ca de ochii din cap, c-o să te scarmăn de toți fulgii dacă-l strici, auzi? Unde-l murdăriși? Acu-l porți tu, când o să crească Sandu o să-l poarte el, și, dac-o da bunul Dumnezeu să-mi mai dea feciori, și ei or să-l poarte. Pricepi?

Puștiul dădu din cap cu frică și se căzni să-l curețe puțin, dar fără prea mare izbândă.

– Lasă-l așa acuma, l-o spăla mă-ta acasă.

O luă înainte bombănind, apoi începu să se gândească iar la război. Or să ajungă nemții să cucerească Londra? Or să vină și-n România? Ce-o să facă Rusia? Dar americanii? Ce-o să se întâmple în Cernădia? Or să fie târâți și ei în pârjol, până la urmă?

Ajunși acasă, nu zăbovi, ci ieși până la cârciumă. Vorbi cu oamenii o vreme și goli o jumătate de vin. Se gândi să treacă pe la Bălăloaica - ciudat, când se întâmplau lucruri rele în lume, lui i se făcea dor de o femeie -, însă își aminti că bărbatul ei abia se întorsese de la Craiova.

A doua zi petrecu de dimineața până seara la cârciumă, pălăvrăgind cu lumea, citind gazetele și punând țara la cale.

A treia zi, la fel. A patra și a cincea, tot așa. În mijlocul oamenilor, se simțea parcă ocrotit.

Într-a șasea zi avu primul răspuns la frământările sale: România pierdu Basarabia. Știrea asta îl zgudui atât de tare încât începu să socotească repede cum să-și vândă din lucruri ca să strângă bani de călătoria în America.

Apoi, loviturile au continuat. „Se apropie prăpădul!" își zicea când vedea grozăviile ce se năpusteau peste colțul ăsta de pământ. Țara căzuse sub cuțitele diriguitorilor lumii, care o ciopârțeau și o hăcuiau ca pe un stârv. „Na, asta-i bucata ta! Asta-i a ta! Iar asta-i a ta!" În câteva zile, România pierdu insula Şerpilor, Cadrilaterul şi jumătate din Transilvania.

Ce păcate trebuiau să ispăşească de-i pedepsea Dumnezeu aşa de aspru? se întreba, privind năuc la harta României Mari, din care mai rămăsese doar un petic. Şi ce-i aştepta de-acum înainte?

În doar câteva zile, lumea parcă se schimbase din temelii. Atmosfera era apăsătoare în sat. În crâşmă, gălăgiei de odinioară îi luase locul o tăcere nefirească. Oamenii stăteau câte doi, trei, la o masă, citind gazetele, trecându-şi-le de la unul la altul. Aceiaşi oameni, care mai înainte râdeau din orice, se luau peste picior sau îl puneau să le cânte la vioară.

Ce-avea să se întâmple cu milioanele de români din Basarabia, din Bucovina, din Transilvania?! Or să încerce să se refugieze în ţara-mamă, o să-şi lase casele şi toată agoniseala în urmă ca să scape de prigoană? Aşa cum făcuseră francezii în timpul Marelui Război? Doar îşi amintea cum, în luptele de la Meuse-Argonne, trecuse prin sate întregi părăsite, urmele a sute de mii de suflete desprinse din matca lor şi zvârlite spre toate zările.

„Aşa o să fie şi acum!" Lumea era în pericol de moarte, iar el, ca unul trecut odată prin asta, trebuia să aibă grijă de ai lui!

Îi era limpede: locul lor nu mai era în Cernădia! Locul lor nu era într-o ţară aflată în calea pârjolului!

Încă avea timp să plece, îşi spunea. Încă putea să-şi ia calabalâcul şi să se îndrepte spre un port. Lucrul cel mai înţelept pe care-l putea face era să-şi încarce catrafusele şi să se ducă înapoi în Lumea Nouă cu Maria şi copiii.

Nu era singurul care se zbuciuma aşa. Ba unii chiar o luaseră razna de când cu evenimentele. Profesorul Panaitescu se smintise: vorbea singur, se ferea de câini nevăzuţi pe stradă, ridicând bastonul ca să-i lovească. Când s-a întâlnit odată cu el, din întâmplare, pe străzile Novaciului, umbla lălâu, privind în gol, bolborosind, ocărând oamenii care nu se dădeau la o parte din faţa lui, oprindu-se din când în când ca şi cum i-ar fi venit o idee formidabilă şi interpelând pe oricine îi ieşea în cale.

– Mitule, trebuie să ne ridicăm ca să ne recăpătăm pământul de drept! s-a dezlănţuit când l-a văzut. Nu trebuie să zăbovim o clipă! Trebuie să ne aliem Axei ca să redobândim ce ni s-a luat cu forţa! i-a spus cu faţa schimonosită de preocupări mai mari ca el, apoi s-a îndepărtat ca o nălucă.

Maria nu înţelegea ce putea să-l frământe pe bărbatul ei aşa de tare. Îl tot vedea bodogănind prin curte sau vorbind cu oamenii, însă ea nu pricepea de ce făcea atâta caz de toate astea. În sat lucrurile erau tot ca înainte, iar ei prea puţin îi păsa că deasupra Franţei zburau avioane nemţeşti. Îi părea rău de Basarabia - da, cum să nu? - şi de Bucovina, şi de Transilvania, şi de Cadrilater, însă se gândea că acestea li se vor întoarce când lucrurile s-or mai aşeza.

Mitu era de cu totul altă părere:

– Marie, să fim atenţi, femeie, cât putem noi de atenţi, c-o să fie prigoană mare şi multă vărsare de sânge. Multă!

– Ei, las' şi tu, Mitule, că doară n-o fi aşa de rău... suntem ţărani neştiutori, ce-o să aibă cu noi... Ăştia se omoară ei între ei, n-or să se uite la nişte amărâţi...

El, însă, ştia ce ştia. Vedea ce se întâmpla în jur. Timpurile era învolburate: regele abdicase; Ciorogaru venise într-o noapte până la Novaci, însă dispăruse iute din nou - lumea zicea ca s-a dus să ajute la guvernarea legionară şi la alianţa ţării cu Germania.[*]

Ceea ce nu putuse cuprinde cu mintea mai înainte, se înfăptuia în faţa ochilor săi. Lumea era din nou în război, iar România era prinsă în mijloc, ca într-o menghină! Trebuia să plece de aici! Trebuia să se ducă cât mai departe!

---

[*] Statul Naţional Legionar, sau guvernul României între 6.9.1940-23.1.1941, format din uniunea Gărzii de Fier (condusă de Horia Sima) cu prim-ministrul Ion Antonescu (n.a.).

BETEŞUGUL

Capitolul 65

În săptămânile următoare Mitu s-a ocupat de cele necesare pentru întoarcerea în America. Şi-a adunat economiile, a trecut pe la toţi datornicii lui să le ceară banii înapoi, a umblat pe la oameni să închirieze pământul pe care îl avea în jurul Cernădiei şi s-a dus de câteva ori în târg la Novaci ca să vândă nişte lucruri de care nu mai avea nevoie. A vorbit cu frate-său Gheorghiţă să-i lase calul când avea să plece şi a început s-o înveţe engleza pe Maria.

Sus la Rânca mai avea nişte pământ - nu mult - pe care nu-l pusese niciodată în lucru. Acum trebuia să-l arendeze şi pe acela - orice bănuţ l-ar fi ajutat în călătorie - aşa că, într-o dimineaţă, se hotărî să se ducă până acolo.

A înjugat boii la căruţă şi l-a strigat pe Gheorghe să-l ia şi pe el - întotdeauna îl lua pe feciorul lui cel mare la treburi de-astea, ca să-l înveţe bine gospodărie.

Băiatul, însă, era de negăsit. Plecase la joacă şi nu se ştia pe unde umbla.

– Mă, unde-i boracul? strigă la Maria. Vreau să-l iau cu mine sus. Poate arendez azi restul de pământ şi cumpăr şi nişte cherestea s-o vând la Târgu-Jiu. S-adunăm bănişori de plecare.

– Nu ştiu pe unde umblă. O fi pe la Boţota...

Mitu se încruntă şi pufni. „Din cauza lu' ăsta acu' întârzii eu!" Îşi lăsă căruţa în mijlocul ogrăzii şi se aşeză pe un scăunel în cunie.

– Numa' la prostii-i umblă mintea! În loc s-ajute pe-aici, el se „distrează", 'tu-i mama mă-sii! S-o fi născut domnişor şi nu ştiu eu! Cân' am şi eu nevoie de el, nu-i! Auzi, eu să stau după el! zise fumegând de supărare, şi-şi trase o sticlă de rachiu lângă el din care începu să-şi tot toarne cu sârg.

– Nu ştiu că ai nevoie de el, bărbate...

– Nu ştiu pe dracu'! se răsti el. Băiatul ăsta trebe crescut ca să ne fie de nădejde, nu să tot umble brambura ca o haimana!

Copilul apăru după jumătate de ceas prin grădina din spate. Se strecură printre porumbi, apoi încercă să intre pe furiş în casă. Mitu îl zări şi-l chemă aspru:

– Gheorghe, unde fuseşi, mă? Stau după tine!

– Mă dusei pân' la Miticuţă, tată...

– Te duseşi pe dracu! Haida, repede! Urcă-n căruţă, că mergem pân' la Rânca!

Copilul îl privea cu teamă. Vrusese să-l ocolească pe taică-său, dar nu izbutise. Nu ştia cum să scape de necazul care dăduse peste el. Se întorcea de la zăvoi, unde soarta nu-i fusese prielnică, pentru că se împiedicase şi căzuse într-o baltă, murdărindu-şi costumul de marinar. Încercase să cureţe petele, spălându-le cu multă apă, dar nu făcuse decât să le întindă şi mai tare.

– Ce făcuşi, mă?! Unde-ţi murdărişi hainele? îl întrebă Mitu iritat când văzu şi asta.

– Nu vrusei, tată! Căzui lângă Boţota, mă împinse Miticuţă, zău că nu fusei eu vinovat!

Mitu îl privi uluit. Doar îi spusese de mii de ori să aibă grijă de hainele astea ca de ochii din cap! Îl apucă de-o ureche, aproape ridicându-l de la pământ.

– Na, scârnăvie! Să te-nveţi minte!

Copilul se încovoie de durere şi izbucni în plâns.

– Da' nu fusei eu vinovat, tată, jur!

– Ţi-am zis de-atâtea ori, bolovanule, s-ai grijă de costumul ăsta ca de viaţa ta! Ţi-am zis sau nu?! urlă Mitu.

Maria, care trebăluia prin bucătărie, ieşi iute când auzi scandalul şi strigă la băiat:

– Gheorghe, fugi pe uliţă, fugi acuma!

Copilul nu mai apucă să se mişte din loc, că Mitu îl lovi violent peste cap, doborându-l. Ameţit, încercă să se ridice, dar spaima îl înlemnise. Rămăsese în genunchi şi în coate. Mitu se apropie de el, îşi scoase cureaua de la pantaloni şi-l lovi cu sete.

– Na de-aicea! Na!

– Lasă-l, omule, lasă-l, că-l omori! striga Maria la el, încercând să-l dea la o parte.

– Pleacă de-aici că-ţi crăp capul, muiere! Nu te vârî! se năpusti la ea. Nu-mi zi tu mie ce să fac!

– Nu mai da, nu mai da, tată, nu mai fac! Nu mai da! urla Gheorghe ca din gură de şarpe.

Mitu nu mai vedea şi nu mai auzea nimic. Pe la buze îi apăruse o spumă albă, lovea parcă stăpânit de diavol. Costumul de marinar, distrus de haimanaua lui de plod!

– Na aicea, să te-nveţi minte să-l mai murdăreşti vreodată! abia mai putea să hârâie.

Maria se puse între ei, aruncându-se peste Gheorghe ca să-l ocrotească.

– Dă în mine, nu în copil, omoară-mă pe mine, ce-ţi făcu amărâtul? Ce-ţi făcu, omule? Nu mai eşti în toate minţile?!

Apucând-o de păr, Mitu o ridică în picioare.

– O să te-nvăţ eu minte să-mi spui tu mie ce să fac, afurisito! urlă, apoi tăbărî pe ea şi-i rupse cămaşa. Maria ţipa acoperindu-şi sânii, în vreme ce Gheorghe profită de ocazie ca să fugă în grădina din spate.

– Lasă-mă-n pace, diavole, îl înfruntă ea, ţinându-i piept îndârjită. De ce te-ai însurat cu mine dacă ţi-a fost gândul la curva aia? Ha? De ce? Du-te la ea, porcule, pleacă-n America şi cat-o, eu cu copiii nu venim cu tine, rămânem aicea!

Mitu orbi. O trânti pe jos şi rupse toate hainele de pe ea, lăsând-o goală.

– Nemernico, nemernico... îi tot zicea cu glas coborât şi parcă măsurat, târând-o de păr până în cunie. Acolo luă o funie de legat vacile şi îi legă strâns mâinile, după care dădu funia de mai multe ori în jurul ei şi o legă de un stâlp de lemn. Când isprăvi, se depărtă puţin şi se uită la ea, gata s-o pocnească. Femeii i se albiseră ochii de spaimă.

– Să nu te mai prind acasă când mă întorc, că te omor! mârâi printre dinţi, apoi se urcă în căruţă şi porni spre Novaci, bombănind sudălmi ce îngrozeau şi pietrele.

Trecu pe la Gicu şi Titi să-i ia cu el. „Să am şi eu pe cineva cu care să-mi vărs amaru', futu-i mama mă-sii!" Le povesti păţania cu Gheorghe, dar se feri să le spună cum o lăsase pe Maria goală şi legată în cunie. „Boarfele murdare se spală-n familie! A meritat-o, afurisita! Auzi, să se bage între mine şi plod!"

Ocoliră pe la poalele Păpuşii, apoi o luară spre Urdele, un munte pietros şi uscat, unde pădurarii aduceau lemne de vânzare. După un ceas de târguieli şi taifas, udat din belşug cu ţuică, ticsiră căruţa cu scândură şi o luară agale înapoi. La Tigvele, un deal bolovănos, opriră să-şi mai tragă sufletele. De acolo, Mitu plănuia s-o ia pe la nişte stâni să încerce să-şi arendeze restul de pământ. Gicu se aşeză comod pe o piatră scobită ca un divan, destupă o sticlă de vin şi începu să şi-o toarne pe gât. În aerul nici prea cald, nici prea rece, licoarea mergea ca untul.

– Asta-i viaţă bună ce-avem noi aici: mâncare din destul, vin roşu... Liberi ca pasărea cerului prin munţii ăştia! Şi Lăutăreciu' nostru vrea să se ducă înapoi în America... Să ne lase singuri... Parcă-i nebun!

El vru să răspundă cumva, dar era prea ameţit de băutură ca să mai poată lega două vorbe. De dimineaţă tot băuse, iar acum se împleticea pe picioare. Se ridică anevoie din iarbă, îndepărtându-se:

– Staţi aşa o ţâr' să mă piş şi eu...

Boii, pe care-i lăsase nepriponiţi, o luaseră agale păscând, şi porni spre ei să-i întoarcă.

– Ho, 'tu-vă anafura voastră! Ho, mă!

Se propti în faţa lor, apoi, întors cu spatele, se desfăcu la pantaloni, uitându-se cu ochii întredeschişi la şuvoiul de urină ce se scurgea printre bolovani. Când era aproape pe terminate, unul dintre boi îl izbi cu coarnele - o lovitură scurtă şi năprasnică, ca un fulger. Se prăvăli secerat şi alunecă la vale, rostogolindu-se şi izbindu-se de cioturi, pietre şi copaci, până se opri pe fundul râpei şi rămase lat acolo.

– Mitule! îl strigă Gicu. Mitule! Titi, căzu Mitu-n prăpastie!

Se repeziră iute după el. Îl luară de subsuori şi-l târâră până la drum. Mitu gemea, icnea şi bolborosea ceva de neînţeles.

– Ce păţişi, mă, îţi rupseşi ceva? Zi un' te doare!

– Piciorul, mă doare piciorul... rosti el cu voce slabă.

Cu un cuţit, Gicu îi tăie pantalonul şi se dădu îngrozit înapoi când îi văzu rana. Osul îi ieşea prin carne, rupt în două, albicios-roşiatic, picurând sânge.

– Trebe să-l ducem de-ndată la doctor! Hai să-l strângem cu ceva!
Îl legară deasupra fracturii şi îl suiră în căruţă.

– Niculescu nu-i... Ştiu că-i plecat la Râmnic pentru o săptămână. Da'
l-om găsi pe Fudulie la dispensar ca să-l coasă. Să nu piardă prea mult
sânge, că moare, Doamne fereşte şi-apără! se agită Gicu.

La dispensar la Novaci uşa era încuiată. Mihail Panait, sanitarul,
plecase fără să lase vorbă nimănui. Gicu se repezi până la casa lui, dar
nevastă-sa dădu din cap a neputinţă:

– Crezui că-i la dispensar, nu ştiu pe unde umblă. La cârciumă ai
încercat?

Panait nu era nici la crâşmă.

– Îl văzurăţi pe felcer cumva? întrebă. Mitu Lăutăreciu de la Cernădia
se accidentă la munte şi trebe pus în atele.

Câţiva ţărani cu ochii roşii de la ţuică îl priveau curioşi:

– Cum se întâmplă, mă?

– Îl loviră boii şi se prăvăli pe stâncării. Îşi rupse piciorul, îi văzui osul
cum i-a străpuns carnea!

– Tst, tst, tst! Care ştie unde-i Fudulie, bă?

Oamenii dădură din umeri. „Nu-l văzurăm."

Gicu ieşi din cârciumă hotărât să întrebe pe la magazine, când
Moroşan, unul dintre oamenii din cârciumă, îl ajunse din urmă şi-i spuse în
mare taină:

– Du-te, mă, înapoi la dispensar şi bate de patru ori la uşă, aşteaptă o
ţâră, şi bate iar de patru ori. Fudulie-i acolo. Ştii tu...

El îi mulţumi iute şi se repezi înapoi să facă ce i se spusese.

După câteva clipe, uşa se întredeschise şi nasul lung al lui Fudulie se
iţi prin deschizătură.

– Ce vreţi? îi întrebă ursuz.

– Bine că te găsirăm, uite-l pe Mitu Lăutăreciu aici în căruţă, avu un
accident sus spre Urdele, îşi rupse piciorul, e rău tare.

Felcerul dădu uşa de perete îmbufnat şi le făcu semn să intre. Îl luară
pe Mitu de umeri şi-l aşezară pe masă. Gicu trase cu ochiul împrejur s-o
vadă pe femeie. Îl ardea curiozitatea să afle cine era şi nu apucase să-l
întrebe asta pe Moroşan. Uşa cabinetului doctorului Niculescu era închisă,
şi se gândi că femeia, cine o fi fost ea, stătea pitită acolo.

Când văzu rana, felcerul dădu din cap a neputinţă. Îi schimbă garoul, îl
curăţă cu spirt, îi puse bandaje curate legate nici strâns, nici tare, şi le spuse
să-l ducă direct la Târgu-Jiu.

– Nici domnu' doctor n-ar avea ce să-i facă dacă ar fi aicea. El oricum
e plecat la Vâlcea, aşa că...

Gicu se repezi până la unul de peste drum ca să împrumute o căruţă şi
un cal, îl aşezară pe nişte pături groase ca să nu-l zdruncine prea tare şi se
porniră către oraş.

Când ajunseră la spital, noaptea târziu, Mitu fu băgat direct în sala de
operaţie.

Capitolul 66

Mitu a rămas șchiop după accident. Odată cu asta, planurile lui de a se reîntoarce în America s-au năruit. Operația îi salvase piciorul, dar i-l scurtase cu zece centimetri, transformându-l deodată dintr-un bărbat în plină putere într-un schilod.

Maria a venit la el aproape zilnic cât a stat în spital. Uneori îl lua și pe Gheorghe cu ea, care se simțea vinovat pentru ce se întâmplase și se uita la taică-său cu căință. După ce Mitu plecase, el se întorsese din grădină și o dezlegase pe maică-sa, azvârlise un preș peste ea, apoi se pusese pe un plâns isteric, jurându-se să nu se mai atingă de costumașul acela cât trăia, că numai necazuri îi adusese.

Mariei i-a trecut supărarea pe loc când a auzit de accident. De fapt, era învățată să nu pună la inimă ieșirile lui Mitu. Toți bărbații din Cernădia aveau răbufniri din astea, mai ales după vreo dușcă. Nu știa în sat vreo femeie măritată care să nu fi fost altoită de bărbatul ei niciodată. Față de altele, se socotea norocoasă: Mitu ridica rar mâna la ea, iar atunci când o făcea, ceva-ceva motive avea el. De obicei, când se îmbăta, se închidea în el, devenea posac și se răstea la ai casei, dar nu lovea. Și mai băgase de seamă un lucru: Mitu nu bea tot timpul, ca ceilalți. Bea o vreme, după care se oprea și nu mai punea gura pe rachiu câteva săptămâni bune, uneori chiar și luni. Așa și l-ar fi dorit ea mereu, pentru că atunci era cel mai bun om din lume: drăgăstos cu ea, jucăuș cu copiii, cântându-le la vioară, ciondănindu-se cu ei în glumă, ce mai, o bucurie să stai pe lângă el.

În ziua când a ieșit din spital, Mitu n-a scos o vorbă până la Cernădia. Maria venise să-l ia cu Gheorghe și cu Sandu. El s-a suit anevoie în căruță, și-a pus capul în mâini și a rămas așa până când au ajuns pe ulița lor.

Apoi s-a închis în casă și a stat în pat zile întregi cu ochii în tavan, mâncând mai nimic și nevorbind cu nimeni. Gândul că la patruzeci și cinci de ani devenise un moșneag îl copleșise. „De ce m-a pedepsit Dumnezeu așa? De ce?!"

A ieșit pe picioarele lui din casă, de unul singur, neîndemnat de cineva, abia în ziua când Maria a născut al treilea copil - Micu. Atunci s-a ridicat anevoie din pat și s-a uitat la prunc, a dat din mână a lehamite, a mers șovăitor până la poartă, atent să nu-și sprijine cârja în vreo piatră și să alunece, a privit în josul uliței, s-a întors la fel de șovăielnic și s-a așezat pe prispă, fără să mai ia seama la ce e în jurul lui.

Mai încolo s-a deprins să se folosească de baston, dar din asta nu s-a luminat la chip. Dimpotrivă, pe măsură ce durerea i se domolea umerii i se aplecau în față, dându-i un aer de om care se predă, istovit: „Renunț la orice încercare, lăsați-mă să mor..." Îi era rușine să iasă din casă și să-l vadă lumea în cârjă. Din când în când, unii treceau pe la el să-l roage să le cânte la vreo nuntă, însă el îi refuza. Pur și simplu nu se putea arăta în fața oamenilor chinuindu-se să-și țină cumpăna!

În lume, războiul îşi continua desfăşurarea crâncenă. Cât zăcuse el în pat, situaţia pe fronturi luase o turnură uluitoare: Hitler invadase uriaşa Rusie, trimiţând acolo mai bine de cinci milioane de ostaşi.

Pentru el, însă, lucrurile astea nu aveau nicio însemnătate. Dimpotrivă, în adâncul fiinţei parcă dorea ca peste România să se abată urgia. Îşi dorea masacre, măceluri, în care să se prăpădească şi el, ca să nu mai trebuiască să se scoale în fiecare dimineaţă şi să pună din nou mâna pe cârjă.

Răul ce-l mistuia îl împingea spre povarnă, ca descântat. Acolo, pentru câteva ore, îşi amorţea năduful cu o stacană de ţuică. Băutură avea din belşug - ba chiar prea multă -, de nu o mai măsura în litri, ci în tone. Povarna era ticsită cu damigene şi butoaie de diferite mărimi, frumos rânduite după calitate şi înfundate cu dopuri de lemn ceruite. Pe rafturi stăteau, înşiruite ca la armată, sticle pline cu ţuică de prune dulceagă, gălbuie şi limpede. Din superstiţie, nu lăsa niciodată paharul să se golească până la fund, ca să nu i se spulbere norocul - atâta cât îi mai rămăsese - ci îl umplea la loc când mai rămânea un deget de băutură.

Oriunde se găsea, căra vioara după el. Muzica îi era ca băutura, ameţindu-l şi trimiţându-l cu gândul prin alte lumi, care nu se pot descrie în cuvinte, smulgându-i, din când în când, câte un oftat scurt de satisfacţie.

Momentele de bucurie însă nu durau mult. Uneori se oprea în mijlocul unui cântec, strângând neputincios din pumni, jelind după America şi spunându-şi într-una că se omoară:

– Sunt un schilod, un beteag, mai bine-mi pun ştreangul la gât decât să trăiesc aşa până la sfârşitul vieţii! Ah, de ce mi-ai luat minţile, Doamne, şi m-ai făcut să mă întorc aici?!

Prin primăvară, când vremea s-a mai dezmorţit, a început să cânte necontenit prin curte. Se aşeza pe prispă şi trăgea cu arcuşul pe strune până târziu în noapte. Trecătorii de pe uliţă se opreau uneori în faţa porţii lui ca să-l asculte.

– Ziua bună, Mitule! Zi-i, că tare bine-i zici!

El nu le răspundea, ci continua să scârţâie la vioară ca şi cum nu i-ar fi văzut. „Săracu' Lăutăreciu, s-a smintit de când şi-a rupt piciorul... Doamne fereşte...!" şuşoteau ei.

Pe el, bârfele nu-l afectau. De fapt, nu-l mai impresiona nimic din ce se întâmpla în jurul său. În lunile cât suferise sufleteşte şi fiziceşte, mareşalul Antonescu trimisese sute de mii de soldaţi să lupte alături de nemţi în Rusia şi, în drumul lor triumfător către Stalingrad, armatele române trecuseră Prutul, anexaseră Basarabia şi Bucovina înapoi la România, apoi pământurile sovietice de la estul Nistrului, culminând cu alipirea Odesei.[*] Lucrurile astea, însă, lui nu-i provocau nicio tresărire: amărăciunea lui era mai mare decât orice altceva.

---

[*] Contribuţia României la Operaţiunea Barbarossa (invadarea Uniunii Sovietice de către Puterile Axei) a fost enormă. Numărul de soldaţi din armatele a treia şi a patra române a fost mai mare decât al oricăror alte ţări din Axă, cu excepţia Germaniei însăşi (n.a.).

Cântecele pe care le încerca acum la vioară nu erau cele de odinioară. Din când în când îi scăpa câte o doină, însă, când punea mâna pe arcuş şi îl plimba pe strune, încerca mai mult jazz sau dixieland, construind versuri în engleză pe care apoi le murmura încet. Pe unul din aceste cântece l-a denumit *America, my only love** şi-l fredona de câteva ori pe zi, podidindu-l lacrimile de fiecare dată când ajungea la ultimele două strofe:

> *I wish I had not been so weak*
> *To give you up and leave you like a coward*
> *Forgive me if I was mind sick*
> *For I have never truly wanted to depart.*

> *I wish I'd never said „so long",*
> *For you, my soul is filled with true devotion,*
> *God, take me back where I belong*
> *Which is not here, but right across the ocean.* †

Multă vreme, singurii oameni pe care i-a primit în curte au fost Julea şi Cirică. Cu ei petrecea serile - dar nu în veselie, ca înainte, ci într-o stare de tristeţe contagioasă, care-i molipsea pe toţi. Când era cu ei, parcă fiinţa într-o altă lume: cânta necontenit, neoprindu-se decât pentru o sorbitură de ţuică. Îşi mişca degetele pe corzi până i se învineţeau.

Viaţa lui o luase pe un făgaş distrugător. Dimineaţa îmbuca ceva la repezeală de prin bucătărie, se uita chiorâş la copii, o ocăra pe Maria din pricini închipuite, după care pleca la povarnă şi nu mai ieşea de acolo decât seara, când se întâlnea cu Julea şi Cirică.

---

* America, singura mea dragoste (engl.).
† Aş vrea să nu fi fost atât de slab / Să renunţ la tine ca un laş / Iartă-mă daca am fost nebun / Pentru că niciodată nu am vrut cu adevărat să plec. Aş vrea să nu-ţi fi spus „adio" / Sufletul meu îţi este devotat / Dumnezeule, trimite-mă unde-mi este locul / Ce nu-i aici, ci dincolo, peste ocean (engl.).

Capitolul 67

Ce l-a scos din starea de răvăşire în care se scufundase nu au fost nici Maria, nici copiii, nici Bălăloaica, la care nici nu se mai dusese după accident de ruşine să nu-i vadă urma rănii de la picior, nici povarna, ci ceva de însemnătate mult mai mare în lume: mersul războiului.

L-a adus „înapoi la liman cât de cât", cum zicea Maria când a început să-l vadă iar luându-se cu treburile zilnice, pericolul iminent ce ameninţa ţara după devastatoarea înfrângere a Axei la Stalingrad.[*] Atunci, în iarna lui 1943, când balanţa războiului s-a înclinat către Aliaţi, Mitu, chiar nepăsător cum fusese în ultima vreme faţă de toate, a simţit o puternică strângere de inimă.

Retragerea trupelor româneşti din faţa ruşilor l-a umplut de nelinişte. Înainte îi fusese uşor să nu se gândească la nimic altceva decât la necazurile lui, pentru că România nu era ameninţată, dimpotrivă, trupele româneşti tot înaintau spre răsărit. Dar acum Germania începuse să dea semne de slăbiciune! Şi nu era doar asta! America lui - ca pentru a-i arăta încă o dată greşeala de neiertat pe care o făcuse când renunţase la ea - bombarda acum rafinăriile de la Ploieşti!

Începea din nou să-i fie frică, ceea ce era un semn că se reîntorcea la viaţă. Teama pe care o avusese la începutul războiului - pentru copii, pentru Maria, pentru ţara însăşi - şi care îi fusese îngropată în amărăciune de la accident, îi încolţea iar în suflet. Cu fiecare zi, frontul se muta de la răsărit spre apus, strângând mijlocul continentului ca într-o menghină. Ce avea să se întâmple cu ei?

Prima vizită pe care a făcut-o, după aproape doi ani de stat mai mult prin casă şi de petrecut timpul cu Julea şi cu Cirică, a fost la Flitan. Asta se întâmpla la câteva zile după „actul de la 23 august". Când ţara a întors armele împotriva nemţilor, forţându-i să se replieze succesiv înspre apus şi să piardă controlul asupra Carpaţilor şi a Porţii Focşanilor, n-a mai îndurat; simţea că trebuie să vorbească cu cineva despre lucrurile astea, oricât de greu i-ar fi fost.

În ultima vreme mai ieşise de câteva ori prin sat, dar numai ca să-şi cumpere câte ceva de la prăvălie, şi niciodată nu zăbovise prea mult. Îi era ruşine să umble pe drum. I se părea că ochii tuturor se îndreptau spre cârjă şi piciorul mai scurt.

Flitan încercase după accident să vină pe la el, să mai stea de vorbă, spunându-şi că un om aflat la ananghie trebuia neapărat să aibă pe lângă el

---

[*] Bătălia de la Stalingrad, una din cele mai sângeroase bătălii din istorie, a făcut, combinat, 1,5 milioane de victime. Din acestea, 150,000 au fost victime în rândurile armatelor române, reprezentând jumătate din efectivul trupelor active (31 de divizii). După aceste pierderi catastrofale, armatele române nu si-au mai revenit niciodată, ele luptând disperat şi numai în defensivă în drumul lor în retragere spre România (n.a.).

lume, ca să treacă mai uşor prin necaz. Mitu se arătase însă ursuz, dându-i de înţeles că nu are chef de oaspeţi.

El nu se supărase. Dar acum, când l-a văzut la poarta lui, s-a gândit la început să-i bată obrazul şi să-l certe că i-au trebuit mai bine de doi ani ca să-i calce pragul, însă văzându-l cum se sprijină în baston, parcă ruşinat şi umil, l-a invitat în curte cu un zâmbet lat pe faţă.

– Mă omule, te întorseşi printre ăi vii?

– Nu doresc nici duşmanilor mei să treacă prin ce-am trecut eu, Flitane. Nici duşmanilor mei… Uite-mă cine-am fost şi ce-am ajuns! De-abia pot umbla pe drum! Nu mai pot munci, nu mă mai pot mişca, trebe să plătesc oameni să-mi care lemnele, să trebăluiască prin curte, să repare gardurile…

Flitan încercă să-i abată gândurile la altceva:

– Da' acu' ce stai stingher în poartă? Haida-năuntru! Am o ţuică aşa de bună cum nu cred c-ai băut nici în America! îl îndemnă, părându-i pe loc rău că pomenise de America, pentru că ştia că jeleşte după ea.

Mitu intră proptindu-şi bastonul acolo unde simţea că pământul era mai tare şi se aşeză cu greutate pe un scaun:

– Bine, mă Flitane, eu ca eu, că-s acu' beteag, da' tu ce ai de nu-ţi dregi stricăciunile de prin curte? îi arătă poarta, care se mai ţinea de gard doar într-o balama. Aşa era de ani de zile, prinsă c-o sârmă să nu cadă.

– D'apoi ce? Că doar mă ştie toată lumea…

– Te ştia de gospodar, da' or să zică că eşti un puturos, de-atâta timp îţi prinzi poarta cu aţă ca o văduvă!

Flitan zâmbi. Adevărul era că nu-i prea păsa de ce ziceau oamenii despre el. Avea atâta pământ faţă de ceilalţi încât era firesc ca lumea să-l mai bârfească pe la spate, că doară nu s-a văzut până acum bogat care să nu fie pizmuit de sărac! Ba îşi cumpărase recent şi un automobil, un Buick! În întreaga zonă nu erau decât trei oameni care aveau maşină: primarul din Novaci, boierul Câlnici, şi el.

– Ileano sau Măriuţo, ia aduceţi nişte ţuică aici pentru Mitu, repede! strigă după fetele lui, care erau pe undeva prin casă. Măriuţa apăru în uşă, apoi dispăru şi se întoarse repede cu o sticlă şi două pahare.

– Ziua bună, unchiaşule, îl salută ea în timp ce turna în pahare.

Mitu o privi lung şi un fel de sughiţ îl zgâlţâi. Măriuţa era frumoasă foc, la cei şaisprezece ani ai ei, vioaie şi plină de viaţă. „De-aş mai fi eu în putere…"

– Mă, ia pregăteşte iute nişte muşcheţi şi trandafiri*! o luă Flitan repede, prefăcându-se nemulţumit de ea.

Dar el nu avea nevoie de nici de muşcheţi, nici de trandafiri, aşa că se împotrivi:

– Nu, nici pomeneală, tocmai mâncai, las' să bem ţuică, nu-s flămând deloc. Stai liniştită, Măriuţo, să nu pui nimic pe sobă, că nu de asta venii.

---

* Muşcheţi: muşchi afumat şi ţinut în oale de pământ. Trandafiri: cârnaţi. (n.a.).

Flitan îşi trase atunci un scaun aproape şi ridică paharul:
– Pentru vremuri mai bune, Mitule.
– Pentru vremuri mai bune, da..., încuviinţă el nesigur. Să-ţi trăiască copiii, omule, şi să aibă noroc mai mult decât noi toţi la un loc! Frumos ţi-au mai crescut odraslele - şi Tiberică, şi Măriuţa, şi Ileana!
– Apoi aşa să fie... rosti Flitan cu o privire resemnată, care se tălmăcea prin „cum o fi voia cerurilor". Mai ştii ceva de Ciorogaru?
Mitu dădu din umeri. Nu mai auzise nimic de el, de foarte multă vreme:
– Apoi cred că-i la Bucureşti, ştiu şi eu? Ştiam că s-a-ntors din Germania mai demult şi-a plecat în capitală, dar de-atunci n-am mai auzit nimic.
– Auzi, mă, dar oare el o fi... în asta cu jidanii? întrebă Flitan, mai mult ca pentru sine.
Mitu se încruntă şi începu să se gândească. Un rid, care îi apăruse în ultima jumătate de an, i se pronunţă adânc, chiar în mijlocul frunţii, între sprâncene.
– Eu, unul, nu cred... El avea ce-avea cu conducerea.
– Dar l-ai auzit şi tu când ne strângeam la el acasă cum vorbea de evrei...
– Dar de ce întrebi?
– Nu ştiu... Îmi amintii de el când intraşi tu în curte.
Mitu tăcu o vreme. În timpul rebeliunii din iarna lui '41, cu trei ani în urmă, când Garda fusese alungată de la putere de Antonescu, legionarii măcelăriseră evreii, de se speriase de ce scria prin ziare. Dezbrăcaseră femei în pielea goală, le tăiaseră sânii cu cuţitele, spânzuraseră copii de cârligele din abatoare. Tot cam în perioada aceea şi Ciorogaru parcă era la Bucureşti, dar nu auzise ca el să fi fost totuşi băgat în asta.
– Mă Flitane, eu nu cred că Gică Ciorogaru ar putea omorî sau tortura, drept să-ţi spun. Nu-i el omul care să pricinuiască aşa rău altcuiva.
– Ţi-aminteşti cum îl vizitam la Novaci acu' câţiva ani? Dacă te făceai legionar, mort erai acuma. Din ăştia mari, numa' Sima a scăpat cu viaţă.
– Păi ce, eu am şcoală, mă, ca să fi ajuns sus ca Sima? Ş-apoi, eu mi-am zis că nu mă vâr niciodată în politică. Şi nu mă vâr, poate să vină şi regele să mă facă ministru! Nu vreau să mor cu zile, atâtea câte mi-au mai rămas... Nu mă bag în nicio politică!
Flitan se foi pe scaun şi se scărpină în creştetul capului. El ar fi vrut să fie pus într-o funcţie de conducere, că se simţea bine când oamenii îl rugau uneori cu una sau cu alta şi el putea să-i rezolve, dar nu putea să nu fie de acord cu ce spunea Mitu:
– Să ştii că bine faci. Se moare pe capete acolo sus, şi de-o parte, şi de alta. Codreanu, Duca, Iorga... Nu ştii niciodată... Şi-acu' ce-o să păţim, oare?! Cu nemţii ăştia...
– Bine-am făcut că i-am alungat pe nemţi din ţară! aprobă Mitu mânios. Ne-au supt pământul de ţiţei şi de toate, scrie în gazete că le-am dat

produse pe gratis, fără niciun ban în schimb! La început m-am bucurat când ne-am dat de partea lor, da' uite că din cauza lor am ajuns acu' așa de săraci că moare lumea de foame, dom'le! Iar guvernul a tipărit bani ca să dea la popor și de asta s-au scumpit toate! Sacul de porumb costă de două ori mai mult decât acu' trei luni! Nu se poate asta! Eu măcar n-o duc așa de rău, și nici tu, dar alții care n-au pământuri în arendă - ăia oare ce se fac?! Or să se răscoale când o să le-ajungă cuțitul la os!

Flitan se pregătea să dea ultimul sfert de pahar de palincă pe gât, însă, când îl văzu pe Mitu așa de pornit, se opri cu el în aer:

– Știi de ce mă tem, mă? Mă tem c-o să se ridice țărănimea să ceară pământ și-o să pierd tot ce-am agonisit! Dacă mi se întâmplă asta, eu mă omor, ascultă-mă bine. Și rușii, dac-or să vie peste noi, o să ne ia înapoi tot ce-am dobândit!

– Da, mă, o să ne sfârtece mai dihai ca data trecută, pentru că acu' o să trebuiască să plătim reparații. Așa cum mi-a zis Walter, angajatul meu de la magazinul din Detroit, că s-a întâmplat în Germania după Marele Război, când au adus-o la înfometare.

Flitan oftă din rărunchi:

– Așa e, mă... Așa-i. Până una-alta, mai ia d-acia un pahar, Mitule...

RUȘII

Capitolul 68

Când tancurile ruseşti s-au arătat sus la Rânca, era o dimineaţă umedă de toamnă. Veneau pe la Tigvele, din partea cealaltă a muntelui, în şir lung şi hurducându-se din toate ţâţânile pe drumul pietros ce ocolea Păpuşa şi unduia spre Novaci.

Gheorghe era acolo, cu Sandu, la ajutat de încărcat lemne - Sandu mai mult ca „băgător de seamă", pentru că, la cei opt ani ai lui, era prea mic pentru asemenea corvoadă.

Când au văzut convoaiele, hăt departe, s-au oprit din treabă, privind norul de praf ce se ridica în zare. Huruitul care ajungea la urechile lor nu i-a speriat. Ceilalţi au aruncat ferăstraiele şi topoarele şi au început să strige din rărunchi: „Vin ruşii! Fugiţi, vin ruşii!", după care s-au îmbulzit în căruţe sau pe cai, grăbindu-se să plece.

– Haide, Gheorghe, nu căsca gura, că vă omoară dacă vă prinde! le-a strigat unul dintre ei.

Băiatul s-a urcat repede în căruţă şi a strunit calul.

– Hai, Săndel, iute, suie şi tu!

Frate-său s-a aruncat în spate, iar el a pişcat calul cu biciul încercând să-i ajungă din urmă pe ceilalţi. Spaima oamenilor îl molipsise, făcându-l să-şi întoarcă privirea tot timpul înapoi să vadă ce se mai întâmpla. Tancurile ajunseseră undeva spre vârf, unde se opriseră.

– Îi aşteaptă pe toţi să se strângă, îşi spuse, şi îndemnă calul şi mai tare.

Mitu trebăluia prin curte când copiii ajunseră acasă, roşii la faţă de tulburare.

– Ce păţirăţi, mă? îi întrebă când îi văzu aşa de neliniştiţi.

– Vin ruşii, tată, ajunseră sus, la Păpuşa!

Când auzi asta, Maria, care gătea în bucătărie, ieşi iute. Lui Mitu i se făcu pielea de găină. Începu să tremure şi-şi prinse capul în mâini, încercând să-şi alunge din minte imaginile de tranşee, Meuse-Argonne, tancurile patrulând înspre Casa Albă pe Pennsylvania Avenue, care îl năpădeau când primea astfel de veşti.

– Sunteţi siguri, mă?

– Da, tată, văzurăm tancurile, le auzirăm, toţi oamenii lăsară lucrul şi fugiră! A lu' Bobotează ne zise să plecăm şi să ne ascundem pe unde putem, că dacă ne prind ne omoară. Ce ne facem, tată?

El se întoarse spre Maria.

– Muiere, pune-n traistă nişte pâine, slănină şi ceapă, iute, şi dă-le la băieţi. Gheorghe, îi iei pe Sandu şi Micu şi v-ascundeţi în porumbi, sus în deal. Nu ieşiţi de-acolo pân' cân' nu vin eu după voi şi vă strig. Marie, tu te ascunzi peste râu la a lu' Sabin. Să te piteşti bine că, dacă te prind, cum eşti tu frumoasă, or să te pângărească şi-or să te batjocorească şi eu o să mă lepăd de tine!

Femeia se repezi în casă, frământându-şi mâinile. „Doamne, Dumnezeule, cu ce-am greşit?!"

Chiar atunci, apărură în poartă Flitan şi copiii lui. Tiberică trăgea după el o valiză de lemn, roşu ca racul la faţă din pricina efortului.

– Mitule, Mitroi văzu ruşii sus pe deal! Vin şi cu maşini, şi tancuri, şi pe jos, în convoaie. Îmi zise că-s puzderie!

– Unde spuseşi că-i văzu, mă, sus în deal?!

– Da, sus în deal. Vreo doi intrară în casa lu' Miuţă. Mitule, ăştia-mi omoară copiii dacă intră-n curte, c-or să creadă că-s chiabur! Ce mă fac? Ce mă fac?

Mitu rămase fără cuvinte. Acum nu mai putea să-şi trimită băieţii lui să se ascundă în porumbi, dacă Mitroi văzuse ruşii îndreptându-se chiar într-acolo. Şi cum să-i ajute pe Flitani, când el nu ştia ce să facă nici cu ai lui?!

– Mă, se hotărî, îi ascundem pe-ai tăi în pod la mine. Tiberică, urcă-te cu Ileana şi Măriuţa sus, vă acoperiţi cu fân şi staţi nemişcaţi acolo până când vă spun eu să ieşiţi, auziţi la mine?

– Da, unchiaşule, da, aprobară iute copiii şi se căţărară pe scară, apoi se înveliră cu fân, încercând să se pitească cât mai bine.

Flitan îl rugă să-i ascundă şi valiza.

– Am nişte lucruri de valoare în ea. Ştii tu, ce-am agonisit şi eu de-a lungul anilor... La mine-o să scormonească peste tot, când o să-mi vadă casa şi automobilul. La tine n-or să cate...

Mitu se uită la geamantan descumpănit, apoi îl ridică opintindu-se şi i-l întinse lui Tiberică.

– Ia-l de aici, băiete, şi vârâ-l sub fân. Nu ieşiţi decât atunci când vă spun eu, aţi înţeles? Dacă strig cumva la voi să fugiţi, săriţi pe partea ailaltă şi-o tuliţi prin porumbi, dar prin stânga, nu pe lângă apă, că pe-acolo o să vie ei. Să nu v-arătaţi sub niciun chip în gura podului, da, mă?

Copiii dădură ascultători din cap şi se făcură nevăzuţi sub mormanul de iarbă uscată din pod. Tremurau din toate mădularele.

– Cu ai tăi ce faci, Mitule, nu-i urci şi pe ei în pod? îl întrebă Flitan, uitându-se la Gheorghe şi Sandu, care rămăseseră nemişcaţi pe prispă.

– Ce să fac, îi ţiu în curte... Dac-or veni şi la mine şi i-or vedea, or să spună că n-am nimica de ascuns şi n-or să se mai gândească să cate. Ş-aşa, scap şi eu, scapi şi tu.

Flitan îşi făcu o cruce mare şi îngână o rugăciune, apoi ieşi pe poartă şi o luă grăbit spre casă.

Ruşii îşi făcură apariţia în Cernădia cam la o oră după asta. Maria se ascunsese la Sabin, iar Micu şi Sandu îşi făceau de lucru prin curte cu o minge de cârpă, nepăsători la năpasta care îi ameninţa. Gheorghe rămăsese nemişcat pe un scaun în cunie, iar Mitu se plimba prin curte în cârjă şi fuma.

Satul arăta ca şi cum ar fi fost părăsit în grabă. Nu se vedea nici ţipenie de om, de parcă toţi fuseseră înghiţiţi de ape. Doar ei, Popeştii, erau în curtea lor.

O vreme nu se întâmplă nimic. Mitu se aştepta să fie călcaţi de o armată întreagă, însă convoaiele cele lungi o luaseră de-a dreptul spre Novaci, nedând cotul spre Cernădia. Doar câteva maşini de luptă au intrat în sat, oprind toate în centru. Din ele au coborât vreo douăzeci de soldaţi, care, înainte de toate, au spart uşa cârciumii şi, după ce au scotocit bine înăuntru, s-au împrăştiat să scotocească şi pe la alţii.

Pe uliţa lor nu a urcat decât unul. Mitu l-a văzut când a luat-o în sus dinspre drumul principal - gâfâia cu puşca în spate, cercetând cu privirea curţile oamenilor, zăbovind în faţa fiecărei porţi, scormonind prin şopruri şi pivniţe, îndesându-şi te miri ce în desagă şi luând-o apoi agale până la următoarea casă.

Mitu nu avea nicio îndoială că avea să caute şi prin podul lui, aşa că se apropie de şopru şi le şopti copiilor:

– Mă, fugiţi repede prin spate pe unde vă spusei, c-o să intre şi la noi ş-o să vă prindă. Fugiţi acuma şi rămâneţi ascunşi în porumbi!

Copiii lui Flitan săriră de partea cealaltă şi o luară la goană. Tiberică, primul de obicei la fugă, rămase în urmă din pricina valizei prea grele pentru puterile lui.

Când rusul ajunse la poartă, copiii erau de-acum departe, însă, în graba lor, uitaseră să se oprească în porumbi şi să rămână ascunşi, aşa că urcau dealul la vedere.

Mitu încercă să-l salute pe militar, schiţând un zâmbet, aşa cum învăţase în America, însă acesta îl privi fioros, bălmăji ceva de neînţeles, îndreptă puşca spre el şi-i arătă să-i deschidă pivniţa. Se băgă înăuntru şi scormoni, înjurând că nu găsea nimic de mâncare. După aceea se urcă în pod şi răscoli fânul, dar, scoţându-şi capul prin deschizătura din spate, îi văzu pe ai lui Flitan cum urcau dealul.

– *Blyad!*[*] urlă ca muşcat de şarpe şi sări din pod, trecând val-vârtej pe lângă Mitu şi Gheorghe ca şi cum aceştia nici n-ar fi existat. Crezând că vrea să pună mâna pe el, Sandu o luă la goană pe uliţă în sus răcnind, dar soldatul îl depăşi fără să-i dea vreo atenţie.

– *Zamri! Stoyat!*[†] urla el alergând. Sări un gard, şi încă unul, apoi încetini pe dealul abrupt. Oboseala era mai puternică decât voinţa lui de a-i ajunge pe copii, aşa că se opri gâfâind ca şi cum era gata să-şi dea duhul.

– *Ruki v verh ili ya strelyayu!*[‡] zbieră, trăgând un foc în aer.

Împuşcătura răsună ca un trăsnet în aerul potolit. Copiii încremeniră, tremurând de frică, fără a îndrăzni să privească înapoi. Tiberică lăsă valiza

---

[*] Înjurătură intraductibilă în ruseşte (n.a.).
[†] Opriţi-vă! Stop! (ru.)
[‡] Mâinile sus că trag! (ru.)

jos şi-şi ridică mâinile deasupra capului, după care i se înmuiară picioarele şi căzu în genunchi.

Rusul se apropie de ei bombănind, cu baioneta îndreptată înainte. Când ajunse lângă ei, urlă ceva şi le făcu semn să se întoarcă spre casa lui Mitu.

– *Ya tebya prikonchu, suchonok!*[*] ţipă la ei când ajunseră în curte, şi-i împinse cu spatele spre zidul şoprului. Se dădu apoi îndărăt câţiva metri şi-şi duse puşca la ochi, prefăcându-se că o ocheşte în frunte pe Măriuţa. Fata se muie de frică şi un firicel de lichid începu să i se scurgă dintre picioare, strângându-se într-o băltoacă. Dinţii începură să-i clănţăne, sunând, în liniştea apăsătoare, ca ciocăneala unei ghionoaie.

Când văzu spaima fetei, rusul rânji mulţumit şi-şi puse puşca pe umăr, apoi se întoarse spre Mitu:

– *Chto v etoy sumke? Skazhi mne!*[†]

Mitu ridică din umeri că nu pricepea limba.

– *Eto tvoi deti?*[‡] continuă el.

Mitu ridică iar din umeri şi încercă să-l domolească:

– Nu vă legaţi de noi, sir, vă rog! Şi eu sunt un luptător împotriva exploatatorilor! Am fost membru în Liga contra cametei! Am luptat pentru dreptate şi ajutorarea ţăranilor!

Dar rusul, care oricum nu înţelegea o boabă româneşte, era preocupat de altceva: lovise cu piciorul în valiza lui Flitan, care se deschisese larg, împrăştiind bancnote, monede, linguriţe de argint şi bijuterii.

Când văzu asta, se îndreptă fioros spre Mitu:

– *Eto chto, durak? Chto eto? Prikonchu, yesli ne skazhesh!*[§]

Mitu ridică din nou din umeri:

– Nu-i valiza mea, nu-s copiii mei, ia valiza şi lasă-ne în pace!

Rusul era însă de neînduplecat. Îşi scoase puşca şi o îndreptă spre Tiberică. Acesta se dădu înapoi până când atinse peretele şoprului cu spatele, rămânând pironit acolo.

– *Sir, they're not my children! Take the money and leave us alone, please, don't harm them!*[**] îl imploră Mitu, într-o străfulgerare de inspiraţie, în engleză.

Când auzi asta, rusul se întoarse surprins şi îl privi cu ochii mari:

– *You English?! Me English little!*[††]

– *Yes, English, English!* se însufleţi Mitu. *I was an American soldier in the Great War! I fought against the Germans! Hold on a second, please, will you, I'll be right back!*[*]

---

[*] O să vă omor, pui de târfă! (ru.)
[†] Ce-i în traista asta? Spune-mi! (ru.).
[‡] Ăstia-s copiii tăi? (ru.).
[§] Ce-i asta, cretinule? Ale cui sunt? Te omor dacă nu-mi zici! (ru.).
[**] Domnule, nu-s copiii mei! Ia banii şi lasă-ne în pace, nu le fă rău! (engl.)
[††] Tu engleză? Şi eu engleză puţin! (engl.)

Rusul nu înțelese mai nimic, dar a așteptat cu degetul pe trăgaci, în vreme ce Mitu s-a repezit în casă. Reveni cu certificatul de veteran de război în mână și i-l arătă. Rusul se uită pe el cu atenție și fața i se lumină când pricepu ce citea:

    – *Friend! Friend! Nazi enemy! Friend!*[†]

    – *Yes, yes, I hate Nazis, I hate Germans! I hate them all!*[‡]

    – *Yes, friend, me kill many!*[§], spuse rusul și se apropie ca să-l pupe pe obraji, după care începu să cotrobăiască prin valiză.

    – *Your childs?*[**] arătă spre Sandu, care între timp se întorsese de pe uliță și rămăsese lângă gard, neștiind dacă să fie speriat sau nu. Gheorghe nu se mișcase din pridvor și se prefăcea că lucrează la ceva cu Micu.

    – *Yes, my sons, yes sir! And they are their friends, they play together!*[††] răspunse Mitu arătând spre copiii lui Flitan.

Soldatul îi făcu un semn lui Sandu să se apropie, dar băiatul nu se dezlipea de gard.

    – Mișcă-te cum îți zise, mă! zvâcni Mitu.

    – *Derzhi!*[‡‡] îi întinse rusul niște bani din valiză. *I vi dvoye, vozmite!*[§§] îi dădu lui Mitu un pumn de bancnote. După ce termină cu împărțeala, își îndesă restul prin buzunare și se întoarse spre copiii lui Flitan. Pe Tiberică îl amenință și îl scuipă în față, după care-i trase o palmă grea.

    – *Tvoyu mat, suka! Begi ili ya tebya grohnu!*[***] se rățoi la ei, făcându-le semn s-o ia la goană.

    – Fugiți, mă, fugiți pe poartă acu' și nu vă opriți până-n deal! șuieră Mitu la copiii lui Flitan.

Ei o luară la goană prin curte și ieșiră val-vârtej. Rusul se luă după ei ca să-i înspăimânte și mai tare, apoi se opri și trase un glonț în aer. Copiii alergau mâncând pământul, împiedicându-se în bolovani și cioturi și urlând în gura mare:

    – Ajutor, ne omoară, ne omoară!

Soldatul nu avea însă niciun gând să tragă în ei. După ce văzu că-i speriase bine, se întoarse mulțumit spre Mitu, în care-și găsise deodată un camarad, și-și luă rămas bun:

    – *Me friend, bye. Me come to eat. See cow and come to kill her. Me comrades need food. Food?*[†††]

---

[*] Da, da, engleză! Am fost soldat american în Marele Război. Am luptat împotriva nemților! Așteaptă o secundă, mă întorc repede! (engl.)
[†] Prieten! Prieten! Dușmanul naziștilor! Prieten! (engl.)
[‡] Da, da, urăsc naziștii. Îi urăsc pe toți! (engl.)
[§] Da, prieten, eu omorât mulți! (engl.)
[**] „Copilurile" tăi? (engl.)
[††] Da, da, fiii mei, domnule! Și ei sunt prietenii lor, se joacă împreună! (engl.)
[‡‡] Ia de-aici! (ru.)
[§§] Și tu, ia de-aici! (ru.).
[***] Futu-vă mama voastră de pui de târfă! Fugiți acum, c-altfel vă împușc! (ru.).
[†††] Prieten meu, la revedere. Eu venit să mănânc. Văd vacă și vin o omor. Tovarășii mei vor mâncare. Mâncare? (engl.).

– *Sure, my friend, sure!** încuviință Mitu însuflețit și-i aduse din cunie tot ce găsise într-un dulap: o bucată de mămăligă, niște carne uscată, niște slănină, ceva brânză și o bucată de pâine. I le înfășură pe toate într-o pânză, apoi îi aduse și o sticlă de țuică.

– Vodka!

– A, vodka, vodka! *Good! Vodka good, comrade!*[†], zise rusul îmbrățișându-l, apoi ieși pe poartă cu sticla la gură. Peste drum intră în altă curte, desfăcu lanțul de la fântână și-l luă cu el. Se uită apoi în susul uliței, unde o vacă, probabil a lui Miuță, păștea liniștită, oarbă la pericolul ce-o pândea. Se gândi o clipă dacă s-o ia într-acolo, după care dădu din mână a lehamite și o porni la vale, rupând din bucata de mămăligă.

Mitu trase aer în piept a ușurare. „Pfui, că scăparăm ca prin urechile acului..." Se așeză pe pridvor și-și aprinse o țigară, trăgând adânc în piept fumul, apoi începu să mestece tutunul. Se duse de câteva ori până la poartă ca să privească în jos și să se asigure că nu veneau și alți soldați, apoi o luă până la colț, pândind drumul principal, și se duse până în centru.

– Unde-s rușii, Ioane? îl întrebă pe unul ce stătea pironit în mijlocul drumului, de parcă era beat.

– Plecară, Mitule, spre Novaci. Plecară cu toții.

– Plecară... Ești sigur, mă?

– Da, mă, da... Îi văzui...

Atunci grăbi pasul înapoi spre casă și-i spuse lui Gheorghe să se ducă după Maria.

– Zi-i lu' mă-ta să vie înapoi, că rușii plecară. Și tu, Sandule, hai cu mine. Ia ce-ți dădu rusu' și hai, rosti și o luă spre casa lui Flitan.

Acesta, când îl văzu la poartă, îi deschise temător și îl chemă iute înăuntru. Chipul încă îi era gălbejit de frică.

– Plecară, Mitule?

– Da, mă, da... se duseră-nspre Novaci, îi răspunse el, începând să se caute prin buzunare. Scoase bancnotele și bijuteriile pe care i le dăduse rusul și i le înmână, îndemnându-l și pe Sandu să facă la fel.

– Restul luă el, mă Flitane, n-avusei ce să fac... Ne omora pe toți dacă mă împotriveam...

– Nu-i nimica, Mitule, nu-i nimica... Putea să ia și tot. Bine că nu-mi omorâră copiii, Mitule, că mă spânzuram dacă-i împușcau.

---

* Cum să nu, prietene, cum să nu! (engl.)
[†] Vodka, vodka! Bine! Vodka bun, tovarășe! (engl.).

BASARABEANUL

Capitolul 69

Parcă niciodată România nu a fost lovită mai crâncen de mânia cerească decât în anii de imediat după venirea ruşilor, în toamna lui 1944. Pustiită de război în lung şi-n lat. Sărăcită până-n măruntaie. Moneda de o sută de mii de lei, bancnota de cinci milioane de lei. Dolarul - şase milioane de lei. Ciuruită de bombardamente, îngenuncheată de tratatele de pace. Datornică trei sute de milioane de dolari în despăgubiri.[*] Suptă de sevă de sovromurile[†] ce-i trimiteau bogăţia peste Prut. Ciopârţită ca într-un joc pe hârtie; Basarabia, nordul Bucovinei şi ţinutul Herţei, pentru recâştigarea cărora ţara intrase în război de partea naziştilor, alipite până la urmă Uniunii Sovietice.

O secetă cumplită mistuia ţara în anii '46-'47. Ca blestemată, Moldova se subţia de foamete, silindu-şi locuitorii să-şi lase casele şi să plece în pribegie. Fugăriţi şi prinşi de detaşamente militare, erau trimişi îndărăt în satele lor. Trimişi, de fapt, la moarte prin înfometare. Uscăciunea ce începuse cu un an în urmă sugea viaţa cât vedeai cu ochii; câmpurile rămăseseră pustii, ca trecute prin foc şi pară.

Copiii mureau de foame - schelete scofâlcite cu ochi bulbucaţi şi burta suptă, aşezate unele lângă altele pe tărgi improvizate la repezeală. Cei aflaţi pe patul de moarte erau încărcaţi în trenuri şi duşi în centrele de triere, de unde erau repartizaţi în judeţele „excedentare" - judeţele mai puţin afectate de criză -, ca să fie îngrijiţi de familii vitrege.

Mai spre răsărit, în Basarabia, ca să aibă ce pune pe masă, oamenii şi-au ucis la început vacile şi păsările. Pe urmă şi-au omorât caii şi măgarii. S-au hrănit apoi cu borhot de prune, coajă de fag sau pământ, şi-au prăjit în motorină în loc de unt turtele înmulţite din raţia de o pâine pe lună şi şi-au făcut ciorbă din lobodă şi ştir. Când s-au terminat şi alea, au tăiat câinii şi pisicile şi le-au pus pe masă. Mai încolo, s-au înfruptat din şoareci şi guzgani şi au păscut smocurile de iarbă uscată de prin păduri. Şi-au fiert opincile vechi şi le-au mestecat.

La sfârşit, au început să se ucidă între ei. Au omorât copiii vecinilor şi le-au fiert carnea în ceaunul de mămăligă. I-au înmulţit cu apă, lungind o zeamă. Pentru câteva săptămâni, încă trăiau.

În Cernădia, de mai bine de un an nu se făcuse niciun ştiulete. Praful acoperea uliţele înguste, copacii şi câmpurile îngălbeniseră de căldură.

---

[*] Echivalentul a 3,2 miliarde de dolari în 2007 (n.a.).
[†] Sovromuri: întreprinderi mixte româno-sovietice. Au fost înfiinţate la 8 mai 1945 şi au activat în domeniile esenţiale ale economiei româneşti (metalurgie, produse petroliere, forestiere, transporturi, exploatări de minereuri, etc). Scopul pe hârtie al acestora era generarea de bani pentru reconstrucţia ţării după război. Scopul ascuns era, în fapt, transportul masiv al resurselor ţării către USSR. În schimbul acestora, România a primit utilaj industrial nemţesc mult supraevaluat. Se estimează că valoarea tuturor produselor care au luat calea Uniunii Sovietice în acea perioadă a fost de două miliarde de dolari, depăşind cu mult reparaţiile de război de 300 milioane de dolari cerute de URSS. Ultimul sovrom a fost desfiinţat în 1956 (n.a.)

Pământul îşi arăta măruntaiele uscate şi înnegrite prin crăpăturile căscate de fierbinţeală. Căldura avea o vârtoşie stranie, ca un baraj invizibil de lavă prin care păşeai cu greutate. Fântânile secaseră, albia Boţotei se îngustase şi se subţiase, iţind doar un firicel subţire care se scurgea stingher.

În câteva luni, Mitu îşi pierduse vacile. Una a murit de foame şi boală, iar pe cealaltă a tăiat-o şi a afumat-o, ca să nu se prăpădească la fel. A îndesat carnea în untură, punând-o în borcane mari de sticlă, pe care le-a îngropat bine în pământ, chivernisindu-le cu mare grijă ca să-i ajungă pentru cât mai multă vreme. Mai trecuse printr-o foamete - cea de *hobo* - şi învăţase destule din suferinţa de atunci. Din carnea asta ar fi putut trece anul fără să fie nevoit s-o apuce pe drumuri. Nici n-ar fi fost în stare, de altfel, să se pornească în cârjă pe trenuri.

Avea nevoie de resurse mai mult decât oricând, iar seceta îl lovise în cel mai rău moment al vieţii lui. Îi mai rămăseseră doi boi, pe care trebuia să-i îngrijească cât de bine putea, întrucât mai căra cu ei lemne şi alte cele şi mai făcea nişte bani din asta. Familia i se mărise cu încă un băiat - Ionică - un blond cu ochi albaştri, care se născuse la puţin timp după venirea ruşilor şi împlinea acuş doi ani. Trebuia să hrănească şase suflete, iar asta cerea mare chibzuială.

Ştirile despre moldovenii plecaţi spre judeţele excedentare îi făceau pe toţi cei din sat să vorbească, dar pe el nu-l mirau. Ştia ce înseamnă a flămânzi şi îşi amintea prea bine de anii când el însuşi se ascunsese prin trenurile mărfare, oprind din loc în loc în câte un orăşel american în căutare de mâncare şi lucru. Parcă nimic nu se schimbase în lume în cei cincisprezece ani de când pribegise ca *hobo*. Doar geografia era alta. Durerea şi fierbinţeala stomacului erau la fel. Făpturile ca nişte schelete vii, arătări de dincolo, moartea zilnică, bolile şi suferinţa nu se schimbaseră. Nu putea decât să-i privească cu milă pe amărâţii care o duceau atât de greu încât se hotărâseră să-şi părăsească satele în loc să se stingă mâncând moloz. Şi el făcuse la fel în Detroit.

Ziarele propagandiste nu-l amăgeau. În America, în timpul foametei din timpul Marii Depresii, gazetele urlaseră că vinovaţi erau comuniştii. Acum, „Scânteia" comunistă dădea vina pe fascişti, chiaburi şi imperialişti. Paginile erau pline de poze cu speculanţi demascaţi de oamenii muncii, iar poporul încrâncenat se agăţa de asta cu speranţă şi uşurare: atâta timp cât existau nişte vinovaţi - sabotori fascişti ce voiau să îngenuncheze ţara -, însemna că demascarea şi pedepsirea acestora îi vor scoate pe toţi din sărăcie. Iată, argumenta lumea, Partidul Comunist Român avea grijă să-i pedepsească exemplar pe făptaşi: la Bacău, de exemplu, Grigore Mârza, preşedintele PNL-Brătianu, fusese întemniţat pentru că deţinea ilegal cantităţi însemnate de cereale. Multe lucruri bune se întâmplaseră sub conducerea PCR-ului în ultimii ani: reforma agrară îi împroprietărise pe ţărani cu pământ, expropriind colaboraţioniştii şi „criminalii de război" ce stăpâneau mai mult de cincizeci de hectare. Clasa moşierească exploatatoare era înfrântă, iar ţăranul român putea să înceapă să lucreze pământul propriu, scria mobilizator „Scânteia".

Asculta la toate astea şi tăcea. Dacă învăţase un lucru în toţi anii de America, acela era că nu se pricepea bine la politică. De câte ori îşi pusese speranţa în ceva, de atâtea ori fusese înşelat amarnic şi, din cauza asta, nu intra în discuţiile aprinse dintre oameni, în care erau învinuiţi ba regele, ba guvernul Groza, ba imperialiştii capitalişti pentru năpasta prin care trecea ţara. Trăise toate astea deja pe pielea lui, într-o altă formă, nu cu foarte mult timp în urmă, şi de atunci îşi zicea adesea că voinţa lui şi a altor sute de mii ca el nu valora nimic în faţa celor ce jucau marile zaruri în lume.

Aşa că, în loc să se strângă cu ceilalţi în sat şi să petreacă până noaptea târziu în discuţii interminabile, stătea mai mult pe acasă, gândindu-se cum să mai economisească din mâncare şi făcându-şi planuri de supravieţuire în cazul în care autorităţile i-ar fi găsit şi confiscat carnea afumată.

Ca şi cum lipsurile prin care treceau oamenii nu erau de ajuns, câţiva rătăciţi de prin Vaslui, judeţ înfometat în întregime, au poposit într-una din zile la ei în sat, rugându-se pentru un pumn de porumb şi un blid de mâncare.

În Cernădia nu era însă loc pentru ei. Nu se găsea de mâncare nicicum, nici măcar pentru copii, darămite pentru încă câteva guri venetice. Puţini le-au deschis poarta - dimpotrivă, unii i-au ameninţat cu boatele şi au umblat pe la jandarmerie ca să-i denunţe.

Mitu nu s-a amestecat în revolta spontană a oamenilor, ba chiar l-a primit pe unul, Ion Moldovan, şi l-a culcat în şopru pe un morman de paie. Îi dădea câte un măr, o lungitură de ciorbă şi, din când în când, duminica, niţică slănină. Îşi amintea, când îl vedea cum înfulecă, ce mult ar fi vrut el să fie găzduit aşa când cutreierase America ca *hobo*. Din vorbă în vorbă, omul i-a mărturisit că nu era de fapt din Moldova, ci din Basarabia, de la Căzăneşti, un sat din raionul Teleneşti, judeţul Orhei. Ca să scape de foamete, care era atât de crâncenă acolo că pieriseră sate întregi, se furişase peste graniţă în România. Minunea Domnului, nu fusese prins de barajele de soldaţi. Doi săteni care plecaseră cu el nu fuseseră la fel de norocoşi: în gara Vaslui i-a prins un detaşament, dar cum el cobora ultimul, i-a văzut, s-a întors în vagon, s-a strecurat pe partea cealaltă şi s-a tupilat după un mărfar până când lucrurile s-au liniştit.

– Ştiu ce-o să se întâmple cu ei: fie îi împuşcă pe loc când ajung înapoi în Basarabia, fie îi trimit în Siberia. Şi pe mine m-aşteaptă asta când mă prind. Dară nici să mor de foame nu pot. Mai bine să mor de moartea altuia decât de mâna mea.

Mitu i-a dat de lucru prin curte şi l-a învrednicit cu ridicarea unui şopru mai arătos lângă cunie. Bani n-avea să-l plătească, dar să-l ţină cu mâncare putea… Iar materiale de construcţie, scânduri, cuie şi topoare avea, slavă Domnului! Legile capitalismului, pe care le deprinsese bine cât avusese magazinul din Detroit, erau încă vii în el. Dacă vremurile erau astfel încât putea să plătească mâna de lucru din puținul pe care-l avea, de ce să nu se folosească de asta și să-și îmbunătățească nițel traiul?

Ion muncea ca și cum ar fi fost stăpânit de demoni. Era prima oară când mânca din când în când slănină în ultimul an și recunoștința lui era fără margini. Lucra zi și noapte, fără răgaz, înfulecând uneori din mers, dormind doar câteva ceasuri pe noapte.

În câteva săptămâni i-a ridicat șoprul. Apoi Mitu l-a pus să-i văruiască casa, să-i schimbe gardul, să tencuiască bucătăria, să întregească podul și să sape șanțuri până la Boțota, în care el să pună țevi ca să-i aducă apa în casă, când avea să mai strângă gologani.

– Doamne, dac-aș avea aici banii pierduți pe Wall Street...! Acu' aș fi putut să fac o armată din oamenii ăstia! ofta când îl vedea pe Ion cum trudea cât trei.

După o vreme începu să se întrebe de ce basarabeanul ăsta - „servitorul", cum îi spunea în gând, cu o satisfacție amestecată cu amărăciune - era așa de stingher. Nu vorbea mai niciodată, nici măcar când îl întreba ceva de-a dreptul. Mereu ursuz, își vedea numai de ale lui, dar treaba și-o făcea bine. Uneori îl urmărea pe geamul de la cunie cum se așeza cu mâinile pe genunchi și ședea înlemnit, chiar ceasuri întregi, cu mintea dusă în altă lume, din care își revenea ca și cum s-ar fi trezit dintr-un somn adânc.

Pe măsură ce treceau săptămânile, încremenirea omului a început să-l mire, deși nu putea să-și zică de ce. Era ca un simțământ pe care se străduia fără izbândă să-l pună în cuvinte. Ceva nu era în regulă cu basarabeanul, și într-o zi i-a mărturisit Mariei temerile lui.

– Muiere, mie ceva nu-mi miroase a bine cu Ion ăsta. Muncește ca un apucat, e vrednic și vânjos, dar așa-i de temător că nici cu mine nu schimbă două vorbe. Azi dimineață îl pândii și-l văzui stând mai bine de jumate de ceas uitându-se în gol ca un nebun, fără măcar să clipească.

– Lasă-l și tu, bărbate, îi caţi pricină degeaba... îi răspunse femeia fără să ia aminte. Fiecare om cu țăcăneala lui. Cine știe, i-o fi dor de-ai lui. Nu-i ușor să fii venetic, departe de casă atâta vreme.

– Nu-i ușor venetic, nu... Știu... Da' nici când îl întreb de acasă nu zice nimica. Tace mut și-și încruntă privirea. Dacă l-ar trage pământul, ar povesti și el ceva... Nici nu știu: are muiere, n-are? Are copii? Când l-am întrebat de asta, a dat din umeri și și-a tăcut.

– Acum că spuseși, să știi că-mi pare și mie că nu-i lucru curat. Acu' două zile făceam curat în cunie și i-am dat păturile deoparte. Sub pătură avea o funie făcută laț ca o spânzurătoare.

– Cum ca o spânzurătoare?!

– Da, un ștreang. I l-am lăsat tot sub pătură.

– O vrea să s-atârne de grindă, să vadă dacă ține... Să vadă dac-a făcut treabă bună, că doară el a-ntărit-o...

– Doamne-apără, că vorbiși cu păcat! se înfioră Maria.

Mitu s-a făcut că nu aude, însă vorbele ei l-au neliniştit şi mai tare. „Doarme cu un ştreang sub pătură?! Ce drăcărie o mai fi şi asta?!"

În zilele următoare a continuat să-l cerceteze cu atenţie, încercând să-l iscodească. Îi arunca vreo întrebare „întâmplătoare", dar basarabeanul era ca de lemn. Afară de târnăcop, ciocan şi bardă, nu vedea nimic altceva. Răspundea cu vorbe puţine, repetând umil: „Bogdaproste, să v-ajute Dumnezeu... eu acuma mă duc la ale mele...", când primea mâncare.

După o vreme, s-a plictisit să-l mai tragă de limbă. „Câtă vreme munceşte şi-i vrednic, ce-mi pasă mie că-mi zice sau nu d-ale lui...?! L-oi prinde eu cândva la vreo băută şi mi-o spune el ceva...". La urma urmei, avea şi alte treburi decât să-l pândească pe omul ăsta care-şi ţinea ştreangul sub pătură. Înainte de toate, coteţele pe care i le făcuse basarabeanul trebuiau umplute cu vietăţi, pe care nu le avea, pentru că nu avea cu ce să le hrănească. Iar lucrul ăsta, se gândea, trebuia să-l rezolve cât mai grabnic. Ion era gospodar şi vrednic, ce dacă nu povestea de-ale lui?!

La ei nu se mai vindea de mult porumb pentru păsări. Nici la Novaci şi nici la Târgu Jiu nu se găsea. Singurul loc de unde ar fi putut să ia era Craiova. Acolo se strângeau ţărani din Bărăgan, precum şi mulţi, mulţi speculanţi puşi pe îmbogăţire rapidă, care vindeau cereale cu tonele. Bani să cumpere în cantităţi mari nu avea, însă putea să dea fructe în schimb, socotea. Mere avea din belşug - povarna era ticsită de băutură, nici nu mai avea unde să pună ţuica pe care ar mai fi putut-o face din ele, aşa că le păstrase în pivniţă la rece. Sute şi sute de kilograme care îi puteau fi de mare folosinţă acum.

Capitolul 70

Era o zi burduşită de ceaţă şi nori când Mitu s-a hotărât să plece spre Craiova să cumpere porumb. Cerul se făcuse una cu pământul, iar pe uliţa lor curgeau la vale şiroaie de apă, nămolind-o şi făcând trecerea pe acolo posibilă doar cu cizme înalte de cauciuc.

S-a trezit la trei dimineaţa, a scos căruţa în curte - o burduşise bine cu mere de mai bine de trei zile - a mai zvârlit în ea nişte unelte, câteva cuverturi şi două rânduri de haine de schimb, a înjugat boii şi apoi s-a pregătit să-i scoale pe Micu, pe Sandu şi pe basarabean.

Faţă de urgia care se aşternuse peste ţară, se socotea printre cei norocoşi. Merele astea îl puteau scoate din nevoie. Rumene şi mari, roşii sau gălbui, rezistaseră căldurii de iad, pentru că le păstrase în fundul pivniţei, unde era răcoare. Iată că acum - nu se gândise niciodată la asta - făcea din ele altceva decât ţuică. Auzise de la lume că în piaţă la Craiova un ştiulete mergea pe un măr, şi asta însemna că din transportul ăsta putea să aducă un car de porumb înapoi.

– Micule, haide tată, scoală-te să plecăm. Sănducu, scoală şi tu iute, c-avem drum lung! a strigat la copii când era gata, după ce verificase pentru a zecea oară dacă sacii erau bine legaţi.

Băieţii încruntară sprâncenele şi se întoarseră cu spatele, dându-i de înţeles că voiau să fie lăsaţi în pace.

– Micule, te trezişi, borac? strigă Mitu din nou la copil, care, între timp, se întinsese pe spate şi privea cu ochii întredeschişi. Sandu era de acum în picioare şi stătea îmbufnat. Deşi cu o seară înainte plânsese să-l ia şi pe el la Craiova, acum îi părea rău. Sculatul din zori nu-i era uşor.

– Ion nu se trezi încă... spuse Maria. Îl iei şi pe el, nu?

– Da, aşa vorbirăm, răspunse el şi se îndreptă spre cunie, luminând cu o feştilă. Basarabeanul dormea adânc, învelit în trei pături, şi sforăia uşor.

– Ioane, trezeşte-te, mă! se apropie de el.

Bărbatul nu se clinti şi atunci Mitu îl bătu pe umăr şi-i apropie feştila de faţă.

– Ioane!

– Nu! urlă deodată omul, ridicându-se în şezut. Se dădu apoi brusc înapoi şi-şi acoperi ochii cu cotul.

– Ioane, ce păţişi, mă, ce păţişi? Sunt eu, Mitu, nu-ţi fie frică! încercă el să-l liniştească şi ridică felinarul în sus, ca să i se vadă faţa.

Basarabeanul îl privi ca şi cum ar fi văzut o nălucă, apoi răsuflarea i se mai domoli.

– D-apăi am avut un vis urât... Un vis urât...

Mitu îl privi cu înţelegere. Ştia ce înseamnă asta. Avea şi acum coşmaruri cu războiul, din care câteodată se trezea ud leoarcă în mijlocul nopţii. Unele erau atât de aievea încât îi era frică să adoarmă la loc, ca să nu viseze din nou. Şi doar trecuseră atâţia ani de atunci.

– Ce ţi s-a întâmplat ţie, Ioane, de ce visezi aşa urât?

Basarabeanul îşi plecă ochii înspre pământ.

– Nu ştiu, omule. Visez şi eu ca toată lumea...

– 'Aida acu', lasă tu visele că tre' să pornim la drum.

Se duse apoi la căruţă şi potrivi funiile, şi atunci tresări. „Vioara!" Se întoarse în casă, o luă de pe dulap şi o aşeză peste nişte haine. „Era cât p-aci să uit ce era mai important! Să mai cânt şi eu o ţâră pe drum...".

– Sandule, eşti gata, mă? Micule, te-ai îmbrăcat? strigă după copii. Plec fără voi, să ştiţi!

Aceştia ieşiră în pridvor.

– Da, tată, gata suntem. Mamă, ce negreală!

Micu nu se trezise niciodată aşa de dimineaţă şi îi era urât în întunericul din ogradă. Se trase lângă Sandu tremurând - şi de frică, şi de frig -, apoi se urcă îmbufnat în căruţă, ghemuindu-se bine sub pături.

Mitu se sui anevoie - cu piciorul mai scurt, îi era greu să fie sprinten în treburile astea -, îl chemă pe Ion lângă el şi-şi făcu o cruce de plecare.

– Marie, ai grijă de Ionică. Gheorghe se descurcă şi singur, n-are nevoie de tine... Tu ai grijă de ţânc!

Femeia îi blagoslovi în urmă, aruncând cu sare după ei. „Dumnezeu să v-ajute la drum, c-aveţi tare mult de mers!"

Mitu se aşeză cumsecade şi struni boii. Până la Cărbuneşti, prima localitate mai mare, făcură jumătate de zi. Acolo se opriră peste noapte, el gândindu-se să treacă şi pe la Cămărăşescu să se converseze un pic în engleză - „doară aicea stă, şi nu l-am văzut de ceva vreme...". Renunţă însă - „prea multă tevatură..." - şi dormiră cu toţii în căruţă, iar dimineaţă trecură dealul spre Ţicleni. Apoi urmară Peşteana, Ceplea şi Ioneşti.

Undeva pe cursul Jiului se hotărâră să tragă lângă drum şi să zăbovească mai mult. Aşternură o pătură pe jos şi mâncară pâine uscată şi mere, iar la sfârşit Mitu scoase o sticlă de ţuică.

– Ia d-acia, mă Ioane... Veche de patru ani... Bea-o pe toată, că ne apropiem de Craiova...

Basarabeanul se uită la el mirat - tot drumul până aici Mitu îi dăduse băutură cu ţârâita, zicând că vrea să aibă şi la întors. Puse sticla la gură şi o goli pe sfert, strâmbându-se ca şi cum ar fi fost silit să înghită otravă.

– Bogdaproste. Da' arde ca focul tăria asta...

– Arde, arde. O luai înadins p-a mai tare, că ne trebe şi nouă să ne încălzim la drum, nu? Sandule, strigă, ia vin' pân-aici!

Băiatul, care se depărtase ca să se hârjonească pe câmp cu Micu, se opri nemulţumit din joacă şi se apropie leneş.

– Da, tată.

– Uite aicea, ia şi tu o înghiţitură. În răcoarea asta o să te-ncălzească.

Copilul tresări de bucurie şi trase o duşcă. Scutură din cap, schimonosindu-se, apoi mai trase una şi se întinse pe iarbă mestecând un fir şi privind în înaltul cerului. Micu se aşezase pe marginea unei băltoace şi arunca în apă cu pietre, supărat că nimeni nu-l băga şi pe el în seamă. Mitu îl chemă:

– Micuşor, ia vin' la tati!

Băiatul alergă vesel spre ei. Mitu îl îmbie şi pe el cu băutură, însă copilul strâmbă din nas. Încercase mai demult şi nu-i plăcuse deloc şi, deşi taică-său insistase să bea ca s-ajungă şi el „bărbat", o ţinuse pe-a lui şi nu se mai atinsese de ţuică.

– Bine, nu vrei, nu vrei, o să fii ca o muiere… Duceţi-vă şi vă jucaţi acum, haida, c-acuş plecăm.

Copiii începură să se zbenguie din nou; urcară la deal, încercând să se ajungă unul pe altul, şi se întoarseră peste vreo jumătate de oră cu un căţel rătăcit, pe care îl alergară până când animalul se lăsă în fund istovit şi nu mai vru sub niciun chip să se mişte din loc.

În timpul ăsta, Ion şi Mitu trecuseră la a doua sticlă. Basarabeanului i se înmuiase glasul şi se apucase să povestească despre copilăria lui. Mitu ascultă o vreme, apoi, după vreun ceas, strigă la băieţi să urce în căruţă pentru că era vremea plecării.

Copiii se ghemuiră în spate. Oboseala îi doborî iute şi aţipiră în câteva minute. Mitu struni boii şi-l îmbie din nou pe Ion să bea.

– Ia d-acia, că e de unde…

Basarabeanul sorbi zgomotos, de parcă până atunci nu băuse nimic, şi începu să povestească despre foametea de la ei, care fusese aşa de cumplită încât unii vânaseră şobolani şi-i mâncaseră.

– Şi câţi au plecat de la tine din sat?

– D-apăi nu ştiu, da', când am fugit eu, din Căzăneşti plecaseră deja vro zece. Eu am fost al unşpelea.

– Bine-ai făcut, bre, c-ai plecat să-ţi încerci norocu'. Eu tot aşa: când eram tânăr am fugit peste graniţă în Imperiu ş-am plecat pe urmă în America. Mă Ioane, noi n-am povestit niciodată aşa mai pe îndelete. Cum îi cheamă pe copiii tăi? Că tre' să ai copii, doară…

Bărbatul dădu să răspundă, apoi se opri şi oftă. Duse din nou sticla la gură şi luă o înghiţitură:

– Apăi am trei fete… rosti. Dumnezeu nu m-o blagoslovit cu niciun fecior. Maria, Sofia şi Ileana.

– Să-ţi trăiască. Acu' aflu şi eu, după atâta timp de stat la mine în casă… Da' să ştii că aşa zic şi eu, mă: eu mă plâng că n-am nicio fată… Da' oi avea eu şi-o fată, pân' la urmă! Poate plodul ăsta care vine acuma, că-mi pare că muierea mea-i din nou grea… Mă, da' ţie nu ţi-e dor de femeia ta, omule, că nu te-am auzit vorbind de ea. Că doară n-oi fi turnat singur plozii!

Basarabeanul se uită la el ca şi cum ar fi văzut o nălucă, apoi se trase îndărăt. Făcu un semn nedesluşit şi se lăsă pe vine, cu capul sprijinit pe genunchi, tremurând din toate încheieturile.

– Ce păţişi, mă, visezi treaz acuma? se uită Mitu mirat la el.

– Ce vrei, omule, la ce-ntrebi de muierea mea? îl întrebă Ion încordat.

– Pentru numele lui Dumnezeu, că nu vrusei să zic nimic!

– Mă, oftă basarabeanul adânc, trebe să-ţi zic ceva. Trebe să-ţi zic ceva. Trebe să-mi iau o piatră de pe inimă. Nu mai pot ţine-n mine. Trebe să mă răcoresc, aşa. Ştiu c-o să mă alungi de la tine. Da-mi eşti ca un frate. Ai fost mai bun cu mine decât un frate...

Un tic necontrolat îi chinuia ochiul stâng iar zbârciturile de pe faţă i se adânciseră ca tăiate de un cuţit gros.

– Da' nu mă spui, omule, jură-te pe viaţa ta că nu mă spui! Jură-te! continuă.

– Ioane, da' cum poţi să zici asta de mine?! Zi-mi ce ai pe suflet şi buzele-mi sunt pecetluite, jur pe sănătatea copiilor mei!

– Zău c-am vrut să-ţi zic mai demult, dar n-am vrut să-ţi înspăimânt nevasta.

Izbucni în plâns, înecându-se, şi-şi şterse ochii cu dosul mânecii.

– Îs un criminal, Mitule, îs un criminal! răbufni. Muream de foame în Căzăneşti şi trebuia să dăm cota, şi n-aveam de niciunele şi ăl de la partid o venit la femei-mea ş-o cătat s-o batjocorească şi i-o zis c-o trimete-n Siberia şi că pe mine mă omoară dacă ea se ţine aşa şi nu se lasă lui.

Mitu se aşteptase pe undeva la asemenea grozăvie de poveste. Niciunul dintre cei ce veneau peste Prut nu fugise de bine. „Faţă de România, în Basarabia e mult mai rău, uite amărâtu' ăsta prin ce-a trecut."

– Şi ce-ai făcut, Ioane?

– Apăi am plecat d-acasă şi i-am lăsat împreună, da' m-am întors devreme şi i-am spart ţeasta cu toporul.

Mitu îl privi o clipă uluit, apoi încercă să-l liniştească:

– Bine i-ai făcut ticălosului! Şi eu aş face moarte de om dacă mi-ar batjocori-o cineva pe Maria mea.

– Nu lui, bre, ci femeii-mii. El plecase de-acum, că l-aş fi omorât şi pe el.

Mitu înghiţi în sec.

– C...ce vrei să zici, Ioane, ce vrei tu să zici aicea?!

– Ce vreu să zic? Ce să vreu să zic?! Am omorât-o cu mâna mea, am omorât-o şi gata! Ş-am fugit! Am fugit!

De groază, Mitu se trase spre marginea căruţei.

– Spune-mi că nu-i adevărat, Ioane, numa' spune-mi! strigă la el.

Basarabeanul izbucni din nou în hohote de plâns.

– Nu mă alunga, nu mă alunga de la tine, c-or să mă omoare!

– Nu te-alung, nu te teme... Şi de-atunci visezi urât, Ioane?

– Da! Visez sânge şi creieri împrăştiaţi pe podele. Mi s-o făcut greaţă şi mi s-o răscolit toate măruntaiele când am văzut ce rămăsese din ea, ş-apoi am fugit de-acolo ca un nebun. Când mă prind, or să mă atârne-n ştreang.

Mitu tăcu vreme îndelungată. Orice încerca să zică i se oprea în gâtlej. Stătea aşa de aproape de un ucigaş!

Trecu un ceas, apoi încă unul, fără ca vreounul să mai scoată o vorbă. Într-un târziu, îl îndemnă pe Ion să se culce.

– Apoi, omule, asta-i viaţa, azi e, mâine nu... Avem drum lung, bre, hai şi te culcă. Eu mân boii şi, când oi obosi, te trezesc pe tine, bine?

Basarabeanul îşi trase o pătură peste el şi închise ochii. Lângă Mitu şi băieţii lui, se simţea cumva ocrotit şi, poate şi din cauza palincii pe care o băuse, adormi iute. După câteva minute, braţele începură să-i zvâcnească, semn că se cufunda din ce în ce mai adânc în somn.

Mitu stătu câteva ore aproape nemişcat. Acum se lămureau toate! Şi funia ca o spânzurătoare pe care o găsise Maria în cunie acum o lună, şi cuţitul cu două tăişuri pe care Ion îl purta totdeauna la el şi pe care în zadar încercase să-l ascundă de ei!

De câteva luni bune, adăpostise un ucigaş la el în casă! Un fugar căutat de jandarmeriile din două ţări! Dacă îl prindeau la el, viaţa lui îi era pecetluită. Şi a Mariei, poate. Şi cine ştie ce-avea să se întâmple cu copiii dacă ei doi ajungeau în temniţă! Gheorghe singur nu poate să aibă grijă de toţi! Or să moară de foame, o să-i batjocorească lumea, or să fie trimişi în lungul şi în latul ţării, în judeţele excedentare! Ce să facă? Trebuia să facă ceva acum. Dar ce?!

Oricum o întorcea, nu putea găsi niciun răspuns care să-l mulţumească. Să-l primească înapoi la el nu mai putea cu niciun chip, îi era limpede ca ziua. Dar nici să se lepede de el, ca de un animal, nu putea. Era şi el un om, cu suferinţele şi simţămintele lui, şi, dacă nu i-ar fi povestit ce făcuse, n-ar fi ghicit niciodată ce grozăvie se ascundea în sufletul lui. Unde era Ciorogaru? El sigur i-ar fi putut da un sfat înţelept...

Îşi continuă drumul neliniştit, trăgând cu coada ochiului spre basarabean ca să poată sări repede dacă acesta s-ar fi sculat deodată şi s-ar fi aruncat spre el să-l omoare. „Acuma, că ştie că ştiu ce-a făcut, nu m-ar mira să se repeadă la mine şi să mă trăsnească cu toporu-n ţeastă...".

Însă Ion dormea dus. A doua zi, nu se mai dădu în pomeneală de omor, de parcă mărturisirea din noaptea trecută n-o făcuse el. Poate chiar uitase că spusese ceva - asta n-ar fi fost cu neputinţă, după stacanele de ţuică pe care le băuse, îşi zicea Mitu, care mâna boii posac.

Acum nu-i mai era frică pentru el, ci pentru copii. Dacă basarabeanul, înfricoşat că li se destăinuise, o să vrea să-i omoare ca să nu-l toarne? Hăituit cum era, putea să facă şi asta, nu?

După ce răsuci situaţia pe toate feţele până simţi că-i plesneşte capul, îl luă pe Sandu deoparte şi-i ceru să jure că, orice s-o întâmpla, o să-şi ţină gura şi-o să se prefacă faţă de Ion că nu ştie nimic.

– Sănducu, îi zise, Micu-i încă mic, dar tu eşti băiat mare de-acuma. Uite ce-ţi zic eu să faci: până la Craiova, tu dormi cât stau eu treaz şi stai treaz cât dorm eu. Ascultă-mă bine: să nu adormi cu niciun chip până când nu mă scol eu, ai priceput? Iar dacă-l vezi pe Ion că se scoală, să mă trezeşti iute, dar cât de iute poţi, bine?

Până la Craiova au făcut aşa cum hotărâse Mitu: Sandu se prefăcea că doarme, însă pândea de sub pătură şi, după câteva ore, îl trezea pe taică-său, şi tot aşa.

Chinul lor a fost, însă, fără de folos: Ion nu părea să aibă nici cel mai mic gând să se repeadă la ei cu cuţitul ca să le taie beregata. Mintea lui era în altă parte - poate la ce făcuse sau la pedeapsa care îl aştepta când avea să fie prins.

Când ajunseră, se opriră în piaţa mare. Acolo, lume câtă frunză şi iarbă: moldoveni din Moldova, din Basarabia, ţărani din Ardeal, dobrogeni, munteni, parcă toată România se strânsese. Unii cumpărau un sac-doi de făină şi se întorceau acasă, unde o mai duceau târâş-grăpiş câteva luni, în vreme ce alţii veneau cu bani strânşi de la tot satul şi cumpărau cât să umple vagoane întregi, aranjând apoi cu dispeceratele de tren să le trimită. Care erau mai norocoşi, ajungeau cu porumbul acasă. Care nu, se uitau neputincioşi cum jandarmii le confiscau marfa pe drum, ca s-o redistribuie „just".

Mitu începu imediat să umble pe la cei ce vindeau porumb, îmbiindu-i aşa cum făcea pe vremea lui „Mitu & Olga's Store".

– Mere bune, oamenilor! Ieftine şi bune! Luaţi şi gustaţi, ca să nu ziceţi că vă minciunesc. Gustatu-i gratis, cumpăratu-i pe parale...

– Cum le dai, bre? îl întrebau oamenii.

– Apăi, neică, un măr pe două drugi de porumb.

– Un măr pe două drugi? Apăi s-a-ntâlnit hoţu' cu prostu', bade?

– Da 'mneata cum vrei? Să ţi le dau pe nimica?

– Nu pe nimica... Da nici aşa, bre... Dă două mere pe o drugă.

– Apăi, neică, acu' îţi zic eu: s-a-ntâlnit hoţu' cu prostu'?! O drugă pe-un măr, ca să nu fie nici p-a matale, nici p-a mea!

Până la închiderea pieţei, a vândut tot, dar, în răstimpul ăsta, gândul nu i se mutase de la Ion. Omul ăsta era un ucigaş! Trebuia dat pe mâna legii! Greşelile trebuie plătite, şi pe pământ, şi în ceruri! Ce făcuse basarabeanul nu era un furtişag, o hoţie, ci ceva foarte grav! Nu putea să se întoarcă acasă cu el la Cernădia, că n-ar mai fi putut dormi nopţile de spaima că vine peste ei şi-i omoară! Trebuia să facă ceva, trebuia să scape cumva de el! Dar cum să scape? Să-l toarne la jandarmi?! Să-l vândă? Ce rău îi făcuse omul ăsta ca să-l pârască şi să-l trimită în temniţă sau poate la moarte? Nu-i făcuse nimic, ba îi şi lucrase prin curte pe mai nimic şi se dovedise tare de nădejde!

De fapt, şovăiala lui Mitu era subţire. Încă din clipa în care îl trezise pe Sandu şi-l pusese să stea de strajă, luase, fără să-şi dea seama, hotărârea. Aşa că, după ce vânduse aproape toate merele, a aşteptat ca Ion să plece prin târg şi s-a dus glonţ la un jandarm.

– Mă iertaţi, dar vreau să vă spui ceva. Să declar ceva. E cu mine un basarabean care-mi mărturisi c-a făcut omor la el în sat. E din Orhei, din Căzăneşti. Şi-a omorât muierea! I-a tras cu toporu-n cap, îmi zise. A stat la mine o vreme şi m-a ajutat prin curte, însă să mă bată Dumnezeu dacă am bănuit vrodată ceva! Mi-a spus grozăvia asta pe drum spre Craiova, că era beat. Acu' mi-e frică să nu-mi facă ceva mie sau feciorilor mei!

Jandarmul îl privi neîncrezător, dar îi zise să aştepte şi în câteva minute se întoarse cu un şef de-al lui, care-l luă deoparte şi începu să-l descoasă. După ce se dumiriră cât de cât despre ce era vorba, se îndreptară cu toții spre căruță. Ion îi văzu de departe și sări s-o ia la fugă, însă fu prins repede și încătușat, apoi îmbrâncit spre o camionetă și împins înăuntru.

Mitu se uită lung după ei. Privirea i se încrucișă cu a lui Ion de câteva ori - acesta își întorcea capul spre el, dar nu scotea nicio vorbă. Doar privirea îi era mustrătoare și tristă.

Când mașina porni, își făcu o cruce mare, încercând să alunge gândurile grele din minte. „Doamne, iartă-mă și nu mă pedepsi! Dar merita să plătească! Eu m-aș preda dacă aș omorî pe cineva!"

– Haideți, băieți, hopa sus în căruță, ne întoarcem acasă, le zise copiilor.

– Unde-l luară pe Ion, tată? întrebă Micu.

– Ion pleacă la el acasă, copile, la fetele lui. Noi ne întoarcem acuma înapoi la Cernădia. Fără el.

Apucă boii de jug și îi mână spre ieșirea din piață. Aducea cu el un car de porumb, așa cum socotise de acasă, dar nu simțea nicio bucurie. Mintea-i umbla neîncetat la basarabean, întrebându-se dacă făcuse bine să-l dea pe mâna jandarmilor.

IONICĂ

Capitolul 71

Cu porumbul luat de la Craiova, Mitu a reușit să iasă la liman. Adusese cât să țină niște găini și să aibă de mămăligă pe-aproape un an. Dumnezeu parcă începuse să-și întoarcă privirea și spre ei: nu după mult timp, peste Cernădia au căzut primele ploi. După asta, încetul cu încetul, grădina din spatele casei a început să rodească din nou. Găinile, hrănite bine, i se înmulțeau ca în vremurile de altădată. Din economii și-a cumpărat o vacă și câteva oi, pe care le-a dat la o stână la Rânca.

Trecuse, până la urmă, și prin cumpăna asta!

Băieții lui creșteau ca niște feți frumoși. Avusese dreptate când îi spusese basarabeanului că Maria lui era grea. A născut o fată - în sfârșit, o fată! - pe care au botezat-o Măriuța. Ținea la ea ca la ochii din cap și se înmuia ca zăpada la soare când o auzea gângurind și o vedea zâmbindu-i cu gura ei știrbă. Gheorghe se făcuse aproape bărbat: era gospodar și de nădejde, semăna în asta cu frate-său Gheorghiță. Sandu nu se mai oprea din năzbâtii, la care îl lua părtaș și pe Micu - spre nemulțumirea Mariei, care-i voia mai pe aproape de casă ca s-o mai ajute la treburi.

Ionică cel mic crescuse și el și, spre uimirea lor, începuse să citească și să socotească de pe la trei ani. Uneori Mitu avea impresia că se înțelegea cu el ca și cu un om mare. *„That's mah' son... That's mah' son!"** îl alinta mereu. Își petrecea mult timp cu el: îl lua pe la târg sau prin alte locuri unde avea treabă, îi povestea de America, îi arăta cum se cântă la vioară, îi vorbea mereu în engleză, îi explica cum să scadă și să adune numere din ce în ce mai mari și îl dădea exemplu lui Micu și lui Sandu: „Uitați-vă, mă, la Ionică! Prafu' o să s-aleagă de voi dacă nu puneți mâna pe carte! Prafu'! Să nu ziceți că nu v-am zis!"

În ultima vreme, de când începuse să plouă și să-i meargă și lui, ca și multor altora, ceva mai bine, se întorsese la îndeletnicirile lui de odinioară: se ducea din când în când la Rânca și lua lemne de acolo ca să le vândă la Târgu-Jiu, cumpăra de aici niște lucruri și le vindea dincolo și tot așa, ca să mai strângă ceva bani.

Cu o săptămână în urmă, aranjase cu cineva de la Baia de Fier să cumpere de la el niște făină, pe care avea de gând s-o vândă mai încolo, când i-o crește prețul. Ar fi vrut să-l ia pe Gheorghe cu el ca să-l ajute la încărcat, dar, în ultima clipă, se răzgândi și se hotărî să-l ia pe Julea, ca să mai cânte pe drum la vioară. Și, bineînțeles, pe Ionică, așa cum obișnuia aproape întotdeauna.

Copilul fusese bolnav în ultima vreme, cu fierbințeli și amețeli, așa cum fusese și Sănducu mai demult, când mai că trăsese să moară, așa că Maria se împotrivi. Doctorul Niculescu le spusese să-l țină la căldură mare, și cu niciun chip, dar absolut cu niciun chip, să nu-l lase pe afară și să-i fie

---

* Ăsta-i feciorul meu... Ăsta-i feciorul meu! (engl.).

frig. Nici baie nu aveau voie să-i facă, decât o dată pe lună, pentru că apa, când se evaporă, îi răceşte rău trupul, le explicase.

Mitu nici nu vru să audă. Cum să nu-l ia cu el?! Toţi copiii mai răcesc din când în când, nu? L-a înfofolit bine şi l-a urcat în căruţă.

Copilul se foia de colo-colo, ţinându-şi echilibrul cu greutate în hurducăielile drumului, şi râdea cu gura până la urechi când taică-său îşi întorcea capul şi se maimuţărea spre el.

Mitu îl sorbea din ochi. Ionică era viaţa lui: blond cu ochi albaştri şi cu pielea albă, frumuşel ca un înger, semăna leit cu maică-sa. Dar nu asta îl bucura cel mai mult, ci faptul că băiatul lui drag era mai deştept decât toţi copiii de vârsta lui din Cernădia! O minunăţie! Se lăuda la toată lumea cu el, că învăţase deja să scrie şi să citească! Ba, uneori îl lua la „demonstraţii" prin vecini. Atunci îi punea pe oameni să-i spună o poezie şi îi atrăgea atenţia: „Ionică, învaţ-o, că dacă o spui bine îţi dau o bucată de ciocolată." Apoi se trăgea pe margine ca să le privească chipurile mirate când băiatul recita fără greşeală poezia, uneori din prima încercare. Atunci privea cu satisfacţie în jur şi îl ridica de subsuori cât de sus putea: *„ That's mah' boy, that's mah' boy!"** Îi era drag să-l vadă cum îl iscodea mereu şi aştepta poveţe de la el!

Ar fi păcătuit să zică, Doamne fereşte, că ceilalţi copii ai lui nu erau buni - chiar foarte buni şi de nădejde. Dar Gheorghe nici la vârsta asta nu ştia să citească prea bine, iar Sandu învăţa el sârguincios la şcoală, dar cam în silă, şi prinsese scrierea cu greutate. Da, scria acum frumos, aproape ca de tipar, însă cât se căznise pentru asta!

Ionică însă prindea tot din zbor. Ce-i spuneai, parcă nu uita niciodată. Îl învăţa o poezie azi, peste o lună, dacă îl întreba, i-o spunea aşa cum spune popa rugăciunile. Îi cânta un cântec, peste câteva săptămâni îl ruga să i-l cânte din nou; i se întipărea în cap ca cerneala pe o bucată albă de hârtie.

„Copilul ăsta o să ne scoată pe toţi din calicie! O să ajungă ca Eminescu...", îşi spunea, văzându-l cum încearcă să citească o pagină dintr-o carte, în loc să se joace cum se jucau ceilalţi copii de seama lui.

De câtva timp începuse să-l înveţe engleza. De asta îl şi luase acum la Baia cu el: ca să-i tot vorbească. Văzuse în America că cei ce veniseră de copii învăţaseră limba ca şi cum ar fi fost născuţi acolo. Şi el o ştia foarte bine, doar se conversa cu Ciorogaru şi Cămărăşescu şi o vorbea mult mai bine decât ei, care aveau şcoli înalte, dar un pic de accent tot i se simţea şi erau încă multe cuvinte pe care nu le ştia, şi pusese asta pe seama faptului că sosise acolo la şaptesprezece ani. Dacă ar fi ajuns la o vârstă mai timpurie, ca alţii, ar fi învăţat limba mai bine, gândea, iar convingerea asta îl făcuse să înceapă cu Ionică de devreme, cât creierul îi era încă fraged şi nu umplut deja peste măsură cu toate prostiile lipsite de folos pe care le învaţă oamenii mari.

---

* Ăsta-i feciorul meu, ăsta-i feciorul meu! (engl.).

– *Ionică, are you hungry?*[*] îl întrebă când se apropiau de Baia de Fier, mai mult ca să se fălească în fața lui Julea.

Copilul dădu din cap. Mitu scoase un măr dintr-un săculeț de pânză și i-l întinse.

– *Eat this, it's quite good. Sweet and tasty, like no other. You'll like it.*[†]

Ionică mușcă din el și-i zâmbi.

– *Thank you, dad…*[‡]

– *Eat it and cover yourself with the blanket. It's chilly and I don't want you to get sick.*[§]

Copilul îl ascultă numaidecât. Își ridică gulerul și se băgă sub o pătură groasă de lână. Mitu ar fi vrut ca băiatul să adoarmă măcar câteva minute, dar Ionică stătea cu ochii deschiși, privind undeva pe lângă drum la defilarea monotonă a gardurilor.

Julea, care avea și el copii, toți de școală, dintre care însă niciunul nu reușise încă să învețe să citească bine, se prefăcea că nu ascultă dialogul dintre ei. De fiecare dată când se așezau la un pahar, Mitu nu pregeta să-și laude băiatul, și se cam săturase.

La Baia opriră în centru, unde își dăduseră întâlnire cu Păpăluță - un ins care nu avusese niciodată slujbă, și era poreclit așa pentru că se bâlbâia când era agitat sau nervos. Luară în primire sacii cu făină, așa cum se înțeleseseră mai înainte, iar la sfârșit, când Mitu se pregătea de plecare, Julea îl opri:

– Apoi ce ți-e, Mitule, hai să stăm o țâră la cârciumă, că au vinul ăla bun, adus de la Vaslui. Vrei să ne-ntoarcem acasă fără să-l gustăm?! Chiar înnebuniși la cap?!

Mitu dădu să refuze, dar înțelesese prea bine de ce-i spusese Julea ce-i spusese: da, vinul de la crâșma din Baia era din cel mai bun, de viță nobilă, adus de departe de niște evrei comercianți și vândut, din motive necunoscute, doar acolo. Greu se găsea prin alte părți, iar prețul lui era destul de piperat.

Se uită la Ionică și se gândi să nu mai întârzie cheltuind pe băutură, că doar avea și el, slavă Domnului, destulă acasă, însă se lăsă fără să șovăie prea tare, spunându-și hotărât că intră pentru două pahare și atât.

– Ei, la dracu' cu banii, hai să bem o sticlă, dar nu mai mult, bine? Una și ne-ntoarcem.

Îi spuse lui Ionică să stea în căruță și să încerce să adoarmă, îl înveli bine cu pătura - *"Atta boy!"*[**] -, și se îndreptă spre cârciumă.

Înăuntru era plin. Înghesuiți la mese stăteau peste treizeci de oameni, umăr lângă umăr, bând pahar după pahar. Își făcură loc la o masă mare, la

---

[*] Ionică, ți-e foame? (engl.)
[†] Mănâncă asta, e foarte bun. Dulce și gustos. O să-ți placă. (engl.)
[‡] Mulțumesc, tată (engl.)
[§] Mănâncă-l și învelește-te cu pătura. E frig și nu vreau să te îmbolnăvești (engl.)
[**] Bun băiat! (engl.)

care stăteau vreo zece țărani beți turtă - se vedea că erau acolo de câteva ore bune - și comandară o sticlă.

– Apoi, Mitule, se prefăcu Julea supărat, o sticlă la amândoi, omule? Ce păţişi? Mă vai că te pocăieşti?!

Cum, de fiecare dată când opreau împreună pe la vreo crâşmă, beau cel puţin două sticle de vin şi una de rachiu, Julea cam avea dreptate.

– Mă Julea, dacă n-aş fi cu Ionică, aş sta aici până când se închide, zău. Dar am copilaşu-n căruţă, mi-e vai c-o să-i fie frig şi iar o să răcească.

– Ei şi tu, parcă eşti o muiere sperioasă, d-apoi văzuşi că se înveli bine cu pătura, nu? Nici nu-i aşa de frig afară, o să huzurească în căruţă mai dihai decât în pat lângă sobă!

Mitu încuviinţă. La urma urmei, omul avea dreptate: ce să se întâmple, că doară nu ploua şi nu trăsnea afară?!

După prima sticlă de vin urmă încă una, apoi iar una, iar la sfârşit îşi luară câte o felea de ţuică de căciulă. Când, după câteva ore bune, se hotărâră, în sfârşit, să plece, era noapte bine. Îşi cumpărară încă o sticlă de afinată ca să se „încălzească din mers" şi ieşiră împleticindu-se şi sprijinindu-se unul pe altul. Se urcară anevoie în căruţă şi porniră înapoi spre sat. Ionică dormea dus, întins pe spate şi dezvelit.

– Ho, diah, puturoaso, diah! trase Mitu hăţurile cu moliciune.

Calul se urni greu, opintindu-se sub greutatea sacilor de făină pe drumul pieptiş ce tăia pădurea, unind Baia cu Cernădia. După un sfert de oră, Julea, care aproape că adormise, deschise ochii pe jumătate, ca şi cum şi-ar fi amintit de ceva, şi încercă să se ridice.

– Mitule, ooppreşte... îngăimă. Îmi vine rău să mă piş.

El opri calul mai pe margine, iar Julea se dădu jos, mai mult căzând, şi se îndepărtă.

– Stăi, bre, aşa, că viu şi eu, că şi pe mine mă trece, strigă Mitu şi-şi căută cârja prin căruţă, dar n-o găsi, că o uitase în crâşmă la Baia. Coborî chinuit, se împletici până lângă un copac şi-şi desfăcu prohabul. Aburii urinei se ridicară albicioşi în răcoarea nopţii, învăluindu-l într-o aromă acrişoară-sărată care pe el, în starea în care era, nu-l mai supăra. Julea termină primul şi încercă să se întoarcă la căruţă, însă se împiedică de o rădăcină şi căzu ca secerat pe iarba de lângă drum. Dădu să se ridice, însă băutura îl trase înapoi. Mitu încercă să-l ajute, întinzându-i mâna, dar, când se opinti, alunecă, se dezechilibră şi se prăvăli şi el. Închise apoi ochii, întins într-o poziţie nefirească, cu tălpile încălţărilor lipite de faţa lui Julea, care dormea pe burtă. După o vreme, începu să alunece milimetru după milimetru, până căzu în şanţul de la marginea drumului, şi începu să sforăie zgomotos.

Copilul, care se trezise între timp şi încerca să desluşească ceva prin întuneric, îl strigă de câteva ori şi, când văzu că nu răspundea, se sperie.

– Tată, tată, unde eşti? Tată! Tată! ţipă, apoi se dădu jos din căruţă şi se apropie de locul de unde veneau sforăiturile.

Când văzu că Mitu dormea pe jos, se liniști și se urcă înapoi în căruță unde își găsi de lucru pentru o vreme cu niște bile de lemn pe care le primise în dar duminica trecută. După asta se mai foi pentru un timp, apoi îl apucă urâtul. Noaptea se așternea cu repeziciune peste ei, așa că începu să fluiere ca să-și facă curaj. Umbrele fioroase ale copacilor îi păreau niște năluci mișcătoare care se îndreptau spre el. Își trase pătura peste cap. Acum nu mai vedea nimic, înăuntru era întuneric beznă, însă auzea foșnetul vântului și niște crăci rupându-se ca și cum ar fi călcat cineva pe ele. Dârdâind, se ghemui și mai tare, adunându-și genunchii aproape de gură și punându-și mâinile peste față, ca pentru a se apăra dacă cineva l-ar fi dezvelit brusc. Era atât de singur! I se părea că niște căpcăuni și dihănii se apropiau de el ca să-l sfâșie și să-i jupoaie pielea de viu.

Scoase capul de sub pătură și privi spre pădure, unde i se păru că vede o namilă care venea spre căruță. Începu să scâncească și să tremure, și se ghemui și mai tare, încordându-și mâinile până simți că-l dor. Apoi se gândi că e băiat mare și că n-ar trebui să-i fie frică de prostii. Sandu umbla uneori noaptea prin curte, prin șopru, chiar fără felinar, și nu-l auzise niciodată că i-ar fi fost frică. Dacă ar afla cât de înspăimântat e el acum, ar râde și l-ar pârî la toți copiii!

Hotărât să-și învingă teama, se dezveli și se ridică în fund, frecându-și mâinile ca să și le încălzească. Privi împrejur, însă bezna era de nepătruns. Nici măcar luna nu se zărea pe cer, acoperită de nori grei.

Ca să-și facă și mai tare curaj, apucă biciul și pocni ușor, fără să-și dea seama că sunetul ascuțit va stârni calul din loc. Când văzu că acesta o pornise la pas, se repezi la hățuri și trase de ele. Calul fornăi, nechezând scurt, apoi se opri, iar el răsuflă ușurat. „Sunt mare de-acu', pot și eu să mân o căruță!"

Încet, curajul i se topi din nou. Se trase iar sub pătură, atent la orice zgomot, la orice adiere de vânt, până când, într-un sfârșit, îl luă somnul și ațipi între sacii de făină.

Era un somn adânc de copil ce nu putea fi tulburat cu una, cu două. Ploaia măruntă care a început la câteva clipe după ce adormise nu l-a trezit. Abia când apa a trecut prin pături și i-a ajuns la piele s-a deșteptat buimac. Își aminti că era în drum spre Cernădia și se bucură că izbutise să fie atât de brav încât să doarmă singur. „Uite, că nu mă mâncă nimenea!", își spuse fălos, apoi încercă să găsească ceva uscat cu care să se acopere, dar ploaia udase tot în căruță.

Tremura din ce în de mai tare, dar era fericit: nu dârdâia de frică, era limpede, ci de frig! Era băiat mare!

Capitolul 72

Ionică s-a îmbolnăvit la trei zile după aceea. Mai întâi i s-a umflat un ganglion sub falca dreaptă, pocind bietul copil. De rușine n-a mai vrut să iasă din casă. Se pitula în camera mică, stând în pat sau îngrămădit într-un colț, întors cu spatele când intra cineva.

Apoi l-a apucat durerea în gât - în primele zile încet, dar peste vreo săptămână atât de rău că n-a mai putut înghiți. La început nu bea nici măcar apă, apoi Maria a reușit să-l facă să ia câteva înghițituri de ceai cald. Fundul gâtului îi era albicios și pungulițele de puroi se întinseseră până aproape de cerul gurii.

– Ai ghindurile ca nucile, Ionică. Înghite tare, băiatule, tare cât poți tu, ca să se spargă bășicile... îl povățuia Mitu.

Copilul înghițea și se schimonosea la față de durere, dar puroiul nu trecea. Apoi, Maria l-a forțat să facă gargară cu apă fierbinte cu multă sare, dar când încerca, vomita - nu resturi de mâncare, pentru că nu mânca mai nimic, ci un lichid albicios-vinețiu.

După încă o săptămână, durerea de gât i-a mai trecut, însă a început să tușească uscat, iar temperatura îi tot creștea. Ganglionul se mărise și mai tare, și altul se umfla acum în stânga. Atunci l-au dus la Novaci ca să-l vadă doctorul Niculescu, care, după ce l-a consultat, i-a privit îngândurat:

– Băiețelul e bolnav... le-a spus, ca și cum lucrul acesta nu era vădit, apoi i-a făcut o injecție cu cortizon. Mă întreb de la ce i s-or fi umflat ganglionii așa de tare?!

– S-a pălit la ganglionul ăl mare, domnu' doctor, s-a pălit când se juca în grădina din spate, s-a apărat Mitu. Se juca lângă cireș și-a încercat să se cocoațe în el și când a căzut s-a izbit cu bărbia de-o cracă!

Niculescu l-a privit pe deasupra ochelarilor, dând din cap a neîncredere.

– Dacă i s-ar fi tras din asta, de ce i s-a umflat și în partea cealaltă?! În fine, asta-i altă poveste. Țineți-l numai la căldură, deloc afară la rece. Doar lângă sobă. Dacă face fierbințeală mare și aiurează, înveliți-l într-o pătură umedă.

De când îl îngrijise pe Sandu, acum câțiva ani, Mitu avea o încredere oarbă în Niculescu, ridicându-l în slăvi la toată lumea pentru binele pe care i-l făcuse atunci. A plecat de la el liniștit, zicându-și că băiețelul era doar răcit și avea să-i treacă repede.

Când a văzut însă, după încă două săptămâni, că Ionică tot nu putea să mănânce, a început să se teamă. Ceilalți copii, chiar și bolnavi, tot mai îmbucau câte ceva. Nu cu mult înainte, Sandu zăcuse la pat cu temperatură, dar ceruse de mâncare când se trezise din somn.

– Bărbate, mi-e frică să nu se prăpădească Ionică, ce-o să ne facem, ce-o să ne facem dacă ne bate Dumnezeu așa? Să nu ne-ajungă blestemul basarabeanului! Eu mă omor dacă moare copilul, Mitule, i s-a plâns Maria într-o zi.

– Ei şi tu, că vorbeşti numai prostii! O să-l îngrijim şi-o să se facă bine săracuţul de el.

Dar el avea presimţiri. Din ziua când se întorsese, pe ploaie, de la Baia, nu mai avea linişte. De ce se abătuse pe la crâşmă cu copilul bolnav, de ce?! De ce se luase după zăpăcitul de Julea, ce-o fi avut în capul lui sec? Acuma, Doamne fereşte, dacă se întâmpla ceva cu băieţaşul, ce-avea să se facă?!

Zilele care au urmat nu au adus nimic bun. Ionică se stingea văzând cu ochii. Ceaiuri fierbinţi, leacuri băbeşti, descântece şi rugăciuni, slujbe de deochi, nimic n-a fost de folos. Copilul abia mai sufla.

– Ionică, puiul mamii, te doare, copile? Ce te doare, spune-i mamii să te oblojească... se învârtea Maria pe lângă el, frământându-se disperată.

Băiatul îi arăta gâtul, capul, apoi burta şi pieptul. Uneori mai rupea două vorbe, cu voce înceată şi cu sforţări aproape peste puterile lui.

Ea îl privea sfâşiată de durere. Neputinţa de a-şi ajuta propriul copil doboară un om. Nopţi la rând n-a închis ochii, până când obrajii i s-au scofâlcit şi ochii i s-au încreţit la colţuri. Umbla ca o nebună, prin vecini, pe la babele de la marginea satului, chiar şi prin ţigănie la Novaci, în căutare de leacuri şi minuni.

O linişte ciudată, nelalocul ei, se aşternuse în curtea lor. Oamenii le treceau pe lângă poartă, aşteptându-se să-l vadă pe Mitu cântând cu Julea şi Cirică, aşa cum făcea deseori, însă casa parcă se pustiise. Toţi stăteau adunaţi pe lângă Ionică în odaia cea mică, punându-i pe frunte comprese ba calde, ba reci, străduindu-se să-i dea lapte cald, aruncând lemne pe foc până duduia soba.

Era o zi somnoroasă, de sfârşit de toamnă, când Niculescu le făcu o vizită, în trecere spre Baia de Fier. Aerul, întunecat şi jilav de la burniţa neîntreruptă, parcă era prevestitor de rele. Maria, când l-a văzut, s-a însufleţit deodată şi l-a chemat iute înăuntru.

– Domnu' doctor, ce bine că veniraţi, azi noapte a trebuit să-l învelim cu cearşafuri ude ca să-i coborâm fierbinţeala! Ce să-i mai facem?

Medicul i-a pus băiatului stetoscopul pe piept, i-a luat temperatura la frunte cu dosul mâinii, i s-a uitat în gât şi apoi l-a chemat pe Mitu afară.

– Lăutăreciule, hai că am să-ţi zic ceva.

Mitu fusese prea încercat de viaţă ca să se amăgească. Ieşi după doctor cu mintea goală şi îl întrebă fără ocolişuri:

– Trebuie să-i aprindem lumânarea, aşa-i?

Niculescu clătină posomorât din cap:

– Nu vrusei să zic asta aşa... dar numai o minune îl mai poate scăpa. Numai Dumnezeu. Eu n-am ce să-i mai fac...

Maria, care venise pe nesimţite după ei, se repezi atunci ca o nebună:

– Nu se poate, nu se poate asta, faceţi-i o injecţie, trebuie să se poată face ceva! Ajutaţi-l, vă rog, nu-l lăsaţi aşa, nu plecaţi că mă omor dacă se prăpădeşte pe mâna mea! se agăţă disperată de braţul lui, cerşindu-i ajutorul de parcă doctorul ar fi avut puteri pe care le ţinea ascunse pentru alţii.

– Marie, îi spusei şi lu' bărbată-tu: de-acum, mila Domnului. Eu, unul, mi-am făcut datoria... Îi mai fac o injecţie, dar i-o fac degeaba, să ştiţi, aşa ca frecţia la piciorul de lemn. Poate injecţia asta ar salva vreun amărât care chiar are nevoie de ea....

Intră în odaia copilului, îi făcu injecţia neluând aminte la scâncetele lui înăbuşite, şi apoi ieşi, salutându-i scurt din poartă.

– Dumnezeu să vă ajute, că sunteţi oameni buni. Rugaţi-vă pentru o minune cerească.

Maria se mai scutură o dată de plâns, ducându-şi mâna la gură să n-o audă copilul, apoi intră în cunie, unde îşi dădu drumul în hohote.

– Bărbate, ne moare copilaşul, ce ne facem, ce ne facem?! i se frânse glasul în sughiţuri. Stătu aşa cu capul în palme şi, după o vreme, se linişti, înţepenind pe scaun, parcă desprinsă de lumea asta. Se ridică apoi brusc şi se întoarse spre Mitu, fulgerându-l cu ochii. Uitătura îi era ca de smintită, părul i se ridicase vâlvoi pe cap. Apucă o strachină şi-o zvârli spre el, căutând alta cu ochii.

– Nenorocitule, ticălosule, îmi omorâşi copilaşul, să fii blestemat, iadu' să te mănânce! Mi-a luat Dumnezeu minţile când m-am măritat cu tine, neisprăvitule, ticăitule, beţivanule! Te las, bărbate, dacă moare Ionică al meu mă lepăd de tine! Îmi iau copiii şi plec la mama, te las să putrezeşti în ţuică, să mori singur, să te mănânce cânii şi viermii, să nu aibă cin-te îngropa! Să fii blestemat pân-la moarte! Blestemat să fii!

Mitu o privi uluit şi se înroşi la faţă de mânie, apoi se repezi în şopru, de unde luă o lopată şi se îndreptă spre ea să-i pălească una în moalele capului şi să termine cu ea pentru totdeauna, însă maică-sa ieşi atunci în pridvor cu Ionică în braţe:

– Lăsaţi sfada, mă, ce vă apucă, vă pierdurăţi minţile când copilu-i bolnav?! Doamne Dumnezeule! Unde-i costumaşul de marinar?

– La ce-ţi trebuie, muică, costumaşul de marinar, futu-i mama ei de viaţă, înnebunişi?! pufni Mitu, gata s-o lovească şi pe ea.

– Ionică-l ceru, îl vrea să şi-l pună pe el.

Când auzi asta, el se înmuie deodată şi se apropie cu emoţie:

– Ce-i, Ionică, băiatul tatii, vrei costumaşul de marinar, puiule? Ţi-l aduce tata îndată, da?

Se repezi la dulap, scotoci cu înfrigurare şi i-l găsi.

– Uite-aicea, băiatul tatii, uite-aicea, te facem frumos acuşica, cine mai e ca tine de ochios..., îi şopti cu vocea tremurând în timp ce-l îmbrăca. Vrei şi pălăriuţa, puişor?

Copilul dădu istovit din cap, iar el i-o aşeză puţin pe-o parte, cum ştia că-i place lui.

– Hai să te vezi în oglindă, ce arătoşi mai suntem!

Îl ridică în braţe şi intră înapoi cu el în casă.

– Uite-te ce frumos îţi stă, vezi? Te vezi?

Ionică se privi sleit în oglindă şi un zâmbet abia mijit i se înfiripă în colţul buzelor.

– E aşa de frumos, tati... aşa de frumos..., şopti abia auzit, apoi închise ochii şi-şi sprijini capul de umărul lui cu un oftat.

Mitu îşi apropie urechea de pieptul lui, apoi îl întinse pe pat şi îi puse o oglinjoară la gură, ca să vadă dacă se mai aburea. Se încovoie, apoi îşi întoarse privirea spre uşă, în cadrul căreia se strânseseră toţi. Aprinse o lumânare pe care o aşeză pe măsuţă, şi ieşi printre ei în curte. În grădină, se sprijini de un copac şi stătu aşa nemişcat până târziu în noapte. Nu plângea, însă lacrimile îi şiroiau pe obraz.

În casă, prin curte, Lenuţa şi Maria boceau de se auzea peste zece curţi. Micu şi Sandu plângeau, tremurând şi ţinându-se de mână.

Gheorghe pusese de-acum o bucată de pânză neagră la poartă şi se repezise după popa Sebastian.

Capitolul 73

Maria n-a trecut nevătămată prin moartea lui Ionică. Luni de-a rândul s-a dus zilnic la mormânt, stând de dimineață până seara. Nu mânca mai nimic, nu făcea nimic, alungându-i cu dușmănie pe cei care se apropiau de ea și încercau s-o aline, s-o convingă să se întoarcă la ale ei.

– E mormântul copilașului meu, pieiți din fața mea! Vreau să mă lăsați singură cu el! șuiera.

Nopțile și le petrecea cu ochii deschiși. Când mai ațipea uneori, sleită de vlagă, cădea într-un somn agitat, curmat repede: nici nu închidea bine ochii că începea să tremure, se răsucea de pe o parte pe alta, tresărea brusc, leoarcă de sudoare, se ridica în șezut și rămânea cu ochii țintă în gol, parcă neștiind cine e și unde se află. Apoi izbucnea în plâns, se scula din pat, ieșea tiptil pe ușă și se ducea la cimitir, luminându-și calea cu un felinar chior. Acolo stătea uneori până dimineața, neluând aminte la frig sau la burniță. Odată a adormit pe zăpadă și doar înspre dimineață au găsit-o niște lucrători care reparau turla și au băgat-o în biserică. „Dumnezeu a fost cu tine, Marie, câteva ceasuri să mai fi stat și ți-ai fi dat duhul…", i-au spus, dar ea s-a răbolit la ei, apoi a izbucnit în plâns: „Trebuia să mă lăsați să mor lângă copilașul meu, de ce mă luarăți de-acolo? Duceți-mă înapoi, vreau să mor și eu cu el!"

Lumea începuse să vorbească. „Maria lui Lăutăreciu s-a scrântit", ziceau oamenii. „De la moartea copilului i-a luat Dumnezeu judecata!" „A ajuns-o vreun blestem… vai de mine și de mine, ce nenorocire, săracii copiii ăia ai ei…"

Flitan a încercat să-i spună lui Mitu să facă ceva cu ea și s-o aducă înapoi la rosturile ei, dar parcă s-a izbit de un zid. Nici el nu auzea și nu vedea. Gândul că-și omorâse copilul retezase ceva înăuntrul lui. Nu trecea oră în care să nu se gândească la clipa în care se hotărâse să intre cu Julea în cârciumă. De ce-i luase Dumnezeu mințile? De ce? Fusese ursit să se întâmple așa? Sau nu? Dacă nu l-ar fi îndemnat Julea să bea o sticlă de vin, Ionică ar fi fost acuma în viață! Julea trebuia să plătească pentru asta!

Gândul că Julea, și nu el, era vinovat de moartea băiatului, l-a orbit o vreme, însă, după câteva luni de amăgire, adâncul ființei lui nu s-a mai putut hrăni din asta. Dorul de Ionică se prefăcuse în chin, cu atât mai mare cu cât nici măcar nu se putea duce la cimitir, pentru că acolo era tot timpul Maria.

O vreme, ca să mai uite, a dereticat prin casă în lipsa ei, a gătit de mâncare pe apucate pentru copii, a mai meșterit una-alta prin curte.

Apoi, s-a retras în povarnă. Era singurul loc unde-și alina disperarea. Zăcea acolo cu sticla în mână, amețindu-și pentru câteva ceasuri chinul sufletesc, apoi adormea beat pe jos. Dimineața se trezea mahmur, cu un sentiment aproape de neîndurat. „Ce-am făcut?! Ce-am făcut, Doamne?".

Maria, când mai ajungea pe acasă, nu se uita în ochii lui. Nu se uita de fapt la nimeni, de parcă ar fi fost singură în lume. Venea ca o nălucă, trecând pe lângă copii fără să-i vadă, se aşeza în pat fără să scoată o vorbă, îşi pironea ochii în tavan şi zăcea aşa nemişcată câteva ore, apoi se scula şi pornea iar spre cimitir.

După încă un timp, preotul Sebastian, care nu-i dăduse prea multă atenţie până atunci, a început să vadă în Maria o problemă care-i putea afecta relaţiile cu enoriaşii. Dacă în primele zile îşi zisese că o mamă căreia îi murise copilul era mai mult decât îndreptăţită să stea cât vrea la cimitir, după câteva luni în care ea aproape că nu se urnise de acolo, a început s-o urmărească prin fereastra de la altar.

„Femeia asta îmi strică parohia!", a început să chibzuiască. În loc ca enoriaşii lui să se roage lui Dumnezeu, după cum îi povăţuia, ei ieşeau din biserică duminicile ca s-o pândească pe Maria cum stătea îngenuncheată, stană de piatră, lângă mormântul lui Ionică. Nici predica nu mai putea să şi-o ţină cum se cuvine din cauza nebunei ăsteia! Îi era limpede că venise vremea să facă ceva, şi asta cât mai curând, pentru că altfel lumea putea să-l învinovăţească pe el că lucrurile o luaseră razna. Da, fără nicio îndoială, era datoria şi răspunderea lui de notabilitate a satului s-o trimtă pe femeia asta acasă odată!

Dar cum să procedeze, oare?! Îi rugase pe feciorii lui, Gicu şi Titi, care erau prieteni cu Mitu, să-i zică acestuia, de-a dreptul sau mai pe ocolite, să facă ceva, dar n-a ajuns nici aşa la vreun capăt. Iar el nu putea s-o ia pe Maria cu forţa din cimitir şi s-o alunge. Dacă ea voia să stea acolo, nu-i putea spune să nu mai vină la mormânt, că doar ăsta era dreptul ei creştinesc, nu? Dar nici să stea zi şi noapte, nespălată şi neîngrijită, lăsată de izbelişte de ai ei ca o cerşetoare, ca o rătăcită! Hai, ziua putea veni câteva ceasuri, dar în toiul nopţii era chiar de groaza lumii! Oricâtă suferinţă ar aduce trecerea cuiva la cele veşnice, el nu auzise până la Maria de vizite la mormânt în toiul nopţii. Numai diavolul e treaz la ora aia, ca să adulmece sufletele morţilor!

Cum-necum, trebuia să scape de beleaua asta, aşa că s-a hotărât să intre iar în vorbă cu Maria duminica ce venea, după ce sfârşea predica. După ce a aşteptat să se risipească lumea, s-a dus la mormântul lui Ionică. Maria era acolo, smulgând buruieni.

– Mărie, Dumnezeu să te-ajute, hai să-ţi spui o vorbă, îşi drese vocea făcându-şi cruce.

Ea întoarse capul spre el şi-l privi ca prin sticlă.

– Uită-te la mine, femeie, nu-mi fă asta, Doamne iartă-mă! Auzi, ştii că lumea în sat te vorbeşte şi că te face nebună? Toată ziua şi noaptea stai aicea la mormânt! Oamenii şi-i mai pierd pe cei apropiaţi, că aşa-i voia Domnului, însă morţii cu morţii, viii cu viii! îi spuse mişcându-se agitat şi gesticulând prin aer.

Maria îi întoarse spatele ca să culeagă un pumn de ţărână de pe mormântul lui Ionică, apoi îi dădu drumul să i se scurgă printre degete.

Popa îşi înfrână cu greu pornirea să strige la ea şi încercă să-şi păstreze cumpătul, spunându-şi că femeia asta nu vroia să-l supere cu tot dinadinsul, ci doar are mintea rătăcită.

– Bine, Marie, cum vrei tu... Dară să ştii că n-o să te mai pomenesc niciodată în rugăciunile mele... îi spuse, pregătindu-se să plece.

– Dar ce păcat făcui ca să nu mă pomeneşti? zvâcni deodată Maria. E copilaşul meu şi vreau să stau lângă el, părinte. Nu mă alunga de-aici, că nu greşii cu nimic, să mă ierte Dumnezeu dac-am păcătuit vreodată!

– Nu te alung, Mărie, dar ăilalţi copii ai tăi te aşteaptă, sunt flămânzi, sunt nespălaţi, sunt plini de praf. Întoarce-te la tine acasă, haide, rosti el şi-i puse mâna pe umăr.

Femeia se trase înapoi speriată, ca şi cum ar fi atins-o Necuratul.

– Părinte, nu-mi zice matale un' să mă duc, că ştiu eu bine unde mi-e locul! Aicea-i locul meu, aici, sub doi metri de ţărână, lângă copilaşul meu drag! izbucni în hohote de plâns. Unde te-ai dus, copilaşule, ţi-e frig acolo, jos? îngână printre sughiţuri. Ţi-e frig, dragule? Las' c-o să viu la tine, o să mă omor şi-o să viu la tine, nu mai vreau să trăiesc, de ce m-a pedepsit Dumnezeu aşa de cumplit, Doamne Dumnezeule, ce-mi aduseşi?

Atunci, popa chiar îşi ieşi din fire, speriat pe deasupra de criza de nebunie care se dezlănţuise sub ochii lui.

– Femeie, ridică el vocea ca s-o stăpânească într-un fel, uită-te-n ochii mei acuma, că eu îţi mai spun doar o dată! Îţi zisei că vorbeşte lumea, că te bârfeşte pe la spate, te sfătuii de bine, dar tu n-asculţi şi pace! Dacă te mai prind pe aici, îţi trag cu castronul în cap, ascultă la mine ce-ţi spun! Să nu te mai prind pe aici, ieşi din parohia mea, pleacă! sfârşi, zbierând din rărunchi.

Maria, speriată, se trase câţiva paşi înapoi.

– Fugi de-aici, dispari din cimitir! Să nu te mai prind, că-ţi rup picioarele! Fugi! Fugi acuma, belea ce eşti! continuă el, ridicând pumnul.

Ea îşi făcu cruce şi cu stânga, şi cu dreapta, ca şi cum s-ar fi apărat de Ucigă-l toaca, scrâşni o sudalmă care îl încremeni pe popă, apoi ieşi pe poartă aproape în fugă.

A fost ultima dată când Maria s-a mai arătat în cimitir. De atunci, nimeni n-a mai văzut-o intrând în curtea bisericii - nici în zilele obişnuite ale săptămânii, nici sâmbetele sau duminicile, nici de Paşte sau de Crăciun. Vorba că părintele Sebastian o izgonise pe nevasta Lăutăreciului de la mormântul copilului ei a început să umble prin sat, dând naştere la două tabere: una care ţinea partea popii, zicând că, într-adevăr, Maria prea întrecuse măsura, alta care ţinea partea ei, învinovăţindu-l pe el că mai mare păcat decât ăsta nu putea cineva să făptuiască.

Mariei i-a luat mult ca să iasă din întuneric. După o jumătate de an de la aceste întâmplări, a schimbat primele cuvinte cu copiii, luându-i în ordinea vârstei: la început cu Măriuţa, apoi cu Micu, cu Sandu şi, la sfârşit, cu Gheorghe. Nu vorbea mult, nicicum ca odinioară, dar măcar începuse să spună ceva. După asta, s-a apucat de trebăluit prin casă şi prin curte, mult mai temeinic şi conştiincios ca înainte, îngropându-se parcă înadins în muncă pentru a-şi alunga gândurile din minte.

Peste vreun an i-a aruncat şi lui Mitu primele vorbe, să mute nişte lemne ca să facă loc mai mult lângă fântână. El a privit-o mişcat, mai-mai să-l podidească lacrimile, şi i-a răspuns iute - „îndată, Marie!" -, dar ea i-a întors spatele şi şi-a văzut de ale ei.

Peste încă vreo câteva luni, l-a îndemnat, din senin, să se aşeze şi el la masă odată cu ceilalţi, privindu-l nu mustrător, ca înainte, ci cu nepăsare.

Începuse să uite.

COMUNIȘTII

Capitolul 74

Când a aflat că Ciorogaru se întorsese în Novaci, Mitu şi-a urcat copiii în căruţă şi s-a îndreptat spre casa lui. Nu-l mai văzuse de ani de zile. Aveau atâtea de povestit! De ce se întorsese?! Pe unde fusese? Îşi pierduse averea şi el, în urma stabilizării?[*] Nu-i era frică pentru viaţa lui, acum, cu comuniştii la putere? Doar mulţi din capii de odinioară fuseseră azvârliţi în puşcării![†]

Când a ajuns, s-a uitat peste gard şi l-a văzut meşterind la scripetele fântânii.

– Ia uitaţi-vă pe cine văz, ziua bună! strigă din căruţă.

Ciorogaru i-a recunoscut vocea şi s-a îndreptat iute spre poartă.

– Hei, hei, hei, uite cine veni pe la mine! Ce faci, mă omule? Haide înăuntru, nu sta afară!

– Apăi nu stau deloc, că-s doar în trecere...

– Ei, nu stai... Păi ce, venişi ca să pleci aşa iute?

Mitu arătă spre copii, apoi îl întrebă când se întorsese.

– De câteva zile, Lăutăreciule. Mă bucur tare mult să te revăd.

– Nu v-am văzut de-atâta amar de vreme! Şi rămâneţi sau plecaţi din nou?

Ciorogaru se întunecă:

– Am venit definitiv acasă. Mi-au ajuns politicile... rosti abătut. Ia să te văz şi eu, se depărtă cu doi paşi, măsurându-l din cap până-n picioare. Dar ce s-a întâmplat cu tine, omule? Ce-ai păţit de umbli-n baston?

Mitu îi povesti pe scurt păţania cu accidentul.

– Doamne, ce necaz! Da' văd că eşti prolific, uite câţi copii ai! Ai şi o fetiţă, Dumnezeu să ţi-o ţină!

Mitu plecă ochii în pământ, îşi gârbovi umerii puţin şi-şi strânse degetele în pumni, de parcă ar fi aşteptat o lovitură de care nu avea cum să se ferească.

– Să nu vă supăraţi că-i adusei şi pe ei, dar nu ştiui c-o să mă opresc la dumneavoastră... Şi nu stau deloc. Eu plecai devale, dar auzii că sunteţi venit şi îndrăznii să vă deranjez. Apoi... am mai avut un băiat, Ionică, dar el a murit...

– Vai de mine, îmi pare aşa de rău... Dumnezeu să-l odihnească! Dar ce s-a întâmplat?!

– S-a îmbolnăvit. A răcit - poate-a avut tuberculoză sau ceva, ştiu şi eu? - şi doctorul Niculescu n-a mai avut ce să-i facă...

---

[*] Reforma monetară din 15 august 1947, când un leu nou s-a schimbat pentru 20.000 lei vechi. Fără avertizare prealabilă, măsura a permis schimbul unei sume fixe din moneda veche, făcând astfel ca deţinătorii de cash (clasa mijlocie şi de sus) să-şi piardă toate economiile (n.a.)

[†] Printre alţii, Iuliu Maniu, Ion Mihalache, Gheorghe Brătianu, Constantin Argetoianu, Mircea Vulcănescu, Radu Korne. Mulţi din ei vor muri în închisoare. Gh. Brătianu, de exemplu, a fost lăsat să moară de dizenterie în celulă, fără a i se acorda asistenţă medicală. Generalul Radu Korne a murit în urma torturii (n.a.)

– Înțeleg... Și? Ce noutăți mai sunt prin comună?

– Apoi s-au întâmplat multe. Au murit niște oameni, Vlăscan și Mitrescu, nu știu dac-ați auzit. Vlăscan stătea cum stați dumneavoastră la poartă, Doamne ferește, și-a căzut jos și dus a fost. Și Mitrescu - el a murit la munte, s-a rostogolit un buștean peste el și i-a rupt capul. Când au venit să-l ia de-acolo, i-au găsit capul în râpă. Iar profesorul Panaitescu, nu știu dacă știți, a înnebunit. Vorbește singur și vede năluci dinaintea ochilor; nu se mai înțelege nimeni cu el. Credeam c-o să se înzdrăvenească, dar a rămas tot așa. Nevasta-să, săraca, are grijă de el, că el nu se mai poate ține singur.

– De Panaitescu știu - și de Vlăscan -, dar Mitrescu nu știam că a murit. Dumnezeu să-l ierte... Și? Prin sat pe la tine ce mai e? Flitan, că nu mai știu nimic de el, cum o duce?

– Bine, bine. Era s-o pățească atunci când au venit rușii, că l-au prins pe băiat, pe Tiberică, cu o valiză cu bijuterii, dar au scăpat ca prin urechile acului. I-am ascuns în pod la mine. Știți că și-a cumpărat automobil? Dar dumneavoastră, mă iertați că vă întreb din nou, sunteți bine? Ce-ați făcut la București? Ați venit singur sau cu doamna?

Lui Ciorogaru îi trecu peste față o umbră de tristețe:

– Am venit cu Ileana. Ea-i pe undeva prin casă. Toată lupta noastră a fost până la urmă zadarnică, Mitule. De ce mi-a fost frică mai mult s-a întâmplat: țara-i condusă acum de-un ungur și de-o evreică bolșevică! Se răsucește Căpitanul în mormânt, nu alta! Am murit pe capete și degeaba, încât mă întreb dacă străduința noastră n-a fost de la început sortită eșecului. Știi, uneori îți dau dreptate: odată, când erai la masă la mine, ai spus că rolul ăstora mici e să moară pentru cei mari și că degeaba ne străduim noi, că zarurile sunt jucate de capii țărilor puternice. Sper să te înșeli, pentru că, dacă e așa, suntem sortiți pieirii într-o Românie comunistă! Singura șansă care ne-a rămas e să continuăm lupta.

Mitu îl privi cu milă. Nu pentru că se întorsese la Novaci și că nu mai era la frâiele puterii. Nu pentru că îmbătrânise atât de vizibil în ultimii ani, se sfrijise și se încercănase, ci pentru că îi părea rău că nu reușise să învingă. Era un sentiment pe care îl trăise și el adesea.

Își chemă copiii, care se hârjoneau prin curte, și le spuse să urce în căruță.

– Gata, pornim spre casă acuma, bazaconiilor! Ne iertați, domnu' Ciorogaru, că nu mai rămânem. O să trec pe la dumneavoastră când am să viu odată singur la Novaci. Eu, dacă-mi îngăduiți să vă dau un sfat... începu șovăitor.

– Spune, Mitule, cum să nu! *By all means!*[*]

– Eu unul aș fugi din țară. Așa ca Horia Sima... Cu comuniștii-n fruntea țării, eu m-aș teme pentru viața mea dacă aș fi în locul dumneavoastră. O să-i execute pe toți care-au fost de partea fasciștilor, mă

---

[*] Nu te sfii deloc! (engl.)

iertaţi că vă spusei aşa pe şleau ce gândesc, dar mi-e grijă pentru dumneavoastră.

Ciorogaru întoarse capul, ascunzându-şi privirea.

– Nu se poate, Mitule, rosti după un răgaz de gândire. Când am fugit în Germania, am crezut că pot lupta pentru ţară de afară, dar mult mai multe poţi face pentru pământul tău stând aici. N-am să mai plec niciodată. Cum mi-o fi soarta...

Mitu îşi ridică pălăria, apoi se urcă în căruţă şi struni calul, nebănuind o clipă că asta era ultima dată când îl mai vedea.

Capitolul 75

Ciorogaru a fost arestat puțin după aceea. Când a aflat, s-a dus în camera cea mică, a descuiat cufărul cu care venise din America, a scos din el o cutie și a început să răscolească prin ea. Era una dintre cutiile în care-și ținuse dolarii pe care-i făcuse din *bootlegging*. O închise apoi cu grijă, de parcă s-ar fi temut să n-o spargă, deși era din fier, o înveli în multe cârpe, o vârî într-un sac de piele, apoi încă într-unul, și se duse cu ea în spatele casei. Acolo săpă o groapă de vreun metru și o puse în ea, după care o acoperi cu pământ, iar la urmă împrăștie surcele și pietriș pe deasupra ca să astupe urmele.

După ce a terminat, l-a chemat pe Gheorghe deoparte ca să-i arate locul și să-i explice ce făcuse:

– Băiete, ești fecior mare de-acum. Am încredere în tine, ești vrednic. Am să-ți spun ceva. Foarte important! Ascultă: am ascuns în grădină în spate, la patru metri în stânga mărului, o cutie cu acte pe care le am din America. Numai tu și eu știm de asta. Mă-ta nu știe, nu i-am zis. Nimenea altcineva nu știe. Ăsta-i secretul nostru. Dacă eu mor, numa' atunci să-i spui maică-tii de asta. Însă câtă vreme-s în viață, să ții asta în mare secret. Făgăduiește-mi! Jură-mi!

Băiatul încuviință, copleșit de importanța pe care i-o dădea taică-său.

– Da, tată, așa o să fac, cum spui tu. Dar ce acte?

– Niște documente și niște certificate de acționar din America. Când o să mai crești, ai să înțelegi ce-ți spun eu aicea. Nu zi la nimenea, că poți înfunda pușcăria pentru asta!

Gheorghe îi jură din nou și îl încredință că buzele îi erau pecetluite.

A trecut o zi, apoi o săptămână, pe urmă o lună. Timpul curgea neștiutor la fricile omului, nepăsător că fiecare clipă dusă apropia de Mitu o urgie mai mare decât tot ce trăise până atunci.

Într-o după-amiază, un automobil a oprit la poarta lor și din el au coborât doi inși - unul roșcovan și altul ca o matahală - care le-au ordonat să iasă toți din casă. Mitu, care era în tindă, s-a apropiat de ei, prefăcându-se liniștit și mirat, iar după el au venit și copiii, și, la urmă, Maria.

– Cetățene Popescu Dumitru? rosti roșcovanul, răsfoind hârtiile dintr-un dosar.

– Da, eu sunt. Dar poftiți înăuntru, cum nu…

– Suntem de la Securitatea statului, am venit să facem o percheziție, îi întinse celălalt o hârtie ștampilată.

– Apoi noi n-avem nimica de ascuns…

Cei doi intrară și începură să cotrobăiască. Deschiseră ușița de metal a sobei și se uitară cu o lanternă înăuntru, apoi umblară prin dulapuri și ciocăniră pereții și podelele ca să vadă dacă nu sunau a gol. În camera mică, cercetară pe sub pat, goliră toate sertarele și, la sfârșit, îi spuseră lui Mitu să deschidă cufărul.

Întinseră costumul din America pe pat şi-i verificară toate buzunarele, se uitară la nişte fotografii şi răsfoiră nişte cărţi englezeşti. Apoi dădură de paşaportul american, pe care-l studiară filă cu filă. În el Mitu îşi pusese livretul militar şi ordinul de lăsare la vatră din Garda Naţională a Statelor Unite, în care se consemna, printre altele, şi participarea lui la război în bătălia de la Meuse-Argonne. Scrisoarea prin care fusese anunţat că i se dăduse bonusul de veteran era tot acolo.

Roşcovanul strânse toate documentele şi le puse într-un plic.

– E vreo problemă, domnilor? îi întrebă Mitu, încercând să-şi dea seama la ce să se aştepte.

– Cetăţene Popescu Dumitru, să vorbeşti doar când eşti întrebat! Trebuie să vii cu noi - încheiem un proces verbal pe care o să-l semnezi la secţie.

– Dar de ce mă luaţi, că nu făcui nimic! Chiar nu-s vinovat cu nimic... încercă Mitu slab să se apere.

Ieşi pe poartă între cei doi agenţi şi urcă în automobil. Făcu prin geamul din spate cu mâna către Maria, până când maşina coti spre drumul principal.

Opriră în Târgu Jiu, în faţa unei vile, şi îl duseră la ultimul etaj, într-un fel de dormitor comun în care mai erau încă vreo douăzeci de arestaţi, printre care femei şi copii.

Îl repartizară lângă geam. Se aşeză pe pat şi se uită împrejur. Vecinul lui - un tânăr de vreo douăzeci şi cinci de ani - stătea pe spate, cu ochii în tavan, ţeapăn ca un mort, doar că respira. Avea ochii învineţiţi şi o mână înfăşurată într-o cârpă murdară. Încercă să intre în vorbă cu el, întrebându-l de când era acolo şi pentru ce, dar băiatul parcă nu-l auzise. Altul, de peste două paturi, un bărbat mai în vârstă care tuşea continuu, îi făcu un semn că nu aveau voie să vorbească între ei, altfel îi duceau în beci şi-i băteau.

Se făcuse de-acum seară. Prin geam luna aşternea raze plăpânde pe pardosea, străină la zvâcnirile speriate ale sufletului. Se perpeli ceasuri întregi, gândindu-se la necazurile prin care trecuse în ultimii ani. „Mă urmăreşte blestemul basarabeanului...”

Pe la cinci dimineaţa fu sculat de o lanternă orbitoare proiectată de-a dreptul în ochi.

– Popescu Dumitru, ridică-te şi urmează-ne!

Se ridică buimac şi întinse mâna după baston, dar bărbatul i-l împinse cu piciorul, urlând să se mişte mai repede.

– Dar nu pot merge fără cârjă...

– Taci şi mişcă-ţi curul!

Îl duseră într-o cameră mică şi îi ordonară să aştepte acolo. Încăperea, care probabil că fusese mai demult o cămară, nu era mobilată nici măcar cu un scaun. Doar un bec chior atârna de tavan, răspândind o lumină sinistră.

Stătea singur cam de-o oră, când intră un bărbat corpolent, care îl măsură din cap până în picioare, ieşi şi se întoarse cu un scaun pe care se aşeză icnind.

– Popescule, am să fiu direct cu tine, pentru că este în interesul nostru, al amândurora - mai ales al tău, începu el, răsfoind un dosar. Vreau să mă fac înțeles de la bun început: o să zici tot ce știi. Dacă nu vrei să spui singur, o să scoatem mărturiile de la tine cu forța. Pricepi?

– Dar vă rog, răspunse Mitu speriat, vrând parcă să-i intre în voie, n-am făcut nimic, nu știu de ce m-aduserăți aici!

Bărbatul îl pironi cu privirea, apoi se sculă de pe scaun și deschise ușa.

– Mihai, veniți, bre, aicea, c-avem niscai probleme! strigă undeva în hol.

Doi bărbați voinici intrară în cameră. Unul avea în mână un bici din curele de piele cu mânerul împletit din sârmă groasă, iar celuilalt i se vedea prin pulover pistolul de la brâu.

– Tovarășe Vintilă, avem probleme cu mărturia acestui trădător de țară? se amuză cel cu biciul.

– În interesul lui, sper să nu... zise Vintilă ironic și se întoarse spre Mitu:

– Hai să-ți împrospătăm memoria, Popescule! Ia să vedem: născut la data de 2 octombrie 1896; fugit în America cu acte false de călătorie pe data de 18 ianuarie 1913, la șaptesprezece ani; înrolat în armata americană; cetățean american, adică simpatizant al imperialismului capitalist! Nu numai asta, dar când ți s-a dat cetățenia americană i-ai jurat Americii credință! Cu alte cuvinte, ești un trădător al țării în care te-ai născut! Trădător al Republicii Populare Române! Trădător al comunismului!

Mitu trase aer adânc în piept ca să se liniștească.

– Simpatizant al legionarilor și participant la adunări legionare, continuă Vintilă. Înhăitat cu legionarii din comuna Novaci, a cântat la întrunirile lor! După cum îți dai seama, știm ce-ai făcut, nemernicule! Și-asta nu-i nimic! Știm mult mai multe! Spune-ne care-au fost colaboratorii tăi și unde-s cuiburile de rezistență! Avem mărturiile altora; dacă omiți ceva din ce știm deja, te ucidem în bătaie!

Mitu se sprijini de perete ca să nu cadă. Vintilă le făcu semn celor doi, care se apropiară de el, îl proptiră bine, și unul dintre ei îl lovi cu putere în stomac. Se prăbuși, ținându-se cu mâna de burtă și tușind ca și cum i-ar fi venit să vomite. Când se mai liniști, încercă să se ridice într-o rână, dar primi altă lovitură, cu piciorul în bărbie, care-l aruncă în perete. Nemaiîndrăznind să se ridice, îngăimă:

– N-am nicio legătură cu Garda și nici cu alte mișcări. Sunt doar un țăran care-și vede de munca pământului și de creșterea animalelor! Vă jur! Nu-s vinovat cu nimica!

Vintilă dădu din cap ca și cum ar fi zis că înțelegea prea bine lucrurile astea și le făcu iar semn celor doi. Unul dintre ei îl ridică de umeri și-l ținu, iar celălalt începu să dea în el cu sălbăticie, până îl înmuie ca pe o cârpă. Apoi îl dezbrăcară, trântindu-l pe podea, și-l biciuiră până obosiră. El gemea înfundat, strângându-și genunchii la bărbie și acoperindu-și fața cu mâinile ca să se apere.

Când văzu că aproape nu mai mișcă, Vintilă le făcu un semn să se oprească și îl luă iar pe Mitu cu munca de lămurire:

– Popescule, te iau cu buna acuma. Ai fost sau n-ai fost în mișcarea legionară?

Mitu dădu încet din cap a „nu".

– Îmi pierd răbdarea cu tine, să știi! Iar când îmi pierd răbdarea, nu-i a bună! Nu-i a bună deloc! Nu vreau să mă enervez! Cine mă calcă pe papuci sfârșește rău! Dacă vrei să ieși teafăr din camera asta - și asta-i ultima dată când ți-o zic prietenește - trebuie să mărturisești tot! E alegerea ta: să trăiești sau să mori... sfârși sec și nepăsător.

– Dar n-am fost! Nu sunt și nici n-am fost niciodată în vreo mișcare! rosti el istovit.

Carnea se înfiorase pe el la gândul că n-o să apuce ziua de mâine. Zăcea pe jos însângerat, învinețit la față, cu doi dinți rupți și capul spart.

Îl aruncară ca pe o minge de cârpă de la unul la altul și îl loviră iar, până s-au plictisit, apoi s-au așezat peste el ca să fumeze câte o țigară. La urmă, l-au târât în camera de alături, l-au azvârlit într-o cadă cu apă rece ca să-și revină, l-au adus înapoi și l-au pus pe un scaun, pălmuindu-l pe rând.

Tot timpul ăsta, anchetatorul Vintilă a rămas impasibil, cu gândurile duse în altă parte. Din când în când privea absent la ce se întâmpla în fața lui, și-și arunca apoi ochii prin dosar. La un moment dat, le făcu semn celor doi să se oprească, așteptă ca Mitu să se dezmeticească puțin, își trase scaunul foarte aproape de el, și-i puse niște hârtii în față:

– Popescule, astea-s declarații de la oameni care dovedesc c-ai fost legionar! Hai să-ți citesc din ele. Martori oculari declară c-ai participat la o adunare legionară în curtea bisericii din Novaci, unde a venit și trădătorul de țară Zelea Codreanu, iar tu ai cântat acolo un imn legionar. Adevărat sau nu?

Mitu încuviință sleit din cap.

– Alt martor spune că te-ai întâlnit cu trădătorul Gheorghe Ciorogaru de multe ori și că ați organizat o mișcare anticomunistă. Iar alții au declarat că i-ai convins să voteze pentru partidul legionar „Totul pentru țară". Recunoști sau nu?

Mitu se căzni să se îndrepte pe scaun - îl durea îngrozitor într-o parte, ca de la o coastă ruptă - și îngăimă:

– Da, recunosc că m-am întâlnit de multe ori cu Gheorghe Ciorogaru - la casa lui în Novaci -, dar n-am complotat niciodată împotriva nimănui. Cine a spus asta, a declarat fals, vă jur că n-am complotat niciodată împotriva nimănui! Eu nu m-am vârât niciodată în politică! Vă jur pe viața mea!

– „Juri"...?! izbucni Vintilă în râs. Singura ta scăpare, Popescule, e să mărturisești tot și să-ți demaști toți complicii. Dacă mărturisești, judecătorul o să fie îngăduitor. Trădătorii de țară ca tine sunt condamnați la moarte. Dar, dacă o să demonstrezi căință și remușcare, poate o să primești o sentință mai blândă. Am să-ți dictez declarația pe care va trebui s-o semnezi, iar tu o să scrii singur numele tuturor trădătorilor cu care-ai colaborat. Noi îi știm deja. Orice nume care n-o să apară pe lista ta o să ne arate că ne minți și va atrage după sine o condamnare cruntă. Acum scrie cum îți spun eu, îi întinse el un stilou.

Mitu încercă să-l apuce bine între degete, dar mâna nu-l ascultă și-l scăpă pe jos. Se aplecă cu greutate să-l ia și se căzni să scrie citeț ce-i dicta Vintilă.

Subsemnatul Dumitru Popescu, născut la data de 2 octombrie 1896, declar, în deplinătatea facultăților mintale și neconstrâns de nimeni, că am participat la mișcările legionare din comuna Novaci în calitate de organizator, am dat tonul și am cântat imnuri legionare și l-am cunoscut pe șeful Gărzii de Fier, Corneliu Codreanu, cu care am dat mâna. De asemenea, declar că am convins oameni în satul meu natal Cernădia, unde locuiesc și în prezent, să voteze pentru partidul „Totul pentru țară". Mai declar că am vizitat de multe ori casa legionarului Gheorghe Ciorogaru din Novaci, conspirând cu acesta la subminarea statului. Dau această declarație în deplină cunoștință de cauză și nesilit de nimeni. Colaboratorii mei au fost...

– Până când mă-ntorc, scrie aici numele tuturor ălora cu care ai colaborat și semnează la sfârșit! îi ordonă Vintilă și ieși cu ceilalți din încăpere.

Mitu privi lung la ușa care se trântise după ei. Nu putea să semneze așa ceva - ar fi însemnat condamnare sigură! - însă o parte din ce scrisese era totuși adevărul. Era adevărat că se întâlnise cu Ciorogaru de multe ori; era adevărat că fusese acolo când venise Căpitanul la Novaci; era adevărat că îndemnase pe câțiva să voteze pentru partidul legionar. Dar nu era conspirator și nu-și trădase niciodată țara! Dacă semna asta, putea să se considere mort!

Tăie cu stiloul ce scrisese în legătură cu conspirațiile împotriva statului și se gândi o vreme ce nume să scrie. Îl trecu mai întâi pe Panaitescu, spunându-și că pe ăsta nimeni n-o să-l ia la întrebări, că era smintit la cap. Apoi îl trecu pe felcerul Fudulie, despre care știa că era comunist încă de pe vremea când se întâlneau pe la Ciorogaru și puneau țara la cale. Fiind roșu, nu puteau să-i facă nimic. Apoi îl scrise pe Ciorogaru - inutil, întrucât tocmai de legătura lui cu el îl acuzau. Dar mai multe nume pe hârtie dădea mai bine, judecă. La urmă își aminti cine murise de curând prin Novaci și Cernădia și alese doi despre care știa că nu lăsaseră mai nimic în urma lor.

Puse foaia nesemnată pe scaunul din fața lui, apoi încercă să-și dea seama cât de gravă fusese bătaia și ce urme îi lăsase. Prin pereții clădirii auzea urlete și gemete și-și dădu seama că nu era singurul torturat acolo, ceea ce îl îmbărbătă puțin - „doară nu ne pot omorî pe toți!"

O vreme nimeni nu mai intră. Îi era foame - nu mâncase nimic de ieri după-amiază - dar nu știa cum o să mestece, cu maxilarul umflat și buzele sparte. Asta îl făcu să-şi amintească de dinţii pierduţi. Se ridică icnind şi începu să-i caute pe jos. Îi găsi repede şi-i strecură în buzunarul pantalonilor.

Peste încă vreo oră, uşa se deschise şi intră anchetatorul Vintilă, urmat de cei doi. Vintilă era lac de apă şi i se vedeau nişte zgârieturi pe mână - Mitu bănui că erau de la vreun alt nenorocit bătut zdravăn în vreo cameră învecinată.

– Ia să văd... îi zise acesta, înşfăcându-i declaraţia.

O parcurse încruntat şi, când termină de citit, începu să urle:

– Îţi baţi joc de mine?! Spune! Nemernicule, târâtură ordinară, eşti şi mincinos! Putoare! Tu ţi-ai făcut-o cu mâna ta! Luaţi-l! le ordonă celor doi.

Aceştia aproape că îl târâră iar până în baie, forţându-l să se aşeze în genunchi cu capul spre cadă. El bănui imediat ce-l aşteaptă şi se gândi cum să facă să ţină cât mai mult aer în piept. Inhală adânc şi se pregăti.

– Înecaţi jigodia!

Îl scufundară cu capul în apă, apăsându-l de umeri şi ceafă, ca să nu se ridice. După vreun minut, începu să se zbată, dând din mâini ca şi cum ar fi căutat să se agaţe de ultimul fir de aer. Agenţii îl lăsară, iar el se gândi cu un fel de bucurie că-i păcălise şi reuşise să nu tragă deloc apă în piept.

Dar peste o clipă îl scufundară din nou, înainte să fi apucat să se umple de aer. Îşi ţinu cât putu respiraţia, dar trupul îi intră în panică, se zbătu şi atunci inhală puternic apă, luptându-se să se ridice la suprafaţă. Bărbaţii îl ţineau însă apăsat, timp în care mai inhală de câteva ori, apoi îl ridicară şi-l trântiră pe jos.

– Înţelegi, Popescule, că nu glumim, îl luă Vintilă cu blândeţe când văzu că-şi revine. Pricepe şi tu că noi nu vrem decât binele ţării, nimic mai mult, îi spuse, apoi vocea îi deveni aspră: vrem mărturia completă de la tine, altfel nu mai ieşi viu de-aicea.

– Vă spusei tot ce ştiu, vă rog, jur pe viaţa mea şi pe-a copiilor mei! Trebuie să mă credeţi, nu mint cu nimica! Omorâţi-mă şi nu pot să vă spun mai multe! îl imploră el.

Vintilă le făcu semn agenţilor să-l ducă înapoi cameră. Acolo agăţară o funie groasă de un cârlig prins de tavan şi traseră sub ea un scaun. Îl suirâ pe el, legat cu mâinile strâns la spate, şi-i trecură ştreangul peste cap.

– Trădătorule, asta-i ultima ta şansă să mărturiseşti tot. Dacă în următorul minut continui să susţii ce ai susţinut până acum, asta o să se întâmple, zise Vintilă, făcând un semn de retezarea capului.

Mitu îşi făcu o cruce cu limba, iar Vintilă începu să numere rar: unu, doi, trei..., uitându-se în podea. Când ajunse la cincizeci, îşi ridică privirea:

– Semnezi declaraţia sau nu?

Mitu, care crezuse că-i sosise ceasul, strigă zguduit:

– Semnez tot ce vreţi, numai lăsaţi-mă în pace, nu mă mai schingiuiţi!

Vintilă zâmbi satisfăcut. Era al şaselea pe ziua de azi de la care scotea o declaraţie. Le spuse celor doi să-l dezlege şi să-l aşeze pe scaun, şi-i întinse o foaie deja bătută la maşină.

– Semnează!

Mitu o citi repede. Primele rânduri spuneau ce scrisese el de mână mai înainte, dar ultimele îi încreţiră carnea pe el. Scria că îl sedusese pe Gheorghe, fiul lui cel mare, şi făcuse sex cu el contra naturii, că trăise cu sorä-sa Gheorghiţa, cu care se culcase de mai multe ori în ultimii ani.

Mototoli hârtia şi o aruncă pe jos, ridicându-şi privirea scârbit. Ochii i se înceţoşară de mânie şi corpul i se încordă ca un arc, uitând de orice durere. Ţâşni de pe scaun şi se năpusti la Vintilă ca bântuit, vrând să-l apuce de gât şi să-l sugrume, dar cei doi supraveghetori săriră pe el cu pumnii şi picioarele până îl lăsară lat pe jos.

Mintea i se cufundă atunci în întuneric.

Capitolul 76

A doua zi, s-a trezit în patul de lângă geam din dormitorul în care fusese adus prima dată. Nu ştia cum fusese adus înapoi, dar bănui că îl căraseră aici cei care îl torturaseră.

Se înşela. Tânărul care stătea lângă el, şi care acum chiar vorbea, îi spuse că venise Vintilă şi le ordonase lui şi încă unuia să-l care sus, iar apoi îl dăduse exemplu celorlalţi: „Dacă nu vă autodemascaţi, o să păţiţi şi voi ca el!"

Era a treia zi de când nu mâncase nimic. Încercă să intre în vorbă cu câţiva deţinuţi, însă, afară de nume şi locul de baştină, nu reuşi să afle mare lucru de la ei. Oamenii se temeau de informatori şi se fereau să spună mai multe.

Pe la prânz, doi bărbaţi - alţii, nu aceiaşi care aproape că-l omorâseră în bătaie noaptea trecută - îl luară de acolo, îl urcară într-o dubă şi-l duseră la o altă secţie a securităţii - de data asta un penitenciar - unde i se făcură formalităţile de intrare şi-i dădură haine vărgate de deţinut. Le privi mirat, deşi le ştia prea bine - semănau cu costumaşul de marinar în care murise Ionică! - şi le îmbrăcă, spunându-şi că aşa îşi arăta Dumnezeu mânia pentru ce făcuse atunci.

Fu dus într-o celulă în care, îngrămădiţi pe trei paturi înguste de fier ce ocupau trei sferturi din încăpere, stăteau cinci oameni. Doi ţărani din sudul ţării împărţeau unul dintre paturi. Pe altul erau un tânăr plăpând şi sperios şi un bărbat care, după vorbă, i se păru din Moldova. Iar pe al treilea stătea un bătrân care părea că abia se mai ţinea în viaţă.

Se aşeză lângă acesta - numai acolo avea loc - şi-l întrebă de unde era.

– Bucureşti. Sunt din Bucureşti. Dumneata?

– Eu? Eu-s din Gorj. Şi? De ce eşti mata aici?

– M-au luat pentru acte împotriva siguranţei naţionale.

– Păi, ce-ai făcut, unchiaşule, la vârsta dumitale?

– Am adăpostit nişte flăcăi de la partizani la mine în casă şi ne-au prins pe toţi.

– Da?! îl privi Mitu, uimit de curajul lui. Şi ei unde sunt acum?

– Nu ştiu... Dar nu cred eu să mai fie în viaţă...

Pe la prânz, primi fiecare două felii de pâine şi un castron de tablă cu ciorbă rece de zarzavat. Înfulecă tot, fără să ia aminte la durerea săgetătoare din fălci. Foamea îi era atât de chinuitoare încât acoperea orice altă suferinţă. Numai în perioada de *hobo* mai îndurase asemenea lipsă.

Gardianul se întoarse peste nici cinci minute să le ia castroanele înapoi - şiretlic, gândi el, ca să-i înfometeze cu mâncarea în faţă - şi atunci încercă să intre în vorbă cu el:

– Domnule gardian, vă rog, aş vrea să-mi anunţ familia unde sunt. Eu sunt din Cernădia - Dumitru Popescu mă cheamă - cum aş putea să le dau de veste? Atâta vreau, să afle că-s bine.

Omul pufni în râs şi trânti uşa în urma lui.

Seara, lumina se stinse, lăsându-i în beznă. Mitu se întinse gemând. „Oare ce-o să se-ntâmple cu mine? Cum aş vrea să se termine mai repede toate astea! Mă urmăreşte blestemu' lu' Ion!" Apoi se mai linişti, zicându-şi că dacă nu murise noaptea trecută însemna că totul fusese un vicleşug menit să-i smulgă o declaraţie. Altfel ar fi putut termina cu el încă de ieri, nu?

După o vreme, oboseala îl birui: căzu într-un somn vindecător, care-l întremă atât de bine, încât a doua zi dimineaţă, când se trezi buimac la semnalul de deşteptare, i se păru că durerea din noaptea trecută fusese un vis urât. „Poate că n-o să mă mai schingiuiască aşa rău ..." îşi zise. Faţa îi era încă umflată - nu putea să se vadă, dar simţea - iar în dreptul coastelor tot mai simţea o arsură, dar nu aşa de rău ca înainte.

Gardienii urlau la deţinuţi să stea în poziţie de drepţi pentru apel, însă el rămase înadins întins în pat. „Ia să văd ce se-ntâmplă dacă mă fac că mi-e rău, îşi zise, or să mă omoare sau or să mă lase-n pace?"

– Ce-ai, mă? îl întrebă unul dintre ei când ajunseră cu numărătoarea în dreptul lor. N-auzişi să stai drepţi sau ţi s-a urât cu binele?!

El făcu doar un semn nedesluşit din mână.

– Bă, eşti surd? Ce păţişi?

Iar nu zise nimic.

– Ce păţi ăsta, mă? se întoarse gardianul către ceilalţi.

Oamenii ridicară din umeri. Mitu gemu şi-şi întoarse privirea spre el, ţinând ochii abia întredeschişi, daţi peste cap:

– Mor, domnule. Mor... Mă ia cu sfârşeală...

Gardianul ieşi, încuind uşa. Peste un sfert de oră se întoarse şi-i spuse să se ridice ca să meargă la infirmerie.

– Dacă vrei s-ajungi la doctor, mişcă-te! ţipă la el.

Se ridică prefăcându-se că face sforţări supraomeneşti să se scoale din pat. O luară pe nişte trepte, pe care le coborî cu atenţie ca să nu se împiedice - bastonul îi rămăsese acolo unde îl duseseră prima dată - şi intrară într-o cameră mică, unde îl lăsară singur. Peste câteva clipe apăru un doctor care-l chemă în cabinet, îl puse să-şi dea jos hainele şi-l consultă cu de-amănuntul.

– Ce ai, Popescule? Ce te doare?

– Mi-e rău tare, mi-e că mor azi... rosti el în şoaptă. Simt că leşin, mă ia cu sfârşeală...

Doctorul îl privi cu neîncredere şi un zâmbet îi miji în colţul buzelor. Mai văzuse el din ăştia, care jucau teatru. Aici oamenii erau în stare să renunţe la orice demnitate, să se folosească de orice şiretlic, să lovească în oricine, să-şi vândă fraţii sau copiii, numai ca să scape cu viaţă. Nu-i judeca, pentru că şi el ar fi făcut probabil la fel, în situaţia lor.

– Nu pot să te ţin aici, omule. Nu pot. Dac-ai vedea ce-i în salon - oameni care abia că mai suflă, de te miri ce-i mai ţine în viaţă -, ai înţelege şi tu. Trebuie să te trimit înapoi în celulă, dar am să le spun să te lase-n pace să te odihneşti şi-am să-ţi dau nişte pastile să te întremezi.

– Mulţumesc, mulţumesc tare mult, domnu' doctor! îngăimă el, nevenindu-i să-şi creadă urechilor. Mulţumesc, Dumnezeu să vă ocrotească!

– Popescule, ai scăpat ieftin până acum... Chiar foarte ieftin, aş zice: nişte coaste fisurate şi câteva zgârieturi. Dacă ieşi viu din interogatorii, fără să semnezi declaraţiile lor, n-o să te poată condamna decât la foarte puţin. Dacă cedezi şi semnezi, n-o să te mai tortureze, dar o să te condamne la moarte sau la muncă silnică.

Mitu îl privi întrebător. Ce vrea să zică omu' asta?! Ce interes avea să-i spună lui toate astea? Doar era şi el comunist, cum altfel ar fi fost lăsat să lucreze cu deţinuţii politici în penitenciar?!

– Puţini scapă teferi din interogatorii. Eu ştiu, că doar la mine ajung la sfârşit, îi mai şopti acesta, apoi chemă un gardian să-l ducă la celulă.

Plecă de acolo nedumerit. Nu pricepuse dacă doctorul încercase să-i transmită ceva. Însă îşi spuse ca de-acum înainte să fie atent la oricine, pentru că şi cel mai bun prieten de acolo putea fi un informator.

Lunile ce-au urmat s-au desfăşurat monoton şi greu: dimineaţa până la prânz, de câteva ori pe săptămână, interogatorii presărate cu bătăi şi schingiuiri, execuţii fictive cu pistolul lipit de tâmplă, jocuri de ruletă rusească în care era obligat să-şi pună pistolul în gură şi să apese o dată pe trăgaci, urmate de o pauză de câteva ore, în care era dus la celulă şi lăsat să-şi revină. Seara din nou interogatorii - de data asta mai blânde cu trupul, dar mai aspre cu mintea. Atunci, anchetatorii îl ameninţau şi-l înspăimântau, îi spuneau că Gheorghe şi Maria semnaseră declaraţii împotriva lui şi că vor apărea la proces ca martori, iar dacă nu colaborează îi vor arunca şi pe ei în temniţă. Îi povesteau cum că Ciorogaru înţelesese greşeala gravă pe care o făcuse dându-se cu legionarii şi se comunizase în închisoare, semnând hârtii prin care-şi manifesta simpatia pentru Partidul Muncitoresc Român şi denunţându-i pe mulţi alţi colaboratori ai Gărzii.

El nu a cedat. A ţinut piept torturii nu din convingere, pentru că nu credea în nicio platformă politică. Nici din ură, pentru că îşi dădea seama că era o victimă a sistemului, iar anchetatorii nu-şi făceau decât meseria pentru care erau plătiţi. A rezistat pentru că se agăţase de o speranţă, de un semn mărunt care-i dovedea că agenţii nu-l aveau cu nimic la mână: niciodată nu-i spuseseră că fiul lui cel mare le-ar fi povestit despre cutia pe care o îngropase în grădina din spate. Dacă l-ar fi luat şi pe Gheorghe, cum îi declaraseră, acesta cu siguranţă ar fi cedat sub tortură şi ar fi mărturisit tot.

Lucrul ăsta l-a ţinut la suprafaţă. A trecut prin umilinţe şi dureri pentru care nu există cuvinte. A crezut de multe ori că va muri şi a vrut de nenumărate ori să cedeze. De fiecare dată însă, când, la capătul puterilor, se hotăra să renunţe şi să semneze tot ce i se cerea, zicând că moartea era mai bună decât iadul pe pământ, o voce lăuntrică, abia auzită, îi răsuna în minte: „Suferi, te doare, dar mai rezistă o zi şi o să le spui mâine. Doar o zi! Semnezi când o să-ţi zică de cutie!"

La unsprezece luni de la arestare i s-a comunicat că procesul lui va avea loc peste câteva săptămâni şi că i se dăduse un apărător din oficiu. Capetele de acuzare erau întovărăşire cu fasciştii, complot împotriva puterii populare, alianţă cu imperialiştii, şi altele. Onorariul avocatului, i se comunică, avea să fie luat de la familie. Asta l-a bucurat, pentru că însemna că Maria avea să afle, în sfârşit, că era încă în viață.

Capitolul 77

Mitu l-a întâlnit prima oară pe avocatul său - Ion Pintilie - abia în ziua procesului, când a intrat în celula lui ca să-i spună că era acolo doar de formă, fără vreo putere în fața curții. Era un individ spătos și bărbos, cu sprâncene stufoase și țepoase, o matahală ce dădea impresia că rostul lui în lume era mai degrabă acela de călău și bătăuș, nu de apărător al învinuiților.

– Să știi c-ai pornit cu dreptul, i-a zis la sfârșitul întâlnirii de câteva minute. Pe ceilalți îi judecă în grup, dar pe tine, singur, s-au împiedicat de faptul că n-ai semnat nicio declarație până acum... Știi, procurorii caută să trimită în instanță mai mulți acuzați deodată, pentru a demonstra că-s organizați sistematic împotriva orânduirii și a obține astfel pedepse mai grele.

Mitu a dat din umeri indiferent - *„what difference does this make, I wonder...”*[*], își zise - și l-a întrebat de familie:

– Ați vorbit cumva cu femeia mea? Ați fost până acolo la Cernădia pentru onorariu?

– Da, am fost și i-am zis că o să fii judecat în curând. S-a bucurat tare când a auzit de tine... Dar n-am idee unde-o să te trimită după proces - că de achitare nici vorbă! - și n-am știut unde să-i zic c-o să fii ca să te viziteze...

După câteva ore îl scoaseră din celulă, îi puseră lanțurile și îl transportară într-o dubă blindată la tribunal. Își zise, pufnind amar, că trebuie că avea cel puțin importanța lui Iuliu Maniu[†], dacă-l păzeau atât de bine.

Sala de judecată era plină. Oameni necunoscuți stăteau rânduiți pe scaune și-l priveau curioși. Se întrebă cine ar putea fi și de ce erau atât de interesați de soarta unuia ca el și nu găsi alt răspuns decât că veniseră de gură-cască. De fapt, erau aduși în scop propagandistic.

Judecătorul bătu cu ciocanul în masă, tuși de două ori ca să-și dea mai multă greutate, și punctă cu degetul spre banca acuzării:

– Tovarășe magistrat, aveți cuvântul...

Procurorul, un individ uscățiv, cu trei fire de păr pe cap pe care încerca mereu să le așeze cât mai uniform pe chelie, își așeză ochelarii pe nas și începu să citească rechizitoriul, pătruns de însemnătatea rolului pe care îl avea. Îl acuză pe Mitu de uneltire împotriva statului și a ordinii sociale, de complot împotriva Partidului Muncitoresc Român și de activitate în mișcarea legionară, precum și de spionaj pentru anglo-americani și acțiuni în defavoarea intereselor Republicii Populare Române.

---

[*] Ce poate să schimbe asta, mă întreb... (engl.).
[†] Iuliu Maniu (1873-1953) a fost condamnat de un tribunal cangur comunist și a murit în închisoarea Sighet. Trupul i-a fost aruncat într-o groapă comună, fără a fi identificat vreodată (n.a.).

– Vom demonstra, tovarăşe judecător, gesticula, cum inculpatul s-a asociat cu Garda de Fier, prin vizitele sale dese la şeful Regionalei legionare pe Oltenia, Gheorghe Ciorogaru, care locuia la Novaci - comună învecinată cu satul său natal. În acele întâlniri a pus la cale comploturi împotriva comuniştilor, organizând mişcări de rezistenţă împotriva lor. Vom mai demonstra cum inculpatul şi-a mărturisit simpatia pentru fascism şi pentru capitalism în repetate rânduri, proslăvindu-i pe americani şi lăudând legionarii. Martorii vor atesta că acuzatul a fost implicat în toate acţiunile acestea. Cetăţeanul Popescu este un element periculos care luptă împotriva statului nostru, încercând să-i submineze autoritatea, şi ca atare trebuie pedepsit exemplar!

Lui Mitu, încrederea cu care păşise în sală i se risipise. Învinuirile astea îl puteau trimite direct în faţa plutonului de execuţie şi, în toată sala aceea, nu avea niciun aliat. Până şi propriul lui avocat îi era împotrivă, dând aprobator din cap la rechizitoriul procurorului şi aşteptând, parcă nerăbdător, să se termine şi ziua asta odată.

Primul martor chemat la boxă, spre îngrijorarea şi surpriza lui, a fost profesorul Panaitescu. A intrat flancat de doi gardieni, păşind ţanţoş şi privind cu un zâmbet superior la cei din încăpere.

– Da, domnilor! Cu ce vă pot fi de folos? întrebă gesticulând larg, nemaiaşteptând să fie instruit.

– Martor, vorbeşte doar când ţi se dă cuvântul! îl admonestă judecătorul iritat.

– Dar cum să nu, stimată curte, cum să nu... fu el de acord şi se aşeză pe scaun în aşteptare.

Procurorul îi ceru să-l identifice pe Mitu:

– Da, cum să nu, stimaţi domni, este cel de pe banca acuzaţilor, Dumitru Popescu, lăutarul Novaciului şi Cernădiei. Şi al lumii întregi. Al universului! Noi îi spunem Lăutăreciu pentru că-i un violonist nemaipomenit! Ne cunoaştem de mult timp, şi chiar foarte foarte bine...

– Descrieţi, vă rog, întâlnirile dumneavoastră, la care a participat şi inculpatul de multe ori, la casa lui Gheorghe Ciorogaru din Novaci.

Panaitescu se concentră o clipă, parcă pentru a-şi aminti mai bine, apoi începu să relateze:

– Da, domnule preşedinte, ne întâlneam, cum să nu, cântam la scripcă, dumnealui scârţâia din strune, dar când s-a întâmplat să... ştiţi... afară era de obicei soare. Şi lumina aşa de tare că trebuia să ne ferim. Eu sunt dascăl de meserie! Podeaua este nespălată, domnilor, şi domnul de la marea tribună seamănă cu Adolf! Seamănă cu Adolf! Dar e întuneric în sală şi Satana o să vie să ne sfâşie, eu însă am puterea lui Iisus şi-am să vă apăr şi-am să vă salvez!

O linişte încremenită se aşternu preţ de câteva clipe în sală, apoi oamenii începură să murmure. Procurorul îşi reveni primul din şoc, îşi drese vocea şi încercă să readucă martorul pe calea dorită:

– Martor Panaitescu, vă rog să reveniți la subiect. V-ați întâlnit sau nu cu acuzatul în casa cetățeanului Gheorghe Ciorogaru?

Profesorul se uită la el ca și cum ar fi văzut o grozăvie și se dădu cu scaunul în spate, până la marginea boxei. Fața i se schimonosise într-o grimasă de oroare, iar ochii i se măriseră de spaimă:

– Musca! Musca! Aveți o muscă pe nas! E purtătoare de microbi, goniți-o de acolo!

Procurorul se șterse automat pe nas și dădu să mai spună ceva, dar președintele completului își pierduse răbdarea, și nici nu știa cum să procedeze. Lumea râdea în hohote, chiar și Mitu nu se putu abține să nu zâmbească pe furiș. Panaitescu făcea de râs întreaga judecată!

– Destul cu ăsta, următorul! tună judecătorul.

Gardienii săriră ca arși, îl luară pe nebun mai mult pe sus și-l scoaseră iute din sală, neținând seama de protestele lui vehemente.

Al doilea martor era Mihail Panait, felcerul din Novaci.

„Fudulie! Îl aduseră pe Fudulie!", își zise Mitu uimit. Se întrebă dacă felcerul ca martor era de bine sau de rău pentru el. Fudulie era comunist, asta era știut de mult, totuși ei doi erau oarecum prieteni...

– Cetățene Panait, începu procurorul după ce încheiară cu formalitățile de identificare, vorbiți-ne despre întâlnirile de la casa lui Gheorghe Ciorogaru, la care a participat și inculpatul.

Felcerul îl privi în treacăt pe Mitu, fără ca expresia să-i trădeze sentimente de vreun fel, apoi se întoarse spre judecător și începu să povestească de mesele pe care Ciorogaru le întindea pentru ei, despre cum se strângeau la acesta pentru a discuta vrute și nevrute, cum cântau când se chitrofoneau de la rachiul care întotdeauna era din belșug acolo și cum se întorceau acasă de multe ori după miezul nopții.

– Mitu are un mare dar de a cânta și era chemat peste tot din pricina asta.

– Din discuțiile pe care le purta inculpatul cu dumneavoastră și cu ceilalți, ce orientare politică ați spune că avea? îl întrebă procurorul.

Panait își luă un răgaz ca să chibzuiască. Își întoarse privirea spre Mitu, parcă spre a găsi la el gândul cel bun, mai ezită o clipă și apoi spuse cu convingere:

– Popescu Dumitru, onorată instanță, era apolitic. Gheorghe Ciorogaru l-a îndemnat de multe ori să intre la legionari, dar el a refuzat mereu.

Un murmur străbătu sala ca un val, iar Mitu răsuflă ușurat. Îi fusese teamă că Panait aflase că-l pusese pe lista de colaboratori, chiar și așa nesemnată cum o lăsase, și acum îi purta pică.

Procurorul începu să bâjbâie prin niște foi, apoi încercă să-l contrazică:

– Dar, la acele întâlniri, Popescu Dumitru nu și-a manifestat niciodată simpatia față de capitalism? Față de americani sau germani?

Felcerul mai luă o pauză, ca și cum ar fi încercat să-și amintească în amănunt discuțiile lor de acum câțiva ani. Mitu își dădea seama că, în realitate, omul căuta să câştige timp pentru a ticlui un răspuns favorabil lui, străduindu-se în acelaşi timp să facă în aşa fel încât nici să nu pară limpede că voia să-l apere. Îi mulţumi în gând şi-şi făcu cruce cu limba, iar inima i se umplu de speranţa că mai avea totuşi o şansă şi că bunul Dumnezeu îl va scăpa până la urmă.

– Onorată instanţă, erau discuţii lungi şi se vorbea şi multă politică, răspunse Fudulie. Inculpatul şi-a manifestat simpatia pentru diferite orientări şi regimuri: şi pentru capitalişti - îmi amintesc bine cum povestea de bogăţiile americanilor şi de eficienţa capitalismului şi-l menţiona pe Rockefeller -, dar şi pentru bolşevici, când se plângea că, în România, cei săraci au prea puţin faţă de cei bogaţi şi că acestora din urmă ar trebui să li se ia ca să li se dea nevoiaşilor. Îmi amintesc şi acum de o discuţie între el şi Gheorghe Ciorogaru în care şi-a manifestat foarte limpede această idee, criticând vehement pe americani.

– Dar aţi spus că a lăudat capitalismul, da sau nu? insistă procurorul, satisfăcut că obţinuse în sfârşit ceva.

– Da, dar nu ca să..., încercă Panait să nuanţeze, dar fu întrerupt zgomotos de acesta.

– Destul! S-a înţeles răspunsul dumneavoastră! O altă întrebare: este adevărat sau nu că inculpatul a participat la acţiunile legionare din Novaci, unde a cântat imnuri legionare în faţa mulţimii şi a servit ca exemplu de credinţă faţă de Garda de Fier când a dat mâna, în faţa tuturor, cu trădătorul Corneliu Zelea Codreanu?

Felcerul se gândi o clipă, apoi încercă să explice:

– Onorată instanţă, inculpatul a fost chemat să cânte un imn legionar pentru că era unul din lăutarii cei mai buni din regiune, după cum am menţionat deja. Şi când i-au propus să...

– Martor, vă rog să răspundeţi prin da sau nu! îl întrerupse procurorul cu voce ridicată. Prin da sau nu, aţi înţeles? Nimic mai mult! Este adevărat că inculpatul a participat la adunarea legionară din 25 martie 1934 din Novaci?

– Da, domnule procuror...

– Aţi fost martor ocular la eveniment?

– Da, am fost.

– Este adevărat că, la acea adunare, a cântat un imn legionar - mai precis, *Imnul legionarilor căzuţi* - în faţa tuturor?

– Este adevărat.

– Mai este adevărat că, la aceeaşi adunare, a dat noroc cu şeful mişcării legionare, Zelea Codreanu, zis şi „Căpitanul"?

– Da, este adevărat şi asta...

– Tovarăşe judecător, nu mai am alte întrebări! se întoarse atunci procurorul, privind triumfător spre sală. Este evident, din trecutul inculpatului, că acesta a fost şi este un simpatizant al mişcărilor fasciste! Este neîndoielnic că Popescu Dumitru este un element periculos - cu atât mai periculos, cu cât este şi cetăţean american!

Judecătorul îl privi iritat, mirându-se de incompetența lui - „are un caz așa de simplu și clar, netotul!" - și-l întrebă dacă mai are alți martori. Procurorul spuse că nu, făcându-l pe Mitu să se întrebe de ce oare nu-i chemaseră și pe cei pe care-i convinsese să voteze pentru partidul legionar. Dar atunci se dădu cuvântul apărării.

Pintilie se ridică slugarnic în picioare, gudurându-se ca un câine vagabond în căutarea unui cotlon cald. Își mângâie barba, își îndreptă spatele și luă o alură serioasă, potrivită cu gravitatea momentului.

– Dragi tovarăși și colegi, începu cu glas mieros, ce contrasta cu înfățișarea lui monumentală, s-a demonstrat fără putință de tăgadă că acuzatul a avut relații cu legionarii și a simpatizat cu americanii - ba mai simpatizează încă! În fața dovezilor acestora atât de clare, eu n-am cu ce arme sau martori să lupt în favoarea inculpatului. Dar cer, în numele lui, îngăduința din partea completului și să vă gândiți, când îi dați pedeapsa, că este tată a patru copii și că aceștia au nevoie de el acasă.

– Au nevoie de... „el acasă"?! pufni președintele. De ce?! Ca să-i îndoctrineze și pe ei cu convingerile lui naziste?! Nu mai bine cresc tinerele vlăstare ale țării neinfluențate de un asemenea element? Tovarășe avocat!

– Vă rog să mă iertați, nu asta am vrut să spun..., băigui Pintilie, lăsându-și capul în jos, ca și cum vorbele judecătorului l-ar fi strivit, așa uriaș cum era, ca pe un gândac. Mă refeream la faptul că, după ce-și va fi ispășit pedeapsa, inculpatul se va putea întoarce la ai lui ca un om schimbat în bine și, ca atare, le va insufla copiilor lui învățăturile pe care le va dobândi în anii aceștia.

La aceste vorbe, Mitu aproape că țâșni de pe bancă, făcându-i pe gardieni, care aproape că adormiseră în picioare, să-și ațintească puștile spre el. Nu-i luă în seamă, ci începu să strige la judecător că avocatul lui trebuie să-l apere, nu să-i fie potrivnic, apoi ceru să dea o declarație scrisă. Acesta îl refuză, dându-și ochii peste cap: „Unde se crede ăsta, în America?!"

– Dar vreau să fac o declarație! Am dreptul ăsta! Constituția îmi dă dreptul să-mi întreb martorii și să-mi spun cuvântul! Constituția țării îmi permite să mă apăr singur! striga Mitu înfierbântat.

Judecătorului nu-i venea să-și creadă urechilor și-i ordonă din nou să tacă, dar Mitu, gândindu-se că de-acum nu mai are ce pierde, continuă:

– Trebuie să-mi dați dreptul măcar să-mi spun și eu cuvântul la sfârșit! Nu mi-e frică de moarte, am văzut-o cu ochii de multe ori, nu mi-e frică de nimica! Dacă mă băgați în pușcărie nevinovat, așa să v-ajute Dumnezeu, dar trebuie să mă lăsați să fac și eu o declarație! mai spuse, privind rugător prin sală.

Oamenii din încăpere rămăseseră nepăsători la spectacol. Nu era prima dată când asistau la o scenă ca asta; pe ziua aceea era, de fapt, a treia oară. Singurul lucru pe care nu-l aflaseră încă era mărimea pedepsei.

Avocatul Pintilie, schimonosit la față de incertitudinea a cum să procedeze, mai ceru odată cuvântul:

– Dacă îmi permiteți să vorbesc cu acuzatul, tovarășe președinte.

Acesta îi făcu semn din cap că are voie, iar el se duse iute lângă Mitu, şoptindu-i la ureche - suficient de tare încât să se audă clar - că atitudinea lui îi irita pe toţi şi că risca o pedeapsă dublă pentru sfidarea curţii dacă mai continua aşa.

Lui Mitu i se frânse atunci orice voinţă de împotrivire. Îşi dădu seama că era la cheremul lor, o bucată de cârpă cu care ştergeau pe jos, pe care-şi făceau nevoile şi o călcau în picioare, o fiinţă fără nicio putere să se opună. Văzându-i pe toţi aliaţi împotriva lui, în frunte cu Pintilie, dădu din cap a supunere.

Îşi ceru iertare, spunând că îşi lasă viitorul în mâinile lor şi că aşteaptă să plătească pentru crimele pe care le-a comis şi de care este conştient că erau grave, dar că are circumstanţe atenuante pentru că a lucrat în Liga contra cametei şi nu a fost niciodată membru al vreunui partid.

Sentinţa i-a fost comunicată la scurt timp după aceea. L-au chemat peste câteva ore înapoi în încăpere ca să-i spună că era condamnat la „şapte ani de închisoare, din care se scad cele unsprezece luni şi nouă zile deja executate". A primit vestea fără tulburare, ca şi cum s-ar fi uitat din întunericul unei săli de cinema la un film în care personajul principal în niciun caz nu era el. După câteva clipe, în care cuvintele judecătorului i-au jucat prin minte fără a-i coborî în suflet, a simţit că se scufundă, fără să priceapă totuşi în întregime ceea ce tocmai auzise.

În secundele următoare însă, când gardienii l-au îmbrâncit să iasă din banca acuzaţilor, punându-l din nou în lanţuri şi ameninţându-l că-l lovesc cu bastoanele, şi-a revenit brusc. S-a încordat ca o fiară şi a început să ţipe, să strige după ajutor şi să-i înjure pe toţi, împroşcându-i cu cele mai grele vorbe pe care le ştia. L-au târât până afară, iar el continua să se zbată şi să-l huleacă pe Dumnezeu pentru nenorocirea care căzuse pe capul lui. Apoi, sleit, a cedat, izbucnind în plâns şi blestemând ziua în care se hotărâse să se întoarcă acasă din America.

Încărunţit, slăbit şi rănit, îngenuncheat de forţe prea mari pentru a le înţelege sau a le putea face faţă, Mitu lua, în primăvara anului 1950, drumul cumplit al închisorilor comuniste.

Avea cincizeci şi patru de ani.

Capitolul 78

Trenul în care Mitu a fost dus la penitenciar, împreună cu alți pușcăriași - majoritatea deținuți politici ca și el, dar și condamnați de drept comun - îi aminti de mărfarele cu care străbătuse America în lung și în lat în perioada de *hobo*. Față de atunci, condițiile de acum i se păreau atât de bune, încât, când văzu chipurile dărâmate ale camarazilor lui de suferință, în general tineri până în treizeci de ani, zâmbi în sine. „Puțoii ăștia n-au prea dat cu nasu' de greu pân-acu', se vede treaba...".

Nu avea nici cea mai mică idee unde îl duceau. Trenul avea ferestrele acoperite cu tăblii de metal, așa că nu puteai desluși nimic din ce era pe afară. Chiar dacă ar fi încercat să se uite prin vreo crăpătură, n-ar fi putut, pentru că picioarele îi erau ferecate în lanțuri și orice zornăit putea atrage atenția gardienilor, care le dăduseră ordine să nu se urnească de la locurile lor.

După aproape o zi de mers, cu multe opriri în mijlocul câmpului sau prin diferite gări, trenul încetini cu un scrâșnet strident și cu o hodorogeală prevestitoare de rău și nu se mai urni din loc. Apoi, după un ceas de așteptare, fură scoși sub amenințarea carabinelor și conduși în șir indian până în incinta unei închisori masive, unde li se porunci să se alinieze ca la armată.

În câteva minute, o namilă cu un gât gros care părea că era totuna cu capul își făcu apariția. Era, avea Mitu să afle curând, directorul închisorii, Ionel Gheorghiu, un fost ceferist din Tecuci. Se opri semeț în fața lor, îi privi încruntat, îi inspectă de sus în jos și de jos în sus, pufnind din când în când pe nas. Apoi se cocoță pe o movilă de pământ și le ținu discursul de rigoare:

– Bine-ați venit la Gherla! Nemernicilor, băgați-vă bine mințile-n cap! Sunteți aici ca să vă ispășiți pedeapsa și să vă reeducați! Eu nu știu ce-au avut în cap judecătorii, dar trebuia să vă execute pe toți pentru ce-ați făcut, scârnăviilor, nu să vă lase să trăiți ca niște trântori pe banii statului! Sunteți niște trădători de țară, asta sunteți! Dar las' că găsim noi ac și de cojocul vostru! Dacă nu l-ați văzut pe dracu pân-acu', o să-l vedeți de-acu-nainte! Dacă nu vă comportați cum trebuie o să fiți împușcați pe loc, să vă intre bine asta-n creieri! Banditilor!

Cu toată amărăciunea și descumpănirea lui, Mitu găsi puterea să zâmbească. Întâlnise și în război comandanți din ăștia care nu-și mai încăpeau în haine de trufie și îndurase destule insulte și ocări la viața lui.

După ce termină de vorbit directorul îi dădu în primire altor doi deținuți, care începură să-i amenințe și să-i înjure ca și cum ei ar fi fost, de fapt, adevărații șefi acolo. Îi aliniară la centimetru și-i puseră să-și spună numele, iar la sfârșit unul dintre ei le ținu și el un discurs:

– Să nu credeți c-ați scăpat cu asta! Demascarea va continua! O să ziceți și ce-ați supt de la țâța mamei! Avem declarații de la alții, care-au spus despre voi lucruri pe care voi nu le-ați dezvăluit! Cine n-o să se autodemaşte total o să sufere consecinţe grave! Acu' la celule cu voi, banditilor!

Mitu se uită la el nedumerit - „cine-o fi împuţitul ăsta?! Cum de are aşa putere?!" - şi bănui că era în cârdăşie cu mai marii de la Bucureşti. Întrebă pe unul de lângă el dacă avea idee cine sunt ăştia, iar omul - un tinerel de vreo douăzeci de ani care, după cum se purta, părea că nu era deloc străin de ce se întâmpla - îi zise mai mult şoptit:

– Popa Alexandru - i se zice Ţanu - şi Livinschi Mihail - i se zice Mieluţă. Au trecut prin reeducare* ş-acum sunt membri Odecaca[†]. Au fost aghiotanţii lui Ţurcanu.

– Ţurcanu? Ăsta cine mai e?

– Nu ştii cine e Eugen Ţurcanu?! îl privi tânărul uimit. Mare noroc ai avut... E un gardist bolşevizat, reeducatorul şef de la Piteşti. Sau nu ştii vorba: *Căpitane, nu fi trist, garda merge înainte, prin Partidul Comunist!*

Mitu nu mai zise nimic. „Odecaca?! Gardist bolşevizat? Ce dracu-nseamnă toate astea?!" se întrebă, apoi se gândi să nu-l mai toace la cap pe vecin cu toate nelămuririle lui. Îi mulţumi şi-şi concentră din nou atenţia spre Ţanu, care îşi încheia discursul:

– Banditilor, vă repet încă o dată: dacă nu vă autodemascaţi şi nu vă dezvăluiţi complicii, o să fie vai şi-amar de curu' vostru! Băgaţi bine asta la cap!

Fură apoi repartizaţi la celule. Pe el îl duseră într-o încăpere largă de la etajul doi în care se înghesuiau vreo patruzeci de deţinuţi. Locul era mai apăsător decât dormitorul din Lagărul de internaţi politici de la Târgu Jiu unde ajunsese imediat după ce fusese arestat. Un aer greu plutea în încăpere, geamul fiind prea îngust ca să se poată aerisi cum se cuvine. Veceul era într-un colţ - lux orbitor, i se spuse, faţă de alte închisori, unde nevoile se făceau în tinete. Oamenii dormeau pe priciuri de lemn acoperite cu rogojini - alt lux, i se zise, întrucât în alte părţi prizonierii dormeau jos, pe podele. Unii, pe care îi bănui iute a fi informatori, aveau, spre mirarea lui, chiar şi

---

* „Experimentul Piteşti", inspirat, după unele surse, din lucrările educatorului şi scriitorului sovietic Anton Makarenko, s-a desfăşurat în perioada 1949-1952 în închisoarea Piteşti şi se referă la un proces de spălare a creierului prin care se urmărea eliminarea convingerilor politice, religioase şi sociale ale deţinuţilor, până la obedienţa totală, prin mijloace care implicau tortură fizică extremă (ex. mâncat fecale sau băut urină, bătaia la tălpi cu scânduri cu cuie, înfometare, etc.) şi tortură psihologică (ex. forţarea aplicării de pedepse fizice prietenilor, îndemnuri la autodemascare pentru abateri inventate, forţarea sub ameninţări a admiterii de comportamente sexuale aberante, etc.). Prin amploarea sa (numărul estimat al victimelor: 1000-5000), este considerat cel mai mare program de spălare a creierului prin tortură din blocul de Est. O parte din cei care au trecut prin „experiment" nu au supravieţuit torturii, o parte au rămas cu sechele fizice sau psihologice pe viaţă, în vreme ce o altă parte au fost consideraţi „reeducaţi" şi au devenit, la rândul lor, torţionari ai foştilor lor prieteni sau colegi de celule (n.a.).

[†]O.D.C.C.: „Organizaţia deţinuţilor cu convingeri comuniste". Era poreclită în batjocură „Odecaca" de prizonieri (n.a.).

nişte pături slinoase, găurite de vreme, pe care şi le aşterneau sub ei ca să se întindă pe ceva mai moale.

Majoritatea, află, erau muncitori sau ţărani - unii cu condamnări lungi pentru trădare de patrie sau spionaj, alţii cu pedepse mai scurte, iar câţiva aşteptându-şi încă sentinţa. Doar unul era intelectual - un tânăr, Cristian Lupu, student la medicină înainte de a fi fost închis. Mulţi erau din Transilvania, dar câţiva veneau şi din alte părţi: unul era din Iaşi, altul din Piatra Neamţ, doi erau fraţi din Dobrogea şi unul din Bucureşti. El era singurul din Gorj.

I se repartizase un loc lângă geam - poziţie bună, însă friguroasă pe timp de iarnă, socoti - şi, după ce se întinse pe pat, parcă se mai linişti. Îşi aminti de armată şi de camarazii lui de luptă. Ce prietenii adânci legase cu unii dintre ei! Tot aşa o să fie şi acum! îşi zise. Între aceşti oameni, părtaşi cu toţii la acelaşi necaz, simţea că nu mai era singur.

Intră în vorbă cu ei, întrebându-i ce făcuseră de ajunseseră în închisoare, dacă aveau neveste, dacă aveau copii, cum îi chema pe copii, ce vârste aveau, apoi începu să le povestească de America, de Marele Război, de oraşele prin care trecuse, de Wall Street şi *bootlegging*, de Ford şi modelele T pe care le fabricase, de Lower East Side şi de Montana.

Când sfârşi, Cristian Lupu, studentul la medicină, care ascultase cu ochii căscaţi de mirare, izbucni cu năduf:

– Am mai văzut eu tâmpiţi pe lume, dar dumneata iei premiul cel mare! Domnule, ce să zic, felicitări! Eşti rarisim! Într-adevăr, îţi trebuie multă inventivitate ca să ajungi din New York la Gherla! Nu mulţi izbutesc asta! sfârşi, uitându-se la el de parcă ar fi avut în faţa sa esenţa prostiei omeneşti.

Mitu nu-i răspunse. În orice alte condiţii ar fi sărit la puţa ăsta şi i-ar fi altoit vreo două! Dar acum n-o putea face... Că doar tânărul avea, de fapt, dreptate! Ce să-i zică?! N-avea ce! Fiecare doarme cum îşi aşterne! Într-adevăr, numai un idiot putea să renunţe la America, oricât de rău ar fi fost acolo, ca s-o înlocuiască cu o închisoare!

Uşa celulei se deschise şi, spre uşurarea lui, pentru că scăpa să mai dea explicaţii de ce se întorsese, li se aduse mâncarea. Gustă puţin - era un terci şi o fiertură de morcovi verzui - şi împinse gamela deoparte. Nu mâncase în viaţa lui o scârboşenie ca asta!

– Întotdeauna se dau aici lături de porci?

Ceilalţi tăcură. Farfuriile se strângeau imediat şi orice secundă pierdută putea însemna o lingură de mâncare mai puţin. Unul din ei - Ion Tomescu, muncitor din Ploieşti - dădu din cap în chip de răspuns şi continuă să soarbă zgomotos, iar la sfârşit îi spuse că de obicei li se aduceau fie zeamă lungă de fasole şi tărâţe cu marmeladă, fie ce aveau acum.

La scurt timp după aceea li se stinse lumina. „Prima mea zi de închisoare..." oftă Mitu, şi inima i se strânse când îşi aminti că avea de stat şapte ani acolo. Se perpeli o oră în gânduri negre, după care oboseala îl răpuse şi adormi.

La cinci dimineața se dădu semnalul de deșteptare și, după câteva minute, în celula lor își făcu apariția Livinschi, însoțit de doi gardieni, care-i selectă pe majoritatea pentru muncă. Lui Cristian Lupu și altor trei li se ordonă să rămână în cameră, iar pe el îl luară și-l duseră în antecamera biroului de colectare a informațiilor de la parterul închisorii, unde îi porunciră să aștepte nemișcat în poziție de drepți.

Peste vreo oră, intră Țanu în încăpere, îl măsură din cap până în picioare și, fără să-i spună nimic, se repezi deodată în el, lovindu-l cu un baston de cauciuc.

— Ți-am spus să stai drepți, banditule! Jigodie! Drepți, dobitocule! Drepți, ai înțeles? zbieră la el în timp ce-l dobora la pământ sub lovituri. Drepți cum ți-am spus, că te împrăștii pe dușumele, jigodie împuțită! Biserica mamii tale de cretin!

Mitu, buimac de surpriză și de durere, se ridică cu greutate și înlemni în poziție de drepți ca la armată, însă din cauza piciorului mai scurt se apleacă într-o parte. Asta îl scoase din minți pe Țanu, care începu să-l lovească iar, până îl doborî.

— Ți-am spus să stai drepți! răcnea la el, trăgându-i picioare în burtă.

Mitu se ghemui de durere și încercă să se ferească, însă nu avu timp nici să-și tragă răsuflarea pentru că intră atunci în cameră și Livinschi și împreună îl ridicară și-l trântiră violent de perete. El alunecă pe zid în jos, lăsându-se amețit pe dușumea.

Țanu îi porunci să se ridice și, când îl văzu ezitând, îl lovi puternic cu vârful bocancului în față. Sângele începu să-i curgă șiroaie din buză, înroșind dușumeaua gălbuie.

— Faci murdărie, banditule! Faci murdărie?! urlă atunci la el. Faci murdărie, împuțitule?! Linge! îi porunci cu ochii bulbucați de furie, apucându-l de guler și forțându-i capul în jos. Linge sau te omor!

Mitu se opuse slab, ceea ce îl întărâtă și mai tare pe Țanu. Îi căra lovituri, țintind anume în locurile opuse loviturilor anterioare, unde el nu se aștepta. După ce sfârși, îl sudui vârtos, îl apucă din nou de guler și-l împinse spre dușumea.

— Linge, banditule!

Nu se mai împotrivi; își dădu seama că, așa cum stătea, în coate și genunchi, Țanu putea să-i zdrobească fața de podea și să-i rupă fălcile. Deschise gura, scoase vârful limbii și începu să lingă subțire locurile pătate de sânge.

Nici asta nu fu pe placul lui Țanu, care începu iar să urle:

— Curvă ordinară, ți-am spus să lingi, nu să pigulești ca un pui de găină, banditule! Linge ca un câine! Stai în patru labe și linge ca un câine!

Mitu se supuse și scoase limba mai mult, plimbând-o apăsat pe podea în sus și în jos și luând, odată cu picăturile de sânge, și praful năclăios.

— Nu te sprijini în genunchi, banditule! îi porunci Livinschi, și atunci el se propti în mâini și în labele picioarelor, într-o poziție nefirească, continuând să spele dușumeaua cu limba.

Îl lăsară să facă asta o veșnicie, i se păru lui, apoi îi ordonară să se ridice și să rămână împietrit în poziție de drepți.

– Acu' ai înțeles cum să stai? îi tună Țanu în ureche.

Mitu dădu istovit din cap și se sprijini cât putu de bine pe piciorul drept, călcând apăsat cu talpa și întinzând piciorul stâng cât să atingă podeaua cu vârful. Numai așa putea să-și țină cât de cât trupul vertical.

– Dacă te-ai mișcat, o să ai de-a face din nou cu noi! îl amenință Livinschi, așezându-se pe un scaun și privindu-l intens, după care își aprinse o țigară și începu o discuție cu Țanu pe tema piciorului mai scurt al deținutului, care deveni iute subiect de batjocură și prilej de râs.

Când se săturară de glumit, îl întrebară:

– Bă cretinule, știi de ce te-am adus în camera asta?

– Nu știu.

Țanu se ridică de pe scaun, apucă strâns bastonul și-l lovi cu putere în stomac. Mitu apucase să se încordeze, așa că nu primi lovitura în plin, dar tot se dezechilibră, aplecându-se într-o parte. Când văzu asta, Livinschi începu din nou să urle:

– Nu stai drepți, hai? Hai? Nu stai, banditule?

Îi ordonă să se ridice și să se așeze pe scaun, apoi se uitară la el la nesfârșit, fără să rostească o vorbă. Într-un târziu, Țanu ieși din cameră și se întoarse cu un dosar pe care începu să-l răsfoiască:

– Banditule, te-am adus în camera asta pentru instigare la revoltă. Asta nu că nu ți-ai fi dat seama deja!

– Dar ce făcui, Doamne păzește, că nu făcui nimica! murmură Mitu cu voce slabă. Nu greșii cu nimic!

– De câte ori vrei să-ți repet că trebuie să te autodemaști și să termini cu minciunăriile și fofilările astea! Noi avem urechi peste tot, să știi!

– Vă rog, dar nu făcui nimic...

– Ești un putregai al societății și, ca orice gunoi, îi spurci și pe cei care stau pe lângă tine. Aseară i-ai instigat pe ceilalți bandiți din celulă la revoltă! Sau nu mai ții minte? Așa de repede... „uiți"? Sau vrei să-ți aplicăm încă un tratament de aducere aminte?

– Doamne, iartă-mă, nu știu despre ce vorbiți, zău!

Cei doi se ridicară deodată de pe scaune și tăbărâră din nou asupra lui cu pumnii, doborându-l la pământ.

– Asta o să pățești când o să-i mai proslăvești pe americani și-o să instigi prizonierii la revoltă! Așa o să pățești! O să-ți frângem oasele!

Dădură în el până când îl lăsară aproape inconștient, apoi îl târâră până în celulă. Acolo îl trântiră pe podea și-l somară pe Cristian Lupu să-i urmeze.

Zăcu mult pe jos. Fața îi era tumefiată și corpul îl durea îngrozitor. Ochii îi erau învinețiți și sângele abia i se uscase pe buze. Se ridică gemând, așezându-se în capul oaselor. Apoi se întoarse cu fața la perete, acoperindu-și ochii cu cotul. Voia să dispară de pe lumea asta, să nu mai vadă nimic, să nu mai audă nimic. Se căznea să nu-i scape nicio lacrimă, dar le simțea cum i se preling pe obraz.

— Nu mai pot... gemu înfundat. Nu mai pot... Doamne, ia-mi zilele, Doamne... Nu mai pot!

Peste o oră, auzi ușa deschizându-se. Cineva, poate un gardian, intrase. Se gândi să se întoarcă să vadă cine era. Când însă auzi un zgomot înfundat, ca al unui sac de cartofi trântit la pământ, își dădu seama ce se întâmplase.

— Cei care intră în cârdășie cu adepții imperialismului o s-o pățească mult mai rău ca nemernicul de Lupu și banditul de Popescu! auzi vocea deja familiară a lui Livinschi tunând în încăpere.

Închise ochii și strânse din pumni cu putere. Era nedrept ce se întâmpla! Atât de nedrept! Pe el îl acuzaseră de instigare pentru că pomenise de America, iar pe bietul băiatul ăsta îl torturaseră tot pentru instigare, că se mirase și-și bătuse joc de el în gura mare că se întorsese înapoi în țară! Cu ce greșise ca să fie pedepsit așa?! Cu ce?!

Capitolul 79

După întâmplarea cu Țanu și Livinschi, Cristian Lupu a început să se uite la Mitu dușmănos, ca și cum l-ar fi învinuit că spusese înadins povestea lui despre America pentru a-l face pe el să cadă în capcană și să fie chemat la cameră. Atât de ostil devenise încât nu-i mai vorbea deloc; când se întâmpla să rămână singuri în celulă, se uita la el disprețuitor și se întorcea cu spatele, fără să rostească o vorbă.

Peste o săptămână l-au scos și l-au dus altundeva, iar pe Mitu l-au mutat într-o celulă mult mai mică, în care erau doar cinci deținuți. Cu aceștia abia putea să schimbe o vorbă, plecau dis-de-dimineață la muncă în fabrică și se întorceau seara, când aveau ordin precis, sub amenințarea carcerei, să nu vorbească între ei. Singurul pe care îl știa era Ion Tomescu, muncitorul din Ploiești, care fusese și el adus - întâmplător sau înadins - acolo. Mutatul frecvent dintr-o celulă în alta, aflase, se făcea ca să prevină formarea de amiciții și prietenii în rândurile deținuților

Rănile de la ultimul interogatoriu i s-au vindecat în două săptămâni, timp în care l-au lăsat în pace; nu l-au chemat niciunde și nu l-au trimis nici la muncă, ci i-au îngăduit să stea în încăpere zi și noapte, astfel încât începuse să se întrebe dacă nu cumva tortura nu fusese decât o întâmplare nefericită, care, cu ajutorul lui Dumnezeu, trecuse odată pentru totdeauna.

La o lună după asta, însă, l-au luat din nou la anchetă. De data asta nu l-au mai dus jos la parter, în antecamera biroului de colectare a informațiilor, ci l-au urcat la etajul trei, la teribila cameră 99.

Dacă Mitu a crezut vreodată că văzuse iadul în tranșeele de luptă din Meuse-Argonne sau cât fusese *hobo*, se înșelase.

Zvonurile despre camera 99 circulau în toată închisoarea și el le știa prea bine. Camera 99 era o poartă spre Gheena. Era antecamera tărâmului lui Satana. Era locul unde se torturau nesupușii, cei care nu se lepădaseră încă de crezurile anticomuniste, foștii sau actualii legionari, preoți, liberali, țărăniști sau, pur și simplu, creștini.

Era o cameră în care omul era stâlcit, strivit în picioare, zguduit în temeliile sale fundamentale, forțat, sub amenințarea morții, să-și mănânce excrementele, să-și blesteme Dumnezeul, să coboare pe cea mai de jos treaptă a umilinței.

Era un loc în care prieteniile erau distruse, în care vechii aliați deveneau noii dușmani de moarte, în care rezistența omului era pusă la încercarea supremă: alegerea între pieire sau trădarea aproapelui.

Când călăii închideau ușa camerei 99, îl lăsau pe Dumnezeu afară. Doar ei și victimele treceau pragul, iar acestea din urmă plăteau un preț sinistru. Cei ce intrau acolo ieșeau schimonosiți, pociți sufletește și fizicește, transformați în câini turbați gata să sară la beregata foștilor stăpâni, să săvârșească orice mârșăvie, orice păcat, numai să nu mai sufere.

Mitu era conștient de ce-l aștepta acolo și știa că nu va putea rezista. A intrat smerit, făcându-și cruce cu limba, purtând un grăunte de speranță că poate el avea să fie primul ieșit nemaltratat, că o minune îl va scăpa de la durere.

Înăuntru îl așteptau Țanu și Livinschi. De data asta nu s-au mai repezit la el ca niște sălbatici, ci au început cu un interogatoriu meticulos, presărat cu numeroase capcane. Îl întrebară la nesfârșit care-i sunt colaboratorii, cu cine din sat a lucrat, pe cine mai menționase Ciorogaru în discuțiile lor și multe altele la care el nu avea niciun răspuns.

Întrebările continuară câteva ore, în care el susținu că nu știa mai mult decât declarase deja, jurând pe sănătatea copiilor lui că nu ascundea nimic. La un moment dat, plictisit și iritat, Țanu mârâi spre el:

— Schilodule, noi îi știm pe bandiți de la alții - de la ăia care i-au demascat deja și care te-au demascat și pe tine. Vrei să pățești ce-ai pățit data trecută? Asta vrei? Vrei să-ți scurtăm și celălalt picior ca să poți să stai drepți? Vrei să-ți tăiem o mână ca să te asortezi, să fii și beteag, și ciung? Îți spun pentru ultima oară: ori te autodemaști și-i demaști și pe ăilalți, ori continuăm așa până la sfârșit! Până la *sfârșit*! Din camera asta ori ieși schimbat, ori deloc!

Îi întinse o tăbliță de săpun și un cui.

— Scrie tot ce știi, scârnăvie! Tot! Dacă nu scoți putregaiul îngropat în tine, o să-ți închei azi socotelile pe pământ!

Tăblița era tăiată dintr-un calup mare de săpun de casă, groasă de doi-trei centimetri, întinsă cât o coală mare de hârtie. Cuiul era lucios pe alocuri, dovadă că fusese folosit și de alții înaintea lui în loc de creion.

— Apucă-te de scris, banditule! urlă Țanu. Vreau să-i demaști pe toți legionarii care sunt încă în libertate, începând cu familia ta de prodoți! Avem de la alții mărturii scrise; știm că trădătoarea de nevastă-ta a participat și ea la adunarea legionară la care tu ai cântat imnuri! Crezi că nu știm? Știm tot, banditule! Dacă vrei să n-o băgăm în pușcărie și pe ea și să-ți trimitem copiii la azil, declară tot ce știi!

Ieși apoi cu Livinschi, trântind zgomotos ușa după el, iar Mitu îi auzi cum îl înjurau și-l blestemau în timp ce se îndepărtau. Când se făcu liniște și-și putu îndrepta gândurile spre sine, se înfioră de groază că Maria lui era în primejdie. Nu-și închipuise niciodată că se puteau lega de blestemata aia de adunare de la biserică pentru a o învinui și pe ea! Cum s-o anunțe să fugă din sat? Cum?!

După o oră, în cameră intră Grigore Tudose, un alt deținut, despre care auzise că fusese legionar și că trecuse și el prin reeducare la Pitești, devenind apoi membru O.D.C.C. Nu avusese de-a face cu el până atunci, însă îl văzuse deseori prin incinta închisorii dând ordine.

Încercă timid să intre în vorbă cu el:

— Dacă îmi permiteți, aveți copii? Eu am patru...

— Scrie, răpănosule, nu mă fă să-mi pierd vremea! Dacă vrei să n-o pățească, demască-te!

Începu să scrijelească pe tăbliță:

„*Subsemnatul Dumitru Popescu, bandit, născut la data de 2 octombrie 1896 în Cernădia, fiul lui Dumitru și a lui Elena, de profesie agricultor, cu serviciul militar satisfăcut în Statele Unite ale Americii, aflat în penitenciarul Gherla unde execut pedeapsa de șapte ani pentru asociere cu elemente vrăjmașe Republicii Populare Române, declar că am participat ca spectator la adunarea legionară din Novaci din data de 25 martie 1934, unde l-am cunoscut pe Corneliu Zelea Codreanu, și că am vizitat de câteva ori locuința din Novaci a șefului legionarilor pe Oltenia, deputatul Gheorghe Ciorogaru. Mai declar că nimeni din familia mea nu este sau nu a fost legionar vreodată. Nu am fost niciodată activ în Garda de Fier sau în partidul Totul pentru țară și nu am complotat împotriva țării.*"

Semnă declarația cu inima strânsă și o puse deoparte:
– Asta este.

Tudose luă tăblița și o parcurse fugitiv, îi aruncă o căutătură urâtă, apoi ieși din cameră și se întoarse cu Livinschi, care începu să zbiere:
– Scursură, deci nu vrei să te autodemaști! Rămâi trădător de țară, hai?

Îi aruncă cu tăblița în cap, continuând să urle ca un descreierat:
– Scârnăvie, criminal împuțit, îți bați joc de mine, hai?! Futu-ți cristoșii tăi! Tu, un nemernic și un trădător, îți bați joc de mine! Las' că-i găsesc eu ac și cojocului tău, de-o să-ți dorești moartea! O să declari și ce-ai visat în burta curvei de mă-ta, măgarule!

Își scutură apoi palmele și se întoarse către Tudose:
– Treci la treabă și fă-l să-și scoată putregaiul din el! rosti răstit și ieși trântind ușa după el.

Tudose dădu din cap satisfăcut și se îndreptă spre Mitu. Îl întoarse pe burtă, îl înfășură cu o sfoară de jur împrejur, îi smulse încălțările din picioare, apoi începu să-l lovească cu sălbăticie cu o scândură la tălpi.
– Afurisitule, poate așa te înveți minte să nu-ți mai bați joc de noi! răbufnea din când în când, dând cu toată puterea de care era în stare.

După câteva lovituri în care rezistă stoic, strângând din dinți ca să nu geamă, Mitu clacă; durerea era sfredelitoare, de nesuportat, și începu să urle cât îl țineau plămânii, ca și cum prin asta ar fi putut să-și îndrepte gândurile spre altceva și n-ar mai fi suferit atât de tare. Atunci, Tudose, parcă încurajat, începu să dea și mai vârtos, rânjind cu satisfacție pe măsură ce el țipa mai tare.
– Ia zi, câte vrei să primești? Câte, nemernicule? zbieră la el.

După cincizeci și ceva de lovituri, Mitu le pierdu socoteala. Când, într-un sfârșit, încetară, de-abia mai putea păși. Tudose îl lăsă să zacă pe jos câteva minute, ieși din cameră și se întoarse cu Livinschi și amândoi îl luară de mâini și-l târâră după ei în altă cameră, unde-l îmbrânciră într-un colț.

În mijlocul încăperii, întins pe jos și acoperit cu un cearșaf pătat de roșu, se distingea forma unui om. Tudose îl dezveli demonstrativ și Mitu putu să vadă un cadavru însângerat. Era gol, fără nicio haină pe el, iar trupul purta urme adânci de tortură. Un ochi îi lipsea şi osul de la un braţ era rupt şi ieşit prin piele.

– Data viitoare, dacă nu te autodemaşti, tu o să fii în locul lui! îl preveni Livinschi. Uite-te bine la ce-a rămas din jigodia asta, ca să vezi cum o să arăţi tu mâine-poimâine, când o să-ţi vină rândul! Hai! Acu' ia-l şi vino după noi. Şi mişcă-te repede, dacă nu vrei să te facem noi să te grăbeşti!

Se apleacă şi se opinti din răsputeri să ridice cadavrul în spinare. Se lăsă pe vine cu spatele la el, îi aduse mâinile în faţă, apucându-le strâns, şi se sforţă să se ridice, dar greutatea era prea mare şi căzu pe spate de câteva ori. Când îl văzu la pământ a treia oară, Tudose scrâşni un blestem şi îl ajută furios să şi-l pună în cârcă.

– Nici de cioclu nu eşti bun, lepădătură!

Îl cără cu greutate de la etajul trei până la parter, abia ţinându-şi cumpăna, apoi îi urmă până în spatele închisorii, pe malul Someşului, loc care se transformase în ultimul timp, din pricina celor ce fuseseră îngropaţi acolo fără vreun semn, într-un fel de gropniţă.

– Hai, cioclule, că văz' că-ţi şede bine-n munca asta, acu' lasă-l jos şi sapă-i groapa! îi porunci Livinschi, făcându-i semn să ia o lopată ce zăcea aruncată alături.

Se apucă de muncă, chinuindu-se să scoată cât mai mult pământ odată ca să sfârşească mai iute. Când termină, îl duseră înapoi la celula lui şi-l îmbrânciră pe pardoseală.

– Uitaţi-vă şi luaţi aminte, banditilor, la ce se întâmplă cu trădătorii care nu se demască! Dacă faceţi ca el, aşa o s-ajungeţi şi voi! tună Livinschi, trântind uşa.

Ion Tomescu îi sări în ajutor:

– Poţi să te scoli, mă?

Dădu epuizat din cap şi, ajutat de acesta, se ridică anevoie, întâi în genunchi, apoi în picioare, şi se întinse icnind în pat.

Lacrimile îi curgeau şiroaie.

Capitolul 80

Câteva luni după aceea, a fost lăsat în pace. Nu l-au mai bătut, nu l-au mai băgat la camera 99. Singurul lucru pe care i l-au impus a fost să stea permanent în picioare în timpul zilei ca să-i „faciliteze memoria".

După încă jumătate de an, l-au trimis, pentru prima dată de când ajunsese la Gherla, la muncă. Livinschi l-a luat într-o dimineață din celulă, i-a dat o salopetă maro, l-a prevenit sub amenințarea morții prin biciuire să nu povestească nimănui despre interogatoriile la care fusese supus și l-a condus la un atelier, unde i-a spus că treaba lui era să bată tălpi la bocancii militari exportați în Uniunea Sovietică.

În atelier mai lucrau vreo zece deținuți, al căror șef, află iute, era tot unul care trecuse prin reeducare la Pitești. Acesta i-i raporta locotenentului Mihalcea, șeful biroului tehnic, pe cei care nu-și îndeplineau norma.

Munca nu era grea și, oricum, era de preferat șederii în celulă în picioare de dimineața până seara. Norma era însă atât de mare, încât se dovedea aproape cu neputință de realizat.

Atmosfera din atelier i se păru mult mai destinsă decât în celulă. Oamenii comunicau aproape liber, unii chiar povestind despre torturile la care fuseseră supuși, ceea ce-l făcu să-i bănuie pe o parte dintre ei că erau turnători care căutau să le câștige celorlalți încrederea și să-i tragă de limbă.

Fiecare își avea locul lui bine stabilit la masa de lucru. Pe el l-au pus lângă un băiat de șaptesprezece-optsprezece ani, dezghețat, cu priviri scăpărătoare. Se vedea de departe că era educat și de familie bună. Deși mâinile nu-i erau bătătorite, semn că până atunci mai mult învățase decât muncise cu cârca, avea, cum se zice, randament bun - făcea găurele în piele pentru șireturi cu o viteză de parcă asta făcuse de când venise pe lume.

Băiatul intră imediat în vorbă cu Mitu:

– Eu sunt Petrișor Sandulovici. Din București. M-au luat pentru legionarism în facultate. Rostul dumitale care-i pe aici? Te văd mai în vârstă, ce-ai făcut?

Se gândi că se păcălise când îi apreciase vârsta și îi povesti pe scurt pentru ce se afla la Gherla. Nu se putu abține să nu-i vorbească despre peregrinările lui prin America, curios într-un fel dacă avea să-l ia în râs cum îl luase Cristian Lupu.

Tânărul, dimpotrivă, comentă cu preocupare reală:

– Atâta timp cât o să ai pașaport american, n-o să vezi dumneata libertatea. Dacă vrei să mai vezi lumina zilei vreodată și din afara Gherlei, trimite o scrisoare la politic și zi-le că te lepezi de moștenirea americană în schimbul grațierii. Doar nu crezi că ăștia or să-ți dea drumul, chiar după ce-o să faci aici șapte ani?! Or să se teamă că primul lucru pe care o să-l faci o să fie să te duci direct la București la ambasada americană ca să le ceri să ieși din țară și-apoi să povestești lumii întregi ce se întâmplă pe-aici! Ca cetățean american, nu te pot opri să te prezinți la ambasadă, iar din cauza asta n-or să te elibereze niciodată. Or să-i tortureze pe alții, or să pună martori falşi şi-or să te înfunde pentru toată viaţa. N-ai fi primul care intră în închisoare cu o condamnare mai scurtă, iar apoi e rejudecat şi condamnat pe viaţă...

Mitu încercă să-şi dea seama dacă era sincer sau nu cumva îi întindea o capcană, ca să se ducă apoi cu informaţiile mai departe. Nu avu timp să se gândească prea mult, că Petrişor îl luă iar la întrebări:

– Familie ai?

Întrebarea asta îl întristă deodată. Se împlineau acuş doi ani de când intrase în puşcărie şi nu mai ştia nimic de Maria şi de copii. Sigur că nici ei nu ştiau de el, altfel i-ar fi trimis o scrisoare până acum! Alţii mai primiseră câte o carte poştală, ceva, el însă niciodată! Şi nici lui nu-i dăduseră voie să trimită vreuna.

Petrişor pricepu totul după uitătura lui Mitu şi trecu la altceva:

– Nici eu nu mai ştiu nimic de-ai mei, dar cred că-s în închisoare, dac-or mai fi în viaţă. Dumneata ai trecut prin Piteşti?

Mitu răspunse că nu şi că nici nu-şi dorea asta, dar ştia ce înseamnă camera 99 şi tortura. Tânărul ridică din sprâncene şi zâmbi într-un fel pe care era greu să-l tălmăceşti.

– Eşti norocos! Mulţi dintre noi au trecut prin demascările interne la Piteşti şi-au fost transferaţi apoi aici. Camera 99 e doar o imitaţie nereuşită a ce se-ntâmplă acolo. La Piteşti mă împrietenisem cu un inginer, Voinilă, despre care nu mai ştiu nimic acum, dar care nu cred eu să mai fie în viaţă. După ce l-au bătut de i-au mutat fălcile din loc, l-au pus să lingă tinetele cu căcat din toate celulele. Apoi l-au pus să ia cu linguriţa căcat din hârdău şi să-l mănânce. A făcut asta câteva zile, după care s-a smintit şi-a ajuns să vorbească singur. Crezând că se preface, l-au bătut până i-au rupt coloana şi l-au lăsat paralizat. Când s-a rugat de ei să-l omoare, i-au spus că nu şi-a câştigat acel drept pentru că nu-şi demascase colaboratorii.

Pe Mitu îl trecu un fior pe spinare, dar se gândi că, oricât de mari erau grozăviile povestite de Petrişor, fiecare avea soarta lui. Şi el trecuse prin greutăţi mari - mai mari decât le-ar dori duşmanilor lui.

– Şi, Mitule, dacă-mi permiţi să te strig aşa, te-ai lepădat de noi? îl luă deodată tânărul.

– De cine să mă leapăd? Ce vorbeşti tu aicea?

– De Căpitan. De legionari. De crezul nostru.

Putea acum să jure că băiatul ăsta era o nadă a lui Ţanu şi Livinschi.

– Bre omule, nu-ţi spusei că n-am fost niciodată legionar?

Petrişor îl privi atât de trist, încât nu mai era nevoie de vreo tălmăcire: o dezamăgire adâncă i se citea pe faţă, ca şi cum s-ar fi aflat în faţa unei dovezi de înaltă trădare.

– Aşadar te-ai lepădat şi tu... Ai ajuns şi tu unul dintre ei... murmură şi se întoarse la lucrul lui, fără să-l mai bage în seamă.

Până la sfârşitul zilei, Petrişor nu a mai intrat în vorbă cu nimeni, vrând parcă să arate lumii că declaraţia lui Mitu că nu fusese vreodată legionar era o minciună atât de sfruntată încât trebuia pedepsită prin ostracizare. Dar, înainte de a fi duşi la celule, ca şi cum ar fi şters totul cu buretele, l-a luat deoparte şi i-a spus în şoaptă:

– Omule, nu ştiu ce-i cu tine, dar asta nu mai are importanţă acum. Eu am fost student la drept. Dacă vrei să-ţi întocmesc o cerere de graţiere, ţi-o fac cu plăcere. Tu ai cu ce să-i convingi, eu n-am. Măcar să te-ajut pe tine.

Mitu îi mulţumi din vârful buzelor şi începu să-i întoarcă propunerea pe toate feţele. Ce interes avea flăcăul ăsta să-l ajute? Poate că era informator! Iar dacă era, vai şi-amar de viaţa lui dacă i-ar fi zis că nu vrea să renunţe la cetăţenie! Că doar nu era nebun să dea cu piciorul la singura lui şansă! Renunţând la paşaport, îşi tăia craca de sub picioare, pentru că, într-adevăr, primul lucru pe care l-ar face la eliberare ar fi să se prezinte la ambasadă şi să plece din ţară! Dar dacă Petrişor nu era informator?! Atunci poate că avea dreptate când îi zicea că n-are niciun folos să ţină cu dinţii de certificatul lui de naturalizare american! Îşi amintea că, în timpul procesului, procurorul se legase şi de asta, prezentând faptul ca pe încă o dovadă a legăturilor lui cu imperialiştii! La ce-l ajuta bucata asta de hârtie acum?!

La nici o oră după ce a revenit în celulă, intră zgomotos Ţanu, care-l somă să-l urmeze. El presimţi ceva rău - „să vezi că Petrişor le şi spuse de discuţie!" - şi îl urmă cu inima strânsă. Coborâră la parter, luând-o înspre încăperea unde fusese torturat prima dată, dar, spre uşurarea lui, nu se opriră acolo, ci merseră mai departe, până la altă cameră pe care o ştia prea bine: biroul de colectare a informaţiilor. Acolo îl aştepta Gheorghe Dumitrescu, şeful biroului, care-l chemase să-i ceară socoteală că nu-şi făcuse norma.

– Banditule, va să zică leneveşti. De ce? Încerci să ne sabotezi?

Mitu îşi scutură cu vehemenţă capul:

– Nici gând, cum să vreau eu aşa ceva?! Că doară nu-s nebun! Dar e prima oară când merg la muncă de atâta timp şi, până când mă obişnuiesc cu ce-i de făcut...

– Te obişnuieşti pe dracu'! Eşti un sabotor, asta eşti! Vrei să subminezi economia ţării, iar asta se pedepseşte! Cum ne ajuţi tu pe noi? Hai? Cum? De muncit nu munceşti, mănânci banii statului de pomană! La plăcinte înainte, la război înapoi! Aşa te comporţi tu, viteaz doar la crăpelniţă? Dacă tot leneveşti ca o lehuză, poţi să ne-ajuţi şi să-mi zici ce s-a mai discutat prin atelier azi? Măcar prin asta să faci un serviciu ţării, să-i deconspiri pe trădătorii care mişună ca viermii pe-aicea! Ai o misiune patriotică de acum încolo: rolul tău va fi să ne spui cine-i împotriva noastră, cine-i anticomunist. O să-mi povesteşti tot! Cine cui s-a adresat, ce s-a vorbit, cine-i laudă pe legionari, cine complotează, absolut totul! Dacă cooperezi, n-o să-ţi tai porţia de mâncare când nu-ţi faci norma. Dar, dacă nu, o s-o iau ca pe-o dovadă c-ai rămas în cârdăşie cu ăilalţi şi-o să fie de rău!

Mitu chibzui la repezeală ce să răspundă. Să-i zică ce l-a sfătuit Petrişor? Dacă băiatul ăla e informator, ar fi fost bine să facă asta, pentru că aşa s-ar fi văzut că spunea adevărul şi poate l-ar mai fi lăsat în pace. Dar dacă bietul băiat nu era în cârdăşie cu ei?! Atunci îl păştea iadul pe pământ din cauza lui! Ca pe Lupu Cristian!

Începu să înşire cum anume făcuse cunoştinţă cu oamenii din atelier, cum aflase ce condamnare avea fiecare, apoi pomeni de conversaţia lui cu Petrişor, care îi spusese că fusese student la drept şi că îl putea ajuta cu o cerere de graţiere. Spera că zisese destul ca să-i mulţumească.

Când termină, Dumitrescu îl privi ca şi cum ar fi vrut să treacă peste el cu un buldozer:

– O să tabăr cu bocancii pe tine, trădătorule! Adică toţi şuşotesc şi discută şi tu n-ai auzit nimic! Mă crezi tâmpit?! Zi, mă banditule, mă crezi idiot?!

Mitu dădu din cap a împotrivire şi încercă o scuză, dar Dumitrescu, pufnind pe nas, îl chemă pe Ţanu:

– Cinci nopţi la neagra, juma' de porţie de mâncare o dată la două zile şi, dacă nu se dă pe brazdă, o săptămână întreagă data viitoare!

– Dar vă rog, domnule comandant... murmură Mitu stins. N-am ce să vă raportez, vă jur...

– N-ai? izbucni Dumitrescu în râs. Las-că neagra-ţi va împrospăta memoria! Luaţi-l de-aici!

Primele câteva ore pe care le-a petrecut la carceră - o cutie de metal ca un coşciug pe verticală în care a fost îndesat cu multă caznă de doi gardieni - au trecut fără chin mare. S-a rezemat de un colţ ca să-şi treacă toată greutatea pe un singur picior, apoi s-a schimbat pe celălalt, şi a continuat tot aşa, dar spaţiul era atât de strâmt încât, după o vreme, a simţit că oboseşte. De fapt, nu putea să se sprijine bine decât pe piciorul mai lung, care din cauza asta îi amorţea tot mai tare. Durerea deveni la un moment dat atât de puternică - un cuţit înfipt adânc în muşchi - că aproape îl leşină.

Peste încă jumătate de oră, i se păru că plezneşte pielea pe el - parcă sângele tot i se strânsese la suprafaţă, gata-gata să ţâşnească prin pori. Gândul ăsta l-a înspăimântat atât de tare încât l-a făcut să se zbată şi să zgâlţâie cutia cu disperare. Când a văzut că zbătutul mai rău îi făcea, s-a gândit să ţopăie. Nu se putea întoarce, nu se putea apleca, dar de sărit puţin în sus, chiar şi într-un picior, putea să sară, coşciugul fiind mai înalt cu aproape jumătate de metru decât el.

După ce a încercat şi asta de câteva ori, a renunţat. Era atât de sleit că abia mai avea puterea să respire. După şase ore de nemişcare, piciorul drept a început să i se umfle, trimiţându-i prin tot corpul furnicături. S-a străduit să şi-l maseze puţin - din poziţia de drepţi în care stătea putea să-şi atingă coapsele cu mâinile - dar nici asta nu l-a ajutat. Durerea era tot mai sfredelitoare, scoţându-l din minţi.

Cu o ultimă zvâcnire, când chinul devenise atât de atroce încât era peste putinţa unui om să-l îndure, a început să se zvârcolească spasmodic, aplecându-se cât de tare putea în faţă şi în spate, până a dezechilibrat coşciugul, care s-a răsturnat într-un zgomot de sculat morţii din morminte.

„Acu' să vezi c-or să mă omoare ăştia!", îşi zise speriat, apoi încercă să profite că era întins ca să se dezmorţească puţin.

Pauza a fost scurtă: la nici câteva minute, nişte gardieni au venit înjurând şi blestemând, au pus cutia pe picioare şi l-au ameninţat că-i dublează şederea acolo dacă o mai răstoarnă o dată.

„Dacă mai stau aici încă o zi, mor!" Era acolo doar de şase-şapte ore şi nu mai îndura. Simţea că-şi pierde minţile. Trebuia să facă tot ce-i stătea în putinţă ca să nu mai fie trimis niciodată acolo. Niciodată.

Pe la cinci dimineaţa, în ciuda durerii crunte care-i cutreiera toata partea de jos a trupului, începu să moţăie şi se trezi abia atunci când uşa coşciugului se deschise brusc, iar el se prăvăli peste gardianul care venise să-l scoată la muncă.

Jumătate de oră i-a trebuit ca să se ridice de pe jos. Când a ajuns în atelier, aproape târându-se, şi s-a apucat de lucru, Petrişor l-a privit cu subînţeles, apoi a dat încet din cap, ca şi cum i-ar fi spus: „Aşa-ţi trebuie, dacă nu m-asculţi!"

În ziua aceea n-a fost în stare să facă nici un sfert din normă. Se topea de somn, era înfometat ca un câine şi junghiuri îl săgetau prin tot trupul.

Spre seară, când fu chemat din nou la Dumitrescu pentru divulgări, îl cuprinse o ameţeală atât de mare încât se lăsă moale pe podea şi-şi pierdu cunoştinţa.

Capitolul 81

Leşinând în faţa lui Dumitrescu, Mitu a scăpat de restul de carceră. Când şi-a revenit, era în infirmerie - un hangar de şaizeci de paturi suprapuse, aflate sub îngrijirea unui student la medicină despre care află că-l chema Virgil Lungeanu, un fost legionar, trecut şi el prin reeducarea de la Piteşti.

În primele zile n-a putut să mănânce mai nimic. I se făcea greaţă de la orice punea în gură şi-şi pierdea cunoştinţa când încerca să se ridice în picioare. Apoi starea i s-a înrăutăţit brusc, aşa că doctorul care răspundea de întreg salonul a prognozat fără urmă de îndoială că o să moară.

– Mută-l de aici şi nu-i mai da nimic, că prăpădeşti medicamentele pe el, i-a spus lui Lungeanu.

L-au luat de acolo şi l-au mutat într-o altă încăpere - „camera mortuară" -, mult mai mică decât hangarul în care era infirmeria, echipată cu doar şase paturi, unde erau aduşi cei despre care se considera că nu mai apucă ziua de mâine.

Puţini ieşeau vii din această antecameră a morţii. Mitu auzise multe despre ea. Cei care ajungeau aici, după boli lăsate luni şi luni de zile la voia întâmplării, aveau soarta pecetluită. Unii, foarte puţini, miracole de supravieţuire, se însănătoşeau şi erau trimişi înapoi în celule. Majoritatea însă păşeau de acolo direct pe lumea cealaltă, căraţi pe nişte coridoare şi uşi lăturalnice şi aruncaţi la grămadă în gropile nemarcate ce alcătuiau cimitirul din spatele închisorii.

Câteva zile n-a fost conştient de mai nimic din ce se întâmpla în jurul lui. Doctorul spunea că e în „semi-comă" şi că poate să moară în orice clipă. După o săptămână, s-a trezit, privind nedumerit în jur. „Unde sunt, oare?! Parcă ar fi la infirmeria din Argonne."

Peste încă o săptămână, a început, cu încetineală, să-şi revină. În fiecare zi mai aduna un dram de vlagă, întremându-se anevoios, până când, într-o dimineaţă, şi-a strâns curaj ca să facă primul drum la veceu de unul singur. Nu mai ameţea atât de des, nu mai dormea încontinuu şi putea înghiţi câte ceva peste zi. Numai burta îl durea în dreapta, dar nu aşa de tare cât să-l ţintuiască la pat.

După o lună de stat în infirmerie, doctorul l-a chemat în cabinet ca să-i spună că venise vremea să-l externeze.

– Ai mâncat căcat mult la viaţa ta, Popescule. Gata cu tine, te scoatem de-aici!

În clipa aceea, pe care mulţi alţii ar fi aşteptat-o cu sufletul la gură, el nu ştiu dacă să se bucure sau nu. Când se îmbolnăvise, se gândise că drumul în camera mortuară era ultimul pe care îl făcea pe acest pământ, şi acum, văzându-se din nou printre „cei vii", rămase descumpănit. „Iarăşi la camera 99? Poate de data asta cu Ţurcanu?"

– Apoi eu ce mă fac acu', dom' doctor?! întrebă stins.

– Faci ce fac toți aicea... Nu eu te-am băgat la pușcărie. O să-ți dau adeverință să mai rămâi în celulă, la pat, treizeci de zile, apoi mai vedem. Să mănânci cât poți de bine.

El îi mulțumi cu o recunoștință adevărată. Fițuica asta însemna învoirea lui spre o lună tihnită, fără interogatorii și fără bătăi. Pentru motive de neînțeles, scutirile pe care bolnavii le primeau de la doctorul infirmeriei, care, de altfel, era doar medic civil, fără grad militar, aveau o greutate atât de mare încât gardienii țineau seama de ele.

Cât stătuse în infirmerie, în afară de Ion Tomescu, toți deținuții din celula lui fuseseră înlocuiți cu alții. Unul, Vasile Istrate, lucra la sortat nasturi; altul, Victor Bălășoiu, un moldovean din Piatra Neamț, făcea cutii de lemn pentru mine, care se trimiteau apoi în Uniunea Sovietică. Paul Neagu, un țăran din Dobrogea căruia oamenii îi spuneau Faulică, era responsabil cu ordinea în atelier - din cauza funcției, era bănuit ca turnător.

Primele zile după externare și le-a petrecut, pentru prima dată de când sosise la Gherla, în liniște. Se trezea dimineața, aștepta ca ceilalți să plece, apoi se întindea în pat și moțăia sau citea „Scânteia". Era ca-n vacanță!

La două săptămâni după asta, într-o dimineață când ceilalți se pregăteau să plece la muncă iar el gândea cum să-și organizeze programul „de voie", s-a petrecut un eveniment bizar: frizerul închisorii a intrat în celulă și, fără să le dea vreo lămurire, i-a bărbierit și i-a tuns la repezeală, apoi i-a stropit cu o pompă de dezinsecție, iar la urmă le-a spus să se alinieze în curtea închisorii.

Ușile erau toate deschise și niciun paznic nu se plimba înarmat pe coridoare. Niciodată, de când sosise aici, nu se mai întâmplase ca securitatea locului să fie atât de subțire!

„Să vezi că venira americanii[*]! Sau poate s-a dat vreun ordin general de grațiere!" își spuse, abia îndrăznind să spere.

După ce-au așteptat vreo jumătate de oră într-un frig care-i pătrundea până la măduvă, Petrache Goiciu, noul director al închisorii - o namilă pe care mai ușor o săreai decât s-o ocolești - a ieșit dintr-un corp de clădire și s-a postat în fața lor. Era însoțit de câțiva oameni de la politic, precum și de niște inși pe care Mitu nu-i mai văzuse, dar care, după cum își purtau hainele, păreau a avea funcții importante în partid.

În urma lor venea înspăimântătorul Eugen Țurcanu[†]. De când, cu câteva luni în urmă, auzise că acesta sosise la Gherla, Mitu se întrebase când o să-i vină și lui rândul la interogatoriu, dar, până atunci, îl ferise Dumnezeu de așa necaz.

---

[*] După al doilea război mondial, poporul român a rămas până la revoluția din 1989 cu speranța mocnită a „venirii americanilor". Puțini știau că marile puteri împărțiseră sferele de influență și că parașutiștii americani n-aveau să apară niciodată să salveze țara (n.a.).
[†] Eugen Țurcanu a fost transferat de la Pitești la Gherla pe 18 august 1951, unde a stat până pe 19 decembrie 1951, continuându-și activitatea de torționar (n.a.).

Ţurcanu a început să se bâţâie de pe un picior pe altul, parcă alintându-se, şi a luat primul cuvântul:

– V-am strâns aici azi ca să vă comunicăm rezultatele analizelor noastre. Am făcut calcule ale randamentului din ateliere. Este dezastruos! Rezultatele sunt mult sub aşteptări! Iar singura explicaţie este că sunteţi nişte sabotori şi-o faceţi înadins! Unii, care au fost reeducaţi cu succes, muncesc cât şapte, dar tot nu pot să acopere trândăvia voastră! Putorilor! Dacă lucrurile continuă la fel, o să trebuiască să luăm măsuri drastice!

A mai continuat aşa o vreme, până când Goiciu, iritat că nu se mai oprea, l-a întrerupt şi a început el să vorbească, măsurat şi apăsat, plin de importanţă, dând impresia că are ceva extraordinar de spus.

– Deţinutul Ţurcanu are dreptate! V-am adunat aici ca să vă spunem că lucrurile nu merg satisfăcător în fabrică! Puţini dintre voi îşi îndeplinesc norma! Dac-aţi munci mai cu spor şi v-aţi îndeplini sarcinile, şi condiţiile din închisoare s-ar mai îmbunătăţi! Aici e ca şi-n viaţa civilă: depinde de voi cum v-aşterneţi, dar pare-se că puţini pricep asta!

Luă o pauză şi trase aer în piept, semn că se pregătea să continue cu ceva de însemnătate. Mitu îl urmărea cu nepăsare, pentru că spunea lucruri pe care le tot auzise de când ajunsese la Gherla.

– Aveţi printre voi mulţi trădători! continuă Goiciu. Da! M-aţi auzit bine! Trădători! Mulţi oameni josnici care-s gata să spună orice doar pentru a mânca o bucată de pâine mai bună. Sunt mulţi printre voi care scuipă în spatele vostru, care spun minciuni despre voi! În special domnişorii, din cauza cărora am luat măsuri uneori poate prea aspre împotriva voastră. Şi, dacă s-a mai întâmplat să vă aplicăm pedepse corporale sau chiar să vă torturăm, să ştiţi că n-a fost din cauza noastră, ci din cauza lor! Ne-a trebuit mult până când să ne dăm seama de asta, dar mai bine mai târziu decât niciodată! De-acum înainte nu se va mai aplica tortură niciunui deţinut!

Mitu rămase cu gura căscată. Îi aruncă o privire întrebătoare lui Tomescu, care se aşezase lângă el, apoi se concentră din nou asupra lui Goiciu. Era neverosimil ce se întâmpla. Atât de neobişnuite, nemaiauzite, nemaipomenite erau vorbele lui, încât se întrebă dacă nu visa cumva sau dacă nu era şi ăsta doar un vicleşug ca să-i aţâţe pe muncitorii şi ţăranii din închisoare împotriva studenţilor - „domnişorii".

Cu cât se gândea mai mult la asta, cu atât îşi dădea seama că nu putea fi adevărat. Prea mult tărăboi se făcuse deja. Iar oamenii aceia de la partid, de ce-ar mai fi venit dacă n-ar fi fost vorba de ceva foarte serios?! Dar ce putea fi aşa de important?!*

---

* La scurt timp după aceste evenimente, Eugen Ţurcanu a fost învinuit de colaborare cu Horia Sima, şeful din exil al Gărzii de Fier, şi de tortură a deţinuţilor făcută cu scopul de a discredita guvernul român în faţa vestului (capete de acuzare inventate). În 1954 a avut loc procesul lui şi al grupului pe care îl condusese. Împreună cu majoritatea celor din grupul său, Ţurcanu a fost condamnat la moarte şi executat. (n.a.).

Goiciu mai continuă să vorbească vreo zece minute, îndrugând aceleaşi lucruri arhicunoscute, apoi le ordonă să se întoarcă la celulele lor.

– Băgaţi la cap ce v-am spus! Munciţi ca să vă faceţi norma!

Capitolul 82

La scurt timp după această întâmplare, lucrurile au început, spre mirarea lui Mitu, să meargă mai bine: deținuții nu mai erau băgați la neagra pentru motive neînsemnate; parcă nu mai erau bruscați ca înainte, loviți cu bâtele sau forțați să mănânce excrementele altora. Vorbeau din ce în ce mai liber, iar unii chiar îndrăzneau să fredoneze cântece ilegale, culminând cu „Deșteaptă-te, române" și niște imnuri legionare.

După încă o vreme, unii au început să-i poreclească pe studenții care trecuseră prin reeducare „vrăjmășei", „sorcovei", „fricoșei" sau „înșelăcei". Apoi, peste toate s-a așternut uitarea. Atmosfera devenise mai normală: foștii dușmani de moarte, asmuțiți ani de zile unii împotriva celorlalți cu viclenie perversă, începeau să se tolereze reciproc. Dacă scopul discursului lui Goiciu fusese, așa cum crezuse el la început, și mai marea lor dezbinare, acesta eșuase.

Între timp, nu uitase sfatul lui Petrișor Sandulovici. De când îi sugerase să se ducă la ofițerul politic și să-i spună că vrea să renunțe la cetățenia americană în schimbul libertății, tot chibzuise la asta.

Nu știa care era calea cea bună. Cum să renunțe la America?! Țara aia era ca o femeie care îl trădase și pe care el încă o iubea. Ca un fel de Olga. Pe de altă parte, ce folos îi aducea la Gherla certificatul de naturalizare?! Poate că tocmai din cauza bucății ăsteia de hârtie nu putea ieși el acum de acolo!

Lucrurile îi păreau complicate. Dar dacă renunța la cetățenie și tot nu scăpa de pușcărie? Era și asta posibil, nu? Că doar nu le putea cere ăstora garanții de eliberare! Dar nici să stea așa, de pomană, când poate că avea un as în mânecă pe care din prostie nu-l folosea!

După multe frământări, se hotărî: avea să joace cea mai mare carte a vieții lui de până atunci - să facă cererea și să o depună la politic. La urma urmei, nu avea ce pierde. Ani de zile trecuseră fără ca ceva să se fi schimbat în bine. Poate că asta era singura lui șansă, cum îl tot povățuise Petrișor.

Într-o zi, când se întorceau de la atelier, îl luă deoparte și-i spuse că avea nevoie de ajutorul lui în „treaba aia". La auzul veștii, tânărul zvâcni vesel:

– Ai să vezi că n-ai să regreți niciodată! O să-mi mulțumești, să știi! Dar tot nu-nțeleg la ce ți-a trebuit atâta până să te hotărăști. Puteai fi afară de când hăul și dudăul, omule! Tu, în schimb, ai stat luni și luni după gratii, în dor de casă și de copii, în necunoștință de soarta familiei. Sincer, nu-nțeleg, pur și simplu... Uneori mă tot minunez cum gândesc oamenii...

Mitu dădu din umeri a neștiință:

– Apoi nu știu cum ești tu așa de sigur că scap cu asta, mă... Că mie nu mi-e defel limpede.

În seara aceea, Petrișor i-a scris hârtia. De fapt, i-a făcut două documente separate: într-unul, Mitu declara că renunță la cetățenia americană de bunăvoie, întrucât se convinsese de binefacerile societății comuniste, pe care voia s-o slujească de acum încolo cu devotament și credință. Celălalt era cererea de grațiere propriu-zisă, în care solicita eliberarea și unde, printre altele, preciza limpede, dar fără să lege una de alta, că renunțase la cetățenia americană, întrucât aceasta era în conflict cu noua lui orientare ideologică.

A doua zi a depus hârtiile la politic și s-a dus, ca de obicei, la muncă. Avea inima strânsă. Tocmai lansase o săgeată a norocului - singura pe care o mai avea în tolbă - spre o beznă deasă.

A trecut o săptămână, apoi alte câteva. La trei luni după asta, într-o dimineață, când se pregătea să înceapă lucrul, a fost luat de la masa lui și dus la parter, în clădirea principală a închisorii. Acolo îl aștepta Mihăilescu, șeful biroului politic.

La început a crezut că motivul era să îl pună din nou să divulge, dar a văzut iute că nu de asta îl chemaseră. Mihăilescu îl primi în birou și-l luă de-a dreptul, fără vreo introducere:

– Popescule, înțeleg c-ai făcut o cerere de grațiere acu' câteva luni...

El dădu din cap.

– Da, domnule comandant, am făcut.

– Aham... Ai făcut pe mă-ta... Am niște vești pentru tine, banditule. Cererea de grațiere o să-ți fie aprobată dacă renunți public la cetățenia americană.

La început nu înțelese bine. „Adică ce să fac?!" Apoi tresări într-un zvâcnet de bucurie pe care se sforță neputincios să-l ascundă.

– Cum adică „public"? întrebă nelămurit și fericit.

– „Cum adică public", îl maimuțări Mihăilescu. Ce, ești tâmpit sau faci pe prostu'? Nu știi cum au făcut alții? Scrii un articol în „Scânteia" în care spui că ai renunțat la cetățenia americană pentru c-ai vrut să te lepezi de legăturile tale cu capitaliștii.

– Și... după asta?

– După asta pleci acasă, amărâtule! Bineînțeles, o să vii iute înapoi dacă intri cumva în legătură cu banditii din munți! Și-a doua oară n-o să-ți mai fie așa de ușor! O s-ajungi direct în fața plutonului de execuție! Ține bine minte asta înainte să faci vreo prostie! Hai, marș! Du-te înapoi și, dacă ești gata să te autodemăști public, mâine vii și-mi spui, ai priceput?

El strânse din pumni cât de tare putu ca să nu se scape și să izbucnească în plâns de bucurie. Se întoarse în atelier beat de fericire, dar, după ce-și mai veni în fire, începu să fie preocupat de altceva: cum o să-l vadă oamenii acum? N-or să creadă că-i trădător? Se simțea vinovat că pleca și-i lăsa pe toți ăilalți aici. Cum să le dea vestea? Dacă ar fi în locul lor, nu i-ar cădea deloc bine!

Se hotărî să nu zică deocamdată nimic, apoi se mai liniști la gândul că n-ar trebui, de fapt, să-l mustre conștiința. Mulți dintre cei pe care-i cunoscuse la Gherla erau, într-adevăr, legionari sau anticomuniști. Petrișor, de exemplu, sau Ion Tomescu, colegul lui de celulă, sau Cristian Lupu, studentul la medicină care-l luase în râs că se întorsese din America, sau

Virgil Lungeanu, sanitarul - toți recunoșteau deschis că participaseră la mișcările anticomuniste din timpul războiului și de după. El, în schimb, plătea pentru niște învinuiri născocite! Pe deasupra, mulți deținuți erau încă tineri, el era însă bătrân și bolnav, avea junghiuri și-l durea des burta. Fusese băgat în închisoare pe nedrept, poate din pricina blestemului basarabeanului, dar nu făcuse niciodată nimănui vreun rău cu voia lui. Și-acum poate că Dumnezeu își întorsese fața și către el! Că oricâte păcate ar fi făcut în viață, le ispășise prin chinurile și schingiuirile prin care trecuse!

La sfârșitul zilei, când îi spuse lui Petrișor vestea, acesta îl privi fără să se mire, ca și cum ar fi știut încă de când îi scrisese cererea că deznodământul ăsta era doar o chestiune de timp. Îl felicită și apoi îl rugă să treacă pe la niște rude ale lui din București, când o ieși, să le spună că era bine. Sau, dacă asta îi era cu neputință, măcar să-i ia o scrisoare și să le-o trimită când va fi eliberat.

În celulă, se așeză pe pat fără o vorbă, ocolind privirile celorlalți. Apoi trase adânc aer în piept și îndrăzni:

– Mă chemară ăstia la politic azi... Îmi ziseră că mă grațiază dacă renunț public la cetățenia americană.

Tomescu se ridică brusc de pe pat, cuprins de emoție.

– Vorbești serios?!

Mitu dădu din cap.

– Bravo, măi omule, bravo! îi șopti acesta. Bravo!

Ceilalți săriră și-l felicitară gălăgios.

– Oltene, ne-ai făcut-o, mă! Tu pleci primul de-aici! Mare, mare noroc ai! Nu ne iei și pe noi?

– Eu v-aș lua pe toți, mă, toată închisoarea, dac-ar fi după mine... răspunse el, mișcat.

– Deci așa... olteanu' tot oltean rămâne! Tu pleci de-aici și pe noi ne lași în gura lupului... zise Tomescu. Sper să nu uiți de noi din prima clipă când o să pui piciorul dincolo de gardurile închisorii...

– Mă Ioane, apoi tu să mă ierți pe mine... zise Mitu, căznindu-se să-și oprească lacrimile ce-l năpădeau. Că eu am crezut tot timpul că ești informator și poate d-asta nu m-am lipit prea tare de tine... Da' să știi că n-am avut niciodată nimica cu tine...

– Crezi că eu sunt altfel? Credeam că tu ești turnătorul, mă! Ne-au sucit mințile ăstia aicea!

Mitu se lăsă moale pe marginea patului și izbucni într-un plâns care-l zgâlțâia din rărunchi.

– Mă oamenilor! Mă oamenilor... rostea printre sughițuri.

Capitolul 83

În vara lui 1952, după trei ani de pușcărie, pe Mitu l-au eliberat condiționat din închisoare. Parcă sfidând ciclicitatea vieții, în care binele urmează răului și răul binelui, norocul nu-l părăsise încă: în loc să-l trimită cu domiciliu forțat în vreun sat dobrogean uitat de lume, așa cum îi fusese frică, l-au trimis direct acasă, dându-i un bilet de tren pe ruta Cluj-Târgu Jiu și niște bani pentru rata de Novaci.

Când porțile Gherlei s-au închis îndărătul lui și a respirat aerul libertății, l-a cuprins o stare ciudată. Nu era nici bucuros, nici posomorât. Nu mustea de ură împotriva celor care-l aruncaseră în temniță. Nu-i dușmănea pe Țurcanu, pe Țanu sau pe Livinschi. Trecutul i se încețoșa în minte, făcând iute loc imaginilor despre viitor. Pe măsură ce se îndepărta de iadul în care trăise atâta vreme, trăgea pe el o platoșă a uitării. Amintirile despre Goiciu, Gheorghiu, Dumitrescu sau alții ca ei se tulburau încet, se spălăceau, și prin asta îi pedepsea în felul cel mai crunt în care un om poate pedepsi alt om: nepăsarea. Pe măsură ce trenul lăsa în urmă kilometru după kilometru, se golea de sentimente și amintiri apăsătoare, gândindu-se numai la cum avea să dea ochii cu Maria și cu copiii.

În Novaci a ajuns într-o vineri pe la prânz, frânt de oboseală. Din nerăbdarea de a se vedea cât mai repede acasă, nu putuse ațipi nicio clipă în ultimele douăzeci și patru de ore.

Primul lucru pe care l-a făcut, înainte de a o porni pe jos spre Cernădia, a fost să se ducă până la casa lui Ciorogaru.

I-a deschis ușa doamna Ileana, care, când l-a văzut în prag, abia ținându-se pe picioare, o umbră a celui ce fusese odinioară „americanul", a încremenit. Nu-i venea să-și creadă ochilor, podidind-o lacrimile.

– Mitule, chiar tu să fii?! Mitule, mare minune! Dar când te-ntorseși?

– Acuma, tocmai ce sosii... De la Gherla... de mai bine de-o zi tot călătoresc...

Au intrat în casă și ea l-a copleșit cu întrebări: „Știi ceva de bărbată-meu? E adevărat ce se zice de Pitești? Cum e la Jilava? E frig iarna-n celule? Cum e cu îngrijirea medicală? Dar cu mâncarea?".

El i-a răspuns pe jumătate la toate, ca să nu-i facă inimă neagră, apoi a întrebat-o de Ciorogaru.

– Pe bărbată-meu l-au condamnat la paisprezece ani. Ultima dată era la Jilava, dar de-un an l-au mutat de-acolo și nu mai știu nimic de el. Nimic! Am umblat în toate părțile, am întrebat peste tot, dar nimeni nu mi-a spus unde l-au dus. Nu dorm nopțile de griji și de supărare! Tu cum crezi că or să se termine toate astea?

Nu-i răspunse imediat. Dacă el, fără să fi fost niciodată anticomunist declarat, fusese schingiuit în așa hal, nu-și închipuia cum Ciorogaru, fost deputat și șef de legionari, putea scăpa cu viață. Poate că sfârșise în vreo groapă comună, ca aia de la Gherla, că de reeducare nici nu putea fi vorba în cazul lui: nu și-ar fi trădat camarazii nici sub amenințarea morții!

Încercă s-o liniștească, așa cum făcuse și cu câțiva ani în urmă când securitatea venise într-o noapte și-i luase bărbatul. Spre deosebire de atunci, însă, când încă mai credea într-o lume bună și dreaptă, acum se gândea că o amăgea cu bună știință încurajând-o și se întreba dacă nu cumva ar fi fost mai cinstit să-i zică răspicat să se pregătească pentru ceva mai rău decât moartea, adică să nu afle vreodată ce se întâmplase cu el. Renunță s-o facă, pentru că nu voia s-o descurajeze, și se ridică să plece, spunându-i că se grăbește să-i vadă pe ai lui.

Ea îl duse până la poartă, înțelegând din privirile lui ce voia să-i spună, de fapt. În multele nopți albe pe care le petrecuse copleșită de griji și durere se gândise că bărbatul ei putea fi mort, însă speranța că lucrurile aveau să se limpezească îi lumina încă plăpând sufletul.[*]

De la casa lui Ciorogaru, Mitu a ajuns la podețul care trece peste Gilort, făcând legătura cu drumul spre Cernădia și Baia de Fier, în mai puțin de zece minute. Oboseala crâncenă care până atunci îi îngreuiase picioarele ca plumbul se risipise ca prin minune.

Nu întâlni pe nimeni cât urcă spre centrul satului. Nici nu-și dorise altceva, nu voia să dea ochii cu oamenii pe nepregătite, dar tot fu surprins de pustietatea din jur. Nu se vedea nici țipenie pe marginea drumului sau prin vreo curte, doar niște copii se jucau pe șanț. Când trecu pe lângă ei, îi ziseră „săru'mâna" și-și văzură mai departe de ale lor. Nu-l știau.

„Doamne Dumnezeule, ce-a trecut timpul!", oftă când ajunse, după mai bine de jumătate de oră de mers, în centru și făcu la stânga, luând-o pe ulița ce urca înspre casa lui.

Pe Maria o văzu de departe. Întindea niște rufe la uscat pe o sârmă, care pe vremea lui nu era - pesemne Gheorghe sau Flitan i-o agățase de la cunie până la colțul de devale al casei.

Împinse poarta, care se deschise scârțâind. Ea întoarse capul și, când îl văzu, scăpă ligheanul din mână:

– Mitu! îngăimă. Mitule!

Se apropie nesigură, de parcă ar fi avut în față o nălucă. Îl atinse pe obraz, ca să convingă că e aievea, și spuse încet:

– Credeam c-ai murit.

O tăcere prelungă urmă. Mitu se gândise adesea la clipa asta, când se vor îmbrățișa și vor izbucni în plâns amândoi. În loc de asta, o stânjeneală nefirească se întindea între ei. Se priveau ca și cum ar fi fost niște străini, și nu doi oameni care împărțiseră o viață laolaltă.

– Ce fac copiii? rupse el tăcerea până la urmă.

---

[*] Gheorghe Ciorogaru (1909 - 1980) a fost condamnat pentru „activitate împotriva clasei muncitoare" și a stat în închisori până în 1964. Deși i s-a dat posibilitatea să iasă înainte de termen, cu condiția să se lepede public de crezurile sale printr-o notă în „Scânteia", a refuzat și și-a ispășit întreaga sentință. Alții au profitat de această ofertă pentru a fi eliberați mai devreme. Sentința a venit și cu confiscarea averii, însă tatăl său trecuse toate bunurile pe numele nepoților, așa că familia lui nu a avut mult de suferit și din cauza asta. După eliberare, Ciorogaru a fost trimis cu domiciliu forțat în satul de deportați Măzăreni (n.a.)

Maria îl privi nedumerită, ca şi cum nu s-ar fi aşteptat la întrebare, apoi se însufleţi deodată:

– Apoi Măriuţa e dusă pân' la Boboc, iar Gheorghe-i la lucru. Şi băieţii-s la şcoală. Să-l vezi pe Sandu ce bărbătos s-a făcut! Şi Micu, el e cel mai bun la carte! Are numa' note de zece şi-a mers de câteva ori la concursurile şcolare pe raion!

La asta, plecă ochii în pământ. Se simţea vinovat că el, capul familiei, fusese plecat, în vreme ce muierea lui se dădea de ceasul morţii să-şi ţină copiii prin şcoli.

– Lasă-i tu pe ei, schimbă Maria vorba. Pe tine unde te-au dus?

Mitu nu-i răspunse, dar îşi ridică haina, lăsând să i se vadă cicatricele.

– Cred c-am avut şapte vieţi în mine de sunt încă pe picioarele mele, femeie.

Ea se înmuie de milă. Izbucni în plâns şi-l luă pe după umeri, împingându-l uşor spre pridvor şi îndemnându-l să se aşeze. Apoi dispăru în casă şi el o auzi cum se urcase pe un scaun ca să ia ceva de pe dulap. Se întoarse cu vioara lui veche, aceea pe care şi-o cumpărase în Bucureşti, când venise cu Olga în vizită.

– Am vândut mai tot ce-aveam prin casă, afară de asta...

Mitu luă instrumentul cu grijă şi-l mângâie. Dintre toate lucrurile de pe pământ, vioara îi aducea cele mai mari bucurii. Nu modelul T pe care îl condusese falnic prin Detroit, nu ceasurile de aur pe care şi le cumpărase când avusese bani, nu costumele scumpe, ci această bucată de lemn.

– Marie, vină-ncoace, o chemă lângă el.

Ea se aşeză sfioasă, iar el începu să istorisească liniştit, ca şi cum ar fi vorbit despre altcineva, nu despre el. Îi povesti cum renunţase la America pentru libertate. Îi spuse de înfometare, de frigul din celule, de coşciugele-carceră, de camera mortuară şi de cimitirul de pe malul Someşului unde îngropase un om, de reeducare, de interogatorii şi bătăi, de băile în apă rece, de Ţurcanu, de Ţanu şi de Livinschi, de coastele rupte, de boală şi suferinţă, de maxilarele şi degetele zdrobite. Pe măsură ce-i descria, îi arăta unde fusese lovit: aici, acolo, în spate, în dreapta, la genunchi, la tâmplă, în bărbie. Îi arătă cei doi dinţi pe care-i pierduse la primele interogatorii, pe care îi culesese atunci de pe jos şi-i păstrase până acum. Îi plimbă vârfurile degetelor pe o coastă, ca să simtă umflătura de la ruptură şi îi arătă falanga deformată de la degetul pe care călcase Vintilă, primul lui anchetator, cu bocancul. Apoi se descălţă şi-i arătă urmele de la bătăile cu cuie la talpă şi-şi dădu cămaşa jos ca să-i vadă urmele de la bici.

– Asta s-a întâmplat cu mine, Marie, oftă, ca uşurat după o spovedanie. Şi, dacă află cineva că ţi-am povestit, ne bagă pe-amândoi la puşcărie. Tot timpul ăsta am crezut că te-au luat şi pe tine şi că te-au închis şi-au rămas copiii pe drumuri.

O sărută şi-o strânse în braţe:

– Las', Marie, că de-acuma lucrurile or să fie bune. Ai să vezi tu...

Ea se strânse la pieptul lui şi închise ochii.

– Copiii să nu afle ce ţi-am povestit. Nu trebuie să ştie prin ce-am trecut.

Ea încuviinţă şi rămase tăcută, apoi, fulgerată de un gând, se ridică brusc:

– Doamne, că proastă mai sunt! Trebe să fii flămând de pe drum. Hai să-ţi pui ceva de mâncare! îi zise şi se repezi în cunie, scoase nişte carne dintr-un borcan, o aruncă într-o tigaie şi se pregăti să aprindă focul în sobă.

Mitu se aşeză la masă, privind în jur. Nimic nu se schimbase aici, ca şi cum locul încremenise în timp.

– Marie, adă tigaia încoa', n-o mai încălzi...

– Cum să-ţi dau aşa, trebuie să topesc untura asta! E carne de porc.

– Nu, las-o aşa, dă-mi-o aşa cum e.

Femeia i-o puse dinainte, iar el începu să înfulece cu poftă de lup.

– Doamne, Mitule... oftă ea privindu-l cu milă.

– Ce animale mai avem, Marie? o întrebă între două îmbucături.

– Mai nimic... Nişte găini şi-un porc. Am vândut vacile şi caii acu' câţiva ani. Ia zi, să-ţi aduc ceva de băut? Avem ţuică rămasă de pe vremea când...

Mitu o opri cu un semn.

– Marie, n-am băut de-atâţia ani. În primele luni de închisoare m-am zvârcolit, am tremurat şi-am avut vedenii că n-aveam băutură. Dacă beau acu' un pahar, n-o să mă mai pot opri până nu beau butoiul întreg. Adă-mi nişte apă mai degrabă...

Ea se repezi până afară şi-i umplu iute o cană.

– Marie, acuma povesteşte-mi. Zi-mi de tine, ce-ai făcut, zi-mi de copii. Zi-mi tot. Frate-miu ce face? S-a-nsurat şi el, ca omul?

Ea scutură din cap în semn că nu.

– Dar Gheorghiţa?

Maria făcu acelaşi semn, apoi se aşeză la masă lângă el.

– Mitule... rosti după o vreme.

El încruntă din sprâncene.

– Ce-i, femeie, zi-mi! Ce s-a întâmplat?

– Mitule... a murit mumă-ta. A murit Lenuţa.

Atunci puse furculiţa încet lângă tigaie.

– Când s-a-ntâmplat?

– Acu' un an jumate. Într-o zi a căzut la pat şi-n trei săptămâni s-a dus. Doctorii au zis c-a avut cancer la plămâni.

El îşi prinse capul în mâini. Se simţea vinovat că nu se gândise la maică-sa mai deloc în vremea asta. Apoi îşi îndreptă gândul în altă parte:

– Povesteşte-mi de copii...

– Nici nu ştiu de unde să-ncep... Gheorghe - să-l vezi ce flăcău e! - a lucrat o vreme la pădure, acum s-a angajat la mina de grafit de la Cătălinu de Sus. De mare ajutor mi-a fost în anii ăştia, că fără banii lui am fi murit de foame. La început nu voia cu niciun chip să se scoale dimineaţa... Şi n-aveam de ales - cât de milă mi-era şi tot trăgeam de el pân' se trezea...

– Dar Sănducu, lui cum îi merge?

– Sandu a fost cel mai lovit de plecarea ta. A fost cam bolnăvicios şi nu m-a putut ajuta în gospodărie ca Gheorghe. Mereu răcit, cred c-a rămas c-o slăbiciune de când a fost bolnav de era să moară. După ce-a terminat patru clase, am vândut un porc şi l-am trimis la gimnaziu. La început n-a prea învăţat, dar când i-am spus că are de ales între şcoală şi gospodărie, s-a pus cu burta pe carte şi a început să ia note mai bune. Aşa a intrat la Târgu Jiu la şcoala medie tehnică financiară.

– Şi Micu? Ce face Micu ăl mic al meu?

Maria zâmbi:

– Micu e un comedios, să ştii, dar foc de deştept! Şi încăpăţânat! Pe el am vrut musai să-l ţin acasă, dar să vezi ce mi-a făcut, afurisitul! Într-o noapte s-a sculat pe furiş şi a plecat la şcoală la Novaci cu Sandu şi s-a întors abia spre seară. Şi mi-a zis că dacă nu-l dau mai departe la şcoală, el fuge de-acasă. Eu tot nu voiam, dar a doua zi s-a pitulat din nou ca să se ferească de mine şi a fugit iar la şcoală. N-am mai avut ce-i face. Şi ştii cum învaţă? E primul din clasă! Îi place istoria şi matematica şi e băgat în seamă de profesori.

Mitu se lumină de bucurie la toate astea.

– Ştii, continuă ea, uneori mă gândesc că Micu e ca Ionică... tot aşa de deştept... doar că s-a dezvoltat mai încet...

El o privi adânc, încercând să înţeleagă ce era îndărătul vorbelor.

– Şi fata, ea ce face?

– Ei, Măriuţa... Ce să facă?... Cu joaca... Se face frumoasă... Seamănă tot mai tare cu tine...

– Greu, Marie, foarte greu.

– Greu, foarte greu, încuviinţă ea. Am dus-o într-o sărăcie lucie, dar copiii n-au simţit. Să ştii, Mitule, că n-au suferit. Poţi să-i întrebi, îi spuse ca şi cum s-ar fi temut de judecata lui. Iarna se dau cu sania, vara colea-n vale la bătut mingea, de trebe să strig de zece ori la ei ca să se-adune pe acasă să mănânce. Muncesc la animale, la adunatul cocenilor, în vacanţa de vară Sandu şi Micu la lemne, de, ştii şi tu cum e...

Mitu o privi cu înţelegere şi-i luă palmele muncite între mâinile lui:

– Marie, îi spuse greoi, ca şi cum i-ar fi fost greu să scoată vorbele astea din el, ştiu că n-am fost cel mai bun bărbat din lume... Ştiu asta. Dar să ştii că-n fiecare seară mă gândeam la tine. Asta m-a ţinut în viaţă acolo, îţi spun. Niciodată nu ţi-am vrut răul, Marie. N-am vrut răul nimănui. Niciodată.

Capitolul 84

Câteva luni i-a luat lui Mitu să treacă peste pragul întoarcerii la matcă şi să simtă din nou dorinţa de a trăi. Reîntâlnindu-se cu oamenii din sat, care făceau tot ceea ce făcuseră de la începutul timpului, fiind duşi de viaţă ca de un val, îşi dădea seama că, în ciuda tuturor caznelor la care fusese supus, soarta lui fusese atât de bogată încât trebuia să se socotească un norocos. Da, trecuse prin clipe grele, însă avusese suişuri la care puţini îndrăznesc să viseze. Din Cernădia, de pildă, prea puţini plecaseră vreodată departe, într-o călătorie; mulţi nu văzuseră niciodată marea; doar câţiva conduseseră un automobil sau trecuseră graniţa. Putea să-i numere pe degetele de la o mână pe cei care ajunseseră în America.

În comparaţie cu ei, îşi zicea, el era binecuvântat. Nimeni nu avusese urcuşurile şi coborâşurile lui. De fapt, îşi trăise viaţa aşa cum puţini alţii reuşesc s-o facă: cunoscuse femei multe şi frumoase, cântase şi făcuse bani, se distrase, călătorise în multe locuri şi văzuse multă lume, avea acum o nevastă tânără şi blândă şi copii frumoşi.

Prin toate astea, se simţea bogat.

Chiar şi puşcăria o vedea acum, după ce ieşise din ea, ca pe o întâmplare care-şi avusese şi părţile ei bune: închisoarea îi mai luase ceva din povara vinovăţiei pentru moartea lui Ionică, de parcă iadul de acolo ar fi fost pedeapsa pentru păcatul lui, iar acum era curat, putând s-o ia de la capăt.

Parcă şi felul în care gândea despre Maria era altul. Până nu demult, pentru el ea fusese „copila" - o fetiţă care se măritase devreme, îi turnase copii şi trebăluia prin casă. O preschimbare lăuntrică se petrecuse în el de când se întorsese şi văzuse încercările la care fusese supusă. El avea o coastă umflată de la schingiuiri, dar şi ea îşi rupsese o coastă: vrând să strunească un bou care nu se mai urnea din loc odată la arat, l-a apucat de coarne şi animalul s-a repezit la ea şi a împuns-o, lăsând-o aproape fără suflare. Dumnezeu a ajutat-o atunci: un om de pe ogorul vecin a oblojit-o şi a dus-o la dispensar.

Ceea ce nu i se întâmplase niciodată cu vreo altă femeie, i se întâmpla acum, spre apusul vieţii, cu Maria: căpăta respect pentru ea. Stimă pentru truda ei îndelungată, pentru voinţa cu care strânsese fiecare crăiţar ca să-şi trimită băieţii la şcoală, pentru faptul că-l aşteptase credincioasă în toţi anii ăştia, când ar fi putut, foarte bine, să-l părăsească.

Iubise multe femei şi se bucurase de plăcerile trupului - şi în tinereţe, şi spre bătrâneţe -, dar pentru nimeni, până la ea, nu încercase recunoştinţă. Nu avusese faţă de niciuna convingerea că i-ar fi putut spune „tu şi cu mine suntem una". Iar acum, asta simţea pentru ea: că erau, de fapt, jumătăţile aceluiaşi întreg. Şi, în acelaşi timp, se simţea vinovat că, de-a lungul tuturor anilor ăstora, jinduise în adâncul sufletului după Olga, prima lui mare iubire, şi tânjise după ea mult după ce se întorsese în Cernădia şi se însurase. Acum, nu mai avea decât amintirea dulce a iubirii lui pentru ea. Sentimentul dureros, în sfârşit, se uscase.

De acum, putea să ia viaţa de la capăt, ca un înviat din morţi, credea. Putea să se bucure de familie, de grădină, de animale, de pământurile pe care încă le avea sus la Rânca. Putea să se vadă cu vechii prieteni.

Şi, ce era mai important dintre toate, putea să cânte din nou. Să intre într-un taraf. Da, putea să se întâlnească cu Cirică şi Julea, ca odinioară! De mult nu-l mai duşmănea pe Julea, pe care îl învinovăţise de moartea lui Ionică. Lucrurile se aşezaseră, îngropate în uitare. Trecutul cu trecutul.

Cei doi ţigani nu se schimbaseră nici la port, nici la înfăţişare. Istoria cea mare şi cumplită trecuse pe deasupra capetelor lor fără să-i înrâurească în vreun fel. Când s-a întâlnit cu ei prin sat, au trecut de-a dreptul la subiect, fără să-l întrebe cum o dusese în anii când nu se văzuseră:

– Lăutăreciule, te-ai hotărât să mai dai şi tu pe-acasă... Când îi mai zicem şi noi, ca pe vremuri?

În ziua când i-au făcut prima vizită „de lucru", într-o sâmbătă tihnită, i-a primit cu bucurie adevărată - „în sfârşit, încep să cânt din nou!". Veniseră împreună cu un tinerel despre care îi spuseră că e talentat şi sârguincios.

– Lăutăreciule, ăsta-i Cacă-Fum. Numai ascultă-l cum cântă la vioară, o s-ajungă ca tine, mă! Ca tine! Are o digitaţie, parcă se plimbă pe strune! Ia zi-i iute una, fecior!

Mitu i-a privit amuzat:

– Cum îţi zice ţie, mă băiete?! Sau n-auzii eu bine?!

– Mă cheamă de-adevăratelea Tiberiu, da' mi se zice Cacă-Fum, unchiaşule, răspunse băiatul, fără ca ceva din expresia lui să trădeze vreo nemulţumire pentru porecla asta.

– Şi de unde-ţi veni ponosu', borac?

Cirică interveni iute cu explicaţia:

– Hai că-ţi spui eu, că doar eu i-am pus-o: a făcut odată focul cu lemne jilave şi a început să iasă fum, şi a zis că ştie o metodă să nu mai iasă fum, şi a aruncat un cauciuc peste lemne. Şi, bineînţeles, a ieşit şi mai mult. Şi de-atunci aşa i-a rămas numele: Cacă-Fum. La aşa prostie, aşa nume!

– Pricepui... Ia zi, mă, una din vioară, îl îndemnă Mitu. Marie, adă nişte băutură pe masă! strigă în curte. Gheorghe, vin' şi tu, mă băiatule, aici!

Femeia tresări când îl auzi - „Iar bea? Şi tocmai cu Julea, cu care era când s-a îmbolnăvit Ionică?" -, dar nu spuse nimic şi aduse din povarnă o sticlă cu ţuică din cea mai veche. O puse pe masă, apoi înşiră dinaintea lor cinci pahare. Mitu le umplu, lăsându-şi însă lui paharul gol.

– Marie, adă-ţi şi ţie un pahar. Şi mie pune-mi apă într-al meu şi adă-mi vioara de pe dulap.

– Păi ce-ai, mă?! se miră Cirică. Adică ce, tu nu bei cu noi?! Da' ce-ţi făcurăm?

El se făcu că nu-l aude şi-l îndemnă pe Tiberiu să cânte. Acesta îşi propti vioara sub bărbie şi începu o învârtită, iar ţiganii îi ţinură isonul. Era o melodie nouă, care suna foarte frumos.

— Îi zici bine, boracule, îi zici bine..., îi spuse la sfârşit. De la cine-ai învăţat scripca?

— Singur, unchiaşule. De la Cirică, de pe ici, de pe colo, da' mai mult singur. Prindeam câte ceva la horă şi pe urmă toată săptămâna numai asta făceam.

Mitu se gândi că şi el făcea la fel în tinereţe: „Ce-i şi viaţa asta! Nimic nu se schimbă-n lume...".

Când Maria îi aduse vioara, se schimbă la faţă. De când se întorsese în sat, nu cântase niciodată. Nici în prima zi, când ea i-o aduse şi-i spusese că era singurul lucru de care nu se despărţise, nu cântase, ci doar o atinsese şi o mângâiase, de parcă i-ar fi fost teamă.

Îşi plimbă degetele peste strune:

— Mărie, stai şi tu aicea. Nu pleca.

Ea se aşeză stânjenită. Era prima oară când bărbatul ei o chema să stea printre lăutari.

— Ia ascultă aicea şi zi-mi dacă-ţi place, Marie...

Ridică vioara şi închise ochii, apoi începu să cânte cu aceeaşi voce plină, caldă, adâncă şi limpede, puţin răguşită când urca, pe care o avea de când împlinise şaptesprezece ani. Trupul îi era schimbat, faţa ridată şi gălbuie, ochii înceţoşaţi şi osteniţi, picioarele îl duceau cu greutate, dar vocea îi rămăsese tot pătrunzătoare şi sigură.

Cântă o melodie care nu era populară, ci aducea mai mult a jazz, a blues, a ceva străin, americănesc, îmbibat însă şi cu armonii ţigăneşti, cu nuanţe lăutăreşti.

Julea, care când cântau alţii se ocupa de obicei cu golirea paharului, rămase cu gura căscată. Niciodată nu auzise aşa ceva. Cirică uită să mai ducă ţigara la gură, oprindu-se cu ea la mijlocul drumului.

Tiberiu parcă nici nu mai sufla. Mitu cânta atât de altfel faţă de ce învăţase el de la lăutarii locului încât rămăsese ţintuit în scaun, neputând să-şi mai desprindă privirea de la el.

Maria îl privea mişcată. Totdeauna îi plăcuse cum cânta bărbatul ei, chiar dacă asta se sfârşea adesea cu beţii cât era noaptea de lungă. Dar cântecul de-l zicea acum era mai frumos ca toate. Cum de ea nu-l ştia? Îl învăţase-n închisoare?

Numai Gheorghe era nepăsător, gândindu-se poate la şindrila pe care trebuia s-o bată pe acoperiş sau la drumul la Craiova pe care-l avea de făcut în curând. El niciodată nu se veselise prea tare pe la hore sau cu lăutarii.

Când sfârşi, Mitu puse vioara pe masă şi oftă adânc, ca şi cum şi-ar fi amintit deodată ceva trist. Cântase cu ochii închişi, rătăcit câteva clipe într-o lume pe care doar el o înţelegea, care îi dădea fericire şi în care, dacă ar fi putut, s-ar fi cufundat pentru vecie.

– 'Nea Mitu, rupse tăcerea Tiberiu agitat, mă înveţi şi pe mine muzică? Mă înveţi? Uite, îţi plătesc, îţi dau ce am eu, am să muncesc să-ţi dau bani, dar vreau să prind de la 'mneata! Eu n-am auzit niciodată aşa ceva cântându-se prin zonă. N-am auzit...

Cirică îl susţinu cu entuziasm.

– Da, mă, învaţă-l nişte şmecherii de-ale tale, că le zici bine! Parcă toţi anii de închisoare numai asta ai fi făcut: să cânţi la vioară. Da' de unde-i cântecul ăsta, că nu-mi amintesc să-l fi glăsuit vreodată?!

Mitu îşi strânse secretos buzele:

– L-am scris în închisoare. Asta e prima dată când îl spun.

– Cum l-ai scris fără să-l cânţi? întrebă Tiberiu, care nu ştia notele muzicale.

– Aşa, în cap, cum altfel? L-am fredonat din voce, dar acu' e prima dată când îl pun şi pe vioară.

Luă apoi o pauză scurtă, ca să-şi adune curajul, şi adăugă:

– L-am făcut pentru Maria... rosti încet, ca şi cum i-ar fi fost ruşine să mărturisească una ca asta.

Femeia înlemni. Cum?! Bărbatul ei îi... făcuse un cântec?! Zâmbi încurcată şi nesigură.

– He, Marie, eşti norocoasă de felul tău, să-ţi facă un cântec numa' pentru tine! Da' nu cumva să-i zici asta muierii mele, că mă omoară dacă aude! zise Julea, apucând hotărât vioara, ca şi cum s-ar fi supărat că lui nu-i trecuse niciodată prin cap să facă asta pentru nevasta lui. Haide, mă, acu', să-i zicem cu toţii!

Îşi acordară instrumentele şi începură:

> *Cine n-are ce lucra,*
> *Să plece-n America,*
> *C-acolo lucru găseşte,*
> *Dar de dor nu-i poate trece.*

O ţinură ca pe vremuri, jumătate de oră întins, pauză de câteva minute, încă jumătate de oră întins, şi tot aşa.

Încheiară abia după miezul nopţii, când Mitu, spre dezamăgirea lor, le spuse că era obosit şi vrea să se culce.

Se despărţiră veseli ca în vremurile bune. Julea şi Cirică ieşiră clătinându-se pe poartă, iar Tiberiu sări să-i sprijine. Mitu îi privi o vreme cum se împleticeau pe uliţă, apoi se întoarse către Maria:

– La fel de rău eram şi eu, femeie? Tot aşa?

Ea dădu tăcut din cap. Mitu cel de-acum era bărbatul pe care şi-l dorise dintotdeauna! Apropiat, drăgăstos, aşa cum fusese el la început când se luaseră!

– Mărie, să ştii că dacă ţi-am pricinuit necazuri vreodată, a fost din prostie, din nebunie. Niciodată, continuă cu vocea frântă, niciodată n-am vrut să-ți fac rău. Niciodată, repetă, și se îndreptă gârbov și schiopătând spre casă.

Capitolul 85

După reîntâlnirea cu Julea şi Cirică, Mitu a început să repete cu ei ca în trecut. În fiecare seară ţiganii se înfiinţau punctuali, la ora şapte, în curte la el, şi cântau fără oprire, repetând piesele de odinioară, compunând şi improvizând. Tiberiu era şi el nelipsit, căznindu-se grozav să ajungă la nivelul lor de măiestrie.

Mitu era zgârcit cu lămuririle: de obicei lua vioara şi închidea ochii, scârţâind cu arcuşul până obosea. Nu se oprea niciodată ca să dea explicaţii, ci cânta şi tot cânta, lăsându-i pe ceilalţi să se descurce cum puteau să fure muzica de la el. Îşi spunea că cineva care nu reuşeşte să imite „din mers" nu are talent destul, şi-şi amintea de fecioria lui şi de vizitele la Corcoveanu, când îi sângerau degetele de la plimbatul necontenit pe strune.

După primele nunţi, vorba că taraful lui Julea şi Cirică se reîntregise cu Lăutăreciu s-a răspândit, iar comenzile au început să vină: într-o zi la Cernădia, peste şapte zile la Novaci, apoi la Cărpiniş sau la Bumbeşti-Piţic, şi tot aşa, încât nu exista sfârşit de săptămână să nu fie chemaţi să dea o „reprezentaţie".

Era ca şi cum timpul o lua pentru Mitu de la capăt, arătându-i, parcă în râs, că truda lui prin viaţă, văzduhurile prin care zburase, genunile în care se cufundase în cele două zări ale lumii, fuseseră zadarnice şi că, până la urmă, se întorsese de unde plecase.

Într-o după-amiază, pe când se pregătea de repetiţie cu Julea şi Cirică, în faţa porţii a oprit un automobil. Îl auzise de departe, că trebăluia pe afară, dar nu i-a trecut prin minte că venea chiar la el. Când l-a văzut parcând lângă gard, s-a speriat. Nu se mai întâmplase decât o dată ca o maşină să oprească în faţa casei lui: când îl arestase securitatea.

S-a apropiat timorat. Din automobil coborî un domn îmbrăcat într-un costum negru, pantofi lustruiţi oglindă, care nu intră în curte, ci-i făcu semn să se apropie.

– Dumitru Popescu? Lăutăreciu? Dumneata eşti? Gheorghe Scurtu, primarul Târgu Jiului, îi întinse mâna.

Mitu nu-l întâlnise niciodată, însă auzise de el, pentru că Tiberică, fiul lui Flitan, pe care îl scăpase din mâna ruşilor la sfârşitul războiului, avea să se însoare cu fata acestuia. Cât el zăcuse prin închisori, Tiberică devenise inginer şi muncea la Electrica de la Târgu Jiu. Taică-său era plin de mândrie că feciorul lui intră în aşa o familie.

Primarul îi spuse că venise să-l roage să cânte la nunta fiicei lui şi făcuse drumul personal, ca să fie sigur că n-o să-l refuze.

– Am cerut sfatul prietenilor şi toţi mi-au recomandat un singur nume: Lăutăreciu din Cernădia.

Vizita lui Scurtu şi nunta care a urmat au fost ca o ultimă pecete pusă reputaţiei lui. Pe la mijlocul petrecerii, primarul s-a ridicat în picioare ca să ţină un toast, lăudându-l ca şi cum l-ar fi avut în faţă pe Mozart:

– Am întâlnit mulți muzicieni la viața mea, domnilor. În virtutea meseriei pe care o am, lumea mă invită deseori la nunți și botezuri. Da, mă invită, de ce să nu admit... Dar niciodată n-am întâlnit pe cineva cu atâta măiestrie la vioară. Niciodată n-am întâlnit pe cineva care să cânte așa de bine din voce. De fapt, vă mint: am mai auzit ca el, însă doar la radio și la televizor! Lumea îi spune Lăutăreciu, iar asta încă de când era copil. Dar eu vă propun altceva: e timpul să-l numim altfel! Dragii mei, pentru mine Mitu este de acum încolo „Maestrul Cântului". De la latinescul *Magister Cantor* - Maestrul Cântăreț! *Magister Cantor!*

Pe lângă funcția de primar, Scurtu preda filosofie la liceul economic, și tare îi plăcea să folosească expresii pompoase și să amestece latina cu româna. Nuntașii n-au înțeles prea bine ce e cu *Magister Cantor*, dar, prin vorbele acestea - pe care ei le-au purtat la alții, iar aceștia, la rândul lor, la alții - Mitu a devenit o mică celebritate locală. Ceea ce visase cu atâta ardoare în tinerețe - să ajungă cineva -, se înfăptuia acum, către apusul vieții. Și nu era un rezultat al întâmplărilor și suferințelor prin care trecuse, al călătoriilor peste mări și țări, al luptelor în care aproape că-și dăduse viața, ci al unui lucru pe care îl făcea de când se știa.

Bucătăria de vară i se transforma, încetul cu încetul, în școală de muzică. Tinerii dornici să învețe vioara îl căutau, vizitându-l sau mergând și ei în locurile unde se ducea cu taraful.

La început, i-a primit pe toți, petrecând cu ei pe îndelete, povestind și exersând digitația. Se simțea bine. Se simțea important. Se simțea folositor.

Peste un timp, când deja nu-i mai ajungeau toate orele dintr-o zi ca să le facă pe toate, a început să organizeze concursuri al căror scop era să-i aleagă pe cei mai talentați. Întrecerile se desfășurau la el acasă și începeau printr-o triere rapidă: îi punea să tragă de câteva ori cu arcușul pe strune și, din asta, își dădea seama iute cine nu avea ce căuta acolo. Cu cei rămași organiza „competiții", cum îi plăcea să le numească: îi alinia ca la armată și-i punea să cânte cea mai dificilă piesă pe care o știau. Selecta pe cei mai virtuozi, iar acestora le cânta el ceva - de obicei o melodie nu foarte grea, dar necunoscută - și le cerea s-o repete, notând numărul și gravitatea greșelilor fiecăruia. După asta, le evalua vocea: îi punea să urce și să coboare ca să le aprecieze registrul și să vadă cât de bine țineau notele la extreme.

La sfârșit, urma proba cea mai dificilă, de care toți se temeau, pentru că nu se puteau pregăti pentru ea: le testa auzul perfect - așa cum făcuse și Brâncuși mai demult cu el -, punându-i să intoneze diferite note, fără nicio referință tonală anterioară.

Recompensa pentru învingători, după acest calvar de probe, era pe măsură: cine ieșea victorios avea de obicei locul asigurat într-un taraf în căutare de oameni. Recomandarea lui Mitu valora aur.

Toate astea îl bucurau cum nu credea că ar mai fi fost în stare să se bucure. Organizarea concursurilor era obositoare, dar o făcea cu entuziasm adolescent. Lângă acești tineri, întinerea și el. Simțea că are un scop în viață. Faptul că putea îndruma niște oameni, așa cum făcuse Corcoveanu cu el, îl umplea de mulțumire și îl însenina.

Se părea că își găsise, într-un sfârșit, locul în lume.

Jumătate de secol îi trebuise să ajungă învățător. Jumătate de secol îi luase să-și facă un nume pe care câțiva oameni să nu-l uite niciodată.

Jumătate de secol îi trebuise să conteze în ochii celorlalți.

SĂVÂRȘIREA

Capitolul 86

Maria era cu Măriuța în drum spre Târgu Jiu când Mitu l-a visat pe Ionică pentru prima dată de la moartea lui. Femeia pornise la oraș să facă niște cumpărături și, dacă tot ajungea până acolo, să-i ia pe Sandu și Micu de la internat și să se întoarcă împreună acasă. Băieții stăteau acolo aproape permanent, venind la Cernădia doar o dată pe lună.

Ca întotdeauna când călătorea cu autobuzul, era cufundată în gânduri. La Sandu și Micu ajungea aproape săptămânal - de obicei marțea sau miercurea, când le ducea ceva de mâncare. Se scula înainte de zorii zilei și mergea pe jos la Novaci ca să prindă rata de șase dimineața spre oraș. Câteodată pitea de Mitu niște bani ca să le dea băieților, să aibă de-o prăjitură. Uneori le împletea un pulover sau o pereche de mânuși. Se mândrea cu băieții ei - copii deștepți, care mergeau la liceu, învățau sârguincios și aveau de gând să meargă la facultate. Lui Micu îi plăceau atât de multe materii, că nu se putea hotărî dacă să dea mai departe la matematică, la litere sau la istorie. Sandu se hotărâse deja: litere.

Se gândi apoi la Gheorghe, care, fiind cel mai mare, fusese trimis la muncă să aducă bani în casă. Poate că și el ar fi putut face școală. Ce vină a avut că s-a născut primul?!

O privi pe Măriuța. Fata adormise cu capul pe umărul ei. Era bucuroasă când mergeau la oraș, pentru că își cumpăra și ea ceva din piață.

Gândurile i se întoarseră la Micu și Sandu. Dacă dădeau la facultate, erau duși pe vecie... Micu voia să dea la Cluj, iar Sandu tocmai la București! Cum să se mai întoarcă la țară, după ce-or să vadă cât e de bine la oraș?! Cine se întoarce de la bine la rău?! Numai Mitu al ei se întorsese la mai rău! Da, bărbatul ei se întorsese la rău. Se întrebase de multe ori ce-l făcuse să vină înapoi în România, mai ales că-l văzuse căindu-se după America. Nu i-a explicat niciodată, doar i-a spus că i-a fost greu și nu a mai putut să îndure. Dar cum putea să fie mai greu decât în Cernădia?! Doar toată lumea visează la America - cum să fie acolo mai rău decât în sat?!

O birui oboseala și adormi lângă Măriuța. Se trezi peste jumătate de oră în hurducăitul autobuzului, care ajunsese în autogară la Târgu Jiu.

O sculă pe fată și se plimbară o vreme prin piață și prin magazinele din centru, și-i cumpără niște ciocolată „Gândăcelul" - preferata ei -, după care se îndreptară spre internatul liceului. Băieții așteptau în cameră, gata pregătiți de plecare.

Deși clădirea arăta ca un spital, cu becuri chioare în tavan și holuri întunecoase, pereți crăpați și geamuri sparte, era mult mai bine decât în Cernădia, își spunea. Copiii stăteau curat și îngrijit, chiar dacă mai sărac. Aveau un reșou mic pe care-l foloseau la toate - fierbeau cartofi, încălzeau mâncare sau îl lăsau aprins ca să se dezmorțească iarna - iar pe jos aveau niște carpețele de lână luate de acasă, ce se asortau cu restul.

– Tata ce face? întrebă Micu.

– Taică-tu... ce să facă... Se mişcă mai greu zilele astea, parc-ar avea o boală, da' e bine. De marţea trecută de când am venit la voi se plânge de junghiuri în burtă, la ficat, dar văd că ieri nu s-a mai văicărit. O fi de la vreme, ştiu eu, că tare rău a mai plouat...

Porniră spre autogară, de unde luară autobuzul de patru spre Novaci. Acasă, Mitu îi aştepta înţepenit pe un scaun, părând că se gândeşte la ceva de importanţă extremă.

– Ce faci, tată? strigară Micu şi Sandu veseli.

El nu schiţă niciun gest.

Maria îl privi mirată: nu se mai întâmplase să intre pe poartă cu băieţii şi el să nu le arunce o vorbă.

– Păţişi ceva, Mitule? Îţi adusei nişte lame de bărbierit.

El o privi îngândurat, parcă vrând să-i spună ceva, dar tăcu. Maria îl lăsase dimineaţă dormind, însă se trezise imediat după ce ea plecase şi, ca să-şi aline o durere ascuţită de cap, se apucase să deretice prin casă. Se dusese apoi la pârâu şi se clătise cu apă rece, băuse nişte ceai, însă durerea tot nu-l lăsase. Şi de atunci lâncezise aşa toată ziua, neînstare de nimic.

– Ce ai, te doare ceva?

– Mă doare capul de-mi vine să-l tai cu beschia şi vomitai până acu' o zeamă gălbejie. Şi am o amărală-n gură...

– Da' ce stai aşa ţeapăn, ca şi cum te-ar fi uitat Dumnezeu? îl întrebă ea, fără să-şi dea seama cum suna ce rostise.

Mitu o privi lung, ca şi cum ar fi vrut să priceapă ce era îndărătul întrebării.

– Îl visai pe Ionică azi-noapte, femeie, spuse. Ştii, nu l-am visat niciodată înainte. Ştii? Niciodată...

Maria tresări. Era prima dată de la moartea băiatului când bărbatul ei îi pomenea numele. Se dădu un pas în spate, privirea i se încrâncenă, buzele i se subţiară, faţa i se albi golită de sânge. Respiră adânc, ca să-şi vină în fire, şi roşeaţa îi reveni cu încetineală în obraji.

– Cum îl visaşi? întrebă încet, aproape fără voce.

Micu şi Sandu se traseră curioşi mai aproape, ca să audă şi ei. Gheorghe, care până atunci măturase prin curte, veni şi el.

Mitu răsuflă adânc şi începu să povestească anevoie, de parcă ar fi smuls din el cuvintele cu cleştele:

– Se făcea că era în grădină şi era îmbrăcat în costumaşul de marinar... Ştii, costumaşul de marinar. Era vesel, râdea şi alerga pe câmp, se oprea să culeagă câte o floricică, cum culeg fetele. O mirosea şi-apoi se uita la mine ca şi cum m-ar fi chemat la el. Mă chema, mă chema la el... Să ştii că mă duc, muiere... eu mă prăpădesc.

– Ducă-se pe pustie, nu mai vorbi aiureli! se împotrivi Maria. Şi numai asta visaşi?

– Nu. Se tot depărta de mine şi-mi făcea cu mâna să viu după el. Şi eu încercam să mă duc şi voiam să fug, dar parcă eram în apă şi nu mă puteam mişca. Şi, nu ştiu cum, dar deodată era lângă mine şi mi-a întins o cutie, ca aia de metal în care ținem noi banii, și-am deschis-o și a ieșit o pasăre albă din ea, parcă era porumbel, și a zburat în văzduh. Fâlfâia din aripi și era însângerată, și parcă pasărea era el acuma. Pleca și mă tot chema. Era și pasăre, și el.

Maria nu știa să citească în vise decât puțin, din ce învățase mai demult de la o babă de la Baia, dar asta nu era un vis bun. Porumbelul era sigur Ionică.

— Eu zic să mergem până la Leana Dracului la Novaci s-o-ntrebăm de tălmăcire.

Mitu încruntă din sprâncene nemulțumit:

— Un-mă pui pe drumuri, femeie, la bazaconia aia? Să-ți ia gologanii și să-ți spună minciuni, că știu eu bine! Zdravănă ești la cap?

— Hai, mă Mitule, nu mă fă nebună. Hai să mergem pân-acolo, că tălmăcește bine și poate ne zice ceva. Nu-i dau bani, i-oi da niște straie vechi. De bogdaproste după sufletul lui Ionică... Știi când 'nea Ghiță a visat pe muierea lui că era goală într-un lac? Mai ții minte că țiganca i-a spus să se ferească de apă, că se poate îneca? Și a căzut în toaie la Gilort, și noroc că-și adusese pe Haiduc cu el, c-altfel murea înecat, așa cum spusese ea. El niciodată nu mai mersese cu câinele la apă, mare noroc a avut...

— Eu unul nu merg la Leana Dracului, să râdă lumea de mine că m-am smintit și umblu pe la ghicitori. Ce mi-o fi scris mi-o fi. Cum o vrea Dumnezeu...

Maria îl privi descumpănită și continuă să-l convingă, dar Mitu nu se înduplecă. S-ar fi dus și singură, dar era prea obosită ca să mai fie în stare să facă drumul până la Novaci pe jos. Și nu se încumeta să plece cu căruța vecinilor. Ultima dată când strunise iapa, afurisita se ridicase în două picioare și aproape că se răsturnaseră, și de atunci îi era frică.

— Bine, bărbate, las' c-om merge la ea altădată, când ne-om azvârli până la Novaci, poate duminică.

Mitu nu zise nimic o vreme. Apoi, ca și cum și-ar fi amintit brusc de ceva, le spuse:

— Poate-om merge, Marie, da' acu' hai în odaia mică să v-arăt ceva. Micule și Sandu, haideți și voi... Gheorghe, tu știi...

În cameră îi făcu semn lui Sandu:

— Ia trage, mă copile, cufărul în mijloc.

Băiatul se opinti și-l hârșâi pe podea. Era cufărul cu care venise din America, cel mare, din lemn ghintuit cu benzi de metal. Stătuse în colțul ăla de când își făcuse casa. Nu mai avea mare lucru în el: livretul militar american, niște fotografii, câteva scrisori, un ceas, o pălărie pe care o purtase la zilele festive în New York niște pungi cu mărunțișuri de care aproape uitase.

— Vreau să vă spun ceva, zise, scotocind prin el. Eu nu cred în vise... Numai bunul Dumnezeu știe ce-o să se întâmple... Dar vă chemai să vă arăt ceva. Ascultați-mă și jurați-vă că n-o să ziceți la nimenea.

Copiii dădură din cap şi se traseră aproape. El scoase din cufăr cutia metalică în care ţinea certificatele de acţionar, pe care o îngropase în fundul grădinii înainte de a pleca la închisoare.

– Gheorghe, o dezgropai azi şi-o adusei în casă, îl lămuri pe băiatul cel mare, care îl privea întrebător. Toţi anii ăştia, Gheorghe nu destăinuise nimănui, nici măcar maică-sii, secretul pe care i-l încredinţase taică-său atunci.

– Vedeţi hârtiile astea? continuă Mitu. De-acum sunteţi mari şi puteţi înţelege. Astea-s certificate de acţionar. Certificate de acţionar, repetă. Ştiţi ce înseamnă asta? Micule, tu ştii?

Băiatul dădu din cap a neştiinţă.

– Mă, astea-s ca nişte acte de devălmăşie. De proprietate în comun - dar nu de munţi, ca obştea de-aicea din Cernădia, ci de companii. O acţiune e o parte mică dintr-o companie, tot aşa cum avem noi în devălmăşie o parte din Corneşu Mic. Ştim cât avem, dar nu şi unde. Tot aşa-i şi cu acţiunile astea: ştii că ai, da' nu ştii ce anume ai: o cameră, o parte din producţie sau o parte din terenul pe care stă fabrica. Înţelegeţi? Eu, când eram tânăr, am cumpărat în America acţiuni. Uite ce scrie aicea: cinci acţiuni, vedeţi? Aicea, zece acţiuni. Astea-s câte părţi din companiile astea am eu. Pricepeţi?

Copiii se îngrămădiră lângă el să se uite peste hârtii.

– În 1929, când a căzut bursa, eram în America de mulţi ani. Preţul acţiunilor a scăzut atât de tare, că ale mele n-au mai valorat nimic. Agentul cu care lucram eu acolo, Dumnezeu să-l ierte, şi-a tras un glonţ în cap. În trei zile a pierdut tot ce agonisise într-o viaţă. Eu am rămas sărac lipit pământului. Nu v-am spus asta niciodată. Cheltuisem toţi banii pe acţiuni, bani mulţi, foarte mulţi, şi nu le puteam vinde pentru că nu mai valorau nimic. Alţii le-au vândut aşa, la grămadă, pentru câţiva cenţi, dar eu nu. Am sperat ani de zile c-or să crească din nou, însă asta nu s-a întâmplat. Până când m-am întors în România, ele au rămas tot aşa, ba unele din companiile alea au dat faliment până la urmă...

Îşi drese vocea, rândui foile pe pat şi continuă:

– De ce vă chemai: eu mâine-poimâine mor, că-s bătrân şi fără vlagă... Certificatele astea poate sunt fără valoare, cum erau şi atunci după ce le-am cumpărat. Dar poate că nu. Nu vedeţi America ce dezvoltată e? Bag mâna-n foc că multe din companiile care erau în pragul falimentului în 1929 şi-au revenit acum. Dacă am acţiuni într-una din astea, vă căpătuiţi! Când oi muri, s-aveţi grijă de ele ca de ochii din cap. Şi, dacă v-o ajuta Dumnezeu să plecaţi şi voi în America, să le luaţi şi să vă interesaţi.

– Dar de ce nu ne interesăm acuma, tată? întrebă Micu, încercând să desluşească ceva din engleza de pe certificate.

– Unde să-ntrebăm, borac? La primărie? Cine ne spune nouă lucrurile astea? Păi, dacă aud că am acţiuni în companii americane, comuniştii mă trimit iar la puşcărie! Şi pe mine, şi pe voi! O să spună că-s capitalist! Juraţi-vă că nu povestiţi asta nimănui, decât când o să scape ţara de comunişti! Eu nu vă spun să fugiţi peste graniţă, deşi ştiu c-acolo e mult mai bine decât aici. Ştiu asta, că doar am trăit în America. Am fost un netot că m-am întors. Cea mai mare greşeală a vieţii mele. Dar nu vă spun, pentru că mi-e frică să nu vă împuşte la graniţă. Dac-o să învăţaţi bine şi o să intraţi la facultăţi, o să ajungeţi membri de partid, şi poate s-o ivi vreo ocazie să plecaţi. Atunci să luaţi actele astea.

Puse foile înapoi în cufăr iar Sandu se repezi să-l împingă la loc în colţ.

– O să-i punem lacăt. Să nu intre cineva să le fure...

Capitolul 87

La o săptămână după asta - într-o zi nici călduţă, nici prea friguroasă, nici luminoasă, nici înceţoşată, o zi normală, fără vreo însemnătate deosebită în lume - Mitu a simţit o durere ascuţită în burtă, ca tăişul unui cuţit înfipt adânc, răsucindu-se în el. La început, deşi încovoiat de suferinţă, nu i-a dat atenţie. „Bătrâneţile astea, 'tu-le mama lor, ce-mi fac ele mie, în loc să mă apuc de trebi..."

După o jumătate de oră s-a ridicat anevoie, s-a dus în odaia mică şi s-a întins în pat, mângâindu-şi ficatul cu palma, ca şi cum ar fi încercat să-i dea viaţă.

Maria muncea la răsaduri în spatele casei, săpând pământul şi smulgând buruieni, fără să bănuie o clipă ce se petrecea la câţiva metri de ea. Mitu gemea de durere şi-şi trăsese un lighean lângă el. Vomitase în pat şi se căznise zadarnic să cureţe cu o cârpă. Acum, se trăsese la margine, lăsându-şi capul să-i atârne spre lighean, ca să nu mai murdărească.

Răul îl încercă iarăşi şi vomită un lichid păstos, verzui, cu vine sângerii, care se prelinse pe lângă el. „Ce-o fi asta? Flegmă? Mă vai că-mi vărs plămânii din mine..." Nu vărsase mult: grosul i se dusese la prima vomă, care se împrăştiase pe pat, umplând aerul cu un miros dezgustător ce se încăpăţâna să nu iasă pe geam.

– Muiere, vin' pân-la mine, unde naiba eşti? strigă cu voce înăbuşită.

Însă Maria era tocmai în fundul curţii, cu mâinile îngropate în pământ. În toată gospodăria, ca un făcut, erau doar ei: Gheorghe plecase la muncă, Măriuţa se dusese prin vecini, iar Micu şi cu Sandu plecaseră cu o zi în urmă la Târgu Jiu la internat.

– Mărie, îmi dau sufletul... mor... Mărie... mor... şopti, încercând neputincios să se ridice din pat.

Gândurile îi erau tulburi, de parcă sufletul se desprindea de trup pe măsură ce acesta îşi pierdea vlaga. Crâmpeie de amintiri îl fulgerau, încercând zadarnic să se închege în ceva limpede: Carrick, Le Havre, maică-sa, dicţionarul de la Miu Pavelescu, Sandu îi trecură prin faţă ca nişte vedenii.

Se sforţă să-şi vină în fire: „Trebe să fac ceva, mor dacă mă las aşa. Ce să iau să-mi treacă...?", se întrebă, plimbându-şi privirea prin cameră. Ceaiurile pe care le bea de obicei erau departe, pe masă, şi nu avea putere să se ridice. „Să-mi vină azi sorocul...?! Azi? Ce-i azi?", îşi zise, pipăindu-şi burta. „Doamne cât de mare se făcu, umflată ca un balon! Asta nu-i a bună, nu-i a bună deloc...! Şi doar luai pastile...! Oare-i de la carnea pe care o gustai dimineaţă? Să fi fost stricată? N-avea cum, că doar am afumat-o cu mâna mea..."

Se căzni să se ridice în şezut, hotărât să-şi adune puterile şi să se ridice în picioare. Se sprijini de măsuţa de lemn şi se opinti. Reuşi să se salte un pic, dar efortul îl birui. Căzu înapoi pe pat, într-o poziţie nefirească.

„Dacă azi nu-mi dau duhul, nu mi-l mai dau niciodată...", murmură, aplecându-se peste lighean. Icni şi vomită iar. Un firicel de sânge se prelinse pe la colţul gurii.

„Vai de mine, ce gust amar am în gură! Unde-i Maria, pe unde umblă..."

– Marie...! strigă slab.

„Trebuie să-mi aranjez lucrurile!" tresări deodată, parcă înspăimântat că nu mai avea timp să-şi pună afacerile în ordine. Gândurile îi deveniră brusc mai lucide, de parcă treburile lumeşti erau aşa de importante că puteau dovedi moartea. Se trase anevoie spre marginea patului ca să ajungă la dulap. Scoase din sertar un vraf de hârtii pe care avea scrise datoriile şi alte lucruri, care, chiar şi acum, i se păreau de mare însemnătate, şi începu să le parcurgă, însemnând cu creionul ici şi colo.

„Gheorghe a lu' Minodora are să-mi dea cinci sute de lei în iulie." „Se apropie sorocul pentru cei două sute de lei pe care i-am luat de la Fârlan acu' trei luni." „Uite, că n-am trecut că Ionică Filipoi mi-a dat zece piei argăsite săptămâna trecută."

Pe la mijloc, îi pieri vlaga. Se întinse pe pat cu o foaie în mână, pe care o scăpă pe piept. Se gândi că moare singur, ca un cerşetor, fără lumânare.

– Marie, vin', mă, pân' la mine! strigă cu voce aspră, mult mai tare ca înainte, dar nu atât de tare încât să ajungă până la urechile femeii.

Se apleacă într-o rână şi apucă de pe dulăpior lucrul care, pe parcursul vieţii lui tumultuoase, avusese pentru el cea mai mare însemnătate: vioara.

„Doamne, Dumnezeule!", oftă, plimbându-şi degetele pe scobitura ce semăna cu un mijloc de copilă. Arcuşul era pe dulap şi nu putea să-l ajungă, aşa că începu să ciupească strunele cu degetele.

La mândruţa cea din deal, poposesc în fiece sear'... îngână, încercând fără izbândă să ţină tonul. Vocea îi era prea obosită ca să urce cum trebuie şi renunţă.

„Sper să le vină-n minte să mă îngroape cu ea în sicriu...", îşi zise, mirat de liniştea cu care se gândea la moarte. Puse vioara lângă el, sleit. Trupul parcă îşi lua acum răsplata pentru cele câteva clipe în care se sforţase să ia aminte la cele lumeşti.

– Mario, unde eşti, fem... încercă iar s-o strige, dar glasul i se frânse într-o bolboroseală. Cu sforţări cumplite, căută sub pat şi scoase dintr-o cutie o lumânare, dar o scăpă din mână. Cu ultimele crâmpeie de luciditate, luă lumânarea şi căută chibrituri, apoi se moleşi cu totul şi închise ochii, respirând adânc şi rar, singurul semn că mai era în viaţă.

Atunci Maria intră pe uşă. Ţinea în mână un tuci în care voia să fiarbă nişte carne pentru băieţi.

Când îl văzu pe Mitu pe spate, cu picioarele îndoite de la genunchi, cu o mână întinsă nefiresc, scăpă tuciul şi se repezi la el:

– Mitule, ce păţişi? Mitule! Ţi-e rău?

Îl zgâlţâi să-l trezească. Văzu ligheanul şi murdăria din pat, şi o cuprinse neliniştea. Îl zgâlţâi iar.

– Bărbate, scoală-te, nu mă lăsa!

El se mişcă şi horcăi. Îl zgâlţâi din nou.

– Trezeşte-te! Hai să-ţi dau nişte ceai.

Umplu o ceaşcă, îi ridică de pe pernă capul şi-l îndemnă să bea. Lichidul i se scurse pe bărbie şi pe gât şi, de acolo, pe piept. Poate răceala lichidului îl făcu să deschidă ochii.

– Marie, venişi, Marie. Unde-s copiii? Eu mă duc... rosti slab, privind-o într-un fel în care n-o mai privise niciodată. Îi făcu semn să-i dea mâna şi i-o apucă într-a lui:

– Să ai grijă de copii, făgăduieşte-mi! Nu vreau să mor! Să le spui să fugă din ţara asta blestemată şi să plece-n America, să le spui asta, femeie!

– Nu mori, bărbate, ducă-se pe pustie! Pfui, că numai prostii vorbeşti, Doamne iartă-mă! Mai ia nişte ceai, îl îndemnă ea, nesigură ce să facă.

El dădu din cap şi-i strânse degetele. Vru să spună ceva, dar icni iar să vomite, iar ea îl întoarse pe o parte ca să nu se înece.

– Doamne, cât mi-e de rău! şopti, şi strânsoarea mâinii îi slăbi deodată. O privi rătăcit, bolborosind ceva.

– Ce spuseşi, Mitule? îşi apropie Maria urechea de buzele lui.

Nu înţelese nimic şi vru să se tragă înapoi să-l oblojească. Însă el o strânse iar şi, cu ultimele puteri, spuse cu voce clară:

– *And I was... so close... to Easy Street...*[*]

Închise apoi ochii cu un oftat scurt, continuând s-o ţină încleştat.

SFÂRŞIT

---

[*] „Şi am fost atât de aproape de Easy Street." (engl.). „Easy Street" („Drumul Comod") este denumirea unei străzi fictive în America, folosită ca metaforă pentru a descrie pe cei ce se îmbogăţeau rapid la bursa de pe Wall Street. În sens larg, expresia face referire la cei inerent bogaţi, care nu au de a face cu greutăţile financiare ale omului de rând (n.a).

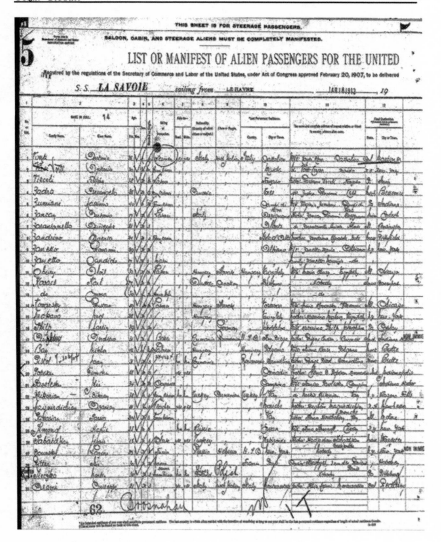

Lista de pasageri de pe vaporul „La Savoie" – Mitu este la numărul 20

CUPRINS

Made in the USA
Middletown, DE
19 November 2015